唐诗中的女性形象研究

——性别视角下的考察

王蕊　著

天津大学出版社
TIANJIN UNIVERSITY PRESS

图书在版编目（CIP）数据

唐诗中的女性形象研究：性别视角下的考察 / 王蕊著. —天津：天津大学出版社，2022.9

ISBN 978-7-5618-7307-6

Ⅰ. ①唐… Ⅱ. ①王… Ⅲ. ①唐诗-女性-人物形象-诗歌研究 Ⅳ. ①I207.227.42

中国版本图书馆 CIP 数据核字（2022）第 161500 号

出版发行 天津大学出版社
地　　址 天津市卫津路 92 号天津大学内（邮编：300072）
电　　话 发行部：022-27403647
网　　址 publish.tju.edu.cn
印　　刷 北京盛通商印快线网络科技有限公司
经　　销 全国各地新华书店
开　　本 710mm×1010mm　1/16
印　　张 23.75
字　　数 439 千
版　　次 2022 年 9 月第 1 版
印　　次 2022 年 9 月第 1 次
定　　价 72.00 元

前　言

唐诗中的女性形象，由于创作者性别不同，呈现出多样性特征。但在中国古典文学中，就唐诗的创作而言，多以男性作为话语中心。唐诗中许多为人熟知的女性形象是由男性创造的，并被塑造成符合男性需要的形象。《唐诗中的女性形象研究——性别视角下的考察》，以唐诗中的女性形象作为考察核心，从性别视角进行考察，以期探讨诗歌中涉及的性别意识、展现的性别观念，对唐诗中的女性形象所体现出的文化内涵进行研究。

本书试图从唐诗中进一步挖掘男性笔下的女性形象的性别认知，探讨男性对女性的认知与女性自我认知这两者的不同。本书对唐诗中的女性形象作整体观照，运用性别眼光分析男性诗人与女性诗人塑造的不同女性形象，进而关注唐诗中的女性形象所展现的不同面貌。通过女性形象关注时人心态，考察男性笔下的女性形象与女性笔下的自我形象塑造的不同动因。将女性形象置于文学思潮的历时环境中，宏观考辨文学思潮对女性形象的影响，探讨唐诗中女性形象书写与文人创作的理论自觉之间的关系。

本书基于性别视角，对唐前诗歌作品中的女性形象进行梳理，从诗歌源流的发展考察女性形象，将女性形象置于宏观的诗歌发展史的洪流中，辨清女性形象塑造的脉络，为进一步研究唐诗中的女性形象作历史承继的梳理。同时，基于性别视角，分析诗歌中的女性形象所体现出的特质，作诗歌文学发展与性别属性书写之间的宏观思辨。对《全唐诗》《全唐诗补编》《全唐诗外编》中涉及的女性形象作概况梳理，对有性别的创作者笔下的女性形象进行整体观照，将唐诗中的女性形象与性别理论结合，探寻性别内涵与女性形象的理论联系。

唐代诗歌中，男性笔下的理想女性形象是怎样的？“她们”在男性诗人笔下具有怎样的光辉之美，才可以被定义为男性视角下的理想女性形象？“她们”又是如何代表着性别视角下男性对女性美的评判、观照与塑造的？本书试图通过对男性笔下的理想女性形象的整体观照，探究女性形象由男性塑造的类型化特征。同时，男性创作者对女性形象的塑造与士人心态之间具有哪些联系？本书借由“征妇形象”这一男性笔下最具政治代言意义的女性形象，探究女性形象塑造与士人心态之间的联系。

此外，女性笔下的自我形象具有哪些类型化特征？本书特别关注女性书写所面对的两难处境——“创作者身份焦虑”，并集中关注唐代诗歌史上具有特殊代表意义的两位女性诗人——薛涛、鱼玄机，探析女性自我观照下的心灵世界、女性主体意识以及女性形象的审美特征。

最后，本书将女性形象置于唐代文学思潮的宏观背景中，就文人创作理论自觉与女性形象塑造之间的相互关联作历时性梳理，以期从文学思潮发展史的角度宏观审视女性形象塑造，将具有性别文化意味的文学现象置于文学思潮的视野中作系统深入的研究，以期探寻其中千丝万缕的联系与规律性特征。

目 录

绪 论

一、选题意义

所谓性别，传统的观点视之为对人类的一种分类方法，或直指为男性与女性。二十世纪后期，性别的词义开始被一些西方女性主义理论家广泛运用，借以指出性别差异存在于具有两性关系的社会意识和社会结构当中。二十世纪七十年代，“性别”（gender）与“性”（sex）之间的区别被美国的女性主义者进一步确定。学者琼·W. 斯科特认为：“性别是历史分析中的一个有效范畴。”事实上，在文学研究领域，性别同样重要，亦可作为一个有效的研究范畴而存在。

纳塔利·戴维斯进一步指出，在研究男女两性各自的历史过程中不能仅关注对第二性的研究，他认为应着眼于解释历史上的两性及性别群体，以及性别角色和性象征在不同社会不同阶段中的发展变化，加之这种变化与社会规范之间产生的某种联系[1]。在近年的一些学术研究和讨论中，“性别”一词往往作为“妇女”的替代词出现，并非只是一种策略性的思考，而是更多地体现了学术意识的深入。首先，从概念入手，“性别”较“妇女”而言更近于中立、客观。它不再仅限于代表二元对立中处于不利位置的一方。其次，从两性关系上讲，“性别”肯定和强调了男性与女性之间是相互关联、相互参照的。两性当中的任何一方都不可能单独存在。研究女性同样也是对男性的研究，甚至是对人类的研究。最后，从“性别”与文化上讲，男女两性主体对社会根源的认同、社会文化在建构两性角色的过程中潜在的分工等等，更存在着性别与文化的潜在指代。需要说明的是，就古代文学而言，“妇女”一词的使用更为广泛。一些研究者认

1 琼·W. 斯科特：《性别：历史分析中一个有效范畴》，见李银河主编《妇女：最漫长的革命》，北京，生活·读书·新知三联书店，1997，153页。

为，“女性”一词会带来与历史现场疏离的效果，且“女性”“男性”并不是重要的观念范畴[1]。但是“妇女”是由女性特定角色的称呼构成的复合词，不适合作为女性的整体代称，因而较之“妇女”，“女性”更为中立。因此，本文多用“女性”一词，但这并不代表原则性主张。

在文学研究中引入性别理论进行分析，将文本置于性别视角下进行考察同样是一种必须。因为文学是反映人类精神生活的重要手段之一，文学天然地与性别联系在一起。文学的创作者作为有性别的人，其在社会实践中的人生经历、精神体验、生活体悟无疑会打上性别的烙印。当然，性别与文学的关系是复杂而深刻的。同时，性别是一种关系过程。性别研究是以人作为研究对象与研究宗旨，建立的综合分析方法。正如学者刘思谦指出的，“性别对文学并不构成直接的和必然的关系，它是文学作品的一种非结构因素，并不直接构成文学的结构要素如人物情节、环境、语言等。性别与文学的关系通过有性别的（主要是社会性别）作者这个媒介来实现。问题的复杂性在于，不同的性别内涵，对于有性别的男读者与女读者来说，其意义并不是一种现成的自明的性别姿态，而是潜藏在文本之中的，是一个有待发现和分析、阐释、显现的过程”[2]。因此，以性别研究作为一种新的角度、新的方法，对一个民族、一段历史、一类传统、一种文学进行分析和解构，这恰巧也是研究思想与方法正在走向成熟的标志。

关于“性别”作为文学研究的一个有效范畴所体现出的主要特点，乔以钢先生的观点颇具代表性。她指出，“在研究宗旨上，带有鲜明的政治文化批评色彩；在批评标准上，强调基于‘女性经验’建立的真实性尺度；在研究实践中，具有多学科理论资源越界综合的特征”[3]。事实上，“作为社会科学中的一个分析域，一种谈论社会关系的方式”[4]，“性别”虽然不可避免地存在着局限性，但迄今为止，性别范畴的建立和性别视域的开拓为研究者拓展出了新的研究视野，带有革命性的、敏锐的一面，在冲击男性中心传统方面体现出强烈的批判意识，在研究探讨方面开拓出更多的角度与空间。可以说，在文学研究领域，“性别”的引进和运用为研究者开辟出了一个全新的角度，但还有更多方面值得挖掘，例如在文学研究方面如何更好地运用性别理论，在性别文化建设方面如何长足发展等等。

1 陈弱水：《隐蔽的光景——唐代的妇女文化与家庭生活》，桂林，广西师范大学出版社，2009，7页。

2 刘思谦：《性别理论与女性文学研究的学科化》，载《文艺理论研究》，2003（1）：9-19页。

3 乔以钢：《性别：文学研究的一个有效范畴》，载《文史哲》，2007（2）：159-166页。

4 同上。

从性别视角研究中国古代文学，能极大地丰富中国古代文学的内涵、拓展其外延。事实上，在中国古代社会绵延发展的历史过程中，性别意识以一种并不清晰的方式存在。孔子删诗，却也选录女子创作的诗歌；汉代独尊儒术，却可见刘向首创的《列女传》；历朝历代对女性与女性文学的关注，无论是片语论说还是蔚成风气，都昭示着女性的声音从来未曾间断，从明清才女文化兴盛繁荣的场景便可见一斑[1]。这些女作家的创作文本在大浪淘沙后得以流传，恰恰更需要今天的学者在古代文学研究中更多关注这些弥足珍贵的声音，关注这些早已消逝的“影像”。同时，由性别视角切入，看待文学中呈现出的诸多问题，可以使古代文学得到重新开掘与重新审视，可以使我们所拥有的史籍资料呈现出颇有新意的内容来。

本书以唐诗中的女性形象作为考察核心，以性别视角作为考察方法，探讨诗歌中涉及的性别意识、展现的性别观念，对唐诗中的女性形象所体现出的文化内涵进行研究。

形象在“文学理论中指语言形象，即以语言为手段而形成的艺术形象，亦称文学形象。它是文学反映现实生活的一种特殊形态。也是作家的美学观念在文学作品中的创造性体现”[2]。

作为一个有确定内容的美学术语，“形象”始于黑格尔的《美学》：“艺术是用感性形象化的方式把真实呈现于意识”[3]，“诗的观念功能可以称为制造形象的功能”[4]。别林斯基曾说过：“诗的本质就在于给不具形的思想以生动的、感性的、美丽的形象。”[5] 对于文学形象，如同对于整个文学，应当在同现实生活的关系中加以把握。

但我们应该看到，文学形象无论以什么形态出现，必然包含着作者的感情态度、思想倾向、审美评价以及近年来逐渐受到关注的性别视角。有时，作者遵循正确认识的要求对客观事物作以忠实的描绘所塑造的形象会与自己的理想和眼界并不一致甚至相矛盾，这就是所谓“形象大于思想”的情况；即使如此，

1 见《历代妇女著作考》（胡文楷，上海古籍出版社，1985年）中留下的4000多位有姓名可考的女作者以及她们的诗词文集。

2 中国大百科全书总编辑委员会编《中国大百科全书》13卷，第2部分，北京，中国大百科全书出版社，1980，1107页。

3 黑格尔：《美学》1卷，朱光潜译，北京，商务印书馆，1979，129页。

4 黑格尔：《美学》3卷（上册），朱光潜译，北京，商务印书馆，1979，56页。

5 别林斯基：《别林斯基论文学》，别列金娜选辑，梁真译，上海，新文艺出版社，1958，11页。

形象也会体现出作者世界观的某些因素。同时，无论是客观描绘还是主观影响，作者塑造怎样的形象又与其自身性别视角不可分离。因此，形象仍然是在性别观念下的主观性与客观性的统一。我们也同样关注性别视角下的文学形象给人们带来的感受，体会时代、社会的脉搏，挖掘诗人（男性或者女性）在想象中接触人物（女性）的生活，体验人物（女性）的命运，领会诗人在塑造女性形象时带给我们的欣赏自然美、生活美和艺术美的审美心态，其意义在于通过女性形象关注唐诗中的性别文化，丰富诗歌的文化内涵。

女性形象从广泛的含义来讲是指女性在日常生活中所表现出的思想、品格、意识、风度等诸方面的总和。按照历史唯物主义的观点，社会存在决定社会意识。一定历史时期的经济形态、政治制度等，决定了该时期的思想文化，同时决定着该时期的妇女地位；而妇女在社会和家庭中的实际地位和由此所决定的她们的生活方式，直接造就或改变着妇女的形象。因此，如果我们按照诗人塑造的女性形象的身份进行划分，可以从后妃、宫女、妓女、征妇、女尼、女冠等角度关注女性的生存状态；如果按照诗人塑造的女性形象所反映的性质特征进行分类，可以从美人（容貌仪表）、贤妇（道德品质）、贫妇（经济地位）、怨妇和思妇（内心情感）等角度作具体分析，以更多地体现女性在当时社会中的价值尺度。由于本书将从性别视角审视唐诗中的女性形象，以上两者的结合将有利于研究思路的扩展。

唐诗中包含女性形象的诗歌[1]涉及男性诗人和女性诗人的创作。这些女性形象诗歌的叙述围绕女性、双性展开，涉及两性互动话题，以及两性关系连接点的一系列事件，如婚恋别情、家庭伦理、交往赠答等等。透过这些诗歌形象，有利于更清晰地捕捉男女各自的生存情态与心理状态，以及时代文化所彰显和透露出的信号。

关于唐代妇女形象的考察涉及唐几百年间生活在广袤土地上的众多女性，随着时间和空间的变化，她们的形象亦有所不同，并呈现出明显的差异。唐代诗人笔下的女性形象是当时妇女生活的集中反映，本书在社会、政治、经济的背景下阐释诗歌中的女性形象，揭示其文化内涵，考察唐代女性的社会角色及其变化，以深化我们对唐代女性生活的认识。具体而言，本书研究男性笔下的

1 因唐诗中反映女性形象的作品众多，有的体现为整首诗歌且主旨核心皆围绕女性形象来谈，有的则为诗歌中的部分或其中几句与女性形象相关，或其中的女性形象只起辅助作用等，本书以前者作为女性形象诗歌的主要考察对象。

女性形象与女性笔下的自我形象，关注女性形象的诗歌文本，通过文本创作探究女性形象塑造的动因，揭示女性形象塑造所反映的创作者的心态与生存际遇，以及诗歌创作思潮与女性形象塑造之间的关系。本书涉及文本考察、审美特征、作家因素、历史解读、文学思潮等方面，结合性别、社会、政治、历史、文化等方面对唐诗中的女性形象所体现出的文化内涵进行研究。

运用性别视角考察唐诗中的女性形象，并非单纯地关心文学本身，因为各种文学现象的产生与变化，往往要受到文化传统、文学思潮、哲学蜕变、士人心态、社会变革等诸多因素的影响。这些因素在一定程度上产生综合效应，或多或少地以直接或间接的方式影响文学发展趋向，甚至影响学术研究的导向。运用性别视角，综合审视文学史料运用中的研究成果，不但要厘清文学研究本身的发展线索，更重要的是揭示“文学加之性别”所体现出的密切联系，以及诸多交叉领域的其他学科中的一些现象及其实质，如社会学、历史学、哲学等。关涉文学本身的学术研究只有在关注到与其相关的各种历史文化背景、社会思潮变化、时人心态变迁等因素之后，才能较为客观地描述其中的变化发展，合理阐释相关的文化现象，带来有价值的启示。

经由文学作品中的人物形象来看古代文化、社会、哲学、历史等问题，是展现古代文化、研究古代文学、探析社会思潮的重要途径。通过整理文献资料、考辨前人研究成果，笔者发现，近年来对“唐诗中的女性形象”这一研究论题，学界关注的程度并不高，而选择全面考察唐代诗歌中所塑造的女性形象，将性别视角引入进行研究，还较少有人尝试。因此，笔者选择“唐诗中的女性形象——以性别视角为中心”这一论题，开展深入研究探讨。

二、研究现状概述

1. 中国古代女性文学领域的性别研究

关于中国古代女性文学的研究已有近百年的历史[1]。在十九世纪末至二十世纪初，思想文化界启蒙思潮对传统文化产生的反思态度，加之“五四”女性文学的勃兴，都直接影响和促进了学界对中国古代女性文学的重新思考与再认识。

1 他们的著作如下。梁乙真：《清代妇女文学史》，上海，中华书局，1927。梁乙真：《中国妇女文学史纲》，上海:，开明书店，1932。谢无量：《中国大文学史》，上海，中华书局，1928。谢无量：《中国妇女文学史》，上海，中华书局，1931。谭正璧：《中国女性的文学生活》，上海，光明书局，1930。郑振铎：《插图本中国文学史》，北京，人民文学出版社，1957。

至于中国古代文学领域的性别研究，则起步于二十世纪前半叶，起初的主要研究，集中在对古代女性创作的搜集整理和初步探讨方面。

梁乙真、谢无量、谭正璧、郑振铎[1]等研究者从基础性工作入手，对中国女性文学活动作了系统化、历史化梳理；陆晶清、陶秋英、曾乃敦等女性研究者开始关注女性文学与女性文化。以上研究者及其著作，梳理了女性文学创作活动的历史线索，并将文学创作者的性别提升到突出的高度进行研究，在女性文学研究方面做出了积极的尝试。

不过此时期的考察仍属于研究的起始阶段，大多数研究者对女性创作现象的关注仍处于起步阶段，视野不免狭窄。这一时期人们关注较多的，主要是唐代三位女诗人（薛涛、鱼玄机、李冶）的创作；至于谭正璧的《女性词话》[2]，将知识传授的普及性与学术研究的学理性进行了融合，成为二十世纪第一部全面介绍女性词的专著。

二十世纪五十年代至八十年代前期，有关女作家及其作品的研究相对贫乏，仅集中在个别作家的某些作品上，要么缺乏文学史的眼光，要么零散不成体系[3]。总体而言，自1950年初到1984年底的35年间，有关古代女性创作的研究总体成绩并不突出，基本处于低迷状态。在此期间，胡文楷与陈寅恪取得了突破性成果，引起学界高度重视。胡文楷辑录《历代妇女著作考》[4]，对汉魏至近代共4000余位女作家著作进行搜集整理，勘定其流传情况和出处，在中国古代女作家文献整理方面成就突出，可谓二十世纪以来此类文献整理的标志性成果。陈寅恪《论再生缘》和专著《柳如是别传》[5]尤其引人关注，有评论者称其关于女性创作的研究是“在最自然的男女两性关系中，挖掘一代知识分子面对前所未有的政治文化危机时的复杂心态与行为”[6]。如果以女性主义的眼光审视，作者假拟女子的视角来看待明清之季的“文人心史和文化痛

---

1 陆晶清：《唐代女诗人》，上海，神州国光社，1933。陶秋英：《中国妇女与文学》，上海，北新书局，1933。曾乃敦：《中国女词人》，上海，女子书店，1935。

2 谭正璧：《女性词话》，上海，中央书店，1934。

3 王之江在《要关心古代妇女文学的研究工作》中谈及：有关女作家的研究论文最多不超过130篇，且多数集中在20世纪50年代末60年代初，出版的女作家作品集不到10部，其中李清照占了4部。在此期间没有出版一部女性文学史。见《光明日报》，1985-3-12）。

4 胡文楷：《历代妇女著作考》，上海，商务印书馆，1957。

5《论再生缘》（陈寅恪，友联出版社，1959）和专著《柳如是别传》（陈寅恪，上海古籍出版社，1980）均写成于20世纪60年代，《柳如是别传》于1980年出版。

6 张宏生、张雁编《古代女诗人研究》，武汉，湖北教育出版社，2002，15页。

史”[1]，这“正是对男性中心史的一种颠覆”[2]。

二十世纪八十年代到九十年代前期，性别意识开始逐渐被自觉地运用于中国古代妇女创作的研究过程中，学界开始逐渐关注“文学与性别”这一命题，不过，大多数情况下在思路与方法上仍然固守传统。八十年代中期以后，西方女性主义思潮方兴未艾，性别与文学的关系首先在中国当代文学研究中引起新浪潮，有关古代妇女创作的研究也开始逐渐融入性别意识。有关唐代女诗人的研究有陈文华的《唐女诗人集三种》[3]，有关宋代女性文学的研究则以李清照研究为热点，以词学研究为例，据统计，二十世纪以来涉及李清照研究的论著和论文多达959种[4]，先后有多部论文集、版本考、评传、资料汇编等出版。

在此时期，有的研究者从两性平等的观念和意识出发，对中国古代女性的命运报以同情，对女性的创作予以接受，肯定女性创作者的艺术才华，批判中国古代社会对女性的压抑和迫害。比较有代表性的专著与文章有苏者聪的《闺帏的探视——唐代女诗人》[5] 和《宋代女性文学》[6]、陈祖美的《对李清照内心隐秘的破译———兼释其青州时期的两首词》[7]。这些研究体现出性别意识已经开始被尝试性地融入研究过程，为学界开辟新的研究视野。此外，张明叶的《中国古代妇女文学简史》[8] 虽未标新立异，却成为二十世纪下半叶正式出版的唯一一部古代妇女文学通史。

九十年代中期以来，女性主义思潮在文学研究界的影响逐渐扩大，“反思传统文学史建构中的性别缺失，调整和修正文学史观，对中国古代两性创作在生活环境、文化背景、心理倾向、艺术倾向等方面的差异给予关注，从不同角度对中国古代妇女的文学创作展开研究”[9]。随着国内外学者交流的日渐频繁，性别视角逐渐有意识地被引入部分学者的研究实践，在文献整理和考辨方面，两部大型丛书《中国香艳全书》[10]、《中华妇女文献纵览》（工具书）[11] 文献丰富，史料充足，为研究古代女性生活和女性创作提供了可资借鉴的丰盈资料。

---

1 张宏生、张雁编《古代女诗人研究》，武汉，湖北教育出版社，2002，15页。

2 同上。

3 陈文华：《唐女诗人集三种》，上海：上海古籍出版社，1984。

4 刘尊明、王兆鹏：《本世纪唐宋词研究的定量分析》，载《湖北大学学报》，1999（5）：10-14页。

5 苏者聪：《闺帏的探视——唐代女诗人》，长沙，湖南文艺出版社，1991。

6 苏者聪：《宋代女性文学》，武汉，武汉大学出版社，1997。

7 陈祖美：《对李清照内心隐秘的破译——兼释其青州时期的两首词》，载《江海学刊》，1989（6）：170-175页。

8 张明叶：《中国古代妇女文学简史》，沈阳：辽宁教育出版社，1993。

9 乔以钢：《近百年中国古代文学的性别研究》，载《中国社会科学》，2008（3）：144-155页。

10 虫天子编《中国香艳全书》，董乃斌、刘扬忠、陶文鹏，等，校点，北京，团结出版社，2005。

11 齐文颖主编《中华妇女文献纵览》，北京，北京大学出版社，1995。

在性别视角的自觉运用方面，更多研究者普遍将性别分析与史料考辨相结合，为古代文学研究开辟了新的空间。只不过，此类研究在明清时期女性创作的研究方面更为多见。如陈洪的《〈天雨花〉性别意识论析》[1]，鲍震培的《清代女作家弹词研究》[2]，郭延礼的《明清女性文学的繁荣及其主要特征》[3]，李真瑜的《略论明清吴江沈氏世家之女作家》[4] 等。然而，"性别与文学"这一命题在学理上的意义当"以两性平等的性别观念为导引，在对男性本位的文学史观进行文化批判、给妇女创作以应有的历史地位时，体现两性关怀的文化精神，它意味着：在对轻视中国古代妇女文学的传统观念进行必要的清理和反拨时，亦当自觉地将男性创作活动的性别内涵以及两性之间的文学互动和双向影响纳入研究视野"[5]。近年来，关于"性别与文学"这一命题，许多学者在实践中不断摸索探寻。康正果的《风骚与艳情》[6] 被视作国内中国古代文学研究界性别研究的发轫之作，得到广泛关注。除此之外，叶嘉莹探讨了"雌雄同体"性向、"双性人格"理论[7]，与此同时，一些学者也开始有意识地关注"性别与文学"这一主题，将性别视角引入研究，如马珏玶的《宋元话本叙事视角的社会性别研究》[8]、李舜华的《"女性"与"小说"与"近代化"——对明以来迄晚清民初性别书写的重新思考》[9] 等。

将性别视角引入中国古代女性文学现象分析，可以让我们在古代文学研究中开启一个全新的角度，获得新的启迪。一些有意义的尝试更给学界带来了新的发现，成为各体文学研究中的显著成果。如陶慕宁的《青楼文学与中国文化》[10]、张淑贤的《论才子佳人小说女性意识的文学史意义》[11]、李明军的《禁忌与放纵——明清艳情小说文化研究》[12] 等等。与此同时，学界也开始更为关注对

1 陈洪：《〈天雨花〉性别意识论析》，载《南开学报》，2000 (6)：28-34 页。
2 鲍震培：《清代女作家弹词研究》，天津，南开大学，博士论文，2002。
3 郭延礼：《明清女性文学的繁荣及其主要特征》，载《文学遗产》，2002 (6)：68-78 页。
4 李真瑜：《略论明清吴江沈氏世家之女作家》，载《中华女子学院学报》，2001 (4)：59-63 页。
5 乔以钢：《近百年中国古代文学的性别研究》，载《中国社会科学》，2008 (3)：144-155 页。
6 康正果：《风骚与艳情》，上海，上海文艺出版社，2001。
7 叶嘉莹：《论词学中之困惑与〈花间〉词之女性叙写及其影响》，原载《台湾中外文学》，1991，20 (9)。见缪钺、叶嘉莹：《词学古今谈》，长沙，岳麓书社，1993。
8 马珏玶：《宋元话本叙事视角的社会性别研究》，载《文学评论》，2001 (2)：97-106 页。
9 李舜华：《"女性"与"小说"与"近代化"——对明以来迄晚清民初性别书写的重新思考》，载《明清小说研究》，2001 (3)：124-138 页。
10 陶慕宁：《青楼文学与中国文化》，北京，东方出版社，2006。
11 张淑贤：《论才子佳人小说女性意识的文学史意义》，载《天津社会科学》，2007 (2)：116-119 页。
12 李明军：《禁忌与放纵——明清艳情小说文化研究》，济南，齐鲁书社，2003。

“性别与文学”的考察。此时期，引入性别理论对文学现象与经典著作进行考察的论文呈快速增长趋势，研究者更为关注性别角色和性别关系，对古代男权中心制和父权制文化的解剖与批判成为此时期比较常见的研究重点[1]。

港台地区，特别是台湾地区，对中国古代女性文学研究与大陆地区有所不同。有的研究者为其概括出以下几个主要特色。第一，研究面较宽、研究队伍较大，并形成了较为广泛的社会影响。台湾的古典文学研究队伍中，有一批学者以‘女性主义文学’理论作为指导思想，自觉地从事这方面研究。第二，对西方女性文学做出自己的解读和改造，有着某种理论上的自觉和明确的女性研究意识，一些从事女性文学研究的古典文学学者，将理论加以改造吸收，做出自己的解读，一般说来，他们不再采用历史的断裂和表达上的模棱性，相反却强调历史的承续，有意识地同中国古代文学的文本研究结合起来，其研究方法采用语言分析、比较文学和解构论等中国读者较能接受的方式，研究重点则集中在‘思妇文本’‘性别认同和错位’‘性别自觉的痛苦’等性别困惑的角度，如孟悦、戴锦华的《浮出历史地表》。第三，在研究方式上，研究者的位置发生置换，形成独特的研究视角和价值判断标准。女性文学研究者尤其是女性研究者，在研究古代作家作品时不再是以传统的标准和男性眼光，而是改为以女性的角度来看待历代男性作家书写的两性关系和妇女问题，并对历代女性作家的作品进行发掘，重新评价，不但视角新颖别致，而且在价值判断上发生扭转。第四，女性研究和相关活动受到了学界和社会的关注与支持[2]。

1 这类研究成果如下。杜书瀛：《〈闲情偶寄〉的女性审美观》，载《思想战线》，1999 (1)。王玫：《宫体诗现象的女性主义诠释》，载《学术月刊》，1999 (5)。曹亦冰：《从“二拍”的女性形象看明代后期女性文化的演变》，载《明清小说研究》，2000 (3)。赵杏根：《佛经文学中女性形象概观》，载《中国文化研究》，2000 (4)。王立：《古代通俗文学中侠女盗妹择夫的性别文化阐释》，载《中国文化研究》，2000 (夏之卷)。楚爱华：《男性弱质与父权秩序的倾覆——〈醒世姻缘传〉的女权主义批评》，载《齐鲁学刊》，2001 (6)。冯文楼：《身体的敞开与性别的改造——〈金瓶梅〉身体叙事的释读》，载《陕西师范大学学报》，2003 (1)。黄伟论：《〈聊斋志异〉悍妇形象及其女性文化》载《中山大学学报》，2003 (1)。张兵、李桂奎：《论话本小说中的“女助男”母题》，载《复旦学报》，2003 (5)。张红霞：《女性“缺席”的判决——论〈西游记〉中的女性形象塑造》载《明清小说研究》，2004 (2)。杨朴：《男权统治下的女性悲剧——〈孔雀东南飞〉主题的重新探讨》，载《名作欣赏》，2006 (7)。王宁：《明末清初江南闺阁女性——〈牡丹亭〉阅读接受简论》，载《戏剧艺术》，2008 (3)。张静：《性别视角下的文体特质——以词体美感问题为例》，载《南开学报（哲学社会科学版）》，2009 (6)。等等。

2 陈友冰：《台湾古典文学中的女性文学研究》，载《安徽大学学报（哲学社会科学版）》，2002 (6)：84-89 页。

2. 关于唐诗中女性形象的研究

1）唐代著名诗人诗歌中的女性形象和女性观的研究

关于唐诗中的女性形象，学界多以唐代著名诗人诗歌中的女性形象和女性观作为研究的热点话题。如对李白、杜甫、白居易、李贺、温庭筠、张籍、李商隐、杜牧以及诗僧王梵志等人诗歌中的妇女形象和女性观的研究。刘明华、杨理论认为，李白的女性观是“男权社会里，男性将女性抽象化为审美客体甚至欲望化玩物，而用以满足男性缺失情感的一种体现”[1]，而杜甫则从人性的角度，对女性进行了新的诠释。颜菲的《试论白居易的女性观》[2] 一文比较详细地考察了白居易诗歌中塑造的女性形象，并将白居易的女性观分为前期和后期。许慧君的《论杜牧诗歌中的女性观照》[3] 指出在杜牧的诗歌中存在“女性观照”，诗人从了解女性、尊重女性的角度彰显女性的美好与独立人格。以上研究者在考察男性诗人在诗歌中塑造的女性形象时，大都关注了诗人的女性观念与社会因素、生活因素、艺术创作规律、艺术创作心理等方面的相互影响。

2）女性形象的分类

二十世纪八十年代以来，更多的研究者则在唐诗中的女性形象的分类方面提出了自己的看法。如张文生以唐代的妇女诗为研究对象，反映绚丽多彩的妇女形象[4]。黎光英通过对巾帼英雄、劳动妇女、贵妇人、宫女、歌舞伎和弃妇等多姿多彩女性形象的探讨，以期了解晚唐社会的概貌及妇女的生活状况[5]。刘来春将唐代诗词中的女性形象分为玩偶型、受伤型、美人型三类，并阐述女性形象的审美变化及其历史原因[6]。王秉钧《为妇女呼吁不平的白居易》[7]、王巍《试论建安文人的妇女题材之作》[8] 等研究怨妇、寡妇、饥妇、弃妇等不同的形象，对诗歌中的劳动妇女形象，如采莲女、采菱女、桑女、织妇、胡姬等也皆有涉及。有研究者还对类型化的女性形象作了具体的研究分析。如张菁在《论

---

1 刘明华、杨理论：《李杜诗歌中的女性题材及抒情特征三论——李杜诗歌女性观念的比较》，载《社会科学研究》，2001（2）：143-148 页。

2 颜菲：《试论白居易的女性观》，湘潭，湘潭大学，硕士论文，2003。

3 许慧君：《论杜牧诗歌中的女性观照》，载《安徽文学（下半月）》，2009（6）：46 页，57 页。

4 张文生：《唐诗中的女性形象》，载《渤海大学学报（哲学社会科学版）》，1992（2）：69-73 页。

5 黎光英：《晚唐诗的女性形象简论》，载《广西民族大学学报（哲学社会科学版）》，1999（7）：96-99 页。

6 刘来春：《对唐代诗词中女性形象的思考》，载《武汉科技大学学报（社会科学版）》，2003（2）：85-88 页。

7 王秉钧：《为妇女呼吁不平的白居易》，载《兰州大学学报（社会科学版）》，1983（4）：43-53 页。

8 王巍：《试论建安文人的妇女题材之作》，载《东北师大学报（哲学社会科学版）》，1998（1）：63-69 页。

唐代贫妇诗》[1] 中，关注“安史之乱”后唐诗中出现的一批反映下层女子生活的诗篇，对这些诗篇塑造的众多形象鲜明、独具特色的贫妇形象进行了细致的剖析。沈晓燕《唐代农民诗歌中女性形象的生命表征》[2]，对唐代农民诗歌中不同处境的女性形象深入剖析，探析下层女性的种种生活风貌，概括这类女性形象所具有的永恒的艺术魅力。

3）诗人笔下的女性形象与诗人本身的联系

近十年来，研究者更多地关注诗人笔下的女性形象与诗人本身的联系，涉及文人心态、抒写策略、审美变化、历史成因等等；有的研究者还将女性视角作为研究方法引入，试图寻找更多的维度来窥探诗人所创作出的女性形象。如龚仲元的《李白〈陌上桑〉与张籍〈节妇吟〉之比较》[3]、曾秀芳的《浅析〈长干行〉与〈新婚别〉中女主人公形象》[4] 等，将女性形象与文人心理、政治心态结合考察；刘丽平的《女性化书写——试论李商隐〈无题〉诗的女性化特色》[5] 从中国古代知识分子的臣妾人格和失意文人引月为知己的心态，探讨了这一特色形成的原因；蔡燕、张西虎的《李商隐爱情诗女性形象神化倾向及其对诗风的影响》[6] 指出李商隐爱情诗中女性形象神化倾向是诗人的一种抒写策略，其目的是隐匿感情或为提纯升华等。以上文章反映了唐代妇女的女性形象，表现出对妇女命运的关注，体现了强烈的人文主义关怀。

4）唐代女诗人的研究

学界对唐代女诗人，主要是对薛涛、鱼玄机、李冶等的研究相对比较集中。

关于薛涛的研究，自二十世纪二三十年代起因时代的新变而开启倡导。从傅润华编订的《薛涛诗》[7] 和《薛涛年谱》[8]，到四五十年代薛涛研究集大成者张篷舟对薛涛诗品到人品的全面评述，再到八十年代末期羊村的《女诗人薛

---

1 张菁：《论唐代贫妇诗》，载《南京师范大学文学院学报》，2006（3）：119-124 页。

2 沈晓燕：《唐代农民诗歌中女性形象的生命表征》，载《阜阳师范学院学报（社会科学版）》，2009（6）：70-73 页。

3 龚仲元：《李白〈陌上桑〉与张籍〈节妇吟〉之比较》，载《安徽文学（下半月）》，2009（8）：39-40 页。

4 曾秀芳：《浅析〈长干行〉与〈新婚别〉中女主人公形象》，载《文化学刊》，2009（3）：132-135 页。

5 刘丽平：《女性化书写——试论李商隐〈无题〉诗的女性化特色》，《康定民族师范高等专科学校学报》，2002（3）：57-60 页。

6 蔡燕、张西虎：《李商隐爱情诗女性形象神化倾向及其对诗风的影响》，《汉中师范学院学报》，2003（5）：49-54 页。

7 傅润华：《薛涛诗》，上海，光华书局，1931。

8 傅润华：《薛涛年谱》，上海，光华书局，1931。

涛》[1] 等，成果颇丰。而薛涛研究形成热潮，始自二十世纪九十年代“薛涛研究会”的成立。当下关于薛涛的研究角度众多，如薛涛的专著、生卒年考、生平事迹、元薛因缘、涛笺考辨、涛诗赏析、涛诗评论、薛涛坟、薛涛字、薛涛交游、薛涛故居、薛涛与望江楼等都有比较丰富的研究。其中，刘天文的《近百年薛涛研究述评》[2] 则对薛涛研究作了比较全面、翔实的述评。

关于鱼玄机和李冶的研究也呈现出丰富多彩的面貌。据笔者不完全统计，仅从二十世纪八十年代至今，以鱼玄机为题进行研究的见于 CSSCI（中文社会科学引文索引）全国中文核心期刊的学术性论文就有 80 多篇，对李冶进行研究的有 40 多篇，对这三位女诗人进行比较研究的包括硕士学位论文在内也有将近 60 篇之多。例如，李素平《鱼玄机爱情诗以外的题材及其意蕴价值》一文关注了鱼玄机爱情诗以外的题材，并指出这些题材的诗歌都“有着各自独特的意蕴及其价值。其中她的代人悼亡诗、褒扬同性诗、体育运动诗，填补了女诗人创作题材的空白”[3]。陈文华《唐代女诗人李冶身世及作品考论》[4] 论及李冶情逾常礼的交友，如与刘长卿、皎然、陆羽、朱放、阎士和等人皆有往来。殷晓燕《他者视野下的经典女性书写声音比较——以唐代女诗人李冶、薛涛、鱼玄机为例》[5] 对三位女诗人的女性书写声音进行比较，指出鱼玄机作品采用了女性的原生态书写声音，而李、薛二人则选择符合男权文化要求的男性书写声音，这也是美国汉学家宇文所安在其《诺顿中国文学选集：初始至 1911 年》一书中只收录鱼玄机作品的原因。

关于唐代三位女诗人的研究，学者们在史料挖掘、整理，文献研究、述评，文本细研、考辨等方面扎实努力，成果可观。但对于其他女诗人的研究，由于史料的原因，研究力量和成果则相对薄弱。

5）21 世纪以来古代女性文学研究博士论文数据统计

21 世纪以来，关于古代文学中女性文学的研究论述逐渐增多，以 1999 年至

---

1 羊村：《女诗人薛涛》，成都，四川人民出版社，1989。

2 刘天文：《近百年薛涛研究述评》，载《天府新论》，2004（3）：136–139 页。

3 李素平：《鱼玄机爱情诗以外的题材及其意蕴价值》，载《安徽文学（下半月）》，2009（8）：12–13 页，20 页。

4 陈文华：《唐代女诗人李冶身世及作品考论》，载《南京大学学报（哲学·人文科学·社会科学版）》，2002（5）：119–125 页。

5 殷晓燕：《他者视野下的经典女性书写声音比较——以唐代女诗人李冶、薛涛、鱼玄机为例》，载《成都大学学报（社会科学版）》，2010（2）：84–88 页。

2010年中国博士学位论文全文数据库（CNKI系列全文数据库）中所列博士学位论文为例，女性文学的研究呈波动上升趋势（见表0.1）。

表0.1　1999—2009年古代女性文学研究博士学位论文数据统计[1]

年代	数量	题目	作者	时间
先秦两汉	4	班昭及其著述研究	金璐璐	2009
		先秦两汉文学老妪形象研究	王艳丽	2008
		唐前女性题材诗歌研究	周峨	2007
		唐前文学作品中的女性形象研究	吴从祥	2006
隋唐	4	唐代女性诗歌研究	俞世芬	2006
		唐五代女性诗歌研究	郭海文	2004
		唐代女性形象研究	张菁	2004
		唐代女性与文学的相关性研究	黄芸珠	2003
宋	3	女性物事与宋词研究	田苗	2008
		唐宋时期杨贵妃题材文学研究	罗英华	2007
		宋代女性文学审美论	舒红霞	2000
元	1	元杂剧作家的女性意识	张维娟	2004
明清	7	明清女剧作家研究	邓丹	2008
		明清女性作家戏曲创作研究	刘军华	2007
		明代女性碑传文与品官命妇研究	陈超	2007
		晚明传奇中女性形象研究	蒋小平	2006
		明末清初小说戏曲中的女性形象研究	吴秀华	2006
		清代女诗人研究	段继红	2005
		清代女作家弹词研究	鲍震培	2002
其他	2	中国古代女性意识——从原始走向封建礼教	吴晓红	2004
		中国古代妇女的文学批评	虞蓉	2004

年份	1999	2000	2001	2002	2003	2004	2005	2006	2007	2008	2009
数量	0	0	0	1	2	5	1	4	4	3	1

通过表格分析，21世纪以来关于明清女性文学的研究关注度有所提升，先秦两汉女性文学研究呈稳步提升趋势。唐代女性文学的研究重点则倾向于女性

1　由于“CNKI系列全文数据库——中国博士学位论文全文数据库”的网络出版投稿时间较论文学位年度时间滞后，所以表格中标明的时间为学位年度时间。2008年度以及2009年度的学位论文的数量还有待进一步查核。此处检索论文仅截止到2010年4月中国博士学位论文全文数据库网络出版的博士论文。

作家、女性作家创作的诗歌，以及诗歌小说中的个别代表性形象的研究。

概括而言，通过对唐诗中的女性形象研究状况的考察，可以明确，在唐代诗歌研究中，引入性别意识，将唐代社会思想文化与性别因素结合起来进行综合性的考察与研究，相对于其他的各体文学研究而言，还显得比较薄弱。因此，在唐代诗歌的女性形象研究方面立足传统、融合新的理论视域，从性别视角对唐代诗歌中的女性形象进行全面与多层次的审视，在性别视角下开展文本解读和审美批评，把握性别与文学的关系的复杂性，等等，将作为此次本书考察的重点。

三、研究方法与研究思路

本书主要采用三种研究方法：一是性别视角观照方法；二是文献归纳与选择方法；三是史料还原和思辨索源的方法。

考辨 1999—2009 年的古代文学女性研究成果（以博士学位论文为例），引入性别理论，运用性别视角进行考察尚处探寻阶段，性别与文学在学理与实践方面的研究仍然薄弱。

通过对唐诗中的女性形象研究进行较全面的回顾，对学术界关于唐诗中女性形象的研究概观进行历时性与共时性梳理，笔者发现：研究者多考虑从人物身份的角度对女性形象进行分类研究，亦有研究者从人物的特性对女性形象进行分类，但这些分类方法会使人物形象的分类出现叠加或以偏概全的情况。因此，以诗歌文本为核心，对女性形象进行全面审视与细致研读，还原史料、索源分析，运用性别视角，从宏观的角度审视，有利于对女性形象的研究进行更为深入的思考。

本书以《全唐诗》《全唐诗补编》《全唐诗外编》作为诗歌文本的考察范畴，以诗歌中的女性形象作为研究对象，进行爬梳整理，归类分析。

第一步，按照初唐、盛唐、中唐、晚唐的历时性进行划分。

第二步，按照女性形象的类型进行细致划分。

(1) 按照诗人塑造的女性形象的身份进行划分：如后妃、宫女、妓女、征妇、女尼、女冠等形象。

(2) 按照诗人塑造的女性形象所反映的性质特点进行划分：如贫女、寡妇、情女、烈女、怨女等形象。

(3) 按照诗人塑造的女性形象中所体现的带有性别视域的特质进行划分：如男性视角下的女性形象和女性视角下的女性形象。男性视角下的女性形象又可以按照理想女性形象或带有想象意味的女性形象、具有现实意义的女性形象等进行划分；女性视角下的女性形象则从作者身份的角度和女性自我观照的角度进行研究。

第三步，将以性别视角进行分类的女性形象进行整合，结合罗宗强先生关于“历史还原”与“理论索源”的方法，在忠于“第一重事实”的基础上，寻找资料中所体现的历时性与共时性特征，挖掘“第二（三）重事实”。即对古人想的和古人做的，运用“主动性”和“独特性”的视角，抓住对象的“典型”性进行分析。

总之，从资料入手，关注“第一重事实”，为本书研究的开展做好基础性工作；并以性别视角为中心，对前人研究所取得的成果进行不同角度的审视，考辨古代文学的古籍文献，通过唐代诗人在诗歌中塑造的女性形象探视两性在现实与文学中各自的角色扮演，对研究现状进行考察，对重要的带有规律性的启示进行归纳总结，为从研究现状中进一步发现问题、揭示问题，并为进一步解决问题提供可能的思路，是本书努力的方向。

本书分六个部分对唐诗中的女性形象进行探讨。

第一部分探讨“女性形象”与“性别视域”。首先，以性别视角为中心，对《全唐诗》《全唐诗补编》《全唐诗外编》中涉及的女性形象作概况梳理。对有性别的创作者笔下的女性形象进行整体观照。其次，对唐前诗歌作品中的女性形象进行梳理，从诗歌源流的发展看女性形象，将女性形象置于宏观的诗歌发展史的洪流中，辨清女性形象塑造的脉络，为进一步研究唐诗中的女性形象作历史承继的梳理，同时为更好地运用性别视角，分析诗歌中的女性形象所体现出的特质，作诗歌文学发展与性别属性书写之间的宏观思辨。最后，将唐诗中的女性形象与性别理论结合，探寻性别内涵与女性形象的理论联系。

第二部分对男性笔下的理想女性形象作整体观照，窥视男性书写下的女性形象的类型化特征。她们在男性诗人笔下具有光辉之美，可以被定义为男性视角下的理想女性形象，代表着性别视角中，男性对女性美的评判、观照与塑造。

第三部分以男性笔下具有现实代言意义的征妇形象为例，探究女性形象塑造与士人心态之间的联系。

第四部分对女性笔下的自我形象进行剖析，探析女性书写下的女性形象的类型化特征，以及女性书写本身所具有的“创作者身份焦虑”的两难处境。

第五部分以薛涛、鱼玄机为个案进行研究，探析女性自我观照下的心灵世界、女性主体意识以及女性形象书写的审美特征。

最后将女性形象置于唐代文学思潮的宏观背景中，就文人创作理论自觉与女性形象塑造之间的相互关联作历时性梳理，以期从文学思潮发展史的角度宏观审视女性形象塑造，将具有性别文化意味的文学现象置于文学思潮的视野中作系统深入的研究，探寻其中千丝万缕的联系与规律性特征。

总之，唐诗中女性形象的塑造，由于作者性别的不同，所塑造的形象呈现出多样性特征，但在中国古典文学中，就唐诗的创作而言，多以男性作为话语中心。唐诗中许多为人熟悉的女性形象是由男性创造的，并被塑造成符合男性需要的形象。我们可从唐诗中进一步挖掘男性笔下的女性形象的性别认知，亦可探讨男性对女性的认知与女性自我认知的不同。本书将对唐诗中的女性形象作整体观照，运用性别的眼光分析男性诗人与女性诗人塑造的不同女性形象，关注女性形象所展现的不同面貌；通过女性形象关注时人心态，考察男性笔下的女性形象与女性笔下的自我形象塑造的不同动因；将女性形象置于文学思潮的历时环境中，宏观考辨文学思潮对女性形象的影响，探讨唐诗中女性形象书写与文人创作的理论自觉之间的关系。

本书致力于以下几个方面的努力。

第一，通过性别视角考察唐诗中的女性形象的论题研究还非常薄弱，且较少有人涉及。首先，性别与生俱来，性别与文化又成为关系人类生存的根本性问题，然而两千多年的封建统治与思想禁锢使性别被忽视、被覆盖，其主要体现之一就在文学与文化方面。性别解释了妇女的经历，成为文化构造的一种方式，以此为切入点去考察文学作品——唐诗中的女性形象具有创新意义。

多年来对性别与文学关联性的探讨主要集中在现当代女作家的创作上，对古代文学领域中更为广泛的富于性别文化意味的文学现象则缺乏系统深入的研究。尤其是唐诗中的女性形象及其与文学思潮之间的相互关联、彼此映现、互为参照的宏观把握与规律性探讨，目前还鲜有人涉及，本书将对此问题作系统探究。

第二，一些研究者在性别分析的过程中，往往片面解读女性的社会历史处境，在研究中片面地关注了“性别政治”因素，却忽视了文学本身的审美观照，使复杂的问题简单化，忽视性别内部的差异，忽视各种复杂因素的影响。因此，在关注性别内部的差异的同时关注文学本身的审美观照同样是值得探讨的问题。

同时，以“创作者身份焦虑”为理论切入点，关注女性审美主体的两难处境，这也是唐代女性诗人诗作研究的一个比较明显的薄弱点，本书将对此问题进行探究。

第三，对《全唐诗》《全唐诗补编》《全唐诗外编》中的女性形象进行全面整理的研究还比较薄弱，多为关注某一类、某一点，缺少系统的分析和研究。常金仓先生说："历史事实的真实性是存在于历史的联系之中的，对事实进行孤立的考证或进行简单的时间顺序排比永远达不到确定事实的目的。"[1] 一般情况下，只关注某一类的女性形象，或某个作家笔下的女性形象，以及某种文学思潮与某类女性形象的关联，的确能够在穷尽某一类材料的基础上试图复原某种现象、某段历史，但是，历史是不可还原的，现象永远只是外在的真实，仅关注某一点的研究会造成对女性形象研究的"碎化"，只见个性不见共性，因此，对唐诗中的女性形象进行宏观把握，在文学史的脉络中予以整体观照，实为必要。

总之，通过"性别视角"考察诗歌作品中的女性形象，运用"性别"眼光，能够比较客观地还原女性在中国文学史上，以及历史生存状态中原有的地位与价值。在研究方法上借助性别视角，有利于在性别的透镜下寻求更多新的发现。但是性别与文学在古代文学研究尤其是唐代妇女文学研究方面仍处于起步阶段，学理上有待成熟，研究上有待深入。另外唐诗中的女性形象研究就唐代文学研究而言毕竟薄弱，在史料的搜集、文献的整理方面琐碎且少有系统，加之本人研究视野与学力的局限，女性形象研究尚有多处需要挖掘。例如：如何在东西方文化差异中解读"社会性别"的文化内涵；如何在阴阳和合的辩证观中深刻看待女性形象的社会意义；如何在历史的变迁中审视女性形象与妇女地位的变化。以上这些都可视作唐诗中女性形象深入研究和多角度解读的重要视点。因此，关于唐诗中的女性形象，如何开拓出更广阔的研究领域，挖掘出更深刻的研究视点仍是笔者努力的方向。

1 常金仓：《穷变通久——文化史学的理论与实践》，沈阳，辽宁人民出版社，1998。

第一章

“女性形象”与“性别视域”

第一节
唐诗中的“女性形象”概观

唐代是中国诗歌史上的黄金时代。唐诗作为唐代文学的代表，呈现绚烂多彩的面貌，而唐诗中的女性形象也以其独特的魅力书写着唐代的风情神韵，这些女性形象产生在特定的文化背景下，反映了古代社会性别观念发展的状况，在璀璨的唐诗星河中闪耀着夺目的光辉。

唐朝政治开明、经济富庶、文化繁盛。唐人生活的方方面面均在唐诗中得到生动、亮丽的展示。如果说春秋战国时期是哲学思想百家争鸣的伟大时代，那么唐代就是诗歌领域百花齐放的时代。鲁迅说，“我以为一切好诗，到唐已被做完，此后倘非能翻出如来掌心之齐天大圣，大可不必动手”[1]。有唐以来将近三百年的时间里，产生了李白、杜甫这两位可以跻身于世界大作家行列的伟大诗人，还有盛唐的王孟高岑，中唐的元白韩孟、刘柳，晚唐的小李杜等各具风格的诗人，如此众多的杰出诗人，形成了多个诗坛流派，这是前无古人，后无来者的。其中，赞美和讴歌女性的艺术创作，在唐诗中异彩纷呈。可以说在思想相对开放自由的唐代文化氛围下，女性——这个历来不被重视的群体，得到了比较丰富全面的阐释。在李白、杜甫、刘禹锡、孟郊、张籍、白居易、杜牧、李商隐、皮日休、陆龟蒙等众多诗人的笔下，唐代各阶层妇女的生活得到了生动的展现，性格各异的女性形象被塑造、呈现，栩栩如生，走入读者视野，这些女性形象为我们研究唐代的妇女文学与妇女生活提供了丰富、充足且宝贵的资料。

---

1 鲁迅：《鲁迅书信集（下册）》，北京，人民文学出版社，1976，699页。

关于男性笔下的女性形象，作家们虽然赋予她们爱与美的光辉，却仍然摆脱不掉儒家文化长期熏陶所形成的心理定式；虽然诗人通过不同的女性形象，反映了他们情感世界的不同层面，但却只是反映了男性对女性的认识、评价与感觉。用男性的价值观和性别观来评价人物和事件，往往会使男性处于“看”的位置，使女性置于被观照、被审视的位置，张扬的多是男性的感觉、心理和思想，女性的话语权往往被剥夺。

中国传统文化的一个特点是对人的关注，但中国传统文化对人的肯定，并不像西方人文主义那样肯定个体的生命价值，而是重视人伦关系，将人放在社会伦理秩序中，关注人与人、人与社会的相互关系。这种相互关系又建立在“天人合一”的哲学观念的基础上，强调“家国同构”，家庭始终作为中国社会的构成细胞，发挥着至关重要的作用。众所周知，家庭是女人活动的主要场所，与家庭有关的女性形象，如妻子、母亲、女儿、姊妹等，凝聚女性以及女性文学形象所具有的传统文化的特点，并彰显家庭伦理观念对女性主体意识的规范。尤其是贤妻良母形象，她们坚贞守节、温柔恭顺、以夫为天、相夫教子，这些深具儒家礼教观念的形象，成为父权制度下男性中心话语制定的中国妇女优良形象的典范，成为被歌颂的对象。

在《全唐诗》[1]《全唐诗补编》《全唐诗外编》中，就出现了许多为男性诗人称颂、讴歌、赞美的与家庭有关的女性形象。尤其是贤德的妻子、慈恩的母亲，她们被定义为社会文化生活中的美好女性形象，成为现实生活中美的化身。所不同的是，贤妻形象是女从的化身，母仪形象却具有女神的光辉。

贤妻被塑造成贞节坚守、温顺归从的形象。诗人往往以赞颂、激赏的态度对具有贞节观念、捍卫礼教贞节的妇女形象进行称颂，像李白《湖边采莲妇》中便写到“愿学秋胡妇，贞心比古松”；孟郊《列女操》也有“梧桐相待老，鸳鸯会双死。贞女贵徇夫，舍生亦如此。波澜誓不起，妾心井中水”；刘叉《古怨》中也说“君莫嫌丑妇，丑妇死守贞”。

诗人以古法今，为礼言志，不但具有贞节品行的妇女形象为男性诗人称颂不已，为丈夫守节、坚贞不移的品德也被男性诗人看重，倍加珍视。白居易《续古诗十首》中的诗句“妾身有存殁，妾心无改易。生作闺中妇，死作山头石”，便是对坚贞从夫的妇女的赞颂。她们在男性诗人笔下尤其具有引人关注的魅力。如刘方平的《望夫石》有“佳人成古石，藓驳覆花黄。犹有春山杏，枝

1 本书中对唐诗的引用，参考中华书局1960年出版的《全唐诗》。

枝似薄妆”，守贞女子即使化为石，也如春花般浸漫春妆；王建的《望夫石》有“望夫处，江悠悠，化为石，不回头”，塑造的是望夫成石的坚贞妻子形象；刘禹锡也有《望夫石》“终日望夫夫不归，化为孤石苦相思。望来已是几千载，只似当时初望时”的诗歌，化为孤石的思妇形象在诗人笔下竟如此多情，当初送别丈夫离开的瞬间也成为永恒，定格在千载悠悠岁月中。

在男性诗人笔下，妻子不但要坚守贞节，还应该具有柔弱顺从的特质。这种顺从尤其表现为对丈夫的遵从。白居易《赠内》诗中，便类聚了一组贫贱不移、顺从归依的典型贤妻形象：“黔娄固穷士，妻贤忘其贫。冀缺一农夫，妻敬俨如宾。陶潜不营生，翟氏自爨薪。梁鸿不肯仕，孟光甘布裙”。

然而，男性诗人笔下的贤妻形象即使再光辉，也只是女从形象的化身，她们必须遵从丈夫，“以夫为天”，坚贞顺从，因此男性诗人笔下的贤妻形象恰成为女从形象的有力注脚。但是，男性笔下的母亲形象则表现出另一种姿态，她们往往具有女神般的光辉。可以说，贤妻的女从形象和母亲的光辉形象形成了鲜明的对比。

母亲形象，在中国人的话语系统和内心世界里，总是作为最神圣最崇高的人格象征。孟郊《杂曲歌辞·游子吟》以真挚亲切的淳朴之情叹颂母爱，千百年来一直唱诵不衰，慈母形象深入人心：“慈母手中线，游子身上衣。临行密密缝，意恐迟迟归。谁言寸草心，报得三春晖”；白居易的《慈乌夜啼》，托物言志，以“慈乌”自喻，寄托舐犊深情，儿子未尽反哺的伤怀愧疚之情：“声中如告诉，未尽反哺心。百鸟岂无母，尔独哀怨深。应是母慈重，使尔悲不任”，颂扬母慈子孝的美德。母亲形象之所以具有光辉，在于“母性崇拜是历史积淀在中华民族文化意识极深之处的原始情结，是中华儿女同自己的本土文化之间永远割舍不断的情感脐带，它本质上是一种文化本体意义上的崇敬感和归属感”[1]。因此，尽管父权意识标榜了古代社会的核心价值体系，但“母性”品格与“母性”精神仍然存在于中华民族对女性的歌颂与倾慕中。另外需引起关注的是，在唐代诗人极力讴歌和感恩戴德的慈母和严母形象的背后，女性在当时的社会现实和传统的伦理规范中的人身权利，仍值得我们加以具体分析。这一问题在本书第二章中将作具体考察。

除了贤妻、良母，还有一群女性蕴含着唐代特有的风神情韵。

唐代是中国封建社会的鼎盛时期，政治宽松、经济富足、文化多元，这些

---

1 仪平策：《中国美学文化阐释》，北京，首都师范大学出版社，2003，162页。

因素共同编织了唐王朝与众不同的辉煌气象。唐代也是中国历史上唯一一个有女主临朝称帝的朝代。武则天称帝亦可视作中国古代文化思潮发展史上，社会审美观念对女性美的一次再评价。妇女政治地位破天荒的突破，相对开放的社会风气，对女性相对尊重的社会心态，都带来了唐王朝与众不同的观照妇女的心态。正是朝野上下普遍的社会审美心理造就了有唐一代对于女性形象的多元化塑造，以及观念思想上对女性美的普遍认可。唐代众多男性诗人笔下塑造的大量光彩照人的倩女形象便是其中璀璨的一笔。

此处所言“倩女”当指“美好的女子”。她们所展现的是男性对女性美的关注与审视，她们拥有青春之美、生命之美，在男性诗人笔下被塑造成美、艳、情的化身，成为光彩照人的一个群体，她们体现男性心中对于两性和合之美的赞颂与讴歌。具体表现如下。

其一，初唐时期的秾华之美。如上官仪在《八咏应制二首》中塑造的美艳女子形象，“翡翠藻轻花，流苏媚浮影。瑶笙燕始归，金堂露初晞。风随少女至，虹共美人归”，华美绚丽，娇柔艳美，富有魅力。又如长孙无忌《新曲二首》：“玉珮金钿随步远，云罗雾縠逐风轻”是她们轻盈的体态，“回雪凌波游洛浦”“婉约娉婷工语笑”是她们绰约的风姿。她们体现了初唐时期男性诗人对于美好女性的歌咏，体现着国力上升时期的唐王朝对女性美的肯定及欣赏美艳倩影时男性对自我的肯定。

其二，鼎盛时期的典雅自然之美。开元、天宝年间，唐朝国力达到鼎盛，社会繁荣，男性诗人笔下的倩女形象有的是珠翠金钿，雍容典雅，像“山花插宝髻”（李白《杂曲歌辞·宫中行乐词》），“宝钗新梳倭堕髻”（徐景先《折柳篇》）等诗句，通过描写发饰凸显女子的隽美典丽。有的则清水芙蓉，健康清新，男性借由她们唱诉爱恋情怀。有诗人写女子清丽之美，惹人爱怜，具清雅神韵，“美人出南国，灼灼芙蓉姿。皓齿终不发，芳心空自持”（李白《古风》），她让人倾慕的不仅是“芙蓉姿”的美好外在，还有“皓齿不发”“芳心自持”的内在，自有一段难以言表的清雅风流。再有，美好清幽的女子还可撩人情思，诗人有“孤灯不明思欲绝，卷帷望月空长叹，美人如花隔云端”（李白《长相思》）的感慨，这份“长相思，摧心肝”，是男性借由这类拥有典雅自然之美的女性来唱诵爱情。

其三，中晚唐时期的病态之美。男性笔下美丽华艳的倩女形象伴随着多民族的文化交流，随着世俗风貌的变化而变化，甚至病态之美也成为倩女形象的一种表征。唐王朝与多民族之间的文化交流，促成了社会审美的新时尚。当时胡妆胡服流行市井，渐成风尚。诗人将时尚风俗变化表现在对倩女形象的描绘中。如白居易的《时世妆》："时世妆，时世妆，出自城中传四方。时世流行无远近，腮不施朱面无粉。乌膏注唇唇似泥，双眉画作八字低。妍媸黑白失本态，妆成尽似含悲啼。圆鬟无鬓堆髻样，斜红不晕赭面状。昔闻被发伊川中，辛有见之知有戎。元和妆梳君记取，髻堆面赭非华风"，便是此种情形的佐证。至于晚唐时期，诗人们力求"更为细腻的官能感受和情感彩色的捕捉追求"[1]，描写闺中女子，娇弱羞情，妩媚妖娆，引人怜爱，却少初、盛唐时期倩女佳人形象所具有的内在清雅气质、外在雍容风貌，失去健康之情、自然之趣。如《懒卸头》中的哀伤、忧愁形象："侍女动妆奁，故故惊人睡。那知本未眠，背面偷垂泪。懒卸凤凰钗，羞入鸳鸯被。时复见残灯，和烟坠金穗"；又如《踏青》中惆怅、迟疑形象："踏青会散欲归时，金车久立频催上。收裙整髻故迟迟，两点深心各惆怅"。

概括而言，唐诗中男性诗人笔下的这些女性形象，无论是坚贞守礼、以夫为天的贤妻形象，还是具有光辉之美的母亲形象，抑或是多姿多彩、被塑造成美、艳、情化身的"倩女"形象，无不昭显男性对于理想女性形象的颂扬讴歌与深浓寄怀之情。她们可以被定义为男性视角下的理想女性形象，代表着性别视角下男性对女性美的评判、观照与塑造。就诗歌而言，这种书写多源于日常现实生活的感受，却升华了种种现实中美的因素。因此，在表现女性形象、体现思想情感的同时，作者强烈的审美理念倾注其中。需要说明的是，这类男性笔下具有理想色彩的女性形象，虽然贤淑、慈爱、美好，却是以男性为话语中心中，体现着男权核心价值观念，并映现着父权制社会理念对女性形象的界定与塑造，正如法国学者西蒙娜·德·波伏娃所说："一个人之为女人，与其说是'天生'的，不如说是'形成'的。没有任何生理上、心理上或经济上的定命，能决断女人在社会上的地位，而是人类文化之整体，产生出这居间于男性与无性中的所谓'女性'。"[2]

以上具有理想色彩的类型化女性形象，在表现女性美好的同时，映现着父权制的文化理念。另外，透过文本创作，运用性别视角，不但可以窥视女性形象由男性书写的类型化特征，还可以探究士人心态。

---

1 李泽厚：《美的历程》，北京，文物出版社，1981，155页。

2 西蒙娜·德·波伏娃：《第二性》，陶铁柱译，北京，中国书籍出版社，1998，23页。

士人心态可以通过作品展现。因此诗歌作品中丰富、生动的女性形象同样具有展现士人心态的作用。严羽在《沧浪诗话》中说：“唐人好诗，多是征戍、迁谪、行旅、别离之作，往往能感动激发人意”，与这些感动激发人意的诗歌密切相关的女性形象，又是丰富多样的，且可以从不同的角度划分。

其一，从贫富等级划分，有贵妇、贫妇等。贵妇形象，如皇甫冉《春思》：“莺啼燕语报新年，马邑龙堆路几千。家住秦城邻汉苑，心随明月到胡天。机中锦字论长恨，楼上花枝笑独眠。为问元戎窦车骑，何时反旆勒燕然”。贫妇形象，如孟郊《杂怨（一作古乐府杂怨）》：“贫女镜不明，寒花日少容。暗蛩有虚织，短线无长缝。浪水不可照，狂夫不可从。浪水多散影，狂夫多异踪。持此一生薄，空成万恨浓。”

其二，从身份上说，有征妇、商妇、倡妇等。征妇形象，如杨炯《有所思》：“贱妾留南楚，征夫向北燕。三秋方一日，少别比千年。不掩嚬红缕，无论数绿钱。相思明月夜，迢递白云天。”商妇形象，如李益《江南词》：“嫁得瞿塘贾，朝朝误妾期。早知潮有信，嫁与弄潮儿。”倡妇形象，如韦承庆《横吹曲辞·折杨柳》：“征人远乡思，倡妇高楼别。不忍掷年华，含情寄攀折。”

其三，从婚姻关系的角度划分，有寡妇、弃妇等。寡妇形象，如杜荀鹤《山中寡妇（一作时世行）》：“夫因兵死守蓬茅，麻苎衣衫鬓发焦。桑柘废来犹纳税，田园荒后尚征苗。时挑野菜和根煮，旋斫生柴带叶烧。任是深山更深处，也应无计避征徭。”弃妇形象，如李白《代赠远》：“妾本洛阳人，狂夫幽燕客。渴饮易水波，由来多感激。胡马西北驰，香鬃摇绿丝。鸣鞭从此去，逐虏荡边陲。昔去有好言，不言久离别。燕支多美女，走马轻风雪。见此不记人，恩情云雨绝。啼流玉箸尽，坐恨金闺切。织锦作短书，肠随回文结。相思欲有寄，恐君不见察。焚之扬其灰，手迹自此灭。”

其四，从表现的情感角度划分，有思妇、怨妇等。思妇形象，如李白《春思》：“燕草如碧丝，秦桑低绿枝。当君怀归日，是妾断肠时。春风不相识，何事入罗帏。”怨妇形象，如孟郊《杂怨（一作古乐府杂怨）》：“忆人莫至悲，至悲空自衰。寄人莫剪衣，剪衣未必归。朝为双蒂花，莫为四散飞。花落还绕树，游子不顾期。”

需要说明的是，这些贵妇、贫妇、征妇、商妇、倡妇、寡妇、弃妇、思妇、怨妇等形象，大抵不离闺阁，闺阁情怀成为这一系列女性形象的核心情感纽带。唐汝洵在《唐诗解》中说：“唐人闺怨，大抵皆征妇之辞也。”或可解释为，征妇形象可作为“唐人好诗”中闺怨情怀的代表形象。而征妇角色的产生又与战争相关，战争自然与政治密不可分，政治又与士人心态息息相关，据此推知，征妇形象与士人心态之间便会产生千丝万缕的联系。

概括而言，中国古代士人心态的变化，与政治有着极为密切的关系，因之政局的变化，往往能改变士人的心态。政治又与战争相合，因为战争本质上是一种政治工具，是实现政治目的的一种手段。所以与战争产生直接和间接关系的诗歌就显得更为引人。征妇形象恰好成为女性形象与战争相连的一个交点，成为与政治发生反应的媒介，正所谓“家国天下”。因此通过征妇形象体现士人心态的变化的创作，可以作为以女性形象凸显士人心态的关键文本，并成为窥探男性对女性的认知的具有现实意义的目的性创作，或可理解为“女性是被男性文化想象和价值取向所造就出来的”[1]。

笔者对《全唐诗》《全唐诗补编》《全唐诗外编》进行爬梳整理。内容明显属于征妇类的诗歌有将近三百首（见附录一），在数量上相当可观。故而征妇形象作为有代表意义的一类女性形象，确有研究的必要。同时，绝大部分的征妇诗歌是由男性诗人完成的，李白、杜甫、王昌龄、白居易、沈佺期、张籍、王涯、张仲素、施肩吾、陆龟蒙等百余位作家皆有此类作品。而由女性诗人书写的征妇诗歌仅占约百分之七。可见，征妇类诗歌中，男性创作与女性创作，数量悬殊。因此，以性别视角考察，在征妇诗中多以男性视角书写女性（征妇），由男性代女性（征妇）言其内心情怀，这类征妇诗歌的面貌如何，男性如何塑造征妇形象，塑造征妇形象的意义何在，是值得关注的问题。这些内容将在本书第三章中作具体分析。

唐诗中的女性形象虽然大部分是由男性诗人塑造的，而女性笔下的自我形象书写，同样具有女性自身的独特魅力，展现女性自我观照之美。

唐代社会相对开放，女性地位相对较高，多种文化与宗教的融合给社会风尚带来多元气息，女主专政，崇尚健康的生命之美，以及唐代妇女活动空间的相对宽广，都为唐代女性带来生命的悦动气息，她们虽然处在父权制观念羁绊下，却在一定程度上表现出寻求个性、敢于抗争的社会化人格与精神特质。可以说，她们以自发的方式，隐秘地背离父权制的束缚。具体表现为，她们有机会以乐观开放的心态观照自我，书写女性声音。这种自我观照以深情忧思的悲感情怀为内核，以勇于开展两性对话为方式，以人生体验为哲理思辨，凸显女

1 荒林、王光明：《两性对话——20世纪中国女性与文学》，北京，中国文联出版社，2001，3页。

性主体意识，展现女性主体之美。唐代女性书写正是以自我观照的方式，隐秘地背离父权制的羁绊，组成了一幅动人、立体、富于思辨色彩的女性群像图。具体表现如下。

其一，深情忧思的言情形象。女性以自身生活情感体验为前提，书写思念、相悦的情愫，被弃、逝去的经历。如“夫戍边关妾在吴，西风吹妾妾忧夫。一行书信千行泪，寒到君边衣到无”，陈玉兰的《寄夫》将妻子对丈夫的惦念表达得感人至深；还有广为传颂的张睽妻侯氏的《绣龟形诗》：“开箱叠练先垂泪，拂杵调砧更断肠。绣作龟形献天子，愿叫征客早还乡”，“龟”谐音“归”，诗篇感人肺腑，情致真切。又如鱼玄机的《送别》（秦楼几夜惬心期）、《送别》（另一首）（水柔逐器知难定）、《秋怨》；江妃《谢赐珍珠》“长门尽日无梳洗，何必珍珠慰寂寥”等，表达了女子被弃后的郁悒、侘傺之情貌。再如命运多舛，死别生离也成为女性书写的情怀感人的形象。如裴羽先的《哭夫二首》、谁氏女的《题沙鹿门》“昔逐良人去上京，良人身殁妾东征。同来不得同归去，永负朝云暮雨情”等。这些女性形象的塑造源于女性对生活情感的直接体验，因此女诗人笔下的自我形象更为真切，更为传神动人。

其二，勇于陈说、开展两性对话的立体形象。唐代女性地位相对较高，女性对自身的诉求倾向于勇敢地陈说，这种尝试表达自我声音的主体意识有利于塑造更为立体的女性形象，不但真实而且饱满。女性在诗歌中展露出与男性的对话倾向，试图勇敢地表达内心的渴望与追求，在父权制“男尊女卑”的观念下寻求背离。

其三，沉静醒省的思辨形象。一般情况下，女性创作者书写的自我形象多给读者带来的是对情感因素的关注，然而女性的自我形象书写并非一味言情，它同样具有思辨内核、哲思观念。具体而言，以人生体验为前提的哲理沉思同样蕴藏于女性创作者笔下。如此创作出的女性形象组成了女性关注自我、思辨钩沉、具有哲理醒思意识的女性群像。如李冶的《八至》：“至近至远东西，至深至浅清溪，至高至明日月，至亲至疏夫妻。”诗人个体的孤独感，与唐中叶诗人诗作中普遍存在的孤独况味有相通之处，不但带有女性作家从性别视角看待世界的显著特征，同时带有诗人俯察人世情怀的感悟。再如鱼玄机《赠邻女》（一作寄李亿员外）“易求无价宝，难得有心郎”，《游崇真观南楼睹新及第题名处》“自恨罗衣掩诗句，举头空羡榜中名”。这些诗篇疏放异常，出语豪隽，有遗世独立之风，流露出的是一位才女对男权社会的艳羡，而作为女性，自身却不能融入游戏的喟叹与思量。

总之，唐诗中的女性形象，由于作者性别身份的不同，呈现出多样化特征，但在中国古典文学中，就唐诗的创作而言，多以男性作为话语中心。唐诗中许多为人熟悉的女性形象是由男性创造的，并被塑造成为符合男性需要的形象。也就是说，我们可从唐诗中进一步挖掘男性笔下的女性形象的性别认知，亦可探讨男性对女性的认知与女性自我认知这两者的不同。

同时，运用性别视角对唐诗中女性笔下的自我形象进行研究，能够更好地理解女诗人塑造女性形象或自我形象的两难处境。其主要体现在两个方面：一方面是在中国古代男权社会中，女性微贱的社会地位决定了女性作为“审美主体”和“被观照的客体”所面临的两难境地，即有着女性对心灵、对自我身心想法的诉求，有着女性在情绪方面的自我认知，还有着女性在男性文人的审美意识中充当“空洞能指”的无奈；另一方面是女性作者身份的焦虑和其努力“建立独立自主的女性作者身份”的探求。因此，从这两种维度去解读唐诗中的女性形象，会为我们带来更多的思考。

唐诗中的女性形象给我们留下的既是一种具有审美价值的文学形象，又是为其他文学形象所不可替代的社会文化启示录。

按照历史唯物主义的观点，社会存在决定社会意识，物质生活的生产方式制约着整个社会生活、政治生活和精神生活的过程。一定的社会历史时期的生产方式、经济形态等，决定了该时期的意识形态、思想文化等主要内容和表现形式，也决定着该时期妇女的地位，而妇女在社会和家庭中的实际地位和由此所决定的她们的生活方式，直接造就或改变着妇女的形象。对唐诗中女性形象进行深入的研究和多角度的解读，将使我们更好地了解唐代近三百年的历史中复杂多变的女性生活状况，为了解时人的思想感情、道德习俗，认识当时社会的价值标准和审美观念，以及他们的主体意识和精神风貌提供宝贵的资料。由于道德、观念等具有历史的继承性，我们研究女性形象，有必要进行历史的考察，并从历史的变迁中去把握。而文学思潮的变化恰成为反映历史变迁的文化流线。文学思潮与女性形象塑造密不可分，相互映衬。因此，女性形象的变迁其实正是一部形象撰成的历史，它所表述的将不仅是“形象本身的历史”，也是文学思潮的历史，是时代和社会变迁的历史。

第二节
唐前诗歌中的“女性形象”概观

就唐前诗歌中的女性形象总貌来看，女性形象的发展脉络表现为三个趋向：从《诗经》中女性的率真展现，到《楚辞》中的非本质塑造；从女性整体面貌的民间歌谣写真，到文人徒歌的案头素材；从建安时期的代妇言声，到两晋六朝的模拟女子口吻创作。这三个趋向的共同性体现为女性形象逐渐成为诗歌自觉后文人徒歌的创作素材，其凸显女性本真面貌的性质逐渐消逝。

一、先秦时期的女性形象

先秦时期，以《诗经》《楚辞》作为代表，它们是中国古典诗歌的两大源头，就女性形象的塑造而言，也展现出截然不同的特点。《诗经》中的女性形象彰显着双性视角，其中最显著的特点是女性主体身份的体现带有强烈的女性自我观照的色彩。而《楚辞》中的女性形象则体现出明显的男性视角，尤其以《离骚》《招魂》《大招》最具代表性，女性形象以被观照的客体的形式出现。两大诗歌源头开创了性别视角下女性形象塑造的不同趋向。比较而言，《楚辞》所开创的方式俨然成为后世诗歌表现女性形象的主流。

1.《诗经》：双性视角下的女性群像

首先，《诗经》中的女性形象多出现在婚恋类诗歌中。作为诗歌自觉的前曲，《诗经》以一种歌谣体的方式出现，正如朱熹《诗经传序》所言：“凡诗之所谓风者，多出于里巷歌谣之作，所谓男女相与咏歌，各言其情者也。”[1] 所谓“各言其情”，如果以性别视角切入，则代表男性与女性视角的共生相合。也就是说，女性形象既作为抒情主体出现，带有女性自我观照的特性，又作为被观照的客体出现，成为男性视角下的审美对象。就此，闻一多提出“女词”“男词”的观点[2]，这种分类同样涉及性别视角的问题。首先，就“女词”而言，《诗经》中的女性形象，其最突出的特点是女性主体身份的凸显。具体表现为：其一，女性形象作为审美主体出现；其二，女性形象作为陈说主体出现。

---

1 朱熹：《诗经集注》，大连，大连图书供应社，1934，2 页。

2 闻一多：《风诗类钞》，见《闻一多全集·诗经编下》，武汉，湖北人民出版社，1993。

女性形象以审美主体的身份出现，明确了诗歌中女性视角的存在，揭示了女性曾经以主体身份走入文学创作的萌芽期，并以主体身份感怀世事、品评男性。如：

山有扶苏，隰有荷华。不见子都，乃见狂且。
山有乔松，隰有游龙。不见子充，乃见狡童。

——《郑风·山有扶苏》[1]

这首诗写一位女子对男子的不满，理由是“狂且”“狡童”，不是她所欣赏的英俊、沉稳的对象，诗歌中那个表达男子不遂己意的女子形象活泼泼地站在读者眼前。

《诗经》中还有如“硕人俣俣”“有力如虎，执辔如组”“赫如握赭”（《邶风·简兮》）等诗句，虽然表现的是对男性“力”的崇尚，但较之后世诗歌，能够对男性形象作审美评价，恰是以女性主体身份进行审美观照的侧面印证，这也说明了女性曾经与男性一样，拥有审美权利。然而在礼教日趋繁盛的后世，女性作为审美观照的主体的身份日渐消弭，诗歌中通过塑造女性形象凸显女性主体审美、评判男性的现象更是趋于枯竭，成为后世诗歌更为重要的缺失。而女性本身，地位日趋没落，逐渐沦为“第二性”已成为不争的事实。

女性形象以陈说主体的身份出现，在《诗经》中表现得更为淋漓尽致、生动饱满。看这首《王风·葛藟》：

绵绵葛藟，在河之浒。终远兄弟，谓他人父。谓他人父，亦莫我顾！
绵绵葛藟，在河之涘。终远兄弟，谓他人母。谓他人母，亦莫我有！
绵绵葛藟，在河之漘。终远兄弟，谓他人昆。谓他人昆，亦莫我闻！

诗歌传递了女子的抱怨之情，她嫁入夫家，方方面面不称心意。以对夫家的不满为主题书写诗歌，这在后世是极为少见的，“以夫为天”的思想随着礼教日隆成为评判女子贤良的标志，《王风·葛藟》中的女性形象可谓后世“不拘礼法”的典型了。反观此诗，却可印证女性在没有被男性中心文化压制的时候，她们以敢于陈说的方式，坦率、天真地表达着自己，而女性形象也以自我观照的率真面貌示人。同类型的女性形象还有《召南·摽有梅》中“求我庶士，追其吉兮”的待嫁女子焦急坦言的形象；《卫风·氓》中“女也不爽，士贰其

1 本书中对《诗经》作品的引用，参考北京大学出版社1999年出版的《十三经注疏·毛诗正义》。

行……反是不思，亦已焉哉”的决绝弃妇刚强表白的形象；《郑风·狡童》中“维子之故，使我不能餐兮”的相思女子缠绵直率的形象；等等。

其次，一些“男词”中的女性形象集中表现为欣仪的赞颂与美好的讴歌。虽然作为被观照的客体，女性形象在这些“男词”中是被欣赏、被描述的对象，但是，与后世诗歌不同，女性形象塑造并非停留在外貌、身形、服饰的细密镂刻中，而是以形而上的方式，关注情感与道德。可以说，“男词”中的女性形象的美好来自两性的相悦和谐，正所谓“乐而不淫”。如《邶风·静女》：

静女其姝，俟我于城隅。爱而不见，搔首踟蹰。

静女其娈，贻我彤管。彤管有炜，说怿女美。

自牧归荑，洵美且异。匪女之为美，美人之贻。

诗歌仿佛戏剧的片段，女子与男子相约“城隅”会面，到了约会的地点却不见女子出现，诗歌表面上是写一个焦急难耐的小伙子形象，但“美人之贻”透露了爱情的力量，女子的“姝”“娈”侧面映现，更为明晰。再看这首《陈风·月出》：

月出皎兮。佼人僚兮。舒窈纠兮。劳心悄兮。

月出皓兮。佼人懰兮。舒忧受兮。劳心慅兮。

月出照兮。佼人燎兮。舒夭绍兮。劳心惨兮。

描写月下美人的绰约形象，诗人咏唱爱慕、寄予相思，美人之美，美在似月儿般明净、纯洁。

概括而言，当人类活泼自由地表达着自己的时候，尚属萌幼的文学正以最为淳朴的方式呈现人类的本真，《诗经》中的女性形象便在这种本真的自由空间里表现现实。一方面，以后世诗歌难以为继的面貌彰显女性的自我观照，凸显拥有主体身份的女性群像；另一方面，女性形象彰显男性审美情趣，对女性的审美并非停留在对女性外在美的判断，而是关乎精神世界，当女性形象在后世仅以物化的形式存在时，便只能成为寄寓男性审美观照的再造形象，南朝宫体诗即为显著代表。因此，《诗经》中双性视角下的女性群像在诗歌流变的历史背景中更显珍贵。

2.《楚辞》：男性视角下趋于符号化、物化的女性形象

《楚辞》作为诗歌的另一源头，其中的女性形象塑造，主要以男性视角为主

导，这与《诗经》中女性形象塑造的双性视角有所不同。《楚辞》标志着中国历史上第一部个性化的专业诗歌总集的出现，诗歌中的女性形象作为抒情工具，以被观照的客体的方式出现。

首先，女性形象带有修辞含义，以《离骚》为代表，与《诗经》中表现现实截然不同。“众女嫉余之蛾眉兮，谣琢谓余以善淫”[1]，以女子容貌娇美比喻男子品德高尚；“吾令丰隆乘云兮，求宓妃之所在”，“望瑶台之偃蹇兮，见有娀之佚女。吾令鸩为媒兮，鸩告余以不好”，“及少康之未家兮，留有虞之二姚。理弱而媒拙兮，恐导言之不固”，等等，这些美好女子象征美政理想。《楚辞》的其他诗篇中，也有将女性形象作为托喻象征出现的。如《惜往日》中“妒佳冶之芬芳兮，嫫母姣而自好。虽有西施之美容兮，谗妒入以自代”，同样是以女性容貌比喻男子才德，以美好女子遭妒比喻良臣见谗。

再如《九歌》中的《湘君》《山鬼》，诗人托拟女性（女巫）身份、口吻和心理描塑女性形象。王世贞谓“千古情语之祖”（《艺苑卮言》卷二）的《湘君》，描写湘夫人思念湘君，临风企盼的怨慕神伤形象。而《山鬼》中的主人公美好妖娆，“若有人兮山之阿，被薜荔兮带女萝，既含睇兮又宜笑，子慕予兮善窈窕”，与其说是山神形象不如说更似人间少女，盛装多情的她约会情人而不见，诗歌最后一节“雷填填兮雨冥冥，猿啾啾兮狖夜鸣。风飒飒兮木萧萧，思公子兮徒离忧”，山鬼绝望痛苦、徘徊不肯离去的形象凄婉感人。

屈原《九歌》由民间祭祀乐歌加工而成。《楚辞》与楚国民间“巫歌”关系密切。楚地巫风盛行，“信巫鬼，重淫祀”[2]（《汉书·地理志》），“夫人作享，家为巫史”（《国语·楚语》）。王逸《楚辞章句·九歌序》说：“昔楚国南郢之邑，沅湘之间，其俗信鬼而好祠。其祠，必作歌乐鼓舞以乐诸神。”楚地宗教巫术对《楚辞》创作有直接影响。可以说，“献祭与神，也就献祭于巫，献祭于王，取悦于神，也就是取悦于君。因而，那套神巫交接的宗教仪式的扮演，借助人神恋爱的歌舞演唱，表达的正是世俗的君臣遇合的情怀。只是这样，这套政治隐喻的置换关系才会最终得以完成”[3]，就此，《九歌》中湘夫人、山鬼这类失望神伤的形象或可暗喻诗人不遇的政治情怀。

汉以降，《离骚》中的女性形象、《九歌》中的男女之情被赋予深意，开创

1 本书对《楚辞》作品的引用，参考中华书局2006年出版的《楚辞补注》。
2 本书中对《汉书》内容的引用，参考中华书局1965年出版的《汉书》。
3 熊良智：《楚辞文化研究》，成都，巴蜀书社，2002，129-131页。

了以男女喻君臣的诗歌传统。这类女性形象不再作为审美主体出现，同时，作为被观照的客体，被追慕的女性形象也不作为现实生活中的真正具有爱恋性质的对象，而是成为表现创作者愿望的某种工具。女性形象已经作为某种艺术表达的方法，虽然这可以视为诗歌创作的进一步发展，但是，女性形象已然成为男性意念的产物，创作者关心的并非女性本身，而是自我观念，女性形象渐趋成为男性笔下的象征符号、代言工具。

其次，女性形象作为被观照的客体，以趋于物化的形式出现，集中见于《招魂》《大招》篇中：

弱颜固植，謇其有意些。姱容修态，絙洞房些。蛾眉曼睩，目腾光些。靡颜腻理，遗视矊些。离榭修幕，侍君之闲些。(《招魂》)

美人既醉，朱颜酡些。娭光眇视，目曾波些。被文服纤，丽而不奇些。长发曼鬋，艳陆离些。二八齐容，起郑舞些。(《招魂》)

粉白黛黑，施芳泽只。长袂拂面，善留客只。魂乎归徕！以娱昔只。青色直眉，美目婳只。靥辅奇牙，宜笑嗎只。丰肉微骨，体便娟只。魂乎归徕！恣所便只。(《大招》)

《招魂》根据民间招魂词的写法而作，与《大招》相同，两篇共同的主题是呼唤失魂者归附身体以夸饰楚国的美好，用渲染四方险恶的方式进行招魂。两首诗中，对女子美色形象的模塑与夸饰楚国宫室、物品有相通之处，可同样视为对楚国的夸赞。“魂乎归徕！以娱昔只”的呼唤将女性形象置于物象范畴，这些女性形象“不属于任何类型的女人，她们只是美色的化身”[1]。

女性形象仅仅以物象的美色方式呈现，作为被观照的客体，成为男性视角下的主观模塑，《招魂》《大招》开创了将女性形象物化的先河，也成为男性视角下将女性形象作为审美客体割裂主体情感的源头，后世宫体诗中的女性形象塑造承袭于此。

二、两汉时期的女性形象

汉代文人以辞赋为重，诗歌创作并不发达。正所谓“词赋竞爽，而吟咏靡闻……诗人之风，顿已缺丧”[2]。就整体而言，汉代诗歌仍处于诗歌的前自觉阶

1 康正果：《风骚与艳情》，上海，上海文艺出版社，2001，81页。

2 钟嵘：《诗品集注》，曹旭集注，上海，上海古籍出版社，1994，11页。

段。汉代诗歌中凸显女性形象的是乐府诗与汉末产生的《古诗十九首》。

1. 乐府诗中的女性形象——两性相合的戏剧性真实

“乐府”是上古掌管音乐的行政机关。西汉初期设乐官，分为太乐令、乐府令，太乐令掌管雅乐，乐府令掌管民间俗乐。《汉书·百官公卿表》记：“奉常，秦官，掌宗庙礼仪，有丞。景帝中六年更名太常。属官有太乐、太祝、太宰、太史、太卜、太医六令丞。”宋人王应麟引吕氏说：“太乐令丞所职，雅乐也。乐府所职，郑卫之声也。”[1]《汉书·礼乐志》记：“至武帝定郊祀之礼……乃立乐府，采诗夜诵。”可见，乐府多采民间风谣。魏晋之后，“乐府”又成为诗体名称。清人顾炎武在《日知录》中说：“乐府是官署之名……后人乃以乐府所采之诗，即名之曰乐府。”萧涤非进一步考证，认为“乐府”由官署之名转称所唱诗歌，当始于晋、宋之际[2]；《汉书·艺文志》载：“自孝武立乐府而采歌谣，于是有赵、代之讴，秦、楚之风，皆感于哀乐，缘事而发，亦可以观风俗，知薄厚云。”由此可知，“乐府”之职责是采民间歌诗、组织文人创作。从作者看，汉乐府包括贵族创作、文人创作和民歌三个部分。贵族和文人的创作，大多是歌功颂德，风格典雅古奥且缺乏生气，文学价值不高。两汉乐府中的精华是民歌，它们大多保存在《乐府诗集》和《相合歌辞》中，汉代乐府民歌与《诗经》民歌一脉相承。

汉代集中描写女性形象的诗歌，来源于乐府采诗，故事性强，情节具有戏剧性。

就整体而言，女性形象重描写，以情节取胜，凸显戏剧性。如这首《上山采蘼芜》[3]：

上山采蘼芜，下山逢故夫。长跪问故夫，新人复何如？
新人虽言好，未若故人姝。颜色类相似，手爪不相如。
新人从门入，故人从阁去。新人工织缣，故人工织素。
织缣日一匹，织素五丈余。将缣来比素，新人不如故。

诗歌中的弃妇被安排在与故夫山脚相遇的情节中，属于偶然事件，但是如果没有偶遇，也就不会有弃妇在被弃后仍须“长跪问故夫”这一向丈夫跪诉的情节出现，当然也就难以深层揭示妇女地位卑下的现实。《陌上桑》中写秦罗敷

1 王应麟:《汉书艺文志考证（八）》，载《二十五史补编》，北京，中华书局，1955，1422页。
2 萧涤非:《汉魏六朝乐府文学史》，北京，人民文学出版社，1984，8页，注（一）。
3 本书中对古体诗的引用，参考中华书局1983年出版的《先秦汉魏晋南北朝诗》。

与太守的一段对话，也是在一种偶然相遇的情节中凸显秦罗敷的智慧形象：

使君从南来，五马立踟蹰。使君遣吏往，问此“谁家姝”？“秦氏有好女，自名为罗敷。”“罗敷年几何？”“二十尚不足，十五颇有余。”使君谢罗敷：“宁可共载不？”罗敷前置辞：“使君一何愚！使君自有妇，罗敷自有夫。”

“东方千余骑，夫婿居上头。何用识夫婿？白马从骊驹；青丝系马尾，黄金络马头；腰中鹿卢剑，可值千万余。十五府小史，二十朝大夫，三十侍中郎，四十专城居。为人洁白晰，鬑鬑颇有须。盈盈公府步，冉冉府中趋。坐中数千人，皆言夫婿殊。”

采桑女秦罗敷虽是平民女子，但贫贱不移，面对太守的调戏，她以夸饰夫婿地位、英姿的方法，巧妙拒绝，是一位忠贞、机智、聪慧的民间姝女形象。

具体而言，在颇富戏剧性的情节中，女性形象的塑造还显现出两方面的特点：一方面体现为真实性，是源于生活的写真描述，即戏剧性的真实；一方面体现为理想化，是高于生活的表现，即写实的戏剧性。

其一，乐府诗中女性形象的写真特性，与《诗经》的周民歌一脉相承，是对现实生活的反映，感情真挚浓郁，风格平直素朴。《东门行》中是“他家但愿富贵，贱妾与君共餔糜。上用仓浪天故，下当用此黄口儿”，愿与丈夫同甘共苦的贫贱妻子形象；《陇西行》写“健妇持门户，亦胜一丈夫”，是善于持家的健妇形象。特别是在那些书写爱情、婚姻的作品中，女性形象卓然独立、真挚感人，对后代诗歌影响最为深远。《有所思》和《上邪》就是其中颇具代表性的作品。《有所思》云：

有所思，乃在大海南。何用问遗君，双珠玳瑁簪，用玉绍缭之。闻君有他心，拉杂摧烧之。摧烧之，当风扬其灰。从今以往，勿复相思，相思与君绝！鸡鸣狗吠，兄嫂当知之。妃呼豨！秋风肃肃晨风飔，东方须臾高知之。

女子性情刚烈爽直，爱也深挚，怨也深切，敢爱敢恨，绝君相思的形象动情真挚。《上邪》是女子爱的誓言：

上邪！我欲与君相知，长命无绝衰。
山无陵，江水为竭，冬雷震震，夏雨雪，天地合，乃敢与君绝！

她一连列举了五种很难发生的自然现象，向所爱的人表明心志：海枯石烂，坚贞不渝。这些女性形象，与《诗经》风谣相同，体现的是两性存在的真实。

其二，乐府采诗来源于生活，体现生活的真实，在采诗成诗的过程中，也会将人物形象表现得高于生活，女性形象的理想化塑造也就成为一个显著的特征。如一些女性形象拥有着“美貌”“智慧”“品格”“富足”的极致表现，这些特点突出的女性形象成为两性审美心理中男性对女性自然、写真之人性美的赞颂。

像《古诗为焦仲卿妻作》中的刘兰芝，为情殒身，美艳勤劳，《陌上桑》中的秦罗敷智对太守，狡黠聪颖，同时这两位女子身上所具有的贫贱不移、忠贞于爱情的品格更为人赞颂。

再如《长安有狭邪行》中的“三妇”形象，特别引人注目，“大妇织罗绮，中妇织流黄。小妇无所为，扶瑟上高堂”，诗中“三妇”形象雍容高贵，织作调琴，其乐融融，富足生活惹人欣羡。显然，这类诗歌与下层平民生活距离较远，表达对富贵的艳羡和夸饰，将人物塑造置于理想化的审美追求中。后世关于“三妇”题材的诗作唱诵不断，新的乐府题目《中妇织流黄》《三艳妇》等就是由“三妇”题材衍生而出的。

概括而言，无论是刘兰芝还是秦罗敷，抑或是“三妇”，创作者将她们描绘得几近完美——美好、智慧到极致，富足、祥和到融融。然而生活本身很难完美，因此这些各具特色、几近完美的女性形象就成为来源于生活又高于生活的典型了，典型在于她们成为多数人期望的理想女性形象，是人性美的化身。

乐府歌诗，采诗民间，其特有的“戏剧”[1]性成分，使人物形象在戏剧冲突中，在丰富描写中更显突出，萧涤非认为汉乐府“大部皆采自民间……故其中多社会问题之写真”[2]，其所表现的女性形象的写真特色虽然与《诗经》相承，却因其戏剧性而表现出高于现实的理想化色彩。另外，乐府诗中的女性形象无论是生活本身的写真表现，还是经过加工的理想化塑造，无论是表现为写真的戏剧性特色，还是表现为戏剧化的真实祈愿，它仍然保留了两性存在的真实。因此以戏剧性的方式表现真实，以女性形象来源于生活又高于生活的写真特色与理想审美表现两性相合，是乐府歌诗中女性形象相别于其他时期的特征。

2.《古诗十九首》中的女性形象——人性相谐的双性之辞

汉代诗歌相近于诗歌文体“自觉”的，是一批失去作者姓名的“古诗”，含

1 参考钱志熙：《汉魏乐府的音乐与诗》，郑州，大象出版社，2009，42页。

2 萧涤非：《汉魏六朝乐府文学史》，北京，人民文学出版社，1984，25页。

《古诗十九首》、李陵录别诗二十一首、其他杂录三十五首[1]。这些诗歌多是率性感发之作，与后世文人潜心专诣之作又有不同。

女性形象多出现在《古诗十九首》中。《古诗十九首》最早见于《文选》，今人综合考察，一般认为它不是一时一人之作，应当作于东汉顺帝末到献帝前（140—190年）[2]。东汉末年，社会动荡，政局混乱，文士漂泊，游宦无门。这十九首诗歌，基本是游子思妇之辞。

清人陈祚明在《采菽堂古诗选》中说：

> 《十九首》所以为千古至文者，以能言人同有之情也。人情莫不思得志，而得志者有几？虽处富贵，慊慊犹有不足，况贫贱乎？志不可得而年命如流，谁不感慨？人情于所爱，莫不欲终身相守，然谁不有别离？以我之怀思，猜彼之见弃，亦其常也。失终身相守者，不知有愁，亦复不知其乐，乍一别离，则此愁难已。逐臣弃妻与朋友阔绝，皆同此旨。故《十九首》虽此二意，而低回反复，人人读之皆若伤我心者，此诗所以为性情之物，而同有之情，人人各具，则人人本自有诗也。但人人有情而不能言，即能言而言不能尽，故特推《十九首》以为至极。

这是对《古诗十九首》相当准确的评论。它指出人生共有的体验和感受是诗歌表达的情感核心，因而能够超越时空，引起共鸣。

《古诗十九首》中的女性形象多表现为思妇的闺怨和愁思，重在书写婉曲复杂的心态，表现人物思想是这类诗歌中女性形象塑造的显著特点之一。如《冉冉孤生竹》写担心自己年老色衰的忧苦女子形象：“思君令人老，轩车来何迟。……过时而不采，将随秋草萎”；《青青河畔草》唱出思妇春光寂寞之怀：“荡子行不归，空床难独守”；《迢迢牵牛星》尤可称道：

> 迢迢牵牛星，皎皎河汉女。纤纤擢素手，札札弄机杼。
> 终日不成章，泣涕零如雨。河汉清且浅，相去复几许？
> 盈盈一水间，脉脉不得语。

诗歌表面写牛郎织女相思无限，却无一处不写相思妇人内心情怀，终日泣

1 据《先秦汉魏晋南北朝诗》（逯钦立辑校，中华书局，1983）中所辑诗歌统计。

2 李炳海：《〈古诗十九首〉写作年代考》，载《东北师大学报》，1987（1）。作者认为《古诗十九首》的创作最迟不晚于汉桓帝时。也有学者认为，《古诗十九首》产生于汉献帝时，如刘大杰《中国文学发展史》（上海古籍出版社，1997，上卷239页）。

涕伤怀、心思凝闭的是织女，更是相思妇人的写照，思念游子的妇人形象被塑造得深切而痛楚。

需要指出的是，思妇复杂微妙的内心述怀并非真正出于思妇之手，而是“以我之怀思，猜彼之见弃”，多为游子文士琢磨推拟女子心态，代女子言其声，因此这类女性形象往往是创作者有意为之，假拟女性心态而作的，与《诗经》中的两性一方述己之怀有所不同。马茂元认为，与《诗经·国风》“男女相与咏歌各言其情不同:《十九首》的语言，篇篇都表现出文人诗的特色，其中思妇词不可能是本人所作，也还是出于游子的虚拟。在穷愁潦倒的客愁中，通过自身感受，设想到家室的离思，因而把同一性质的苦闷，从两种不同角度表现出来”[1]。可以说，《古诗十九首》抒发的是人生最基本的情感、思绪，是“人同有之情”，即使是男作女声也是人性相合的本真体现。

同时，这种人性相合还体现在人物形象所具有的“双性相谐”的特征方面，彰显言有尽而意无穷的人生哲理，这也成为《古诗十九首》的一个鲜明特点。如《行行重行行》:

> 行行重行行，与君生别离。相去万余里，各在天一涯；
> 道路阻且长，会面安可知！胡马依北风，越鸟巢南枝。
> 相去日已远，衣带日已缓。浮云蔽白日，游子不顾返。
> 思君令人老，岁月忽已晚。弃捐勿复道，努力加餐饭。

这首诗歌文字浅显，“平平道出，且无用工字面”（谢臻《四溟诗话》），仿佛就是思妇念远之辞。但是运用性别视角，细加推敲，其含义、情感却异常丰富。《中国古代文学发展史（上册）》中有一段相当准确的评论：“首先，如果把‘游子不顾返’一句的‘游子’，理解为游子自称，则此诗也可以看作是游子之辞。而游子想念妻子与思妇想念游子，其感情内涵是不尽相同的，可以产生不同的体会。并且，一旦作游子自称理解，全诗的题旨还可能有完全不同的解释，超出夫妇思念的范围。其次，这首诗抒发的离别之情，任何人都有过此类情感体验。不论是游子、思妇甚或出于其离别的情境，都会自觉不自觉地联系自身的经历，去感受、联想甚至补充这诗的情感内涵。”[2] 叶嘉莹也认为，看似

---

1 马茂元：《古诗十九首初探》，西安，陕西人民出版社，1981，18页。
2 罗宗强、陈洪主编，张峰屹、赵季撰：《中国古代文学发展史（上册）》，天津，南开大学出版社，2003，268页。

明白实际的诗句却藏含蕴无穷的体会[1]。具体而言，诗歌之所以含蕴无穷，恰在于它既可以是游子之辞，也可以是思妇之辞，人物形象既可以是男性也可以是女性，这种"双性相谐"的人物形象为诗歌增添了无穷意味。宋人吕本中《童蒙诗训》言《古诗十九首》："思深远而又余意，言有尽而意无穷"，清人陈祚明也评论说："言情能尽者，非尽言之为尽也。尽言之则一览无遗，惟含蕴不尽，故反言之，乃足使人思。……《十九首》善言情，惟是不使情为径直之物，而必取其宛曲者以写之，故言不尽而情则无不尽。"[2] 这些评论同样可以适用于以性别视角去观照诗歌中的女性形象。

综上而言，将女性形象置于诗歌流变索源中考察，《诗经》中的女性形象书写体现为两性互为审美观照，对话应答，表现为各言其情。《楚辞》有所不同，女性形象成为男性笔下单方面的审美观照，趋向于符号化，有物化倾向。两汉时期，乐府诗承继《诗经》风谣特性，女性形象体现出两性相合，所不同的是，因其戏剧性的体现，人物形象重描写，凸显情节性。《古诗十九首》虽然也是率性之作、"性情之物"，但正因其"同有之情"，无论是男作女声的代言形象，还是言有尽意无穷的"双性之辞"，都体现了两性共存的视角，这正是"人性"所共有，即男性女性皆为人人，正所谓"人生共有的体验和感受"，可以说，两汉诗歌中的女性形象承继了《诗经》的双性视角，所不同的是，《诗经》是各言其情，两汉诗歌体现人性相谐，这成为后世诗歌中再难呈现的女性形象塑造之特色。

三、建安、两晋、南朝时期的女性形象

1. 建安——自觉代言

建安时期是文学自觉的时代。建安诗人对诗歌艺术的追求较之汉代有所不同。明谢臻《四溟诗话》说《古诗十九首》与魏晋诗相较，如同"家常话"与"官话"的区别，"官话勉然，家常话自然"；胡应麟也认为"汉诗自然，魏诗造作"[3]；明代诗论家指出汉代诗歌与魏晋诗歌的重要分别，是汉代诗歌可以理

1 参见叶嘉莹：《迦陵论诗丛稿·一组易懂而难解的好诗》，石家庄，河北教育出版社，1997，131-143页。

2 陈祚明评选《采菽堂古诗选》，李金松点校，上海，上海古籍出版社，2008，113页。

3 胡应麟：《诗薮》，上海，上海古籍出版社，1979，30页。

解为“自然之诗”，而魏晋诗歌当为“专诣之作”[1]。今人钱志熙认为“汉人作诗带有自然创作的成分，为情感的成分多于为艺术的成分，吟咏情性、自我宣泄的成分，远多于竞艺、玄才的成分”，而建安之邺下，则变革此风，精心结撰，以诗为竞艺、炫才之途径，“实为专家诗之开端”，“乃至为中国近两千年文人诗史之开端”[2]。

刘勰《时序》论建安：“世积乱离，风衰俗怨”[3]，建安时期，连年战乱，民生凋敝，一方面残酷的现实激发出士人建功立业的志向，另一方面人生的无常又带来深重叹息，故而形成慷慨任气、以悲凉为美的风尚。建安风骨重内在精神气质，诗歌在形式上追求辞采华美却不加矫饰。这时期士人关注个体生命，关注女性生活现实，他们的女性形象书写凸显建安风骨，体现为重内在精神思想的特色，书写哀怨，这与儒学地位动摇，形成一个思想解放、文学觉醒的特殊时代有关。同时，女性形象多以男性创作者代言的方式表现出来，最见色彩。较之前代的女性形象诗歌，建安文人“借口叙事”，男作女声成为创作时尚，女性渐成男性创作者笔下的素材。

建安时期的女性形象诗歌创作蔚成风气，代表性作家与作品如表 1.1 所示。

表 1.1　建安时期女性形象诗歌代表

作者	作品
曹植	《杂诗》（“西北有织妇”“揽衣出中闺”）、《七哀诗》中一首、《寡妇诗》、《种葛篇》、《代刘勋妻王氏见出为诗》、《出妇赋》、《弃妇赋》、《妾薄命》（两首）、《美女篇》、《浮萍篇》、《妾薄幸》、《怨诗行》
曹丕	《燕歌行》（二首）、《代刘勋妻王氏杂诗》、《塘上行》、《猛虎行》、《寡妇诗》、《于清河见挽船士新婚与妻别》、《见挽船士兄弟辞别诗》、《蔡伯邕女赋序》、《离居赋》、《钓竿行》
徐干	《室思诗》（六首）、《情诗》（五首）、《于清河见挽船士新婚与妻别》
繁钦	《定情诗》
曹叡	《种瓜篇》
王粲	《为潘文则作思亲诗》

1　“自然之诗”“专诣之诗”参考钱志熙著《魏晋南北朝诗歌史述》（北京大学出版社，2005）中的说法。

2　参见钱志熙：《魏晋南北朝诗歌史述》，北京，北京大学出版社，2005，29 页。

3　刘勰：《文心雕龙选译》，周振甫译注，北京，中华书局，1980，267 页。

建安诗人追求艺术自觉，文人唱和，以促繁荣，以上作品中，以女性形象为观照重点，同题赋诗就是一个明显的例子。如以寡妇为主要人物的诗歌有曹丕、曹植的《寡妇诗》，曹丕、王粲的《寡妇赋》。曹丕《寡妇赋序》言：“陈留阮元瑜，与余有旧，薄命早亡。每感存其遗孤，未尝不怆然伤心，故作斯赋。以叙其妻子悲苦之情，命王粲并作之。”这段序言揭示了三点重要的信息。其一，作品中的寡妇形象是阮瑀之妻，人物并非虚拟塑成。其二，“命王粲并作之”说明是文人同题命作。其三，阮妻孀居悲苦，引诗人怆然。因此，男性创作者笔下的寡妇形象之所以引人悲歌，正在于创作者深入揣摩了女性内心，从女性生命体验出发，反映真实生活，这类女性形象是对女性对真实的深层写照。

再如曹植、曹丕有同类题诗《代刘勋妻王氏见出为诗》《代刘勋妻王氏杂诗》：

谁言去妇薄，去妇情更重。千里不唾井，况乃昔所奉。远望未为遥，踟蹰不得共。(《代刘勋妻王氏见出为诗》)

翩翩床前帐，张以蔽光辉。昔将尔同去，今将尔同归。缄藏箧笥里，当复何时披。(《代刘勋妻王氏杂诗》)

这两首诗同样是写生活中的人物，《代刘勋妻王氏杂诗》诗序有：“王宋者，平虏将军刘勋妻也，入门二十余年。后勋悦山阳司马氏女，以（王）宋无子出之，还于道中作诗。”序言叙说事件原委：刘勋喜新厌旧，王宋“无子”遭弃。《大戴礼记·解诂》卷十三规定“妇有七去，不顺父母去，无子去”。孟子说：“不孝有三，无后为大。”可见礼教古法，天经地义，然建安文人却能弃礼法教义，看人生悲悯，代刘勋妻王氏书写心声。

建安文人代笔妇人，抒发心声，除了专指某个真实人物，还指向“出妇”这一类女性。如曹丕、曹植、王粲的同题之作《出妇赋》，皆循恩爱—背弃—离别的线索展开，寄予同情。此外，曹植的《弃妇篇》《种葛篇》，曹叡的《种瓜篇》等同样以男作女声的方式，代言妇女心声。创作者通过性别角色转换，揣摩抒情主体心境，试图揭示妇女的现实生存状况。

除此之外，对思妇的哀怨，建安文人也给予人性的关怀。徐干的《室思诗》六首颇为著名。第二首“峨峨高山首，悠悠万里道。君去日已远，郁结令人老”句，化用《饮马长城窟》“青青河畔草，绵绵思远道”和《行行重行行》“相去日已远，思君令人老”，明钟惺《古诗归》称之“宛笃有十九首风韵”。第三首更是哀怨动人，情深意切：“浮云何洋洋，愿因通我辞。飘飖不可寄，徙倚徒相思。人离皆复会，君独无返期。自君之出矣，明镜暗不治。思君如流水，何有穷已时。”此诗重笔写人物心理，揣摩思妇情感，正所谓：“由空间疏离阻隔而引起怀想不舍，由随时间流变而生猜疑忧思，遂一再于深闺幽居之妇女的心头涌现，朝朝暮暮，岁岁年年，一任思绪纷回悠悠漫衍。”[1] 此诗对后世诗歌影响深远，尤其是六朝诗人，多有拟作，宋鲍令晖《题书后寄行人》、梁虞羲《自君之出矣》、宋孝武帝《拟徐干诗一首》、齐王融《代徐干》、宋刘义恭《自君之出矣》、梁建文帝《金闺思》、梁范云《拟自君之出矣》等，皆有“自君之出矣”句，可见这首思妇诗影响之大。此外，曹丕《燕歌行》《离居赋》，繁钦《定情诗》，徐干《情诗》皆为写思妇之名篇，后世唱咏不断。

建安时期的女性形象诗赋作品，以男性为女性代言的方式书写女性形象，诗歌繁盛，体现文人诗创的自觉。其中的哀怨情怀、动人形象，是“敏感的诗人们怀着人道主义的同情和人性探索的兴趣，代妇人立言”[2]，他们关注人物思想，揣度人物内心，“关怀社会上一个被冷落了的心灵角落，宣泄社会上一种被压抑而郁积着的心理情结”[3]，具有关注精神内涵，抒写悲凉哀怨之情的文学特性。女性形象塑造无论是对现实的深刻感悟，还是受命代言抒感，都表现了诗人对社会现实的深刻关注，对社会现象的深入思索，对人类本性的悲悯，罗宗强也说：“建安人性的自觉使文人开始了内心的审视，他们好像发现了自己，发现了自己还有如此丰富细腻的感情活动，而且这种感情活动本身就是人生的一种必不可少的生活需要，甚至是一种美的体验、美的感受。”[4] 事实上，这种文人群体对女性形象的创作自觉，与英国科学家艾略特所指“非个人化倾向”[5]不谋而合。建安时期大量女性形象文本的出现，标志着此时期诗歌创作被诗人自觉用来表现自己未经历的情感，是诗人将“感受经验的个人”和“进行创作的头脑”[6] 相互分离，进行创作的体现。这种创作倾向经建安诗人开辟，影响深

1 梅佳玲：《汉魏六朝文学新论》，北京，北京大学出版社，2003，64页。

2 杨义：《李杜诗学》，北京，北京出版社，2001，217页。

3 同上。

4 罗宗强：《魏晋南北朝文学史》，北京，中华书局，2004，23页。

5 艾略特在《传统与个人才能》中提出文学创作原则问题，即文学创作与创作者经验分离。艾略特认为：作为一种文学创作原则的“非个人化”，诗歌虽然是表现感情的，但“这种感情只活在诗里，而不存在于诗人的经历中。艺术的感情是非个人的”。托·斯·艾略特：《传统与个人才能》，见《艾略特文学论文集》，李赋宁译注，南昌，百花洲文艺出版社，1994，11页。

6 托·斯·艾略特：《传统与个人才能》，见《艾略特文学论文集》，李赋宁译注，南昌，百花洲文艺出版社，1994，6页。

远，形成了中国诗歌源远流长的以男性书写女性形象的一类文学传统。

除去男性书写女性，此时期还出现了一位著名的女性诗人蔡琰。蔡琰（生卒年不详），字文姬，汉末著名学者蔡邕之女，《后汉书·列女传》称她“博学有才辩，又妙于音律，适河东卫仲道。夫亡无子，归宁于家。兴平中，天下丧乱，文姬为胡骑所获，没于南匈奴左贤王，在胡中十二年，生二子。曹操素与邕善，痛其无嗣，乃遣使者以金璧赎之，而重嫁于（董）祀”。今传蔡琰诗三首，五言、骚体《悲愤诗》各一首，载《后汉书·列女传》；《胡笳十八拍》一首，载朱熹《楚辞后语》并郭茂倩《乐府诗集》。目前学界基本认定五言《悲愤诗》为蔡琰作，其他尚无定论。《悲愤诗》深刻反映了汉末动乱的苦难，以诗人自身惨痛的人生经历为基础，凝成540字的长篇叙事诗。“文姬形象”对后世影响深远。首先，诗歌反映了一位女性诗人的亲身经历。女诗人书写内心感受，并非由男性代言，诗歌描写情感与心理活动细腻真切，微妙复杂，这种以女性视角书写女性自身，且艺术上极为成功的案例，在诗歌史上实属罕见。其次，诗歌较好地运用了细节描写，关注诗歌艺术手法，善于营造气氛，主题鲜明，凸显人物形象。最后，诗歌将叙事与抒情熔为一炉，不但让后世看到了一位历经苦难的女性形象，更真切生动地反映了时代的苦难，具有史诗般的效果，后人诗作如杜甫《北征》等均受其影响。

2. 晋代——拟古仿情

晋朝一统，进入了短暂的繁荣时期，“民和俗静，家给人足”（《晋书·武帝纪》），安稳舒适的生存环境给诗歌带来的却是平庸凡俗的内容，建安慷慨悲歌、磊落使才的风骨已荡然无存。女性形象之诗歌方面，西晋太康、元康年间拟作盛行，虽有左思《娇女诗》别具一格，但整体以繁缛为主，不见精神。东晋则成为玄言诗的天下，女性形象诗歌踪影寥落。

西晋士人群体的普遍心态是求实逐利、清谈纵欲。士人心态反映在创作上，着眼于物欲与感官，没有什么理想色彩，正所谓“采缛于正始，力柔于建安”（《文心雕龙·明诗》）。“缛旨星稠、繁文绮合”（《宋书·谢灵运传论》）的诗歌风尚在女性形象创作上，便是大量的拟古之作的繁衍。徐公持《魏晋文学史》认为：“对古代文学的从内容到形式的模仿，蔚然成风。西晋是中国古代文学史上模拟风气最盛时期之一。”[1] 这一时期最显著的文学现象就是对汉乐府和《古

1 徐公持：《魏晋文学史》，北京，人民文学出版社，1999，254页。

诗十九首》的模拟。女性形象塑造也以拟作和代作为盛，如表 1.2 所示。

表 1.2　晋代女性形象诗歌代表

作者	作品
傅玄	《杂言诗》、《昔思君》、《短歌行》、《艳歌行》、《苦相篇》、《明月篇》、《秋兰篇》、《青青河边草》、《朝时篇》、《历九秋篇》、《西长安行》、《秦女休行》、《车遥遥篇》、《班婕妤》、《怨歌行》、《秋胡行》两首（“秋胡子”和“秋胡纳令室”）、《有女篇》、《吴楚歌》、《美女篇》等
陆机	《为陆思远妇作诗》、《为顾彦先赠妇诗二首》、《为周夫人赠车骑诗》、《拟古诗》十二首（《拟西北有高楼》《拟兰若生朝阳》《拟行行重行行》《拟明月何皎皎》《拟迢迢牵牛星诗》《拟青青河畔草》《拟庭中有奇树》《拟涉江采芙蓉》《拟东城一何高》）、《日出东南隅行》、《塘上行》、《班婕妤》、《燕歌行》、《怨歌行》等
陆云	《为顾彦先赠妇往返诗四首》等
潘岳	《寡妇赋》
杨方	《合欢诗》五首
张华	《情诗》五首
石崇	《楚妃叹》《王昭君辞》等

傅玄、陆机今存诗作以仿古为主，缺乏反映现实的内容。傅玄多模仿乐府民歌，如《艳歌行》模拟《陌上桑》，《青青河边草》模拟《饮马长城窟行》，《怨歌行》模拟《怨歌行》，其他如《秋兰篇》模拟《离骚》，《美女篇》模拟曹植《美女篇》等，不胜枚举。陆机则达到拟古高峰，以模拟《古诗十九首》为长。其《拟古诗》十二首，涉及女性形象的就有九首之多，如《拟西北有高楼》《拟兰若生朝阳》《拟行行重行行》《拟明月何皎皎》《拟迢迢牵牛星诗》《拟青青河畔草》《拟庭中有奇树》《拟涉江采芙蓉》《拟东城一何高》。

这些女性形象诗歌，虽也设想女子怀人心态，表达婉转情思，刻镂细密，却缺乏现实感，女性形象只作为依旧翻新的模式中的逞示文华、驰骋文采的表征，并带有创作者对伦理道德、自我情感的主观评诉。如傅玄《艳歌行》一篇，在对汉乐府《陌上桑》记述罗敷女拒绝使君的言语中加入了“天地正厥位，愿君改其图”的说教内容。其《秦女休行》也较之左延年《秦女休行》篇的客观叙事，在诗末加入了大段议论：“烈著希代之绩，义立无穷之名。夫家同受其祚，子子孙孙咸享其荣。今我弦歌吟咏高风，激扬壮发悲且清。”陈祚明《采菽堂古诗选》说：“休奕乐府，力摹汉魏，神到之语，往往情长，时代使然，每沦质涩，然矫建之气，亦几优孟之似叔敖矣。”傅玄以外，又有将诗歌进一步推向文人化、精致化，以“缘情绮靡”（《文赋》）为准则的陆机，他的诗歌常常变古朴为华美。古诗：“涉江采芙蓉，兰泽多芳草”，陆拟诗：“上山采琼蕊，穷谷饶芳兰。”沈德潜《古诗源》卷七认为：“士衡以名将之后，破国亡家，称情而言，必多哀怨，乃词旨肤浅，但工涂泽，复何贵乎？”陆机的《班婕妤》《塘上行》等篇，同样借史为材，书写弃妇形象，以弃妇情感抒发一己怀思。

西晋女性形象诗歌除了大量的拟古诗，也有代言现实女子，描摹现实生活的。不过这些诗歌多以女性形象言发诗人情感，女性形象多以诗人表达情感的抽象工具的形式出现。看陆机《为顾彦先赠妇诗二首》：

（其一）

辞家远行游，悠悠三千里。京洛多风尘，素衣化为缁。
循身悼忧苦，感念同怀子。隆思乱心曲，沈欢滞不起。
欢沈难克兴，心乱谁为理。愿假归鸿翼，翻飞浙江汜。

（其二）

东南有思妇，长叹充幽闼。借问叹何为，佳人渺天末。
游宦久不归，山川修且阔。形影参商乖，音息旷不达。
离合非有常，譬彼弦与筈。愿保金石躯，慰妾长饥渴。

这首代现实人物发声的诗歌，仅对思妇怀人的情怀大加渲染，思妇的情感生活、个人遭际等个人化信息却被隐没，因此思妇形象也变得羽化模糊起来，只是作为抽象情感的化身。

至于潘岳诗歌，追求辞藻绮丽，被誉为“烂若舒锦”（《世说新语·文学》）。《晋书》本传说他“性轻躁，趋世利”。他虽不是情操高洁之人却以情感为重，对儿女之情、妻子之爱，尽管也是男女相悦的本性的真挚流露，却少君子德行，只是为美色所吸引。事实上，“审美体验的核心是一种‘非功利态度’，其对立面是功利和欲望。只有心灵先从用世意志和利害欲望中解脱，才会获得生命内部的审美愉快”[1]，因此，元好问讥其“心声心画总失真”（《论诗绝句三十六首》其六）不无道理。不过，他的《悼亡诗》三首，确实是千古名篇，以致“悼亡”一词，从此专为“悼妻”之用。

概言之，“儿女情多，风云气少”（《诗品》卷中），少有胸怀天下的西晋士子通过拟古、拟作、代作的形式，在诗歌中塑造女性形象，风格繁缛绮靡，用以表现绮丽情思。然而“美的实质是感性现实世界对个体自由的肯定”[2]，没有

1 刘畅：《史料还原与思辨索原——中国古代思想与文化丛稿》，天津，南开大学出版社，2006，139页。
2 同上。

对现实自然的体悟就很难产生真挚的情怀、生动的人物形象，“情往似赠，兴来如答”，心灵“流连万象之际”，故而“沉吟视听之区”。如果说建安时期的女性形象塑造以悲悯感悟、社会良知来体现，在性别代言中彰显人性关怀，到了晋代则是偏重于拟古仿情，述男子一己情怀，女性形象多没有什么真实情感，只作为诗歌自觉书写中的情感抒发工具。而东晋则在山水玄言中开启古典诗歌的又一主流，诗歌中的女性形象并不突出。

3. 南北朝——绮丽符号

南朝诗歌承魏晋之风，其总的趋势是沿着重艺术特质、重抒情、重娱乐的方向发展。南朝诗歌中的女性形象大略可以分为三个类型：元嘉诗坛作为绮丽映衬，永明诗中成为物象描摹的主角，宫体诗中塑成娱乐符号。北朝诗歌则承汉诗之风，重政教、尚素朴、崇写实，然而在女性形象塑造方面却有永明体的特色。至于南北朝民歌中的女性形象则分别展示着各自的风采，要么细腻缠绵，要么质朴率真。

南朝诗歌发展主潮，可以大略分为三个阶段：刘宋时代的元嘉诗歌，齐至梁初的永明体诗歌，梁中期至陈末的宫体诗。书写女性形象的诗歌不但具有这三个时期的诗风特色，而且还成为每个阶段诗歌风采的代表。

首先，较之东晋玄言诗，元嘉诗风的主要变化是以情思代替玄理，由哲思回归情感。在艺术的表现上，回到现实的思索，通过情感的诉说体现得更为细腻，正所谓“情必极貌以写物，辞必穷力而追新”[1]。在女性形象的塑造方面，“人秀才微”（《诗品》卷中）的鲍照最有代表性。虽然鲍照的诗歌常常充满对社会现实的反思体悟，但在反映女性形象的诗歌中，却展现了另一个侧面，他的《拟行路难（其三）》写闺中愁怨女子，人物形象刻画细腻绮丽，抒情浓烈，确有气势流畅之美：

璇闺玉墀上椒阁，文窗绣户垂绮幕。
中有一人字金兰，被服纤罗蕴芳藿。
春燕差池风散梅，开帏对景弄禽爵。
含歌揽涕恒抱愁，人生几时得为乐？
宁作野中之双凫，不愿云间之别鹤。

1 刘勰：《文心雕龙选译》，周振甫译注，北京，中华书局，1980，117页。

这是一首以女子口吻言情之作，不过抒写的并非失恋的哀痛，而是渴求爱情而不得的苦闷。

鲍照诗歌的艺术成就，在南朝诗人中可谓最高。注重锤炼字句，辞采瑰丽，被称为"雕藻淫艳，倾炫心魂"(《南齐书》卷五二，列传第三三)。《拟行路难(其一)》中，诗人也将女性形象置于金卮美酒、玉匣雕琴、芙蓉羽帐、蒲萄锦衾当中，真是华丽多姿，琳琅耀眼，对比红颜零落、寒光宛转、美人迟暮之形象，确有震撼人心的效果。钟嵘说他"善制形状写物之词"，评价恰切。在极工丽的语言中，女性形象成为美的化身，也被诗人塑造成美的映衬，只是少有生命悦动之感。

除此之外，将浓烈的抒情与构辞的华美融为一体，来表现自己澎湃的情怀也是诗人塑造女性形象的又一技法。鲍照有《代白纻曲》二首，乐府《白纻曲》赞舞者曼妙，倡及时行乐，鲍照此诗只把感情集中在及时行乐上，发人生短促之慨叹，舞者形象在诗歌中成为极写丽思、叹春光易逝的背景符号。

其次，如果说元嘉诗坛的女性形象在雕藻艳饰中成为创作者抒发丽思的背景映衬，女性形象在诗歌中的物化色彩还没有那么浓烈，到了永明文学，这种趋势则达到顶峰，这也标志着女性形象在男性创作中性别属性进一步放低的表现。

永明是南朝齐武帝萧赜的年号，永明文学是指上自刘宋泰始二年（466年)，下至梁武帝天监十二年（513年）这一时期的文学活动，而以齐永明年间为中心。这一时期的诗歌重文学特质，重个人情怀，而且逐渐由抒发情怀转向娱乐性质。永明时期在诗歌形式上追求一种新的探索，值得肯定，这就是被称为新诗体的"永明体"。永明体从诗歌声律角度提出了新的概念，为诗歌声律之美提出了关键性的问题，永明声律说为唐代近体诗的形成，奠定了理论和创作的基础，完成了文学发展趋向成熟的关键一步。然而，在女性形象创作方面，永明诗歌却朝着装饰和消闲的方向发展。由于皇室推崇诗歌切磋，文坛步趋之风日盛，皇室认为文学只作为风雅附庸，而非"经国大业"，齐武帝就常说："学士辈不堪经国，唯大读书耳。经国，一刘系宗足矣。沈约、王融数百人，于事何用"（《南史·恩幸传·刘系宗传》)，故而表现在创作上，不是感慨抒情，而是奉和应诏，于是表现在题材上就是大量咏物诗和游戏诗。咏物之作，先秦已有，乃借物兴怀，寄托尤深，而永明时期之咏物诗，则聚力描摹物象，并无寄托深意，所咏物象不但有风花雪月，更有灯烛琴镜，物象与感情并无紧要关联，这一发展趋向，最终转向闺阁，女人自然成为所咏人物的核心，无论烛、帘、几、席、琵琶还是画扇，都与妇人有关，如许瑶之《咏楠榴枕》“朝将云髻别，夜与蛾眉连”，沈约《咏领边绣》“丽色傥未歇，聊承云鬓垂”等。女性形象成为物化表征，而由物及妇人，实开宫体之先。

梁陈诗歌中重娱乐、尚轻艳的文学观，是此时文学思想的主潮，其创作的代表即为宫体诗。所谓“宫体诗”，是指一种以写闺阁情怀为主的重声律、重辞采、文风轻艳靡丽的诗歌类型。以塑造女性形象为主要内容的诗歌成为宫体诗的绝对力量。在永明文学时期，永明体在声律、对偶上已经为宫体诗做好了准备，永明文学重藻饰、闲思，乃至行乐及时的游戏的性质，已经朝着诗歌娱乐的方向发展。如沈约、谢朓等，他们在写法上已经与后来的宫体诗人并无二致，如谢朓《夜听妓》：

（其一）

琼闺钏响闻，瑶席芳尘满。要取洛阳人，共命江南管。

情多舞态迟，意倾歌弄缓。知君密见亲，寸心传玉碗。

（其二）

上客光四座，佳丽直千金。挂钗报缨绝，堕珥答琴心。

蛾眉已共笑，清香复入衿。欢乐夜方静，翠帐垂沉沉。

诗歌中的女性形象可以毫无疑问地称为艳情符号，这也说明永明诗歌已经孕育了宫体诗的最初形态。至萧纲为太子后，徐陵《玉台新咏》成为宫体诗的高峰。萧纲及其周围文人将宫体诗推至全盛。而到宫体诗的尾声，则以陈后主及其身边文士为主，此风波及至隋朝、唐初，本书第六章将对宫体余韵下的女性形象作探讨。

宫体诗创作的特点之一是题材处理的娱乐性质，且女性形象、男女之情成为主要书写对象。需要指出的是，宫体诗人创作这一题材带有明显的娱乐目的和消遣性质，与先秦《诗经》，汉代《古诗十九首》中的男女浓烈、朴质的情思有根本区别。反映在性别视角上，宫体诗人在处理这方面的题材时，是以男性视角去观赏女性，在观赏女性的过程中获得愉悦的。因此，他们着意写妇女姿色，写她们的娇靥，写她们的媚态，写她们的肌骨香汗、钗环鬓影、细腰薄衫，甚至将女子的姿色娇身书写得富有挑逗意味，以期达到性的暗示，如“唯余一两焰，才及解罗衣”（纪少瑜《咏残灯》），“谁知日欲薄，含羞不自陈”（萧纲

《率尔为咏》)。宫体诗人也写孤寝苦恼的女性形象，如“尘镜朝朝掩，寒衾夜夜空。若非新有悦，何事久西东？知人相忆否，泪尽梦啼中”(萧绎《闺怨诗》)；“如何嫁荡子，春夜守空床。不见青丝骑，徒劳红粉妆”(刘孝绰《淇上人戏荡子妇示行事诗》)，这实际上是以男性的视角来猜想女子的心态，男人把女人当作及时行乐的对象，以男性的角度极力渲染其主导地位。

宫体诗的另外一个特点就是对写实技巧的追求，这一追求进一步从咏物转向写人，把女人当作物来写。这种趋向已经达到微妙、细致的程度，细密到连美人睡久印在玉腕上的席纹都能刻画得辞采华美，如“梦笑开娇靥，眠鬟压落花。簟文生玉腕，香汗浸红纱。夫婿恒相伴，莫误是倡家”。

宫体诗将女性形象当作娱乐的符号，当作物品一样来描写，是文学自觉过程中的一种极端的表现，这与文学史上重艺术特质、非功利的文学思想有不可分割的联系，但从另外一个侧面，则可以说明女性本身已经由自然属性相平等的男人、女人的人的属性，降低到作为男人笔下的物，可见女性地位之一落千丈。女性成为第二性的不争事实，通过诗歌中的女性形象发展的脉络可见一斑。

至于北朝诗歌与南方迥异，恰如北方之雄浑壮阔与南方之小桥流水，然而在女性形象塑造方面却惊人地展现出南北双方的合流，或可说，是更倾向于南方的风格，像邢邵的“绮罗日减带，桃李无颜色。思君君未归，归来岂相识”(《思公子》)就与永明诗风非常接近。

关于南北朝乐府中的女性形象，则与南北朝的诗歌风格相似，在地域的差异中展现不同的女性群像特质。一方面是南朝女子的浪漫秀美形象，如“青荷盖渌水，芙蓉葩红鲜。郎见欲采我，我心欲怀莲”(《子夜四时歌·夏歌》)，是江南婀娜少女春心飘荡的形象；又有如代表南朝乐府民歌艺术水平最高之《西洲曲》中的怀人女子形象，“海水梦悠悠，君愁我亦愁。南风知我意，吹梦到西洲”，情思缠绵，摇曳多姿。另一方面，是北朝女儿直率质朴，不加忸怩的鲜活形象，如“驱羊入谷，白羊在前。老女不嫁，塌地呼天”，“摩捋郎须，看郎颜色。郎不念女，不可与力”(《地驱乐歌》)；又如北朝叙事长诗《木兰诗》中塑造的英勇善战、机智活泼的巾帼英雄花木兰形象，至今仍作为北方女儿刚健善良、淳朴勇敢的象征，影响深远。同时《西洲曲》与《木兰诗》中的女子形象不但深入人心，这两篇乐府诗也被称作南北诗歌中的双璧，在艺术上为后人称颂。

概括而言，从诗歌源流的发展看女性形象，有利于将女性形象置于宏观的诗歌发展的洪流中，辨清女性形象塑造的脉络，为进一步研究女性形象在唐诗中的面貌作历史承继的梳理，同时为更好地运用性别视角，分析诗歌中的女性形象所体现出的特质作诗歌文学发展与性别属性书写之间的宏观思辨。

第三节
性别身份的理论视域

二十世纪七十年代末以来，西方女性主义学者开始把自己的理论思维重心转移到“性别”这个概念上。从词源学上，他们发现性别（gender）和种类（genre）来自同一词根，是一种类别。于是将性别分解为两部分：自然性别（sex）——与生俱来，属于生理性别；社会性别（gender）——后天形成，受父权制社会意识形态的影响，属于强制性的文化设定。性别“gender”进一步可以解释为“由社会文化形成的有关男/女角色分工、社会期望和行为规范的综合体现”[1]。按照这样的设定和期望，男女两性的性别刻板定位便逐渐形成，男性代表主体、独立、阳刚、主动、理性，女性成为客体、依附、阴柔、被动、感性的代名词。男女两性的性别自然属性上升为天经地义的尊卑模式，并在性格气质、心理观念等方面做刻板化界定，男性主外，女性主内，男尊女卑的性别关系模式逐步确定，并成为社会权力关系的一部分而存在，亦成为女性争取自身解放，寻求属于女性自我的、新的身份归属所必须颠覆的内容。

社会性别理论标志着西方女性主义者的理论自觉。如今，社会性别这一概念在国际范围内被广泛应用，在学理上得到重视，当我们运用性别视角去考察女性的社会地位，分析文学作品中关于女性和性别的相关性问题时，这仍是一个不可回避的问题。

1. 社会性别问题

有关女人的社会文化含义，女性主义学者用“gender”一词来指称。琼·W. 斯科特于 1988 年发表了著名的 *Gender: Auseful Category of Historical Analysis*（《性别：历史分析中一个有效范畴》），文章对社会性别的概念作了进一步界定。

1 王政：《美国女性主义对中国妇女史研究的新角度》，见《西方女性主义研究评介》，北京，生活·读书·新知三联书店，1995，273 页。

她认为“社会性别是一种代表权力关系的主要方式，不仅是权力形成的源头和途径，而且还是维护权力的方式”[1]，事实上，斯科特社会性别的概念“根植于西方社会两性关系基础之上，总结了西方特别是美国妇女史研究的经验和西方女性主义发展的成果，吸收整合了马克思主义唯物史观关于人的社会关系（包括经济的政治的等诸种关系，表现在性别上的就是两性的分工和组织）和后结构主义关于‘权力’的结构理论（福科）以及精神分析学派（拉康）的象征主义，将这诸多的学派中关于两性的理论集于一体，其核心就是将男女两性视为社会权力关系的制度规范的历史生成，而非自然本质的造化”[2]。

然而，运用社会性别概念，分析女性在唐代社会历史文化中的地位和身份时，要特别注意到本土性问题，毕竟中国古代的社会性别构成与西方社会有所不同。在研究中国古代文学关于性别的相关性问题的同时，一方面需要借鉴西方理论，一方面需要认识到这种差异的独特性，避免生搬硬套、人云亦云。

首先，中国古代有一套完整的社会性别制度，奠基于华夏民族父权制时期，在“周礼”中得到充分体现，与其他相关的社会制度、结构、关系相互关联，不但决定着男女两性的社会地位和生存状况，而且决定着人们对自己的性别身份的体认。这种体认的关键之处一者关乎两性的分工制度，一者关乎婚姻家庭制度。两性的分工制度将妇女排除在政治管理之外，两性的活动空间分成“公”“私”，工作的位置分成“内”“外”。“公”“私”是对“国”与“家”之间的关系限定，“内”“外”又在“家”的范围内进行划分。“公”与“外”是男性的属地，“私”与“内”是妇女的空间，男性独擅的“公”指国之大事，如祭祀、军事、外交、内政，原则上绝对禁止妇女进入。两性的分工模式最终成为男女不平等的社会制度确立的基础。杜芳琴认为，“它从根本上改变了性别间的平等关系和关于性别的价值观和道德观，造就了男性对权势、武功和财富的崇拜，男性在激烈的社会竞争中增长了‘才干’，那些成功者制造了自己的‘历史’，成为财富与权力、妻妇和奴隶的拥有者，而生活于其中的妇女不得不屈从于男人为自己设就的生活范围和既定的角色，将自己的职分降到次要的从属的地位，从而形成了妇女无权的隐忍的经历，形成了认为妇女是无能和短见的偏

1 杜芳琴主编《赋知识以社会性别——“妇女与社会性别”读书研讨班专辑》，非正式出版物，2000，7-9页。

2 杜芳琴：《妇女学和妇女史的本土探索：社会性别视角和跨学科视野》，天津，天津人民出版社，2002，234页。

见，而妇女本身也就成了无史的沉默的群体”[1]。

其次，关于婚姻家庭（族）制度，与性别分工制度联系在一起，受制于社会经济与政治诸要素。一般情况下，女子被娶到丈夫的家族，因丈夫自身的贵贱、亲疏、长幼的等级，确定女子在家族中的位置，而其妻妾的身份、生育与否、生育先后等会进一步确定其在夫家的尊卑，这一等级位置甚至直接关系到生育的子女的身份贵贱。同时，随着父权制的不断巩固，对妇女的控制日益强化，通过礼教、文化等诸因素的影响，妇女的生活空间被进一步压缩，其能动性被进一步限制。

在周代奠定的社会性别制度中，作为家庭成员，男性的身份地位决定了妇女的阶级身份和家庭地位，但妇女出嫁前的地位尊卑也在一定程度上影响着其嫁到夫家后的尊卑等级[2]。汉代董仲舒用阴阳贵贱的观念理论来解决社会性别，即女人属阴，男人属阳，不论女人、男人的出身贵贱，“夫为妻纲”就是用来解决社会性别中男女之间的矛盾的。在前近代社会，性别等级关系虽然随着时代的推移在阶级关系、结构等方面起了某种变化，却并无本质的改变。

因此，传统中国家庭中的性别关系虽然呈现错综复杂的态势，但男尊女卑是绝对的，“夫为妻纲”是必须践行的。中国古代女性在现实中对自己性别身份的认同大致分三种情况：一是屈从并认同父权制度与规范，二是抵抗这种制度与规范，三是在认同主流规范的前提下，寻求生存机会，进而潜隐地表达自我的声音。

第三种情况将是本书要着重研究的，这是一种“适应的能动”。

唐朝社会繁荣，文化包容并蓄，从遵规守矩、扮演符合男性设计规范的好女人角色，到代男子礼教妇女本身，以自身经验教导下一代及身边妇女适应生存空间，隐忍求得在夫家（族）的位置，可以看出，中国女性求“解放”的道路与西方有着本质的不同。在寻找自己的生活空间，发挥妇女自身的能动性方面，中国女性将视野更多地局限于家庭地位，局限于精神生活，用以尝试，甚至达到对父权制的“反抗”。如对“孝母”文化结构的推重，对才女的推重等。尤其需要说明的是，“孝母”文化结构弘扬“孝道”社会规范，对于缓解女性在父权制下的困窘，使女性在家庭中取得一定位置起到了作用，

1 杜芳琴：《中国社会性别的历史文化寻踪》，天津，天津社会科学出版社，1998，10页。

2 一般情况下，出身低贱的妇女出嫁后地位多卑微，出身显赫的妇女嫁到夫家依然位尊，当然也会出现龃龉，如出身高贵的妇女的下嫁。

但在从男性为中心的历史中，妇女本质上仍然处于不利地位，被压抑的本质并没有因“孝”文化而改变男尊女卑的现实；而才女有无“才”的评判标准还是在于男性。

事实上，妇女在社会生活中不只作为被动的、消极的一方，她们同样是推动社会发展、进步的动力，唐王朝女主天下所带来的与他朝之不同，便集中体现在社会的女性观念、审美等方面，并外显于诗人笔下的女性形象中。进行唐诗中的女性形象的研究，更多地发掘女性在历史中的能动作用，应是一项很有意义的工作。

2. 女性的“焦虑化”问题

二十世纪八十年代中期，西方女性主义东渐，国家主流意识形态在改革开放的潮流中逐渐式微，女性个人主体在西方女性主义、新启蒙主义思潮的裹挟中，意识到女性性别符号被社会象征秩序编码后，只是一个空洞的能指这一事实，因此，呈现出被“他者”化的焦虑。女性面临着如何在两性关系——自我认同的最基本场域，确立自己的身份这一问题。这个问题也为我们研究男女不同视角下对“他者”的理解提供了新的视野。

波伏娃在《第二性》中对“他者”的概念进行阐述时指出，按照黑格尔的逻辑，主体只能在对立中确立——他把自己树为主要者，以此同他者、次要者、客体相对立。而主体与他者是相对的，并且是相互转换的。但是，两性间，男性永远是主体，女性则是纯粹的“他者”，其原因在于并不是他者在将本身定为他者的过程中确立了他者，而是此者在把本身定为此者的过程中树立了他者。所以，“人就是指男性。男人并不是根据女人本身去解释女人，而是把女人说成是相对于男人的不能自主的人”。女性自我实际上是以“他者”的身份，而不是以主体的身份存在着。“定义和区分女人的参照物是男人，而定义和区分男人的参照物却不是女人。她是附属的人，是同主要者相对立的次要者。他是主体，是绝对，而她则是他者。”对于女性来讲，在主体意识萌发阶段，女性寻找性别认同的路途是很艰难的。她们如果对自己的性别表述不再是纯粹的对男权社会规定的女性角色的认同，必然对女性的“他者”位置产生了质疑，并对“他者化”产生了心理焦虑。

当女性主体没有意识到自我身处镜城之中的时候，她会主动认同镜子的主人——象征秩序。查尔斯·泰勒说：“一个人不能基于他自身而是自我，只有在与某些对话者的关系中，我才是自我”[1]，自我认同是自我在与他者的对话关系中产生的，它包含着对价值的确认，对自我实现的追求；也就是接受什么样的价值观，实现自我是自我认同的核心内容。

桑德拉·吉尔伯特（Sandra Gilbert）和苏珊·格巴（Susan Gubar）合著的《阁楼上的疯女人》[2] 在对以往名著的解读中发现，《简·爱》中一贯被人忽略的罗切斯特的前妻贝尔塔·梅森就是“阁楼上的疯女人”，女性与个性在某种意义上都是他者。吉尔伯特等人认为“疯女人形象在某种意义上说正是女作者的复本，是作者自身的焦虑和疯狂、精神上的压迫感和分裂感的投射。女作家既想实现自己逃离男性主宰和男性文本的疯狂欲念，又难以摆脱其过程中的自卑情结，所以她们不是通过塑造一位浪漫的女强人而是塑造一位巫婆加恶魔般的疯女人来进行情感宣泄”。显然，这个疯女人实际是自我分裂的女人。自我认同一方面是心理意义上的自我整合，另一方面是自我与外部的联系认同。当自我与外部世界的联系变形时，心理投射便紊乱，由此外部世界在自我内心中的编码被打破，呈现出来的就是扭曲的世界。

男性文化权威一直把女性作为“他者”，按照男性的需要塑造女性。这种塑造不是简单的，一朝一夕能够完成的，而是女性把男性作为自己的镜子，按照男权社会的需要模塑自我，在模塑过程中，男性通过教化在历史文化中渗透、暗示男权观念（如，“唯女子与小人难养也”“三从四德”“三纲五常”），把女性驯化为顺从的“主体”。从女性角度讲，当女性自我与他者的关系不能保持平衡的，自我便产生内心的焦虑。“焦虑的爆发出现在个人不能实现或被制止实现某一行为的时候”[3]。沉默作为焦虑的前奏，女性感受到沉默意味着对话的中断，而这种沉默是被迫的，如果“我”不认同象征秩序，自我便会承受巨大的痛苦与焦虑，被他者化的焦虑。男性是主体，女性作为男性主体的复制品，只能按照镜像复制自我。

女性“焦虑化”的问题，不论在唐诗中女性创作的作品中，还是在男性诗人塑造的女性形象中，都得到了充分的体现，因此，西方女性主义理论的观点让我们在分析中国古典文学作品时拓宽了视野。

---

1 查尔斯·泰勒：《自我的根源：现代认同的形成》，韩震、王成兵、乔春霞、李伟、彭立群译，南京，译林出版社，2001，50页。

2 约翰·克罗·兰色姆：《新批评》，王腊宝、张哲译，南京，江苏教育出版社，2006。

3 安东尼·吉登斯：《现代性与自我认同》，赵旭东、方文译，北京，生活·读书·新知三联书店，1998，49页。

首先，女性在审美过程中的主体身份长期以来被人忽略了，这自然是因为女人在历史上社会地位微贱，女性审美意识的基本特点成为“审美主体”和“被观照的客体”之间的两难。具体而言，相对于自然界，女性无疑具有人的主体身份，理所应当可以有所作为，但在现实社会中，相对于男性，她们往往是被动的，她们既不具备社会人的主体条件，也不具备从事诗歌创作的审美主体身份，在社会的舞台上，她们只是配角，在审美活动中，她们只能是被观照的对象。

在漫长的文明变迁中，或者说在漫长的人类文明史中，女人与自然的关系渐渐不同于男人，她们相对于自然的主体地位只是间接的，是通过男人实现的。长期以来，在人的观念中，在社会活动中，女性的主体身份乃至她们与自然的关系，几乎都是通过男人实现的：一则表现在她们分享并占有已经被男性改造了的自然；二则是她们对自然的认识和态度，总是以男性的意志为转移。在这种情况下，女性固然可以被看作审美主体或成为审美主体，但却难以充分自由地发挥主体作用。然而要想作为有思想感情、有自觉意识的人，女性必须具备女性意识，它“体现为女作家明确的性别自认，即女性的自觉。在这个大前提下，女作家以其特有的经验关注女性生活、女性生存环境、女性命运；以其特有的认识观照社会、过滤人生，从而对人生社会，尤其是女性生活有更多的发现，更深的理解”[1]，这就是说，女性意识是女性的特有权力，异性无权涉足，但是女性主体意识却不能看作女性的特权，男性也可以参与其中。但实际上，大多女性只能具有女性主体意识，相对于客观的事物；她们也理应具有人的至高无上的主体地位，但是，在父权社会中，女人依附于男人，她们从来没有作为积极的主体在社会上发挥作用，其人格和个性，也被融合在对男人依附中，成为为男性主体服务或观照的对象。这就是女性审美双重性的体现：或作为审美主体，或作为审美客体，它至今仍然潜移默化地渗透在女性审美意识中，直接影响到女性诗歌创作活动，使她们处于两难困境。因为无论女性主体进入哪个审美阶段，就像她们最终无法摆脱自然和历史，她们总是无法超越这种双重性，“两难”对于她们来讲似乎是永远的存在。

其次，女性作为审美对象，审美主体（男性）在审美过程中获得精神上的升华，男性在“美”中充分地实现了自己，显然，作为被观照的客体——女性，是很难走向审美自由的。一方面，女性不会也很难获得自身的无限自由；另一

---

1 任一鸣：《女性文学宏观研究的理论思考》，载《中国文化研究》，1999（3）：102-107页。

方面，她们一旦听命于主体（男性）的自由，服务于男性的意志，被彻底剥夺的将是属于她们自身的独立性，这是女性作为审美主体的又一难。作为审美对象的女性，在男性的审美过程中的作用，只不过是置于男性和社会之间的一种情感调节器，女性处于主客体的连接处，是个人与社会的交叉点，这在男性诗人塑造的大量的女性形象中得到了充分的体现。

诚如叔本华所说："一物所以比一物更美，是因为它更便于纯粹客观地静观"[1]，女人被男人塑造成"美人"，必定要迎合男人"纯粹客观的静观"的需要。在父权意志下，女性主体身份的被剥夺与强化女性的客体化趋势是同时进行的，在审美活动中将女性塑造为"美人"，这样一来，男女之间主奴对应的社会地位，就在审美主体（男人）和观照对象（女人）的相互补充中达到和谐。"美女其实就是父权文化的造物，她更直接地迎合了男性世俗生活的需要，他既需要实实在在地占有她，使她成为他的一部分，又需要通过她去超越自我，寻求解脱"[2]，男人用创造美的手段教化女人，于是，女人就可以像具有主体身份的男人一样，去膜拜男人造就的美神，观赏男人创造的艺术。

因此，女性在审美活动中有一个判然有别的重要特征，即女性审美意识是在男性所创造的美的天地中逐渐觉醒的。与生命的生成相反，女性审美意识是在父权文化的笼罩下成型的。与男性首先在审美活动中确立自己的主体身份不同，"女性的审美起点，从被观照走向观照，是一个有条件的起点。这个条件就是历史——历史将女性的审美起点衍化成一个漫长的过程。这个无法抛掷、既成史实的客观条件，已经演变成'集体无意识'，将男性的意志和男性的审美趣味灌输在女性审美意识的各个角落"[3]。

我们知道，在妇女陷落家庭的历史环境中，女子想要自由地进行观照和创造几乎是不可能的。她的主体身份在社会上难以落实，"那么她就既无法作为主体的人去观照自认，也无法使观照对象完全服务和等同于自己——除了自己，她再没有什么可以任意操纵的对象"[4]。因此，在审美意识萌发阶段，女性的审美观照，主要是通过自我观照实现的。

可以说，"自我观照"是缓解女性审美主体两难的一个便利的方式，它将

1 叔本华：《作为意志和表象的世界》，见《西方美学家论美和美感》，北京，商务印书馆，1982，225页。
2 范景兰：《论父权制文化秩序在〈简爱〉中的无意识呈现》，《青海社会科学》，2007（4）：92-96页。
3 王红旗主编《中国女性文化》第4卷，北京，中国文联出版社，2004，5页。
4 张宏生、张雁编《古代女诗人研究》，武汉，湖北教育出版社，2002。

主、客体双重身份融入一炉，使得女性既是美的创造者，又是美的载体；既可以是美的观照者，又可以使审美对象——女性，在有限的创作空间中全方位地成为“美”的既得利益者。

女性形象要靠女性自身来塑造，但社会舆论的观念、要求，对她们衡量的标准与评价，势必对女性形象的塑造带来直接或者间接的影响。漫长的奴隶社会、封建社会的历程，加之久积成弊的固陋传统观念，即使今天妇女政治经济地位与古代有所不同，对妇女的歧视也很难彻底消除。妇女与男子在法律上的平等还不是实际生活中的平等。事实上，几千年的心理定式沉积于女性身心，传统的生活方式的束缚，生产力水平的有待提高，都对人的发展提出了更多的要求。因此，中国女性的形象需要伴随中国妇女的解放行走更多的历程。

第二章

男性视角下的理想女性形象
——贤妻、母仪与倩女形象

在《全唐诗》《全唐诗补编》《全唐诗外编》中，出现了众多被男性讴歌、激赏的女性形象，她们成为社会文化生活中美好女性形象的化身，李白、杜甫、高适、刘方平、王建、孟郊、白居易等诗人都对此类女性形象不惜笔墨，笔者将之定义为男性视角下的理想女性形象，她们以贤妻、慈母、倩女形象为主。唐代社会变革以及新的社会思潮在精神生活等诸方面给人们带来新的追求和体验，同样在这些女性形象上有所彰显。相应的，这种新的追求与体验在意识形态和文学艺术上也必然会产生飞跃性巨变，付诸女性形象的塑造。因此，男性诗人笔下的理想女性形象所反映的社会现实自然给人带来鼓舞、激情、信心和愉悦。

诗歌多源于日常现实生活的感受，却升华了种种现实中美的因素。在表现女性形象，体现思想情感的同时，还倾注着作者强烈的审美理念。需要说明的是，这类男性笔下的理想女性形象虽然表现得多姿多彩、美好贤淑，但却深刻映现着父权制社会理念，无不体现着男权核心价值观念。

第一节 “贤妇”形象

一、“贤妇”形象的美德善行体现

“贤”，《辞源》释云：“德才兼备”。女子的道德和才能是衡量“贤妇”的标准。道德方面主要指性情温顺、对丈夫忠贞、孝事翁姑、妻妾关系融洽以及倾心教育子女等。而在才能方面则要求女性聪慧有识、善于经营持家。在唐代，如果从社会文化层面来看待“贤妇”形象，在男性诗人的作品中处处可以感受到父权制社会所固有的男尊女卑的思想。这种男尊女卑的思想固弊尤其印刻在众多普通家庭中的妻子角色上。身为妻子，她们首先要做到的是执行家庭“统治者”——男性，对家庭“被统治者”——女性的规定要求，因为女性本身没有对“贤”妻的诠释权。

诗歌当中，唐代士子笔下塑造的贤妇形象，沿袭了汉晋文化传统对于贤妇形象的要求，即理想贤妇形象需具有贞节、坚贞、柔顺等特征，并且女性需要将这种特征内化成为行为的自觉，甚至成为一种潜意识。总的来说，对女性的贤德规范，往往体现为男性的主动要求与女性的被动接受，映现着男性对女性的压迫，是一种男女两性不平等的关系体现。

仔细研读文本，可以发现唐诗中这一系列贤妇形象所体现出的美德善行，首先表现为贞节。诗人往往以赞颂、激赏的态度对具有贞节观念、捍卫贞节礼教的贤妇形象进行称颂，而且多以现实生活场景作为人物活动的背景来塑造贤妇形象，以古法今，为礼言志。例如李白《湖边采莲妇》中的贞节贤妇：

> 小姑织白纻，未解将人语。大嫂采芙蓉，溪湖千万重。
> 长兄行不在，莫使外人逢。愿学秋胡妇，贞心比古松。

此处诗人模拟了采莲妇的口吻，唱出“愿学秋胡妇，贞心比古松”之意。关于“贞心”的解释，《逸周书·谥法》：“贞心大度曰匡。”孔晁注：“心正而明察也。”此处李白塑造的采莲妇之“心正明察”实则表现对丈夫坚贞不移的心志，诗人此处还运用了“秋胡妇”[1]的典故，以此彰显此类具有坚贞不移心志的女子是古已有之的，因此采莲妇只是楷模形象的追随者而已。不过李白塑造的这位“追随者”是如此自觉自愿地服从于贞节观念，想必这样的贞节观念更是存在于塑造者的头脑之中。简言之，男性创作者内心对于“贤妻”的观念是古已有之，贤妇的特质为具有“贞节”观念，而女性作为妻子必须保有“贞节”观念是古已有之，不能转移的。白居易《续古诗十首》中的诗句“妾身有存殁，妾心无改易。生作闺中妇，死作山头石”，亦可作为旁证。

另外，值得关注的是，父权制社会为弘扬贞节观念，往往以女德作规范，

---

1 秋胡，春秋鲁人，婚后五日，游宦于陈，五年乃归，见路旁美妇采桑，赠金以戏之，妇不纳。及还家，母呼其妇出，即采桑者。妇斥其悦路旁妇人，忘母不孝，好色淫逸，愤而投河死。事见汉刘向《列女传·鲁秋洁妇》。后以“秋胡”泛指对爱情不专一的男子。以秋胡妇喻指妇人贞节。

如孟郊《静女吟》："艳女皆妒色，静女独检踪。任礼耻任妆，嫁德不嫁容。"诗中明确提出"嫁德不嫁容"这类重德轻容的说法，对于妇德给予了极高的评赞。同时，对于贤妇的讴歌与称赞，不但展现在男性对于贤妇形象的褒扬方面，体现在称扬贤妇形象所特有的贞节特质方面，更难得的是，这种称扬还体现在对不遵礼仪的男性的责难方面。元和时人刘叉的《古怨》与《狂夫》中就有这样的诗句："君莫嫌丑妇，丑妇死守贞。山头一怪石，长作望夫名。鸟有并翼飞，兽有比肩行。丈夫不立义，岂如鸟兽情"；"大妻唱舜歌，小妻鼓湘瑟。狂夫游冶归，端坐仍作色。不读关雎篇，安知后妃德"。而事实上，"嫁德不嫁容"在现实生活中的面貌却几近扭曲，丑女难嫁的不争事实，在任何一个历史时期都或多或少存在，唐代自不例外。然而父权制社会对于女德的弘扬、对于"贞节"的道义规范往往超越了生活实际，而从礼法上确立了礼教社会中深具贤妇之贞节特性的楷模形象，当然这样的楷模形象自然为男权社会所承认，为具有这样的礼教规范的男性共同利益者所甘心接纳。刘驾的《邻女》"君嫌邻女丑，取妇他乡县。料嫁与君人，亦为邻所贱。菖蒲花可贵，只为人难见"，便从一个侧面反映丑女即便具有父权制社会定义的贤妇特质，也很难出嫁的情况。

因此，凸显贞节特质的贤妇形象，不过是塑造给宗法制父权社会供人瞻仰的楷模而已，当然这样的楷模形象更能从情理的角度被父权社会接受，她们在本质上成为反映男性在根植于男尊女卑的宗法体制中所体现出的男女有别、尊卑有等、贵贱有位的真实心态的写照，是男性视角下的理想女性形象的化身。

其次，贤妇形象所体现出的美德善行还表现在坚贞的特质上。脍炙人口的关于"望夫石"的民间传说可谓范本。传说"望夫石"谓妇人伫立望夫，日久化而为石，后世皆以此喻妻子念夫不移的坚贞品格。关于望夫石的民间传说甚多[1]，最早当属《幽明录》中所载故事，《初学记》卷五引南朝宋刘义庆《幽明录》："武昌北山有望夫石，状若人立。古传云：昔有贞妇，其夫从役，远赴国难，携弱子饯送北山，立望夫而化为立石。"这段古传反映出贤妇守贞节烈的特质。唐代以望夫石入诗的男性诗人众多，有李白、刘方平、王建、武元衡、刘

1 望夫石系古迹名，各地多有。望夫石的故事均属民间传说，谓妇人伫立望夫日久化而为石。除《幽明录》之"武昌北山有望夫石"外，今辽宁省兴城市西南望夫山之望夫石，传为孟姜女望夫所化。其他如宁夏回族自治区隆德县西南、江西省分宜县昌山峡水中、贵州省贵阳市以北谷顶、广东省清远市均有望夫石。参阅《嘉庆一统志·锦州府》《平凉府》《袁州府》《贵阳府》以及清屈大均《广东新语·望夫石》等。

禹锡、孟郊、唐彦谦、严郾等，从形式上七律、五律、七绝、五绝、七古、五古、杂言皆有之，可见此类题材的普衍程度。其诗歌列下：

仿佛古容仪，含愁带曙辉。露如今日泪，苔似昔年衣。有恨同湘女，无言类楚妃。寂然芳霭内，犹若待夫归。（李白《望夫石》）

佳人成古石，藓驳覆花黄。犹有春山杏，枝枝似薄妆。（刘方平《望夫石》）

望夫处，江悠悠，化为石，不回头。山头日日风复雨，行人归来石应语。（王建《望夫石》）

佳名望夫处，苔藓封孤石。万里水连天，巴江暮云碧。湘妃泣下竹成斑，子规夜啼江树白。（武元衡《望夫石》）

终日望夫夫不归，化为孤石苦相思。望来已是几千载，只似当时初望时。（刘禹锡《望夫石》）

望夫石，夫不来兮江水碧。行人悠悠朝与暮，千年万年色如故。（孟郊《望夫石》）

江上见危矶，人形立翠微。妾来终日望，夫去几时归。明月空悬镜，苍苔漫补衣。可怜双泪眼，千古断斜晖。（唐彦谦《望夫石》）

何代提戈去不还，独留形影白云间。肌肤销尽雪霜色，罗绮点成苔藓斑。江燕不能传远信，野花空解妒愁颜。近来岂少征人妇，笑采蘼芜上北山。（严郾《望夫石》）

这一系列以《望夫石》为题的诗歌，歌咏的都是因丈夫不归，执着苦守，最终化为石头的坚贞妻子形象。李白、刘方平在描写这类妻子形象时用到“古容仪”“薄妆”等体现淑德，彰显典雅的词汇。刘方平、武元衡对这类女性的称呼为“佳人”“佳名”。男性诗人们也写到她们的“愁”与“苦”，写她们的“泪”与“恨”，如李白说“含愁带曙辉”“露如今日泪”“有恨同湘女”；武元衡引入“湘妃竹”“子规啼”等意象来展现贤妇思夫之痛；刘禹锡比之“化为孤石苦相思”；唐彦谦关注贤妇的泪眼迷蒙：“可怜双泪眼，千古断斜晖”；严郾更是将思妇的愁苦弥漫于山野乡间：“江燕不能传远信，野花空解妒愁颜。近来岂少征人妇，笑采蘼芜上北山”。然而，男性诗人在描写贤妇的“愁”“苦”“泪”“恨”之时，都离不开颂扬她们对丈夫的坚贞守候，于是“待夫归”成为此类贤妇形象灵魂祈盼的核心要旨。

同时，在这一系列的诗歌中，男性诗人笔下的坚贞妻子皆表现得义无反顾，且没有丝毫的怨悔。例如王建诗中的“化为石，不回头”之句，写人已物化变石，然石亦通灵，石之不回头是对坚贞妻子长久登临、深切想念、忠贞不渝形象的淋漓尽致的刻画。再有“山头日日风复雨”一句，是说望夫石风雨不动，日日夜夜，年年岁岁，长久经受凄风苦雨，仍不变初衷，依然伫立江岸的品行。

概括而言，作为女性坚贞的化身，望夫石这一美丽而忧伤的传说以及这矗立江岸的山石，备受礼赞，千年传唱。此处意象化的坚贞妻子形象是历经了种种艰难困苦，饱尝了相思折磨，依然至死不渝，依然盼望与等待的佳人形象。这种纯朴而优美的节操便是男性视角下贤妇坚贞品格的最高境界。

需要指出的是，在这一系列诗歌中，与其说诗人们描写的是石头的形象和品格，毋宁说是激赏这久久等待的妻子的坚贞。于是，被称颂的女性形象在性别属性上已经不再简单作为“女”而存在了，她们之所以被称颂，在于她们符合性别的一方——男性的价值观念，即为男性而坚守，甚至是物化为石。这种性别单一一方的价值观念一旦确立，性别的另一方自然成为被评价的体系，因而缺少性别本身所应具有的特性，甚至是作为“人”所应具有的生存、情感、欲望的归属。“女”作为两性的一方，却以失去平等的性别属性为代价，这种仅为性别一方（男性）服务，仅适用于性别一方（男性）的评价标准，与其说是对“女性”的赞扬，毋宁说是让“女性”在一种缺失性别平等的被赞颂的光环下成为性别平等缺失的必须。

另一方面，除却贞节的美德、坚贞的操守，贤妇形象还应具有“至柔”特质，这种“至柔”的特质并非简单表现为性格方面的柔弱，而是指归顺丈夫的意志，服从家庭的安排。韩非子在论忠孝时就说：“臣事君，子事父，妻事夫，三者顺则天下治，三者逆则天下乱，此天下之常理也。”后人说得更为透辟：“有妻固所不免，当待之如宾客，防之如盗贼”[1]。在“相敬如宾”式的传统文化的夫妻关系背后是防妻如贼的男性心理。因此父权制社会的性别观念以“男尊女卑”为基础，丈夫御妻以严，妻子事夫以顺，女性作为家族成员，其性别特征应以柔顺为宗，汉代班昭《女诫》言：“生男如狼，犹恐其尪。生女如鼠，犹恐其虎”，唐代承继汉晋传统，主张“坤道尚顺，妇德尚柔”[2]，同样强调女性柔顺的性别特征。

现实生活中，父权制社会也通过各种方式颂扬妻子形象的“至柔”特征。

1 上海古籍出版社编《宋元笔记小说大观》，上海：上海古籍出版社，2001，22页。
2 符载：《祭妻李氏文》。

例如墓志铭中对女性刻画的词语便是尽致淋漓的写照，凸显女性“法坤而柔”[1]、“幼而气柔”[2] 的特质。如：“柔德斯顺”[3]、“柔惠懿淑”[4]、“柔嘉秀朗”[5]、“柔嘉禀性”[6]、“柔恪俭静”[7]、“柔明有素”[8]、“柔明和正”[9]、“挺察柔明”[10]、“孝敬柔顺”[11]、“孝悌柔婉”[12] 等，频繁地使用柔德、柔惠、柔嘉、柔恪、柔明、柔顺、柔婉等与柔字连接的合成词语，以彰显女性至柔特性为宗。甚至一些女性的名、字、号中也会带有性别的注脚，充溢“至柔”特性，例如刘至柔（字归正）[13]、张柔范（字内则）[14]、王循（字柔之）[15]、章四娘（号柔和）[16] 等，体现了宗法制家庭对女子遵循礼法、符合规范的要求与期待。

现实生活中贤妻形象的刻画以“柔”涵盖，文学作品中，几乎所有生动、美丽、青春、多才、多彩的女性，一旦走进婚姻，其面貌往往变得笼统而模糊。

诗人元稹的悼亡诗《遣悲怀》三首颇为有名。诗人用大量的诗句描写发妻与自己同甘共苦、贫贱相随、无怨无悔的事迹。“顾我无衣搜荩箧，泥他沽酒拔金钗。野蔬充膳甘长藿，落叶添薪仰古槐。”“衣裳已施行看尽，针线犹存未忍开。尚想旧情怜婢仆，也曾因梦送钱财。”诗歌刻画了一位至善至美的贤妻形象：宽容仁慈、勤俭持家、安于贫苦。她是贤妻，是称职的主妇，是具有中国传统“美德”的典范，是让人怀念的好人，却唯独不是她自己。女性自我的七情六欲、爱恨血肉在这位贤妻的身上难觅踪影。是男性美化了“她们”，使她们成为男权社会的道德典范，还是长期的自我压抑泯灭了“她们”的人性？这样的贤妻形象虽然可敬却未必可爱，父权制的礼教道义塑造的完美典型是道德的

1 杜昆吾：《大唐故王府君夫人故赞皇郡太君赵郡李氏墓志铭并序》。
2 柳宗元：《亡姊崔代夫人墓志盖石文》。
3 武季元：《唐故龚州长史女前广州绥南府别将琅琊王公夫人故费氏墓志铭并序》。
4 明援：《唐胡府君夫人朱氏墓志铭》。
5 裴儆：《大唐故尚书祠部员外郎裴公夫人荥阳郑氏墓志铭并序》。
6 周崔膺：《唐故清河张氏墓志铭并序》。
7 桂休源：《唐故崔夫人墓志》
8 刘允章：《故楚国夫人赠贵妃杨氏墓志铭并序》。
9 寇章：《故郑氏夫人墓志铭并序》。
10 侯粲：《有唐太原王氏夫人墓志铭》。
11 高湜：《亡妻荥阳郑氏夫人墓志铭》。
12 张说：《李氏张夫人墓志铭》。
13 张清：《大唐故洛交郡大同府果毅丘府君夫人彭城刘氏墓志铭并序》
14 廉察：《大唐故杭州司士参军赵府君故夫人张氏墓志铭并序。
15 李景裕：《李景裕妻王循墓志铭》。
16 李项：《唐故章四娘墓志铭并序》。

化身，却缺失了有血有肉的灵动形象。

再如韦庄的一组悼亡姬诗歌：《悼亡姬》《独吟》《悔恨》《虚席》《旧居》。诗中的确充满了对爱姬辞世的伤感和无尽的怀念，这种伤感与怀念之情体现得颇为明晰：

湘江水阔苍梧远，何处相思弄舜琴。（韦庄《悼亡姬》）

开箧每寻遗念物，倚楼空缀悼亡诗。夜来孤枕空肠断，窗月斜辉梦觉时。（韦庄《独吟》）

如今悔恨将何益，肠断千休与万休。（韦庄《悔恨》）

诗人对爱姬离世的侘傺、郁结之情可谓深矣，深切思念以外，韦诗中也有对妻子符合柔顺谐和之道的侧面记录。其中《悔恨》一首言：

六七年来春又秋，也同欢笑也同愁。才闻及第心先喜，试说求婚泪便流。
几为妒来频敛黛，每思闲事不梳头。如今悔恨将何益，肠断千休与万休。

按夏承焘《韦庄年谱》记，韦庄59岁进士及第，可见这位年轻的爱姬与韦庄生活了六七年的时间，欢笑同愁，忧乐与共，是与韦庄患难相守、同甘共苦的贫贱夫妻，曾经"土蚀钗无凤，尘生镜少菱"（《虚席》），而今却"皓质留残雪，香魂逐断霞"（《旧居》）。然而，这样一个与诗人相濡以沫的贤妻，其形象特征的更为生动的记录是"几为妒来频敛黛，每思闲事不梳头"，诗人似含嗔怪的描摹，以"妒来敛黛"，闲思伤怀、不事梳妆两个具体细节进行展现，体现出妻子本应以柔顺为本，而不应"有妒容""思闲事"，看来平日里这位女子多不合贤妻特质。诗歌末句"如今悔恨将何益，肠断千休与万休"，正说明了这种"悔恨"潜隐的注脚：丈夫对妻子在世之时的苛求，恰好印证着父权制下男性本位的性别观念。

需要客观地指出，"男性社会对'贤妇'"角色的设定并不仅仅是文化作为整体强加给男性个体的，实际上也符合他们追求世俗利益的现实需要"[1]，因此，在强化以父权为中心的文化观念里，传播者与接受者一起，成为塑造父权社会性别文化核心利益的始作俑者。而女性一旦成为妻子，便成为特定男性占有的财产，同时也成为生育的工具，妻子本身已然不具有独立性，更没有必要保持自身的独特性，父权制社会性别文化所赋予的道德束缚一旦将女性塑造成为理想形象，这种理想便成为具有模式化的符号，贤妻形象的"至柔"特性便是体现。

1 王晓骊、刘婧渊：《解语花——传统男性文学中的女性形象》，石家庄，河北人民出版社，2001，149页。

总之，以上诗歌从不同角度体现着贤德之妻对丈夫的忠贞坚守、遵从礼敬，这一系列女性形象不光是男性眼中的理想女性、好逑佳偶，也成为社会对女性自我追寻、自我完善的价值指引。因为宗法社会的普遍评判是：贤妻们所支持、呵护和爱戴的男性，最终如能立德、立功或立言，实现了男性，即家庭“统治者”、家庭“核心者”的个人价值与社会价值，作为妻子，这种价值的实现同样也是自己的良好愿望，所以妻子历尽坎坷艰难亦应甘心情愿。因此，男性定义的贤妇角色不仅是传统性别文化、伦理道德的自觉拥护者与坚定维护者，更是忠实践行者。男性塑造的这类心甘情愿把一切奉献给丈夫、为丈夫保持贞操、顺从丈夫心意的贤德女性，是一种对男权社会价值、核心标准的契合，从更宽阔的视野看，也更符合社会性别文化对女性用自己的美德善行保护家庭伦理秩序的完整，促成男性实现社会价值，维护家庭和谐的要求。

二、“贤妇”形象中的“妻性”特征

贤妇形象作为男性视角下的理想女性形象，外在表现为美德善行，内涵则呈现相通的“妻性”特征，即具有“归从”意识。在诗歌作品中，外在的美德善行与内在的“归从”意识，这两个层面既是各自独立蕴含的特殊概念，又具有相互联系、不可分割的共性特征，二者统一为“以夫为天”的父权制社会性别文化观念。

有唐一代，女子婚后“以夫为天”的“归从”观念是天经地义的。中国自西汉中叶起就非常重视经典礼教，甚至在丧礼这样重大的礼仪上，对于出嫁女子而言也需如此。《仪礼·丧服》中有段话解释了出嫁女子为自己父母服丧当与未嫁女子不同，“为父何以期也？妇人不贰斩也。妇人不贰斩者何也？妇人有三从之义，无专用之道，故未嫁从父，即嫁从夫，夫死从子。故父者，子之天也；夫者，妻之天也。妇人不贰斩者，犹曰不贰天也”。可见女子婚后以夫家为主家，在观念上须以从夫为主。《旧唐书》记载，玄宗时卢履冰在一篇奏书中言：“《礼》：‘女在室，以父为天；出嫁，以夫为天。’又‘在家从父，出嫁从夫，夫死从子。’本无自专抗尊之法。”又有郑氏（玄宗时人）《女孝经·三才章》言：“夫者，天也，可不务乎？古者女子出嫁曰归，移天事夫，其义远矣。天之经也，地之义也，人之行也”[1]，此处“移天”即为“以夫为天”之意。很多男

1 吴龙辉：《中华杂经集成》，北京，中国社会科学出版社，1994，17页。

性诗人在诗歌中同样表述了这个不争的事实。如李白《去妇词》有："十五许嫁君，二十移所天。自从结发日未几，离君缅山川"；鲍溶《古意》也说："女萝寄青松，绿蔓花绵绵。三五定君婚，结发早移天"。这两首诗中都反映了"移天""从夫"在现实礼俗社会中的情形。

可见出嫁女子以夫家为主是古代社会性别文化中维护家庭秩序的基本规范，而"以夫为天"便体现在女子对夫家绝对"归从"的思想与行为上。

《续玄怪录》中有故事《韦令公皋》，便是以夫为天、坚贞守礼的贤妇形象在现实生活中的体现。"韦令公皋"即德宗朝的封疆大吏韦皋。韦皋长期担任西川节度使，功绩显著，尤其在防备吐蕃方面多有建功。此《韦令公皋》是描写韦皋年轻时之事。当时，韦皋无官，游历西川，节度使张延赏将爱女嫁与他，但张延赏不久就对韦皋心生烦厌，且言辞相向，颇不掩饰。正当韦皋为此事心绪不宁、郁郁寡言之时，妻子张氏对他有一番鼓励的言辞："妾辞家事君子，荒隅一间茅屋，亦君之居；炊寂羹藜，箪食瓢饮，亦君之食"[1]。张氏此番话语实际是表明自己坚贞从夫的态度，意为虽然自己是节度使之女，但嫁与韦皋即为韦家人，会对丈夫绝对忠贞，即使贫贱亦不改其志。恰如杜甫《新婚别》中的诗句"生女有所归，鸡狗亦得将"，应该是后世"嫁鸡随鸡，嫁狗随狗"意思的体现。故此，从她婚后的表现来看，可更体会从夫为天、坚贞守礼的贤妻特性在社会现实生活中的影响。如王建的《新嫁娘词三首》。

（其一）

邻家人未识，床上坐堆堆。郎来傍门户，满口索钱财。

（其二）

锦幛两边横，遮掩侍娘行。遣郎铺簟席，相并拜亲情。

（其三）

三日入厨下，洗手作羹汤。未谙姑食性，先遣小姑尝。

诗人首先对新妇进行客观描写，以动作描摹情态，其情可感。"三日入厨下，洗手作羹汤"写女子出嫁后的第三天依照习俗下厨房做菜这一细节，却可理解为凸显女子"归从"之德的表现。"洗手作羹汤"标志着新嫁女第一次在婆家开始她的生活，"洗手"这一动作表现了新媳妇郑重其事的态度，力求做到干净爽利。颇为有趣的是，婆婆喜爱什么样的饭菜口味，对"未谙姑食性"的新

---

1 牛僧孺，李复言：《玄怪录　续玄怪录》，程毅中点校，北京，中华书局，2008，163页。

嫁娘来说尚属未知。于是为了讨得婆婆的欢喜，聪明、悉心的她“先遗小姑尝”。诗人描写了一位聪慧、细心，甚至带点狡黠的新嫁娘形象。这位新嫁娘为了讨得婆婆的称意，要从“小姑”那里寻来信息，那么为什么不问问自己的丈夫？原因自然简单，女性是家务工作的主要完成者。所以只有小姑最为了解婆婆的口味，当然还有全家的口味。在诗歌中，诗人塑造了一位想尽办法讨好婆婆，甚至可以说讨好全家人的新妇形象，从“三日入厨”的主动劳作，到“洗手”的麻利爽洁，再到“先遣小姑尝”的心有灵窍，对新嫁娘的描写不仅合乎人物身份，而且符合具体的环境与氛围，恰有沈德潜之“诗到真处，一字不可易”之妙。

诗人展现了新嫁娘到婆家后一家人其乐融融之境，然仔细辩读，不免有所体悟，同是作为小辈女子，在做饭这样一个环节上，新嫁娘和小姑的心态完全不同。前者是谨慎小心，后者则是习惯使然。导致这种心态不同的关键因素应该是父权制性别文化对妇女整体地位的认知。在宗法制社会中，女性行为最基本的性别规范原则就是“从人”。《礼记·郊特牲》言：“妇人，从人者也。”就是说，女性永远是一个附属者，而作为已婚的妇女，她所归属的对象主要是她的夫家，虽然在婚前，她所归属的是自己的父兄。然而，正因为有这样一种“从人”过程的转变，即已婚女性将“归从”夫家上升为一个主要的伦理关系，才会有这种“女子—媳妇”“归从”心态的转变。用柳宗元的话讲，“从人之道，内夫家，外父母家”(《伯祖妣赵郡然李夫人墓志铭》)。具言之，只有从思想上“归从”才能在行为上“归从”，从而践行“以夫为天”的观念，而只有如此，才称得上是一位具有最基本的“妻性”特质的“贤妇”。王建的《春词》中，诗人更是集细笔描摹了一位具有“归从”美德的妻子对丈夫无微不至的关怀：“良人朝早半夜起，樱桃如珠露如水。下堂把火送郎回，移枕重眠晓窗里。”

其实，关于平民女子“以夫为天”、以夫家为主的生活实录，在史料中并不多见，探考尤难。唐高宗龙朔二年（662 年），吐鲁番墓志中有这样一份珍贵的记述：“勤劳家事，难易共为；承接舅姑，寒暑弗谢；宿载君子，唯诺是从，抚育儿罗，均平是务[1]。”这段素朴的文字是对一位妻子的赞颂之辞，赞美她为人妻之后的诸多美德，而核心的要义是这位妇女能够从思想深处做到“归从”，真正实践“以夫为天”。

于是，“以夫为天”的“妻性”特质自然成为衡量女性是否符合贤妇特征的直接因素。同时，需要看到唱诵“以夫为天”的妻性特征并非口号，而是凝成

1　侯灿、吴美琳：《吐鲁番出土砖志集注》，成都，巴蜀书社，2003，502 页。

男性视角下最具贤妇光辉，最值得称颂、赞美的理想女性形象的化身。而且只有这样的女性形象才能让男权社会从情理上乐于赞扬、从情感上乐于接受，并将之推崇为理想的楷模形象。

这种楷模形象，在实际生活中亦被当作男性对女性贤德规范的要求。作为高举儒家思想理论大旗的诗人白居易，其《赠内》诗中便将这种理想女性形象进行楷模化的颂扬，以此希望妻子也能够成为一位具有“归从”特质的标准“贤妇”。其诗录下：

生为同室亲，死为同穴尘。他人尚相勉，而况我与君。
黔娄固穷士，妻贤忘其贫。冀缺一农夫，妻敬俨如宾。
陶潜不营生，翟氏自爨薪。梁鸿不肯仕，孟光甘布裙。
君虽不读书，此事耳亦闻。至此千载后，传是何如人。
人生未死间，不能忘其身。所须者衣食，不过饱与温。
蔬食足充饥，何必膏粱珍。缯絮足御寒，何必锦绣文。
君家有贻训，清白遗子孙。我亦贞苦士，与君新结婚。
庶保贫与素，偕老同欣欣。

诗歌中白居易提出的翟氏、孟光类贤妇无论其如何“忘其贫”“敬如宾”“自爨薪”“甘布裙”，她们身上都具有同一思想，是一种共性特质的缩影，即“以夫为天”的“归从”特质，是“妻性”特征的具化体现。

总之，贤妇形象的主要特征体现为“妻性”，此处“妻性”的提出源于“以夫为主”的观念。古代社会，“出嫁，以夫为天”“移天事夫”正说明妇女生活的一个重要的角色转换：妇女必须离开本生之家（即娘家）而到另一个家庭中（即夫家）度过生命的绝大多数时间，即女性必须完成由“女”到“妇”的过程，并完成作为“妇”之义务。因此，“妇”义务之核心便是“以夫为天”，夫与妻相对，则“妻性”代表了“以夫为天”之“妇”的特性。可见，女子一旦出嫁，以夫为天是其根本性的伦理观念，是现实礼俗的普世态度，是父权制社会性别文化的具体体现。据此，坚贞守礼、以夫为天的“贤妻”，在唐代男性诗人笔下，是得到大量褒赞的一个形象群体，成为极具中华文化传统的女性形象，贤妇形象所体现出的坚贞、贞节和归从的特征，彰显了男性视角下对于理想女性形象的定义。从中可以窥见男权社会所定义的“以夫为主”，妇女婚后“移天”的观念，并彰显社会性别文化对女性形象塑造的影响。故而可以说，贤妇形象正是父权制社会性别文化中，男权意识之审美理想的具象体现与心灵外化，是具有“妻性”特征的男性视角下的理想女性形象。

第二节
“母德”形象

在中国人的话语系统和内心世界里，总是把母亲作为最神圣、最崇高的人格象征，“母性崇拜是历史积淀在中华民族文化意识极深之处的原始情结，是中华儿女同自己的本土文化之间永远割合不断的情感脐带，它本质上是一种文化本体意义上的崇敬感和归属感”[1]。因此，尽管父权意识标榜了古代社会的核心价值体系，但“母性”品格与“母性”精神仍然存在于中华民族对女性的歌颂与倾慕中。男性诗人笔下的“贤妻”形象是“以夫为天”的从人者，与女神般的母亲形象形成鲜明对比。然而，在唐代诗人极力讴歌和感恩戴德的慈母和严母形象的背后，女性在当时社会现实和传统的伦理规范中的人身权利仍值得我们加以具体分析。

一、深明大义的慈母形象

在中国古代，“母性崇拜”作为一种文化现象，根深蒂固地存在于人们的意识中，中国古代的创世神话中，创世之神大多是女性。其中最著名的莫过于女娲抟土造人。女娲以外，在神话和史书典籍中记录的女性创世神还有西王母、羲和、常羲、嫘祖、华胥、女皇、简狄等。中国古代不但保留着这一系列女性创世神，而且还流传着关于女性保护人类的故事，例如女娲补天、精卫填海等，在这些家喻户晓的故事中，女性被赋予了英雄的形象，成为人类的救世主。神话中的女性形象不但有女娲、精卫类的救世主，还有如西王母这样的女国首领，威力十足的神明形象。《史记》中记载：周穆王“西巡狩，见西王母，乐之忘归”（《史记・赵世家》)，似乎印证历史上西王母确有其人。另外，《山海经》云：“玉山，西王母所居。”《穆天子传》云：“天子觞西王母瑶池之上。”《括地象》云：“昆仑弱水非乘龙不至。有三足神鸟，为王母取食。”（《史记・大苑列传》）这些记载都说明西王母是以威力神的形象存在的。

中国古代神话中女性的创世神形象、救世主形象、女国首领形象都反映了女性在氏族社会中拥有着至高无上的地位，这也成为中国古代社会“母性崇拜”

1 仪平策：《中国美学文化阐释》，北京，首都师范大学出版社，2003，162页。

文化的坚实证明。

作为文明古国，千百年来的文化传统将“母亲”定位成勤劳善良、温柔贤惠的化身，文学史上也出现了一个又一个伟大、慈爱的母亲形象。也正因为慈爱、无私等美好品性集于母性一身，才使得传统母亲形象成为一直以来男权社会的美好点缀，她们辛勤付出，养育生命，甘做男性的陪衬。

母亲对子女的管教是中国传统“男主外，女主内”的社会分工使然。男子的事业在家庭之外，他的人生价值主要体现在继承家学德业与仕宦立功上，即如何为学与为官；女子的事业在家庭之内，除孝养舅姑，敦亲睦族之外，女子还要承担起课子读书、识字、通经，成就事业光耀门庭甚至利国利民的重大责任，社会并不主张她们介入家庭以外的事务之中。因此，教子是母亲实现自我价值的主要途径，也是其心灵的寄托。清蒋士铨《鸣机夜课图记》记其母亲鸣机夜课，教子情状甚是勤苦，诸姨尝谓：“妹一儿也，何苦乃尔!”母对：“子众，可矣；儿一，不肖，妹何托焉!”钟氏教子之所以如此勤苦且严厉的根本原因是得有所“托”，这也是天下所有机声灯影中的母亲苦心竭力教子的目的所在。

中国人讲齐家、治国、平天下，而母教是决定家齐与否的关键，母贤而后子孙贤，子孙贤而后家齐，家齐而后国治，国治而后天下平。养而不教等于未养，教养相随，但教远比养重要，故天生母氏即为教，母德在教，故明吕坤《闺范・母道》篇中言“母不取其慈，而取其教”。

母亲对子女的教育，其内容包括砥砺品格，通诗书经史，经业大道。为妇为母之道，尤以品格之教为重点，对子女的品格之教自幼及长，从不放松。母教，从胎儿时期就已开始。子女出生以后至十岁之前，从吃饭的基本仪节，男女相处之道，忠、孝、信、义、廉、勤等品性的养成及诗书经史的基础等均由母亲亲自训诲。当子为人父，甚至为民官长之后依然有母教伴随，诸如孟子虽娶妻，母亲仍教之何为“礼”；田稷为齐相，孟仁为吴司空，田、孟二母以“廉”教；东汉严延年为河南太守，隽不疑为京兆尹，严、隽二母以“仁”教；南朝梁大司马王僧辩为三千人将，年逾四十，母亲依然“少不如意，犹捶挞之”（颜之推《颜氏家训・教子》）；尚书李景让“虽贵达，稍怠于辞旨，（母）犹杖之”（王谠《唐语林》）。

在更多的诗歌中，诗人还是以感恩的心情，表达了母亲对儿子真挚的情感和儿子报答母亲的心意。如孟郊《杂曲歌辞・游子吟》：

慈母手中线，游子身上衣。
临行密密缝，意恐迟迟归。
谁言寸草心，报得三春晖。

诗歌题下作者注："迎母溧上作"，当是诗人孟郊在溧阳为官时的作品。孟郊一生潦倒窘困，仕途坎坷。唐贞元七年（791 年），在母亲裴氏的鼓励下，41 岁的孟郊参加乡贡考试，得中贡士，之后的贞元八年，贞元九年，贞元十二年三次赴考，始中进士。《登科后》一诗写尽诗人的欣喜若狂和百感交集：

昔日龌龊不足夸，今日放荡思无涯。
春风得意马蹄疾，一日看尽长安花。

然登科四年后，五十岁的孟郊才得到一个低微的职位，溧阳县尉。进士及第的踌躇满志与九品县尉的低微官职，让诗人难以接受，产生"青云不我与，白首方选书"（《初于洛中选》）的懊恼。母亲的无私情怀成为郁郁寡怀的诗人最为珍贵的感念，《杂曲歌辞·游子吟》一首正是以真挚亲切的淳朴之情叹颂母爱——这种人世间最伟大的人性之美，故而千百年来一直唱诵不衰。

首句"慈母手中线，游子身上衣"以物传情，以生活当中最为普通的两件事物为情感的纽带，在慈母缝制孩儿衣的场景中，尽显温情。这种温情是母子相依、骨肉相连、心灵相通的最朴实无华的情感体现。对于常年饱受颠沛流离之痛，孑孓孤苦的游子而言，深挚的母爱正是心底最为温暖的烛照光芒，这种光芒不但映照在诗人心中，同样也映照在千千万万的游子心中。故此，"慈母手中线""游子身上衣"这两样最为普通的事物，以意象化的方式出现，成为诗人与读者心底共同的美好记忆，这是永难割舍的骨肉相连之情。恰如苏轼所言："诗从肺腑出，出辄愁肺腑"（苏轼《读孟郊诗》）。紧接的两句集重笔描摹，从细节入手，将动作描写与人物心态描写相结合，写实慈母形象。与其说老母细密的针脚缝制的是孩儿出行的衣服，不如说是在对孩儿的处处惦念，普天下的慈母心愿莫不是望子早日平安归来。慈母的深笃爱意与儿子的就要远行荡起无尽感慨，因此，诗歌最后以"谁言寸草心，报得三春晖"截笔，写尽"欲报之德，昊天罔极"之赤子炽烈情意。此诗写在溧阳，后清康熙年间，溧阳人亦有"父书空满筐，母线尚萦襦"（史骐生《写怀》）；"向来多少泪，都染手缝衣"（彭桂《建初弟来都省视喜极有感》）等诗句，足见《游子吟》之感人至深，影响深远。诗歌虽无雕琢藻饰，然流畅素朴，诗中没有老母的眼泪与千言万语，却以生活中最为普通与细微的方式塑造了一位伟大而又平凡的慈亲形象。

相比照孟郊诗中对慈母形象的白描刻画，白居易的《慈乌夜啼》，托物言志，以“慈乌”自喻，寄托舐犊情深、未尽反哺的伤怀愧疚之情，颂扬母慈子孝的美德。诗曰：

慈乌失其母，哑哑吐哀音。昼夜不飞去，经年守故林。
夜夜夜半啼，闻者为沾襟。声中如告诉，未尽反哺心。
百鸟岂无母，尔独哀怨深。应是母慈重，使尔悲不任。
昔有吴起者，母殁丧不临。嗟哉斯徒辈，其心不如禽。
慈乌复慈乌，鸟中之曾参。

诗人以大量笔墨描摹慈乌“失其母”“夜半啼”的情状，意在表明“母慈重”，而自己未尽反哺之心的愧恨。一方面以鸟喻人，唱念母慈子孝之德；一方面借用“吴起母殁丧不临”的典故，斥骂不孝无伦。

而陈去疾在《西上辞母坟》一诗中，追思哀情，表达了儿子对母亲无尽的思念：

高盖山头日影微，黄昏独立宿禽稀。
林间滴酒空垂泪，不见丁宁嘱早归。

诗歌写西山落日之景，倦鸟归林之时，诗人徘徊逝母坟前，垂泪难离，“不见丁宁嘱早归”一句最能感人。《唐人绝句精华》说：“此等语乃从人子心腑中流出者”[1]，实为恰切之语。

至于慈母舐犊之情，同样置于众多诗人笔下，流淌于字里行间，凸显挚情、慈爱、伟大的母亲形象：

老母与子别，呼天野草间。（李白《相和歌辞·豫章行》）
世乱怜渠小，家贫仰母慈。（杜甫《遣兴》）
孤儿去慈亲，远客丧主人。（孟云卿《悲哉行》）
母别子，子别母，白日无光哭声苦。（白居易《母别子》）
千家得慈母，六郡事严姑。重士过三哺，轻财抵一铢。（白居易《和微之春日投简阳明洞天五十韵》）

---

1 刘永济选释《唐人绝句精华》，北京，人民文学出版社，1981，202页。

同样，对慈母形象的念念不忘，在孟浩然、张彪、鲍溶等诗人的诗歌中都有体现，如：

十五彩衣年，承欢慈母前。（孟浩然《送张参明经举（兼向泾州觐省）》）

行行无定心，壈坎难归来。慈母忧疾疹，至家念栖哀。（张彪《北游还酬孟云卿》）

悠悠慈母心，惟愿才如人。（鲍溶《将归旧山留别孟郊》）

上述诗作中的慈母形象感人至深，体现了母亲对家庭、对子女的奉献与爱护的真切亲情，她们也成为唐朝诗人笔下极力讴歌的感人形象，成为男性诗人笔下的理想女性形象的化身。

二、唐诗中慈母形象探析

学界有一种观点认为，深明大义的慈母形象同样是男性话语的表述者和代言人。她们是儒家伦理道德培养的成功"范型"，"母亲们"是男权政治社会伦理道德的忠实维护者和执行者，她们的"女神"地位是建立在这样的"维护者"和"执行者"角色之上的，她们的儿子之所以对她们顶礼膜拜就是因为她们是男权社会伦理道德的化身，她们用以训导儿孙的权力话语，也正是男性社会规定的权力话语。当她们极力扮演"母亲"角色时，她们已经远离了女性的本质规定，成为没有性别特征的男权守护"神"。

女性的"从属"地位源于儒家伦理中的妇德观念，而孝悌又将女性作为母亲的身份推高到"母性崇拜"的社会主体文化位置。王纯菲认为："既是从属，又是主体，儒家伦理道德在女性身上体现的二律背反形成中国女性处境不同于西方女子的特殊性与复杂性。"[1] 实际上，《仪礼·丧服》中明确了妻子身份的归属："其夫属乎父道者，妻皆母道也；其夫属乎子道者，妻皆妇道也。"正如王小健所指出的："女子结婚后，丈夫取得了这个嫁过来的女子的人身权[2]。"可以说，妻子在家庭中的地位完全依仗于丈夫在家族中的位置，同时也说明夫妇间的主从关系通过名分的依附从制度上得到了确立。妻子对丈夫的服从，其终极指向是夫妻间身份上的从属关系与所有关系。有研究者指出"'尊重母亲是

1 王纯菲等：《火凤冰栖——中国文学女性主义伦理批评》，沈阳，辽宁人民出版社，2006，12-14页。

2 王小健：《被误读的妇女"三从"——中国古代妇女人身权的文化学分析》，载《南京社会科学》，2006（10）：78-84页。

古代社会贯彻始终的统治观念与普遍风气’。‘母亲在人伦之序中位尊于子及孝亲的敬顺之道与母亲要从子这两种理论是有所抵牾的。而考诸史实，可以发现，人们实际遵奉和执行的是前者而不是后者。’这是将分属于不同范畴的两类现象混为一谈。儿子孝母属于长辈与晚辈的关系，从子则属于性别范畴，二者并不矛盾”[1]。

从女子的人身权含义出发，我们再去解读唐诗中的种种母亲形象时，就会发现女性通过“母亲”身份，这一被父权制社会定义为崇高的身份，对家庭(族)的下一代男性，乃至整个社会发挥着间接的作用与潜在的影响。一方面，为人子者无论取得多高的荣耀与地位，在母亲面前也须尊崇有礼，甚至是敬若神明，为人子者若做出不合母意的行为，多会遭到母亲甚至是整个家族“不孝”“忤逆”的训斥，这便是严母形象的呈现。另一方面，母亲辛勤付出，儿子一旦取得较高的社会地位，母亲亦以子而贵，母亲较高的社会地位可以从法律上得到确保。

从此可以看出，“不孝”“忤逆”是母亲用“孝悌”的伦理作为规范要求子孙的法宝，“不孝”是中国做儿子的男性的历史普遍化禁区，中国女性正是在“孝亲”的角色中冲破了重重伦理压迫，获得了一种“女神”般的人伦情感地位，在家庭伦理中为自己保留了一个“隐性权威”的身份。在“母”与“子”的关系中，女性在某种程度上得到了“女神”般的母性权威，如对儿子婚姻的干涉上，韩愈的《琴操十首·别鹄操》便体现了这样的情形：

> 雄鹄衔枝来，雌鹄啄泥归。巢成不生子，大义当乖离。
> 江汉水之大，鹄身鸟之微。更无相逢日，且可绕树相随飞。

诗中以鹄鸟作比，书写一段悲剧婚姻。婚姻悲剧的原因见于诗中小续：“商陵穆子，娶妻五年无子。父母欲其改娶，其妻闻之，中夜悲啸，穆子感之而作。本词云：将乖比翼隔天端，山川悠远路漫漫，揽衾不寐食忘飧。”可见，商陵穆子因娶妻五年无子，被其父母责令改娶。儒家经典《大戴礼记》规定“七出”之条，唐代贾公彦疏解《仪礼》时，把“无子”作为“七出”的第一条，且以

1 王小健：《被误读的妇女“三从”——中国古代妇女人身权的文化学分析》，载《南京社会科学》，2006（10）：78-84页。

《唐律》[1] 为例："妻年五十以上无子，听立庶以长"。因此，"巢成不生子，大义当乖离"是商陵穆子父母对于休妻改娶的共同意见。可见母性权威实则是代表儒家伦理的。

儒家文化关于"孝"的文化逻辑以及"长幼有序"的伦理观念，在被儒家化了的唐朝最高法律《唐律》中，母亲的地位因丈夫是否亡故而具有双重表现。当丈夫在世时，由于礼教中的"既嫁从夫"的教义，母亲在家庭生活中不具有主宰地位。此时，母亲所表现出的最大特征是"顺从"。体现在《唐律·斗讼律》中，规定夫妻相互容忍，妻若告夫，"虽得实，徒二年"，"诬告重者，加所诬罪三等"。而当丈夫亡故，且舅姑也已不在人世，母亲的地位才真正提高到一家之主的位置。高世瑜认为："'从子'是'三从'中最没有意义的一项，由于家庭中长幼人伦之序高于男女两性之别及对'孝道'的重视，相对于母权而言，'从子"只是一种规范女性总体地位的大原则，实际上极少实行"[2]。事实上，当"从子"的教义遭遇"孝"与"长幼有序"的理念时，必然退居其次。《唐律·斗讼律》中规定："诸子孙违犯教令及供养有阙者，徒二年。"《唐律·户婚律》中规定："诸祖父母、父母在，而子孙别籍、异财者，徒三年。"此条对寡母同样有效。而如果儿子取得了较高的社会地位，母亲亦以子而贵。《唐律·名例律》规定："诸妇人有官品及邑号，犯罪者，各依其品，从议、请、减、赎、当、免之律，不得荫亲属。"《疏议》："妇人有官品者，依令，妃及夫人，郡、县、乡君等是也。……妇人品命既因夫、子而授，故不得荫亲属。若不因夫、子，别加邑号者，同封爵之例。"对于儿子取得成就的母亲，从法律上确保了其较高的社会地位。体现在丧制规定中，母亲同样拥有较高的社会地位。《唐律·职制律》规定："诸闻父母若夫之丧，匿不举哀者，流二千里；丧制未终，释服从吉，若忘哀作乐，（自作、遣人等。）徒三年。"《疏议》曰："父母之恩，昊天莫报，荼毒之极，岂若闻丧。妇人以夫为天，哀类父母。闻丧即须哭泣，岂得择日待时。若匿而不即举哀者，流二千里。其嫡孙承祖者，与父母同。（丧制未终），谓父母及夫丧二十七月内，释服从吉，若忘哀作乐，注云（自作、遣人等），徒三年。"

可见，"一面是广大妇女的卑下屈辱，一面是女皇、女主人的至尊至贵；一

1　本书中对唐律内容的引用，参考中华书局1983年出版的《唐律疏议》。

2　高世瑜：《说"三从"——中国传统社会妇女家庭地位漫议》，载《光明日报》，1995-11-20。

面是‘三从’观念与夫权至上，一面是全社会的尊母、孝母风气”[1]，正是在这种表面现象的掩盖下，古代妇女，尤其是贤妻良母们在期盼中顺从了这种生存状况，丧失了为自己的独立权利去抗争的意念，只为求一种心理慰藉，一种表面上的威严，而在现实生活中，慈恩、善良、伟大、崇高的母爱并不能从根本上解决女性所面对的生存困境。母性精神的被神圣化仍然处在父权制的威严中，她的地位是从属的，她的价值是以符合父权威严为宗旨的，并为父权而服务的，这种根深蒂固的现实性是长久积习而成的，并未因母性精神的被神圣化而有任何改变。因而加给母亲的“神圣”的外衣实际上是在两性不平等的基础上，一方为另一方全权服务的结果。而加给女性的这件神圣的外衣——作为母亲——与“妻性”的“以夫为天”的女从性质又有所不同，女从性质带给女性的是从人（男性——丈夫）者的卑下，然而作为母亲的神圣却让女性产生某种优越感，如被尊重、被赞扬、被孝顺等，似乎让女性在男人的世界中寻找到尊严，这种优越感和尊严不过是在男性的规范和价值体系内为男性服务的结果，无论是父权制的家族体系还是对于整个父权制社会而言都是如此。因此，母亲的所谓女神般的神圣的光辉不但不能给女性带来解放，相反，还会麻痹女性对于自身社会性别属性的认识，从而陷入父权的期待视野中。

父父子子、君君臣臣，中国古代漫长的历史俨然是一部男性的历史，男性几乎占据着历史的每一页，而历史的每一页也几乎是由男性书写的。而作为组成社会的每一个机体——家庭，其中的父亲角色又如同国之君主。一国之中，君为臣纲，一家之中，父为子纲，正所谓“父让子死，子不得不死”；至于母亲角色，虽然有孝悌之礼维护其他位，但是永远不能强大到与父亲相抗衡的位置，“三从”中的“夫死从子”明确了母亲在家庭中的性别归位。孟悦、戴锦华在《浮出历史地表》中指出，我国漫长的历史就是一部“父亲的历史，而不是母亲的历史，封建家长式的‘母亲’并非母亲，而只是父权意志的化身，若是抽出父亲意志内涵，‘母亲’只是空洞能指”[2]。

中国古代文学史是一部男权话语史，唐代文学史也难以脱离此窠臼。因此，男性笔下的母亲形象所带来的欣赏与审美，与其说是一种“欣赏”，不如说是符合父权意志的被观赏，被观赏使母亲形象处于被看的地位，而男性成为评判的

1 周积明：《中国古代妇女社会地位的两重性》，见《中国社会史论（上卷）》，武汉，湖北教育出版社，2000，592-624 页。

2 孟悦、戴锦华：《浮出历史地表》，北京，中国人民大学，2004，18 页。

主体，这种带有浓厚的性别主观性的“观赏”，势必会带来男性创作主体的性别本位立场，即男性创作者代替女性（母亲）思考、表达，甚至是男性创作主体按照自身的性别本位立场去塑造女性形象（母亲形象），可以说，这样的母亲形象的塑造距离母亲本身的客观性与真实性是存在距离的，甚至会造成母亲形象的非客观与非真实，使母亲形象成为某种“光辉”“神圣”的代名词，用以教化还没有来得及成为母亲的女性，那么这种刻板的性别角色定位势必会进一步加重甚至造成母亲难以脱离男权主宰的可悲现实。

总之，唐诗中这些母亲形象的出现，并不一定代表女性在家庭中的地位得到了真正的提高，在父权制社会，女性的根本角色仍然归属于“女从”性质。“妇人，从人者也”，女性的从属地位一方面使女性处于被观照的位置，被排除在社会生活以外，一方面又将女性困守于家庭伦理秩序中，女性从根本上讲，无论其扮演怎样的角色，都无法改变“第二性”的命运，而处于从属地位的“第二性”则是由社会伦理赋予女性本身的。正如法国学者西蒙·波娃所说：“一个人之为女人，与其说是‘天生’的，不如说是‘形成’的。”[1] 西方女性主义代表所提出的这一理论同样适用于对中国女性的分析。

第三节
倩女形象

唐代是中国历史上唯一一个有女主临朝的统一王朝。武则天女主天下，在中国古代社会史上可谓石破天惊。武则天的称帝绝非仅仅由于其卓越的个人政治才能，时运命定的纯属巧合也并没有足够的说服力。有唐以来宽松的政治政策，经济上的富足加之文化的多元融合共同编织了唐王朝与众不同的气象。而北朝人母权制的遗风给之后的唐王朝带来了可以接受和容纳女主称帝这一历史事实的思想基础。武则天称帝为初唐社会所承认与接受，亦可视作文化思潮发展史上社会审美观念的一次复归，而正是这朝野上下普遍存在的社会审美心理造就了有唐一代对于女性形象的多元化塑造，以及观念思想上对女性美的普遍认可。妇女政治地位的破天荒的突破，相对开放的社会风气，对女性相对尊重

1　西蒙娜·德·波伏娃：《第二性》，陶铁柱译，北京，中国书籍出版社，1998，23页。

的社会心态，都带来了唐王朝与众不同的观照妇女的心态。唐代众多男性诗人笔下光彩照人的倩女形象便是其中璀璨的一笔。

倩，《说文》解：人美字也。从人，青声。《诗经·卫风·硕人》有诗句“巧笑倩兮”，倩乃含笑的样子。杜甫《风疾舟中伏枕书怀三十六韵》云：“披颜争倩倩，逸足竞骎骎。”倩，亦泛指姿容美好。此处所言“倩女”当指“美好的女子”。在男性视角下，这类“美好的女子”所展现出的是男性对女性美的关注与审视，倩女形象是男性心中理想的女性形象化身——她们有的纯美多情，有的雍容华贵，有的自然清新，有的艳冶时尚。倩女在诗人笔下被塑造成一群光彩照人的理想女性形象，她们体现了男性心中对于两性合和之美的追寻与讴歌。可以说，这类倩女形象所拥有的青春之美、生命之美，包含了男性对于女性美的赞颂，以及男性对于女性的理想审美判断，她们在男性诗人笔下被塑造成美、艳、情的化身，是男性视角下爱慕、倾心的理想女性形象。

一、多姿多彩的倩女形象

1. 初唐时期的秾华之美

初唐时期[1]的倩女形象在男性诗人笔下，体现的是一种秾华之美。如“以词彩自达，工于五言诗，好以绮错婉媚为本”（《旧唐书·上官仪传》）的上官仪所塑造的宫中美人形象。

“（上官）仪既显贵，故当时多有学其体者，时人谓为上官体”（《旧唐书·上官仪传》）。上官体“绮错婉媚”，具有重视诗歌的技巧形式、追求诗歌的声辞之美的倾向。其提出的六对、八对之说，以及作为代表当时宫廷诗人在诗歌方面重形式主义的倾向，文学史家多有非议之词，但上官体对诗歌的趋于格律化方面提供了新的范式，也成为齐梁以来新体诗到沈、宋律诗过渡的一座桥梁。不可否认的是，上官仪塑造的倩女形象，是将华美绚丽的外在形式与娇柔艳美且富有魅力的主体人物有机结合的范式书写，如他的《八咏应制二首（其一）》

1 初唐、盛唐、中唐、晚唐四个历史时期，一说以唐初到玄宗开元为初唐，开元到代宗大历为盛唐，大历到文宗大和为中唐，大和到唐末为晚唐（见明高棅《唐诗品汇》）。一说以高祖武德至玄宗开元初为初唐，由开元至代宗大历初为盛唐，由大历至宪宗元和末为中唐，由文宗开成初至五代为晚唐（见明徐师曾《文体明辨》）。今人又有四分说、五分说、六分说等。此处只从整体上参考，采取今人大致共识：初唐，武德元年（618年）至先天元年（712年）；盛唐，开元、天宝年间（713—756年）；中晚唐，至德元年（756年）至907年。

启重帷，重帷照文杏。翡翠藻轻花，流苏媚浮影。

瑶笙燕始归，金堂露初晞。风随少女至，虹共美人归。

罗荐已擘鸳鸯被，绮衣复有蒲萄带。残红艳粉映帘中，戏蝶流莺聚窗外。

洛滨春雪回，巫峡暮云来。雪花飘玉辇，云光上璧台。

共待新妆出，清歌送落梅。

在重帷、翡翠、流苏所组成的叠幔香闺中，是香花翠帏、瑶笙弄情，金碧高堂中秾丽艳美之影自然是美好多情的。“风随少女至，虹共美人归”，这般温润随风而至的少女，身披虹霓的佳人又怎不令人艳羡、倾慕。这番景致怕也只能有戏蝶、流莺在窗外偷望了。只待这佳人倩女新妆凝步之时，有清歌落梅相送。具有异曲同工之妙的还有他的《和太尉戏赠高阳公》，诗人仍然将这些美好的女子描写得倾城无双、绝世娇艳：

薰炉御史出神仙，云鞍羽盖下芝田。红尘正起浮桥路，青楼遥敞御沟前。

倾城比态芳菲节，绝世相娇是六年。惯是洛滨要解珮，本是河间好数钱。

翠钗照耀衔云发，玉步逶迤动罗袜。石榴绞带轻花转，桃枝绿扇微风发。

无情拂袂欲留宾，讵恨深潭不可越。天津一别九秋长，岂若随闻三日香。

南国自然胜掌上，东家复是忆王昌。

再如唐太宗儿时密友、凌烟阁二十四功臣之首的长孙无忌，其《新曲》二首云：

侬阿家住朝歌下，早传名。结伴来游淇水上，旧长情。

玉珮金钿随步远，云罗雾縠逐风轻。转目机心悬自许，何须更待听琴声。

回雪凌波游洛浦，遇陈王。婉约娉婷工语笑，侍兰房。

芙蓉绮帐还开掩，翡翠珠被烂齐光。长愿今宵奉颜色，不爱吹箫逐凤凰。

诗中对于倩女形象的描绘是“玉珮金钿随步远，云罗雾縠逐风轻”的轻盈体态，是“回雪凌波游洛浦”“婉约娉婷工语笑”的绰约风姿，她们包含了初唐男性诗人笔下美艳、赏怀之倩女形象的美学神韵；同时诗人形象地写到：“长愿今宵奉颜色，不爱吹箫逐凤凰”，逼真地描塑出英雄勇士面对美丽绰约的女儿时，内心深处的倾慕之情。如宗白华所说：“艺术是精神的生命贯注到物质界中，使无生命的表现生命，无精神的表现精神”[1]，这恰如“拿破仑在初任法军

1 宗白华：《看了罗丹雕刻以后》，见《美学与意境》，北京，人民出版社，1987，55页。

军团总司令时的一次演说：士兵们，你们没有衣穿，吃得也不好。我想带你们到世界上最富饶的国家里去。你们在那儿将会得到尊敬、荣誉和财富。因之令部队无坚不摧，所向披靡。一但占领欧洲大陆后，当年的部下亦即后来的将军与元帅们却沉溺在温柔富贵乡中，斗志消磨殆尽。这与唐史有惊人的相似之处”[1]。大唐王朝在身经百战，取得胜利之后，也有些沉耽声色的倾向，不过，这可理解为唐初之勋臣宿将——关陇健儿对女性之美的共同追寻。

初唐时期男性诗人所表现出的对于美好女性的歌咏，实际上体现着一种对于美的体认，体现着上升时期的唐王朝对女性美的特有肯定，当然也包含着男性欣赏美艳倩影时体现出的对自我价值的肯定。

2. 鼎盛时期的典雅自然之美

唐朝国力在开元、天宝年间达到鼎盛，社会繁荣，倩女形象在男性诗人笔下一方面表现为珠翠金钿，一派珠光宝气的雍容典雅，另一方面则是清水出芙蓉般的健康、清新，那是一种自然之美，亦是男性心中情感追寻的方向。

较之初唐，盛唐诗人对倩女形象的刻画更加注重细节。比如诗人关注倩女的发髻、头饰，通过它们写出女子的雍容典雅。李白《宫中行乐词》有：“山花插宝髻，石竹绣罗衣”，许景先《折柳篇》曰：“宝钗新梳倭堕髻”。有趣的是，这盛唐时期流行的“宝髻”“倭堕髻”等发式，直至晚唐，诗人们仍集重笔描摹，加上发髻上插戴的花钿、金雀、步摇、步摇冠、玉蝉、簪钗珠宝饰物，金银珠翠、鲜花点缀等，在描摹女性形象时更是屡见不鲜。韦庄《怨王孙》曰：“蚕市，满街珠翠，千万红妆，玉蝉金雀，宝髻花簇鸣铛”；顾况《宜城放琴客歌（柳浑封宜城县伯）》曰：“头髻□鬌手爪长，善抚琴瑟有文章”；李贺《美人梳头歌》曰：“西施晓梦绡帐寒，香鬟堕髻半沉檀。辘轳咿哑转鸣玉，惊起芙蓉睡新足。双鸾开镜秋水光，解鬟临镜立象床。一编香丝云撒地，玉钗落处无声腻。纤手却盘老鸦色，翠滑宝钗簪不得。春风烂熳恼娇慵，十八鬟多无气力。妆成婑鬌欹不斜，云裾数步踏雁沙。背人不语向何处，下阶自折樱桃花。”这些诗歌皆有对姣好女子发式妆容的细致描述。

另一方面，清新自然、健康活泼，具有自然之美的倩女形象尤其突出，特别是在诗仙李白的诗中：

---

1 李元明：《拿破仑评传》，北京，中国社会科学出版社，1984，64页。

燕赵有秀色，绮楼青云端。眉目艳皎月，一笑倾城欢。
常恐碧草晚，坐泣秋风寒。纤手怨玉琴，清晨起长叹。
焉得偶君子，共乘双飞鸾。

诗中的倩女不但有“眉目艳皎月，一笑倾城欢”的姣好面容，更有祈望“共乘双飞鸾”的荡漾春怀。再如：

美人出南国，灼灼芙蓉姿。皓齿终不发，芳心空自持。

此处诗人笔下的美人，让人倾慕的不仅仅是“芙蓉姿”的外表之美，她那皓齿不发、芳心自持的清丽之美，自有一种惹人爱怜的感觉。

又如《陌上赠美人（一作小放歌行）》：“骏马骄行踏落花，垂鞭直拂五云车。美人一笑褰珠箔，遥指红楼是妾家。”诗中以邂逅的方式走入读者视野的倩女形象也来得自然而非矫情，恰有“拈花一笑万山横”般的美好。

不仅如此，诗人笔下的她们不但是姿色姣好的美艳化身，亦是男性心中情感追寻的方向，她们同样体现了男性对于爱情的追慕与渴望。例如《长相思》：

长相思，在长安。络纬秋啼金井阑，微霜凄凄簟色寒。
孤灯不明思欲绝，卷帷望月空长叹，美人如花隔云端。
上有青冥之长天，下有渌水之波澜。天长路远魂飞苦，
梦魂不到关山难。长相思，摧心肝。

此处的“长相思”看来不是仅仅由女子发出的，男性的相思之情也会表现得“摧心肝”，原因在于“美人如花隔云端”。再如《代别情人》：

清水本不动，桃花发岸傍。桃花弄水色，波荡摇春光。
我悦子容艳，子倾我文章。风吹绿琴去，曲度紫鸳鸯。
昔作一水鱼，今成两枝鸟。哀哀长鸡鸣，夜夜达五晓。
起折相思树，归赠知寸心。覆水不可收，行云难重寻。
天涯有度鸟，莫绝瑶华音。

诗中描写“窈窕淑女，君子好逑”的美好爱恋，“我悦子容艳，子倾我文章”的两性合和之美更添艳羡。

3. 中晚唐时期的病态之美

男性笔下美丽华艳的倩女形象伴随着多民族文化的交流，随着世俗风貌的

变化而变化。病态之美也成为倩女形象的一种表征。

一方面，唐王朝与多民族之间的文化交流，促成了社会审美新的风尚，胡妆胡服在市井之中流行，逐渐成为时尚。《新唐书·五行志》曰："天宝初，贵族及士民好为胡服胡帽，妇人则簪步摇钗，衿袖窄小"，天宝初年，胡文化已经浸染世俗风尚，随着时间的推移，这种风尚仍然未消退。中唐时期，胡风甚至浸漫到社会生活的每一个角落。生活于盛唐、中唐之交的文人李华，曾对此情形发出感慨；"吾小时，南市帽行，见貂帽多，帷帽少，当时旧人已叹风俗；中年至西京市，帽行乃无帷帽，貂帽亦无，男子衫袖蒙鼻，妇人领巾复头，向有帷帽裳幂□，必为瓦石所及。此乃妇人为丈夫之象，丈夫为妇人之饰，颠之倒之，莫甚于此。"（李华《与外孙崔氏二孩书》）

这种时尚风俗的变化当然不能逃脱诗人的眼睛，流行的新风尚在他们对倩女形象的描绘中也多有体现：

时世妆，时世妆，出自城中传四方。时世流行无远近，腮不施朱面无粉。乌膏注唇唇似泥，双眉画作八字低。妍媸黑白失本态，妆成尽似含悲啼。

圆鬟无鬓堆髻样，斜红不晕赭面状。昔闻被发伊川中，辛有见之知有戎。

元和妆梳君记取，髻堆面赭非华风。

白居易的《时世妆》，其作诗的目的虽为"儆戎也"，但从另一个侧面也展现了当时女性流行的妆容风貌，并体现了时人对美丽女子妆容的定义。另有，"元和末，妇人为圆鬟椎髻，不设鬓饰，不施朱粉，惟以乌膏注唇，状似悲啼者"（新唐书·五行志）；"长庆中，京城妇人首饰，有以金碧珠翠，笄栉步摇，无不具美，谓之'百不知'。妇人去眉，以丹紫三四横约于目上下，谓之'血晕妆'"（《唐语林》卷六）等记录，亦是对此种情形的佐证。

这种"更为细腻的官能感受和情感彩色的捕捉追求"[1] 在晚唐诗人笔下塑造的倩女形象中体现得更为明显。以韩偓的《香奁集》为例，其中大量描写了闺中女子的形象，这些女子大都娇弱羞情，妩媚妖娆，让人怜爱之余，却少了初盛唐时期倩女佳人形象所具有的一种内在气质的清雅、外在表现的雍容，失了健康之情、自然之趣。

如《懒卸头》：

---

1 李泽厚：《美的历程》，北京，文物出版社，1981，155页。

侍女动妆奁，故故惊人睡。哪知本未眠，背面偷垂泪。

懒卸凤凰钗，羞入鸳鸯被。时复见残灯，和烟坠金穗。

诗中对佳人形象的动作描写为“背面”“垂泪”，人物的状态体现的是“懒”，心态的体现为“羞”，这些词语描摹的是哀伤、忧愁的女子形象。

即使是两情相悦，在人物情感的展现上也并非欢快：要么惆怅，如《蹋青》：“蹋青会散欲归时，金车久立频催上。收裙整髻故迟迟，两点深心各惆怅”。要么娇羞，如《想得》：“两重门里玉堂前，寒食花枝月午天。想得那人垂手立，娇羞不肯上秋千”。

另外，《香奁集》中有不少咏物诗，如《咏灯》《咏浴》《咏手》《屐子》《松髻》《袅娜》等，皆从女性生活中一件细小的饰物着笔，或从女性的一种姿态着眼，以细腻深刻的工笔描摹女性形象，以此带来强烈的感官刺激，此种审美倾向也不失为晚唐时期男性对女性审美的一种另类体现。

从以上男性诗人的创作中的倩女形象所体现的风姿变化以及具体内涵的不同，可清楚地看到男性对美好女性形象的定义是随着时代文化氛围的变化而变化的，也随着社会风尚的变换而展现不同的风貌，但无论怎样变化，这些倩女形象所展现的美、艳、情的特征揭示出一种时代的共性审美，她们共同构成了了男性视角下某种理想的女性形象。

二、倩女形象塑造所体现出的艺术特色

特定的审美心理与情感内容相连接，男性诗人笔下的倩女形象在艺术上也呈现出一定的特色。

1. 以男性视角为审美思维的形象脉络

无论时代如何推移，风尚如何变化，倩女形象总是被诗人塑造成为美的化身，这样一组有着特殊魅力的光彩照人的女性形象，在展现男性心中对于两性合和之美的追寻与讴歌的同时，也彰显了男性对于理想之女性美的评价与判断。不过，这种评价与判断是以形体外貌的刻画作为贯穿作品审美思维的中心线索的。

首先，男性文人对女子形体外貌的刻画相对细致，并且这种外部形象的描写较少体现女性的性灵、心理。作品中随处可见这样的诗句：

忽闻黄鸟鸣且悲，镜边含笑著春衣。罗袖婵娟似无力，行拾落花比容色。

(王翰)《春女行》

玉面耶溪女，青娥红粉妆。一双金齿屐，两足白如霜。(李白《浣纱石上女》)

美人姿态里，春色上罗衣。(梁锽《艳女词》)

蛾眉曼脸倾城国，鸣环动佩新相识。银汉斜临白玉堂，芙蓉行障掩灯光。(刘方平《乌梅曲二首》)

双鸾开镜秋水光，解鬟临镜立象床。一编香丝云撒地，玉钗落处无声腻。纤手却盘老鸦色，翠滑宝钗簪不得。(李贺《美人梳头歌》)

减一分太短，增一分太长。不朱面若花，不粉肌如霜。(白居易《和微之诗二十三道·和李势女》)

可以说，关于倩女形象，诗人笔下较少出现对女子情感、心态的描摹，这些女性形象，被加以突出描画的往往是姣好的面容、婀娜的身姿。这种外部形象的描写，包含着男性对于女性的特有审美倾向：女性的百种情态，千般风情，在男性视角下成为道道娇艳的风景。

关于女性，备受关注的往往是靓丽绮美、多姿多情、风致无限的外在形象，而性灵、才华多被忽视。这种男性对女性美的评价，诚如有的研究者所言：“美女的审美价值是使男性审美愉悦，满足男性的窥视欲。……美女在形象上只有符合男性幻想欲望的要求时，才会被男性的审美意识形态所接受”[1]。

其次，通过形体外貌这类形式上的描写展现倩女之美，体现男性在情感上、情欲上对美好女性的歌咏，亦是此类诗歌的重要抒情模式之一，当然这种抒情模式并非唐代首创。

叶绍袁在《午梦堂全集序》中说：“丈夫有三不朽：立德、立功、立言；而妇人亦有三焉：德也、才与色也。”虽然名谚俗语有“女子无才便是德”，但此处并非是要证明古代社会一贯反对“女才”，“女子无才便是德”的真正目的是为了“正德”，毕竟“无才为德”的观念是明末才出现的。陈东原先生早在1928年出版的《中国妇女生活史》中便有详细的考论[2]。事实上，“德”与“色”，早已成为中国古代伦理对女性进行价值研判的基本准则，且这一准则是以男权为核心的，即男性本位价值判断。这一准则又表现为相互对立、正反冲

1 北京市妇女儿童工作委员会，等编著《平等·和谐·发展：继续'95共谋发展妇女论坛论文集》，北京，中国社会科学出版社，131页。

2 陈东原：《中国妇女生活史》，上海，商务印书馆，1998，188-202页。

突，即体现为重色必轻德，轻德为好色的一对矛盾统一体。

然而，这种男权中心的价值研判并非“鱼”与“熊掌”不可兼得，先秦时期的伦理价值体系中，好色与好德便表现得不是那样泾渭分明，更多的则体现为兼而有之，是一种关注本性的宽容与通达。孔子曰：“吾未见好德如好色者也。”[1] 此处孔子所言“好德”与“好色”的相对矛盾，是为了说明人之出于天性所反映出的“好德”不如“好色”表现的那样天性自然，这也从另一个角度证实了“好色”是人的自然本性，且存在自然。这种“好色”之自然本性在儒家另一位代表人物孟子那里表达得更为明确：“好色，人之所欲”（《孟子·万章上》）。孟子甚至以“好色”为切入点对齐宣王推讲王道，孟子说：“昔者大王好色，爱厥妃。诗云：‘古公亶父，来朝走马，率西水浒，至于岐下。爰及姜女，聿来胥宇。’当是时也，内无怨女，外无旷夫。王如好色，与百姓同之，于王何有？”[2] “王如好色，与百姓同之”，说明孟子认为“好色”是人所共有的权力，无论是王者还是庶民。

需要说明的是，先秦儒家关于“德”与“色”的本性自然观念，更多是就男性道德规范而言的。对于女性，丰色、仪容往往是构成女性社会性别存在的一项十分重要的内容。《孟子》说：“好色，人之所欲。妻帝之二女。而不足以解忧。富人之所欲。富有天下。而不足以解忧。贵人之所欲。贵为天子。而不足以解忧。人悦之，好色……知好色，则慕少艾。”这段内容揭示了人所共有的生理欲望，生理特质。《孟子》言：“食色，性也。”将食物与美色等量齐观，将人的生理欲望视为食与色，且“食”等于“色”，但值得关注的是，孟子之所谓“食色，性也”更多的是从男性的视角出发，而女性仅被视作满足男性生理欲求的对象，“色”多指女性变得顺理成章。

显然，先秦儒家之“色”，指的是女色，所论及的人性本身仅体现的是男性本性。同时，先秦儒家在对待“女色”时，是怀抱一种自然天性的接受态度，当然，这种态度是以男性伦理作为价值核心的。

魏晋是一个审美自觉的时代。时人对“色”的关注，有时会表现得非常纯净，展现出一种纯粹的审美，这种审美甚至可以不掺杂任何情欲。《世说新语》中有这样一则事故：“阮公邻家妇有美色，当垆酤酒。阮与王安丰常从妇饮酒。

1 这句话在《论语》中出现了两次，一次在《卫灵公》篇，其中的“德”是就士君子的道德修养而言。

2 王云五主编《孟子今注今译》，史次耘注译，重庆，重庆出版社，2008，36 页。

阮醉，便眠其妇侧。夫始殊疑之，伺察，终无他意。”可见阮籍对待美色，完全是一种审视的心态。

另外，“色”不但会带来视觉上的愉悦，审美上的享受，同样，“色”还具有一种特殊的“性”魅力，对异性（男性）产生吸引，成为爱情的开端，甚至是伴随着真挚而强烈的情感投入。正如《诗经·周南·关雎》：“关关雎鸠，在河之洲，窈窕淑女，君子好逑。”关于这句诗的文化内涵有两层含义。一是“淑女”能够成为“君子”的理想配偶，是以“窈窕”为前提的。《方言》中有“美心为窈，美状为窕”的释文，可见“窈窕”含有内心和外貌兼美的含蕴。二是从性别视角进行分析，此处当以男性为主体，择偶标准以男性为本，女性处于接受范畴，而“窈窕”也弱化为对女性仪容之美的要求。由此可见，女性仪容之美会导致男性情感上的追寻。《世说新语·惑溺》中也描写了类似情形，且由此发展为夫妻情致甚笃的内容：“荀奉倩与妇至笃。冬月妇病热，乃出中庭自取冷，还以身熨之。妇亡，奉倩后少时亦卒。”此处荀奉倩即荀粲（字奉倩），是三国时魏尚书令荀彧之子。荀粲对妻子仪容倩影之爱悦而产生的浑然忘我、冷暖相伴、生死与共的情感，同样也是一种人性自然的表现。“曹植《洛神赋》、陶渊明《闲情赋》以及南北朝乐府民歌中的一些作品能够把女性作为美的化身和情的寄托，也是与魏晋南北朝时期审美的觉醒和人性的觉醒有着直接的联系”[1]。

至于唐代，开放的社会造就了宽广的胸怀。时代的开放不仅表现在文化、政治、对外交流方面，而且漫溢于社会的每一个角落，体现在时风世俗当中。其中一个显著的特点就是妇女在一定程度上拥有相对较高的地位。武则天能女主临朝且取得与男主平等的地位即是一个最为有力的证据。因此，在这一历史时期，对于丰色佳人的描摹展现着男性对于女性的审美观照。这种审美观照既体现于眼中之美，又体现为心仪之美，并且伴随这种女性审美的还有大唐王朝所特有的开放气质。关于眼中之美见李白的《越女词五首》：“长干吴儿女，眉目艳新月。屐上足如霜，不著鸦头袜。镜湖水如月，耶溪女似雪。新妆荡新波，光景两奇绝。”对长安佳人素朴魅力的赞颂离不开男性对于女性健康自然之美的赞颂、关于心仪之美见杜牧的《赠别》二首：“娉娉袅袅十三馀，豆蔻梢头二月初。春风十里扬州路，卷上珠帘总不如。”这种男性眼中的佳人形象与魏晋时人的纯粹审美亦可一较高下。再如唐王朝所特有的气度在佳人形象审美中的体现，

1 王纯菲等：《火凤冰栖——中国文学女性主义伦理批评》，沈阳，辽宁人民出版社，2006，79页。

"回眸一笑百媚生，六宫粉黛无颜色"，对旷世奇女子杨玉环倾城花容的赞颂离不开那个开放时代作为注脚。

毋庸置疑的是，关于男性诗人笔下的这些倩女形象，诗人更多关注的是她们曼妙的身姿、婀娜的体态、多彩的服饰、华美的装扮，仿佛形式上的一切已经足够传达男性对于女性美的欣赏。关于"形式"，如宗白华所言："艺术家往往倾向于以'形式'为艺术的基础，是因为他们的使命是将生命表现于形式之中。"[1] 而将"形式"引入性别视角进行考察，会得到一种别样的思考，即这种"将生命表现于形式之中"的使命，不仅因为形式是艺术的基础，因为它实现了美的价值，而且还在于这种"形式"深深地表达了男性对于女性自然生命之美的情调观感和意识追寻，体现着性别差异中相对和谐的审美观照，因为形势最高的动因是进一步由美入真，深入人类两性生命的核心。因此，男性通过所谓"形式"来表现女性之美，体现男性心中对女性的审美理念，同样可视作人类彰显两性生命观照的抒情方式之一，诚如宗白华所言："美是丰富的生命在和谐的形式中。"[2]

因此，男性通过描写女性形体外貌展现女性之美，在情感与情欲上对美好的女性进行歌咏，这种视觉体验与心灵体验的审美心理塑成了唐人笔下多姿多彩的倩女形象。如陈德所说："中国古代审美心理学从一定意义上说，也可以说是一种体验论美学。……强调自然生命与精神生命的统一，构成了中国古代文化的精神内核，也孕育出中国古代审美心理的生命本质。体验性特征重悟性而不重分析，重超越而不重实证。这与西方美学形成了鲜明对照。"[3]

2. 女性发髻变化彰显社会审美的心态变化

在以男性为中心文化的中国传统社会结构中，社会审美标准以男性统治阶层的审美观念作为主导，而且这一标准伴随着男性统治者的审美变化而不断变化，所谓："吴王好剑客，百姓多创瘢。楚王好细腰，宫中多饿死。"（《后汉书·马廖传》）加之统治者对审美标准的推行以及文人墨客的描绘与传播，某种审美标准便逐渐成为社会规范，进而上行下效，弥漫于社会各个阶层。因此，关于两性审美，男性更多的体现为主动审美与主动评价，而女性大多体现为迎合，由此女性美的界定与男性审美愉悦成为相互依存的表里双方，且主动权往往掌

1　宗白华：《艺境》，北京，北京大学出版社，1997，72页。

2　同上书，76页，

3　陈德：《人生境界与生命美学》，长春，长春出版社，1998，3页。

握在男性手中。因此，当以男性为中心的社会文化风尚一旦发生变化，这种变化必然会在女性身上有所体现，同样，女性在上文所谈及的“形式”上的变化也会体现在男性对于女性的审美判断的变化上，同时这种变化常常伴随着社会心态的变化，成为彰显社会心态变化的一个窗口。

女性的这种外在妆容之美首先体现在发式上。因为女子梳妆除了脸上的妆容，发髻也是一个十分重要的部分。“历代文献记载的女子发式多种多样。如秦始皇时期，皇后梳凌云髻，三妃梳望仙髻，九嫔梳参鸾髻，宫女们梳黄罗髻。汉代的宫廷之中，流行奉圣髻、堕马髻、瑶台髻、十二鬟髻。”[1] 其实男女两性，原是互相吸引，传说汉武帝之所以倾慕歌伎卫子夫，除了其容颜娇媚，更是因为她有一头亮丽乌黑的秀发；陈后主的宠妃张丽华的一头秀发也很出名，《陈书·张贵妃传》中记载：“发长七尺，鬒黑如漆，其光可鉴……宫中遥望，飘若神仙”。魏文帝曹丕时有百花髻、芙蓉归云髻。宫女莫琼树因创造了“望之漂渺如蝉翼”（崔豹《古今注·杂注》）的蝉鬓，还得到了宠幸。隋朝宫廷流行归秦髻、九真髻、灵虚髻、奉仙髻、祥云髻、坐愁髻、朝云近香髻等。到了唐代，宫人们的发式更是姿态多样，令人目不暇接，“当时妆饰娥眉之术，比较从前又有大进步。髻的样式，连前所发明，取其佳者，名曰十髻，即：凤髻（周文王时)、近香髻（秦始皇时)、飞仙髻（汉武帝时)、同心髻（汉元帝时)、堕马髻(梁冀妻)、灵蛇髻（魏甄后)、芙蓉髻（晋惠帝时)、坐愁髻（隋炀帝时)、反绾乐游髻（唐高祖时)、闹扫妆髻（唐贞元时)。”[2] 另外还有，平番髻、乐游髻、归顺髻、长乐髻、回鹘髻、百合髻、望仙髻等。其中飞仙髻深受宫中女性喜爱，它流行于佛教兴盛的南北朝时期，直至明代仍在宫中长盛不衰。此外，发饰也是唐代女子妆奁美发的重要部分，发髻的装饰物以花或者花钗为主，如发簪、发钗、发钿、华盛、步摇等。一般情况下，皇家贵族女子的发饰与平民女子不同，多为贵重材料制成，如金银、玉石、珍珠等。

唐代女性的发式多种多样，而且颇具变化，不少学者已经开始关注唐代女性的发式，通过发式展现女性之美。以唐代不同时期女性发式的变化为例，去窥探社会审美的变化，进而展现不同时期的唐人心态，不失为一种有必要的尝试。

为了便于论述，笔者按照初唐、盛唐、中晚唐三个阶段，以具有代表性的

1 孙辉、胡永芳：《阁楼上的妆颦眉黛》，重庆，重庆出版社，2008，11页。

2 陈东原：《中国妇女生活史》，北京，商务印书馆，1998，102页。

女性发式为例，对唐代女性发式习俗的演变过程进行说明。

初唐时期：

唐代初期女性发式相对多样，有低髻、高髻、单髻、双髻等样式，但以高髻或偏高髻为主。从出土文物的图像资料中进行考察，唐朝初期的女俑有低髻女俑（或壁画）和高髻女俑（或壁画），从比例上看，仍以高髻女俑（或壁画）为多数。高髻发式多以层堆式样的盘发造型出现。长安语曰："城中好高髻，四方高一尺。"（范晔《后汉书·马援列传》）此语虽为讥讽"上之所好，民必甚焉"（《管子·法法》），即对上层统治者的爱好，下层民众会产生强烈的反应。但也从一个侧面说明高髻发式在当时社会上正趋于流行。正如沈从文在《中国古代服饰研究》中所论："初唐稍后，身份较高的贵族妇女已一变隋代的平云式，单纯向上高耸，做成种种不同发式，如李寿墓壁画中所见。"[1] 关于平云式的发髻，便是初唐画家阎立本在《步辇图》中所绘的宫女发式：发髻连带额发都做云朵形状，即典型的云髻样式。

初唐时期，女性在发式上相对简洁，所配饰物相对简单，如步摇、金钿等饰物仅在一些贵族墓的石椁线刻画或墓室壁画上看到，如出现在永泰公主、新城公主、韦洞墓中的一些女性形象的发髻上。

关于发髻的高低式样，以唐代宫人为例，发髻起初多为低髻，后来逐渐加高，且式样多变。据出土文物考，张士贵墓出土的女骑俑和女立俑（显庆二年，657 年）、郑仁泰墓出土的女骑俑和女立俑（麟德元年，664 年）的发髻呈低髻（学界称为"长条形发髻"）。新城公主墓（龙朔三年，663 年）和李爽墓出土的女骑俑（总章元年，668 年）发髻均置于脑后，呈圆形，小巧而低平。董僧利墓中女侍俑（永徽三年，652 年）呈现的是上梳头发，盘于头顶，分成左右两半，呈宽而低的发髻样式。而李寿墓壁画图中之乐伎、侍女（贞观四年，630 年）均梳发式较低的云髻。

另外，宫女在发式的梳理上也有讲究，如半翻髻、反绾髻、乐游髻等多种发髻模式[2]，华美多样。宇文士及《妆台记》称："唐武德中，宫人梳半翻髻，又梳反绾髻、乐游髻。上行下效，成为风气。"（陶宗仪《说郛》）段成式《髻鬟品》亦称："高祖宫中有半翻髻。"（陶宗仪《说郛》）可以说，唐代初期发髻

1　沈从文：《中国古代服饰研究》，上海，上海书店，2002，320 页。

2　转引自李翠华：《唐代女性妆容习俗初探》，湘潭，湘潭大学，硕士论文，2007，5 页。

式样“呈现出一派单髻和双髻争艳，低髻和高髻同辉的景象”[1]。

因此，初唐时期女性发髻样式相对简洁、自然，即使是层堆式样的高髻发式也显得挺拔华美，所配饰物也相对简单。初唐时期女性的发髻式样彰显了此时期女性简洁自然、挺拔华美的形象特征，这一健康自然的审美态度同样体现了初唐时期女性美的特质。

盛唐时期：

盛唐时期，发式的变化主要体现在高髻的流行方面。初唐时期女性虽也梳高髻，但比较而言，盛唐时期女性对高髻发式的喜爱是非常明显的，这与初唐时期的情形有所不同。《郭唐书·魏征列传》中有这样一段记录劝谏讽喻的话：“近皇甫德参上书言‘修洛阳宫，劳人也。收地租，厚敛也。俗尚高髻，宫中所化也。’”这段话从一个侧面反映了高髻在初唐时期是不被统治阶层所看重的。然而到了盛唐时期，人们对高髻的喜爱却达到了顶峰，甚至对飞天的塑造都加上了高髻。如陕西西安唐玄宗天宝四年（745 年）墓出土的唐飞天镜上的飞天形象：“八出葵花形，钮两侧各一位向上飞升的飞仙，高髻，薄衣裹身，披帛飘逸，轻盈华美。”[2] 飞天形象风姿绰约，熠熠生辉，其高髻发式也说明了盛唐时期社会风尚较之初唐时期额所不同。这当与盛唐时期国力鼎盛的气象有关。这种气象，在西方研究者中也被看重。维尔·杜伦《东方的文明》一文说：

> 8 世纪的长安城中，身着皮衣的人竟多于 20 世纪的纽约。都城附近的一个村庄里，丝绸作坊竟雇有十万名工匠。李白不禁高吟：“感君重义轻黄金！琼杯绮食青玉案。”置于宝石床上，用美玉刻成的雕像惟妙惟肖。这个伟大的民族沉浸在艺术的天地中，艺术家受到极高的推崇。……当时帝国图书馆藏书已达 54000 卷。默多克评论道：“毫无疑问，这时的中国处于世界文明的最前列。她是地球上最强大、文明程度最高也最为先进的国家，享有良好的治理。”[3]

盛唐国力强盛、社会安定，文化宽容，这正是唐代社会风尚的体现，这种持续强盛的文明也给了大唐王朝无上的自信心。

盛唐时期，发髻以高髻为主，有“回鹘髻”“峨髻”“半翻髻”“盛唐高髻”等，宇文士及《妆台记》称：“开元中，梳双鬟望仙髻及回鹘髻”（陶宗仪《说

1 庞雅妮：《西安地区唐纪年墓妇女发髻研究》，载《文博》，2001（1）：29 页。

2 李雪梅、晓冰：《铜镜》，贵阳，贵州人民出版社，1998，121 页。

3 维尔·杜伦：《东方的文明（下册）》，西宁，青海人民出版社，1998，827 页。

郛》)。其中回鹘髻受回鹘族妇女发式的影响。《新五代史·回鹘传》说:“妇人总发为髻,高五六寸,以红绢囊之,既嫁,则加毡帽。”李贤墓壁画《观鸟扑蝉图》中便有梳着回鹘髻模样的两位宫女。其他样式如刘禹锡《赠李司空妓》中的:“鬟髯梳头宫样妆,春风一曲杜韦娘。”甚至还有更加高耸蓬松的义髻,时人言:“义髻抛河里,黄裙逐水流”(郑处诲《明皇杂录》)就是对杨贵妃义髻发式的生动说明。

另外,此时期女性发髻不但一改初唐简洁之风,连发饰也是珠光宝气,一派繁华。如开元、天宝年间,《行香图》(太原都督乐廷环夫人及其家属)中的主要人物,发髻为宝髻样式,两鬓妆饰金钿珠翠,炫目繁华。而且,高髻的流行使得假发一时间成为时尚,尤其是在富裕阶层中。如上文提到的“义髻”就是假发,木制义髻叫木髻,其上饰以花钿、白珠、翠珠和手绘花形。蓬松的发髻上饰以步摇、梳子,例如长钗、长簪、翠翘、象牙梳、钉子梳、宝钿、篦、玉搔头、金叶等,种类繁多,唐代妇女尤其喜爱用牡丹花插在头上做装饰,显得富丽堂皇。[1]

正如黑格尔所言:“审美带有令人解放的性质。”[2] 盛唐时期妇女高髻发式的流行从一个侧面彰显着时代昂扬的特征,体现着盛唐王朝无尽的自信。

中晚唐时期:

中晚唐时期,女性在发式上留行峨髻,加之社会风尚倾向于一种病态之美,慵懒乏力的堕马髻,配以状似“悲啼”妆容的抛家髻都是当时的流行发式。

关于峨髻的描述,诗人李贺《河南府试十二月乐词·二月》有“金翘峨髻愁暮云,沓飒起舞真珠裙”,白居易《江南喜逢萧九徹因话长安旧游戏赠五十韵》也说:“时事高梳髻,风流淡作妆”,这种发式更加高耸,或可高近一尺。诗人元稹《李娃行》曰:“髻鬟峨峨高一尺,门前立地看春风”。晚唐诗人陆龟蒙《古态》中也有:“古态日渐薄,新妆心更劳。城中皆一尺,非妾髻鬟高”,或可作为峨髻高耸的生动说明。再如周昉《簪花仕女图》中的贵妇发髻便是峨髻样式,加之髻前的花簪,髻顶的大朵鲜花,更显发髻高大。

堕马髻在汉代已出现,“桓帝元嘉中,京都妇女作愁眉、啼粧、堕马髻、折要步、龋齿笑。所谓愁眉者,细而曲折。啼粧者,薄拭目下,若啼处。堕马髻者,作一边”(范晔《后汉书·五行志》)。晚唐时期流行的这种发髻类似抛家

1 参考袁梦雅:《现代化妆学》,上海,东华大学出版社,2004,5页。

2 黑格尔:《美学》1卷,朱光潜译,北京,商务印书馆,1979,147页。

髻，与汉代的堕马髻并不完全相同，《虢国夫人游春图》中右起第四、第五人的发髻样式就是堕马髻。诗人白居易在《代书诗一百韵寄微之》也有："粉黛凝春态，金钿耀水嬉。风流夸堕髻，时世斗啼眉"。诗下自注："贞元末，城中复为堕马髻，啼眉妆"。

抛家髻在中晚唐时期非常流行。《新唐书·五行志》记载："元和末，妇人为圆鬟椎髻，不设鬓饰，不施朱粉，惟以乌膏注唇，状似悲啼者。"又曰："唐末，京都妇人梳发以两鬓抱面，状如椎髻，时谓之'抛家髻'。又世俗尚以琉璃为钗钏，近服妖也。抛家、流离，皆播迁之兆云。"宇文士及《妆台记》中的朝天髻，或类此髻式。另外，"诗与李商隐、温庭筠齐名"的段成式也有一部概述历代妇女发髻的短文《髻鬟品》，虽其论说出处不明，正确与否难以考证，但还是展现了妇女千变万化的发髻，其中也提及"长安城中有盘桓髻、惊鹄髻，又抛家髻及倭堕髻"[1]。

流行于晚唐时期的丛髻更给人一种凌乱之感。丛髻，又名"拔丛髻"，"丛"，密也；宋王谠《唐语林》称："唐末妇人梳髻，谓'拔丛'，以乱发为胎，垂障于目"。丛髻类似于闹扫妆髻，发髻内以乱发作为衬发，外部用许多小发髻装饰，额发下垂及目。唐诗对丛髻也多有提及，如王建《宫词》曰："玉蝉金雀三层插，翠髻高丛绿鬓虚。舞处春风吹落地，归来别赐一头梳。"元稹《梦游春七十韵》曰："丛梳百叶髻，金蹙重台屦。纰软钿头裙，玲珑合欢袴。"

峨髻的高耸过度，堕马髻与抛家髻所表现出的慵懒无力之态，丛髻表达出的凌乱之感都与初唐时期简洁发式所传达出的健康明朗，盛唐时期发式带来的雍容典雅形成鲜明对比。这种崇尚极致之美与病态之美的世风时俗与中晚唐时期追寻而不可得之时人心态，以及唐末之时汲汲皇皇、百无聊赖的社会氛围不无关系。

正像李泽厚在《美的历程》中所说："时代精神已经不在马上，……而在心境"，"不再是对人世的征服进取，而是从人世的逃遁退避；不是人物或性格，更不是人的活动、事业，而是人的心情意绪成了艺术和美学的主题"[2]。中晚唐时期便是这样的一种体现。而唐代女性发髻样式的变化恰巧作为窥视时人心态的一个窗口，女性外在妆容的一个重要环节是发髻，通过发髻样式的变化，考察到的将不仅仅是女性自我审美的愉悦，"女为悦己者容"，这"悦己者"的标

1 转引自李振林、马凯主编《中国古代女子全书女儿妆》，兰州，甘肃文化出版社，2003，233页。
2 李泽厚：《美的历程》，北京，文物出版社，1981，155页。

准当是以社会性别角色的强势者一方的评价标准为主的，故而，父权制社会的审美标准当以男性统治阶层的审美观念作为主导，于是女性对仪容（以发髻为例）的追寻，这种外在形式的变化，恰恰反映了男性，或可说是以男性为评价核心的社会性别审美的标准与心态，那么，诗歌中的这些带有发式变化的女性形象的书写，恰成为历史与文化的形象代言者，她们以现世存在的面貌回答了一种现实，正如尼采所言："男性为自己创造了女性的形象，而女性则模仿了这个形象创造了自己"[1]。

简言之，有唐一代近三百年的时期里，思想上一直保持兼容并包的态度，以儒为主，释道并存，兼取百家。在政权统治上，儒家思想占统治地位，是立国之本，而在社会思潮、风尚情趣、生活流俗方面，则杂合释道。儒释道三教并容使思想领域中对礼教的束缚相对淡漠，加之多民族文化的影响，如"胡风""胡俗"的渗透，使得妇女在社会上拥有相对较高的地位，也使得男性对女性之美有了更多的观照。因此男性在对女性的审美过程中，加入了欣赏的视角，体现着男性对理想女性的赞美心态，男性笔下塑造的多姿多彩的倩女形象便是此类情形的一种反映。

总体而言，就唐诗中男性诗人笔下的这类理想女性形象，无论是坚贞守礼、以夫为天的贤妻形象，还是具有光辉之美的母仪形象，抑或是多姿多彩，被塑造成为美、艳、情化身的"倩女"形象，无不昭显男性对于理想女性形象的颂扬讴歌与深浓寄怀。她们以男性笔下的理想女性形象的面貌呈现，体现性别视角下，男性对女性美的评判、观照与塑造。诗歌多源于日常现实生活的感受，却升华了种种现实中美的因素。因此，在表现女性形象，体现思想情感的同时，作者强烈的审美理念倾注其中。需要说明的是，这类男性笔下具有理想色彩的女性形象，虽然贤淑、慈恩、美好，却是以男性为话语中心，体现着男权核心价值观念，并映现着父权制社会理念对女性形象的界定与塑造。正如法国学者波伏娃所说："一个人之为女人，与其说是'天生'的，不如说是'形成'的。没有任何生理上、心理上或经济上的定命，能决断女人在社会上的地位，而是人类文化之整体，产生出这居间于男性与无性中的所谓'女性'"[2]。

---

1 杜芳琴：《女性观念的演变》，郑州，河南人民出版社，1988。刘巨才：《选美史》，上海，上海文艺出版社，1997。

2 西蒙娜·德·波伏娃：《第二性》，陶铁柱译，北京，中国书籍出版社，1997，23页。

第三章

男性视角下具有现实意义的女性形象——以征妇形象为例

初唐司马逸客在《雅琴篇》中云："朝野欢娱乐未央，车马骈阗盛彩章。"唐代社会的富庶，经济的繁荣，造就了朝野多欢的社会景象。然而唐代的安定繁荣却离不开战争，频繁的战争同样融入了唐诗的豪迈辉煌、风神独韵的大潮中。加之盛唐时代马革裹尸、效命疆场的尚武精神的大发扬，整个社会充满了积极进取、从军建功的浪漫气息。"大丈夫当如是也"的壮举鼓舞着更多男儿戍边从戎。可是长年征战与戍边，将士的伤亡数以千万计，征人赴战场，征妇尝生死。天人永隔、生离死别通过诗人笔触更添痛楚，于是征妇题材的作品在唐人诗歌中尤其具有反映社会现实面貌的功效。这些作品屡见不鲜，据笔者统计大约有三百首（见附录一），以同类题材入诗，书写征妇形象本就值得关注；同时其创作者绝大多数是男性诗人，以男性创作者的视角去书写女性（征妇），为其言声，写其生存与心声，是否仅为描塑她们的面貌，这又是一个值得研究的重点。

本章将以唐诗中男性笔下的征妇形象诗歌为研究文本，进一步探讨男性诗人对征妇形象的整体认知，进而展现独具特色的征妇形象背后隐蕴着的男性审美内涵以及士人政治心态。

第一节
征妇形象的整体认知

一、唐前文学作品中的征妇形象概述

在中国古代诗歌史上，描写征妇思念征人的主题在《诗经》中就已出现。《卫风·伯兮》中有"首如飞蓬""甘心疾首"，因思念征战在外的丈夫而发出

"谁适为容"的痴情征妇形象；《王风·君子于役》中也有心心念念，才下眉头却上心头，牵盼征人而发出"如之何勿思"的踌躇征妇形象。此外，《唐风·葛生》、《周南·卷耳》也对征妇形象进行了生动的塑造。"甚至在《出车》《秋杜》这两篇作为王朝'政典'的诗歌中，竟也在对国家军事行动的描写中，嵌入了妇人的思夫之情，仿佛'岂不怀归'的将士与'忧心忡忡'的妇人在同台演出"[1]。《诗经》中的征妇类作品虽然不多，却具有很高的艺术价值，对具有不同特点的征妇形象大都作了细腻、形象的描写，开启了征妇形象塑造的滥觞，虽然此类作品的作者性别身份尚难以定论。后世之东汉末年陈琳所作的《饮马长城窟行》，不但对征妇形象进行了细腻的塑造，而且对征妇的心理进行了描摹："结发行事君，慊慊心意关。明知边地苦，贱妾何能久自全"，将征妇的坚贞、忠诚的品质展现得淋漓尽致。汉末组诗《古诗十九首》虽然没有明确诗人的性别身份，但诗歌中怀念远人、寂寞难耐、相思无涯的思妇形象皆被生动形象地塑造了出来。至此，这些生动感人的征妇作品在人物形象塑造、艺术手法表现上皆取得了很高的成就。

魏晋时期的乐府诗，特别是魏文帝曹丕的那首被赞为七言冠冕的《燕歌行》，"言时序迁换，行役不归，妇人怨旷无所诉也"，它不但描写了征妇对久役不归的丈夫的炽热思念，更主要的是反映在诗歌的表现内容上——进一步开辟了征妇怀人、征人戍边这一领域。后世很多诗人如谢灵运、梁元帝、萧子显、北周的王褒、庾信等，以《燕歌行》为名的同题诗作就有 18 首之多，这其中，还出现了近 10 首以男性诗人代言、模拟征妇口吻的作品[2]。

六朝以降，征妇类的诗歌作品数量呈上升趋势。这类诗歌多描写孤灯空床、霜月孑孓的征妇形象，其中梁代江淹的《征妇》、萧纪的《闺妾寄征人》、陈代江总的《闺怨篇》、《乌栖曲》、《杂曲三首》之一、《长相思二首》之一等皆描写了青春易逝，伤感孤寂的征妇形象。隋朝虽历史短暂，诗歌成就并不突出，但薛道衡的《昔昔盐》值得称道。其中不但展现了征妇思念久戍不归的丈夫而产生的内心情感变化，而且诗句"暗牖悬蛛网，空梁落燕泥"堪称绝妙之笔，将落寞寡欢、孤寂难耐的征妇形象塑造的逼真感人。此诗影响之大，可以晚唐诗人赵嘏所作《昔昔盐二十首》为例，此诗以《昔昔盐》每一诗句入题而成，

1 李山：《诗经的文化精神》，北京，东方出版社，1997，110 页。

2 以男性诗人代言，模拟征妇口吻的十首诗歌为曹丕、陆机、萧子显、萧绎、王褒、庾信、王韶之、郑刚忠（宋）、明清两代各一首。曹叡（魏）、陶翰（唐）、屈同仙（唐）、高适、贾至、张载、汪元量的《燕歌行》多为描写战争，多不涉及征妇形象的描写。

可见薛诗魅力所在。

二、唐代男性诗人笔下的征妇形象探析

笔者对《全唐诗》《全唐诗补编》《全唐诗外编》进行了爬梳整理。据笔者统计，第一，内容比较明显属于征妇类[1]的诗歌约为三百首。这其中绝大部分是由男性诗人完成的，李白、杜甫、王昌龄、白居易、沈佺期、张籍、王涯、张仲素、施肩吾、陆龟蒙等百余位作家皆有此类作品。而由女性诗人书写的仅约占到此类诗歌的百分之七。因此，征妇类诗歌中，男性创作与女性创作的作品数量是悬殊的。表现为由男人来写女人，由男人来代言女人，诉说女人内心的苦与怨的现象相当普遍。第二，如果按照学界对有唐以来的文学史分期，即初唐、盛唐、中唐、晚唐进行考察，征妇类诗歌作品数量呈曲线状波动态势。从具体数据来看，初唐时期的征妇类诗歌约占唐代征妇类诗歌的百分之十九。盛唐时期的征妇类诗歌在整个唐代征妇诗中所占比例是最小的，约为百分之十七。中唐以后呈递增趋势发展，中唐时期的征妇类诗歌大约占到总数的百分之二十三，而晚唐时期的征妇类诗歌陡然增至到将近百分之三十七。通过数据统计，可以确定，征妇类诗歌已成为唐代塑造女性形象诗歌的主要类型之一，且男性诗人书写征妇诗的数量变化也可作为反映历史面貌、社会现状，乃至士人心态的某种客观说明，后文还将就此问题进一步分析。

1. 征妇形象中的高频词

为有利于考察诗人在塑造征妇形象时展现的面貌和体现的问题，笔者借助唐诗电子检索功能，对男性诗人塑造的征妇形象中出现的高频词进行了统计：

①表现生存空间与生存情状的高频词："闺"102处、"空"71处（"空闺"11处、"空床"4处）。

②表现情感的高频词："愁"91处、"怨"63处、"情"44处、"苦"37处、"恨"30处、"孤"23处、"悲"23处；与表现情感相关的高频词："泪"56处、"啼"48处、"冷"15处、"伤"10处、"叹"6处、"泣"4处。

③表现日常劳作的高频词："捣"29处（"砧"26处）、"缝"18处、"裁"

---

1 有的研究者把这类诗歌归入到边塞诗中，如，任文京：《唐代边塞诗的文化阐释》，北京，人民文学出版社，2005。刘洁：《从唐代边塞诗看唐代征妇的情感世界——唐代边塞诗系列研究之四》，载《社科纵横》，2007（6），等等，但界定的范围尚需探讨。

18 处，这些高频词皆与“衣”有关，“衣”99 处。

④表现潜意识的高频词：“梦”50 处。

与“梦”紧密结合，凸显梦境内容的高频词：“归”81 处、“离”51 处；

与“梦”紧密结合，凸显环境的高频词：“月”136 处、“夜”108 处。

⑤表现女性关注容颜的高频词：“颜”38 处、“容”26 处、“眉”21 处、“形”11 处，这些高频词多与“镜”相关，“镜”31 处。

通过以上高频词的统计，可以说明如下两个方面：

第一，就题材与表现的感情基调而言，描写征妇形象多写“闺”中情思，以“愁”、“怨”为主要情感基调，这类作品往往被归为“闺怨”类诗歌，通过①、②两点数据统计，可以明确，“闺”、“怨”是征妇诗中出现频率较高的词，且与“怨”含义相近的词不但数量多而且频率高，如“愁”就出现了 91 处。因此诗人笔下的征妇形象的整体面貌是常处空闺之中，以愁怨示人。

第二，就人物形象塑造而言，征妇形象多与一些具体动作、行为结合。其一，日常的劳作基本上与衣相关，尤其是捣衣及由“捣衣”引申出的缝衣、裁衣等；其二，征妇愿望的表达多以潜意识的方式呈现，并借助“月”“夜”等意象与环境来烘托，即表现为在梦境中寻求现实的安慰，因此“梦”成为书写征妇形象的又一个关键；其三，征妇日常生活中关注自我容颜多与“镜”相关，通过“镜”来描摹征妇容姿，反映征妇情愫。故此，“捣衣”“梦”“镜”成为征妇诗中的三个重要母题。

需要说明的是，士人书写征妇形象以闺中“愁”“怨”为主，唐汝询在《唐诗解》中云：“唐人闺怨，大抵皆征妇之辞也”，考其原因，大多归于唐代的府兵制。唐代承周、隋旧制，实行府兵制。府兵制的兵士服役期极长，兵士大约 21 岁入伍，年满 60 退役，这样长的服役期会使征妇一辈子空闺独守。同时，府兵制规定入伍的兵士自备甲杖、征衣和粮食，这些衣物存入官库，行军时再领取使用[1]。因此，只要丈夫从征，缝制征衣的任务就落在家中妻子身上，加之平民女子还要肩负起家中繁重的生产劳动，当战争频仍，生机寥落之时，“唐人集中多咏征夫、思妇，宋以后颇稀，盖意境为前人说尽也”[2] 便不足为奇了。

概括地说，闺怨寒女空闺独守，枉自哀怨，多因征人役夫有家难归，生死未卜，因此“愁”“怨”成为此类反映征妇形象的主音调。

1　参考范文澜：《中国通史》，北京，人民出版社，1965，30 页。

2　陈伯海：《唐诗汇评》，杭州，浙江教育出版社，1995，1851 页。

2. 男性笔下的征妇形象塑造

描写征妇形象的诗歌发展到唐代，无论是数量上还是内容上，较之前代都有大的发展。严羽在《沧浪诗话》中说："唐人好诗，多是征戍、迁谪、行旅、别离之作，往往能感动激发人意"。这类征妇诗内容丰富、意象玲珑、情致丰沛，其中的女性形象多为愁思、伤春、流涕、独闭，诗歌中的她们叹年华、守空床、梦边塞，这些丰富的形象与内心的情感淋漓尽致于男性诗人笔下。

首先，男性诗人笔下的征妇形象留给读者的整体记忆，是通过众多单一的瞬间定格而形成的。有哀伤形象，是"君边云拥青丝骑，妾处苔生红粉楼。楼上春风日将歇，谁能揽镜看愁发"（李白《捣衣篇》）的孤寂落寞、揽镜凝愁；有思念形象，是"别离伤晓镜，摇落思秋弦。……不知肠断梦，空绕几山川"（柳中庸《秋怨》）的黯然神伤、玉颜消逝；有寂寥形象，是"犍为穿城更漏频，一一皆从枕边过。……青春枉向镜中老，白发虚从愁里生"（薛逢《追昔行》）的寂寞空房、白发满镜；有愁怨形象，是"自怨愁容长照镜，悔教征戍觅封侯"（李频《春闺怨》）的菱镜鸾孤、女儿叹息。

这些瞬间定格将征妇形象置于静态环境中进行描写，凸写男性对女性的印象，这一印象包含男性对女性的某种想象，包括她们的哀伤、寂寥、愁苦。于是，她们是通过男性的笔端，用以完成了她们的情绪表达，并成就了男性书写者对她们的想象，凝成印象片段。可以说，征妇形象的印象化书写是以男性的主观印象书写女性的客观情愫。

其次，男性诗人书写征妇形象，表现征妇情感的同时，亦有反映两性相合的人性关怀。男性诗人本着对女性生活的关注与同情，设身处地，为女性代言，抒写女性情怀。那些关怀征妇疾苦，对征战生活报以关注态度的作者带着同情的心态，去体味、表现、发掘女子的感情世界。这类诗歌同样是对女性文学的一种补充。诗人对征妇生活，特别是处于社会底层的征妇充满深重的同情和理解，他们抱着同情与体味的心态，在诗歌中塑造了一个又一个真切生动、引人感喟的征妇形象，并抒写她们的情怀，展现她们的内心。

例如男性诗人模拟女性口吻，抒发一种男性想象的征妇感受："明年若更征边塞，愿作阳台一段云"（李白《捣衣篇》）。此处诗人模拟女性的心理和感受，发出"愿作一段云"来跟随丈夫的不离不分的情感。需要说明的是，即使妻子能够成为"一段云"去追寻丈夫，这"一段云"仍无法与地面上的人接触。天上人间，有情却不能接触，正成为人世间最远的距离。因此，男性诗人虽然能够感怀女性的相思之苦，但是现实生活中，妻子离开丈夫内心的痛苦，等待的无涯并不是简单的作“一段云”能解决的。可见此处男性诗人对于女性内心之所感仍然体现为男性想象的层面，但是诗人对征妇的同情关注还是值得肯定的。

再如，男性诗人在表现征妇情感方面细腻、深入。如裴说《闻砧》，恰如出自征妇之手，情感细腻、形象逼真：

> 深闺乍冷鉴开箧，玉箸微微湿红颊。一阵霜风杀柳条，浓烟半夜成黄叶。
> 垂垂白练明如雪，独下闲阶转凄切。只知抱杵捣秋砧，不觉高楼已无月。
> 时闻寒雁声相唤，纱窗只有灯相伴。几展齐纨又懒裁，离肠恐逐金刀断。
> 细想仪形执牙尺，回刀剪破澄江色。愁捻银针信手缝，惆怅无人试宽窄。
> 时时举袖匀红泪，红笺漫有千行字。书中不尽心中事，一片殷勤寄边使。

诗中妻子为远在边塞的丈夫缝制征衣，此时转瞬夜降，月明如水，寒雁凄凄，征妇独自在烛光下劳苦缝做、悉心制衣，然做好的衣服却无人试穿，内心不免生出凄凉。最后征妇把思念写成书信，希望边使能够带到远在边塞的丈夫手中。诗歌注重生活面貌的描写，同时这些生活中的片段又是征妇闺阁生活的点滴，一般男性诗人很难作如此细致的观察，足见诗人关注生活之悉心，关怀女性生活之用心。

第三，男性诗人除了关注人性本身，通过想象完成征妇形象的塑造，其中特定的细节描写尤其吸引眼球，他们擅长将征妇的思念形象描写的入木三分，一方面借助梦境完成；一方面注重特定细节描写，挖掘征妇内心世界。

其一，诗人往往将征妇的思念形象之塑造以梦中相见的笔法来完成：“不识玉门关外路，梦中昨夜到边城”（戴叔伦《闺怨》）；“深闺此宵梦，带月过辽西”（顾非熊《关山月》）；“独倚画屏人不会，梦魂才别戍楼边”（刘兼《春怨》）。这些盼夫团聚却渴望不可得的思妇形象，恰表现了诗人对于征夫思妇渴望团圆的关注。诗人笔下这种渴望多体现为绝望中的希望，希望过后的绝望，人物形象塑造多以难以相见的绝望情绪告终。事实上，男性诗人书写的众多征妇梦思的形象关注了人性的相合，这些形象同样融入诗人情感，引人落泪。

另一方面，男性诗人往往以一个特定细节来侧面描摹征妇形象的情感世界，塑造失去丈夫的命运悲惨的征妇形象。如李端的《宿石涧店闻妇人哭》：

> 山店门前一妇人，哀哀夜哭向秋云。自说夫因征战死，朝来逢著旧将军。

此处诗人将征妇的痛楚以一种偶然中的必然来体现。征妇夜夜思念征夫，至少还有一个期盼的可能。然而一朝得到的死讯却连一点惦记的可能也消失殆尽了，虽然这一朝得到的消息也许早就是旧闻。此处，男性诗人设身处地，关注与同情征妇的悲惨生活，让征妇形象在特定的环节中展现：丈夫死亡的消息来之前，思妇是痛楚的，来之后，思妇是绝望的，然而痛楚比绝望来的更好一些，足见征戍之人命运卑微，征戍之妻生活悲惨。“今日军回身独殁，去时鞍马别人骑”（张籍《邻妇哭征夫》），也同样是以一个特定细节来侧面反映征妇形象的内心世界。

从形形色色的征妇形象的塑造中，我们感受到男性诗人强烈的情感体验和悲剧意识。他们一方面以既旁观又爱怜的矛盾情绪向我们描述着“边塞闺怨”，一方面也在诗文的字里行间浸透着男性诗人对人伦生活的渴望和对家国责任的担当。这类诗歌无不体现了男性诗人对征妇生活、征妇内心情感的体味与同情。他们从中挖掘了女性细密的情感世界，具有一定的审美价值。同时，男性诗人往往以想象的方式将自己设身处地于女性的实际生活，抒写了带有性别主观色彩的人性情感，同样也寄托着诗人自己的某种社会理想。正如现代学者杨义先生所说：“为少妇思边代言的风气，于唐代甚炽。其间的相思既注入生死的苦味，又展示关山云海的悲壮，在感情力度和艺术境界上都有所开拓”[1]。

不可否认的是，男性诗人关注征妇形象，塑造征妇形象，与征妇形象背后的男人情怀不可分割。男性正是怀着对功名的追求，对君主的报恩以及爱国的情怀，毫无畏惧地在唐朝广阔的疆域上征战，这种精神中含着先唐人所无法企及的乐观与向上的基调，这也是一种昂扬向上的时代精神的体现。同时，征妇形象所带来的悲凉的美感，也拓展了诗歌的美学范畴。试想大丈夫在战场上总能幻想出妻子的面容和动态，相思之情自不待言。但我国传统文化赋予男性的是以威武、阳刚、勇猛和力量的社会形象。因为男性要承担的是兼济天下的道义和马革裹尸的责任，是“居庙堂之高则忧其民，处江湖之远则忧其君”的忧国忧民的大丈夫形象。这样的社会性别角色要求男性压抑自己的情感并表现出稳重的男子汉心态，男性不能把自己沉溺于温柔的儿女情长中，在征妇怨情的背后，大丈夫对“回家”的渴求大多是以一种曲折隐晦的方法说出。同时也使男性的焦灼心理得到满足，反映出在中国传统社会的政治文化中，“国”与“家”是两个密不可分的概念。所谓家是国的缩影，国是家的放大；家和国是扩大版和缩小版的问题。而“家”与“国”的同构或者说“家国高度一体化”是

1 杨义：《李杜诗学》，北京，北京出版社，2001，225页。

中国古代政治的根本特征。“国”在更大的范围内重复着“家”的构想，“家”为“国”的无上性提供了基本的和首要的支持。男性的社会性别属性要求他们以“国”寄予自己的崇高的理想境界，以“家”支撑着自己精神情绪的渴求。于是男性诗人在关注、塑造这些征妇形象的同时，不可忽视的是征妇形象虽体现人伦情怀、人性观照，但其中的性别想象的意味势必造成男性以女性形象作为自己精神的承载体，那么男性笔下的征妇形象塑造，自然带有男性主观性别色彩观照的意味。而征妇形象塑造的审美价值也在“镜”“梦”“捣衣”这三种主要意象中呈现。

第二节
男性笔下征妇形象的意象解读

一、典型一：“镜”意象与愁怨征妇形象

男性诗人笔下，征妇形象塑造往往与时间结合，通过“镜”意象来书写、刻画，展现征妇年华流逝之愁怨。

1.“镜”意象探析

“镜”之诗学意象意蕴丰盈突出。镜本为日常生活用具，殷墟出土的铜镜，证实了商代已有“镜”的存在[1]。当“照镜”成为一个再普通不过的生活行为之后，“照镜”的行为与动机以及因此而引起的情绪反应逐渐形成一种情结，并在诗文或其他文类中不断呈现，于是“镜”具有了普遍的象征意义。

追溯我国“镜”意象，其存在与儒家的观念不可分割。临镜照容，妍媸毕见，其“照”“见”功能与“修身、齐家、治国、平天下”的价值观融合一致。于是作为普通物品的“镜”具有了文化内涵，并与政治、历史紧密联系起来。这样，儒家之“镜”意象负载着照见统治者功过得失的文化意蕴，逐渐丰富起来。无论是《尚书·帝命期》中的“桀失其玉镜，用之噬虎。”郑玄注：“镜喻清明之道，虎喻暴也”（《太平御览·服用部》），还是《诗·大雅·荡》中记录的“文王曰咨，咨汝殷商……殷鉴不远，在夏后之世”，皆指出“镜”之喻清

1 高去寻：《殷代的一面铜镜及其相关之问题》，载《史语所集刊》（台北），二十九号下。

明之道，以史为鉴，昏庸暴虐亡国。再如东汉荀悦《申鉴》中这一精粹总结："君子有三鉴：鉴乎前，鉴乎人，鉴乎镜"，加之唐太宗经典的"夫以铜为镜，可以正衣冠；以古为镜，可以知兴替；以人为镜，可以明得失"（《旧唐书·魏征列传》）的盛圣锦言，都代表了"镜"意象在儒家以史为鉴的意蕴中的不断发展延续。

除了在儒家思想中代言了父权制的"权利之鉴"，"镜"意象在其他思想中也含有充盈丰实的意蕴。《墨子·非攻》云："君子不镜于水而镜于人。镜于水，见面之容，镜于人，则知吉与凶"；《韩非子·饰邪》云："夫摇镜，则不得为明……法之谓也"；《淮南子·俶真训》曰："镜太清者视大明，立太平者处大堂。能游冥冥者，与日月同光"。在道家老庄经典中"镜"意象体现得尤为丰富，寓意更为突出。《老子》曰"涤除玄鉴"，提出务去杂念、如镜明澈、并做到"致虚极，守静笃，万物并作，吾以观复"，内心"虚静"，乃曰得"道"。庄子进一步发挥了"镜"之内心"虚静"的内涵，指出"圣人之心静乎！天地之鉴也。万物之镜也！""至人之用心若镜，不将不迎，应而不藏，故能胜物而不伤"；"鉴明则尘垢不止，止则不明也"。可见，"镜"意象在以老庄思想为代表的道家，体现的是虚静的意蕴。"虚静的意蕴"的最终彼岸，即道家所追寻的是"得道"，是一种极乐世界的最高境界。然而，在征妇类诗歌中，诗人笔下的征妇形象大多以"愁怨"为基调，与"极乐世界"相去甚远，可见，"镜"之"虚静"的彼岸蕴含离唐人笔下的征妇形象是距离遥远的。

"镜"意象除了主要代表儒家的"清明照鉴"和道家的"虚静内心"外，佛教的"空"的意蕴又为"镜"意象带来了另一种全新的注释。六朝之后佛教迎来了发展的繁荣期。隋唐时期，佛教经典中的"镜"意象内涵不断扩充，核心的体现就是以镜来喻指人心，以"镜之净"喻"人心之静净"。《华严经·普贤行愿品》卷十二云："心如净明镜，鉴物未尝私。明镜唯照形，不鉴于心想。我王心镜净，洞见于心源。"这恰与道家镜意象中的"虚静人心"内涵不谋而合。对于佛教"镜"意象，葛兆光的《中国思想史》有这样总结："关于以镜为'空'之喻，鉴于相当多的佛教经论，其中尤其是般若一系的经典，如《般若》《智度》《维摩诘》等，把这一譬喻的多种意义综合，大致上可以归纳出'空'的如下思路：镜中本来无像，犹如空性；镜中相随缘成相，犹如有相；镜中相是哄诳人的假相，就好像有人拣了一个镜，看到镜中人相，以为镜子的主人来了，就慌忙扔下；由于人们照镜见相，相有好丑，所以'面净欢，不净不悦’，引起好恶和烦恼；沉湎于镜中假相，如同陷入虚假世界，为之发狂；其实这种幻相随其缘灭，自然消失，镜中并无存相，终究永恒还是本原‘空’”；“而以‘镜’喻‘空’，则由于它容纳了有关‘空’的种种复杂涵意，更是被佛教中人经常使用，关于‘空’的非常复杂和细微的意蕴，就在这些精致的譬喻中层层呈现出来”[1]。

当诗学“镜”意象和儒家、道家、佛教中的“镜”意象不断融合，宗教、哲学等多重历史内涵与文化含蕴便逐渐融入“镜”意象中，其象征含义与文化含义进一步丰富，而诗的情致风韵也因“镜”意象而曼妙丰盈了，恰如严羽《沧浪诗话》说：“诗者，吟咏情性也。盛唐诗人惟在兴趣，羚羊挂角，无迹可求。故其妙处莹澈玲珑，不可凑泊，如空中之音，相中之色，水中之月，镜中之象，言有尽而意无穷”。

2.“镜”意象与愁怨征妇形象

首先，“镜”成为书写征妇叹怨韶华流逝的媒介。在征妇闺怨类诗歌中，“镜”作为女性敛容整貌所必需的辅助工具，成为闺中女子日常生活情态的热衷反映者，因而“镜”意象代言着女性形象，成为她们的典型表征。需要指出的是，这里的“镜”意象消逝了儒家的“清明照鉴”，逃离了道家的“虚静人心”，甚至佛教的“空”的意蕴也并不明显。而“镜”本身的一大特点是虚空，正因其空，镜可纳万物之像，可记录征妇的寂寞容颜，可寄寓思妇的落寞情殇，“镜”意象更成为征妇叹怨韶华与青春消逝的象征。

刘思谦说：“女性对时间有尖锐的感觉，岁月之于女人，常常是一种如刀如剑般的疼痛”[2]。张说的《三月闺怨》中言：“三月时将尽，空房妾独居。蛾眉愁自结，鬓发没情梳”，对正值青春的妇人而言，难捱的夜晚是一种残酷的折磨，而引发这种愁怨的除了寂静的夜晚、煎熬的离思，更多的是稍纵即逝的韶华与青春，正所谓“朝日看容鬓，生涯在镜中”（薛稷《秋朝揽镜》）。由此，“镜”成为诗人借以表现征妇感叹韶华流逝的重要意象。诗人往往借由“镜”来描摹征妇的“幽怨”形象，展现征妇对时间流逝的感慨。

其次，男性诗人通过“镜”塑造征妇形象，使征妇形象具有模式化特征。具体而言，男性诗人借由“镜”中之“像”（征妇形象），将她们定格、凝塑成

---

1 葛兆光：《中国思想史》，上海，复旦大学出版社，2001，410页。

2 刘思谦：《女性生命潮汐——二十世纪九十年代女性散文研究》，郑州，河南大学出版社，2005，3页。

一种模式化的人物形象，具体表现为：“镜”中的她们大多与叹息、哀愁、忧伤、寂寥连接在一起，她们的形象是愁苦忧思、悲叹垂涕、自伤自怜，这些“镜”中形象遂成为思妇超越时空流转的恒定情态，从而固化下来。如薛逢的《追昔行》：

朝光如飞犹尚可，暮更如箭不容卧。犍为穿城更漏频，
一一皆从枕边过。一夕凡几更，一更凡几声。
青春枉向镜中老，白发虚从愁里生。曾窥帝里东邻女，
自比桃花镜中许。一朝嫁得征戍儿，荷戈千里防秋去。
去时只作旦暮期，别后生死俱不知。风惊粉色入蝉鬓，
愁送镜花潜堕枝。前年因出长安陌，见一女人头雪白。
日中扶杖憩树阴，仿佛形容认相识。向予吁嗟还独语，
曾与君家邻舍住。当时妾嫁与征人，几向墙头诮夫主。
花开叶落何推迁，屈指数当三十年。眉头薤叶同枯叶，
琴上朱弦成断弦。嫁时宝镜依然在，鹊影菱花满光彩。
梦里长嗟离别多，愁中不觉颜容改。叹息人生能几何，
喜君颜貌未蹉跎。因君下马重相顾，请奏青门肠断歌。

诗中写“当时妾嫁与征人”，妇人嫁与征夫之后便是无涯的等待，“屈指数当三十年”，从青春到老年，征妇都是在等待丈夫的岁月中度过，“嫁时宝镜依然在”定格了征妇的思念与愁苦，“青春枉向镜中老”成为诗人给征妇形象确定的年华流逝形象的最佳注脚。再如李白的《捣衣篇》：

……玉手开缄长叹息，狂夫犹戍交河北。万里交河水北流，愿为双燕泛中洲。君边云拥青丝骑，妾处苔生红粉楼。楼上春风日将歇，谁能揽镜看愁发。……明年若更征边塞，愿作阳台一段云。

诗中“妾处苔生红粉楼”的女子当是美好多情的，怎奈“君边云拥青丝骑”，丈夫的征戍留给妻子的只有“揽镜看愁发”，“镜”中的女子形象仍然是愁苦伤怀。又如柳中庸的《秋怨》：

玉树起凉烟，凝情一叶前。别离伤晓镜，摇落思秋弦。
汉垒关山月，胡笳塞北天。不知肠断梦，空绕几山川。

诗中“凝情一叶前”的思妇情深隽永，怎奈“汉垒关山月，胡笳塞北天”，

征夫的难归换回的是“别离伤晓镜”的永恒记忆，于是“镜”中的征妇形象又一次被愁苦别离所淹没。

“青春枉向镜中老”，“谁能揽镜看愁发”抑或“别离伤晓镜”，这些被瞬间定格留存下来的征妇形象，在“镜”中留下的都是“自怨愁容长照镜”（李频《春闺怨》）的叹息、哀愁、忧伤、寂寥的形象。我们说，这些“镜”中的女性形象淹没在愁苦中，于是“揽镜愁容”便成为征妇形象的固定化模式，尽管痴情的守候与期盼，换来的是无尽的失望与绝望，但贞定守礼、温婉贤淑的征妇，在无心于饮食餐饭、无意于妆扮修饰之余，依然不忘切切叮咛、殷殷寄情，不敢稍有他心。可以说，男性诗人借由“镜”意象，成功形塑出的一系列愁怨征妇形象，她们成为特定典型，反过来又强化了女性对“镜”叹念的社会性别面貌，具有了性别特征的刻板定型化作用。

因此，男性笔下的这类女性形象对于女性的整体命运而言并非借由个体展开，征妇闺怨类诗歌中所体现出的女性个体存在，往往是通过普遍喻说，形成女性形象的整体记忆，即“镜”成为标志年华流逝之“愁怨”征妇形象的典型表征。当“镜”意象寄托诗人对生命流逝、韶华不再的种种思绪时，它也从另一个角度建构了另一种似乎真实的女性生活空间，即征妇春闺必与“愁怨”结合，“对镜揽容”必为征妇情貌。同时需要指出的是，如果说独自对镜是女性一种无奈的选择，那么男性模塑化的这些叹怨韶华、对镜愁容的形象同样充斥男性创作者的想象与体验，这种想象与体验反过来又折射了男性心态，或可说，这些征妇形象的身上有男性诗人的自我投影。按照弗洛伊德的欲望理论，女性对于男性来说就是一个欲望的对象，但这个对象是被自恋似地爱着，然后将她变成一种回归自我的心象。从女性心理学的角度来看，“照在镜子里的形象和自我实行同一化，这在女性来讲，尤为如此。男性美是超越性的形象；女性美则是内在的，被动的形象。只有女性的美，才能使人们的目光注视她。正因为如此，他们才会落入镜面上不动的陷阱中去”[1]。因此，男性诗人对于女性幽居在等待空间内的生存状态的关注，不能不说是具有同情与怜悯的，对女性的生存之叹，恰如镜中的倒影呈现，一定程度上具有感同身受的疼痛感。于是征妇形象通过“镜”意象来传递，来定格，来模塑，不但带有“镜”意象所显现出的独特意味，更充斥男性诗人对女性心态体验的性别想象意味，而他们共同的指向便是将女性形象模塑化、刻板化，进而指引现实生活中的女性面貌，使她们

---

1 服部正：《女性心理学》，江丽临、莫邦伟、戴宝云译，上海，上海翻译出版公司，1987，69页。

成为具有性别想象意味的带有刻板性别特征的人物形象。

二、典型二："梦"意象与思怨征妇形象

据笔者对《全唐诗》、《全唐诗外编》、《全唐诗补编》的统计，征妇类诗歌中引"梦"意象入诗的大约占到此类诗歌的四分之一，分别是：

(1)《全唐诗》。卷20《相和歌辞·怨诗》刘元济、卷20《相和歌辞·杂怨三首》聂夷中、卷24《杂曲歌辞·妾薄命》刘元淑、卷25《杂曲歌辞·长相思三首》李白、卷25《杂曲歌辞·长相思二首》令狐楚、卷26《杂曲歌辞·古别离》孟云卿、卷27《杂曲歌辞·昔昔盐·惊魂同夜鹊》赵嘏、卷27《杂曲歌辞·第六彻》、卷27《杂曲歌辞·长命女》、卷63《怨情》刘允济、卷82《捣衣篇》刘希夷、卷86《蜀路二首》张说、卷96《春闺（一本连后杂诗三首作杂诗四首）》沈佺期、卷96《杂诗三首（一本连前春闺作杂诗四首）》沈佺期、卷111《折柳篇》许景先、卷111《正月闺情》袁晖、卷114《闺怨二首》沈如筠、卷117《代答闺梦还》张若虚、卷124《闻邻家理筝》徐安贞、卷157《古别离》孟云卿、164《塞下曲六首》李白、卷183《寓言三首》李白、卷184《学古思边》李白、卷271《少妇词》窦巩、卷274《闺怨》戴叔伦、卷334《闺人赠远二首》令狐楚、卷346《秋思赠远二首》王涯、卷367《春闺思》张仲素、卷372《征妇怨》孟郊、卷474《莫愁曲》徐凝、卷494《效古兴》施肩吾、卷494《古别离二首》施肩吾、卷509《关山月》顾非熊、卷524《代人作》杜牧、卷524《闺情代作》杜牧、卷525《秋梦》杜牧、卷527《为人题赠二首》杜牧、卷548《追昔行》薛逢、卷593《不可见》曹邺、卷636《杂怨（一作孟郊诗，题云征妇怨）》聂夷中、卷654《秋怨》罗邺、卷694《代寄边人》、卷746《水调词十首》陈陶、卷746《陇西行四首》陈陶、卷748《春闺辞二首》李中（"卷帘迟日暖"）、卷748《春闺辞二首》李中（"尘昏菱鉴懒修容"）、卷766《征妇怨》刘兼、卷766《春怨》刘兼、卷768《春怨（一作伊州歌）》金昌绪、卷773《妾薄命》刘元叔、卷801《明月堂》刘氏妇、卷803《江边》薛涛。

(2)《全唐诗外编》。第二编敦煌唐人诗集残卷佚名《秋夜望月》50页、杨泰师《夜听捣衣诗》114页、第二册董思恭《春日代情人》344页。

(3)《全唐诗补编》。《春日代情人》董思恭331页、顾非熊"梁间旧燕新归"1108页。

男性诗人笔下，除去愁怨征妇形象，思念丈夫、空床独守的征妇形象也是诗人集重笔描摹刻画的。然而，学界在关注此类征妇形象时多忽视一个重要的意象——“梦”。如前统计，征妇类诗歌中引“梦”意象入诗的大约占到四分之一，尤其是在集中体现对丈夫不归的“思怨”征妇形象时，与“梦”意象结合起来的就更为常见。“梦”意象已成为思念丈夫、怨夫难归的征妇形象的重要表现媒介。

男性诗人借由塑造征妇形象，关注了征夫归期难有期的社会现实，于是，他们笔下的征妇依梦寄情，表现对丈夫的强烈思念。男性诗人写“今日军回身独殁，去时鞍马别人骑”（张籍《邻妇哭征夫》）。征妇对丈夫归家的渴望多演变为一种无望中的希望，希望过后的绝望。因此，征妇的痛楚多是以一种偶然中的必然来体现，即征妇一心为夫，征夫何日归来。诗人笔下的征妇形象在无望中寻找希望，寄托“梦”来实现。这类诗歌借助梦境写出了征妇的复杂情感。因为征妇的愿望在现实中得不到实现，只好借助梦境，毕竟“梦中体验到的情感强度绝不逊于清醒生活中所体验到的情感态度”[1]。

梦是幻想的产物，“幻想（Phantasien）的动力能量是不能满足的愿望，每一个独特的幻想都是一个愿望的满足，是对不能满足的现实的一种校正”[2]。于是，“梦”意象使征妇形象更加饱满，尤其体现在对征夫不归、征夫难归之思念与愁怨的情结上。

第一，“梦”意象使诗歌中的征妇形象更加逼真、跳脱。征妇形象借由“梦”来体验现实时空中无法体验的东西，梦境中有鸳梦重温，有离人相聚，有窃窃私语。通过“梦”意象的传达，使征妇形象更加逼真、跳脱，如：“可怜无定河边骨，犹是春闺梦里人”（陈陶《陇西行四首》）；“良人自戍来，夜夜梦中到”（聂夷中《相和歌辞·杂怨三首》）；“宿昔梦同衾，忧心梦颠倒”（孟云卿《杂曲歌辞·吉别离》）；“此夕梦君梦，君在百城楼”（刘希夷《捣衣篇》）等等，“梦”意象传达的是边关万里远，近于梦中现，梦中会有时，征人常在眼的一种虚拟化的满足。征妇的思念、怨忧，已随“梦”意象呼之欲出，其念叹丈夫不归之怨妇形象也更引人眼球。

1　弗洛伊德：《梦的解析》，长春，长春出版社，2004，499 页。

2　杰姆士·斯特凯编译《弗洛伊德标准版心理学著作全集（九卷）》，伦敦，霍加斯出版社，1955，146 页。

第二，诗歌利用“梦”意象创造了似梦似真的艺术境界，营造了“身临其境”的感觉，这样的征妇形象所带来的艺术真实比现实更具有真实感和说服力。如：“银锁重关听未辟，不如眠去梦中看”（徐安贞《闻邻家理筝》），“相思不相见，托梦辽城东”（李白《寓言三首》），“不识玉门关外路，梦中昨夜到边城”（戴叔伦《闺怨》）等等幻梦如真的场景，以“梦”意象带来一种“到教人觑了，非假非真，一种春怨”（黄水村《解边环·春梦》）般的艺术形象，这里的征妇形象是怨归期，恨离别，念征夫的。再如：

暗啼罗帐空自怜，梦度阳关向谁说。（刘元叔《妾薄命》）

皎皎山头月欲低，月厌羁愁睡转迷。忽觉泪流痕尚在，不知梦里向谁啼。（佚名《秋夜望月》）

愁眠枕上泪痕多，况复寒更月色过。与君万里难相见，不然一度梦中罗。（佚名《秋夜望月》）

这些具有凝缩性的画面中，诗人将人生体验与思考通过“梦”意象来传递，并“幻化”在“梦”意象中，将“某些同性质的隐念成分在显梦中混合而为一体”[1]。而这些形象的塑造往往外显了征妇深邃内心的一个无法摆脱、无法消解的心结——征夫归期无涯。由此，诗人利用“梦”意象来幻现征妇的渴望，在体现征夫的归期无望中，形塑了似梦似真的艺术境界，营造了一种如“身临其境”般的感觉，从而塑造了一个个生动的征妇形象，同时这样的征妇形象所带来的艺术真实甚至比现实中的形象更具有真实感和说服力。

第三，使征妇形象由艺术走入现实，给读者带来体验性的审美感受。“梦”意象恰巧能够调动读者喜悦、悲伤、担忧与恐惧等心理感受，甚至诉诸视觉、听觉和触觉，产生“语尽而意不尽，意尽而情不尽”[2] 的境界。如：“古人漫歌西飞燕，十年不见狂夫面。三更风作切梦刀，万转愁成系肠线。所嗟不及牛女星，一年一度得相见”（施肩吾《古别离二首》）。这似虚犹实般的意境，更可感受征妇的恋之深，思之切，梦之痛。再如这首金昌绪的《春怨》：“打起黄莺儿，莫教枝上啼。啼时惊妾梦，不得到辽西。”王世贞在《艺苑卮言》中赞此首诗“篇法圆紧，中间增一字不得，著一意不得。”沈德潜在《唐诗别裁》中也说：“一气蝉联而下者，以此为法。”《春怨》诗中之人到底怨的是什么？难道怨

1 弗洛伊德：《精神分析引论》，北京，商务印书馆，1984。

2 李之仪：《姑溪居士全集》，北京，商务印书馆，1935，310页。

的只是这黄莺儿，只怨黄莺儿惊醒了她的春梦？这些，不必一一说破，而又可以不言而喻，因为“作者之心未必然，而读者之心何必不然”（谭献《复堂词话》）。而“梦不到辽西”类的征妇形象在梦境中已由艺术走入现实，在给读者带来体验性的审美价值的同时，也反映了当时兵役制下劳苦平民所承受的巨大痛苦。

第四，诗人笔下发出“薄命之叹”的征妇与“梦边塞”的情景结合，这种悲剧美感在借由“梦”来传递的时候，人生的悲剧与诗歌的美感交融之时，也传递了诗人的悲悯之心。“记忆兮心已悬，重闻兮不可穿，即将因梦寻声去，只为愁多不得眠”（杨泰师《夜听捣衣篇》），征妇梦中才可寻夫面的形象让人唏嘘。梦中的世界是暂时相见，是暂时的满足，是最大渴望的成全，而醒着的世界却难以牵手。诗歌中，“梦边塞”的情景都有着似曾相识的感觉，如：

妾家临渭北，春梦著辽西。（沈佺期《杂诗三首》）
相思不相见，托梦辽城东。（李白《寓言三首》）
梦绕天山外，愁翻锦字中。（窦巩《少妇词》）
不识玉门关外路，梦中昨夜到边城。（戴叔伦《闺怨》）
君行登陇上，妾梦在闺中。（令狐楚《闺人赠远二首》）

以上“梦边塞”之句与征妇形象结合，书写了妻子与丈夫的玄境相见，恰有“玉塞梦归残烛在，晓莺窗外啭梧桐”（李中《春闺辞二首》）之唏嘘。

在男性诗人笔下，征妇形象塑造多与边塞地名有所关联，这同样是唐代征妇诗歌的一个显著特点，笔者将其辑录为表 3.1。

表 3.1　唐代征妇闺怨诗中出现的边塞地名 [1]

边塞地名	代表诗句
北燕 [2]	“贱妾留南楚，征夫向北燕。”（杨炯《有所思》）
燕支山 [3]	“红粉楼中应计日，燕支山下莫经年。”（杜审言《赠苏绾书记》）
北河 [4]	“有使通西极，缄书寄北河。”（徐颜伯《春闺》）

1　参考：李吉甫：《元和郡县图志》，北京，中华书局，1983。中华历史地图集编辑组《中国历史地图集（五）隋、唐、五代十国时期》，北京，地图出版社，1982。魏青山：《中国历史地名大辞典》，广东，广东教育出版社，1995。臧励和：《中国古今地名大辞典》，台北：台北商务印书馆，1979。

2　北燕：即今河北北部及辽宁南部。

3　燕支山：又称胭脂山、焉支山，在今甘肃永昌县西，山丹县东南，绵延祁连山、龙首山之间。

4　北河：清以前黄河自今内蒙古磴口县以下分为南、北二支，北支约当今乌加河，时为黄河正流，对南支而言，称为北河。

（续）

边塞地名	代表诗句
燕山[1]	“燕山游子衣裳薄，秦地佳人闺阁寒。”（刘希夷《捣衣篇》）
轮台[2]	“征客向轮台，幽闺寂不开。”（郑愔《秋闺》）
阳关[3]	“那堪音信断，流涕望阳关。”（崔堤《折杨柳》） “岁华庭北上，何日度阳关。”（袁晖《正月闺情》）
临洮[4]	“裁缝寄远道，几日到临洮。”（李白《子夜吴歌·冬歌》）
幽燕[5]	“妾本洛阳人，狂夫幽燕客。”（李白《代赠远》）
白狼河[6]	“音书杜绝白狼西，桃李无颜黄鸟啼。”（王昌龄《春怨》） “白狼河北堪愁恨，玄兔城南皆断肠。”（岑参《裴将军宅芦管歌》）
蓟北[7]	“少妇城南欲断肠，征人蓟北空回首。”（高适《燕歌行》）
玉关[8]	“玉关音信断，又见发庭梅。”（王涯《春闺思》） “金屋梦初觉，玉关人未归。”（罗隐《莺声》）
居延[9]	“欲寄征衣问消息，居延城外又移军。”（张仲素《秋思二首》）
渔阳[10]	“渔阳千里道，近如中门限。中门逾有时，渔阳长在眼。生在绿罗下，不识渔阳道。良人自戍来，夜夜梦中到。”（孟郊《征妇怨》）
辽西	“啼时惊妾梦，不得到辽西。”（金昌绪《春怨》）
代北[11]	“代北几千里，前年又复经。”（赵嘏《昔昔盐二十首·前年过代北》）
金河[12]	“玉笛岂能留舞态，金河犹自洗戎衣。”（罗邺《春闺》）

1 燕山：一是指今河北北部，北京市北境燕山山脉；一是指燕然山，即今蒙古国境内杭爱山脉。
2 轮台：唐代的轮台，在今新疆乌鲁木齐至达坂城一带。
3 阳关：古关名，西汉置，故址在今甘肃敦煌西南，因位于玉门关以南，故称阳关，是古代通往西域的门户之一。
4 临挑：今甘肃临洮县。
5 幽燕：泛指今北京市、河北北部及辽宁西部一带。
6 白狼河：即今辽宁大凌河。
7 蓟北：蓟北是对唐蓟州以北的称呼，指当时的东北地区，泛指今北京市及河北北部、辽宁西南部一带。
8 玉关：即玉门关，在今甘肃敦煌西，是当时凉州的最西境，也是唐代由河西走廊通往西域的重要关塞。
9 居延：今内蒙古额济额旗东南哈拉和图。
10 渔阳：渔阳是唐代的一个郡名，郡治所在今天津蓟州区。
11 代北：唐时指代州以北地区，约当今山西北部、河北西北部及内蒙古中部一带。
12 金河：即今大黑河，源出内蒙古察哈尔右翼中旗西北阴山，西南流经呼和浩特市南，至托克托县南入黄河。

征妇形象塑造与边塞地名相连，大体有两种表现：一是实指，以唐朝当时的边关哨所的实际地名入诗，如玉关、轮台、渔阳等；一是泛指，以模糊地名，泛化概指的方式借代入诗，如代北、蓟北、边、陇、辽（如“辽水”“辽海”“辽西”）等。

这些边塞地名，尤其是“泛指地名”的高频出现，是基于艺术表达的需要。像众多“啼时惊妾梦，不得到辽西”（金昌绪《春怨》）类的征妇形象一样，在她们梦牵魂绕的地方，彼时彼地的烽火连天已入目眼帘，然而思妇与征人距离邈远，于是诗人这种对空间距离的强调，这种以地名入诗的写作方法，一方面提供了征妇“怨”的线索，即别离因距离而生，悲感又源于别离；另一方面，在塑造相思之苦、相爱之深的征妇形象之时，让读者从距离中更能感受到一种悲剧之美。

由此，“梦边塞”体现的是征妇的渴望，是一种生存现实中无法实现的幻象。梦着的世界是一种暂时的团圆，如：“愁眠枕上泪痕多，况复寒更月色过。与君万里难相见，不然一度梦中罗”（佚名《秋夜望月》），又如“锦书雁断应难寄，菱镜鸾孤貌可怜。独倚画屏人不会，梦魂才别戍楼边”（刘兼《春怨》）；醒着的日子表现为征妇感叹自己的命运，感叹自己的生存现实。这里诗人借由征妇梦边塞的思怨形象感叹“命运”，而“命运”之叹实则为“生存现实”之叹，是“暗啼罗帐空自怜，梦度阳关向谁说。每怜容貌宛如神，如何薄命不胜人”（刘元淑《杂曲歌辞·妾薄命》）的对社会现实的深刻感喟。因此，这一梦一叹成全了诗人笔下众多思念、愁苦的女性形象的梦与真，醒与泪；他们也借由征妇于半梦半醒的人生景象中书写了刻骨铭心的社会现实的生存之痛。

由此可见，在“梦”意象的帮助下，征妇形象更加饱满，尤其体现在对征夫不归、征夫难归之“思怨”情结上。而念夫不归的“思怨”形象成为征妇类诗歌中诗人描写的又一典型形象。同时，“梦”意象使征妇类诗歌突破了时空的局限，表现出一种虚实相生的魅力，创造了“身临其境”的感觉，带来体验性的审美价值，并映射了男性诗人借由征妇形象关注生存之痛的现实。

三、典型三：“捣衣”意象与劳苦征妇形象

中国古代农业社会结构稳定，发展缓慢，平民在日常生活中的体验往往相似。文学反映着生活，一个文学母题一旦形成，便会产生某种稳定性与延续性。征妇闺怨诗中的捣衣母题便是如此，且诗歌中众多劳苦的征妇形象也伴随捣衣

母题而生。

所谓“捣衣”，就是把衣料放在石砧上，用杵棒捶击。《玉篇》有云：“砧，捣石也。”文献中也记载：“在古沔水县流域，尚存有关于东汉张鲁女儿的‘捣衣石’”[1]，以此推之，“捣衣”之风，两汉时已经流行。实际上宋元以前，寻常人家大多穿葛麻，葛麻质地粗硬，需要捣捶，使之绵软以便裁缝。至于如何进行操作，明代杨慎《丹铅录》中有所交代：“直舂曰捣。古人捣衣，两女子对立，执一杵如舂米然”[2]。概括地说，捣衣是缝制衣服的前奏，是“制衣前的（一道）工序”[3]，目的在于使面料变得平整，易于缝制。

“捣衣”起初只是作为一种风俗而出现的，原因在于古人所穿衣服使用的面料较为粗糙，需要捣烂，方能裁剪制衣，后来渐渐演变为中国古代诗歌中的意象。从中国诗歌的发展历史来看，以捣衣意象寄寓征妇之闺怨与劳苦，最早见于班婕妤的《捣素赋》。在这篇优美的小赋中，作者把捣衣的劳作场面置于秋夜清如流水的月光中，所谓：“若乃广储悬月，晖水流请，桂露朝满，凉衿夕轻。”又把女子捣衣的动作描写得婀娜多姿，有如舞蹈一般。特别是划破静夜的捣衣声，不是金玉乐器，却有凤音鸾声之美；不是琴瑟笙箫，却又哀婉动人。“……于是投香杵，扣玟砧，择鸾声，争凤音。……任落手之参差，从风飚之远近。或连跃而更投，或暂舒而长卷。清寡鸾之命群，哀离鹤之归晚。”最后，作者把缝制寒衣与思念远人联系在一起：“表纤手于微缝，庶见迹而知心。计修路之遐夐，怨芳菲之易泄。书既封二重题，笥已缄而更结。渐行客而无言，还空房而掩咽”。

由此，《捣素赋》成为捣衣母题的滥觞。捣衣这项单调而沉重的劳作便以诗意化面貌示人，砧声与秋夜互映，寒衣与塞外连接。不过，将“捣衣”作为表达的主题，在诗歌中大量运用，直接形成“捣衣”诗的兴盛，并集中表现征妇形象的，开始于唐朝。这主要源于唐代政局的动荡与战事的频繁。由于唐代战争的需要，在兵制上仍旧沿袭自西魏以来的府兵制，该兵制要求兵士需自带衣服及武器装备。因此，在当时“捣衣”就逐渐成为普通家庭最为常规性的劳作，并且形成了一定的规模，也逐渐大量进入诗人的视野，以表达征妇的闺怨之思。如李白《子夜吴歌》“长安一片月，万户捣衣声”，将原本单调的“捣衣”劳动

1 王国维：《水经注校》，上海，上海人民出版社，1984，880页。
2 仇兆鳌：《杜诗详注》，北京，中华书局，1979，609页。
3 张天健：《唐诗答客难》，北京，学苑出版社，1980，118页。

习俗引入诗歌，杜甫《捣衣》则有“宁辞捣衣倦，一寄塞垣深”，表面上写的是长安秋夜清脆的捣衣声以及普通的捣衣劳作，但实际上已经寄托了主人公的心怀与情思。

另外，与“捣衣”有关并逐渐成为诗歌创作题材的是缝制征衣、寄征衣等相关内容。这些诗歌意象皆可视作“捣衣”的延伸，并成为“捣衣”诗的重要组成部分。比较明显的例子可见于一些以“捣衣”为题的诗歌，诗中特别将捣衣与缝制征衣、寄征衣等相关内容进行联系与描述。例如刘希夷的《捣衣篇》：“欲向楼中萦楚练，还来机上裂齐纨。揽红袖兮愁徙倚，盼青砧兮怅盘桓。……梦见形容亦旧日，为许裁缝改昔时”，将征妇捣衣这一劳作场面进行细节化的处理，诗人关注征妇形象的塑造，用“揽红袖”“愁徙倚”等词语将征妇书写的美好多情，同时着重描写征妇加紧捣衣的目的是裁缝征衣，于是诗歌将捣衣母题与缝制征衣联系在一起。同样的例子又如李白《捣衣篇》，“晓吹员管随落花，夜捣戎衣向明月。……有便凭将金剪刀，为君留下相思枕。摘尽庭兰不见君，红巾拭泪生氤氲。明年若更征边塞，愿作阳台一段云”。诗歌如班婕妤的《捣素赋》，也将捣衣征妇设置于“明月深夜”中，诗人在点染“夜捣戎衣向明月”这一细节时，特别观照了“金剪刀”乃为裁缝“相思枕”，当然，此处的相思枕不能完全理解成征妇捣衣缝寒只是为戍守边塞的丈夫制作睡枕，寒衣、戍服的缝制亦当在其中。又如王建《捣衣曲》“月明中庭捣衣石，掩帷下堂来捣帛。妇姑相对神力生，双揎白腕调杵声。高楼敲玉节会成，家家不睡皆起听。秋天丁丁复冻冻，玉钗低昂衣带动。夜深月落冷如刀，湿著一双纤手痛。回编易裂看生熟，鸳鸯纹成水波曲。重烧熨斗帖两头，与郎裁作迎寒裘”，诗歌将“捣衣”和“与郎裁作迎寒裘”紧密相连，将“捣衣”“缝衣”相合描述，更为清晰。

除了缝制征衣，寄送征衣同样可视作捣衣的延续。如刘长卿《月下听砧》“夜静掩寒城，清砧发何处。声声捣秋月，肠断卢龙戍。未得寄征人，愁霜复愁露”，注重对捣衣砧声的渲染，砧声撩人，只为征衣难寄。“未得寄征人，愁霜复愁露”，将捣衣辛劳与寄衣愁思相结合，增加了“捣衣”诗的内涵。刘禹锡《捣衣曲》“爽砧应秋律，繁杵含凄风。一一远相续，家家音不同。……盈箧寄何处，征人如转蓬”，同样关注了捣衣辛劳与寄衣愁思的结合，并将这种愁思扩展到“家家音不同”，可见家家户户皆有征戍愁思。

由此，我们可以看出，在唐代的“捣衣”诗中，依旧延续了自六朝以来的诗歌创作传统，即以“捣衣”，包括之后的缝制寒衣与寄送寒衣等生活片段为描写对象，使之成为征妇诗中的意象，赋予文学的内涵，并将这些看似最为普通的生活片段进行凝缩，从而对“捣衣”母题进行延伸扩展，带来言有尽而意无穷的深意，塑造了更为生动、感人的征妇形象。据笔者统计，唐代三百多首征妇闺怨诗中，塑造了劳苦女性形象的诗歌大约有90首，其中与捣衣母题相关的将近70首。在这70首诗歌中，晚唐最多，约占百分之四十，初唐比例最少，约为百分之十四，其他两个时期基本上持平。而在反映征妇劳苦形象的诗歌中，各个时期的诗人皆塑造了大量贫困与疾苦的征妇形象，尤以中唐为重，约略占到塑造此类女性形象诗歌的百分之四十六，盛唐与晚唐次之，分别占到约百分之三十和百分之二十。这种诗歌比例与唐代社会的经济、政治、文化，尤其是士人的创作心态有关。在下一节当中会就此问题做深入探讨。因此，通过“捣衣”诗的解读，我们可以通过其中塑造的征妇形象，一窥士人的政治心态。

第三节
劳苦征妇形象彰显士人政治心态

中国古代社会，社会价值取向的核心定义者是以男性为利益核心的父权精英社会。上层文化集团对以男权为中心的制度与文化的维护、弘扬、依附，带来的是更多的女性立场的缺失和女性利益的削弱，“所谓男权，字面的意义是‘父亲的管治’，实质普遍是男性对女性的压迫。男权制度与两性的性别定型关系密切；性别定型是社会文化制度的产物。男性化与粗犷、好动、决断、有主见等行为连在一起，而女性化则与贤淑、好静、优柔、善良等并存。这些定型是男权制度下社教化（socialization）的结果。性别定型除了为两性赋予不同的行为表征外，更有‘男尊女卑’的含义。男性控制女性被视为天经地义。此外，男权主义更将社会分为公共及私人两个空间和范畴。私人范畴指家庭，公共范畴则指家庭以外的一切制度”[1]。同样，男性诗人笔下的劳苦征妇形象是伴随着男性的价值观念而产生的，体现着男性的政治立场，表达的是男性的政治抱负。正是在这一点上，我们可以将之理解为劳苦征妇形象，特别是“捣衣”诗中的

1 甘炳光、梁祖彬：《社区工作：理论与实践》，香港，香港中文大学出版社，1995，92页。

劳苦征妇形象，以及通过这些征妇形象而展现出的思妇的情感变化，在某种程度上反映着社会价值取向的变化，以及士人的政治心态变化。具体体现为：初唐时期，劳苦征妇形象代言男性汲汲功名的政治心态；盛唐时期，劳苦征妇形象表达男性反思战争的政治理念；中晚唐时期，劳苦征妇形象彰显男性补察时政的政治愿望。

一、初唐时的汲汲功名

唐代的兴盛伴随着战争而开启。在经历了魏晋南北朝数百年的分裂和动荡后，唐人倍加珍惜统一的局面，他们关注边防的安危，投笔从戎，千里戍边，进言献策，意气风发。士子们多慷慨激昂，志存高远，胸怀鹏鲲大志。初唐士子们的大丈夫之气高涨，在他们的诗歌中多有记录。正如陈子昂（《感遇诗三十八首》）所云："感时思报国，拔剑起蒿莱。"宗白华先生认为："初唐诗人的壮志，都具有并吞四海之志，投笔从戎，立功塞外，他们都在做着这样悲壮之梦，他们意志是坚决的，他们的思想是爱国主义的"[1]。

诗人虞世南《从军行（其二）》云："烽火发金微，连营出武威。孤城寒云起，绝阵虏尘飞。侠客吸龙剑，恶少缦胡衣。朝摩骨都垒，夜解谷蠡围。萧关远无极，蒲海广难依。沙磴离旌断，晴川候马归。交河梁已毕，燕山旆欲飞。方知万里相，侯服有光辉"。诗歌中无论是侠客还是恶少都在为国征战。全诗在"烽火"、"孤城"、"萧关"、"蒲海"、"晴川"、"交河"构成的雄壮辽阔的意境中，展现着大丈夫的英雄气概。四杰中最富慷慨之气的杨炯，其《从军行》云："宁为百夫长，胜作一书生"，其《紫骝马》云："匈奴今未灭，画地取封侯"。两首诗歌充满边塞情结，傲物雄心，慷慨见志。骆宾王的《咏怀古意上裴侍郎》云："天子未驱策，岁月几沉沦。轻生常慷慨，效死独殷勤。徒歌易水客，空老渭川人。一得视边塞，万里何苦辛。剑匣胡霜影，弓开汉月轮。金刀动秋色，铁骑想风尘。为国坚诚款，捐躯忘贫贱。勒功思比宪，决略暗欺陈。若不犯霜雪，虚掷玉京春"，诗歌也同样表达了汲汲功名、效命疆场、死报君恩之志。

初唐士子从军边塞，往往与功名相系。"根据当时法令，下三等民户，是没有当兵资格的，只有在上等中等之中，自己愿意当兵的，由政府挑选出来，给他正式当兵……募招上中等人家壮丁籍为府兵。"[2] 概括而言，唐前期依据家庭

---

1 宗白华：《美学散步》，上海，上海人民出版社，1981，292页。

2 钱穆：《中国历代政治得失——钱穆作品系列》，北京，生活·读书·新知三联书店，2001，70页。

财产与经济情况将家庭经济分为九等，只有上等、中等家庭的壮丁才有资格成为府兵。可以说，男子有机会戍边从征、求取功名，也是有条件的，博取功名的机会前提与家境状况、经济等级有直接联系。

同时，唐代府兵制规定入伍的兵士需要自备甲杖、征衣与粮食，这些衣物平日存入官库，行军时再领取使用。[1] 多数情况下，只要丈夫从征，家中女子不但要肩负起繁重的生产劳动，还要担负起缝制征衣的重任。于是丈夫戍边自然与捣衣征妇联系起来。初唐虞世南有诗《中妇织流黄》："寒闺织素锦，含怨敛双蛾。综新交缕涩，经脆断丝多。衣香逐举袖，钏动应鸣梭。还恐裁缝罢，无信达交河。"诗歌将淡淡的哀愁和眷眷的思念交织在一起，营造了哀伤的氛围，在封闭的环境中，是思妇难以走出的闺阁情伤。值得玩味的是，诗人塑造的女性形象所伤感的重点并非相思难耐、寒闺凄苦，而是加紧缝制征衣后却无法送达的焦灼与担忧。诗人笔下的妇人虽也落泪含怨，但是却主动加力缝制寒衣，且没有许多抱怨之情。这正暗含了当时士子们在挫折面前不灰心、不丧气、不虚无的大丈夫精神。在征妇加紧缝制征衣的形象背后是男子汲汲功名的心态写照，于是征妇形象的塑造恰成为男子迫切求取功名的另一种诠释。

初唐时期是一个从军戍边热情高涨的时代，虽然诗人在"捣衣"中也观照了"征妇思远人"这样一条征妇闺怨类诗歌的主线。但是在大丈夫汲汲功名的社会氛围中，诗中捣衣征妇的生离之痛虽带来的是刻骨铭心的相思之情，但这种相思并没有演进为对戍边从戎的反对，相反，诗人笔下的捣衣征妇却是"愁而不苦""哀而不伤"的。正所谓"鸣环曳履出长廊，为君秋夜捣衣裳"（王勃《秋夜长》）。诗中征妇一边是担心"陇上寒应晚，闺中织未成"（崔湜《同李员外春闺》），一边还要在"春风日向尽"之时"衔涕作征衣"（徐颜伯《春闺》）。诗中捣衣征妇在"音书秋雁断，机杼夜恐催"（郑愔《秋闺》）的加紧缝制征衣的过程中，其痛苦与辛劳形象以及内心世界的情感变化却在这种"愁而不苦""哀而不伤"中显得并非那样真实。

徐颜伯的《春闺》写："戍客戍清波，幽闺幽思多。暗梁闻语燕，夜烛见飞蛾。宝匣藏脂粉，金屏缀绮罗。裁衣卷纹素，织锦度鸣梭。有使通西极，缄书寄北河。年光只空尽，征战莫蹉跎。"诗人刻画了一位寂寞孤独、缝制征衣的思妇形象。虽然有宝匣金屏，脂粉绮罗相伴，生活比较富足，可是诗中的征妇仍然要"裁衣卷纹素，织锦度鸣梭。"这样深夜加紧缝制征衣的目的是什么？虽

1 参考范文澜：《中国通史》（三册），北京，人民出版社，1965，30页。

然，诗人在诗歌中的确刻画了为情而愁的闺妇形象，并试图着重点染思妇缝制征衣时的清泪与幽思，然而在打动读者的同时，诗人借由征妇之口道出的却是“年光只空尽，征战莫蹉跎”的声音。众所周知，具有这种珍惜年光、报国征战愿望的当然不是女性自身，父权制没有也不会授权女性这样的机会与权利，因此诗人传达的并非女子的心声而是男性的立场与观念，以及整个父权社会的英雄主义精神与尚武立功的志向，而诗中缝制征衣的思妇形象已俨然变得模糊，甚至缺位。诗人实际上是通过缝制征衣的春闺女性形象来代言男儿理想，诗歌也凸显了那个时期的英雄主义精神与大丈夫建功立业的雄心壮志。

同时，“善为从军国情之诗”的刘希夷也有一首以《捣衣》为题的诗歌：“……欲向楼中萦楚练，还来机上裂齐纨。揽红袖兮愁徙倚，盼青砧兮怅盘桓。盘桓徙倚夜已久，萤火双飞入帘牖。西北风来吹细腰，东南月上浮纤手。……攒眉缉缕思纷纷，对影穿针魂悄悄。……莫言衣上有斑斑，只为思君泪相续。”楼阁中是“红袖”“细腰”“纤手”的思妇形象，秋夜里是“裂齐纨”“盼青砧”“对影穿针”的捣衣缝寒。诗歌给读者留下的是闺中少妇“莫言衣上有斑斑，只为思君泪相续”的泪痕斑斑、动人楚楚的美好多情形象。诗歌借秋风、皓月、飞萤、晓云、青砧渲染了离愁别绪的气氛，而边塞之苦寒与荒凉，征战之艰辛与痛楚却在轻描淡写中一带而过，战祸之烈与生离死别，战时之艰与思夫之痛已然融融于“从军国之情”中。因而，诗中这位捣衣思妇的愁苦形象与纠结的内心世界便显得并非那样真实、感人。

把上述虞世南、徐颜伯、王勃、崔湜、郑愔、刘希夷的征妇闺怨诗结合起来，参照初唐时期的男子戍边诗歌，考察其中捣衣劳作的征妇形象，就会得出明显的结论，即男性诗人已然将这些捣衣征妇塑造成为用实际行动来支持丈夫博取功名的形象代言人，而这些“愁而不苦”“哀而不伤”的征妇形象当然更为切合大丈夫的功名之心与父权社会当时的价值立场，成为初唐时期大丈夫政治理想的修辞代言形象。

二、盛唐时的战争反思

进入鼎盛时期的大唐帝国，男儿们征战疆场、豪情万丈。《资治通鉴》记载，玄宗厚待忠嗣，如开元二年（714 年）“甲子，薛讷与吐蕃战于武街，大破之。……丰安军使王海宾战死。……以王海宾之子忠嗣为朝散大夫、尚辇奉御，养之宫中”，这更刺激着“功名只向马上取，真是英雄一丈夫”（岑参《送李副使赴债西官军》）的价值理念。

在这种热血沸腾的感召下，从军与功名已成为一对完美的组合。然而，面对战争的无情与惨烈，以及大量人力物力财力的荒耗，一些眼界开阔、洞察世事的诗人才俊在“唯歌生民苦”的诗意情境中表达了自己的政治理想。他们对战争的目的进行反思，对战争给国家、人民带来的巨大灾难表现出沉重的痛楚，并流露出反战厌战的情绪。在这些诗人笔下，捣衣征妇形象不再如初唐时期的“愁而不苦”“哀而不伤”，而转换为对于生灵涂炭的谴责。

“诗圣”杜甫尤其如此。清人余成教指出：“天宝时诗，大抵喜功名、愤遇蹇、忧乱萌三项居多。玄、肃之际多微辞。老杜爱君，事前则出以忧危，遇事则出以规讽，事后则出以哀伤。夔州诗，口口只想出峡；荆州、湖南诗，口口只想北还。代宗朝诗，有与国史不相似者。史不言河北多事，子美日日忧之；史不言朝廷轻儒，诗中每每见之。可见史家只载得一时事迹。诗家直显出一时气运。诗之妙，正在史笔不到处。若拈了死句，苦求证佐，再无不错。”（蒲起龙《读杜心解》）当然，诗人之于战争的反思态度与其具有的人文关怀精神密不可分。考其原因，除了于“史笔不到处”显出“一时气运”，还在于他将生命的感悟浸润于诗歌之中。“杜甫人文精神的构成要素，以积极入世为主线，包括相互联系的三个方面，即：悲天悯人的仁者、无私奉献的批评者和至真至纯的友情者”[1]。诚如叶燮所说：“杜甫之诗，随举其一篇与其一句，无处不可见其忧国爱君，悯时伤乱”[2]。

杜甫于“诗言志”的传统中，通过“捣衣”诗中劳苦征妇形象的塑造，在“唯歌生民苦”中彰显对战争的反思态度。杜甫在《捣衣》中便通过塑造“用尽闺中力”的劳苦征妇形象来彰显内心之政治情感。诗中写道：

亦知戍不返，秋至拭清砧。已近苦寒月，况经长别心。
宁辞捣熨倦，一寄塞垣深。用尽闺中力，君听空外音。

这首诗作于公元759年（唐肃宗乾元二年）秋杜甫客居秦州时。759年，杜甫的《捣衣》取得了里程碑的意义，确立了诗人在中国诗歌史上的不朽地位。如朱东润所言：“乾元二年是一座大关，在这年以前杜甫的诗还没有超过唐代其他的诗人；在这年以后，唐代的诗人便很少有超过杜甫的了”[3]；冯至也指出：

1 王馥庆：《论杜甫人文精神的构成要素》，载《西安文理学院学报（社会科学版）》，2006（1）。
2 转引自，胡经之：《中国古典美学丛编》2卷，北京，中华书局，1988，399页。
3 朱东润：《杜甫叙论》，北京，人民文学出版社，2006，82页。

"在杜甫的一生，759年是他最艰苦的一年，可是他这一年的创作，尤其是'三吏''三别'，以及陇右的一部分诗，却达到最高的成就"[1]。《捣衣》诗中，诗人着笔刻画捣衣征妇形象："拭""捣""寄"这些动词本是描写征妇缝制寒衣、寄往塞外最为普通的动作，但恰恰是关注了日常生活中再普通不过的动作，才有利于塑造出更为撩人心弦、生动感人的人物形象。诗人借生活中的普通行为写出捣衣征妇年年的辛劳与征夫常年不归的情景，再通过"倦""尽""深"这些词语的渲染，将苦寒月下，用尽闺中力的劳苦征妇形象刻画得栩栩如生且极富深情。正如黄生所云："望归而寄衣者，常情也；知不返而必寄衣者，至情也，亦苦情也。安此一句于首，便觉通篇字字是至情，字字是苦情"[2]，然传情离不开意境，诗人营造了此时无声胜有声的氛围，在空灵凑泊、引人遐想的境界中将劳苦征妇的悲情幽怨凝成"空外之音"，寄与塞外征人。这劳苦征妇形象的刻画恰是在诗人丰富的联想与含蓄隽永的诗味中趋于饱满，其中构思之妙同样值得称道。清人朱庭珍云："诗人构思之功，用心最苦，始则于熟中求生，继则于生中求熟，游于寥廓逍遥之区，归于虚明自在之域，工部所谓'意匠惨淡经营中'也"[3]，即可为一证。

在征妇形象的描写中，"用尽闺中力"一句尤将征妇之劳苦形象展现得撩人眼球，确起到哀婉凄楚、最为挚情的功效，可谓"使味之者无极，闻之者动心，是诗之至也"[4]。需要关注的是，在《捣衣》诗中，诗人并非只是通过塑造"用尽闺中力"的征妇形象来表现对征妇的同情、对征人的怜惜。对捣衣女子的同情于诗人处不过是"小我"的情感宣泄，来得直观却并非客观，而儒家之"致君尧舜上"（《奉赠韦左丞丈二十二韵》）才是诗人确要表达的心声。实际上，诗人是通过征妇形象来感时伤乱，而"君听空外音"也是在悲悼国破之音中抒发着作者深重的爱国之情。这里的劳苦征妇形象的塑造实则体现了诗人的一颗为国之心。

事实上，诗歌中对征夫生活的描写，对边塞战争的反映，一个重要的视角和窗口就是对征人之妻即征妇的生活状况与情感世界的表现。诗歌中征妇的捣衣之艰、怨思之苦，以及对战争的痛恨、对和平生活的祈求恰是诗人借以表现自身政治理想的"译本"。从本质上来讲，人类本身就是由男、女两性构成的性

1　冯至：《杜甫传》，北京，人民文学出版社，1980，82页。

2　张忠纲选注《杜甫诗选》，北京，中华书局，2005，139页。

3　转引自，胡经之：《中国古典美学丛编》1卷，北京，北京大学出版社，2001，55页。

4　钟嵘：《诗品译注》，周振甫译注，南京，江苏教育出版社，2006，8页。

别世界，虽然战争的发动者和参与者多是男性，然而战争的被牵连者与受害者却往往是女性，女性在战争中充当了被“困苦”的角色，因为战争本身对于女性的影响丝毫不弱于男性，正如苏者聪所言：“古代战争频繁，其性质有两种，一是正义的反抗侵略的战争，另一是非正义的侵略战争。不论是那一种战争，对征妇来说都会造成离别思念的痛苦”[1]。

杜甫关注到战争与女性生存现实这两者之间的联系，因此，诗人对战争的反思，对战争给国家、百姓带来的深重灾难表现出的痛楚，不但通过《捣衣》中塑造的劳苦征妇形象来表现，其“三吏”“三别”及《喜晴》《负薪行》《遣遇》中同样有诗人匠心独运而成的征妇形象，这些女性形象的塑造同样可视做诗人用来表达自身战争观念与政治理想的一种方式。

关于“三吏”“三别”与诗人对战争的态度与政治理想，宋人黄彻在《䂬溪诗话》卷一中即有评论：“尝爱老杜诗云：‘慎勿吞青海，无劳问越裳。大君先息战，归马华山阳。’又有‘安得壮士挽天河，净洗甲兵长不用。’‘安得务农息战斗，普天无吏横索钱。’‘愿戒冰犹火，恩加四海深。’‘不眠忧战伐，无力征乾坤’其愁叹忧戚，盖以人主生灵为念”[2]。杜甫是反对战争的。在反对战争的同时，同样寄予了爱国忧主之情。如胡夏客云：“《新安》《石壕》《新婚》《垂老》诸诗，述军兴之调发，写民情之怨哀，详矣，然作者之意，又不止此。国家不幸多事，犹幸有缮兵中兴之主，上能用其民，下能应其命，至杀身弃家不顾，以成一时恢复之功，故娓娓言之。义合风雅，不为诽谤耳。若势极危亡，一人束手，四海离心，则不可道已”[3]。

杜甫的《新安吏》是组诗“三吏”“三别”的第一首，诗歌侧面描写了一位贫困母亲的形象。虽为侧面描写，但这一形象的塑造对反映诗人的政治心态同样起到了功不可没的作用。

杜甫在《新安吏》中写道：“肥男有母送，瘦男独伶俜”。意为其中一些男孩子似乎长的壮实一些，且有母亲相送，另外的一些瘦弱的男孩子却显得孤苦伶仃。就此不难发现，那些长得稍微壮实一点的男孩子实则因为有母亲的照料，而没有母亲照料的男孩子当然就比较单薄了。“瘦男”之“瘦”已让人目不忍视，“独伶俜”更见无人道别、孑孓孤苦之甚。按照唐高祖武德七年（624 年）

---

1 苏者聪：《中国历代妇女作品选》，上海，上海古籍出版社，1987，552 页。

2 张忠纲：《杜甫诗话校注五种》，北京，书目文献出版社，1994，109 页。

3 杜甫：《杜诗详注》，卷七，仇兆鳌注，引胡夏客语，北京，中华书局，1979，1211 页。

的定制，男女十六为中，二十一为丁。至天宝三载（744 年），改以十八为中男，二十二为丁。按照正常的征兵制度，中男不该服役。那么，为什么要中男参与战争而父亲不去服役？诗中“县小更无丁”已经道出答案。县小无丁，父亲们俨然已被征戍殆尽了。中男年幼，尚无娶妻。所以“有母”一句正可见另一番惨景：家中男人已经全部被征戍，生死未卜，而一个孤苦无依、贫苦伤痛的贫苦妇女又该如何维持接下来更为艰辛的生活？“白水暮东流，青山犹哭声”，诗人之笔力透纸背，已于白水暮色中书写了妇女的眼泪，于青山荒野中刻画了母子离别的恸哭场景！诗人笔下似幻似真的场面让人感慨良多。就此，诗人发出浩叹“眼枯即见骨，天地终无情”！一句“天地终无情”体现了诗人对于统治者昏庸无能的控诉，深味于人民疾苦的痛楚，更写出母子离散这种人间悲剧的惨绝人寰！恰是这“有母”与“有情”之句，深刻体现了诗人对于战争的控诉与反思，诗人恰是借这看似铺垫一笔的写法，通过塑造“贫苦母亲”送行的画面，于暗笔中点染了劳苦征妇的形象，而诗人反战、怨战、诉战的心态却是借这看似铺垫之语展现得淋漓尽致了。

关于这首《新安吏》，应该关注到诗中对统治者的控诉、对兵役制度不合理的揭露，关注到战争给平民带来的疾苦，关注到诗人反战的立场与国难当头不得不战的内心矛盾，但却不能忽略诗歌中作为次要人物出现的“贫苦母亲”形象。虽然其中的“贫困母亲”形象只是作为陪衬出现，但是对比诗歌中“反战怨战”与“劝战从战”的前后矛盾，更可见诗中这类劳苦征妇形象塑造的价值所在。当然这种矛盾除了诗人本身的儒家思想根源外，安史之乱、朝廷昏庸、民族矛盾的激化这些社会现实问题也是根由。尤其是在诗歌结尾处：“我军取相州，日夕望其平。岂意贼难料，归军星散营。就粮近故垒，练卒依旧京。掘壕不到水，牧马役亦轻。况乃王师顺，抚养甚分明。送行勿泣血，仆射如父兄”，这些对征人的劝慰寄语体现了诗人纠结的心态。即在安史之乱、国难当头之时，从维护国家利益的角度考虑，只能以慰民之语维护朝廷，支持平叛战争。浦起龙在《读杜心解》亦指出：“此诗分三段：首叙其事，中述其苦，末原其由。先以恻隐动其君上，后以恩谊劝其丁男，义行于仁之中，此岂寻常家数”[1]。此“安民维主”之语如与诗歌前半部分所闪现的诗人反战心声相比较，更可见诗歌中劳苦征妇形象的塑造在反映诗人对于战争的反思心态这方面所体现出的可贵之处。

1　蒲起龙：《读杜心解》，北京，中华书局，2000，52 页。

除此之外，杜甫在征妇闺怨诗中特别塑造了一系列蓬鬓褴褛的劳苦征妇形象。这些劳苦的征妇形象取代了汉魏六朝美艳的少妇形象。且较之前代，从塑造技法的角度来说，用以反映、挖掘女性心理特征的描写也显得更加深入细致，同时这些憔悴、劳苦、哀怨的民间劳苦征妇形象也更贴近女性生活的现实，更能体现唐代贫妇寒女的真面貌。如《喜晴》中“丈夫则带甲，妇女终在家。力难及黍稷，得种菜与麻”，是终年劳苦、艰辛生活的贫苦征妇形象；《新婚别》中“嫁女与征夫，不如弃路旁。结发为妻子，席不暖君床”，是嫁征人如草芥、命运悲惨的征人妻子形象；《负薪行》中“夔州处女发半华，四十五十无夫家。更遭丧乱嫁不售，一生抱恨堪咨嗟”，是战祸丧乱，贻误终身的未嫁贫妇形象；《遣遇》中“石间采蕨女，鬻菜输官曹。丈夫死百役，暮返空村号。闻见事略同，刻剥及锥刀”，是征夫战死，嚎啕空野的赤贫寡妇形象。

再如《石壕吏》中诗人塑造的老妪形象：

暮投石壕村，有吏夜捉人。老翁逾墙走，老妇出门看。
吏呼一何怒，妇啼一何苦。听妇前致词，三男邺城戍。
一男附书至，二男新战死。存者且偷生，死者长已矣。
室中更无人，惟有乳下孙。有孙母未去，出入无完裙。
老妪力虽衰，请从吏夜归。急应河阳役，犹得备晨炊。
夜久语声绝，如闻泣幽咽。天明登前途，独与老翁别。

诗歌借助老妇之口，以自述陈情的方式来展现人物形象。特别是这一“怒”一“苦”，将酷吏咆哮、老妪哀苦两个情节写得逼真活现。其中通过老妪陈情，将三男戍、二男死、孙正乳、媳无裙、翁逾墙、自从戍的悲惨境遇书写的催人泪下。老妪之形象也随着一家之中父子、兄弟、祖孙、婆媳的悲惨境况而愈发显得悲情至极、丰满立体。“存者且偷生，死者长已矣”，通过诗歌中老妪形象的塑造，诗人揭民不聊生可谓深矣，念国之不幸可谓极矣，诉战祸之烈可谓痛矣，表诗人之怨战心态可谓明矣。

杜甫在诗歌中一方面表现对于战争的反思心态，另一方面努力建言献策，恰如《前出塞九首》中有所言“丈夫誓许国，愤惋复何有。功名图骐驎，战骨当速朽”，“中原有斗争，况在狄与戎。丈夫四方志，安可辞固穷”，是大丈夫树名为国的肝胆壮志；《敬寄族弟唐十八使君》言“介立实吾弟，济时肯杀身”，是疾呼挚友为国献身的豪情；《奉送严公入朝十韵》言“公若登台辅，临危莫爱身”，《寄董卿嘉荣十韵》言“猛将宜尝胆，龙泉必在腰”，是对即将奔赴战场的朋友勉励。他从未放弃辅政之心，而其核心都离不开儒家思想之济世为国的政治理念。因此，济世为国是杜甫终生的政治理想，这不因时局的困顿抑或是朝廷的腐败而有所动摇。循此主线，回望杜甫诗歌中塑造的劳苦征妇形象，不难发现，这些劳苦征妇形象的塑造从未因诗歌中表现出的情感因素，即同情、可怜、哀怨等而降低了诗人本身要彰显的政治理想。

杜甫之外，李白、孟浩然、刘长卿以及屈同仙等，皆有通过女性形象的塑造来展现对战争的反思心态。孟浩然在《赋得盈盈楼上女》中塑造了“妆成卷帘坐，愁思懒缝衣”的征妇形象，并在诗中发出“空床难独守，谁为报金徽”的疑问，通过征妇形象发出对于战争本质的诘问。将征妇形象的塑造与对战争本质的反思组合在一起，刘长卿的《疲兵篇》与屈同仙的《燕歌行》中亦有体现。刘长卿的《疲兵篇》中将小妇形象的塑造与疲兵现状联系在一起，“军前仍欲破重围，闺里犹应愁未归。小妇十年啼夜织，行人九月忆寒衣”；屈同仙的《燕歌行》更是于捣衣声中表现了征人思归的心态：“君不见渔阳八月塞草腓，征人相对并思归。……厌向殊乡久离别，秋来愁听捣衣声”。

李白的乐府诗《子夜吴歌·秋歌》更可为一例：“长安一片月，万户捣衣声。秋风吹不尽，总是玉关情。何日平胡虏，良人罢远征。”李白的这首征妇闺怨诗在乐府旧题中注入了对于生活现实的感受，虽未脱尽南朝旧制，却涤除了南朝“绮丽不足珍”的成分，塑造了秋夜怀人的征妇形象，在“万户捣衣声”中彰显了诗人希望早日结束战争，征夫免于离家远征的心声，正如沈德潜云：“本闺情语而忽冀罢征”[1]（《说诗晬语》）。

就此而言，劳苦征妇形象的塑造从未因诗歌中体现出的情感因素而降低诗人本身要彰显的政治理想。男性诗人所塑造的劳苦征妇形象已成为一种阐释文人思想倾向的方式，即用以彰显男性诗人对于战争的反思，并有利于申明与表达自己的政治理想。因此，劳苦征妇形象的塑造从未离开男性视角与价值观念，从未脱离“政治”核心。而政治本身恰是“男性”的舞台，虽然男性在这个舞台上扮演的角色不尽相同，但这种由男性所塑造出的“女性形象”于“政治”舞台而言更趋于道具化，其服务的核心要义是为“政治”的，其出发点仍是反应男性诗人对于战争观念的反思，对于自身政治理想的表达。

1 谢榛：《诗家直说笺注》. 李庆立，孙慎之笺注，济南，齐鲁书社，1987，193页。

三、中晚唐时的补察时政

唐人深具谏诤精神，“补察时政”的愿望直接导引唐诗的写实倾向。这也使“感于哀乐，缘事而发”的乐府诗在唐代获得了新气象，焕发了新光彩，形成“新乐府运动”。“新乐府运动”从干预朝政的目的出发，在劝谏统治者“考见得失”方面呕心为之、用力行之。无论是较早从事乐府诗创作的诗人张籍、王建，还是以“元白”为代表的新乐府运动的倡导者，再到新乐府运动精神的继承者，如晚唐诗人皮日休、杜荀鹤等，他们的“有意创作”，皆体现了“补察时政”、“泄导人情”，臣以诗干政、君以诗观政的政治自觉。通过描写劳苦征妇的处境来反映社会问题，将目光投向社会上的种种弊端，亦是此类诗人用以补察时政所选择的一种方法。

在征妇闺怨诗中，这些深具政治自觉的诗人在所描写的情景中强调最关心的事件，而这些事件也是传统主题所凸显的方面。诗人将这些事件通过塑造的女性形象“翻译”成富有诗意的情景，融入劝谏讽喻，以此企望这类“报告诗”能够为朝廷建言献策，纠正弊漏，起到补察时政的目的。

唐人补察时政之情与安史之乱后社会矛盾加剧有关。安史之乱使唐王朝由盛及衰，各种潜隐的社会矛盾日益尖锐与深化。其一，“天子弱，方镇强”（《新唐书·兵志》），藩镇割据削弱了中央王权。藩镇“效战国，肱髀相依，以土地传子孙，胁百姓”（《新唐书·藩镇魏博》），与中央王权分庭抗礼。他们“喜则连衡而叛上，怒则以力而相并，又其甚则起而弱王室”（《新唐书·方镇》），对唐王朝构成了严重威胁。其次，宦官专政恃宠乱朝。和藩镇割据一样，宦官专政是唐王朝中后期的一个毒瘤，是一个极为严重的政治问题。当时宦官权势日重，“是以威柄下迁，政在宦人，举手伸缩，便有轻重”（《新唐书·宦者》）。再次，‘宫市’祸患使民不聊生。韩愈《顺宗实录》卷二载：“贞元末，以宦者为使，抑买人物，稍不如本估。末年不复行文书，置‘白望’数百人于两市并要闹坊，阅人所卖物，但称‘宫市’，即敛手付与，真伪不复可辨，无敢问所从来。……名为‘宫市’，而实夺之。”[1] 可见宦官之威势如猛虎，‘宫市’之强取豪夺给平民带来的深重苦难。

而在众多社会矛盾面前，对战争的关注从来都不能被忽视。因为战争是一

1 转引自陈伯海主编《唐诗汇评》2卷，杭州，浙江教育出版社，1995，2071页。

把“双刃剑”，一方面它能割除社会毒瘤，另一方面也给社会留下血迹伤痕。因此，对战争的关注成为揭示社会矛盾的一个视角，而战争与女性也成为一个重要的话题。通过女性形象的塑造来彰显民生寥落、王朝时艰，进而取得补察时政的目的，成为有识之士关注的重点。

诗人补察时政的愿望在诗歌中表现得明白清晰，为“君”而作被视为新乐府诗歌创作的主要目的，如新乐府主将元稹、白居易，其诗歌的政治主张在题目中便清晰标注。因此，不妨以较早进行新乐府诗歌的张籍为例，来考察诗歌中劳苦征妇形象的塑造与诗人补察时政这二者之间的关系。

张籍，字文昌，与王建并称，是中唐时期较早从事乐府诗创作的诗人，时号“张王”。张籍一生交游甚广，与同时期诗人如王建、孟郊、韩愈、白居易、元稹、刘禹锡等人都有交往。张籍有乐府诗 90 首[1]，取材广泛，虽然一般选题不大，多为“俗人俗事”，但所作挖掘深入，往往由一事一语见社会缩影。张籍乐府诗中写得最集中、最深刻的还是反映民生疾苦的诗歌，其中多有篇什题咏劳苦征妇。如《征妇怨》《邻妇哭征夫》《妾薄命》《寄衣曲》等。

诗歌《寄衣曲》选取寄送征衣的传统主题，将征妇生活劳苦、体贴入微的形象描写的细腻动人：

织素缝衣独苦辛，远因回使寄征人。官家亦自寄衣去，贵从妾手著君身。

高堂姑老无侍子，不得自到边城里。殷勤为看初著时，征夫身上宜不宜。

较之初唐的府兵制，中唐的募兵制已由朝廷供应征衣、粮食，然边境侵袭频仍，军事上的不断失利，常造成交通阻断，边地将士衣食难济。据《新唐书·食货志》载：“河、湟六镇既陷，岁发防秋兵三万戍京西，资粮百五十余万缗。而中官鱼朝恩方恃恩擅权，代宗与宰相元载日夜图之。及朝恩诛，帝复与载贰，君臣猜间不协，边计兵食，置而不议者几十年。”陆贽在《请减京东水运收脚价于缘边州镇储蓄军粮事宜状》中写：“……近岁蕃戎小息，年谷屡登。所支军粮，犹有匮乏，边书告阙，相继于朝”，并指出这种现状带来的恶劣影响：“倘遇水旱为灾，粟籴翔贵，凶丑匪茹，寇扰淹时，或负挽力殚，或馈饷路绝，则戍兵虽众不足恃，城垒虽固不克居……朔方五原，相继沦陷，虽由将帅不武，亦因匮乏得辞，其事未遥，足为深戒”，此处可与《新唐书》所言互为印证。因此，民间仍然保留的寄送征衣之习与朝廷衣食难济之艰不

1　参见张修蓉：《中唐乐府诗研究》，台北：文津出版社，1985，13-14 页。

无关系。

诗人《寄衣曲》不但注重塑造征妇平日织素缝衣、万分苦辛的形象，还特别关注对征妇内心情感的描摹，达到以意传神的目的。诗中征妇送征衣于夫君之时，却因夫家高堂老而无子，需征妇贴身奉养，而不能亲送征衣于边城。末联殷勤嘱托入京边使一句，尤细腻深情。正如清人刘邦彦《唐诗归折衷》引吴敬夫云："文昌乐府，伯仲仲初，而弥加蕴藉，诸体亦淡雅宜人。王元美谓：张籍善言情，王建善征事，而境皆不佳。'殷勤为看初著时，征夫身上宜不宜'……情、事与境皆佳矣"[1]。此句描写征妇殷殷重托边使，其关怀夫君、惦念冷暖之情之境，确描写的细腻感人，"征夫身上宜不宜"已将征妇之动情处尽于不言中。由此，诗人将征妇的惦恋心理描写的入木三分，也倍加感人。

另外，诗中"高堂姑老无侍子，不得自到边城里"一句，似为铺垫征妇寄衣之理由，然而这一铺垫却从一个侧面反映了当时的社会问题：用兵靡费、民生疾苦。诗中高堂老而无子，独独一子仍要远戍边地，然平民之中，家无一子的情形应不在少数，可见朝廷用兵之烈。此处征妇需奉养公婆、维持生计、操劳征衣，生活之艰可见一斑。然而诗人却于这铺垫之语中，将"殷勤为看初著时，征夫身上宜不宜"的用情良苦的征妇形象置于突显的位置，呈现在读者眼前。由此，诗人补察时政的愿望通过女性形象的塑造来彰显；诗人将民生疾苦"翻译"成富有诗意的情景，民生疾苦隐于字里行间。值得关注的是，此处女性形象的塑造是通过"女性气质"的特有表现——"悉心嘱托"来体现。女性气质（feminine）作为生物学上的一个法则，指"女性应当具有同情心，令人感到亲切，对他人关心等亲和取向的一系列性格和心理特点"[2]，亦指"对情感的敏感性，慈爱的态度以及对外界显得温柔而不是强悍，……女性气质与男性气质的关系就好比是曲调与节奏或张开的手掌和握紧的拳头之间的关系一样"[3]。男性诗人在塑造女性形象的过程中，特意加入了女性元素，以此达到"传情"目的。

由此，诗人补察时政的愿望通过女性形象的塑造来彰显；诗人将民生疾苦"翻译"成富有诗意的情景，民生疾苦隐于字里行间。同时，这种以补察时政

1 转引自陈伯海主编《唐诗汇评》，杭州，浙江教育出版社，1995，1894页。
2 参考L. 达维逊、L. K. 果敦：《性别社会学》，重庆，重庆出版社，1989。
3 周毅：《女人与魅力》，北京，大众文艺出版社，2000，67页。

为目的，通过塑造征妇形象来彰显政治愿望的“译本”类诗歌，在张籍的《征妇怨》中同样可以得到印证。《征妇怨》选取丧夫征妇这一传统主题，以战乱为背景，在悲剧气氛中极写征妇之哀，特别刻画了征妇之悲苦形象，且以“昼烛”自喻，彰显其政治意愿。诗中写道：

九月匈奴杀边将，汉军全没辽水上。万里无人收白骨，家家城下招魂葬。妇人依倚子与夫，同居贫贱心亦舒。夫死战场子在腹，妾身虽存如昼烛。

唐代东北边患甚重，有契丹、奚、室韦、靺鞨等族，尤以辽河上游契丹之患最烈。唐人以汉代唐的说法非常普遍，因此诗中“匈奴”当指契丹，而“汉军”实指唐军。诗中反映了唐军辽水之战全军覆没，百姓家家招魂而葬的惨象，清人沈德潜《唐诗别裁集》将此诗比为：“《吊古战场文》之缩本”，确是触目惊心，令人胆寒。诗中所谓“招魂葬”，又名“衣冠葬”，自汉已存，指家人以死者生前衣冠招其魂魄而葬的习俗。诗歌在一幅场面浩大的“群哭图”中，将白骨抛荒野，家家招魂葬的画面描写的触目惊心。清人吴瑞荣在《唐诗笺要》中写：“说征妇者甚多，惨淡经营，定推文昌此首第一”。

其中“家家”二字，意味深重，它表明呼号恸哭的不是特例，不是一家的惨状，而是每家如此，是一种普遍的现象。于是，“家家”二字，在结构上暗承前文“全没”之语，在诗境中强化了悲剧气氛，在人物塑造方面凸显征妇之哀，故而，“家家”非寻常之语，深意全融其中。而“妾身虽存如昼烛”，乃诗人之自喻。此句写征妇生存虽苦，但丈夫存世尚可有心理上的倚仗与安慰，即使贫贱却有一丝生存指望。然夫死战场，妇有身孕。征妇身存，心如昼烛。诗人将命运多舛之征妇描写的痛不欲生。唐汝询《唐诗解》评曰：“夫死战场子在腹，征妇之最惨者，烛以照夜，昼无所用之。故取以自喻。”结语处诗人以“昼烛”自喻，表明白昼之中烛光微弱多余，“昼烛”更暗淡且摇曳不定，这多余、暗淡、摇曳的不仅是诗中塑造的痛不欲生的劳苦征妇，更展现了诗人之惨淡心境，唐帝国之中兴渺茫、生机寥落。诗人用贴切新颖的设喻，表达了言有尽而意无穷的政治内涵。

正如清人刘熙载《艺概》中所云：“白香山乐府，与张文昌、王仲初同为自出新意，其不同者在此平旷而彼峭窄耳”。而“峭窄”二字，恰为此《征妇怨》之特点。“所谓‘峭’，即情感激烈，指斥分明，不作温柔敦厚之状，但尽锋芒毕露之致。诗歌以小见大，以征妇的哀哭无告，严厉抨击了唐室不恤民情，战争频仍。反战情绪之奔流腾涌、仁政思想之深厚诚挚，洋溢于篇章之中。所谓‘窄’，即篇章精短，不加发挥。将丰富的内容凝聚压缩于短小的篇幅之中。”[1] 又如宋人张戒说张籍诗“专以道得人心中事为工，……思深而语精”(张戒《岁寒堂诗话》)，王安石亦评价张诗“看似寻常最崎岖，成如容易却艰辛”(《题张司业诗》)。

于此诗人将征妇之哀情扩展为“家家”之哀情，以至为“国家”之哀情，而国与家之哀情在“昼烛”中更见诗人之内心哀情。可见，“家哀”——“国哀”——“匹夫哀”，以诗中塑造的“征妇之哀”作比，“家国”之哀实则为诗人内心之哀，诗人内心之哀通过“征妇之哀”“翻译”成富有诗意的情景，此处之“翻译”的初衷恰如新乐府之“为君、为臣、为民、为物、为事而作”，其全部的目的只有一个，那就是补察时政。于是，令诗人奔走呼号的并非“妾身虽存如昼烛”的失去丈夫的女人们的处境，令诗人枯槁难咽的亦不完全是女性生存状况之窘迫，而是在男性诗人眼中被更多关注、倾入最多心血的家国之兴亡。于此，女性形象的塑造与政治译本的关联性可见一斑。

与张籍并称的王建，以及新乐府运动的代表人物“元白”，其所作征妇闺怨诗同样体现着干政意识与观政之效，甚至来得更为显见。如王建有“闻到西凉州，家家妇女哭”(《古从军》)的凄惨绝望；有“愿身莫著裹尸归，愿妾不死长送衣”(《送衣曲》)的视死祈生；有“高楼敲玉节会成，家家不睡皆起听。……夜深月落冷如刀，湿著一双纤手痛”(《捣衣曲》)的劳苦艰难。白居易在《授王建秘书郎制》评价王建：“诗人之作丽以则，建为文近之矣。”范晞文《对床夜语》卷二亦云：“古乐府当学王建，……反覆致意，有古作者之风”[2]，这“古作之风”不仅是艺术，更是汉乐府“敢于哀乐，缘事而发”的精神体现。王建之征妇形象的塑造与诗人关怀苍生的理念相结合，反映了诗人强烈的补察时政的意愿。

新乐府运动的代表元稹和白居易，他们的诗歌更具讽谏观政价值，其征妇闺怨诗中塑造的征妇形象同样为了表现诗人补察时政的著诗目的，而且表现得更为直白，一望便知。

元稹《织妇词》《田家词》是较具代表性的讽喻之作，诗中突显劳苦征妇形象。元稹著名的《古题乐府十九首》，陈寅恪《元白诗笺证稿》评之：“皆依旧题而发新意。词极精妙，而意至沉痛。取较乐天新乐府之明白晓畅者，别具蕴

1 邓诗萍：《唐诗鉴赏大典》，长春，吉林大学出版社，2009，2866-2867页。

2 丁福保辑《历代诗话续编》，北京，中华书局，1983，422页。

蓄之趣”[1]。元稹亦在《和李校书新题乐府十二首》序中表达自己利用诗文进行讽谏的思想：“余友李公垂贶余《乐府新题》二十首，雅有所谓，不虚为文。余取其病时之尤急者，列而和之，盖十二而已。昔三代之盛也，士议而庶人谤。又曰：世理则词直，世忌则词隐。余遭理世而君盛圣，故直其词以示后，使夫后之人，谓今日为不忌之时焉”。元稹诗中有许多“不忌之时”之佳作，其乐府诗或“虽用古题，全无古意”，或“颇同古意，全创新词”，都是“寓意古题，刺美见事”（《乐府古题 序》）的讽喻之作，如具代表性的《织妇词》。《织妇词》塑造了贫困织妇形象。描写织妇为缴纳税赋艰苦劳作，税赋紧迫，织妇从早到晚忙碌，忙到头白尚不能出嫁，以至于织妇发出“能向虚空织罗网”这样艳羡檐前蜘蛛的感叹。再如《田家词》，反映了贫寒百姓，特别是劳苦妇女的苦难生活：“一日官军收海服，驱牛驾车食牛肉。归来攸得牛两角，重铸锄犁作斤劚。姑舂妇担去输官，输官不足归卖屋”，结尾处更以反语相讥：“愿官早胜雠早覆。农死有儿牛有犊，誓不遣官军粮不足”。

白居易则以进言献策为已任，以诗歌作为考见得失之利器，强调诗歌的政教功用。特别是被贬为江州司马之前，白居易直言善谏、恪守尽职。《旧唐书》本传称：“（白居易）所著歌诗数十百篇，皆意存讽赋。箴时之病，补政之缺”。其《新乐府自序》更将此类“政治译作”表达的明白透析：“首句标其目，卒章显其志，……总而言之，为君、为臣、为民、为物、为事而作，不为文而作也。”如《母别子——刺新间旧也》描写被弃征妇形象，刻画将军遗弃妻子，迫使母子别离的悲惨情景。贫苦织妇形象亦是白居易用以对社会不平作深刻揭露的“政治译本”。如《缭绫》一诗，诗人特别强调了“越溪寒女”与“汉宫姬”的生活差异，把贫苦织妇的疲惫苦辛与“遍身罗绮者”的豪奢靡费进行对比。而这种等级差异、贫富不均现象的揭露在许多诗歌中亦有反映，如孟郊《织妇词》：“如何织纨素，自著蓝缕衣?”；再如杜荀鹤《蚕妇》：“年年道我蚕辛苦，底事浑身着苎麻?”在这里，“曾经是‘模范角色’和妖艳女性的织妇，终于接近了她自身的形象：人间的女奴”[2]。

元白之后，新乐府写实精神的诗歌作品继承至晚唐。但自咸通后期开始，唐王朝已风雨飘零，进入动乱阶段。文人在仕途上更难有所作为。他们逃避现实、追求淡漠，于惶惶不安中，苟安于暂时的安定。因此唐末征妇闺怨诗中讽

1 陈寅恪：《元白诗笺证稿》，上海，上海古籍出版社，1978，303页。

2 康正果：《风骚与艳情》，上海，上海文艺出版社，2001，186页。

世伤时之作成就并不突出，比照极其动乱的社会情形，诗歌对现实的反映并不充分。但其中亦有皮日休、杜荀鹤等诗人，选择传统主题中寡妇形象即丧夫征妇作为反映社会动荡、民生维艰的重点。

皮日休重视乐府诗感时言事的谏诤作用，其《正乐府》十篇，针对现实，美刺谏诤。《正乐府十篇》小序，亦明确乐府诗的政治作用："乐府，盖古圣王采天下之诗，欲以知国之利病，民之休戚者也……今之所谓乐府者，唯以魏、晋之侈丽，陈、梁之浮艳，谓之乐府诗，真不然矣。故尝有可悲可惧者，时宣于咏歌，总十篇，故命曰《正乐府》诗。"[1] 其中的《卒妻怨》中有诗句"处处鲁人髽，家家杞妇哀。少者任所归，老者无所携。"此处描写寡妇形象，寡妇为亡夫戴孝，将麻掺杂在头发中梳成髽鬏，并突出描写官府对这些士卒遗孀所采取的办法：年轻的任改嫁，年老的无抚恤。皮日休的征妇闺怨诗多寓反战精神，这篇古风诗叙述了唐末饿殍遍野、壮男战死，寡妻老而无养，走死逃亡的悲惨情景。皮日休另一名篇《橡媪叹》描写了被官府剥削，只能以橡子充饥的老农妇形象。老农妇一年收成被贪官污吏剥削殆尽，收回的稻谷全部纳入官仓，只能靠橡子活命。苛政猛于虎，贪官污吏如"大盗"："为之斗斛以量之，则并与斗斛而窃之"（《庄子·胠箧》）。但此类题材在其现存的四百多首诗中不到十分之一。

在个别中晚唐诗人的作品中，勾画寡妇形象多与揭露战祸、苛政相联系。晚唐诗人杜荀鹤以浅显口语描写因夫战死而零落山中的寡妇形象，她终年以野菜为计，过着非人生活："夫因兵死守蓬茅，麻苎衣衫鬓发焦。桑柘废来犹纳税，田园荒后尚征苗。时挑野菜和根煮，旋斫生柴带叶烧。任是深山更深处，也应无计避征徭。"（杜荀鹤《山中寡妇》）诗歌具体描绘了丧夫征妇的憔悴穷困，诗人悲愤控诉官府剥削。诗中的寡妇似处人间地狱，即使躲于深山也难逃战祸阴影、苛政责求。

概括而言，基于"补察时政"的写作目的而完成的女性形象塑造，实则可以解释为目的性极强的政治修辞之作。白居易在《与元九书》中提出"根情"说，指出文学要素的功能是"根情"。在中国古典诗论中，"根情"说亦被称作最清楚无误的"情本说"。新乐府诗人的"用情"实则来源于"因情而造文"的"根情"理论。在"根情"的基础上，写作的目的是"美刺"。因此创作的基本内容反映的是积极用世的进步意义和现实精神。诗人通过劳苦征妇形象揭

1 转引自《历代诗话词话选》，武汉，武汉大学出版社，1984，32页。

示社会时弊，用以深剖时政病苦，以期朝廷能够如汉儒采诗般纳言求谏。

总体而言，男性诗人笔下的劳苦征妇形象，特别是在“捣衣”诗中塑造的劳苦征妇形象，以及通过描写这些形象而展现出的士人心态的变化，在某种程度上反映着社会价值取向的变化，勾画着时代盛衰的轨迹。在文人士子笔下，劳苦征妇形象的塑造成为男性用来表达政治愿望的媒介，文人士子“根情”的仍然是政治本身，可以说，他们对女性命运的关怀是一种自发的感动，而对政治本身的关怀则是一种理性的求索。由对女性的自发感动上升为理性的疾呼呐喊，这种从“意到而取”至“思深行之”，是有着深刻的思想根源的，这种根源即为男性汲汲功名也好，反思、美刺也罢的政治自觉，其总体指向仍然是“愿得天子知”（白居易《寄唐生》）。总之，劳苦征妇类的女性形象背后，男性充分表达着自身的政治愿望，可以说，她们伴随着男性的价值观念而产生，体现着男性的政治立场，为着男性的政治抱负而在狭小封闭的闺阁中表达着男性的心声。

第四章

女性笔下的自我形象

唐代到底有多少女性诗人的作品流传下来，这里姑以《全唐诗》所收作品为线索作一统计。《全唐诗》共九百卷，为女性诗人立卷十三，即第5卷、第7卷、第9卷、第797卷至第805卷、第863卷。另外在第864卷、第866卷、第867卷的“神”“鬼”“怪”诗人中，男女诗人比例相当，各占一半。全唐诗中所收作品、作家，康熙皇帝玄烨在《全唐诗御制序》中说：“得四万八千九百余首，凡二千二百余人。”关于《全唐诗》所收作品、作家的数据也有学者提出不同意见[1]，此处仍采玄烨之说。

有唐290年间，由于历史久远，文献离失，许多女性诗人以及她们的诗作资料散佚严重，难以确考。《全唐诗》把女诗人按照后妃、公主、宫人、学士、官妇名媛、无考女子、歌妓、三大女诗人、尼姑道士、女仙、女神、女鬼、女怪等进行分类，为方便研究，笔者对全唐诗中女性诗人、诗作的具体分类情况做数据统计，见表4.1。

表4.1　全唐诗中女性诗人、诗作的具体分类情况的数据统计

	类别	人数	诗、词、断句、联句数	作者
一	后妃	10	诗111.1首 词157首	文德皇后、则天皇后，徐贡妃、上官昭容、杨贵妃、江妃、韦皇后、前蜀大小徐妃、武陵郡王萧妃、花蕊夫人

1 康熙皇帝玄烨在《全唐诗御制序》中说：“得四万八千九百余首，凡二千二百余人”，后人多从其说。关于玄烨所举数据，有学者提出不同意见。日本学者平冈武夫在《唐代的诗人》[平冈武夫、市原亨吉编，上海：上海古籍出版社，1991]、《唐代的诗篇》[平冈武夫、市原亨吉、信井清，上海：上海古籍出版社，1991] 中，将《全唐诗》所收作家、作品逐一编号统计，结论是：该书共收诗49403首，句1555条，作者共2873人。

（续）

	类别	人数	诗、词、断句、联句数	作者
二	公主	4	诗 1.3 首	宜芬公主、长宁公主、太平公主、安乐公主[1]
三	宫人	10	诗 12.4 首	武后、开元、天宝、德宗、宣宗、落宗、宝历宫人、蜀王昭仪李舜弦、宫人李玉箫、新罗王金真德
四	学士	4	诗 7 首	宋若莘、宋若昭、宋若宪三姊妹，鲍君徽
五	官妇名媛	45	诗 103.5 首	杨容华、魏氏、乔氏（冯翊人左司郎中知之之妹）、七岁女子、林氏（隰城丞薛元暧妻）、赵氏 1（寇坦母）、郭绍兰、王蕴秀、张夫人、王氏（永福潘令之妻）、裴淑、赵氏 2（杜羔妻）、张氏（评事彭伉妻）、薛韫（一作蕴）、杨德麟、崔氏（校书郎卢某妻）、陈玉兰、薛媛、孙氏（进士孟昌期妻）、张立本女、侯氏（边将张揆（一作暌）妻）、慎氏（毗陵儒家女）、薛瑶、王霞卿、窦梁宾、任氏（蜀尚书侯继图妻）、黄崇嘏、蒋氏（吴越时湖州司法参军陆蒙妻）、周仲美、张文姬、程长文、柳氏（李生姬）、程洛宾、红绡妓、晁采、崔莺莺、步非烟、崔紫云、姚月华、孟氏（寿春妓，归维扬万贞为妻）、赵氏（房千里初第，游岭徼，举子韦滂自南海携赵来，拟为房妾。房倦于游，未得遽与赵偕。及后遣人访之，赵已从韦矣）、李节度姬、崔素娥、鲍家四弦、严续姬
六	无考女子	31	诗 54.22 首	郎大家宋氏、梁琼、刘云、崔萱、崔仲容、崔公远（一作崔公达）、张琰、裴羽仙、刘媛、葛鸦儿、刘瑶、廉氏、田娥、刘淑柔、薛琼、赵虚舟、张瑛、长孙佐转妻、刘元载妻、刘氏妇、葛氏女、李主簿姬、京兆女子、湘驿女子、若耶溪女子、谁氏女、越溪杨女、光、威、裒姊妹三人（失其姓）、曹文姬
七	歌妓	20	诗 49.8 首	关盼盼、刘采春、太原妓、武昌妓、舞柘枝女、常浩、襄阳妓、王福娘、杨莱儿、楚儿、王苏苏、颜令宾、张窈窕、平康妓、史凤、盛小丛、赵鸾鸾、莲花妓、徐月英、韩襄客
八	三女诗人	3	诗 153.11 首	薛涛、鱼玄机、李季兰
九	尼道	2	诗 3.4 首	道士元淳、尼姑海印
十	女仙	26	诗 49.2 首	张云容、崔少玄、戚道遥、卓英英、卢眉娘等
十一	女神	7	诗 14 首 词 1 首	湘中蛟女、龙女 1、广利王女、湘妃、龙女 2、黄陵美人、吴兴神女

1 见《景龙四年正月五日移仗蓬莱宫御大明殿会吐蕃骑马之戏因重为柏梁体联句》。

（续）

	类别	人数	诗、词、断句、联句数	作者
十二	女鬼	29	诗 42.2 首 词 3 首	夷陵女郎、孔氏、张氏、唐晅、韦璜、临淄县主、王氏妇、王丽真、客户里女子、西施、甄后、织绡女、沙碛女子、陈宫妃嫔、湘中女子、薛涛、张太华、安邑坊女、韦检亡姬、苏检妻、宫嫔、金车美人、魏朋妻、刘氏亡妇、故台城妓、无名女鬼、秫华等
十三	女怪	16	诗 26 首	孙长史女、红裳女子、洛下女郎、庐山女等
总计		207	诗 586.63 首 词 161 首	（注：小数点后面表示断句或联句）

从上表可以得出以下几点认识。

第一，《全唐诗》中收女性诗人（含有姓名身世以及无考女子）129 人，占《全唐诗》中所收诗人总数的 5.09%；若将“女仙”“女神”“女鬼”“女怪”计入，共计为 207 人，占诗人总数的 9.41%。可见所收女性诗人占全部诗人总数的比例较低。

第二，《全唐诗》中收女性诗人的诗作 586 首，占《全唐诗》所收诗歌总量的 1.16%。另有词 161 首，联句和断句 63 句。所收诗作最多的为三女诗人：薛涛诗 88 首，单立一卷；鱼玄机诗 48 首，单立一卷；李冶诗 16 首，与女尼海印、女道元淳合为一卷。后妃中，以武则天诗作为多，共计 46 首，但多为应制诗。官妇、名媛类以晁采诗歌为多，有 22 首；歌妓中诗歌数量最多的是史凤，为 10 首。可见三女诗人（尤其是薛涛、鱼玄机，其诗单列一卷）备受关注。另外，武则天虽为女性，收于后妃之中，但其女皇身份不容忽视，所收诗歌作品数量仍占多数。由此，《全唐诗》中上至女皇，下至平民女子，其诗作皆受关注，并不因身份高低而有所不同。“于是唐三百年诗人之精华，咸采撷荟萃于一编之内，亦可云大备矣。”（康熙皇帝玄烨《全唐诗御制序》）

第三，从《全唐诗》中所收女诗人的构成比例来看，以官妇、名媛类最多。所谓官妇、名媛，即指官宦之妻、妾（含家妓），名门闺秀等。再就是一些名妓与无考女子，所占比例亦在多数。值得关注的是，《全唐诗》中所收官妇、名媛和歌妓倡女，大都附有简略的小传，甚至是一些生活细节也有记述，通过这些小传的记述，可以观察到她们颇为有趣的经历。由此可见，《全唐诗》对女性诗人有一定的关注，甚至包括这些女性诗人的生活经历。但是，仍有很多女性诗人因其身份、地位并非显著，抑或是诗人本身的影响力一般，加之其诗作未必十分丰富，于是今人对她们要么只知其名，要么连名也散佚，至于其人、其事，已难以考证。

就此，《全唐诗》中所录女性诗人，其与男性诗人相较，在数量上仅占很小部分，然以其诗作为窗口，能够窥探唐代女性的生活片段、成长经历，乃至观念心态、时人风貌。文学史上多以男性作为创作的核心和考察的对象，虽然女性作者所占比例甚微，但是通过女性作者之手所描摹的情状、体现的哲思，却不得不说是历史长河中不可忽略的重要一笔。因此，考察女性笔下的自我形象，考察女性对自我的观照，更需要从女性自身的作品出发，虽然男性创作者历来就有假拟女性身份，描摹女性心态之作，其源头甚至可以追溯到《诗经》与《楚辞》，然而女性自身的声音却不应因其为“女性”——这种易被忽视的“第二性”的现实而被消弭。

关注女性笔下的自我形象，一方面需要考察作品中反映的主体意识与审美特征；另一方面需要关注女性作为“创作主体”，其创作身份的特殊性。通过这两个方面帮助厘清社会思潮，纵观时人心态，探寻女性写作缘由，揭示更为真实的女性自我形象。

第一节
隐秘的背离

美国著名女性主义文学批评家桑德拉·吉尔伯特（Sandra Gilbert）和苏珊·格巴（Susan Gubar）在二十世纪八十年代末即关注到女性作家在作品中有刻意隐藏的意识。那么，女性创作者到底隐藏了什么？她们认为，在父权制观念下，作为创作主体，女性作家隐藏的是在男性文学形式下的女性主体意识和女性话语。这种情况在中国古代的女性创作者那里具有同类性的体现，即“她们以修正过的男性文学形式隐秘的记录她们自己的梦想和故事，这种既参与又背离父权制文学传统的修正行为”，来使用“双重话语”。形象的说法是，“女性作家隐藏的是她们追求的对自我的定义。而父权制恰如同一面镜子，女性在这个镜子中看到的支离破碎的映像就是父权制强加给她们的审美理想。面对镜像的女性在惊恐之余试图治疗‘语句的传染’给她们带来的种种病态，为把破碎的自我映像统一起来，女性作家所隐藏的就是这种努力的行为”[1]。于是，女性作者在既参与又背离父权制文学传统的修正行为可以用女性在创作过程中彰显“主体意识”来体现。

关于“主体意识”，魏国英在《女性学概论》中将之解释为“人作为主体对自己在客观世界中的地位、作用和价值的自觉意识”[2]，女性的主体意识界定为“女性作为主体对自己在客观世界中的地位、作用和价值的自觉意识。具体地说，就是女性能够自觉地意识并履行自己的历史使命、社会责任、人生义务，又清醒地知道自身的特点，并以独特的方式参与对自然与社会的改造，肯定和实现自己的需要和价值的意识”[3]。需要指出的是，唐代女性通过诗歌创作所映现的“自我观照”、流露的主体意识多表现为一种自发的行为，没有理论指导，没有观念梳理，女性创作诗歌多以抒发内心为主。在此前提下，唐女诗人诗作中所展现的对自我的观照，主体意识的体现，以及就此凸显的真我形象，笔者将之称为“隐秘的背离”。

考察唐女诗人笔下的自我形象，特别需要关注的是女性的主体书写，需要围绕唐代女诗人的艺术表达，剖析其主体书写的显性特征。笔者认为，在主体书写中，女性诗人表现出在父权制观念羁绊下寻求个性、抗争的社会化人格与精神特质，在此基础上形成以开放乐观为基调的“自我观照”。这种“自我观照”以三种方式，即以深情忧思为内核的悲感情怀，以勇于陈说为方式开展的两性对话，以人生体验为前提的哲理沉思来体现女性主体意识，通过自发的方式，“隐秘”寻求背离父权制观念，组成了一幅动人、立体、富于思辨色彩的女性群像图。

一、“创作主体”的自我观照：以开放乐观的心态展示女性之美

唐代女诗人在创作过程中寻求背离父权制羁绊，在乐观开放的心态下展现创作主体的自我观照。

我们知道，在妇女陷落家庭的历史环境中，女子自由地进行观照和创造几乎是不可能的。她的主体身份在社会上无法落实，她们既无法作为主体的人去

---

1 参考刘岩、邱小轻、詹俊峰编著《女性身份读本》，武汉，武汉大学出版社，2007，242 页。(Sandra Gilbert & Susan Gubar, *The Madwoman in the Attic: the Woman Writer and the Nineteenth-Century Literary Imagination*, New Haven and London: Yale University Press, 1979, 73, 74, 76)

2 魏国英:《女性学概论》，北京，北京大学出版社，2000，89 页。

3 魏国英:《女性学概论》，北京，北京大学出版社，2000，89-90 页。

观照自认，也无法使观照对象完全服务和等同于自己——除了自己，她再没有什么可以任意操纵的对象。因此，在审美意识萌发阶段，女性的审美观照，主要是通过自我观照实现的。

虽然从秦汉到明清，男女间存在比较严明的界限，但处于其中的唐朝却是个相对例外的时代。

这首先与思想观念有关。政治力量的强大与专制制度的强化并没有导致唐朝对思想、文化控制的加强。唐朝始终没有独尊一统的思想政策，而是对魏晋以来鼎足而立的儒、道、释三教采取兼容并包的策略。但兼容并包不代表三教并重，唐代各时期对三教的褒贬扬抑是有所不同的，在唐代，儒家礼教始终未能重建起独尊地位，成为控制社会的严格有力的道德行为规范。究其原因，大抵与国富民强，享国太平的统治者尚未以禁锢人心的一统思想为要有关，同时统治者的胡族血统或可视作更重要的原因。唐朝统治者的胡族血统源出“夷狄”，“胡化”影响深重，缺乏对华夏文化传统的尊崇、对儒教治国的礼敬，因而能够接受异族文化与不同思想。在这种文化环境下，人们的思想观念、道德标准呈现自由、多元的现象便不足为奇。因此，既是胡族血统，又是汉族政权，唐统治者不必像北魏那样提倡、推行汉化，也不必像元、清那样推崇汉族儒家文化以争取人心、夯实政权。客观地说，无论出于何种原因，唐代社会始终是一尊不立、三教并行，加之李唐统治者的胡族血统与文化渊源在性别观念、礼法教义上本就与汉族传统有所差异，如朱熹所论，“唐源流出于夷狄，故闺门失礼之事不以为异”[1]，故而，“从性别角度说，唐代男性政治权力体系得以重整、加强，但是由于历史的原因他们并没有强化传统的性别制度和两性关系模式，没有强化对于女性的礼教制约”[2]。

其次唐代性别制度和两性关系模式与他朝不同也与文化多元有关。众所周知，唐朝是接续魏晋南北朝的又一个民族大融合、文化大交汇的时代。经魏晋以来数百年的血统与文化的融合，华夏民族已经得到扩展与改造。接隋入唐，已具兼容并蓄，南北大融合之势。一方面李唐统治者源出“夷狄”，他们一统天下后，“胡风”自然融入，造成胡汉文化的进一步交融。更重要的是唐立国三百年间不断接受着外来文化风习的浸染。这一时期，不仅国内各民族之间文化交融，而且唐朝与其他国家与民族间的交往空前频繁。大量胡人入住中原，众多

1 陈寅恪：《唐代政治史述论稿》，引朱熹语，上海，上海古籍出版社，1998，1页。
2 杜芳琴、王政主编《中国历史中的妇女与性别》，天津，天津人民出版社，2004，187页。

外国人也居留中国，长安成为多民族、多国家文化交融的中心，而统治者对于外来文化采取兼容并包的政策也带来了更深层次的胡汉、中外文化的交融。可以说唐代不仅是胡汉文化大交融的时代，而且也是中国充分吸收外来文化的时代。

具体而言，当时与中原来往密切的有突厥、契丹、吐蕃及西域诸国和周边的日本、新罗等国家，他们虽然都是男性中心社会，但“知母不知父”的原始遗风仍有保留。“先母而后父”（《旧唐书·安禄山列传》）、“俗重妇人而轻丈夫”（《旧唐书·东女国列传》）之风不仅表现在鲜卑、突厥、契丹、吐谷浑等北方游牧民族中，在东南周边的日本、新罗、林邑、东女等国家与民族中也有体现。这些习俗、风尚表现为对女性较为尊崇，对女性的束缚较少，这些习俗风尚涌入中原，对中原汉族传统性别规范与观念产生一定的冲击与影响。

因此，社会稳定、经济繁荣、礼教松动、文化多元、风俗开放、胡风浸染，使唐朝形成了带有自身特色的社会性别观念，表现为对女性的禁锢相对宽松，两性关系相对自由。这造成唐代妇女确与他朝之不同，她们成为风格独特的一群，而唐代妇女与两性关系也倍加引人瞩目。有学者断言：“中国将近三千年的封建社会，对妇女一贯的要求，不外是下列的三件事。（一）奖励贞操，盛倡男女有别。（二）奖励柔顺，盛倡文弱的病态美。（三）奖励服从，剥夺其受教育的机会，使成为男子的附属品。这样的情况，延续了将近三千年，很少有甚么例外；如有例外，那便是唐代的妇女。”[1]

特别需要指出的是，在唐代世风开放的环境下，出现了武则天、太平公主等女性专权的现象，这使得当时社会对妇女的态度呈现一定程度的尊重。尤其是武周专权，可以说是唐代女性参政风气的最大硕果，武则天成为中国历史上唯一一位女皇帝，历来为人关注。唐人李商隐的《宜都内人》中说：“古有女娲，亦不正是天子，佐伏羲理九州耳。后世娘姥，有越出房阁断天下事者，皆不得其正，多是辅昏主，不然抱小儿。独大家革天姓，改去钗钏，袭服冠冕，符瑞日至，大臣不敢动，真天子也。”姑不论文字本意如何，这段话至少真实地反映了武则天当政给予唐人的震撼。虽然武则天在位只有短短十余年，但是其意义却不可低估，因为她以一种质变的方式，宣告了一个事实：这是中国历史上唯一一次妇女以主体身份作为统治者，统治一个男性社会。

而随着经济文化的发展，唐代妇女的社会交往也呈现一种比较宽松的态势，

1 李思纯：《唐代妇女习尚考》，见《江村十论》，上海，上海人民出版社，1957，12页。

比如她们可以经商、歌舞、赋诗、入道乃至外出游玩等等。社交活动的增加与活动空间的相对扩大使得唐代妇女在某些情况下拥有自由出游的权利。而关于这一点的印证，从著名的《虢国夫人游春图》即可看出。陈寅恪先生说："贞元之时……民间社会方面，则久经乱离，略得一喘息之会，故亦趋于娱游乐。当时长安城游玩风气很盛，唐睿宗太极元年的元宵节灯会，睿登安福门看灯，有彩灯五万盏，少女、少妇千余人在灯下'踏歌三日夜欢乐之极'。"[1]《开元天宝遗事》卷下《裙幄》条记载："长安士女游春野步，遇名花则设席藉草，以红裙递相插挂，以为宴幄。"可见相对其他时代，当时社会对于妇人体现出宽松、大度的态度，正是在这种开放的世风下，才孕育出唐诗中那些女性诗人以乐观的心态展现女性美的诗篇。

首先，开放的时代背景与女性特有的威仪。长孙皇后的《春游曲》言：

上苑桃花朝日明，兰闺艳妾动春情。
井上新桃偷面色，檐边嫩柳学身轻。
花中来去看舞蝶，树上长短听啼莺。
林下何须远借问，出众风流旧有名。

长孙氏是太宗的皇后，历史上有名的贤后。她集后宫恩宠于一身，却从不作威作福，一生节俭，深明大义。据《旧唐书·太宗文德皇后长孙氏列传》载："太子承乾乳母遂安夫人常白后曰'东宫器用阙少，欲有奏请。'后不听，曰'为太子，所患德不立而名不扬，何忧少于器物也！'"而当其大病久不愈，面对太子欲奏请太宗为其赦囚徒，度人入道时，后却曰："死生有命，非人力所加。若修福可延，吾素非为恶。若行善无效，何福可求？赦者，国之大事；佛道者，示存异方之教耳，非惟政体靡弊，又是上所不为，岂以吾一妇人而乱天下法？"足可见其母仪天下的过人见识。所以无怪当其薨后，太宗"念后不已，于苑中作层观以望昭陵"（《资治通鉴》）。因为具有这种心胸气度的女人实是史上所难见，所以也无怪她能如诗中所言，面对着满苑桃花明媚，用轻快笔调放歌，以新桃面色和嫩柳身轻穿梭于晴春丽丽，听长短莺啼。因为纵然后宫佳丽三千若何，她自有兰心蕙质，自有人所不具的大家风范和胸襟。可以说全诗充满艳丽欢快的格调，特别是一句："林下何须远借问，出众风流旧有名"，把一种女性独具的自信写的笔墨饱满，而这种自信则毫无疑问的建立在特殊的时

1 陈寅恪：《元白诗笺证稿》，北京，生活·读书·新知三联书店，2001，90页。

代与身份之下，以及她为人处世的大家风范之中。

再看两首武则天的诗歌：

千官肃事，万国朝宗。载延百辟，爰集三宫。
君臣德合，鱼水斯同。睿图方永，周历长隆。

——《唐明堂乐章·迎送王公》

神功不测兮运阴阳，包藏万宇兮孕八荒。
天符既出兮帝业昌，愿临明祀兮降祯祥。

——《唐大飨拜洛乐章·致和》

除了自信与大气以外，武则天的这两首诗则体现出比前面长孙皇后更厚重大度的襟怀和威严气度。这应与她作为史上唯一的女皇帝的命运有密切关系。从某种程度上说，武则天称皇的这种人生命运轨迹本身就是一种“隐秘背离”的有力说明。

但是应该看到，中国历史上唯一的女皇帝的出现并非突兀，也非偶然。西晋贾皇后“代夫执政”，隋代独孤后与皇帝并称“二圣”，而以太后身份随意废立皇帝，前代更有不止一位女主。“代夫执政”“二圣”“随意废立皇帝”的终极点，即女性称帝，并非遥不可及。只不过武则天所作的是实质性的突破。以往的女性主政，都没有改变自己从属于男性的身份，无论是代政的母亲还是从夫的妻子，都是以从属的地位代替男性执掌政权。作为女性，她们名为“主”，实居“从”，在性别关系的本质上并没有根本改变。而武则天是唯一的例外，她从帘内走向帘外，改变妇女的从属身份，冠冕堂皇地以女性的独立身份登上皇帝宝座，终于坐拥四海，君临天下。而在登基之后以常人所不具的政治眼界大刀阔斧的实行诸如改革科举，提高进士科的地位；举行殿试；开创武举、自举、试官等多种制度，让大批出身寒门的子弟有了一展才华的机会。虽然在位期间也出现如酷吏、极刑等现象，但她在历史上的功绩仍是不可磨灭的。所以有这样一种时代和身份背景，她的诗歌多呈现一种威严便不难理解。而从她所用的诸如“千官”“万国”“八荒”“万宇”一类的语词来看，其中包含着对自己政治领导才能的信任，饱含着在自己英明的领导下，实现天下太平、万世昌宁的美好心愿，这是一种女性在乐观心态下满怀自信、威严的有力体现。但这种体现也客观地反映出她不甘心做男人的附属品，有努力争取政权的野心。而这种野心也深深影响了有唐一代的很多妇女，诸如她的女儿太平公主、孙女安乐公主等人。

《旧唐书》卷一百八十三《外戚·武承嗣传》载："太平公主者，高宗少女也，以则天所生，特承恩宠……公主丰硕，方额广颐，多权略，则天以为类己，每预谋议……二十余年，天下独有太平一公主，父为帝，母为后，夫为亲王，子为郡王，贵盛无比……玄宗将清内难，又预其谋，频著大勋……权移人主，军国大政，事必参决，如不朝谒，则宰臣就第，议其可否……其时宰相七人，五出公主门。"可见其尊贵的地位以及雄厚的政治实力，即便是玄宗登基，也没有忽视他的这位姑母的政治势力。这段史料也反映出受则天皇后影响，女性所取得的难得的政治地位以及其中所包含的自信威仪仍影响深远，余威犹存。据《新唐书》卷八十三《诸公主传》载："安乐公主，中宗最幼女，帝迁房陵而主生……帝复位，光艳动天下，使王柄臣，多出其门。尝作招箱其前，请帝署可，帝笑从之……与太平等七公主皆开府，而主府官属尤滥。"可见受时风影响，继太平公主以后，武曌的孙女安乐公主，对政权也有积极争取的热望。

另外，除了帝王家的女子以外，还有一些女官也有参与政事的热情，比如以文辞著称的上官婉儿便是宫中经常参与政事的妇女典型。据《旧唐书》卷五十一《后妃·上官昭容传》："上官昭容，名婉儿……随母配入掖庭，及长，有文词，明习吏事……自圣历以后，百司表奏，多令参决。中宗即位，又令专掌制命，深被信任。"而从其传世诗歌来看，她也经常主持宫中诗会、宴会酬唱以及士大夫应制交游活动。如《九月九日上幸慈恩寺登浮图，群臣上菊花寿酒》《驾幸三会寺应制》《驾幸新丰温泉宫献诗三首》等，这些诗歌一方面反映出其敏捷的才思与难得的才情，另一方面也在字里行间体现出她参与这类活动的游刃有余以及深具大家风范的气度与自信。如她在《驾幸三会寺应制》中写"驻跸怀千古，开襟望九州。……宸翰陪瞻仰，天杯接献酬"，在《驾幸新丰温泉宫献诗三首》中言"遥看电跃龙为马，回瞩霜原玉作田"，均是一种雍容气度与威严气势的体现。

需要指出的是，或许由于所列皆是身为统治阶层的妇女典型，某种程度上不足以代表唐代整个妇女群体，但也只有在唐代这种特殊的社会与历史条件下方能产生这些为数不多的妇女形象。从这一点来说，唐代妇女所体现的对于古代社会妇女某些道德层面的叛逆习尚，虽然看起来好像是少数人的个别行为，然而在某种程度上却是整个社会妇女群体的写照。换句话说，在整个古代社会中，她们是不能产生于除了唐朝以外的任何其他朝代的。

其次，崇尚健康的生命之美，反对以病态为美。唐代人的审美标准是崇尚健康，不欣赏病态美。以唐画作中的女子为例，“现今流传的唐画，如从唐后行从图（原为诸暨蒋孟苹藏），周昉听琴图（原为罗振玉藏），张萱捣练图（现藏美国波士顿博物馆），画中的美女形象，都是面如满月，长身健体，不似近代仕女画的以纤弱为美”[1]。历代画评著述也多有谈到这种审美倾向，如：

《宣和画谱》：“周昉为贵游子弟，多见贵而美者，故以丰厚为体。又关中妇人纤弱者为少，至其态秾意远，宜览者得之也。”

汤垕《画鉴》：“唐阎立本步辇图，画太宗坐步辇上，宫人十余舆辇，皆曲眉丰颊，神采如生。”

董逌《广川画跋》：“尝得周昉画按筝图，……尝持以问曰，人物丰浓，肌胜于骨，盖画者自有所好哉。余曰，此故唐世所尚，尝见诸说，太真妃丰肌秀骨，今见于画，亦肥胜于骨。昔韩公言曲眉丰颊，便知唐人所尚以丰肥为美……。”

张丑《清河书画舫》：“周昉春宵秘戏图中所貌，目波澄鲜，眉抚连卷，朱唇皓齿，修耳悬鼻，辅靥颐颔，位置均适。”

张庚图《画精意识》：“吾禾天宁寺妙隐房僧，藏吴道子文殊像，绢本，面如满月，眉目疏朗。”

唐代妇女画图中表现出的欣赏丰腴、崇尚健康，不以纤弱病态为美的审美倾向，同样反映了唐人的审美态度，这当与唐人的鲜卑族血统有关，李思纯指出：“无非鲜卑族妇女较汉族妇女为武健，唐代人不自觉的应用鲜卑标准以衡量一切。宣和画谱所谓‘关中妇人纤弱者为少’，正应当改作‘鲜卑妇人纤弱者为少’，这正是唐代人与中国传统观念不能完全相吻合的地方。”[2]

同时，唐代妇女活动空间相对宽广，女子参与体育竞技是一种普遍社会现象，又加之开放的外交政策以及文化上的兼容并包，使胡旋燕舞纷至沓来，所以从很多唐诗中可看出妇女生命中所体现出的以灵动生命情态为美、崇尚武健的审美特征。如徐贤妃《赋得北方有佳人》：“腕摇金钏响，步转玉环鸣。……悬知一顾重，别觉舞腰轻”，即是在摹写舞步灵动的环佩叮咚中体现女性以活泼为美的生命情态。又如花蕊夫人的《宫词》：

殿前铺设两边楼，寒食宫人步打球。一半走来争跪拜，上棚先谢得头筹。

---

1 李思纯：《唐代妇女习尚考》，见《江村十论》，上海，上海人民出版社，1957，13页。
2 李思纯：《唐代妇女习尚考》，见《江村十论》，上海，上海人民出版社，1957，14页。

殿前宫女总纤腰，初学乘骑怯又娇。上得马来才欲走，几回抛鞚抱鞍桥。

自教宫娥学打球，玉鞍初跨柳腰柔。上棚知是官家认，遍遍长赢第一筹。

在此，诗人传神地写出了宫女学骑马时想学又怕摔的娇憨姿态，以及宫人纷纷学打球，在打球争胜中柳腰灵动的轻盈体态。这些都展现出唐代妇女热爱运动，以武健、灵动的生命形态为美的心态。诚如王建在《送裴相公上太原诗》中所描述："十对红妆伎打球"。除了击球，唐代妇女还玩斗百草、斗花、打秋千、下围棋、抛球等等活动。《旧唐书·郭英乂传》载："聚女人骑驴击球，制钿驴鞍及诸服用，皆侈靡，妆饰日费数万，以为笑乐。"这些都与时人对于妇女生活空间的扩大持相对宽松的态度有关。《开元天宝遗事》卷下"探春"条记载："都人士女，每至正月半后，各乘车跨马，供帐于园圃，或郊野中，为探春之宴。"这种夜游不仅在城内，而且在郊外，妇女可以从事各种游艺活动。唐段成式《酉阳杂俎》卷十九说："郑注太和初赴职河中，姬妾百余尽骑，香气数里，逆于人鼻。"在这种世风之下，妇女对生命健康和生命灵动的自我形象日趋关注，一种欣赏活泼、武健，反对病态美的审美观点便自然而然地形成。

第三，在相对开放的男女交际中追寻自我人生价值。唐代女子的活动空间相对较大，男女交际也相对呈开放之态势。据《唐律疏议》第十四《户婚》说："诸卑幼在外，尊长后为定婚，而卑幼自娶妻，已成者婚如法；未成者，从尊长。"可见当时的法律就赋予青年人一定范围的婚姻自主权。于是才有了"君家何处住，妾住在横塘。停船暂借问，或恐是同乡。家临九江水，来去九江侧。同是长干人，生小不相识"（崔颢《杂曲歌辞·长干曲》），这样一幅笔致清新的青年男女交往的风情画，由此展现了民间男女交往的较大的自由度。白居易的《井底引银瓶》则是当时青年男女相识乃至私订终身现象的写照，虽然是以"止淫奔"为说教，但从另一个侧面反映了较为宽松的恋爱环境。而如《步非烟传》《霍小玉传》《红拂传》《会真记》等不胜枚举的唐人小说，更向我们展现了唐人不甚拘于礼法乃至放纵的社交情状。于是在这种男女交际的世风下，女性不仅希望在交往中取得婚姻中的平等，还希望通过不逊于男子的见识和才华来取得心理的满足乃至人生价值的体现。如刘采春的《啰唝曲》：

其一 不喜秦淮水，生憎江上船。载儿夫婿去，经岁又经年。

其三 莫作商人妇，金钗当卜钱。朝朝江口望，错认几人船。

诗中作者以坚定而又哀怨的口吻展现了对于嫁作商人妇的无限不满和悔恨。

让人们自然而然地想起白居易《琵琶行》中昔日令“武陵少年争缠头”而后却“老大嫁作商人妇”的琵琶女。琵琶女曾有过纸醉金迷、荣华富贵、珠光宝气、青春年华，而当昔日的繁华交往成浮云，她又择了重利轻别离的茶商为夫以后，就过上了常与孤灯寒枕为伴，聚少离多的日子。所以刘采春诗中所言：“不喜秦淮水，生憎江上船”应是道出了广大商人妇的心声，而“莫作商人妇，金钗当卜钱”则体现出这种自由世风下，女子日趋成熟觉醒的婚姻观。而到鱼玄机则形成了“易求无价宝，难得有心郎”的情感觉醒，也是得益于唐代开放的社会风气。作为一个以诗名外的才女，鱼玄机也渴望拥有等同于男子的应试机会，如其作《游崇真观南楼睹新及第题名处》所说：“自恨罗衣掩诗句，举头空羡榜中名。”诗中一方面是对自己才华横溢的肯定与自信，另一方面表现了她对女儿身不能拥有等同于男子的权利的失落。而关于这种对才情的自信的体现，薛涛也有“诗篇调态人皆有，细腻风光我独知”（《寄旧诗与元微之》）的诗句，说明这种渴望通过不亚于男子的才华来实现自身价值的心态在有唐一代并非个案。

很多有文化的女性除了写诗排遣寂寞、抒发情怀以外还喜欢与人唱和，比如一个有趣的现象就是出现了夫妻间诗文游戏或赠答。如元稹的前妻韦氏、继室裴氏均富才华，且与夫有诗词酬唱。比如元稹的这首《赠柔之》：

穷冬到乡国，正岁别京华。自恨风尘眼，常看远地花。
碧幢还照曜，红粉莫咨嗟。嫁得浮云婿，相随即是家。

据诗下小注云：“稹自会稽到京，未逾月，出镇武昌，裴难之，稹赋诗相慰，裴亦以诗答。”由于大和四年（830年），元稹出镇武昌，裴淑感念元稹从江南到京城未足一月，就要远走武昌赴任，深觉难过，于是元稹作诗安慰之，而裴淑也回赠一首，即《答微之》：

侯门初拥节，御苑柳丝新。不是悲殊命，唯愁别近亲。
黄莺迁古木，朱履从清尘。想到千山外，沧江正暮春。

可见，诗中既有对夫君外放节度使深感不平，还有对丈夫前途未卜的担心。夫妇间的情深义重萦绕在彼此唱和的字里行间，足见其举案齐眉与真诚相待。特别是“嫁得浮云婿，相随即是家”一句，在轻描淡写之中点出了宦海沉浮的宿命，与夫妇间相依相伴、荣辱与共的温暖。而在此，我们也不难看出，在这种夫妻间相敬如宾的关系中，女性通过忠贞坚守获得了丈夫有商有量的应有的尊重。所谓“饥者歌其食，劳者歌其事”，诗歌创作来自与个人情感密切相关的生活，由于唐人思想观念开放，所以有唐一代的诗歌呈题材广阔之态势，达到家中琐事、夫妻嬉戏均可入其中，于是这些诗歌可称是当时人们的生活情境与心理感受真实客观的反映。

此外，集会、游冶、入幕、赴举、读书山林甚至宦海谪迁，都是唐代士大夫生活圈中普遍存在的社交活动，而许多活动又需要女性的参与，如文人集会、游冶就有女性参加，这便形成了才女们与文士吟诗作赋、互答酬唱的情景。比如由于“善为诗”，进士孟昌期妻孙氏便常代其夫与人作诗酬唱；而一个更典型的现象就是还有一些才艺双修的女道士常参与到与文人交游应答的活动中——薛涛、鱼玄机、李冶等人，都有过与文人墨客酬唱的经历。所以女冠作为唐代女性中一个拥有独立人格的特殊群体，他们与文人的交往成为世风开放下的唐文坛的一道独特风景。

第四，女冠群体的特殊魅力。唐代社会虽然三教思想并行，但道教被统治者立为“国教”，唐朝统治者尊老子为祖先，因而大力尊崇道教，使得道教徒获得了超乎其他教派的待遇和尊崇，于是慕仙求道成为唐代社会的普遍现象，而这种普遍不仅体现在王公贵胄、士人群体之中，还体现在出现并形成了“女冠”这样一种特殊的社会群体。追究女性选择入道的原因，固然存在一心向道、虔诚修行的观念，但也有贪图女冠待遇而入道的。这种“待遇”一方面包括统治者对道教尊崇进而给道教徒较高的物质待遇，一方面也包括较之其他女性，女冠有更广阔的交际空间。从物质层面来讲，高宗时就有诏令说：“道士、女冠在僧、尼之上”[1]，并且又有明文规定：“凡道士给田三十亩，女冠二十亩”[2]，并可以免除课役、赋税。这就为女冠的生活提供了保障；另一方面从交际空间来看，因为道教除了清修派外，其他教派并不主张禁欲，相反是强调“阴阳谐和”，于是这类女道士就表现出与尼姑不同的特点。所以一旦入道则摆脱了家庭的羁绊，以及世俗伦理纲常的管束，所以披戴而为女冠某种程度上就意味着自由风流生活的开始。因此女子出家修道便成为一种社会风尚，出现了很多披着女冠外衣，积极参与交际活动、尽享风流快活的女子。

比如《太平广记》卷一三〇“绿翘”载，鱼玄机入道以后：“风月赏玩之佳句望望播于士林。然蕙兰弱质，不能自持，复为豪侠所调，乃从游处焉。于是风流之士，争修饰以求狎……间以谑浪。”而如李冶，也有不拘礼俗的事例，

1　宋敏求：《唐大诏令集》，北京，中华书局，2008，17页。
2　王永平：《道教与唐代社会》，北京，首都师范大学出版社，2002页。

《太平广记》卷二七三“李香兰”载：“秀兰尝与诸贤会乌程县开元寺，知河间刘长卿有阴疾，谓之曰：‘山气日夕佳’。长卿对曰：‘众鸟欣有托’。举座大笑”，一幅放浪随意的模样。

道教由原始巫觋形态中发展起来，又吸收了秦汉以来神仙方术中的房中术等神秘之术，从而形成道教所特有的男女混杂现象。唐代女冠尤其兴盛，这些女冠或出自贵族豪门，或由宫女及乐妓等沦变而成。在道教两性关系相对开放的文化环境中，这些女冠多有以色、艺相炫耀而类同娼妓、乐妓者。据《唐语林》卷一记载：“宣宗微行至德观，有女道士盛服浓妆者。”[1] 此虽晚唐之事，也足以窥见有唐一代女冠之浓艳作风。在某种程度上说，出家成为女冠成为女性追求情感与放任自由的一种途径。在这种特殊地位的宗教庇护下，她们出家就可以不受礼教约束，社会交往自由，并无论以何种姿态结交社会人物都取得了人们的理解而不被指责。“把广义的宗教理解为宗教感，理解为与大自然、与人类、与事物的虔诚联系”[2]，女冠“将最世俗的男女情感视为自己人生的信仰，实际已将爱情作为一种不可忽视与怀疑的‘先验的事实’而加以膜拜。女冠诗人正是以自己独特的女性视角与心态深刻描绘与揭示女性精神世界的这一本质特征的。”[3] 因此，她们就在这种作为女冠的生活里尽情追求生命的密度，用一种挣脱礼教束缚的方式尽可能取得和男子同等的地位，来追求生命的密度以实现其人生价值。而由于唐代世风开放，社会态度对女性交际比较宽松，使女性在整个人生中更容易形成一种积极乐观的心态来感受生活，成功也好，失败也罢，这种心态加之宽松的时代风气让她们品味到较之于其他时代的女子更丰富的人生体味。

概言之，唐代社会相对开放，女性在这一特定的时代背景下寻求乐观开放的女性之美。无论是女主涉政所体现的女性特有的政治地位及其所带来的女性空前的威严，还是在多种文化融合下表现出的以崇尚生命康健为美的审美追求，以及相对开放的社会性别交际中的男女互融，抑或是道教大兴为女性提供的另一种生活空间。这些时代特色、社会风尚、时人风貌、宗教文化都为女性主体书写提供了相对宽松的接受与品评的条件，并为女性创作主体寻求隐秘背离父权制束缚，书写真我形象提供了可能。因此，女性的这种“自我观照”将主、

1 曾慥：《类说校注》，王汝涛校注，福州，福建人民出版社，1996，968页。

2 德汉斯·昆伯尔：《神学与当代文艺思潮》，徐菲等译，上海，上海三联书店，1995，113页。

3 俞世芬：《唐代女性诗歌研究》，浙江大学，博士论文，2005，88页。

客体双重身份融入一炉，使得女性既是美的创造者，又是美的载体；既可以是美的观照者，又可以使审美对象——女性，在有限的创作空间中成为“美”的既得利益者。于是，创作者便在这种相对宽松的条件下去观察和体验生活本真，展现女性主体意识，袒露更为真实的自我形象。

二、女性主体意识下的自我形象

孟悦、戴锦华在《浮出历史地表》中说：“在两千多年的历史时间和九百多万平方公里的生存空间中，大部分女性除去在规定的位置、用被假塑或被假冒的形象出现，以被强制的语言说话外，甚至无从浮出历史地平线。谁也不知她们卸装后还是否在生存，在如何生存，如果是，那么势必生存于黑暗、隐秘、喑哑的世界，生存于古代历史的盲点。”[1] 纵观中国历史，男女两性的生存空间存在巨大差异，加之女性的生存更为依赖于男性，因而生存空间的差异往往表现为性别差异下的男权话语权威。因此，在了解差异的同时，更需要了解女性，作为一个性别群体所具有的共性特征，因为只有在认清共性特征的前提下才能更好地把握差异，否则只会将妇女群体完全分解。唐女诗人以诗歌的形式向我们展现了丰富多彩的女性生活世界，虽然在现存唐诗中，能够考察到的女性创作数量较少，但却成为极为珍贵的历史见证，它们代表着妇女群体的某些特征，记录着妇女群体的共性经验，书写着属于妇女群体的自我形象。这些诗歌中的“女性的群体经验也不单纯是对人类经验的补充或完善，相反，它倒是一种颠覆和重构，它将重新说明整个人类曾以什么方式生存并正在如何生存”[2]。

通过诗歌，女性创作者书写自我形象，并将女性的“主体意识”融入诗歌当中。以女性自身的视角观察和体验的生活，这本身就带有强烈的性别观照的意味，因此，在女性主体意识下展现的女性形象更为真实、生动与饱满。她们以深情忧思的言情形象、勇于陈说的立体形象、沉静醒省的思辨形象呈现。

1. 深情忧思的言情形象

“缀文者情动而辞发，观文者披文以入情”（《文心雕龙》），诗歌的本质，恰如黑格尔所指出的，是“在人类情绪或情感中回旋荡漾的或是平静地掠过眼

1　孟悦、戴锦华：《浮出历史地表》，北京，中国人民大学，2004，24 页。

2　孟悦：《两千年：女性作为历史的盲点》，载《上海文论》，1989（2）。

前的那些东西”，诗歌“就是心灵本身”[1]。如果将唐代女诗人笔下的女性形象作为一个整体去剖析，其中传达的最为明晰的一种动因便是“情感”。无论是相思的苦痛，还是相悦的灵犀，抑或是被弃的愁怨，还是逝去的绝望，女性对情感生活的体验，来得更为真切。

《全唐诗》中所收女性诗人几乎都有一段颇为动人有趣的经历，有的附有简略小传，记述生活细节，且这些生活细节往往与家庭、情感相关，虽然更多的女性创作者其人、其事已难考辨，但通过诗作中人物形象所透露的情感却恒久动人。女性创作者因其自身对情感的敏锐体验，加之具有的特殊情感经历，许多诗作颇为感人。

首先，相思的苦痛是女诗人笔下不可或缺的一类典型。如陈玉兰的《寄夫》：“夫戍边关妾在吴，西风吹妾妾忧夫。一行书信千行泪，寒到君边衣到无”；还有广为传颂的张睽妻侯氏的《绣龟形诗》：“开箱叠练先垂泪，拂杵调砧更断肠。绣作龟形献天子，愿叫征客早还乡”，“龟”谐音“归”，诗篇均是肺腑感言，情致真切。即使如一代女皇武则天，也曾以哀怨相思的形象示人，见《如意娘》：

看朱成碧思纷纷，憔悴支离为忆君。不信比来长下泪，开箱验取石榴裙。

《全唐诗》题下注：“如意娘，商调曲，唐则天皇后所作也。”关于此诗是否为则天皇后所作历来争论较多。如清周容在《春酒堂诗话》云：“‘不信比来常下泪，开箱验取石榴裙’，此必非武后诗，好事者丑而拟之。武后何许人，乃肯拟《杨白花》耶？况较之《杨白花》又俚鄙甚。”周容认为诗中的形象与武则天女主身份不符，诗作当他人所为。有的诗评人虽肯定是武则天所作，却颇多微言。如明钟惺在《名媛诗归》中言：“看朱成碧四字本奇，然尤觉思纷纷三字，愦乱颠倒得无可奈何。老狐媚甚，不媚不恶。”

史料记载此诗当为武则天于贞观二十三年（649 年）至永徽四年（653 年）在感业寺为尼时思高宗之作。当时，武则天为太宗朝才人，太宗离世，武氏为尼，命运多舛，前途未卜。眷念高宗却难以相见。“看朱成碧”想见她当时的憔悴枯槁、苦闷伤怀，以致诗中尽显哀怨缠绵，“忆君”源于思之深，痛之切。这首《如意娘》是武则天在宫廷变故这一人生低潮期的本色写照，真实流露了诗人的凄苦情怀，较之武则天当政后的一些诗作更为真情动人，这也是女性深情

1 黑格尔：《美学》3 卷下册，北京，商务印书馆，1991，191–192 页。

忧思之悲感情怀的真实写照。

其次，"看朱成碧"类的诗歌代表着相思之苦，相悦的灵犀则含有令人欣慰的一抹亮色。如崔莺莺诗《答张生》（一作明月三五夜）[1]：

待月西厢下，迎风户半开。拂墙花影动，疑是玉人来。

崔莺莺情陷元稹，作此诗当于贞元十六年。当时元稹仕于河中府，与崔莺莺相恋，作《莺莺诗》《赠双文》以寄送。这首《答张生》中，崔莺莺以动情之笔写动情之象：待月西厢，人随影动，撩人的并非月色、花影，而是有情人心中"相看两不厌"的爱悦情思。明代处囊斋主人所编《诗女史纂》（卷之八，二）有崔莺莺条，言："崔莺莺与孀母郑氏，客止于蒲东普救寺，有张生者，出于郑，绪其亲，乃异派之从母。适丁文雅军扰，崔氏惶骇，不知所托，张请吏护之。郑厚张之德，命其女莺莺以仁兄礼奉见，时年十七矣。张惑之，崔之婢曰：红娘生私为之礼者数四。张缀春词二首以投之，红娘持彩笺以授。张曰：崔所命也。题其篇曰：明月三五夜。词曰：待月西厢下，迎风户半开，拂墙花影动，疑是玉人来。"《答张生》（一作明月三五夜）诗中体现的"心有灵犀"，生动地塑造了一个坠入爱情的多情女子形象。钟惺在《名媛诗归》中说："户半开，正妙在迎风二字，自然机巧变一耳！非灵细慧黠人，安能如此忖量。"明赵世杰在《历代女子诗集》中也用"姿韵欲绝"来形容。

再次，相悦的灵犀自然是一种美好，始乱终弃却最令人怨恨，被弃的愁怨也是女性笔下忧思悲感情愫的真实写照。这一点在崔莺莺、鱼玄机甚至是后妃

1 有研究者认为此诗来自元稹《莺莺传》，难以断定是崔莺莺所作，不可尽信。同时，关于《莺莺传》是否为元稹自寓，观点不一。《莺莺传》中的张生即元稹自寓之说，首见于宋赵令畤《侯鲭录》卷五《辨传奇莺莺事》载王铚《传奇辨正》，他将《莺莺传》与元稹的作品进行比较对证得出结论，后之学者大多宗其说。如刘克庄《后村诗话》前集卷一："莺莺事虽元稹自叙，犹借张生为名"。胡应麟《少室山房笔丛·华阳博议下》："王性之《莺莺传跋》……余每为之击节。今去唐千余载，而微之事一经考订，万口同然。"鲁迅《中国小说史略》云："元稹以张生自寓，述其亲历之境"。陈寅恪《元白诗笺证稿》第四章附《读莺莺传》云："《莺莺传》为微之自叙之作，其所谓张生即微之之化名，此固无可疑"。又云："至于传中所载诸事迹经王性之考证者外，其他若普救寺，寅恪取道宣《续高僧传》贰玖兴福篇《唐蒲州普救寺释道积传》。又浑瑊及杜确事，取《旧唐书》壹叁德宗纪贞元十五年十二月丁酉诸条参校之，信为实录。"汪辟疆《唐人小说》亦云："至其传中之所谓张生……王铚、赵德麟并为辨正，以张生为元稹之托名，征诸本集诗歌及其年谱，皆与此传吻合，前人已详言之，当无疑义。"与上意见不同的，如王士祯《池北偶谈》卷十三中对《莺莺传》的评价。（参考尹占华：《〈莺莺传〉是元稹自寓——兼与吴伟斌先生商榷》，载《西北师大学报（社会科学版）》，2001）

名媛的诗作中都有体现，成为女性爱情悲歌的主旋律。

如崔莺莺在《寄诗》（一作绝微之）中便表达了对始乱终弃的悲愤：

自从销瘦减容光，万转千回懒下床。不为傍人羞不起，为郎憔悴却羞郎。

贞元十九年三月，元稹以书判拔萃科登第，授秘书省校书郎。是年，元稹娶韦夏卿女韦丛为妻。抛弃崔莺莺，作《古决绝词》。崔莺莺此诗将萧索伤神之貌书写得直逼人心，一个“懒”字引出多少委屈，一个“羞”字含有万般辛酸。钟惺在《名媛诗归》中叹曰：“不羞不为情事，不讳众见，为郎羞郎，只欲使其自愧耳！绝之之意已坚。”崔莺莺又以《告绝诗》再次正言元稹无情：

弃置今何道，当时且自亲。还将旧来意，怜取眼前人。

钟惺评此诗：“道字责意严正，不必说出绝字意矣。今字何字俱含怒意，细味自知”，又言“（二句）反应上句，只嘲笑应之矣，愈婉愈难为情，微之何人，绝微之者何人也，只令他人愤然”，“情媚怨媚，各有其至，千古情人，俱堪矜悯”（《名媛诗归》）。诗中女子以自我写真的方式将一个理智、坚强、决绝的形象置于读者眼前，其中传达的情怀真实感人，赵世杰在《历代女子诗集》中也用“幽恨无穷”来形容。

其他如鱼玄机的《送别》（秦楼几夜惬心期）、《送别》（另一首）（水柔逐器知难定）、《秋怨》；江妃《谢赐珍珠》“长门尽日无梳洗，何必珍珠慰寂寥”等，同样表达了女子被弃后的郁悒、侘傺之情貌。

最后，生离死别之痛在女性笔下更书写着逝去的绝望情怀。如裴羽先《哭夫二首》：

（其一）

风卷平沙日欲曛，狼烟遥认犬羊群。
李陵一战无归日，望断胡天哭塞云。

（其二）

良人平昔逐蕃浑，力战轻行出塞门。
从此不归成万古，空留贱妾怨黄昏。

钟惺《名媛诗归》卷十二言此诗：“凭吊哀伤，凄然破泪，千古冤惨事，即妇人女子亦为之生感。（二首三句）情惨实在此句。”

概括而言，这些相思、相悦的情愫，被弃、逝去的经历，成为女性对生活情感的直接体验，因此，女诗人笔下的言情形象更为传神动人。正如托尔斯泰所言，创作者“在自己心里唤起曾经一度体验过的感情，在唤起这种感情之后，用动作、线条、色彩、声音，以及词句所表达的形象来传达出这种感情，使别人也同样体验到同样的感情——这就是艺术活动。艺术是这样一种人类活动：一个人用某种外在的标志有意识地把自己体验过的感情传达给别人，而别人受到感染，也体验到这些感情。”[1] 可以说，深情忧思的悲感情怀是女性书写自我意识、塑造言情形象的动因之一，且由此生成的女性群像不但是动情的，更是感人的。

2. 勇于陈说的立体形象

关于女性地位，社会学家梅森（Mason）的解释是：“作为一个社会的组织和制度的产物，妇女地位是指与男人相比，妇女在何种程度上对各种资源有支配权，在家庭和社会事务的决策中享有独立自主权，以及在社会其他方面受到优待和压迫”[2]。段塔丽则将之界定为“一定时期一定社会历史条件下，与同时代的男子相比，妇女在家庭生活和社会事务中，有无人身自由权和相对独立的自主权与支配权。”[3] 以唐代的实际情况而论，如前文所言，唐代女性地位相对较高，女性对于自身的诉求倾向于勇敢地陈说，这种尝试表达自我声音的主体意识有利于塑造更为立体的女性形象，不但真实而且饱满。女性在诗歌中展露出与男性的对话倾向，试图勇敢地表达内心的渴望与追求，在父权制观念下寻求背离。事实上，在文学批评的视野里，人性的种种合理与不合理的欲求，通过文学被现实化与形式化，成为提供女性形象与男性形象比较研究的参数，从而获得“性差”比照的量度，因此，当女性形象被退回到以闺阁为主的被定义为女性的空间，这种对男性勇敢的诉求，寻求两性对话的意识更为难得。

女性勇敢表达内心情怀，试图与男性展开对话，其书写的倾向更多体现为女性主体意识。而以女性自身立场去观察和体验的真实生活，其塑造的本真形象不同于男性笔下的女性形象。以对功名的态度为例，男性对于功名多为渴求，同样，男性诗人塑造的女性形象多也表现得艳羡于功名。上一章的征妇类诗歌中关于此种情形已有分析，此处不再赘述。需要说明的是，现实中的女子对于“功名”的态度却不仅仅表现为艳羡。对于这种情况，也有男性诗人对女性关于

---

1 托尔斯泰：《列夫·托尔斯泰论创作》，戴启篁译，南宁，漓江出版社，1982，16页。

2 刘伯红：《中国妇女与发展研讨要点综述》，载《妇女研究论丛》，1993（4）。

3 段塔丽：《唐代妇女地位研究》，北京，人民出版社，2000，5页。

“功名”的心态有所体悟，“悔教夫婿觅封侯”便从一个侧面印证了女子对男性汲汲功名态度支持之后内心纠葛的形象写照，此类纠葛心态的写实形象在女性笔下反映得更为明显，可作为性别观念相互参照的有力证据。中唐时期杜羔之妻的诗歌即可为一证：

良人的的有奇才，何事年年被放回？
如今妾已羞君面，君到来时近夜来。

《玉泉子》中最早收录了杜羔妻赠诗杜羔之本事：“杜羔妻刘氏，善为诗。羔累举不中第，乃归。将至家，妻即先寄诗与之，羔见诗，即时而去，竟登第而返。”

关于杜羔妻赠诗杜羔之本事，宋代计有功的《唐诗纪事》卷七十八、钱易《南部新书》卷丁均有所记载，其中以《唐诗纪事》最为详细。《唐诗纪事》与《南部新书》中杜羔之妻均写作“刘氏”，题作“赵氏”的当见于《全唐诗》与唐韦縠的《才调集》、唐韦庄的《又玄集》。另外《新唐书》卷一百七十二《杜兼传》中所附《杜羔传》也记有此事，兼记杜羔经历并载：“羔，贞元初及进士第……。元和中，为万年令，时许季同为长安令，京兆尹元义方责租赋不时，系二县吏，将罪之。羔等辩列尤苦，尹不为纵。羔乃谒宰相，请移散官。宪宗遣中使问状，具对府政苛细，力不堪奉。诏皆免官，夺尹三月俸。议者以羔为直。未几，授户部郎中，后历振武节度使，以工部尚书致仕。卒，赠尚书右仆射，谥曰敬。”《唐诗纪事校笺》卷七十八中“刘氏”条所载杜羔事为：杜羔不第，将到家，其妻刘氏先寄诗云：

良人的的有奇才，何事年年被放回？如今妾已羞君面，君到来时近夜来。

羔即回。寻登第，又寄诗云：

长安此去无多地，郁郁葱葱佳气浮。良人得意正年少，今夜醉眠何处楼？

《杂言寄杜羔》云：

君从淮海游，再过兰杜秋。归来不须臾，又欲向梁州。
梁州秦岭西，栈道与云齐。羌虏万余落，矛戟自高低。
已念寡俦侣，复虑劳攀跻。丈夫重志气，儿女空悲啼。
临邛滞游地，肯顾浊水泥。人生赋命有厚薄，君自遨游我寂寞。

以上寄杜羔诗可以推定如下结论：杜羔妻对于丈夫寻求功名表现为一种纠结的心态。在丈夫没有获得功名之前，是一种希望丈夫获得功名的心态，而一旦金榜题名，却发出“君自遨游我寂寞”的感慨，可谓“情随事迁”，“感慨系之”(王羲之《兰亭集序》)，确有“悔教夫婿觅封侯”的“真实版”写照。然而男性笔下之“悔”可以解释为对过去状态的总结，即女子后悔自己曾经做出的决定，人物形象的精彩处定格在过去式；女性笔下的“寂寞”却是对现在以至未来状态的描摹，即女性要面对的是一天天的无情——人的无情与时间流逝的无情，人物形象活跃在现在时与将来时，因此更具“活在当下”的感染力，由此，人物形象表现出的是饱满的立体感。

而彭伉妻张氏对于丈夫因寻功名而不归的不满态度则表现得更为直接，见《寄夫》：

久无音信到罗帏，路远迢迢遣问谁。闻君折得东堂桂，折罢那能不暂归。

驿使今朝过五湖，殷勤为我报狂夫。从来夸有龙泉剑，试割相思得断无。

之所以女性笔下的妇女形象对“功名”体现得更为纠结，是因为正是这些功名利禄的诱惑，才使得自己的丈夫离家从征，即使时代风气如何重视效命疆场，马革裹尸带来的显赫“功名”如何令人艳羡，作为妻子，仍然希望丈夫能够早日归家，而非自己独守空闺。因此，女性内心的真实写照只有女性更为了解，虽然很多时候展现为支离破碎，或者是片段式的缩影，但恰恰是这种缩影式的写照才使得女性笔下的自我形象更为饱满，诗歌中展现的勇于倾诉、尝试沟通的女性形象来得更为真实与立体。

3. 沉静醒省的思辨形象

一般情况下，关注男性笔下的女性形象，会考察作品背后所潜隐的思想内涵，而女性笔下的人物形象似乎来得更为直白，且少有思辨气质，少有哲思观念，似乎女性为情感的动物，而男性更多的是理性与醒省。透过男性笔下带有哲思意味的作品，会发现男性在塑造女性形象的过程中，并非为塑造而塑造，而是加入了某种观念性元素，如上一章考察男性笔下“征妇类”形象体现出的具有现实代言意义的符号化特征等。那么女性笔下的自我形象是否一味言情，一味直白诉求？以唐代女性诗歌为例可以发现，即使是言情，即使是告白，以人生体验为前提的哲理沉思同样蕴藏于女性创作者笔下。它们组成了女性关注自我、思辨钩沉，具有哲理醒思意识的女性群像。

中唐人李冶是一位貌美又颇有诗才的女道士，“美姿容，神情萧散，专心翰墨，善弹琴，尤工格律”[1]。她曾与多位男性文士有深入交往。一些诗作中言语往还、放浪不羁之辞亦备。表面上李冶给人放荡之相，其内心深处却对两性关系有透辟的思量。她的《八至》诗言：

至近至远东西，至深至浅清溪，至高至明日月，至亲至疏夫妻。

诗歌语言醒净，以辩证的观念隐喻男女双方情感的难以沟通，“至亲至疏夫妻”将男女夫妻之情书写得令人感慨。关于此诗，《中国文学史新著》精辟地指出，“就此显现出的作为个体的人的孤独感，既与唐中叶诗人诗作中普遍存在的孤独况味有相通之处，又带有女性作家习惯从性别视角看待世界的显著特征”[2]，当然，这里面更包含着以道教视角俯察人世情怀的感悟。类似以人生体验为感受，彰显哲理考索的诗句还有她的《相思怨》：“人道海水深，不抵相思半。海水尚有涯，相思渺无畔。”诗歌中虽然充满在有限的生命中寻求人生归宿的热切企盼，然而相思的愁苦与盼望的焦灼却成为一对难以化解的矛盾体，有情人生离之痛、相思之苦只有在经历了人生的波折与磨难之后才能品味得更加真切，也才能书写得沉静醒省。这种以水寓思，表达“天若有情天亦老”的相思离别、人生感慨的诗句，也启发着其他诗人。元稹在《离思》中有“曾经沧海难为水”，即受此诗的影响，表现爱情的坚贞不移。

现实生活引发人生考索，再如薛涛的诗歌，虽然带有浓重的个人主观成分，却蕴含人生哲理的抽丝感怀。如《春望词四首》中的第一首：

花开不同赏，花落不同悲。欲问相思处，花开花落时。

诗题及诗歌中均未言明诉告的对象，品读诗歌内容，却分明有诉告的对象，那是站在诗人对面的“他”。“他”虽是存在的，但诗人却不能与“他”言说，诗歌中弥漫浓浓的孤寂，花开花落，悲喜交替，只有诗人孤独春望。诗歌以花开花落这样的普通场景，倾吐人生况味的百感交集，用最简单的文字书写了最令人思索的复杂哲理，表述了一种既具体又抽象的人生哲思：可以相爱却无缘相守，无缘相守却无法遏制思念。可以说，对于人生哲思，无论男性还是女性，智者是“所见略同”的，明郭炜在《古今女诗选》中言：“不同悲”胜“不同

---

1 傅璇琮主编《唐才子传校笺》（第一册），北京，中华书局，1987，327页。

2 章培恒、骆玉明主编《中国文学史新著》，上海，复旦大学出版社，2007，95页。

赏”多多。明赵世杰在《古今女史》中感慨：离恨绵绵。

又如被称为“情致繁缛”[1]的鱼玄机，在其现存的四十余首诗歌中，有些诗歌旨意深峭、境象弘廓，有些则浓情积聚、镂刻细密，呈现与众不同的个性特征，女性主体意识体现得更为明显。如其《寓言》：“人世悲欢一梦，如何得作双成。”明陆时雍《唐诗镜》卷四十八评此诗：“作诗者一言迸出性情，看诗者一往得其意态。百千世后，如在照中”，人生苍凉况味尽显其中。再如其《赠邻女》（一作寄李亿员外）言：“易求无价宝，难得有心郎。……自能窥宋玉，何必恨王昌”，表达了女性对人生的深重感悟，对女性自我评价进行了重新界定，隐含着反叛传统的性别意识。这种意识在《游崇真观南楼睹新及第题名处》中表现得更为清晰：“自恨罗衣掩诗句，举头空羡榜中名。”诗歌疏放阔远，出语豪隽，流露出的是一位才女对男权社会的艳羡，对自身不能融入游戏规则的喟叹、思量。再如历来被称为鱼氏写得最成功的两首诗歌：

翠色连荒岸，烟姿入远楼。影铺秋水面，花落钓人头。
根老藏鱼窟，枝低系客舟。萧萧风雨夜，惊梦复添愁。

——《赋得江边柳》

春花秋月入诗篇，白日清宵是散仙。
空卷珠帘不曾下，长移一榻对山眠。

——《题隐雾亭》

第一首写尽烟水迷蒙之态，花树萧疏之姿，“影铺秋水面，花落钓人头”一句可谓“神气静，语气朗”（钟惺《名媛诗归》）。“萧萧风雨夜，惊梦复添愁”一句将诗人的梦境与愁态相融，此句从笔力上审视，有饱经风霜之感，仿佛出自阅世无数的男性长者之手，与女性长于关注情感的表达方式多有不同，境界更为开阔。后一首诗极写“春花秋月”“白日清宵”的隐逸散淡情怀，诗歌意趣闲逸，若没有女冠的经历，也难有与山水相生的真切感受。这种隐逸疏放的潇洒逸态，多出自男性文人之手，鱼玄机能有此人生阅历，悟世间哲思，当属难能可贵。《中国文学史新著》的评点十分恰切：“两诗都不类传统的女性诗人的作品。而鱼玄机却成功地将个人的性别姿态隐匿到了文字以外，用当时男权社会公认的题材及叙述话语，把人生的愁绪与快乐或细致或简洁地表达了出来。这种特殊的才能以及因此而创造出的艺术成果，在前此唐代中叶的著名女诗人

1　傅璇琮主编《唐才子传校笺》（第四册），北京，中华书局，1987，448页。

李冶、薛涛那里也是看不到的，因此从中国文学发展的历程来看，无疑是值得重视的。”

三位女诗人外，其他女性诗人也有人生体悟之辞，如鲍君徽《惜花吟》，于花落花开中感悟人生短暂易逝：“枝上花，花下人，可怜颜色俱青春。昨日看花花灼灼，今朝看花花欲落。不如尽此花下欢，莫待春风总吹却。莺歌蝶舞韶光长，红炉煮茗松花香。妆成罢吟恣游后，独把芳枝归洞房。”明赵世杰在《历代女子诗集》中评此诗：“结归惜字，含情更远。”清人张揔在《唐风怀》中言其：“起六字嫣然欲绝，中段宛转慨叹，结语更见深惜。”

总之，唐代女诗人处在相对开放的时代，她们寻求自我观照，以诗歌的方式诠释女性主体意识。她们以乐观开放的心态融入时代浪潮，寻求父权制观念统治下的女性社会化人格的施展。正如孙康宜所言：“她们大多是一些不满足于现实的不幸女子；现实的压抑感使得她们羡慕男子在社会中独享的权利。在现实中，她们只能像唐朝女诗人鱼玄机一样地‘举头空羡榜中名’，因为她们毕竟是女人，无法享受到金榜题名的仕途生涯。在长期的不满与压抑之下，她们不得不移情于阅读与写作，在想象中的男人文人世界里找寄托。”[1]

无论是深情忧思为内核的悲感情怀，还是大胆勇敢的诉怀传意，抑或是对世态体验的人生况味，多角度的阐发体现了女性诗人用女性的眼光感悟生活、书写自我的情怀，塑造了众多具有女性性别特色的人物形象。正因为诗歌往往是写她们自己，所以这些形象更真实、更饱满、更富有深味。当女性以自己的视角与智慧去品评生活的辛酸，其间并非“满纸荒唐言”，相较于男性书写的汪洋恣肆，女性诗人与女性书写虽在数量上微乎其微，但在内容上则以一种并非自觉的方式，“隐秘”地彰显着女性背离父权制羁绊的主体意识。之所以女性创作者会以一种“隐秘”的方式背离父权制，是与其“作者身份的焦虑”密不可分的。

第二节
创作主体的两难——“作者身份的焦虑”

美国女性主义批评家桑德拉·吉尔伯特和苏珊·格巴在《阁楼上的疯女人》

1 张宏生、张雁编《古代女诗人研究》，武汉，湖北教育出版社，2002，107页。

一书中谈到寻求脱离父权制文学传统与建构独立的女性文学史的基本走向的问题时，指出关于“父权制的文学传统塑造了‘天使’和‘妖妇’这两种不真实的女性形象，一方面大力推崇纯洁、顺从、牺牲奉献、缺乏主体性的女性天使形象，另一方面把不肯屈服于父权、有能力学识、有独立自主意识的女性妖魔化。这样男性统治者通过他们的文学，把绝望、焦虑、自卑等意识传播给女性，造成了女性在心理和生理上的病态，这种现象被称为‘语句的传染’”……“她们不但没有现存的女性文学传统作为参照，还不得不面对父权制文学传统对于女性文学创造力的贬义，因此她们普遍存在着‘作者身份的焦虑’”[1]。本文认为女性“作者身份的焦虑”由“空间的焦虑”引起，现实的压抑感又使得女性在创作的过程中不得不对男性审美心理进行迎合。西方文学理论并非只适用于西方，中国古代女性创作同样具有“作者身份焦虑”的问题，唐代亦不例外，只不过这其中还具有唐代社会自身的特色。李思纯说：“这样的情况，延续了将近三千年，很少有甚么例外；如有例外，那便是唐代的妇女，她们因历史条件的不同，所以不自觉的有了一些改变。但这一些改变，既不是出于自觉，且有一定的局限性，并非彻底的改变。”[2]

一、空间的焦虑

女性创作历来被作为一种潜隐的声音，女性作为被男性观照的客体而存在。一方面，女性创作被禁闭在父权制体系中，为男权礼法规范所研判；另一方面，女性活动的主要空间是家庭，家庭又以父权制社会细胞的形式出现。生存空间带给女性的是被束缚的生存焦虑，因此，女性“作者身份的焦虑”首先由父权制带给女性的“空间的焦虑”引起。

首先，考察女性作者普遍存在的“作者身份的焦虑”，需要对女性的社会性别属性进行说明。

唐代社会开放，但这种开放对于女性而言只是相对存在的，女性仍然无法摆脱社会性别的束缚，因为在人类历史当中，女性被视为第二性已成为不争的事实。《国语·鲁语上》言，“男女有别，国之大节也，不可无也”（又见《左传》庄公二十四年）。考察中国古代经典文献，“男女有别”这一事实的背后，始终潜隐着男人与女人无法摆脱的一种联系，这种联系彼此互为纽带，相互依

1　参考刘岩、邱小轻、詹俊峰编著《女性身份读本》，武汉，武汉大学出版社，2007，240页。
2　李思纯：《江村十论》，上海，上海人民出版社，1957，1页。

靠，如阴阳合和，又如“男耕女织”——两性劳动分工所体现的传统模式，因此“男女有别”似在印证两性之和谐。在历史沉淀与现实生发的回环往复中，人们已经习惯将其视作一种普遍的真理，并融入生活的各个环节中。正如《礼记·大传》中所言：“立权、度、量、考文章，改正朔，易服色，殊徽号，异器械，别衣服，此其所得与民变革者也。其不可变革者则有矣：亲亲也，尊尊也，长长也，男女有别，此其不可得与民变革者也。”

然而男性与女性彼此的和谐或者说男女基于“有别”之上的“各司其职”并不能代表男女两性关系的平等。在中国宗法体制中，从《易经》阴阳观，到《吕氏春秋》《淮南子》《礼记》，经书典籍的传播已将阳尊阴卑、男阳女阴的观念发展得圆熟、稳固。《礼记·郊特牲》曰：“男先于女，刚柔之义也。天先乎地，君先乎臣，其义一也。执挚以相见，敬章别也。男女有别，然后父子亲；父子亲，然后义生；义生，然后礼作；礼作，然后万物安。”董仲舒在《春秋繁露》中将阴阳之说运用到宗法理论体系中，奠定了天、君、父、夫为“阳”，地、臣、子、妻为“阴”的尊卑体系。《春秋繁露》提出了“王道之三纲，可上求于天”的著名论断。三纲，就是指君为臣纲、父为子纲、夫为妻纲，将君主在理论上处于权力的顶峰，并设定了男女两性本质上的二元论观点，将女性定位在纲常等级秩序的最低层面，即“天子受命于天，诸侯受命于天子，子受命于父，臣妾受命于君，妻受命于夫。诸所受命者，其尊皆天也，虽谓受命于天亦可。”宗法父权思想体系将女性角色设置在天与君的男性概念下，将女性贬斥于权力的最底层，男性以主体身份进入宗法父权体系，女性则被置于边缘地带，摒除在权力之外。据此，男尊女卑的社会现实确定了女性在父权制社会中的地位。因此，尽管唐代三教并行，但儒家思想浸染，男女有别意味的尊卑有等、贵贱有位的思想并没有崩塌。

性别制度法典化可视作唐代妇女尊卑有等、贵贱有位的法律佐证。

性别制度自周代建立主要体现于“礼”，亦即以礼制形式约束社会规范男女行为。《礼记·大传》总论礼的实质便说：“亲亲也，尊尊也，长长也，男女有别”，涉及了性别制度。礼的形式主要依靠对人的教化使其遵守规范，一般来说并无强制性与惩罚功能。法律则不同，它依靠政治权力强制推行各种制度规范，更主要的作用还在于对于违犯者进行惩罚。唐代性别制度与妇女的法典化，主要体现在《唐律》中关于性别关系的明晰律条的制定上。《唐律》被认为是中国古代第一部成熟的法典，它同时也应该是关于性别制度的第一部成熟法典。作为中国古代第一部完备的法典，唐律上承战国秦汉，集前代之大成，下启宋元明清，为后世法典之圭臬。它的出现标志着中国古代法律的成熟。从性别与妇女角度也同样可做如是观。唐律继承、总结并改革了上述唐以前尤其是晋代以来的有关律条，“一准乎礼”即以礼教伦理为准则，全面制定了有关性别制度与妇女的法规。从而使周汉以来的性别制度与有关妇女权利、地位等规范由礼制化全面走向法制化或者说礼、法合一化。

唐律首次将礼制中的“七出”纳入了法律条款。“七出”依令为：无子、淫佚、不事舅姑、口舌、盗窃、妒忌、恶疾。关于家庭斗讼：对于家庭亲属间的斗讼，唐律与礼教一脉相承，体现着夫为妻纲、男尊女卑的原则。女子同于卑幼，疏议曰：“妻之言齐，与夫齐体，义同于幼。”故夫与妻妾、公婆与儿媳等亲属间量刑有加有减，绝不平等。唐律中首恶“十恶”之八“不睦”条中有：“殴告夫及大功以上尊长、小功尊属。”将“夫”与“尊”并论，其依据是礼。疏议曰：“依礼：‘夫者妇之天。’又云‘妻者齐也’。恐不同尊长故别言夫号。”同理，夫“殴伤妻者减凡人二等；死者以凡人论”。而“妻殴夫徒一年；若殴伤重者加凡斗伤三等；死者斩”。另外根据卑幼者为尊长者讳的礼教原则，若妻告夫与卑幼告尊长同，“虽得实徒二年”，若“诬告重者加所诬罪三等”；而“夫若诬告妻须减所诬罪二等”。从以上诸条可见比之常人斗讼，夫与妻一加刑一减刑，两者地位高下、尊卑截然分明。

了解男性和女性之间的社会性别差异，才能对两性社会地位的不平等有更为真切的认识，并有利于了解男女两性看待问题的不同视角。西方汉学界和哲学界的著名学者安乐哲对这个问题也同样给出了他的关注，他在谈到中西哲学的和而不同之时指出：“它们（中国古代经典文献）所提供的根本观点是最基本的，即男人和女人不同，就如同天和地不同，阳和阴不同一样。然而……在那种有机的整体化的宇宙里，男人和女人无法摆脱地联系在一起，他们分别给予庄严地受尊重的角色，并期待彼此在合作与和谐的基础上相互作用和影响。但是两者的关系并不平等，这个事实仍旧如此。……也许在他们的宇宙观里，性别概念潜藏着优越和低劣的含义，但更主要的是强调男性和女性之间的差异。不同性别有着不同的互补的功能。”[1]

基于此，在关注“男女有别”存在的基础上，需要对文学本身所体现出的

1　安乐哲：《和而不同：比较哲学与中西会通》，温海明等译，北京，北京大学出版社，2009，178页。

性别表现进行关注，因为文学来源于生活，解读诗歌本身所蕴含的性别表现同样有利于深化对于男女两性的社会属性的再认识，虽然这样的考察与关注往往在“男女有别”存在的基础上被忽略甚至是被认为毋庸提及。

其次，“空间的焦虑”潜隐于女性创作过程中，成为女性创作的性别注释。

第一，“空间的焦虑”在男尊女卑的社会现实中主要体现为礼教对女性的束缚。唐代社会风尚开明，女性在一定程度上获得了相对较高的社会地位，尤其是唐代初期武则天确立帝位，女主专政成为中国古代女性政治地位浓墨重彩的一笔。但是唐代女性“遵礼法、守妇道”的儒教传统角色并没有根本改变。安史之乱过后，空前的浩劫使动荡不安的朝廷重新思考以儒教为宗。尤其是唐中期以后，这种思想变化最为明显。学者高世瑜指出：“唐中期以后，思想界及统治集团、士大夫阶层进而全社会开始出现了新的动向。李唐统治集团享国多年，华夏正统思想日重，逐渐鄙弃前辈的胡族风气，转而倾慕以山东士族为代表的传统礼法，虽然并未根本改变三教并举的国策，但开始重视起儒家的‘道统’；而以韩愈为代表的儒家思想家也开始了重建儒学独尊地位的努力。儒家思想包括礼教逐渐开始重新抬头和趋向复兴儒教统治地位的重建、思想文化领域多元时代的结束已为期不远了。”[1]

儒教提倡妇德妇道，生存空间的礼法教义要求女性重新回复“遵礼法、守妇道”的传统角色。受此影响，女性创作者在诗歌中塑造了许多类似的形象。如徐月英的《叙怀》：“为失三从泣泪频，此身何用处人伦。虽然日逐笙歌乐，长羡荆钗与布裙。”诗中写自己误落风尘，遭遇痛苦，表达出无尽的苦闷、痛悔与无奈。值得注意的是，诗人羡慕“荆钗与布裙”的原因不仅仅在于自己身处风尘，整日笙歌酒臭，而是将自己悲剧命运的根源确定为失“三从四德”。一方面说明儒家礼教规范对女性思想道德的影响十分深重；另一方面，也体现了女性处于父权制伦理道德漩涡中，只能随波而行。因此，诗歌中体现出的对妇道礼法的遵循与无奈背离礼法的强烈失落感，不能不说是时代症结的体现，同时也成为女性生存空间焦虑的典型体现。

又如，德宗时徐州名妓关盼盼尚节烈，不食而卒，成为礼法束缚女子性灵的真实写照。全唐诗附小传云：“关盼盼，徐州妓也，张建封纳之。张殁，独居彭城故燕子楼，历十馀年。白居易赠诗讽其死，盼盼得诗，泣曰：‘妾非不能死，恐我公有从死之妾，玷清范耳。’乃和白诗，旬日不食而卒。”作有《燕子

1 杜芳琴、王政主编《中国历史中的妇女与性别》，天津，天津人民出版社，2004，188页。

楼三首》：

（其一）

楼上残灯伴晓霜，独眠人起合欢床。相思一夜情多少，地角天涯不是长。

（其二）

北郊松柏锁愁烟，燕子楼中思悄然。自埋剑履歌尘散，红袖香销一十年。

（其三）

适看鸿雁岳阳回，又睹玄禽逼社来。瑶瑟玉箫无意绪，任从蛛网任从灰。

诗歌描摹了诗人对于生活的幻灭心境和虚无心态，塑造了一个绝望而颓废的女子形象。关盼盼殉节守贞，忠贞不渝正是礼教日隆、儒学复兴的时代使然。这种礼教观念必然导致妇女更重贞节，统治者则在其中起到推波助澜的作用。如《新唐书》卷八三《诸帝公主传》记宣宗时对公主复嫁规范："夫妇教化之端，其公主、县主有子而寡，不得复嫁。"可见，唐朝后期对女性"从一而终"、"夫死不嫁"的贞节观的推重已在本质上演变为意识形态的规范。

第二，礼教不但在精神上束缚了女性，更为严重的是，礼教控制着女性的生存空间，使女性逐渐陷入"被存在"的困境中。它给女性带来的是更为残酷的现实，因此"空间的焦虑"表现得更为直接。

父权制生存空间以家庭为单位，而家庭是礼教存在的组成个体，因此，女性与家庭逐渐演变为被困者与空间的关系，女性不能逃脱家庭，故而家庭空间的束缚便以有形的方式扮演礼教对女性无形的羁绊，这种羁绊自上而下，无关阶级，只涉及性别中的一方——女性的被束缚与被存在。女性的"被存在"多以如下三种方式呈现：宫廷女性常处"失宠"困境；平民女子多遭抛弃；普世女子多有苦思（女性多存在于家庭环境中，难以和男性一样，游走社会，因此承受无尽的相思是更多女性的生活主题）。这些类型的女性述怀形象在诗歌中反复出现，且成为类型诗歌的母题、滥觞。

第一，"失宠"成为宫怨诗的母题，陈皇后和班婕妤的故事成为滥觞，为文人一再敷衍。《全唐诗》中有记录江采苹的小传[1]，据传她因杨贵妃得宠而受冷落，《谢赐珍珠》中有生动记录：

---

1 江妃，名采苹，莆田人。开元初，高力士选归，侍明皇，大见宠幸。善属文，自比谢女，所居悉植梅花。帝因其所好，戏名梅妃。有诗一篇。

桂叶双眉久不描，残妆和泪污红绡。长门尽日无梳洗，何必珍珠慰寂寥。

失宠的满腔幽恨在诗中淋漓尽致地表现了出来，诗中刻画了一位生性倔强又遭受君王冷落的失宠妃子形象。

第二，“被弃”与“相思”成为闺怨类诗歌的“双璧”。

首先，女性遭受“被弃”的命运与礼法婚姻制度有关。唐代重“门第婚姻”，赵彦卫《云麓漫钞》卷三言：“唐人推崔卢等姓为甲族，虽子孙贫贱皆家世所重”；加之妻妾地位悬殊，《唐律疏议》规定：“妻者，齐也，秦晋为匹。妾通买卖，等数相悬。婢乃贱流，本非俦类。若以妻为妾，以婢为妻，违别议约，便亏夫妇之正道，黩人伦之彝则，颠倒冠履，紊乱礼经”，《户婚》律云：“诸以妻为妾，以婢为妻者，徒二年。以妾及客女为妻，以婢为妾者，徒一年半。各还正之”。因此，平民女子的家庭生活未必尽如人意，元稹在《葬安氏志》中说：“大都女子由人者也，虽妻人之家，常自不得舒释，况不得为人之妻者”。因此，女性遭受被抛弃的生存打击并非个例，而被弃后的悲惨形象令人哀怜：“羞日遮罗袖，愁春懒起妆”（鱼玄机《赠邻女》），是“初为李亿妾”的“长安里家女”鱼玄机，被有科举背景的丈夫弃后的痛苦万分的情状；“弃置今何道，当时且自亲”（崔莺莺《告绝诗》），是崔莺莺被元稹始乱终弃后悔恨决绝的写照；“当时心事已相关，雨散云飞一饷间。便是孤帆从此去，不堪重上望夫山”（慎氏《感夫诗》），是担心被弃的慎氏对丈夫的表白形象，至于慎氏有可能被弃的原因，《全唐诗》慎氏小传云：“慎氏，毗陵儒家女也，适蕲春严灌夫，无子，被出”，可见礼法对女性婚姻的残忍，这种礼法的残忍甚至延续到今天，仍然左右女性的生存现实。

其次，女性因生存空间限定在封闭环境中（家庭、闺阁），相思成为女性书写的主旋律。如“门前桃柳烂春辉，闭妾深闺绣舞衣。双燕不知肠欲断，衔泥故故傍人飞”（张窈窕《春思二首》），是张窈窕形只影单、孤独寂寥、相思成疾的自我抒怀形象；“自叹多情是足愁，况当风月满庭秋。洞房偏与更声近，夜夜灯前欲白头”，是鱼玄机遭“夫人妒，不能容”[1]，痴心怅寥的多情形象；“长相思，久离别。关山阻，风烟绝。台上镜文销，袖中书字灭。不见君形影，何曾有欢悦”（宋代《长相思》），是宋氏道尽离别衷肠、思念丈夫、孤苦难欢的妻子形象。

1 傅璇琮主编《唐才子传校笺》（第四册），北京，中华书局，1990，448页。

概括而言，女性处在礼教束缚的漩涡中。作为自然人，女性本应具有自然平等的机会，应作为主体存在。然而，长期的宗教礼法，使女性存在于男性设定的礼法体系中，逐渐成为附属。依附男性成为女性自然存在的规则，故而白居易在《太行路》中叹："人生莫作妇人身，百年苦乐由他人"；张籍《离妇》中亦叹："为人莫作女，作女实难为"。生存空间的焦虑主要由父权制男尊女卑的礼法教义造成，女性通过诗歌，将这种"空间的焦虑"呈现在历史面前，展开了女性作为"第二性"而存在的"焦虑"群像图。

二、被观照的客体——创作者身份焦虑的两难体现

父权制生存空间带给女性的是被束缚的生存焦虑，这种现状使女性处于被观照的客体这一不利位置。反映在创作上，一方面，女性在审美过程中的主体身份被忽略，成为被动的评价附属品；另一方面，女性创作者势必要以男性创作者的审美与创作为范本，体现对男性审美心理的迎合，凸显对男权文化的趋附。

1. 女性主体身份被忽略

女性审美过程的主体身份长期以来被忽略，既作为"审美主体"，又作为"被观照的客体"，这源于女性在历史上微贱的社会地位。女性审美处于两难困境。

首先，相对于自然界，女性无疑具有人的主体身份，理所应当可以有所作为，但在现实社会中，相对于男性，她们往往是被动的，她们既不具备社会人的主体条件，也不具备从事诗歌创作的审美主体身份；在社会的舞台上，她们只是配角；在审美活动中，她们只能是被观照的对象。可以说，在父权社会中，女性依附于男性，她们很少作为积极的主体在社会上发挥作用，其人格和个性被融合在对男性的依附中，成为为男性主体服务或观照的对象。这就是女性审美过程中有时主体、有时客体的双重性体现，它潜移默化地渗透在女性审美意识中，直接影响女性诗歌创作活动，使她们处于两难困境。因为无论女性主体进入哪个审美阶段，就像她们最终无法摆脱自然和历史，她们总是无法超越这种双重性，"两难"对于她们来讲似乎是永远的存在。

其次，微贱的社会地位置女性创作者于"两难"的处境，长期的性别角色定位进一步固化使女性在审美过程中的主体身份被忽略，并成为被动的评价附

属品。“性别角色形成过程中，刻板印象（esteroytpe），又称定型观念，起着一种特别的框架和模板的作用。性别定型观念是关于男女应具备的心理特征和所从事活动的相对固定的看法。它是对两性的一种信念和态度”[1]。性别刻板印象将男性置于主导地位，被定位为社会角色，其典型特征是主外、阳刚；女性被置于从属地位，属于家庭角色，典型特征为主内、阴柔、恭顺。

具体而言，作为被观照的客体，“两难”处境阻碍女性创作的自由选择，僵限创作评判标准。正如文化人类学家米德所说：“一种文化完全可以将只适用于某些人的行为模式强加于这一文化的全体成员或某一性别的全体成员身上。”[2]事实上，女性生存空间在闺阁，女性的社会交往相对闭塞，因此女性创作多写自身，多为言情，这与父权倡导“诗言志”的传统“背道而驰”。看以下诗歌：

梧桐阶下月团团，洞房如水秋夜阑。吴刀翦破机头锦，
茱萸花坠相思枕。绿窗寂寞背灯时，暗数寒更不成寝。（刘瑶《古意曲》）

诗中环境凄苦冷清，一边是月光如水，团圆惹相思，一边是洞房孤枕，寂寞不成寝。诗中写尽相思孤苦之情，思妇形象跃然纸上，明赵世杰说此诗：“空房凄楚，纸上目前”《历代好诗集》。再如刘采春《啰唝曲六首》其一：

不喜秦淮水，生憎江上船。载儿夫婿去，经岁又经年。

清沈德潜《唐诗别裁集》言：“‘不喜’‘生憎’‘经岁’‘经年’重复可笑，的是儿女子口角。”诗歌中刻画了怨夫念夫的诮妻子形象。

又如孙氏《闻琴》：“玉指朱弦轧复清，湘妃愁怨最难听。初疑飒飒凉风劲，又似萧萧暮雨零。近比流泉来碧嶂，远如玄鹤下青冥。夜深弹罢堪惆怅，露湿丛兰月满庭。”诗中写萧萧暮雨、夜深弹曲、露湿惆怅，皆为哀怨愁苦之情，明钟惺批其：“通首但有比拟句法，俱不能变，俚近粗拙，只多衬字，了不入情，正似近来一派胡诌应付山人诗。”（《名媛诗归》）又如田娥《携手曲》：“携手共惜芳菲节，莺啼锦花满城阙。行乐逶迤念容色，色衰祇恐君恩歇。凤笙龙管白日阴，盈亏自感青天月。”诗中塑造了一个“色衰君恩歇”的失宠妃子形象，然明钟惺说：“从共惜说到自感，不伦不次，悦忽难尽”（《名媛诗归》），赵世杰也认为：“从共惜说到自感，是无聊叹惜幽情”《历代好诗集》。

---

1 魏国英：《女性学概论》，北京，北京大学出版社，2000，35页。
2 玛格丽特·米德：《性别与气质》，宋正纯等译，北京，光明日报出版社，1989，262页。

以上这类诗歌中，女诗人均以自我生活为主体，或书闺怨情思，或写女性情怀，然皆是闺中琐事、儿女情思，与“诗言志”的传统距离很远，故评价难高，谭正璧的意见就颇具代表性：“有唐一代女诗人，都因生活的狭隘，情感的单调，都没有什么特别成绩”[1]。

再来看一组作为被观照的客体，得到父权文化较高评价的女性诗作：

李冶《寄校书七兄》（一作送韩校书）：“无事乌程县，蹉跎岁月余。不知芸阁吏，寂寞竟何如。远水浮仙棹，寒星伴使车。因过大雷岸，莫忘八行书。明周敬、周珽《唐诗选脉会通评林》评：“吴山民曰：‘何物女子，有此词意两至语。’”明胡应麟《诗薮》：“李季兰‘远水浮仙棹’二语，幽闲和适，孟浩然莫能过。宁可以妇人、童子忽之？”明高棅《唐诗正声》：“吴山民曰：‘口吻神韵，文房诸君如何对付！’”清黄周星《唐诗快》：“竟是词坛老手。”

武昌妓《续韦蟾句》：“悲莫悲兮生别离，登山临水送将归。武昌无限新栽柳，不见杨花扑面飞。”清沈德潜《唐诗别裁集》评：“后二句从别离送归，宕漾生情而语气灵警，连上一片神行。如此佳作。何减名士风流。”

盛小丛《突厥三台》：“雁门山上雁初飞，马邑阑中马正肥。日旰山西逢驿使，殷勤南北送征衣。”明钟惺《名媛诗归》评：“直是王昌龄、高适一绝句矣！气厚而咏古。”《历代名媛诗词》评：“其三台词，凌空排宕，格调都高，唐贤名作莫能过。”

薛涛《送友人》：“水国蒹葭夜有霜，月寒山色共苍苍。谁言千里自今夕，离梦杳如关塞长。”明周敬、周珽《唐诗选脉会通评林》说：“徐用吾曰：‘情景亦自秾艳，却绝无脂粉气。虽不能律以初盛门径，然亦妓中翘楚也。’”明初传奇《剪灯余话》中的《田洙遇薛涛联句记》有：“可以伯仲杜牧。”

薛涛《罚赴边有怀上韦令公二首》其二：“黠虏犹违命，烽烟直北愁。却教严谴妾，不敢向松州。”明杨慎《升庵诗话》说：“有讽谕而不露，得诗人之妙，使李白见之，亦当叩首，元、白流纷纷停笔，不亦宜乎？”

鱼玄机《情书寄李子安》：“饮冰食檗志无功，晋水壶关在梦中。秦镜欲分愁堕鹊，舜琴将弄怨飞鸿。井边桐叶鸣秋雨，窗下银灯暗晓风。书信茫茫何处问，持竿尽日碧江空。”明钟惺《名媛诗归》评：“缘情绮靡，使事偏能艳动。此李义山能为之，而玄机可与之匹。”明赵世杰《历代女子诗集》说：“词气清新俊逸，女中庾鲍。”

---

1 谭正璧：《中国女性文学史话》，天津，百花文艺出版社，1984，208 页。

以上诗歌，或意境开阔，如李冶写“远水”“寒星”，薛涛写“月寒山色”“关塞梦长”；或以战争为题材，主题宏阔，如武昌妓书“登山临水送将归”，盛小丛写“雁门山”“马正肥”，薛涛写“黠虏”“烽烟”；或意象清隽天真，如鱼玄机写“饮冰食檗”“晋水壶关”等。首先，这些意境、意象的选取多与自然广阔场景结合，女性家庭生存的狭小空间、闺阁景物与其有天壤之别，主题选取以宏大为主，与闺阁生活距离较远，因此诗歌本身与女性熟悉的生存空间——闺阁距离很远。其次，诗评人的评价以男性作为参照，如评李冶“孟浩然莫能过”“文房诸君如何对付”；评武昌妓“何减名士风流”；评盛小丛“直是王昌龄、高适一绝句矣”“唐贤名作莫能过”；评薛涛“绝无脂粉气”“可以伯仲杜牧”“使李白见之，亦当叩首，元、白流纷纷停笔”；评鱼玄机“此李义山能为之”“女中庾鲍”等，无一以女性创作者为参照。可见，从评价主体来讲，男性审美观念是评价的标准；从评价客体判断，男性创作是评价的比较对象。可见，女性缺失在评价体系的参照标准中，无论是创作者本身，还是作品，抑或审美观照的主体评判标准。因此，女性作为被观照的客体，其创作本身的主体研判标准已被父权观念定义。

在这样的评价标准下，女诗人的作品要么远离父权文化传统，不被认可；即使被父权评价体系褒奖，女诗人本身仍被作为第二性——“女人”，被父权文化传统评判，其被观照的命运并没有改变。如宋代计有功在《唐诗纪事》卷七十八中称李冶为“失行妇”；关于鱼玄机，孙光宪评其“自是纵怀，乃娼妇也”（《北梦琐言》），陈振孙认为“妇女从释入道，有司不禁，乱礼法、败风俗之尤者”（《直斋书录解题》卷十九），明代胡震亨的评价更为苛薄，说“鱼最淫荡，诗体亦靡弱”（《唐音癸签》卷八），即便在当代，鱼玄机仍被认为“纵情而愆礼法”、“行为最不检”[1]；武昌妓、盛小丛身份低微，武昌妓连姓名都没有留下，被记录的仅是妓女的身份，而全唐诗小传记盛小丛只是“越妓”；薛涛虽被称为“女校书”，却免不了为“妓”的尴尬，不过是“妓中翘楚也”（周珽《唐诗选脉会通评林》）。因此，女性创作处于一种尴尬境地。清代沈善宝在《名媛诗话》（自序）中的评论具有借鉴价值：“窃思闺秀之学，与文士不同；而闺秀之传，又较文士不易。盖文士自幼即习经史，旁及诗赋，有父兄教诲，师友讨论。闺秀则既无文士之师承，又不能专习诗文，故非聪明绝伦者，万不能诗。生于名门巨族，遇父兄师友知诗者，传扬尚易；倘生于蓬荜，嫁于村俗，则湮

1 陈文华：《唐代女诗人考略》，载《华东师大学报》，1982（1）：86-87 页。

没无闻者，不知凡几。”[1]

2. 女性创作凸显对父权文化的趋附意识

女性作为审美对象，满足男性在审“美”过程中的审美能动，并使男性充分满足了自己的愿景，确定了“美”的评价标准。显然，作为被观照的客体——女性，如果她们完全服务于男性主体的审美评价，她们自身的独立性将彻底被剥夺，因此不可能获得审美自由；但如果让她们保持其自身的自由，那么审美主体走向自由的过程会因深陷父权文化体系而夭折于襁褓，这种自由自是不能实现。这是女性作为审美主体的“又一难”的体现。因此，女性对男性文化、审美心理的趋附与迎合主要受父权社会以男性为中心的观念影响。

首先，女性在塑造自我形象的时候往往会受到男性对女性形象评价与塑造的影响。关于父权社会怎样评价和塑造女人，存在主义学者波伏娃的观点值得借鉴：“纵观这一段历史，我们可以得出一些明显的结论。整个女性的历史都是男人创造的。女人问题也始终是男人的问题，……男人始终在主宰着女人的命运。他们不是根据她的利益，而是根据他们自己的设计，出于他们的恐惧和需要，来决定女人应有怎样的命运。”[2] 因此，男性所塑造的女性形象往往是观念中的女性。作为审美对象的女性，在男性的审美过程中的作用，只不过是置于男性和社会之间的一种情感调节器，女性处与主客体的连接处，是个人与社会的交叉点，这在男性诗人塑造的大量女性形象中得到很充分的体现。诚如叔本华所说：“一物所以比一物更美，是因为它更便于纯粹客观的静观。”[3] 例如女人被男人塑造成“美人”，必定要迎合男人“纯粹客观的静观”的需要。故而在父权意志下，女性主体身份的被剥夺与强化女性的客体化趋势是同时进行的，在审美活动中男性将女性塑造为男性意识观念下的“美人”，男性与女性之间就在审美主体（男人）和被观照的客体（女人）的相互补充中达到和谐。“美女其实就是父权文化的造物，她更直接地迎合了男性世俗生活的需要，他既需要实实在在地占有她，使她成为他的一部分，又需要通过她去超越自我，寻求解

1 转引自，张宏生、张雁编《古代女诗人研究》，武汉，湖北教育出版社，2002，3页。

2 见波伏娃：《第二性》，中国书籍出版社，1998，150页。虽然波伏娃指出了精神分析学家在性别问题上的要害，然而完全从男性的立场出发，以男性身体为完整的人类范本，去解释女性的存在和女人的生态，得出的结论难免偏颇。

3 叔本华：《作为意志和表象的世界》，北京，商务印书馆，1982，225页。

脱”[1]，男人用创造美的手段教化女人，于是，女人就可以像具有主体身份的男人一样，去膜拜男人造就的美神，观赏男人创造的艺术。

其次，与“观念”中的女人相比较，“现实”中的女人存在于父权制社会体系中，由于父权观念的作用，使得女人身不由己地成为“第二性”，可以说，女人首先不是天生的，而是被造成的，是按照男性的愿望和意志被造就出来的，于是反映在文学上，女性在创作过程中形成对男性文化、审美心理的趋附与迎合。即“多数女人是听天由命的，她们不想采取任何行动。那些试图改变命运的女人，不想受她们特制的局限，不想被它战胜，而是想战胜它。即使她们干预了世界事务的发展进程，也还是在根据男人的观点行事。”[2]

前文已述，唐代前期不是儒家礼教的兴盛时期，唐朝更以“闺门失礼”著称，但是这一时期女教著述却出乎意料地繁盛，成为历史上女教著述的收获之期。唐代女教著述十分繁盛。据两唐书及其他记载有著述十余种，而且有的卷帙浩繁。其中包括：长孙皇后《女则要录》，武则天《列女传》《孝女传》，张皇后《凤楼新诫》，魏征《列女传略》，王方庆《王氏女记》《王氏王嫔传》，宋若昭姐妹《女论语》，侯莫陈邈妻郑氏《女孝经》，韦温女《续曹大家女诫》，王搏妻杨氏《女诫》，元沛妻刘氏《女仪》，王琳妻韦氏《女训》等。据记载其中武则天的《列女传》有多达百卷。值得注意的是唐前女教著作多是私人撰述且并无皇后撰著者。而唐代三位名后都有女教著述，其中武则天的百卷长篇显然已不是个人所撰，很可能是集中宫廷女性或者是外朝文人所编，只是署武氏之名而已。皇后著述女教著作显然已完全不再是为私家教女，更多带有向全社会妇女宣传礼教的意味。有趣的是武则天与肃宗张皇后都是不遵礼教的典型，反倒都有女教著述，这显然都是为提高声望、巩固地位的邀名之举。虽然我们不知其中内容如何，但以宣扬儒家礼教为主旨当无疑问。由此也可以看出尽管唐代三教并行、礼教不兴，人们对于不遵礼法的行为习以为常、十分宽容，但以儒家为主体的传统性别制度与观念，在社会上的主流地位并未倾塌。唐代女教著述的成就还在于留下了两篇名著——郑氏的《女孝经》与宋若昭姐妹的《女论语》。这两篇著述在当时并未引起多大反响，却在后世赢得了极高地位。尤其是后者被明人列入“女四书”，从此成为女子教育的必读书，宋若昭也被尊为女教的“圣人”。两篇著作均产生在唐中后期。较之《女孝经》，《女论语》更

1 范景兰：《论父权制文化秩序在〈简爱〉中的无意识呈现》，载《青海社会科学》，2007（4）。

2 西蒙娜·德·波伏娃：《第二性》，陶铁柱等译，北京，中国书籍出版社，1998，151页。

有着不同寻常的意义。它是古代第一部女教的通俗读本。它产生于民间，而既往的女教著述都是上层人士如皇后、宦门妇女、学者、士大夫等所作；它的内容是面向普通妇女的，而既往的女教著述基本上是面向上层士大夫家庭的妇女的。

可以说，这些女教规范大多继承《女诫》衣钵，严苛执行父权文化对女性的清规戒律。如《女孝经》有："慎言语，省嗜欲；出门必掩蔽其面。……男有重婚之义，女无再醮之文。……寝不侧，坐不边，立不跛，不食邪味，不履左道。割不正不食，席不正不坐，目不视恶色，耳不听靡色，口不出傲言，手不执邪器。"《女论语》言："省嗜欲……目不绚色，耳不留声，耳目之欲，不越其事。……行莫回头，语莫露唇，坐莫动膝，立莫摇裙，喜莫大笑，怒莫高声。内外各处，男女异群，莫窥外壁，莫出外庭，窥必掩面，出必藏形。"女教通过对妇女日常行为的规范限制与劝诫，一方面使得性别制度更加深入人心、日入民心，更有利于逐渐内化为女性的心理定式，因而对于推行性别制度具有极为重要的作用。另一方面儒家礼教经典对于性别制度尤其是女性行为，只是言其原则，本无更详细的阐释与规定，正是通过历代女教著述的不断诠释、注解、补充，性别制度才得以发展、详备。因而女教不仅是推行性别制度的途径，同时也是建构性别制度的重要方式。总之，女教在性别制度史上的意义不可低估。从以上女教著述繁盛的状况还可见出唐代作为学派的儒学尚处于低潮，未登上一尊之位；但以儒家礼教为主体而建构的传统纲常伦理，包括性别制度，却从未退出历史舞台，而是始终居于主流地位。可以说是儒学不兴，而儒教不绝。此外应该注意到，至唐中后期以《女论语》的出现为标志，中古以后女子礼教逐渐下移于平民化趋势的端倪日显。它与六朝贵族社会向宋代市民社会的发展及由此而来的社会文化的平民化趋势相一致，反映了作为主流文化的性别制度也从社会上层大幅度地向下浸透，开始了"礼下庶人"的过程。

这些女教规范以女性的声音传达所谓"男有""女无"的父权文化观念，以男权为中心的规范、秩序与逻辑，将女性置于与男性不平等的卑劣位置，导致女性失去了自律批判意识与文化主体地位，最终造成女性主体意识的逐渐丧失，成为被观照的客体，也因此形成了女性自身作为创作主体的两难困境。

出身高门、才学兼备的长孙皇后、宋若莘姐妹等人，她们的观念理论对普世女性群体有特殊的影响力。她们是以身作则的号召者，无论是思想观念还是文化审美。因此，这种以身作则的号召性，"特别地能够促使女性将男权社会对她的要求转化为自我的内在要求，甚至追求，并为之不懈努力。社会对女性的监控由于女性自身的加入而尤其事半功倍”[1]。这一女性内化男权观念的过程可以用“凝视”效应来诠释，西方后现代主义思想家福柯（Michel Foucault）提出了这个概念：“用不着武器，用不着肉体的暴力和物质上的禁止，只需要一个凝视，一个监督的凝视，每个人就会在这一凝视的重压下变得卑微，就会使他成为自身的监视者，于是，看似自上而下的针对每个人的监视，其实是由每个人自己加以实施的”[2]。因此，在这样的被动要求与习惯使然的监控之下，于女性创作整体而言，对父权文化的趋附意识在所难免。

例如孟昌期妻孙氏，《全唐诗》孙氏小传记：“孙氏乐昌，一作安人，进士孟昌期妻也，善诗每代夫作，一日忽曰：‘才思非妇人事。’遂焚其集。”可见男权中心观念在女性心中根深蒂固的影响。其诗如：

白蜡烛诗

景胜银缸香比兰，一条白玉逼人寒。
他时紫禁春风夜，醉草天书仔细看。

谢人送酒

谢将清酒寄愁人，澄澈甘香气味真。
好是绿窗风月夜，一杯摇荡满怀春。

据《全唐诗》记，前一首为“代夫赠人”之作，后一首为“代谢崔家郎君送酒”。两首诗都没有什么真情实感，只是以一种男性的口吻酬唱应答，前一首“紫禁春风夜”“醉草天书看”等语写尽对荣华、功名的艳羡，女性的主体色彩在此荡然无存，完全成为男性意识与文化的传声工具；至于后一首，更是为代作而作，全无诗意，难怪钟惺评其：“作诗之病：一种在多入衬字，多入客语，不能以正文成篇，生纽他意凑足故也；一种在不避俚语，不避俗事，本无诗意，信口押韵，强命之为诗故也。此作兼此二种，不觉诸丑逼露矣。”（《名媛诗归》）

再如周仲美《书壁》：“妇人义从夫，一节誓生死”，徐月英《叙怀》：“为失三从泣泪频”等皆是受父权文化观念影响的有力证明。

又如，薛涛的《十离诗》，分别以失主犬、离手笔、离厩马、离笼鹦鹉、离巢燕、离掌珠、离池鱼、离鞲鹰、离亭竹、离台镜自比，以自叙的方式对比今

---

1 王晓骊、刘婧渊：《解语花——传统男性文学中的女性形象》，石家庄，河北人民出版，2001，204页。
2 转引自李银河：《女性权力的崛起》，北京，中国社会科学出版社，1997，127页。

昔天壤悬殊，塑造了一个命运凄苦的无依无靠的女子形象。诗歌虽然以挚情笔触叙写了自身的凄苦，然“毛香足净主人怜”（《犬离主》），“不得笼中再唤人”（《鹦鹉离笼》），“主人常爱语交交”（《燕离巢》），“只缘一点玷相秽，不得终宵在掌中”（《珠离掌》）等诗句却不免奴性，诗中的自寓形象表现得楚楚可怜，足以引起主人韦皋的恻隐。故而其于贞元五年（789年）罚薛涛赴松州，旋即释回，后薛涛脱乐籍，退隐浣花溪，或与此奴性卑微而引怜爱不无关系。需要说明的是，在男性视角下，女性的卑微与奴性本就是一种美，《名媛诗归》叹曰：“《十离诗》有引躬自责者，有归咎他人者，有拟议情好者，有直陈过端者，有微寄讽刺者，皆情到至处，一往而就，非才人女人不能。盖女人善想、才人善达故也。此《长门赋》所以授情于洛阳年少也。”因此，“女性美的唯一参照对象是男性的审美愉悦程度”[1]，但是在父权文化束缚下形成的女性创作主体却带有异化的扭曲特征，其人物形象塑造也呈现教化、卑微、奴性的特点。

可以说，父权性别文化“以否定女性个体的自我意识、自由意志及行动自主性为主要特征，它最终使女性个体由‘自我导向’的人格变为‘他人导向’的人格。……由人性内涵的缺失导致的女性能动作用及主体性的压制是传统性别文化的根本症结所在”[2]。因此，女性创作者在认同父权文化主流规范的前提下，使自己在不利的条件下拥有一个好的生存环境，或能在男性中心的制度中有所作为，或能以各种方式表达自己的声音，那么她们势必要以迎合为方式，凸显对父权文化的趋附。

概言之，一方面，唐代社会繁荣、国力强盛、文化多元，唐代女性拥有较多自由，以一种自发的方式，放释乐观、开放的心态，展示女性之美，作为“创作主体”抒发自我观照，隐秘地背离父权文化的束缚。但不可否认的是，男尊女卑的现实根深蒂固地存在着，无论在制度体系中还是在思维体系中，它俨然成为父权社会的深层心理积淀，于无形中控制着女性的生存，使女性沦为“第二性”，而当女性成为被观照的客体时，其作为创作者本身试图讴歌“主体”的意识，势必使自身处于两难困境。因此，考察女性创作，以性别视角观察诗歌本身所呈现的性别表现，有利于审视社会属性，审读文化价值，考察更为真实的女性自我形象。由此，下一章将对唐女诗人中具有代表意义的薛涛、鱼玄机诗歌中的自我观照与自我形象书写进行个案分析。

---

1 孙绍先：《女性主义文学》，沈阳，辽宁大学出版社，1987，115页。

2 俞世芬：《唐代女性诗歌研究》，杭州，浙江大学，博士论文，2005，171页。

第五章

女性自我观照的个案研究
——以薛涛、鱼玄机为例

安史之乱使大唐帝国逐渐告别了少年时的意气风发，一步步从中年的深沉思虑走向夕阳薄暮。诚如胡应麟《诗薮》中所言，在初、盛唐诗歌的垂范作用下，中唐以后的诗坛“如危峰绝壑，深涧流泉，并自成趣，不相沿袭”。除了有“大历十才子”“韩柳”“元白”这样的士人群体，薛涛和鱼玄机的诗作也毫无疑问地成为中晚唐诗坛两道靓丽的风景线。这两位诗人以女性特有的笔触书写生活，妙笔生花，摇曳多情，让此时乃至后世的众多文人墨客不得不心生仰慕，甚或自叹弗如。王建有诗寄薛涛说：“扫眉才子知多少，管领春风总不如”（《寄蜀中薛涛校书》），明钟惺在《名媛诗归》里说：“玄机盖才媛中之诗圣也。”可见，薛、鱼二人给以男性为主体的士人诗坛以怎样的震撼。产生这种震撼的因素不仅仅是她们的才情慧心，还包括在时代和命运背景下，两位女诗人所体现出的胆识、才智独特的人格魅力以及鲜明的个性特征。体现在诗歌里，就是二人从女性角度对自我的人生解读与生命观照。

第一节 薛涛笔下的女性自我观照

薛涛，字洪度。约生于公元781年，卒于公元832年，即唐德宗建中二年到文宗大和六年之间。[1] 如《全唐诗》言：“本长安良家女。随父宦。流落蜀中。遂入乐籍。辨慧工诗。有林下风致。韦皋镇蜀。诏令侍酒赋诗。称为女校书。出入幕府。历事十一镇。……”南宋晁公武《郡斋读书志》云：“唐薛涛，洪度

1 刘天文：《薛涛生年考辨》，载《社会科学研究》，1992（6）。

也，西川乐妓。”于是我们大致可以得出这样的信息：薛洪度是长安官宦人家的女子，因家庭变故流落蜀中，后入了韦皋府成为乐伎。因有诗才，深得器重，很多文人慕名而来与之酬唱，多称其为“女校书”。她一生大致的活动范围是西川巴蜀一带。也就是因中唐乐伎的特殊身份，坎坷的人生经历，薛涛以其独具的纤细、敏感笔触向我们展示了她丰富的内心世界。

一、薛涛诗歌所展现的女性心灵世界

1. 薛涛诗歌的内容

薛涛在世约51年，仅从《全唐诗》对其诗作的收录状况来看，薛涛存世的诗歌大致包含以下几方面内容：

第一，闺情诗。由于古代妇女生活空间狭小，作为女子日常起居的深闺秀户就成为与之联系最紧密的活动空间。正所谓：“庭院深深深几许？杨柳堆烟，帘幕无重数。”（欧阳修《蝶恋花》）因此，描写闺情、闺怨历来是女性诗歌创作的一个永恒主题。李白《玉阶怨》说：“玉阶生白露，夜久侵罗袜。却下水晶帘，玲珑望秋月。”夜凉如水，女主人公却无心睡眠，一任深夜的寒露打湿了罗袜，望着天边明月透过水晶帘发出清冷的光辉。一种精美的孤寂之感顿时萦绕诗篇，让一个独守空闺的孤独形象不仅跃然纸上，甚至可以穿越时空展现在人们眼前。但这只是男性作家在代言女性为诗，打磨形象的手法或许精妙高超，但在心境的把握上未必有女诗人自己抒发更能让人产生共鸣。薛涛虽不是一个把活动空间仅限于闺房的寻常女子，但其许多抒写闺情闺怨的作品同样展现了她作为一个女人所特有的性灵心智。比如这首《秋泉》：

冷色初澄一带烟，幽声遥泻十丝弦。
长来枕上牵情思，不使愁人半夜眠。

此诗依题乍看之下是在咏物，实则是诗人在借泉写愁。而这份愁就是空闺的孤寂之愁。澄澈清冷的泉水在秋夜里汩汩潺潺，声音像指尖拨动琴弦。绵长冻澈，仿佛泉音和着琴音的哀怨，时时在耳边牵动遥远的思念，或是夜半的孤枕难眠。于是，写景状物中，不仅一份深沉的相思与难以遣怀的孤寂油然而生，在薛涛的妙笔里，一个夜半难以入眠的幽怨女子形象也写意性地呈现在泉声与琴声的联想里，徘徊在秋夜冰冷的枕畔。

又如这首《赠远二首》其一：

芙蓉新落蜀山秋，锦字开缄到是愁。
闺阁不知戎马事，月高还上望夫楼。

诗中是芙蓉花谢，蜀山披秋。展信笺，字里行间皆为思念，皆有哀愁。军国事大，却敌不过关怀安危之情分堪重。夜难寐，月登楼，归期盼。

可见诗歌描写相思、宣泄孤寂是闺情、闺怨作品永恒的主题。女性对于这种情怀的自我抒发更能真实地展现她们的心灵世界，而此处薛涛的作品不仅笔调细腻地展现了自己敏感、纤细的感情空间，还表现了处于相思之苦中的普通女子具有忧愁情感的常态。

第二，友情诗。唐代世风开放，诗情浓郁，文人除应制、应宴多有酬和诗外，互相仰慕的诗人们也多有唱和交往或者赠答之作。作为中唐一代才女，薛涛自是不乏钦慕者。在她存世的诗歌中我们也不难发现其与人应和赠答之作，其中很多作品都表达了她对友情的看重以及对朋友的尊重。如《寄张元夫》：

前溪独立后溪行，鹭识朱衣自不惊。
借问人间愁寂意，伯牙弦绝已无声。

据《薛涛诗四家注评说》，张元夫应是："西川节度使李夷简幕府校书，薛涛常出入西川幕府，故与之交。"[1] 薛涛赞扬他说，在像溪水奔流更替一样的人才迭出的社会背景下，他像"鹭识朱衣"一样宠辱不惊，因为他了解自己，有自己的原则和特点。但是如此狂士却为什么总有愁苦孤寂的心理呢？原因就是钟期已死，伯牙于世上再难遇知音！可见作者知张元夫甚深！二人友谊之深厚不言自明。

又如这首《上王尚书》：

碧玉双幢白玉郎，初辞天帝下扶桑。
手持云篆题新榜，十万人家春日长。

依张蓬舟先生言，王尚书应是礼部尚书王播，元和十三年正月，出为剑南西川节度使。此诗为王播初到任时作[2]。"碧玉双幢"即美言王尚书赴任所用之仪仗，"扶桑"古谓日出处，在此指天子所居之地，即长安。薛涛用起始两句美

1 刘天文：《薛涛诗四家注评说》，成都，巴蜀书社，2004，81页。
2 刘天文：《薛涛诗四家注评说》，成都，巴蜀书社，2004，82页。

赞王尚书辞帝京赴任，然后在接下来的两句中说他此番赴任是手持节度使的云篆大印，要使成都的万户人家在其新政下有如春日一般万象更新之状。可以说是集赞扬和勉励于一诗，体现出对初识朋友的信任和真诚相待。

值得称道的是，薛涛不仅在与年纪相仿朋友的交往中体现出其真诚的性格特点，在与后学的交往中，她也始终是真诚热情，给予别人足够的尊重。比如这首《酬祝十三秀才》：

浩思蓝山玉彩寒，冰囊敲碎楚金盘。
诗家利器驰声久，何用春闱榜下看。

依辛岛骁考察，诗里面的祝十三应该是祝元膺，当是薛涛晚辈。[1] 女诗人在此用"蓝田玉"和"冰囊"之典美赞祝秀才的藻思清美，然后又用"诗家利器"之典进一步称誉并鼓励他不要因科考失利而灰心，是金子总会发光，不要因为一次失败就否定自己的价值和意义。这种温情脉脉的鼓励，毫无疑问是雪中送炭，从中我们可见女诗人思想的通透以及平易近人。

薛涛或许是因诗名和才气而出名了，但在她来看自己却并非是一个多了不起的人物，和朋友在一起的时候，她总是保持一种谦和、真诚、信任的态度，在精神上给大家很大的支持和鼓励。而所有这一切，也源于她在与人交往的过程中，并没把男女性别的差异进行放大，朋友们在一起饮酒论诗的时候，她在尊重别人的同时也获得了和男子一样的尊重。

第三，政治诗。《孔子家语·本命解》说："教令不出于闺阁，事在供酒食而已"。按照儒家的训诫，女子的职责就是操持家务，其他的事情就不在女人可过问的范围内了。但是翻开薛涛存世的诗歌，我们不难发现多有表达对时政看法和评议的诗篇。如其作《贼平后上高相公》：

惊看天地白荒荒，瞥见青山旧夕阳。
始信大威能照映，由来日月借生光。

元和元年（806年）正月，西川节度副使刘辟要求兼领三川，宪宗不许。刘辟发兵叛乱。至九月，左神策行营节度使高崇文终于平定了这场反叛朝廷的作乱。薛涛此诗即为此事而作。她于开篇描绘了战乱的景况和带来的惊恐，是惊看天地之间白荒荒的一片，让人不由得想起杜甫《悲青坂》："青尽烽烟白人

1　刘天文：《薛涛诗四家注评说》，成都，巴蜀书社，2004，64页。

骨”的景象，但幸好有高崇文这样的将领，在他的艰苦作战下，终让百姓有机会瞥见旧日青山外的夕阳。诗里有对主将的赞美之声，然战乱结束以后激动的心情更溢于言表。而之所以能有这种对时政评议的诗歌出现，与薛涛常在边城幕府的经历有关。也是在这样的经历下，她有了与寻常出入闺阁的女子不一样的视野和胸襟气度，有了下面要提到的其他女诗人笔下所不具备的边塞素材。

第四，边塞诗。唐代出现了很多描写边塞风光、风土人情的诗，可作者多为男性。薛涛本来也无直接接触边塞的机会，但由于在西川幕府时期被罚松州，于是也就有了了解边塞生活，体验边地疾苦的经历。所以在其笔下出现了一些对边塞生活描写的诗歌。如《罚赴边有怀上韦令公》：“闻道边城苦，而今到始知。羞将筵上曲，唱与陇头儿”。对一个女子而言，边城的艰苦应是与其绝缘的，但是由于被罚发配，亲身的经历才让她了解到生活艰苦的真正涵义。她突然觉得以前的饮酒品诗的日子和这里是两个世界，她想唱歌安慰这些将士，却难以启齿，因为以往的靡靡之音是不适合来安慰这些在艰苦条件下镇守边关的将士们的。一个“羞”字，委婉地把曾经纸醉金迷的生活和战士的艰辛生活作了有力对比。

又如这首《上川主武元衡相国》其一：

东阁移尊绮席陈，貂簪龙节更宜春。
军城画角三声歇，云幕初垂红烛新。

如果说上面的诗是含蓄委婉地写了两种生活的对比，这首则是将川主的生活和战士的生活进行了一种含而不露的比对。艰苦的边塞条件下，川主们在画角三歇的悲鸣以后，享受着豪华与威仪并存的宴会，苦寒与艳丽交替，不禁让人想起高适的“战士军前半死生，美人帐下犹歌舞”（《燕歌行》）。薛涛用一个纤弱女子的笔力，向我们含蓄地传达了女性视角下对于边塞生活的体察和深刻思索。

第五，纪行诗。由于特殊的经历和身份，薛涛不像寻常人家的女子那样将生活仅局限于闺房秀户，而是游历了很多地方。仅以存世之诗来看，就有很多诗歌能体现出其具体行踪。如写于荣州的《题竹郎庙》、简州的《江月楼》和《西岩》、嘉州凌云寺的《赋凌云寺二首》、渝州的《海棠溪》、夔州的《谒巫王庙》等。而所谓：“观山则情满于山，观海则情溢于海”（陆机《文赋》），每到一处诗人总不可避免的借景抒情。随着游历的增多，薛涛诗歌中出现了较具规模的山水纪行诗。这些诗歌或是从自然风光的描写入手表达对大自然的热爱和对生命的赞美，或是在历史遗迹面前追想前人、品评古今是非。前者如《海棠溪》：“春教风景驻仙霞，水面鱼身总带花。人世不思灵卉异，竞将红缬染青纱”，勾勒了一个海棠花飘的活泼泼的人间仙境。后者如《谒巫山神庙》，在“山色未能忘宋玉，水声犹似哭襄王”的历史兴叹中抒发“惆怅庙前多少柳，春来空斗画眉长”的人生易逝之感，充满时空变换中岁月的沧桑。

2. 薛涛诗歌的思想内涵

相对于男性创作的诗歌而言，薛涛的诗歌内容或许稍显单薄，但作为一位生活在古代宗法社会中的女诗人，能用不逊于男子的笔调，从一个女子的视角关怀生命，展现生活的各个层面实属难能可贵。将她所做的闺情诗、友情诗、政治诗、边塞诗和纪行诗进行提炼，笔者认为大致包含以下三个方面的思想内涵：

第一，对爱情的向往与追求。《子夜四时歌·春歌》说：“朱光照绿苑，丹华粲罗星。那能闺中秀，独无怀春情。”当青春的脚步悄然来到身边的时候，没有哪个少女能逃脱对爱情的憧憬和向往，薛涛自然也不例外。她说：“绿英满香砌，两两鸳鸯小。但娱春日长，不管秋风早。”（《鸳鸯草》）当郁郁葱葱的青草铺满花径，作者唯对鸳鸯草大加评论，这鸳鸯草叶片两两相对、形如飞鸟。诗人说，这墙角里生长的鸳鸯草啊，你们就在这明媚的春季里尽情相爱吧，也不知道秋风就要吹来，也不用管秋天将要发生什么。诗歌将一种清新婉丽的意境浑然托出，真诚而坦率地表达了作者对青春生活的依恋和对美好爱情的向往。特别是最后两句：“但娱春日长，不管秋风早。”是典型的不谙世事的少女的口吻——只在乎现时现刻、现时当下，管不得天长地久。在此，诗歌虽然体现了一种对幸福生活的勇敢追求，但某种程度上也体现出作者即使是在韶华青春之时，性格中仍缺乏安全感、不确定感。这当与她坎坷的经历和悲惨的命运有关。由于父亲早亡，家道中落，薛涛及笄之年即入韦皋府充当了乐伎，因色艺双修，文采出众，她常伴于韦皋左右，成为遐迩闻名的一代佳人，钦慕者自是甚众。但钦慕归钦慕，与之交往的显赫之士有谁能放下身份迎娶一个乐伎过门？知音难求，佳偶难觅，她深知此理，但红颜正好，谁愿意放弃对爱情的渴盼和希冀？面对生机盎然之季，万物复苏之景，诗人不由得触景生情，幽叹春光大好，容颜易老，所谓：

花开不同赏，花落不同悲。欲问相思处，花开花落时。
揽草结同心，将以遗知音。春愁正断绝，春鸟复哀吟。
风花日将老，佳期犹渺渺。不结同心人，空结同心草。
那堪花满枝，翻作两相思。玉箸垂朝镜，春风知不知？

此诗名之以《春望》，却笼罩了一层与美好的青春愿望相悖的惆怅感伤愁绪。自古诗人悲秋，少女伤春，薛涛集两种身份于一身，不禁望着盛开的花朵发出“花开不同赏，花落不同悲”的感叹。花开花落的季节本是相思情浓的时刻，可是年复一年自己容颜将老，尚未找到可以共度此生的人，于是只能独自把草打成同心结，呆呆望着镜子流泪，有谁知晓？可以说，全诗不仅以极细腻的笔调将自己这种追求爱情而不得的心理书写得淋漓尽致，又将少女怀春、伤春的这种普遍存在的青春孤独感展现得千回百转。她用明快的景致写愁情，愈发增添了感伤情绪，极易唤起共鸣。春天本就是一个让人充满憧憬的季节，可当日夜如梭轮转，生长在女子心中的那些无尽相思之情也便像花开花落一样，自然而然地随着春天渐渐老去了。

第二，深沉浓郁的乡国情怀。乡国情怀是华夏人文精神的重要表现之一，在诗文里，大量的作品表达了对乡土的深切眷恋或是对于国家的执着思恋。从《诗经·东山》的“我徂东山，慆慆不归。我来自东，零雨其蒙。我东曰归，我心西悲”，到《乐府·悲歌》的“悲歌可以当泣，远望可以当归。思念故乡，郁郁累累”，再至李白的“床前明月光，疑是地上霜。举头望明月，低头思故乡”，都表达了乡关情深这一永恒的文学主题。而这样的主题也并不仅仅出现在男性作者的作品里，薛涛虽是女子，却也有很多作品反映着这个文学主题。

首先，因离家多年，薛涛有很深的乡关之思。诚如《全唐诗》关于薛涛之小传：“韦皋镇蜀。诏令侍酒赋诗。称为女校书。出入幕府。历事十一镇”，可知薛涛自归乐籍，入韦皋府后便没有太多人身自由，所以对家乡的思念也便可想而知。正如其在《乡思》中所写：“峨嵋山下水如油，怜我心同不系舟。何日片帆离锦浦，棹声齐唱发中流。”根据《薛涛诗四家注评说》言：“‘不系舟’……言思归之情难禁。……‘锦浦’，即锦浦里，在浣花溪。”[1] 可见薛涛思念家乡之切。她毫不掩饰自己的归乡之念，这种急切并快乐着的心情很容易让人想起李白的“朝辞白帝彩云间，千里江陵一日还。两岸猿声啼不住，轻舟

1 刘天文：《薛涛诗四家注评说》，成都，巴蜀书社，2004，71页。

已过万重山”（《早发白帝城》）。虽然后者归乡后者奉旨还京，但愉快的心情都是溢于言表的，都是归心似箭，恨不得在棹声齐唱里轻舟划过万重山。而值得强调的是，薛涛虽为女子，描写归乡之情、思乡之切时并没有小儿女哭哭啼啼的常态，而是用如李白一样慷慨、热烈的语言表情达意，难怪后人评价说：“得诗人之妙，使李白见之亦当叩首。”[1] 虽未免言之过胜，但对其肯定与钦佩之情溢于言表，而这一点应当也是大唐这样特有的时代赋予诗人的气质，即女诗人亦可与男儿比肩。以后章节对此详细论述，此不赘述。

其次，薛涛诗中饱含对国家的深沉爱恋。《尚书·牧誓》：“牝鸡无晨，牝鸡司晨，惟家之索。”孔安国传曰：“索，尽也。喻妇人知外事，雌代雄鸡则家尽，妇夺夫政则国亡。”《孟子·离娄下》：“君子有终身之忧。”可见，在古代社会的性别观念中，女子是不能参与政事的，感怀国家之事是男子大丈夫，也就是“君子”所为。因此，薛涛身为女子，其评论时政的诗歌便格外引人注目。此类诗歌表达了她对国家的关心与深切热爱。《筹边楼》说：“平临云鸟八窗秋，状压西川四十州。诸将莫贪羌族马，最高层处见边头。”明代钟惺在《名媛诗归》评：“教戒诸将，何其心眼，洪度岂直女子哉？固一代之雄也！”可见女诗人在其中体现的高瞻远瞩和忧国忧民的政治情怀。《简明中国文学史》说：“乡国情怀的泛化，是对于山川之美的描写与赞颂”[2]，薛涛的很多诗歌都对眼前之景进行了讴歌和赞颂，特别是她的山水纪行诗歌很大程度上就反映了这种情怀。所谓“水荇斜牵绿藻浮，柳丝和叶卧清流。何时得向溪头赏，旋摘菱花旋泛舟。”（《菱荇诗》）她总是于游山泛水之间，借物抒情，在对自然景观的赞美中表达对祖国山河的无尽热爱；或者在对历史遗迹的探访中，抒发历史兴替之感，于凭古说今中彰显一个非凡女子所具的眼界和气魄。如《江月楼》《谒巫王庙》等，均可见一个女子超越小我而体现出的对于时代的关怀和对国家的深情眷恋。

第三，看穿云水的隐退情愫。从以上分析可知，薛涛的很多诗歌——闺情诗也好、友情诗也罢，包括政治诗、边塞诗以及纪行诗都不乏对山水景物、自然风光的描写，据此或可推断，薛涛本身是对自然山水有着深切依恋感的人。面对存世的薛涛诗歌和关于薛涛经历的材料，我们不得不承认她的才情与美貌，这让她赢得了乐伎身份下的纸醉金迷，和历事十一镇幕府的机会，及由此带来的荣华富贵与快乐；也要看到这也让薛涛失去了应该享有获得真心相待的爱情

1 杨慎：《升庵诗话新笺证》，王大厚笺证，北京，中华书局，2008，317页。

2 黄卉、刘文杰：《简明中国文学史》，兰州，兰州大学出版社，2006，导论5页。

的权利，甚或人生的诸多自由。《旧唐书·于志宁传》说：“顷闻宫内，屡有鼓声，大乐伎儿，入便不出。”可见一旦成为宫中乐伎便没有了自由。幕府中乐伎的管理制度或许没有宫中规定的苛刻严格，但人身自由还是在别人的掌控之中。《全唐诗简编》说：“韦皋出任剑南西川节度使，因慕涛名，召其侍酒赋诗，遂入乐籍。数年后，因事犯怒，被皋罚赴松州。返回成都后，即脱离乐籍，居浣花溪。”[1] 薛涛纵然闻名遐迩，但在韦皋处不过是一介女流、一介乐伎，她动辄得咎，稍有不满即可罚赴边塞。而从薛涛《罚赴边有怀上韦相公》和《罚赴边上韦相公二首》的内容来看，她应是耐不住边城之苦，用了极尽祈求的口气向命运屈服了。她说：“黠虏犹违命，烽烟直北愁。却教严谴妾，不敢向松州。”(《罚赴边有怀上韦相公》) 又说：“按辔岭头寒复寒，微风细雨彻心肝。但得放儿归舍去，山水屏风永不看。”(《罚赴边上韦相公二首》) 口气极其谦卑、低下，称“妾”、称“儿”，祈求韦皋能放自己回去，祈求离开边塞苦寒之地。若能成行，她愿从此舍弃一切荣华名利、退隐江湖。可见世间薄情让一个弱女子伤心到何种程度，但另一方面也可推断或许经历了苦难以后的人才知道富贵如过眼云烟的道理，更兼薛涛或许本有对山水亲近的情感。此外，从薛涛存诗来看，她多与僧、道等方外之士亦有交。如其作《宣上人见示与诸公唱和》《春郊游眺寄孙处士》等，可见出方外思想对其的影响。因此，薛涛或许早已向往逃离世俗纷扰，被罚松州的事件让她看穿了人情的淡薄，承蒙韦皋感念旧情使薛涛得以选择隐居浣花溪，终于让她逃离了外界纷扰，过上以诗陶冶性情、与自然为伴、求仙访友的生活。体现在诗歌里就是这种“但得放儿归舍去，山水屏风永不看”的决绝以及“每到宫中歌舞会，折腰齐唱步虚词”的放浪形骸。

二、飘零身世对薛涛诗歌女性意识的影响因素

1. 儒家情结自幼藏（良好的家庭教育）

《文心雕龙·体性》言：“各师成心，其异如面。”就是说每个人凭着自己的认识写作，作品就像他们的面貌，各不相同。亦即平素所言文如其人。薛涛虽为一介女子，但其作品除了有相应的反映普通女子心态的诗歌以外，还有很多体现寻常女子身上罕见的眼界和气度的作品。如《采莲舟》，明明写的是秋景，却一反儿女悲秋的常态，转而写“解报新秋又得鱼”的收获的快乐。又如《筹

1 高文主编《全唐诗简编》(下册)，上海，上海古籍出版社，1993，1920页。

边楼》中的劝诫："诸将莫贪羌族马，最高层处见边头。"于对战事的分析中体现出一个女子对于国家命运的关心。可以说，形成这种现象的原因一方面与作者的性格有关，另一方面与家庭环境和从小接受的教育亦相关。诚如《文心雕龙·体性》所说："夫才有天资，学慎始习，斫梓染丝，功在初化，器成采定，难可翻移。"即是说学习要在开头的时候慎重，就像制木器、染丝绸，色彩染就，就很难改变。让薛涛"难可改变"的正是家庭教育中儒家思想的熏陶。

虽然到目前没有明确的文字记载薛涛从小接受了怎样的思想教育，但根据《全唐诗》薛涛小传、《槁简赘笔》、《名媛诗归·薛涛诗》、《唐音癸签·洪度集》的记载，都能得出这样的结论：薛涛本长安良家女，父勋，因官寓蜀。以此来作为她本是官宦人家女儿的证据。段塔丽在《唐代妇女地位研究》中指出，为了相夫教子，唐代官宦家女子多秉承教训，自幼便开始学习。唐代社会虽然儒、释、道三家并存，但"书香世家"对于女子相夫教子思想的灌输应是受到儒家思想熏陶。而从《名媛诗归·薛涛传》《鸿雪偶存》来看，又有："父勋，因官寓蜀而卒，母孀，养涛及笄，以诗闻外"的记载。或可推断，父亲去世以后，薛涛在母亲的教导下成长，到了及笄之年以诗名闻外，为了抚养母亲或者维持生存，她才入了韦皋的幕府成为乐伎的。而在及笄之前，即便是父亲过世，家道中落，她也一直受着良好的家庭教育，所以才能取得以诗闻外的成就，才能有女子少见的眼界与气度。子曰："君子笃于亲，则民兴于仁。"而薛涛对后学心存仁爱之心并给予劝勉："诗家利器驰声久，何用春闱榜下看。"（《酬祝十三秀才》）荀子曾说："兰槐之根是为芷，其渐之滫，君子不近，庶人不服。其质非不美也，所渐者然也。"于是薛涛用赞美竹的"苍苍劲节奇"（《雨后玩竹》）来表达自己的洁身自好的愿望。孔安国以"乐不至淫，哀不至伤，言其和也"来诠释孔子的"中和"观，薛涛作诗也体现出一种雅正平和的态度，如《秋泉》《春望》《上川主武元衡》等，意境全现但未有大悲大喜。所以或可推断：这一切应与早年家庭教育中的儒家思想熏陶有关。正是这种儒家情结让薛涛诗展现出寻常女性诗歌中少见的女性意识，培养了她从关心小我到关注人生命运乃至社会国家的大我的思想意识。

2. 慕名多是薄情郎（坎坷的爱情经历）

通观薛涛存世诗歌并结合关于其身世的相关文献考察，笔者认为，影响薛涛诗歌女性意识的体现的又一因素为其坎坷的爱情经历。

如前文所述，如很多女诗人一般，薛涛笔下也多有闺情诗出现，它们以写闺情闺怨为主来反映作者对爱情的期待和对幸福生活的向往。如其作《池上双凫》即以“双栖绿池上，朝去暮飞还。更忆将雏日，同心莲叶间”寥寥数语，对池塘里双宿双栖的凫鸟形象作以简单勾勒，表达了自己对美好家庭生活向往和渴望，而这种渴望也是女子细腻敏感心思的普态呈现。“情人怨遥夜，竟夕起相思。”（张九龄《望月怀远》）让每个女子产生这种心理的正是内心中对情人的思念和对爱情的向往。而所谓爱情究竟是什么？当代哲学家罗兰·巴特在《恋人絮语》中有此疑问：“我实在很想弄明白爱情究竟是怎么一回事。”[1] 可见这是个仁者见仁、智者见智的问题。但有一点应该是肯定的，就是当爱情发生时至少有一方认为：“它是种两人情投意合、心心相印的感觉”或者有将“两个人合二而一的冲动”[2]。从薛涛的诗歌来看，她有对获得爱情并组建幸福家庭生活的向往，只是在怀有这种向往的时候她忘记了自己是一个乐伎的身份。

作为“容仪颇丽，才调尤佳”（何光远《鉴戒录》卷十）的乐伎，薛涛的倾慕者自是甚众，但从目前掌握的资料来看，由于才华丰赡、禀性奇高，能满足她琴瑟和鸣标准的唯有元稹。据晚唐《云谿友议》、前蜀《牧竖闲谈》、近人张篷舟《薛涛传》等关于薛涛的零星记载，都描述了薛元二人的亲密交往。此外，元稹有《寄赠薛涛》等诗。而从存世的薛涛诗来看，其中也有表达和元稹不同常人情感的酬唱诗歌。如《赠远二首》：

扰弱新蒲叶又齐，春深花发塞前溪。知君未转秦关骑，月照千门掩袖啼。

芙蓉新落蜀山秋，锦字开缄到是愁。闺阁不知戎马事，月高还上望夫楼。

按刘天文《薛涛诗四家注评说》：“此诗以夫妇自况，当非泛泛可比。按元稹于元和四年三月，为东川监察御史，与涛聚于梓州。七月移务洛阳。次年二月，被贬江陵府士曹参军。贬时，正元稹妻韦丛丧葬之次年，稹在江陵贬所纳妾安仙嫔之前年，此或涛之所以以夫妇自况也。其第一首，述涛知元稹二月被贬，不得复为朝官，乃在‘春深花发’之日”。第二首，计稹得诗之时，当在‘芙蓉新落’之际。时间均吻合。”[3] 可见二人关系的非比寻常，以及薛涛对元稹的深切爱恋。

---

1 罗兰·巴特：《恋人絮语》，汪耀进、武佩荣译，上海，上海人民出版社，2004。

2 李银河：《李银河说性》，哈尔滨，北方文艺出版社，2006，242页。

3 刘天文：《薛涛诗四家注评说》，成都，巴蜀书社，2004，79页。

然而，唐代的乐伎虽不是以声色事人的娼妓，但毕竟社会地位低下，纵然可以诗名才气周旋于达官显贵之间，终不能以名节显。陈寅恪说："唐代社会承南北朝旧俗，通以二事评量人品之高下。此二事，一曰婚，二曰宦。凡婚不娶名家女，与仕不由清望官，俱为社会所不齿。"[1] 所以，某种程度上说一旦元稹娶了薛涛就意味着他放弃了仕途。现实就是薛涛只能在绵延不断的相思里纠缠，幸福的婚姻生活对于她只能是一个美好的企盼。于是当这种企盼逐渐在时间里消磨，薛涛的诗中除却对爱情的渴慕外，又多了一分在坎坷和磨难中对于现实的清醒意识。诚如她在《柳絮咏》中所说"二月杨花轻复微，春风摇荡惹人衣。他家本是无情物，一向南飞又北飞。"日本学者辛岛骁评此诗："暗以柳絮为喻，倾吐出对身世的悲哀、前途之渺茫的自嘲自叹。"[2] 刘天文经过一番考证认为此诗"写元稹元和十一年春在涪洲与裴淑婚恋事。'他家本是无情物，一向南飞又北飞'即斥责元稹朝秦暮楚，喜新厌旧的无情负义行为，包含诗人无限的幽怨与惆怅"[3]，而陈寅恪尝谓元稹"终其一生形迹，巧宦固不待言，而巧婚尤为可恶也"[4]。可见，与元稹的交往固然给薛涛以爱情上的浪漫，但其在社会背景下体现出的薄情郎的行径也终始薛涛醒悟，转而意识到关注女性命运本身的层面。

3. 权臣名流仙佛客（时代背景下的交游考证、不同身份人的影响）

孔子云："三人行，必有吾师。择其善者而从之，其不善者而不从。"（《论语·述而》）在此，孔子除了为大家设定了择友标准外，还客观地指出了朋友之间具有相互影响这一事实。而据后蜀何光远《鉴戒录》载："涛每承连帅宠念，或相唱和，出入车舆，诗达四方，名驰上国。应衔命使车每届蜀，求见薛涛者甚众。"可见，身为韦皋府一名以诗名闻外的乐伎，薛涛较之其他闺阁女子有更广阔的交友空间。所以我们或可推断朋友圈以及朋友的思想意识形态应是影响薛涛诗歌女性意识的又一因素，那么，对其生平的交游情况进行考证和梳理就显得很有必要。由于年代久远，文献散佚，仅就薛涛存世诗歌以及散见于野史笔记中的零星材料来看，其交游情况大致如表5.1所列。

1 陈寅恪：《元白诗笺证稿》，上海，上海古籍出版社，1978，112页。
2 刘天文：《薛涛诗四家注评说》，成都，巴蜀书社，2004，21页。
3 刘天文：《薛涛诗四家注评说》，成都，巴蜀书社，2004，22页。
4 陈寅恪：《元白诗笺证稿》，上海，上海古籍出版社，1978，112页。

表 5.1　薛涛交游情况

结交人物	结交人物身份	唐纪年	公元纪年	薛涛年龄	主要事迹/酬唱作品
韦皋	剑南西川节度使	贞元十一年到贞元二十一年	795—805	15—25 岁	在韦皋幕府期间因事触怒，被贬边地，旋被召回。有《罚赴边有怀上韦相公》等诗
广宣	龙华寺僧人	约贞元十一年始交	约 795	约 15 岁始交	入韦皋幕府始交，有《宣上人见示与诸公唱和》
刘辟	西川节度副使	贞元十一年到元和元年	795—806	15—26 岁	韦皋幕府时相识，互相厌恶，皋死被刘辟发配边地，事见于《醉庐余墨》
韦晋	黎州刺史	贞元十一年以后有交	795	15 岁以后有交	曾入蜀，韦皋幕府时与涛识。据《唐语林》曾与涛作《千字文令》
严绶	韦皋幕府成都府尹	贞元十一年始交	795—805	15—25 岁	元和八年 促成元稹邀涛游江陵，涛遂有《谒巫山庙》等诗
段文昌	剑南西川节度使	贞元十一年后有交	795	15 岁以后有交	相识于韦皋幕府，后文昌于长庆、大和两度任剑南西川节度使，有《段相国游武担寺病不能从题寄》等，大和六年又镇成都，涛亡，为涛作墓志铭
韦正贯	校书郎	贞元十一年以后有交	795	15 岁以后有交	韦皋侄，韦皋幕府时与涛识，涛有《赠韦校书》
吕温	御史	贞元二十年到元和元年	804—806	24—26 岁	贞元二十年到元和元年出吐蕃，过成都与涛交，涛有诗《斛石山晓望寄吕侍御》
高崇文	剑南西川节度使	元和元年始交	806 始交	26 岁	平刘辟乱，为剑南西川节度使，涛有诗《贼平后上高相公》、又作《罚赴边上韦相公》（疑是高相公或武相公），被高从边地召回

（续）

结交人物	结交人物身份	唐纪年	公元纪年	薛涛年龄	主要事迹/酬唱作品
武元衡	宰相、剑南西川节度使	元和元年到元和十年	806—815	26—36岁	刘辟乱后镇蜀，元和十年于京中遇刺。元和二年涛作《罚赴边上韦相公》（疑是高相公或武相公），被武元衡从边地召回。又有《续嘉陵驿献武相国》。《送卢员外》中“信陵公子”即武元衡
元稹	监察御史、诗人	元和四年始交	809始交	29岁	从薛涛《赠远》看元与薛涛应有过非比常人的交往，此外涛有《寄旧诗与元微之》，元稹有《寄赠薛涛》
裴度	武元衡幕府书记、诗人	元和初	806以后有交	26岁以后有交	武元衡幕府时与涛识，据《笺纸谱》载与涛有唱和，不传
王建	陕州司马、诗人	元和初	806以后有交	26岁以后有交	王建有《寄蜀中薛涛校书》
卢士玫	武元衡幕府观察推官	元和初	806以后有交	26岁以后有交	元和九年卢进京，涛作《送卢员外》相送
肖祜	武元衡幕府判官、后御史中丞	元和初	806以后有交	26岁以后有交	元和初于武元衡幕府时有和，元和十年之后涛作《摩河池赠肖中丞》
李程	西川节度使行军司马	元和初	806以后有交	26岁以后有交	武元衡幕府时始交，元和十年进京，涛作《别李郎中》
张元夫	西川节度使幕府校书	元和初	806以后交	26岁以后有交	元和间，涛与之识于西川节度使李夷简幕府，后元夫离开，涛有诗《寄张元夫》
杨炼师	道士	元和间	806—820	26—40岁	元和间隐峨眉，涛有诗《酬杨炼师》
王播	剑南西川节度使	元和十三年到长庆元年	818—821	38—40岁	为剑南西川节度使期间与涛交，涛有《上王尚书》、《浣花亭陪川主王播相公暨僚同赋早菊》诗
段成式	校书	贞元十一年后有交	795	15岁以后有交	段文昌子，涛有《赠段校书》

（续）

结交人物	结交人物身份	唐纪年	公元纪年	薛涛年龄	主要事迹/酬唱作品
刘禹锡	夔州刺史、诗人	长庆元年后有交	821后有交	40岁后	长庆元年任夔州刺史时有《谒巫王庙》，或与涛唱和，又有《和酬李尚书伤孔雀及薛涛之什》。涛有《和刘宾客玉蕣》
白居易	杭州、苏州刺史	长庆三年、四年有交	823、824年	42、43岁	长庆三、四年，白居易作《赠薛涛》劝涛不要再迷恋元稹
姚康、姚向	剑南观察推官	元和十年到长庆间	815——824	34—43岁	涛有诗《送姚员外》
祝元膺	诗人	长庆间	821—824	40—43岁	涛有诗《酬祝十三秀才》
雍陶	诗人	大和初始交	827以后	46岁	大和初，雍陶未及进士时，涛有诗《酬雍秀才贻巴峡图》
杜牧	诗人	大和初始交	827以后	46岁	查杜牧未入成都，大和初应是作为晚辈与涛神交。涛有诗《酬杜舍人》。
李德裕	宰相、剑南西川节度使	大和四年—六年	830—832	49—51岁	大和五年，薛涛作《棠梨花和李太尉》、《筹边楼》
郭封颖	郭子仪曾孙	大和初始交	827以后	46岁	大和三年，杜元颖镇蜀时，薛涛有《酬郭简州寄柑子》
简上人	蜀僧	无考	无考	无考	薛涛有诗《听僧吹芦管》
孙处士	无考	大和年间	827—832	46—51岁	大和年间薛涛自浣花溪移居碧鸡坊，作《春郊游眺寄孙处士》，推测孙应为涛晚年碧鸡坊邻居

需要说明的是，《明万历三十七年洗墨池刻本小传》云：“凡历事十一镇，皆以诗受知。其间与涛唱和者：元稹、白居易、牛僧孺、令狐楚、裴度、严绶、张籍、杜牧、刘禹锡、吴武陵、张佑，余皆名士，记载凡二十人，竟有酬和。”[1]由于资料有限，牛僧孺、令狐楚、张籍、吴武陵、张佑等人与薛涛酬唱诗歌不详，交游时间不可确考，故未列于上表。而从列于表中与薛涛交游者的身份来

1 陈文华校注《唐女诗人集三种》，上海，上海古籍出版社，1984，3页。

看，除了当时权贵、名流，便是方外之士。既有若武元衡、李德裕这样的当时显宦，又有镇守一方的节度使，还有若元白等文坛巨匠，可见薛涛当时可谓名动京师。形成这种情形的原因一方面与薛涛的才气魅力有关，另一方面，当时的时代背景也为薛涛的才名远播提供了可能。

中唐社会，节镇幕府兴盛。如胡震亨《唐音癸签》："唐词人自禁林外，节镇幕府为盛。如高适之依哥舒翰，岑参之依高仙芝，杜甫之依严武，比比皆是。中叶以后尤多。盖唐制，新及第人例就辟外幕，而布衣流落才士更多因缘幕府，蹑及进身。"边帅不仅需要破敌立功之良将，还需要为他出谋划策、歌功颂德的文人，这就使远在边城的薛涛有机会接触著名文人，为自己提高创作能力提供了可能。文人互相品评、交流不仅激发了她的写作热情，为她的创作提供更多素材，还可带来新鲜的文思，激发她的艺术潜能，为其指明了努力的方向和衡量的标准。如其作《四友赞》，是在"元矜持笔砚"的情况下，涛即已"走笔作《四友赞》"。而元白诗风重平易务实的创作特点就在涛诗里多有体现，比如她很多反映蜀地生活以及幕府生活的诗歌即是对当时"文章合为时而作，歌诗合为事而作"（白居易《与元九书》）的思想的反映，客观地从一个女性的角度反映了当时的日常生活和真实心情，不同于寻常女子的无病呻吟。而由于交友圈子的广泛，薛涛之作较之普通闺阁女子的作品具有更丰富的情感内容。比如除却达观显宦的入世思想外，文士们的豁达以及方外人士的出世心态也对薛涛的诗歌产生一定的影响。关于这一点的内容将在随后说明，此不赘述。

4. 绿水青山理残妆（晚年的退隐尘嚣）

这一节主要谈动荡的时局以及出世思想对薛涛诗歌女性意识的影响。

首先，时局动荡对薛涛诗歌女性意识的影响。从前面的交游表可以看出，从薛涛及笄之年入韦皋府到其隐居碧鸡坊离世，三十六年的时间里她先后经历了唐德宗、唐顺宗、唐宪宗、唐穆宗、唐敬宗、唐文宗六代皇帝的政权更替，在西川亲历从韦皋开始的十一镇幕府。而这期间发生的与其有关的大事件，除了川主的更替以外，择主要的说有刘辟叛乱前后将薛涛进行的外放、高崇文或武元衡对她施救使她得以返川、"永贞革新"以后"二王八司马事件"刘禹锡等好友的发配、武元衡于京遇刺、白居易因为武元衡进言而经历的宦海沉浮等。历经种种事件，可见其经历之丰富、时局之动荡。所谓"国家不幸诗家幸，赋到沧桑句便工"（赵翼《题遗山诗》），直接经历的也好，间接听闻的也罢，作为当事者或者与当事者有私交或者私交甚密的人，薛涛对事情的感觉与把握绝非其他道听途说者所能比肩。写被流放的痛苦以及渴望重新获得自由的女性心理，他人就未必有薛涛在《罚赴边上韦相公》那么细腻的边地体察："按辔岭头寒复寒，微风细雨彻心肝。但得放儿归舍去，山水屏风永不看。"应该是难以名状的哀伤和痛苦，才让一个本性高傲的女子意识到自己的脆弱和渺小。而要写一名弱女子对抗争的无奈，或许未有哪个人能如薛涛《十离诗》表述的深入。如其中《犬离主》所谓："出入朱门四五年，为知人意得人怜。近缘咬着亲知客，不得红线毯上眠。"一语道破了身份卑微的人纵然昔日万千宠爱于一身，但只要有一点小差池就难逃被人遗弃的命运。据《薛涛诗四家注评说》言："历来学者意见分歧有褒有贬：褒者如明人钟惺：'微寄讽刺，情到至处，一往而就，非才人女人不能'（见《明媛诗归》）贬者如清人陆畅：'《十离诗》殊乏雅道，不足取也。'（见《历代名媛诗词》卷六）……笔者认为薛涛写诗含蓄蕴藉是其特点，……应该看到这组诗在思想内容中的积极因素，以及作者对统治者的抨击和抗争。"[1] 在此，本文以为这种手法的运用有激赏自己的人格、讽刺统治者无情和冷酷的一面，但薛涛自降人格的某种口气和因素的确存在。她直接以受害者的身份难以对男权阶层进行直白的控诉和揭露，只能笔调蕴藉，而其中的饱含辛酸，没有经历的人是不能深重表露的。从另一层面来讲，薛涛的这种揭露也不仅是对自身舛运的无力抗争，还是对当时社会现状中女子卑微命运的反映，或者是中唐社会男权统治阶层对女性实际生存空间压迫的一种反映。但不管怎么说，在乱世这种长期的罹患中，薛涛深刻地意识到自我，在诗中隐秘地张扬了这种自我存在的价值。由于饱经忧患，看穿人生苦难的她也在一次次磨难中从浮华尘事渐渐隐退。被韦皋发配松州，后转居浣花溪，她收敛锋芒，仅与诗友唱和，至暮年，她看穿纷繁世事从浣花溪隐居至碧鸡坊，过上世外修身养性的日子。而这种转变，一方面是由时局动荡、饱经忧患、妇女生存无奈而引发的看穿云水，另一方面，也与时代背景下佛、道两家的影响密不可分。

其次，唐代世风开放，思想兼容并包，特别是唐代宗时正式下令允许儒释道三家思想并行于世，仙、佛两家对薛涛女性意识不无影响。薛涛所处的中唐社会除却儒家思想，仙、佛两家思想对于文人的影响也不可小觑。而从与薛涛交游者的身份来看，与其相交的文人有很多受仙佛思想影响，如元稹、白居易、刘禹锡等很多人的诗歌中都有与仙佛思想有关的诗句。由于史料匮乏，我们列出的作品和与之交游者仅为目前能搜集到的一部分人或一部分人的一部分作品，

1 刘天文：《薛涛诗四家注评说》，成都，巴蜀书社，2004，53页。

由此推断薛涛或许还有很多受他们影响深切的作品。此外，我们也不难看出，在与薛涛交往的人中有很多僧人、道士和处士。那么在与之相交的过程中，他们的出世思想以及佛家的禅意或者道家的飘逸某种程度上会对薛涛的思想产生或多或少的影响。比如这首《试新服裁制初成三首》：

紫阳宫里赐红绡，仙雾朦胧隔海遥。霜兔毳寒冰茧净，嫦娥笑指织星桥。

九气分为九色霞，五灵仙驭五云车。春风因过东君舍，偷样人间染百花。

长裾本是上清仪，曾逐群仙把玉芝。每到宫中歌舞会，折腰齐唱步虚词。

从全诗来看，此处新服应是女冠服。而据《薛涛诗四家注评说》依郭祝崧先生语，认为："三首七绝说的明白，是依天上（皇宫）歌舞服装式样，制成新装穿着，准备参加节度使镇蜀的歌舞会。若要强解出家穿用，未免悖理诗语太远。"[1] 可见唐代视女冠服为时装，薛涛在此描述的是时代背景、世风下女冠对人们的影响，这种风格的衣服飘逸、新鲜，女子穿上新裁制的女冠服出入宴会等场合，有种灵动的飘逸的美。而此处薛涛极尽语言想象之能事，勾勒出穿女冠服以后飘飘欲仙的感觉，难掩心中的喜悦。

又如《宣上人见示与诸公唱和》："许厕高斋唱，涓泉定不如。可怜谯记室，流水满禅居。"在此作者用游历人生的嘈杂与山林中禅居的寂静对比，涓涓细流回应人声高唱，禅意顿生的境界描写里表达了作者对林泉的向往之意。而现实纷繁、人情淡薄，这些禅心、仙气所暗含的出世思想在作者经历了人世悲欢离合后，其影响表现得日渐突出，相比时局动荡里的伤心和恐慌，作者更愿意在自然山水里获得宁静，追寻安逸中的审美体验。比如其作《听僧吹芦管》："晓蝉呜咽暮莺愁，言语殷勤十指头。罢阅梵书劳一弄，散随金磬泥清秋。"就是一种在万籁俱寂中所获得的审美体验，而这种体验很显然更容易走进作者安静的内心去思考。所以当其晚年退居碧鸡坊时，她毫不掩饰自己与孙处士为邻的快乐，她说："今朝纵目玩芳菲，夹缬笼裙绣地衣。满袖满头兼手把，教人识是看花归"（《春郊游眺寄孙处士》）。或许只有隐于世外的人才能了解接近自然山林、归隐于世的快乐。而薛涛在经历了世情冷暖、离合悲欢以后，在仙佛两家的影响下最终看淡了尘世纷繁，完成了从一个争强孤傲的才女到淡定从容的优雅女人的转变，最终在自然宁静中、在手把锄头的"看花归"中找到了属于自己的心灵家园。

---

1 刘天文：《薛涛诗四家注评说》，成都，巴蜀书社，2004，38页。

三、女性意识下的诗风及审美

1. 翠竹红花里的不卑不亢（笔调纤细，情感和蓄）

有关薛涛的诗风，晚唐的《诗人主客图》评其为："清奇雅正"[1]。清代章学诚说她是："名妓工诗，亦通古今，转以男女慕悦之实，托于诗人温柔敦厚之辞，故其遣言，雅而有则，真而不秽，流传千载，得耀简编，不得以人废也。"[2] 薛涛虽为低位卑微的伎人，其诗作却深得文人雅士褒奖，盖因其言辞中所体现的含蓄蕴藉之风，而这种诗风某种程度正是其不卑不亢人格的一种体现。

薛涛本性爱花，她择浣花溪而居，以花制薛涛笺，并且少有不对花草进行描摹或者赞美的诗句，所谓："揽草结同心，将以遗知音"（《春望》），"人世不思灵卉异，竞将红缬染青纱"（《海棠溪》）。她以女性特有的纤细敏感的神经从自然花草里感受快乐，分享忧伤，行诸文字虽映照了心事，但诗人却没被过多的喜或悲的情绪影响。这一方面与她的性格有关，另一方面应与她自幼接受的儒家思想教育有关。虽然命运坎坷，但诗人心中坚守着洁身自爱的信条。身份卑微，生存环境的复杂，使薛涛自幼学会看人脸色，且喜怒不形于色。但是作为女子，由于对花草天生的喜爱，她又情不自禁地要和他们对话、表达赞美之情，于是反映在诗歌中，自然风光就成了含蓄传达情感的比兴媒介，花草的世界就成了自己内心本源。如《浣花亭陪川主王播相公暨寮同赋早菊》就借着"绿英初濯露，金蕊半含霜"的菊来赞美"自有兼才用，哪得众草芳"的孤高人格。而从她关于竹子诗歌的描述中，也可看出她对于高洁人格的赞扬以及为人处世的标准。她在《酬人雨后玩竹》中说：

> 南天春雨时，那鉴雪霜姿。众类亦云茂，虚心能自持。
> 多留晋贤醉，早伴舜妃悲。晚岁君能赏，苍苍劲节奇。

《薛涛诗四家注评》说："薛涛以竹自喻……'虚心宁自持，苍苍劲节奇'由此可见其人品孤高，反抗力强也"[3]，即是说薛涛以竹自喻，表明自己纵然身份卑微，依然可以在复杂的生存环境中出淤泥而不染，保持自己的孤高性格。

---

1 丁福保：《历代诗话续编》（上册），北京，中华书局，1983，92页。

2 章学诚撰，叶瑛校注《文史通义校注》，北京，中华书局，1994，535页。

3 刘天文：《薛涛诗四家注评说》，成都，巴蜀书社，2004，17页。

而所谓物以类聚，人以群分，从其一生交友情况来看，她虽是韦皋幕府的一名乐伎，但并不像一般女子逆来顺受，而是选择风流雅士和品格高尚的人结交。而像刘辟之流，纵然他日后成为西川节度使，薛涛宁可被发配边地也不向他屈服，足可见她对道德情操要求之高。另外朋友的品质和文风也影响着薛涛，所以她的锦心绣口自然而然地就在一片翠竹红花的世界里倾吐出心底始终宝贵的不卑不亢的人格与尊严，体现在诗歌里，即是一种毫无奴颜媚骨之态的清奇雅正、深沉蕴藉的平和诗风。

2. 怀古咏物中的感时伤事（笔触敏感，托物言志）

在薛涛存世的诗歌里，多有怀古咏物之作，它们既是女作者情感细腻、笔触敏感的体现，又是对她的判断力、人生追求的一种反映。

首先，怀古咏物是作者笔触敏感、情感细腻的体现。薛涛多有咏物诗，且总以极细致的观察对所咏之物进行笔调纤细的表述。如其《咏八十一颗》：

色比丹霞朝日，形如合浦圆珰。开时九九知数，间处双双颉颃。

《薛涛诗四家注评说》言："此诗历来笺注者都未能作出明确解释，成了千古之谜。"日本学者辛岛骁认为所咏为一种花卉，八十一颗即日本所称的"马樱花"。[1] 陶道恕先生认为："咏的是一张描图。题中'八十一颗'即九九相乘之积，'颗即图中的素梅。这幅有关气候的民间习俗图，是伴随古老的民间'数九'习俗而派生的文化娱乐活动的艺术再现。"[2]"八十一颗"具体为何物学界说法不一，只就诗歌内容来看，薛涛即从色、形等诸多外在特征对"八十一颗"进行了描述，可见其笔调的细致入微。而从这一角度来说，这首诗倒更像一个谜面，只是由于时间的久远与资料的匮乏，"八十一颗"究竟为何物对今人来说就成了一个有待破解的谜。但是从目前学界的分析来看，对于当时社会，"八十一颗"应为人所常知的事物，而这也是薛涛咏物诗的一个特点，即其所咏叹之物多为常见的自然现象或细小事物。如其所作《月》《风》《柳絮咏》《池上双凫》《蝉》《牡丹》《朱槿花》《金灯花》等，均是从细小事物入手，书其特点，于描绘中表情达意，抒发女性细腻视角下独有的感伤。而最能体现其才思敏锐、笔触敏感的莫过于《四有赞》。据《唐名媛诗小传》载："元稹矜持笔砚，涛走

---

1 刘天文：《薛涛诗四家注评说》，成都，巴蜀书社，2004，20页。

2 陶道恕：《唐代民间习俗的艺术再现——薛涛诗〈咏八十一颗〉试解》，见《薛涛研究论文集》，成都，四川人民出版社，2000，351页。

笔作《四有赞》，其略曰：‘磨扪虱先生之腹，濡藏锋都尉之头，引书媒而黯黯，入文亩以休休。’元大惊服。”[1] 足可见薛涛之功力，仅沉思片刻便把文房四宝的外形特征以及功用和走笔之势在寥寥数语中描绘得淋漓尽致，非有敏锐的洞察力和细腻的情思是不能达到这种程度的。而这种敏锐和细腻同时也体现在她的怀古诗里。如其作《题竹郎庙》：

竹郎庙前多古木，夕阳沉沉山更绿。
何处江村有笛声，声声尽是迎郎曲。

明代钟惺《名媛诗归》说：“‘更绿’二字，在沉沉中想象出来，不必映带古木，已复深杳。语气一直说下，愈缓愈悲”，清代纪昀说：“涛《送友人》及《题竹郎庙》诗，为向来传诵”（《四库全书总目》），可见薛涛语言已自成一格，且其所感伤咏怀的内容与情感会使后来文士有穿越时空界限与之产生深深共鸣之欲。要达到这种共鸣效果，一方面需作者和读者都具有共通的情感体验，另一方面则依赖作者笔触的细腻敏感和认识独到。

其次，感时伤事反映作者人生追求。薛涛多作怀古咏物诗，而这些诗作不仅反映了作者对事物的感怀、评判，还在情感宣泄的过程中体现出作者对事物的判断力和人生的追求。如其作《谒巫山庙》：

乱猿啼处访高唐，路入烟霞草木香。山色未能忘宋玉，水声犹是哭襄王。
朝朝夜夜阳台下，为雨为云楚国亡。惆怅庙前多少柳，春来空斗画眉长。

怀古咏史之作大多借古伤今，薛涛自不例外。她先以巫山神庙周围环境做背景，渲染了一个悲凉、高洁的氛围。进而引出与巫王庙相关的历史人物。让人情不自禁地在宋玉《高唐赋》中楚王与所梦神女“妾在巫山之阳，高丘之阻。旦为朝云，暮为行雨。朝朝暮暮，阳台之下”的对话中想见历史，于是读者自然而然的和作者一起走向她的观点：关于历史的兴亡，错不在女祸。楚国的灭亡主要源于楚王的贪图享乐，不理朝政。历史几度更替，时空交替中，万事皆被淹没，唯一不变的只有辈辈后人站在时间的长河中兴亡感叹。明代钟惺评：“‘惆怅’二句不但幽媚动人，觉修约宛退中，多少矜荡不尽意。”（《名媛诗归》）清代黄周星评：“此诗或又作韦庄，然语气颇类女校书，只得求浣花相公奉让。”（《唐诗快》）可见其哀婉笔调中鲜明的历史观和岁月沧桑之感，故后世

1 吴湛莹：《唐代名媛诗译析》，哈尔滨，黑龙江人民出版社，1993，73页。

之人给予薛涛很高的评价。而这种历史观反映了薛涛对人生的珍视，以及对国家拥有明君圣主的向往。

3. 关塞边城里的反战祈愿（女性视角下对战事、时事的议论）

据《旧唐书·刘怦传附子济传》："贞元中，朝廷优容藩镇方甚，雨河擅自继袭者，尤骄蹇不奉法。"可见中唐社会，藩镇割据使战事不断、社会动荡。薛涛常处西川，又兼有发配边地的经历，故对边塞征战所带来的苦难有深刻的体会。于是，在她笔下出现了很多有关边塞生活、西川战事的内容。如前面所举的《贼平后上高相公》《上川主武元衡相国》《罚边地有怀上韦相公》等，在对征战或是边地恶劣环境的描写中含蓄地表达了反对征战、渴望和平的美好愿望。特别是《贼后上高相公》一诗，后面两句对新任川主进行赞叹："始信大威能照映，由来日月借生光"，前面两句描写征战之初的恐惧与战争给人带来的灾难，两相对比，写出了幸福生活的得之不易以及人民对于未来生活的向往。历来被人称道的还有写于暮年的《筹边楼》：

平临云鸟八窗秋，壮压西川四十州。
诸将莫贪羌族马，最高层处见边头。

由于前任节度使杜元颖治边无能、戒备不修，大和三年，南诏攻击成都，掠西南郊而去，使古城受到严重创伤。后李德裕继任西川节度使，他励精图治、整顿边防、筹建边楼以保土卫民，薛涛难掩喜悦之情以饱满的热情歌颂了他的功绩。不仅写出了高楼入云的宏伟气象，而且还道出了她对国事的关心，其间充满了保土为民的远见卓识，有着似大丈夫的智慧和肝胆。无怪清代纪昀评说："其托意深远，有鲁嫠不恤纬，漆室女坐啸之思，非寻常群屐所及，宜其名重一时。"（《四库全书总目》）薛涛正是以不类于寻常女子的眼光和胸襟看待周围事物，直抒胸臆，将边塞场景磊落光明、气势恢宏地写出，诗中呈现出一种浑厚有力、近于男子之音的风格。这恰应了明代钟惺对她的评价："教戒诸将，何等心眼，洪度岂直女子哉，固一代之雄也！"（《名媛诗归》）而薛涛的这种诗歌风格，也体现了这样的一种可能，即当女性的生活空间不仅仅局限于闺阁，她们的胸襟和视野便不仅仅是关注自我，而是将自己置身于社会大背景下观照，感受生命与生活。

第二节
鱼玄机笔下的女性自我观照

鱼玄机，字幼微，又字蕙兰。约生于武宗会昌四年（844 年），卒于懿宗咸通九年（868 年）。皇甫枚《三水小牍》说鱼玄机“长安里家女也。色既倾国，思乃如神，喜读书属文。”（《太平广记·绿翘》）孙光宪《北梦琐言》记：“咸通中，为李亿补阙执箕帚。后爱衰下山，隶咸宜冠为道士。……竟以杀侍婢，为京尹温璋杀之。有集行于世。”可知，生于晚唐的鱼玄机虽然未若中唐的薛涛长寿，但和薛涛一样，有着令人惊诧的才名和坎坷的经历。甚至某种程度上说，由于鱼玄机生命短暂，她的这种人生经历往往让人们在感慨其命途多舛的同时，心生扼腕之叹。于是关于鱼玄机是否杀死婢女一事就成了人们一直争论的热点。在此需要指出的是，虽然对于鱼玄机花样年华即惨死的命运笔者深表同情，但由于证据不充分，这一始终争论的热点不在本文研究范围之内。本节旨从鱼玄机现有诗歌入手，分析考察其短暂的生命历程中所展现的女性自我形象、心灵世界以及鱼玄机诗歌中所体现的女性意识。

一、鱼玄机诗歌的心灵世界

1. 鱼玄机诗歌的内容

鱼玄机虽然仅仅在世约 25 年，但从《全唐诗》对其诗作的收录状况来看，其存世的诗歌却包含了比较丰富的内容，具体体现如下。

第一，闺情诗。恰如汤显祖借杜丽娘之口所说：“原来姹紫嫣红开遍，似这般都付与断景残垣。”（《牡丹亭·游园》）由于感情纤细、活动空间以及交际空间狭小，闺房绣户的伤春悲秋之音是历来女性文学创作的主要话题之一，它们或表达对爱情的向往、失落，或表达容颜易老、韶华难在的感伤。鱼玄机青春时即诗名在外，其存世诗歌中多有此类情感出现。如《酬李学士寄簟》：“珍簟新铺翡翠楼，泓澄玉水记方流。唯应云扇情相似，同向银床恨早秋。”在此，作者以流畅精致之笔描写了夫君李学士送给自己的竹编凉席，用语精巧，可见其对所送之物的喜欢，但继而笔调一转用了班婕妤《怨歌行》中“团扇”之典，用“云扇”表明了自己怕被抛弃的诚惶诚恐的惆怅心情。诗人睹物思人，在乍喜乍悲中表达着自己对于两情相悦以及同向银床的渴望，笔力拿捏恰切，情致细密深邃。明钟惺《名媛诗归》评此诗："绝句如此奥思，非真正有才情人，未能刻划得出，即刻划得出，而音响不能爽亮，辗转费解，则亦使人不能豁然，则不如不刻划也。此其道在浅深隐显之间，尤须带有秀气耳。"

又如《迎李近仁员外》："今日喜时闻喜鹊，昨宵灯下拜灯花。焚香出户迎潘岳，不羡牵牛织女家。"彭志宪的《鱼玄机诗编年译注》说："狂喜不禁，诗中结句用'不羡'的词语，大约是从此认为蕙兰不再消歇了。在这里可见女诗人一片天真。"[1] 而从闻喜鹊、拜灯花等词语来看，全诗被一种活泼欢愉的气氛笼罩，可见对于所迎之人的归来，作者始终抱有多么热切的期盼，热切到在句尾直接袒露胸臆，说连牵牛织女的神仙日子也不羡慕了。让人不禁想起欧阳修的"只羡鸳鸯不羡仙"。可见她对于爱情大胆的向往和追求。鱼玄机的真性情感动众多诗评者。明钟惺《名媛诗归》中说："如此而犹遭弃斥，吾不知其尚有心胸否也。红颜薄命，为之深慨。"明徐献忠《唐诗品》曰："玄机形气幽柔，心悰流散。其于子安情寄已甚，而《感怀》、《期友》及《迎李近仁员外》诸作，持思翩翩，尚有余恨，虽桑间濮上，何复自殊。其诗婉蒨悲凄，有风人之调。女郎间求之，则兰英绮密，左芬充腴，生与同时，亦非廊庑间客也。"[2] 这种从不讳言爱情的大胆还多次出现在她的其他诗作里，如这首直接以《闺怨》为名的诗在开篇即点出"怨"的根由："蘼芜盈手泣斜晖，闻道邻家夫婿归。别日南鸿才北去，今朝北雁又南飞。"此"怨"缘于大雁南飞时节，看见别家夫婿归来，而自己丈夫迟迟没有音信，所以引起了一系列的伤心难过："春来秋去相思在，秋去春来信息稀。扃闭朱门人不到，砧声何事透罗帷？"明赵世杰《历代女子诗集》卷八言之："一味言情，不以句字为工。"由此，相思之苦让人坐卧不安，一个斜阳里暗自啜泣的孤独女子形象赫然现于眼前。

第二，友情诗。由于诗名才气远播于外，鱼玄机和薛涛一样也有较广的交际圈，这一点仅从其存世的与人酬和以及寄送之作即可看出。如《暮春有感寄友人》《光威裒姊妹三人少孤而始妍乃有是作精粹难俦虽谢家联雪何以加一作如之有客自京师来者示予因次其韵》《寄题炼诗》《和新及第悼亡诗二首》《寄飞卿》《和友人次韵》等。在这些作品中，不乏表达作者对朋友惦念、记挂的诗句，体现出作者对于友谊的珍视。如这首《和友人次韵》说："字字朝看轻碧玉，篇篇夜诵在衾裯。欲将香匣收藏却，且惜时吟在手头。"寥寥数语就把自己

1 彭志宪、张燚：《鱼玄机诗编年译注》，乌鲁木齐，新疆大学出版社，1995，36页。
2 徐献忠：《唐诗品》，嘉靖十九年，线装刻本（影印版）。

对于友人诗句的喜爱之情勾画得淋漓尽致。而对于其诗作“蓬山雨洒千峰小，嶰谷风吹万叶秋”的评价则毫无疑问地将对友人继续从事诗创起到激励的作用。可见对于朋友，鱼玄机总是真诚地给予精神的支持和鼓舞。明钟惺《名媛诗归》卷十一言：怜惜爱护，宛转入情，如此到家，觉他人赏鉴，皆浮浅粗俗，辱没得多也。明赵世杰《历代女子诗集》卷八亦有：“出语雄伟，闺秀所稀”的评价。

另外，不同于薛涛的是，鱼玄机还有很多写给女性朋友的诗。《光威裒姊妹三人少孤而始妍乃有是作精粹难俦虽谢家联雪何以加一作如之有客自京师来者示予因次其韵》：

昔闻南国容华少，今日东邻姊妹三。妆阁相看鹦鹉赋，碧窗应绣凤凰衫。
红芳满院参差折，绿醑盈杯次第衔。恐向瑶池曾作女，谪来尘世未为男。
文姬有貌终堪比，西子无言我更惭。一曲艳歌琴杳杳，四弦轻拨语喃喃。
当台竞斗青丝发，对月争夸白玉簪。小有洞中松露滴，大罗天上柳烟含。
但能为雨心长在，不怕吹箫事未谙。阿母几嗔花下语，潘郎曾向梦中参。
暂持清句魂犹断，若睹红颜死亦甘。怅望佳人何处在，行云归北又归南

此诗历来评价甚高，如明陆时雍《唐诗镜》卷四十八云：“有态有情”；明赵世杰《历代女子诗集》卷八云：“无限情意，笔笔描出，且词句恺功”；清张揔《唐风采》：戴南□曰：“合观二诗，原作踟蹰带怨，此作惋惜多风。女冠之侠肠，与闺幼之稚齿，赏音顾曲，情韵珊然，倡□□□，亦班谢之再见于词坛者矣”；清黄周星《唐诗快》言：“以光、威、裒三美之才，不得幼微表章，谁知之者？然仅能传其一首耳。因思古今才媛，埋没深闺者何限，安得向掌书仙姬而问之”；清宋长白《柳亭诗话》“姊妹三”条：“昔闻南国容华少，今见东邻姊妹三。”此鱼玄机和联句诗也。自注曰：“光威裒姊妹三人，少孤而始妍，乃有是作；虽谢家联雪，何以加之？有客自京师来者，示余，因次其韵。”黄九烟云：“三美之才，不得幼微表章；谁知之者？惜乎诗不多见，并其姓亦不传，诗人中有无名氏，诗媛中乃有无名氏耶？”[1] 可见女子间酬唱之作难能可贵。若没有鱼玄机酬作，想必不会留此佳话，至于光威裒三姐妹也难以为后人所知，遑论她们的才华。就此，女子之间的交往较之男子不可同日而语，能够记录女子间的交往、酬作，书写走出闺阁的女子形象则更为难能可贵。

1 王云五：《丛书集成续编》，上海，上海书店出版社，1994，38页。

又，《寄国香》说：“旦夕醉吟身，相思又此春。雨中寄书使，窗下断肠人。山卷珠帘看，愁随芳草新。别来清宴上，几度落梁尘。”据彭志宪在《鱼玄机诗编年译注》说：“国香应是玄机旅居江陵时的女友。”[1] 而从诗本身来看，此诗应作于两人分开以后。玄机在开篇即表达了对于好友的深切思念，向朋友倾吐了借酒浇愁的抑郁，可见玄机对朋友的推心置腹。时光荏苒，愁情不减反增，明钟惺在《名媛诗归》卷十一中说：“‘雨中’‘窗下’，只平常衬贴字耳，一经聪明人用来，不知如许宛转骀宕。”因此，诗人的心事恐怕唯有闺蜜之间可以互相理解。由此，一方面固然可见两人交情的笃厚，另一方面，也可见虽才名远播，朋友圈较之同时代的女性广泛，但她的内心仍然是彷徨和孤寂的。而将这种心情向朋友倾吐，或许是因为较之于男性友人，她相信她的这种情绪是可以唤起“国香”的共鸣，更容易被女人所理解的。某种程度上也反映了同一时代，妇女这种渴望被理解的孤独心情的普遍性。诚如其在《感怀寄人》中所说：“门前红叶地，不扫待知音。”明钟惺《名媛诗归》就此评价鱼玄机：“如此艳冶，若无此寄托，便非才色妇人自待矣。看其句句自矜自怨，其胸中作想，亦有永怀知音之感。”可见作者需要得到的并不仅仅是朋友在物质上给予的满足，更看重的是朋友在精神上对自己的理解、尊重。

第三，政治诗。鱼玄机在世短暂，仅二十五年，其存世诗歌中亦有对时政关注的诗篇，展现了唐代开放世风下女子的政治热情及其不逊于男子的胸襟气度。如这首《游崇真观南楼睹新及第题名处》：

云峰满目放春晴，历历银钩指下生。
自恨罗衣掩诗句，举头空羡榜中名。

隋唐至清，科举选拔为朝中盛事。《唐摭言》载：“神龙以来，杏园宴后，皆于慈恩塔下题名，同年中推一善书者。”（《太平广记》）其中的杏园宴指及第进士在长安曲江池的宴会，由于此时杏花盛开，故名之；慈恩塔即今西安的大雁塔。于是推测，玄机诗中所指的及第题名于崇真观应与史书所说的进士题名于慈恩塔的情形相似。作者于晴春之时，看见了张贴于崇真观的及第进士新榜，于是难掩羡慕嫉妒之情，大胆地说出了藏于心中的不平事：“自恨罗衣掩诗句”，表达了对于女子无权参加科举考试的怨恨和不满，体现了对于男女平等、平权的懵懂愿望。元代的辛文房在《唐才子传》中说：“观其志意激切，使为一男

1 彭志宪、张燚：《鱼玄机诗编年译注》，乌鲁木齐，新疆大学出版社，1995，54页。

子，必有用之才，作者颇赏怜之。”明钟惺《名媛诗归》卷十一言：“风流艳冶，偏与文士相宜，故其语亦矜重自喜。”可见鱼玄机这种大胆的言行曾经在旧时社会给人们的思想带来不小的震撼，但由于时代背景所限，这种震撼中对其“赏怜”的态度，可能就是历史上对她最大的包容和肯定了。

第四，纪行诗。或许较之于很多闺阁俊秀，鱼玄机拥有比她们短暂得多的生命历程，但其一生所到之处不仅远超闺阁范围，而且多有游历。这一点我们从其存世诗歌的题目即能推测一二。如其作《隔汉江寄子安》《江陵愁望寄子安》《过鄂州》《浣纱庙》等。据彭志宪分析推测，鱼玄机大致有过这样的游历足迹：“先走陕西蓝田到河南内乡的七百里山路……又取道湖北襄阳，乘船在汉水中顺流直下直奔武昌……乘船在鹦鹉洲开怀游览，然后在汉阳登岸……不久，她西行到江陵老家住下”[1]，所以她有记录旅途风景以及游历心情的诗歌存世便不足为怪。这些纪行诗歌都较为真实地反映了作者旅行时的真情实感。如《隔汉江寄子安》说：“江南江北愁望，相思相忆空吟。……含情咫尺千里，况听家家远砧。”据彭志宪分析，此诗当作于鱼玄机乘船在汉阳登岸之后。鱼玄机之所以远游就是为了追寻丈夫李亿。所以全篇充满相思幽怨之情。这充分体现了王国维对于诗歌“有我之境”的分析，即以我之心观物，“万物皆着我之色彩”[2]。而写于鹦鹉洲的《江行其一》即以大开大阖的笔调写了鹦鹉洲前的繁盛景象：“大江横抱武昌斜，鹦鹉洲前户万家。”于是被这样的美景陶醉，作者不由得胸臆直露：“画舸春眠朝未足，梦为蝴蝶也寻花”。明钟惺《名媛诗归》卷十一评：“要知题是《江行》，而诗又忽侧入下二句，了不似《江行》诗中语，却不得不认作《江行》诗，则其才情可知矣。”在《江行其二》中，诗人又用“醉卧醒吟都不觉，今朝惊在汉江头”对这种美景的沉醉加以深化，笔调不可谓不酣畅淋漓，用典也不可谓不了无痕迹。而这种醉卧醒吟间如庄生梦蝶、物我皆忘的境界正合了后来王国维所说的“无我之境，不知何者为我、何者为物”[3]。几首纪行诗进行对比，不难看出作者内心的波动与情感的转移。

2. 鱼玄机诗歌的思想内涵

鱼玄机生命短暂，在世25年，却留下49首诗歌，作品颇丰。由于其一生坎坷，我们仍可以通过考察其闺情诗、友情诗、政治诗以及纪行诗发现其短暂人

1 彭志宪、张燚：《鱼玄机诗编年译注》，乌鲁木齐，新疆大学出版社，1995，4页。
2 王国维：《人间词话》，北京，中华书局，2009，32页。
3 王国维：《人间词话》，北京，中华书局，2009，33页。

生中所包含的丰富情感经历以及思想内涵，具体包括以下几个方面：

第一，对爱情的向往与执着。诚如前面对薛涛的分析一样，每个女孩都有过对爱情的向往与盼望，她们希望与相依相知的人共度一生，而一旦有了这种感情，便不吝于在诗中诉说心曲，向世人袒露心迹。如薛涛有“揽草结同心，将以遗知音”（《春望》），鱼玄机有“门前红叶地，不扫待知音”（《感怀寄人》）；薛涛有“常来枕上牵情思，不使愁人半夜眠”（《秋泉》），鱼玄机有“书信茫茫何处问，持竿尽日碧江空”（《情书寄子安》）；但鱼玄机的“忆君心似西江水，日夜东流无歇时”（《江陵愁望寄子安》），这在薛涛存世的诗歌里很难找到，语气坚定，情意绵切。这说明，同样对爱情，薛、鱼二女虽然都有对它的憧憬和向往，乃至大胆地表露和追求，但较之于薛涛，鱼玄机则更多了一分执着，这种执着，不仅借由她的闺情闺怨诗表达，还体现在她的山水纪行诗中。如《春情寄子安》：

山路欹斜石磴危，不愁行苦苦相思。
冰销远涧怜清韵，雪远寒峰想玉姿。
莫听凡歌春病酒，休招闲客夜贪棋。
如松匪石盟长在，比翼连襟会肯迟。
虽恨独行冬尽日，终期相见月圆时。
别君何物堪持赠，泪落晴光一首诗。

据彭志宪考证，“这是鱼玄机为缓和家庭矛盾出游江汉已经进入蓝田到内乡的山路中时寄给丈夫李亿的诗”。若果真如此，鱼玄机对于李亿的情感便是她对爱情的坚定与执着的最有力说明。试想古时交通不便，妇女能为一个男人跋涉如此，其为爱情的牺牲和敢于坚持的勇气可见一斑。如其所说，尽管山路如此险阻，但她惆怅的并不是旅途的辛苦而是终难团圆的相思之情。此时尽管路有春色美景，但诗人心中凄苦，诗中充满了凄迷的“冷”“清”“寒”的色调。虽然如此，她依旧坚定行进，期待能有月圆相聚之时。难怪明钟惺《名媛诗归》卷十一云：“如此持赠，恐不堪人领取也。”可见作为一个女子，鱼玄机对爱情有着过人的坚守勇气，她苦苦期盼自己的坚持可以换回情形的好转乃至长相厮守，于是我们说这份坚定执着的信念和勇气固然值得我们赞叹，但其中体现出的女子把丈夫作为自己生命的全部去追求的现象又值得反思。甚至就某种程度说，它或许不是通过鱼玄机表现的个案，而是当时社会乃至古代社会性别制度下很多妇女普遍存在的一种心态，是发人深省的。

第二，对生活的热爱与叛逆。从鱼玄机存世的诗歌来看，相思之苦固然是其中主要的话题之一，但她的诗风并未因多有相思而沾染了过多的哀怨之气。相反，很多诗歌呈现出快人快语的爽快俊丽，这应是与她天性活泼、性格豪爽有关。这一点我们从其《打球作》中即可看出：

坚圆净滑一星流，月杖争敲未拟休。无滞碍时从拨弄，有遮拦处任勾留。
不辞宛转长随手，却恐相将不到头。毕竟入门应始了，愿君争取最前筹。

《唐代长安与西域文明》说："唐代长安打球之戏不唯帝王、达官贵人、军中以及闾里少年嗜之，文人学士亦有能之者"[1]，可见唐代"打球"这种体育运动的兴盛。而据张乘建先生说："鱼玄机不是后世那些以病态为美的女子，她喜欢体育运动"[2]，其天性活泼可见一斑。这首诗当写于诗人和李亿打球赌胜负之后，诗歌不仅写出了比赛的激烈紧张，还把动作勾勒得清晰具体，使人如临其境，体现出她好动的本性和对生活的热爱。另外，"毕竟入门应始了，愿君争取最前筹"一句实为一语双关，"入球门"乃"入家门"矣，表达了诗人对稳定婚姻生活的渴望。故明赵世杰在《历代女子诗集》卷八中评价说"含蓄生情"。

这样一个对生活充满热爱的女子，在经历了兜兜转转的爱情伤害以后，写出了很多表达对现实叛逆的诗句，如前面《游崇真观南楼睹新及第题名处》中所说的"自恨罗衣掩诗句，举头空羡榜中名"，如《赠邻女》中"自能窥宋玉，何必恨王昌"，体现出作者在生活中对于女性地位的某种反思，而所谓物极必反，这种反思是坎坷的经历中、过于执着的性格之下，她对所热爱的生活感到失望而产生的一种叛逆。

第三，对世情、历史反传统的批判。鱼玄机才貌双全却命途多舛，于是生性直率的她在多所游历以后产生了很多与传统或者时代思潮相悖的想法，这不仅体现在如《游崇真观南楼睹新及第题名处》和《赠邻女》等对现实的叛逆里，还体现在对于历史的大胆批判中。如其《浣纱庙》所言：

吴越相谋计策多，浣纱神女已相和。一双笑靥才回面，十万精兵尽倒戈。
范蠡功成身隐遁，伍胥谏死国消磨。只今诸暨长江畔，空有青山号苎萝。

从体例上讲这应是一首咏史诗。浣纱庙即吴越地区的西施庙。相传在吴越

---

1 向达：《唐代长安与西域文明》，石家庄，河北教育出版社，2002，75页。

2 张乘健：《感怀鱼玄机》，载《文学遗产》，1989（4）。

战争中，勾践将美貌异常的西施进献吴王，后来夫差沉迷声色，越国终于伺机灭吴。后人为了纪念西施便立庙祭祀。鱼玄机在此对于勾践灭吴的其他计策只字不提，而只谈其中西施的功不可没，所谓“一双笑靥才回面，十万精兵尽倒戈”，虽然在某种程度上夸大了这位美女的历史功绩，但客观上，把她置于“吴越相谋计策多”的时代背景进行书写，于“范蠡功成身隐遁，伍胥谏死国消磨”的历史结局中对女性自身价值作了充分肯定。可以说她是通过对吟咏评论历史上西施入吴这一事件，歌颂了女性在历史变革中不可忽视的作用，从而体现出诗人身上潜隐的女性自我意识，而这种意识毫无疑问是对历史一种反传统的批判。恰如明赵世杰《历代女子诗集》卷八言：直可作西施赞，乃是大议论，千古绝调。

二、人生遭遇对鱼玄机诗歌女性意识的影响因素

1. 沉吟但为君故，多情只缘相思（早年与李亿的恋情）

黑格尔说：“爱情在女子身上特别显得最美，因为女子把全部精神生活和现实生活都集中在爱情里和推广成为爱情。”[1] 这一点用在鱼玄机身上刚好合适。和薛涛不同，鱼玄机曾经有过一段婚姻。据《唐才子传》所言：“咸通中及笄，为李亿补阙侍宠。夫人妒不能容，亿遣隶咸宜观披戴。”[2] 可见在入道以前，鱼玄机曾是当时进士科状元李亿的外室，而从其存世的诗歌来看，两人应有过一段缠绵悱恻的感情纠葛。如果按照彭志宪的推测，鱼玄机于咸通五年（864年）入道，那么根据《鱼玄机编年诗译注》，我们发现在作于此前的22首诗歌中有16首与李亿相关，其中7首直接在题目中点明是写给“子安”“近仁员外”也就是写给李亿。这些诗歌体现出的或喜或悲的情绪，都是由作者对于李亿的相思引起的。

唐代社会“凡婚不娶名家女，与仕不由清望官，俱为社会所不齿”[3]，所以纵然鱼玄机15岁就嫁给了李亿，但对于有仕途之心的进士科状元来说，他是不可能和一个没有社会地位的布衣女子长相厮守的，更何况鱼玄机被家中的正室不容。但在夫为妻纲的古代社会，对于鱼玄机来说，李亿作为她的丈夫就是她生命的全部内容。如她所说，李亿离开后她整日处于一种“秦镜欲分愁堕鹊，

1 黑格尔：《美学》2卷，北京，商务印书馆，1981，327页。

2 辛文房撰，傅璇琮主编《唐才子传校笺》，北京，中华书局，2002，448页。

3 陈寅恪：《元白诗笺证稿》，上海，上海古籍出版社，1978，112页。

舜琴将弄怨飞鸿”（《情书》）的状态，一旦李亿略表关心地寄来一些东西，她便又做着“唯应云扇情相似，同向银床恨早秋”（《酬李学士寄簟》）的美梦，可见她始终对爱情抱有美好的幻想，渴盼夫妻团聚，企盼李亿能说服夫人容纳自己，所以一旦李亿突然归来她便欣喜若狂地说：“焚香出户迎潘岳，不羡牵牛织女家”（《迎李近仁员外》）。就是在这种视爱情为全部的心理状态下，鱼玄机可以牺牲自我，可以忍让谦卑，甚至可以不辞劳苦地跋山涉水，只为了获得婚姻。但是这种让步换来的不是长相厮守，而是没有结果的无休止的等待——鱼玄机终难逃脱弃妇的命运。诚如其后来在《卖残牡丹》中所写：“应为价高人不问，却缘香甚蝶难亲。红英只称生宫里，翠叶哪堪染路尘！及至移根上林苑，王孙方恨买无因。”只因身份低贱就被剥夺了她与所爱之人长相厮守的权利，纵然才华横溢、容颜倾城，鱼玄机也终成残败的牡丹。明代钟惺如是评：“如此语，岂但寄托，渐说向忿恨上去。千古有情人，所托非偶，便有不能自持以正意，此其人之罪哉？亦有以使之者矣。”（《名媛诗归》）可见这段爱情经历对于鱼玄机伤害之大，而她后来所表现出的女性意识来源于这个爱情梦想彻底的破灭，因为她曾经那么忽略自我地把爱情视为生命全部。

2. 世情淡薄如纸，女冠风流作诗（从弃妇到女道士的形象转变）

经历短暂婚恋生活后，鱼玄机终成为被遗弃者，开始以一个弃妇的形象在社会上行走。由于付出良多，这场感情纠葛的结局对她的伤害毫无疑问是巨大的，其心境如其在送别李亿的诗歌《送别》中所说：

水柔逐器知难定，云出无心肯再归。惆怅春风楚江暮，鸳鸯一只失群飞。

诗中作者以水自喻，以云比李亿。说自己如同柔弱的水流一样总随着器物的形状而走，终难有自己的形状；李亿就像天空的云彩漫不经心地飘来荡去，终不会有明确的归期。她最终难逃失群鸳鸯的命运，只能惆怅立于楚江之畔，在夕阳的剪影里独自承担这段失败婚姻的所有后果。明钟惺《名媛诗归》中说：“此诗第四句直，却无可转处矣，其意亦遂悲痛而不堪了。”经历了失败的爱情与婚姻生活，鱼玄机不得不发现和反省自我。其诗作《寓言》体现了诗人对红尘俗世警醒的感悟：

红桃处处春色，碧柳家家月明。楼上新妆待夜，闺中独坐含情。
芙蓉月下戏鱼，䗖蝀天边雀声。人世悲欢一梦，如何得作双成。

明陆时雍《唐诗镜》卷四十八评此诗："作诗者一言迸出性情，看诗者一往得其意态。百千世后，如在照中。读此诗，一望而睹其婉娩。"鱼玄机终被李亿抛弃是不争的事实，但古代女子本身没有经济来源，因此被弃之后的生活来源成为困难。鱼玄机选择女性带有依附性的再嫁从妾也在情理之中。于是她写信给李端公，表达自己愿意与之结好的愿望，《闻李端公垂钓回寄赠》：

无限荷香染暑衣，阮郎何处弄船归。自惭不及鸳鸯侣，犹得双双近钓矶。

据《唐语林》："御史台三院，一曰台院，其僚曰御史，众呼为端公"，李端公就是当时的御史李郢（817—880）。据彭志宪考证，此诗大约作于懿宗咸通四年（863年），此时玄机20岁，李郢47岁。明钟惺《名媛诗归》对此诗有分析，认为："题是《垂钓回寄赠》，却得如此绮丽，是触处抹杀不得多情两字。"不管鱼玄机是仰慕他也好，为生活所迫也罢，从年龄的这种对比上看她写诗寄李郢依旧是想走做妾的老路。她说惭愧自己竟然比不上鸳鸯结成的伴侣，它们还能双双游近您那作钓台的石矶，可以说是将心事表露无余。但李郢并没被这种坦率地表露打动，而关于这一点我们从其另一首诗歌《酬李郢夏日钓鱼回见示》即可看出：

住处虽同巷，经年不一过。清词劝旧女，香桂折新柯。
道性欺冰雪，禅心笑绮罗。迹登霄汉上，无路接烟波。

由题目可知这是酬答李郢夏天钓鱼回来后示知的话。可见李郢在收到鱼玄机示好的诗后很快给了回复，所以玄机又作了这首诗。从"清词劝旧女，香桂折新柯"可以看出李郢是委婉地拒绝了作为弃妇的鱼玄机的请求，所以虽然被拒鱼玄机依旧怀着崇敬的心态慨叹是自己的地位没有办法让她有接近霄汉的机会。其再嫁愿望宣告破灭。由于现状愁苦、经济窘境，弃妇鱼玄机在《冬夜寄温飞卿》诗中说："苦思搜诗灯下吟，不眠长夜怕寒衾。……疏散未闲终遂愿，盛衰空见本来心。"面对生活重压，鱼玄机逐渐冷静地看清了人情冷暖，是非闲谈如草木荣枯，世情淡薄里是感情盛衰的本来面目。彭志宪先生说此诗"对于了解鱼玄机出家前后的思想生活，拓清许多不实之词有着重要意义。"[1] 于是我们或可推断，感情的纠葛与伤害是让鱼玄机在思想层面选择出家入道的基本动因之一。这种伤害使她成为弃妇而不得不承受生活上的艰难，道家的清静

---

1 彭志宪、张燚：《鱼玄机诗编年译注》，乌鲁木齐，新疆大学出版社，1995，51页。

无为恰好迎合了她看穿事物本心的思想，于是她选择了咸宜观披戴的人生定位。

另一方面，唐代社会虽三教思想并行，但统治者对道教的“国教”定位使慕仙求道现象在有唐一代成为普遍。这种普遍不仅体现在王公贵胄、士人群体之中，还因此形成了女道士群体。在女道士群体中虽有一心向道、虔诚修心的女子，但更多人是出于追求生活自由的原因或者为生活所迫而不得已为之。因为道教除了清修派外，其他教派并不禁欲，于是这类女道士就表现出与尼姑不同的特点。一旦入道就摆脱了家庭、丈夫的羁绊，以及世俗伦理纲常的管束，因此披戴而为女冠某种程度上就意味着自由风流生活的开始。会昌年间，武宗实行灭佛，强迫僧尼还俗，于是为了继续从事宗教活动，出现了很多女性由佛入道的现象，比如《唐鸿胪卿致仕赠工部尚书琅耶支公长女炼师墓志铭并序》上就有：“中涂佛难，易服玄门”的记录。可见，在鱼玄机生活的时代，以宗教地位而论，道家是高于历代的，甚至在某种程度上说，女子出家修道已经成为一种社会风尚。这些都对鱼玄机选择道家皈依产生了思想影响。从物质层面来讲，高宗时有诏令：“道士、女冠在僧、尼之上”，并且又规定：“凡道士给田三十亩，女冠二十亩”，并可以免除课役、赋税。[1] 这毫无疑问为生活困窘的鱼玄机提供了物质基础。所以在种种机缘促使下，最终她由一个弃妇走向了一名女冠的生活，而这种角色过渡和形象转型的经历和过程毫无疑问地影响了鱼玄机整个人生乃至后来诗创中女性意识的发现与觉醒。

3. 交游算及天下，能有几人相知（时代背景下的交游考证、不同身份人的影响）

鱼玄机虽然未若薛涛长寿，但同样以诗名闻外。皇甫枚的《三水小牍》说她是：“风月赏玩之佳句，往往播于士林”，而入道之后更是“风流之士，争修饰以狎”（《太平广记·绿翘》），可见其交友圈子的广泛。诚如前面对于薛涛的分析，朋友的思想意识形态难免对作者的思想和创作产生影响，所以在此我们有必要对鱼玄机的交游情况作出考证，以期更好地分析影响鱼玄机诗歌女性意识的因素。由于年代久远，文献散佚，仅就存世诗歌以及散见于野史笔记中的零星材料来看，其短暂人生的交游情况大致如表 5. 2 所列。

1 王永平：《道教与唐代社会》，北京，首都师范大学出版社，2002，5-75 页。

表5.2　鱼玄机交游情况

结交人物	结交者身份	唐纪年	公元纪年	年龄	主要事迹/酬唱作品
李亿	进士科状元 曾为鱼玄机丈夫	宣宗大中二年	858年	15岁	与鱼玄机多感情纠葛，最终将其抛弃。鱼多有诗关于他，如《寄子安》等
国香	女伴	懿宗咸通三年	862年	19岁	《寄国香》
李郢	御史	懿宗咸通四年	863年	20岁	《闻李端公垂钓回寄赠》《酬李郢夏日钓鱼回见示》
温庭筠	花间派词客	懿宗咸通四年	863年	20岁	《冬夜寄温飞卿》
某炼师	炼师	懿宗咸通六年	865年	22岁	《寄题炼师》
任处士	处士	懿宗咸通六年	865年	22岁	《题任处士创资福寺》
刘潼	河东节度使	懿宗咸通七年	866年	23岁	《寄刘尚书》
左名场	应考举子	懿宗咸通八年	867年	24岁	《左名场自泽州至京使人传语》

虽然鱼玄机在世仅短短25年，可由其诗气才名来看，与其交游者应不在少数，但从对目前资料的把握来看，笔者仅能较为具体地考查出表中所列的与其相交的8个人的身份地位以及他们和鱼玄机的部分交往经历。人数虽然不多，但由于出场时间比较集中，鱼玄机与其交往的诗歌应该反映了不同时期自己的情感和心理。另一方面，由于人物身份各异，他们的陆续出现应该也对鱼玄机不同时期的思想变化产生或多或少的影响。所以尽管从交游的人物数量上来看，表中所列或许不能涵盖鱼玄机全部的交游情况，但从人物出现的时间和身份来看，研究和他们的交往还是可以比较有代表性地反映鱼玄机不同时期的诗歌情感变化的。而如果我们把懿宗咸通五年（864年）鱼玄机入道咸宜观作为其人生的分水岭，那么由表格我们看出：

第一，入道前，玄机多与世俗人交，交际圈相对较小。由于为人妇，诗中充满离情别绪与相思之苦。作为鱼玄机的丈夫，李亿毫无疑问给过鱼玄机幸福快乐的生活，但从鱼玄机存世的诗歌来看，李亿毫无疑问是激发她创作相思离愁诗作的根源。他的离开让鱼玄机一次次饱受苦情的煎熬，即便是“书信茫茫何处问，持竿终日碧江空”（《情书寄子安》），她依旧“虽恨独行冬日尽，终期相见月圆时”（《情书寄子安》）。而这种因相思带来的绝望和愁情始终困扰着她，即便是与朋友相交，也难以掩盖这份忧伤的情绪，所谓“雨中寄书使，窗下断肠人”（《寄国香》），她在寄信给女伴表达思念的时候也不忘一吐胸中块垒。而在寄给温庭筠的诗中她也表达了自己的孤寂悲凉心情：“苦思搜诗灯下吟，不眠长夜怕寒衾。满庭木叶愁风起，透幌纱窗惜月沈。疏散未闲终遂愿，盛衰空见本来心。幽栖莫定梧桐处，暮雀啾啾空绕林。”（《冬夜寄温飞卿》）明钟惺《名媛诗归》卷十一云：“如此反非怨恨之情矣，幽意自闲，深情既冷，可使欢怨两忘。”明赵世杰《历代女子诗集》卷八亦云：“以虚淡之致抒恨甚语。”作为花间词的鼻祖，温庭筠以善于运用细致精巧的描写著称，而能有此番功力者自是心思极其细腻的人，鱼玄机将这种感觉向他倾吐，料想也是因为知道他能理解自己的这种心情。另一方面，如彭志宪所说，温庭筠是李亿当年的朋友，鱼玄机应是作此诗之前即和他相识。那么此刻写诗给他，也应该是因为他了解自己与李亿的感情，更能理解鱼玄机的缘故。所以我们或可推断，此时玄机的交际圈仅仅局限在丈夫、闺中密友以及知己中。再者，从李亿和温庭筠的身份来看，前者为进士状元郎，又在玄机及笄之年即与其一起生活，那么或可推断，玄机的作诗笔法以及后来的诗名闻外的才情培养应该有不少得益于他的地方。而如温庭筠，虽然屡考进士不中，但从其文学素养来看，也是笔力深厚、思维敏捷之人。鱼玄机与之相交，其诗风应也或多或少地受到他的影响。

第二，入道后，有方外人介入的交际圈对鱼玄机生活态度、思想的改变。由于表中所列并非鱼玄机交游的全部，所以我们不能排除她有与僧人交往的经历。而仅由上表可见，鱼玄机入道后，其交游圈呈现与道教中人和当时名流文士交往的局面。这种局面的形成诚如我们前面的分析，应是与世风对于女冠交际的宽松态度密切相关的。在这种交际中，我们不难发现，在道家思想的影响下，鱼玄机的心态体现出较之以前更为洞察和豁达的现象。这不仅体现在与仙友的酬唱交往中，还体现在对世俗感情的处理上。

如入道的第二年，鱼玄机作《寄题炼师》所展现的她入道以后的生活：

> 霞彩剪为衣，添香出绣帏。芙蓉花叶□，山水帔□稀。
> 驻履闻莺语，开笼放鹤飞。高堂春睡觉，暮雨正霏霏。

可见，入道后作者每日过着赏花玩景、放鹤听莺的日子，在道家所谓的修身养性的逍遥快乐里，鱼玄机再不用想尘世的纷繁与不安，道观的生活让她不再为衣食而烦心，也不用再为感情纠葛。青山绿水使其修养性情，她逐渐看透世俗感情的本质面目，从而豁达地面对现在的生活，理智地面对自己的感情。其中的理性与觉醒一方面归结于以往爱情不幸带给她的伤痛，另一方面也要归之于入道以后道家豁达思想对她的影响。

于是某种程度上说，较之于前，鱼玄机入道以后的交游圈虽相对扩大，但几经世事磨砺，又兼以道家清修无为思想的作用，能让鱼玄机以心相对的知己已经寥寥无几了。

三、女性意识下的诗风及审美

1. 精工巧对爱律、赋（诗多精致意象，律诗为多，有厚重音）

明代顾起纶在《国雅品·闺品》中评鱼玄机的诗是："无铅粉气"，钟惺在《名媛诗归》里说其诗是："妙在气韵灵转，而雅厚足以达之"。笔者认为造成这种"无铅粉气"与"雅厚"的原因之一在于律诗成为鱼玄机诗作中的主流体例。

较之于绝句，在诗体选择上，鱼玄机更青睐律诗的创作。在她存世的 50 首诗歌中，律诗是其主流，为 31 首。而在薛涛所存的 87 首诗歌中，我们发现其绝句创作为 84 首。因此，一定程度上不同体裁的运用是形成诗人诗作整体语言风格不同的原因之一。

绝句形制短小、讲求语言精练、能以一字传神，决定了诗歌以小见大、以少见全的特点，所以多采用绝句体的《洪度集》也便在整体上形成了一种简单明快如小品的风格特色，又有语言精练、清丽娓娓的特征。由于律诗易于直接宣泄情感，故而鱼玄机诗作以律诗为主，并形成了一种感情较为激切、浑厚、哀恸的风格特征。

具体而言，鱼玄机之所以选择以律诗作为诗创的主流体例，笔者认为：一方面较之绝句，律诗拥有信息含量大的特点，加之铺叙的笔法更易于情感抒发，这种特征更符合鱼玄机把内心悲苦尽情宣泄的心理机制，也展现了鱼玄机性格外露的一面；另一方面也与其所处的晚唐时代有关——律诗的创作是当时诗创主流。

《唐代科举制度与五言诗的关系》[1] 一文就《全唐诗》中存诗一卷以上的诗人作品的统计如表 5.3 所示。

---

1 施之愉：《唐代科举制度与五言诗的关系》，载《东方杂志》，1943，40（8）。

表 5.3 《全唐诗》中存诗一卷以上诗人作品

	初唐	盛唐	中唐	晚唐
五言古诗	633 首	1795 首	2447 首	561 首
七言古诗	58 首	521 首	1006 首	193 首
五言律诗	823 首	1651 首	3233 首	3864 首
七言律诗	72 首	300 首	1848 首	3683 首
五言排律	188 首	329 首	807 首	610 首
七言排律	—	8 首	36 首	26 首
五言绝句	172 首	279 首	1015 首	674 首
七言绝句	77 首	472 首	2930 首	3591 首

结果显示：古风在晚唐的衰落与律诗在晚唐成为高峰的总体趋势相近。且在鱼玄机存世诗歌中也并未找到五言绝句、古风以及杂言诗歌。另外，鱼玄机诗歌在体例上皆为近体并且以七言占优势、律诗居多，这一现象正与表中显示的趋势相契合。于是或可说明，鱼玄机不仅不是一个好古者，还是一个乐于追逐时代潮流的诗人。她喜欢用律诗更好的宣泄自己的情感，擅于用铺叙的手法在精工巧对里传达自己对生活、情感的细腻体味，如《暮春即事》说：

深巷穷门少侣俦，阮郎唯有梦中留。香飘罗绮谁家席，风送歌声何处楼。
街近鼓鼙喧晓睡，庭闲鹊语乱春愁。安能追逐人间事，万里身同不系舟。

诗歌除却最后一句抒发情感而外，从头至尾似都可看作一种闲笔的描绘，但细细分析无论是“香飘罗琦”“风送歌声”还是“街近鼓鼙”“庭闲鹊语”都是在为心绪抒发作衬托渲染，而“谁家席”“何处楼”又与后来诗尾的无奈追问相照应，“喧晓睡”“乱春愁”也动静结合、相得益彰地为最后的情感表达做出张笔。恰如明赵世杰《历代女子诗集》中评：“怨绝千古，惨入肌骨，又复勘破闲情”，并且全诗平仄相合，对仗极工，在景物铺排描写中自然而然地展现了作者看破红尘的内心世界，没有斧凿痕迹。于是难怪王世贞在《艺苑卮言》中慨叹：“七言排律创自老杜，然亦不得佳。盖七字为句，束以声偶，气力已尽矣。……合璧犹可，贯珠亦艰”[1]；胡应麟也在《诗薮》说：“余考宋七言排律遂无一家，唐惟女子鱼玄机酬唱二篇可选，诸亦不及云”。可见，玄机诗中的排律还曾以“冠压有唐一代”的评价出现于文学批评中，她对七言排律诗体的奠

1 吴鹭山：《杜诗论丛》，杭州，浙江文艺出版社，1983，73 页。

定与发展有着不可磨灭的贡献。于是或可定论，鱼玄机不仅是一个乐于追逐时代潮流的诗人，某种程度上还是一个敢于站在时代风浪上的诗人，这一方面源于她与生俱来的才情和性格，另一方面也源于她那人所少具的不逊于男子的肝胆。这种肝胆正是坎坷经历养成的对世事的洞察以及心胸气度，是古代社会中女子尝试寻求与男子比肩，寻求自我观照的女性自我意识的体现。

2. 山水声传幽怨音

鱼玄机诗歌笔致纤细，情感细腻，善于在意象里捕捉共鸣。由于“夫人妒不能容”[1]，鱼玄机几经相思之苦，换来的仍是被抛弃的结局，所以她的很多诗作呈现的是作为一名“弃妇”的感情和心理，因之呈现一种细腻敏感情绪下的哀怨诗风。《文心雕龙·物色》所谓：“山沓水匝，树杂云合，目即往还，心亦吐纳。春日迟迟，秋风飒飒。情往似赠，兴来如答。”关于这种幽怨心理的阐释与表达鱼玄机也总是以山水景物为媒介来传达，这也是我国诗文中比较传统和常见的以景传情、以景写心的手法。它比较典型地体现在鱼玄机的山水纪行诗中。如这首《过鄂州》：

柳拂兰桡花满枝，石城城下暮帆迟。折牌峰上三闾墓，远火山头五马旗。
白雪调高题旧寺，阳春歌在换新词。莫愁魂逐清江去，空使行人万首诗。

据推测[2]，鱼玄机为了缓和家庭矛盾，只身走了由蓝田到河南内乡的七百多里山路，并取道襄阳乘船顺流而下直奔武昌，最终到达江陵。这首诗就是其途中所写。行路途中，眼前景物唤起了诗人无限感慨，诗人自身经历又与眼前景物交融互感，读来倍觉哀婉怅惘，极易唤起读者对于邵华易逝的哀思。由于此时鱼玄机正处于和李亿的分别之中，所以纵然柳叶鲜花满枝，诗人依旧忍不住在日暮时分，望江怅然。诚如《诗经通论》所说：“日落怀人，真情实境。”[3]黄昏又极易引发人们对于团圆的渴望，引发怀人之思。所以望着三闾古迹，她不禁想起人生如白驹过隙，年华再美好，逝去了也只能空怀忆念。这种女性独有的细腻敏感在鱼玄机才情的指引下形成对意象的准确捕捉，极易让人在时空交感中由此及彼产生共鸣。

又如这首《江陵愁望寄子安》：“枫叶千枝复万枝，江桥掩映暮帆迟。忆君

1 辛文房撰、傅璇琮主编《唐才子传校笺》，北京，中华书局，2002，448页。
2 参考彭志宪、张燚：《鱼玄机诗编年译注》，乌鲁木齐，新疆大学出版社，1995。
3 刘毓庆、方铭主编《诗骚分类选讲》，北京，高等教育出版社，2007，196页。

心似西江水，日夜东流无歇时。”依旧是日暮黄昏，绚烂的枫叶染红了整个季节，作者怅然望着江面的归帆，发出长久的叹息。她对他的思念和执着就像这江流动的春水，夜以继日地奔流，永远没有停歇。这种精彩的比喻让人不禁拍案，想起后来李煜被人称道的名句：“问君能有几多愁，恰似一江春水向东流。”于是可以想见，李煜的文思妙笔大概也受到了鱼玄机的某种启发，诗人细致敏感地将相思之愁用奔流之水状，一种挥之不去的积郁伤感引发人的强烈共鸣，极具情感煽动性，不可不谓妙笔。

3. 大胆爱恨真性情

鱼玄机敢爱敢恨的诗风，流荡艳冶，有不让须眉甚至胜过须眉的气势。无论是“焚香出户迎潘岳，不羡牵牛织女家”（《迎李近仁员外》），还是“忆君心似西江水，日夜东流无歇时”（《江陵愁望寄子安》），我们都可看出，鱼玄机很少讳言自己内心的想法和喜好，可见其天生一副不同于矜持含蓄女子的快人快语。在经历了感情的挫折，经历了弃妇、女冠的角色以后，坎坷的人生境遇下思想观念的转变让这种性情在诗中尽情挥洒发泄，于是很多诗篇体现出大胆爱恨，形成流荡冶艳的艺术特征，而这种特征的形成某种程度上是其女性自我意识的一种显现。

在鱼玄机存世的诗中有代人悼亡的诗篇。如《代人悼亡》《和新及第悼亡诗二首》。我们知道悼亡诗多是男子悼念亡妻的作品，那么鱼玄机这种为人悼亡的方式一方面体现出其诗名远播，另一方面也体现出其自我意识里与男人平等的潜在要求。如《代人悼亡》：

曾睹夭桃想玉姿，带风杨柳认蛾眉。珠归龙窟知谁见，镜在鸾台话向谁。
从此梦悲烟雨夜，不堪吟苦寂寥时。西山日落东山月，恨想无因有了期。

在此，诗人把自己想象成丧妻的丈夫，完全用一个男子的口吻表达失爱之痛以及对亡姬难以割舍的思念。她以自己之心揣度男子之心，在开篇就抒发睹物思人之感，以“夭桃”“杨柳”比喻亡人的美貌，词句颇有《长恨歌》：“芙蓉如面柳如眉”之感。而后对亡人的归处作了大胆的想象，如《庄子·列御寇》：“千金之珠，必在九重之渊而骊龙颔下”，可知玄机受了道家的影响对死者进行了仙界的想象。而“知谁见”“话向谁”两个反问又表达了丈夫对逝者的不舍。最后以“烟雨夜”“寂寥时”的悲苦哀吟表达了以后年复一年相思无因的爱情感伤，而这也将成为现实中愁苦的开始。于是我们或可推断，此时的鱼玄机融入了自己爱情经历里感伤的因素，因为自己经历悲切，才能将心比心地写出如此哀荡的诗歌，而值得强调的是，此时的将心比心是把自己作为男子，一方面体现出鱼玄机潜意识里的对男女平等的要求，另一方面体现出虽为弃妇，但她并未因此而长久地痛恨男人，这种豁达的心胸固然是由其天生豪爽的性情决定，另一方面也与入道以后道家修身养性的影响有关。

如果说这种代人悼亡的诗歌体现的是鱼玄机潜意识中的对男女平等的要求，那么《游崇真观南楼睹新及第题名处》则明确地表明对于男女平等权利的向往。她在游览崇真观的时候看见了及第状元的新榜，于是毫不掩饰内心想要与男子一争高下的愿望："自恨罗衣掩诗句，举头空羡榜中名。"可见，社会性别制度对于女子的束缚造成了她的才名空许，如果一旦允许男女同科考试的话，她未必有输于男子的成绩。这种喷薄而发的气度和不服输的心态使辛文房在《唐才子传》中发出："观其志意激切，使为一男子，必有用之才"的感叹。

至于《赠邻女》则用率直、大胆的语气在对邻家女孩的劝告中体现出自己对爱情的体悟：

羞日遮罗袖，愁春懒起妆。易求无价宝，难得有心郎。
枕上潜垂泪，花间暗断肠。自能窥宋玉，何必恨王昌。

据推测[1]此诗是鱼玄机的绝笔之作，作于狱中。其中"羞日遮罗袖，愁春懒起妆"和"枕上潜垂泪，花间暗断肠"应是叙写了她失败爱情以后的伤心生活状态，经历感情失败后，她得出了爱情中最重要的东西是遇到有情人的真心，而非物质层面的享受。也正是这段挫折的感情经历让她有了"自能窥宋玉"的女性意识。在爱情里，女人也应该是可以占有主动地位的，命运不一定要掌握在男子手里。这种想法可以说是对古代社会传统爱情观和道德观的反叛。体现了她对"父母之命，媒妁之言"的婚姻观的蔑视，更反映了她对婚姻自主和女性自主意识的追求。更为难能可贵的是，虽人生道路坎坷曲折，遭受了感情的挫折和巨大伤害，鱼玄机还依旧能有"何必恨王昌"这种不埋怨、不抱怨男子的人生态度，充分体现了她心胸的豁达，这或许也与其接受了道家思想经历影响有关。另外，诗歌不但彰显了鱼玄机的真性情，而且关乎鱼玄机对人世之情的深辟见解，故此诗历来评价较高，如：

---

1 参考彭志宪、张燚：《鱼玄机诗编年译注》，乌鲁木齐，新疆大学出版社，1995。

明钟惺《名媛诗归》卷十一言：娇在无端生想便有，痴在全由慧性使成，非有才有色人，不能容易到也。

明杨肇祉《唐诗艳逸品》言：字字伤神。

明江进之《雪涛小书．闺秀诗评》言：二诗（按指《赋得江边柳》及《赠邻女》）苍老古拙，如孔明庙柏，柯石根铜。

明赵世杰《历代女子诗集》卷七言：说情处，字字使人心宕。

清张揔《唐风采》言：有心诚难，有心则必一心矣。

于是果如叶燮《原诗》所说："晚唐之诗，秋花也。江上之芙蓉，篱边之丛菊，极幽艳晚香之韵，可不美乎？"[1] 鱼玄机就是晚唐众多秋花中极具风情绚烂的一朵。因为凡此种种都充分体现了那个时代，鱼玄机诗歌中不同于寻常女子所体现出的对女性形象的自我关注和难能可贵的女性意识的高度觉醒。

狄尔泰说："诗把心灵从现实的重负下解放出来，激发起心灵对自身价值的领会。……才女毕竟借助于表现诗才而获得一种与美色不同的自我价值"。[2] 唐代薛涛和鱼玄机的诗歌应该是这一说法的最好诠释。她们以有限的文字标注自己对人生的体验和想法，用诗的语言表达灵魂深处对于人生的感受、拷问乃至叛逆，真实地记录了自己的成长历程与心路变化，这些记录毫无疑问地成为她们生命价值、人生价值的体现渠道之一。作为中唐、晚唐的女性代表，她们笔下的诗不仅体现了她们的才情、胆识，也展现了不同时代下女性自我关注与女性意识的体现。而这种不同程度的女性自我关注和女性自我意识的展现则毫无疑问的与其所处的时代环境、社会背景以及文学思潮有着密切的联系。那么在唐代不同历史分期内女性形象的体现究竟呈怎样的情势？不同历史时期对于女性形象塑造有怎样的影响？我们将在下一章作详尽论述。

四、鱼玄机自我形象与功利主义思想倾向[3]

鱼玄机在其短暂的生命中留下了四十九首诗歌，其中有一半以上是关于爱

1 袁行霈、孟二冬、丁放：《中国诗学通论》，合肥，安徽教育出版社，1994，851页。

2 康正果：《风骚与艳情》，上海，上海文艺出版社，2001，332页。

3 本节内容引肖占鹏、王蕊：《论鱼玄机爱情诗歌中的功利主义思想倾向》，载《天津师范大学学报（社会科学版）》，2010（4）。

情或涉及爱情题材的[1]。鱼玄机的这些爱情题材类诗歌是一份原生态的生活手札，以社会底层女性求取托身为目的，清晰记录了妇女求取生存之道的思想历程，体现出了目的性极强的“为托身”的功利主义思想倾向，是鱼玄机自我形象的生动写照。诗歌清晰记录了诗人求取生存的心路历程，诗人对诗歌文本的体认同样也是古人对自身生存状态的体验，同时也是对其思想倾向的指引，即女性所特有的心灵体验：煞费思量、反反复复、深入肺腑、用尽心思、细腻痴情，似“干谒”或明晰、或婉转，却殊途同归，其中的缠绵痴恋只为托身，凸显了其爱情诗歌中的功利主义思想倾向。这种思想倾向在她人生的不同时期表现不尽相同，主要体现为被弃之前的含蕴、被弃之后的矛盾以及入道之后的直白。

1. 被弃之前的含蕴——酬唱为鱼李

从咸通二年（861年）至咸通四年（863年），鱼玄机作为“外妻”身份写给李亿多首诗歌，单看起来似是繁情缛节、饱情唱吟、闺阁情思、兴到而为。细细揣摩，联系品读，似会发现句句有用意、处处有所指。如“唯应云扇情相似，同向银窗恨早秋”（《酬李学士寄簟》）班婕妤与合欢扇，被弃、被纳的亘古意象；再如“毕竟入门应始了，愿君争取最前筹”（《打毬作》）“入球门”乃“入家门”也，双关暗示、娶亲了愿；还如，明人胡应麟（《诗薮》）评价为：“余考宋七言排律遂无一家，唐惟女子鱼玄机酬唱二篇可选，诸亦不及云”的《春情寄子安》“山路欹斜石磴危，不愁行路苦相思。冰销远硐怜清韵，雪远寒峰想玉姿。莫听凡歌春病酒，休招闲客夜贪棋。如松匪石盟长在，比翼连襟会肯迟。虽恨独行终尽日，终期相见月圆时。别君何物堪持赠，泪落晴光一首诗。”有研究者认为这首于咸通三年（862年）的诗歌作于李亿正妻侦知李亿另

1 鱼玄机创作的有关爱情类题材的诗歌共25首。1.《酬李学士寄簟》《打毬作》《情书寄李子安》（以上3首作于咸通二年（861年），作者约十八岁）。2.《春情寄子安》《过鄂州》《隔汉江寄子安》《早秋》《江陵愁望寄子安》《寄子安》（以上6首作于咸通三年（862年），作者约十九岁）。3.《迎李近仁员外》、《送别》（水柔逐器知难定）、《送别》（秦楼几夜惬心期）、《闻李端公垂钓回寄赠》、《酬李郢夏日钓鱼回见示》、《赋得江边柳》、《闺怨》、《秋怨》（以上8首作于咸通四年（863年），作者约二十岁）。4.《寄刘尚书》《卖残牡丹》《和人》《感怀寄人》《左名场自泽州至京，使人传语》《和友人次韵》（以上6首作于咸通七年、八年（866—867年），作者约二十三四岁）。5.《次韵西邻新居兼乞酒》《赠邻女》（以上2首作于咸通九年（868年），作者约二十五岁）。

有外妻，执意不从之时，鱼玄机为缓和家庭矛盾出行汉江路中寄于李亿之作[1]，其中盼相逢、为托身，执意真真。这类爱情诗歌含蓄委婉、挚情感人、执着痴恋，组成了鱼玄机执着寻求爱情的自画像。但究其深意乃为表其托身切切之意 。

其他的几首，如作于咸通二年（861 年）的《情书寄李子安》、咸通三年（862 年）的《隔汉江寄子安》《江陵愁望寄子安》《寄子安》等都似这般“忆君心似西江水，日夜东流无歇时”，都在至情至真中委婉却清晰地表达着自己希望托身李亿的祈望。特别是《迎李近仁员外》：“今日喜时闻喜鹊，昨宵灯下拜灯花。焚香出户迎潘岳，不羡牵牛织女家。”明人钟惺《名媛诗归》评这首诗：“如此而犹遭弃斥，吾不知其尚有心胸否也？红颜薄命，为之深慨！”

无论如何，鱼玄机“宁作鸳鸯不羡仙”，对所爱之人陈说心曲，不只出于一时的兴致所致，更来源于求托身、求安稳、得婚姻的心态。诗歌传达了诗人信念的最强音，真情流露、尽致淋漓，最终的目的只是为了不被所爱的男人抛弃，于是这种不易被察觉的小小“爱情功利”已然浸漫于字里行间了。

由此，鱼玄机被弃前的婚恋诗歌营造了一种浓情至真的氛围。在繁缛细密中，情思隽永的痴恋形象往往最能引人眼力，而其文本背后一脉相承的核心思想倾向却容易被忽视。鱼玄机不是一个“诗人”，而是一个“女人”，地位卑微的“女人”，她的这类婚恋诗歌主要体现的当然并非只是细密的情致、简单的传情，而是古代社会女性“以求取生存为目的”的观念性创作，只不过这些写给所爱之人的诗歌在体现爱情功利思想倾向的时候更加委婉、深情罢了。

如果鱼氏此时期的诗歌在体现功利主义倾向的时候还有些若隐若现、委婉含蓄，那么在被弃之后、尤其是作了“女冠诗人”之后的爱情诗歌，其中所传递的这种“功利主义”就更加直白了。

2. 被弃之后的矛盾——困惑求生存

宗法社会制度与社会意识形态作用于女性本质，彰表于婚姻关系。旧时，由于妇女在经济上一般不能独立，一旦婚姻关系结束，生存的危机便会随之而来；况且被男人抛弃的女性在当时是被人看不起的，弃妇自己也会在心理上承受压力，觉得低人一等。鱼玄机被弃之后，其爱情诗歌中反映出来的功利主义思想倾向在明晰过后又回落到委婉。比照这首《赋得江边柳》：翠色连荒岸，烟姿入远楼。影铺秋水面，花落钓人头。根老藏鱼窟，枝低系客舟。萧萧风雨夜，

1 参考彭志宪、张燚：《唐代女诗人鱼玄机诗编年译著》，乌鲁木齐，新疆大学出版社，1994，9 页。

惊梦复添愁。这首五言律诗曾由唐末左补阙韦庄选入《又玄集》，又被五代蜀监察御史韦縠选入《才调集》。诗中以江边柳的秋色自喻，主旨是说自己虽为弃妇，仍如秋柳那样尚有可观可喜之处，含有再次请求托身，求取李郢收留的意思。在写法上通篇不着一个柳字，但句句写柳，又暗寓自己的身世处境，情意真切，引人同情。此诗历来被评价较高，而能够将爱情与功利书写得如此不露痕迹，可见鱼玄机的才智过人。

为了生存，她只能选择继续做妾。咸通四年（863 年），她写了《闻李端公垂钓回寄赠》《酬李郢夏日钓鱼回见示》《赋得江边柳》三首诗，向侍御史李郢表达托身心意。《闻李端公垂钓回寄赠》是一首女子向男子大胆示爱的诗，其中有诗句："自惭不及鸳鸯侣，犹得双双近钓矶。"只不过，如此直白的"鸳鸯侣"、"双双"类的示爱风格在鱼玄机被弃前的爱情诗歌中是比较少见的。

鱼玄机百般祈望维系婚姻关系，向侍御史李郢表达心意，求取托身最终无果，在百般无奈下选择了"入道"。

同年（咸通四年，863 年），鱼玄机在《冬夜寄温飞卿》诗中写："疏散未闲终遂愿，盛衰空见本来心。幽栖莫定梧桐处，暮雀啾啾空绕林"，向温飞卿暗示了自己入道的可能，随即于咸通五年（864 年）书写了"人世悲欢一梦"(《寓言》)，"深巷穷门少侣俦，阮郎唯有梦中求。香飘罗绮谁家席？风送歌声何处楼？街近鼓鼙喧晓睡，闲庭鹊语乱春愁。安能追逐人间事，万里身同不系舟"（《暮春即事》）的诗句，这一幅幅自画像记录了鱼玄机选择入道的心路历程。

生活的体验决定生活的理念，当然也会反映在诗歌当中。诗歌中窥见的人生其实不仅仅是凝固的画面，还有生活磨砺后水到渠成的人生经验，反映在诗歌中就成为形式背后的内容，情感掩映的思想。被弃之后、入道之前，鱼玄机爱情诗歌中的功利主义倾向在明晰与委婉之间徘徊，正如诗人选择生存的道路一样，充满矛盾与困惑。

3. 入道之后的直白——生存求机变

鱼玄机出家作道士是在面对了生存压力、经过了比较长期的思想斗争后做出的生存决定，因此"女冠"并非诗人灵魂的归宿，只不过是一个无奈的选择。要说明的是，之所以会百般无奈之下选择入道，这源于有唐以来女性热衷入道的广泛而深刻的社会政治、经济的原因与思想文化的原因。

这首先是来自唐代崇道风气的影响。唐朝是我国历史上道教最为兴盛的朝代之一。唐统治者为了达到巩固政权的目的，奉道教“教主”李耳为李唐宗祖，尊道教为国教。其次，道教的修行方式和修行目的更容易满足彼岸的追求。道教发展到唐代更具有“主生”“主乐”性，追求长生不死、追求人间的自由快乐。“道教既不禁欲，又能长生，既能得人间富贵，还能成仙了道；既快活，又高雅，真是妙不可言！当然人们在俗世中如有不如意，可以借此为‘终南捷径’…… 虔诚或不虔诚地求做神仙来”。[1] 加之唐时道士女冠同列，没有性别尊卑高下之分，这也是女性乐于入道的原因之一。还有唐代对宫观给予扶持、优惠的政策，正式度为道士者，“凡道士给田三十亩，女冠二十亩”，[2] 而且可以免除租税课役。因此像鱼玄机这样的贫寒女性、无家可归者寄身道门，可以免遭冻馁之患。

女冠的入教，从本质上来讲也是一种世俗的功利行为，并且他们的宗教生活与尘世生活仍然紧密相连。在刚为“女冠”的前两年中，鱼玄机的诗歌主要记录了入道后的生活片段，如：“霞彩剪为衣，添香出绣帏。芙蓉花叶□，山水帔□稀。驻履闻莺语，开笼放鹤飞。高堂春睡觉，暮雨正霏霏。”（《寄题炼师》）

入道两年以后，直至鱼玄机离世的大约五年中，鱼玄机所作十四首诗歌都有一个共同的特点，即都是道观外的人与事。其中关于爱情主题的诗歌就有八首。

如《寄刘尚书》，其中有诗句“小材多顾盼，得作食鱼人”。鱼玄机以“顾盼”为旨，以“食鱼人”自比，直言感念刘尚书“顾盼”之意。言之凿凿，用意明显，似为传情，实为托身。

再如“多情公子春留句，少思文君昼掩扉。莫惜羊车频列载，柳丝梅绽正芳菲”（《和人》）；又如“门前红叶地，不扫待知音”（《感怀寄人》）。

这些含有爱情与情爱色彩的诗句已然不似鱼玄机婚姻失败之前写给李亿的爱情诗歌了，没有了“泪落晴光”的含蕴，缺少了“入门应始了”的委婉，在经历了“江边柳”（《赋得江边柳》）的含蓄徘徊后，又复归于“鸳鸯侣”、“双双”类的直白示爱了。其中这“留”、这“掩”、这“待”，已然是直截了当了；劝君“莫惜”、只待“知音”，这分明是直白的邀约，大胆的示爱。那个痴恋爱情、委曲求全的羞怯女子形象已然不再，被弃的痛楚、生存的现实让鱼玄机以

1 葛兆光：《道教与中国文化》，上海，上海人民出版，1987，174 页。
2 王永平：《道教与唐代社会》，北京，首都师范大学出版社，2002，5–75 页。

大胆的面貌示人，诗歌成为作者自我形象变化的真实记录者。

再如《左名场自泽州至京使人传语》《和友人次韵》《次韵西邻新居兼乞酒》三首诗，它们大约都是鱼玄机和一位男子[1]的酬唱往复之篇。其中无论是期许对方常来的“莫倦”之请，还是自己“每春忙在曲江头”的似含乞怜的殷勤[2]；无论是“何事能销旅馆愁”的欲休还语，还是“且惜时吟在手头”的牵挂不已[3]；无论是“登垣意”“化石心”的痴爱挚意，还是“河汉”“潇湘”的天人浩叹，鱼玄机笔下的爱情诗歌已然来的如此之热辣[4]。正如郑振铎先生所说：鱼玄机“写着颇为大胆的爱情诗”[5]。

鱼玄机的爱情诗歌组成了她人生经历的自画像。在诗歌中她完成了对自我的书写与记录，她不只是在写情，更积极地寻求精神的寄托，不仅体现着与文人学士的交往广泛，而且透露了交往中的心态，即她从不曾心如止水、忘怀世事，她与一些男性诗友的情谊颇为深厚，也在与众多名士的交往中大胆地寻觅着真情、追求着爱情。而这情字背后均有为托身、为婚姻的目的指引。这种重功利的诗歌思想倾向格外透彻明晰，且直白大胆。

总之，自进入父系氏族社会以后，在漫长的中国古代宗法社会中，家族成为利益的共同体，男性成为利益共同体的主要主导力量。符合这种主导力量的声音成为主旋律，女性的声音自然而然的被融入这种主旋律中，继而随着主导声音的不断增强而趋于失音。

在文学发展过程中，这种主导亦无例外。以古代文学思想理论的发展脉络来看，核心的话语权主要掌握在以男性为标准的评价体系中，即文学思想理论集中体现了以男性为主导力量的利益共同体在生存过程中的意识倾向。于是，以功利主义诗歌思想主张为例，其目的在政治，在明道，在为君、为臣、为民、为物、为事而作，为其政治意愿被接受、被采纳、被关注而作，而非为文学而作。这源于以男性作为主导核心的利益群体的主要生存目的与主要生存价值的

1 参考彭志宪、张燚：《唐代女诗人鱼玄机诗编年译著》，乌鲁木齐，新疆大学出版社，1994。

2《左名场自泽州至京，使人传语》：闲居作赋几年愁，王屋山前是旧游。诗咏东西千嶂乱，马随南北一泉流。曾陪雨夜同欢席，别后花时独上楼。忽喜扣门传语至，为怜邻巷小房幽。相如琴罢朱弦断，双燕巢分白露秋。莫倦蓬门时一访，每春忙在曲江头。

3《和友人次韵》：何事能销旅馆愁，红笺开处见银钩。蓬山雨洒千峰小，嶰谷风吹万叶秋。字字朝看轻碧玉，篇篇夜诵在衾裯。欲将香匣收藏却，且惜时吟在手头。

4《次韵西邻新居兼乞酒》：一首诗来百度吟，新情字字又声金。西看已有登垣意，远望能无化石心。河汉期赊空极目，潇湘梦断罢调琴。况逢寒节添乡思，叔夜佳醪莫独斟。

5 郑振铎：《插图本中国文学史》，北京，北京出版社，1999，408页。

体现——为政治与为权力。当然，它往往体现为一个时期一个群体的共同声音。

而文学受制于社会历史生活，它同时也似一面镜子，映现了社会历史生活。因此，可以从这面镜子中寻觅女性的历史和真正属于女性性别的想象，即使是个例，也往往可以从个别中窥见一斑。

在漫长的中国古代宗法社会中，女性普遍的生存目的与主要生存价值的体现当然不是为政治与为权力，而是为托身，以及托身之后的安稳。而托身的主要方式当然就是婚姻，安稳则来自婚姻缔结的利益最大化。

可以说，功利主义文学思想是将男性主导的利益共同体作为普遍评价标准，定义为“为政治而非为文学”，其本质是以鲜明的实用主义为目的；然而以女性普遍的生存目的与主要生存价值相结合为标准，且同样体现出鲜明的实用主义目的的功利主义思想，反映在女性的文学上则是为托身而作，为求取婚恋而作。于是，无论男性还是女性，其功利主义诗歌思想的本质——实用主义是相同的。在本质皆为实用主义的前提下，男性的功利主义诗歌思想主要体现在政治功利主义，女性的功利主义诗歌思想主要体现在婚恋功利主义，可以说都不是为文学而作。

鱼玄机生活于晚唐时期，在创作与理论上都很难再找到“惟歌生民病，愿得天子知”的文学思想倾向。诗歌创作的主要倾向是写个人情感，表现个人复杂的内心世界和生活情趣。这个时期诗歌在题材上大量写闺阁生活，爱情主题，以至楼台舞榭，主要特色是追求一种细美幽约，更侧重于“追求诗歌表现细腻感情的特征”[1]。鱼玄机诗歌的细美幽约是在她的骨髓血液里的，然而她的爱情诗歌的思想动并非为了“追求诗歌表现细腻感情的特征”。似乎诗文中“我爱你”的情感表达敌不过“我要成为你的妻子”的心底呐喊，而这则是首先作为“女人”的“诗人”，特别是像鱼玄机这样深处社会下层的女性在宗法社会里求取生存的目标体现。

鱼玄机的爱情诗歌之所以具备明显的功利主义思想倾向，是因为这样的爱情诗歌已然不能被完全概括成“为情所困”，它是一种有目的、一种为婚姻、为生存的“托身诗歌”。她的情感的大胆表达，与为政治、为明道而作的诗歌蕴含了相似的意识倾向。

鱼玄机这些为生存的爱情诗已然成为古代社会底层妇女求取生存之道的思想记录，成为抓住生命并与命运周旋的坚持的声音。鱼玄机作为女性——社会

1 罗宗强：《隋唐五代文学思想史》，上海，上海古籍出版社，1986，371页。

底层的女性，生存本质要求她必须以求取婚姻来实现有可能的人生安稳，必须以托付自己为目的来面对生存。于是在这样的终极目标指引下，“女诗人”鱼玄机是在完成其作为“女人”的生存目的的过程中，用自己的才智情思书写出了对俗世爱情生活的由衷向往，呈现了一个古代社会性别制度下，卑微女子求取生存的真实、典型且生动的女性形象。

对其作为女冠诗人的道家身份而言，实质上左右其诗歌创作和思想行为的都是一种现实主义精神，即在现实生活中寻求精神的寄托并认知生命的意义，以此解决生命的困惑和痛苦。这恰恰反映了鱼玄机仅仅将女冠的生活经历作为人的精神需求和物质欲望的寄托。

综上所述，无论是以怎样的身份作为生存的外衣，无论以怎样的形象书写爱情，鱼玄机爱情诗歌的思想倾向是一致的，即以“为托身”为目的来书写爱情诗歌，这些爱情诗歌带有功利主义的思想倾向，只不过这种为婚姻的功利主义思想倾向在其人生的不同阶段，有不同表达的方式，体现为委婉和直白的区分罢了。

第六章

文学思潮与女性形象研究

第一节
宫体余绪与初唐诗歌中的女性形象

1. 齐梁宫体诗中的女性形象概观

晋宋以降，文学趋于靡丽，诗歌创作中重技巧、重细腻的一面展露无遗，与崇高相对应的“优美感”成为主流审美标准。“南朝君臣在把形式美推向极致的同时，也把阴柔之美推向了极限，把《楚辞》以来的柔婉哀怨变成了香软、绮艳，使南朝文学总体上呈女性化倾向。”[1] 这种“阴柔”的文学恰契合于展示“女性”这一审美对象。

齐梁宫体诗中，“女性”是最为常见的主题。其具体情况有二：

第一，与女性有关的器物被大量引入诗歌。如沈约的《十咏二首》中有《领边绣》与《脚下履》，属咏物诗。但诗歌由领绣联想到鬓发、由履而及至女之情态，实则是歌咏女性的美。又如，谢朓的《杂咏镜台》：

玲珑类丹槛，苕亭似玄阙。对凤悬清冰，垂龙挂明月。
照粉拂红妆，插花理云发。玉颜徒自见，常畏君情歇。

虽谓咏镜台，然则自然联想到于镜台前梳妆理容的女子，再由女子之“玉颜”深入女性的心理。又如徐君蒨的《别义阳郡》：

饰面亭，妆成更点星，颊上红疑浅，
眉心黛不青。故留残粉絮。挂着箔梁钉。

---

1 刘畅：《史料还原与思辨索源——中国古代思想与文学丛稿》，天津，南开大学出版社，2006，159 页。

完全将亭拟女性化，这哪里是在写亭台，分明是在描绘一位淡妆相见的女性。在上述这样的情况下，女性实际上与那些专属于女性的器物，分别作为“所指”与“能指”而构建了一个符号体系，并借由这一体系而成为不少咏物诗的深层旨归。

第二，将女性搬上前台，直接吟咏描摹。如萧纲《美女篇》《咏内人昼眠诗》《夜听妓诗》等，庾肩吾《咏美人看画诗》，庾信《奉和赐曹美人诗》《和赵王看妓诗》，陈叔宝《三妇艳词十一首》，及至《团扇歌》《上声歌》《碧玉歌》《欢闻变歌》《子夜四时歌》《河中之水歌》等等，皆兴趣所至，用工颇深，塑造的女性婉媚可人，美不胜收。

与前代相比，此时诗歌中的女性形象更为细腻、悦人。如《咏内人昼眠》有“梦笑开娇靥，眠鬟压落花。簟文生玉腕，香汗浸红纱”的描绘，其体察入微，笔法细腻，女子的婉媚柔弱之姿跃然纸上，拨动读者心弦。

此时，女性的“性别”特征在诗歌中被放大。以梁武帝艳情诗中的女子形象为例，如《子夜歌》其一：

恃爱如欲进，含羞未肯前。朱口发艳歌，玉指弄娇弦。
朝日照绮窗，光风动纨罗。巧笑茜两犀，美目扬双蛾。

朱口、玉指、纨罗、两犀、美目、双蛾，男性的感官体验被一一列举，诗中对女子的具体描摹无一不围绕着她的性别美展开。又如《子夜四时歌·夏歌》其一：

江南莲花开，红光覆碧水。色同心复同，藕异心复异。
别时鸟啼户，今晨雪满墀。过此君不返，但悲绿鬓衰。

将笔触深入女性内心，集中突出女性担心情侣移情别恋而自己却韶华不再的惆怆心理。

甚至，有些诗歌开始以隐晦的意象写男女的床笫之欢，营造纷繁欢会中的女子形象。如东宫学士纪少瑜的《咏残灯》：“残灯犹未灭，将尽更扬辉。惟余一两焰，才得解罗衣。”以残灯为切入点，灯火摇曳的符号指向床帏中的女子，亦契合女子含羞带俏的情态，全诗充满魅惑气息，香艳之感甚重。

总的看来，宫体诗重描绘的创作倾向使得诗歌中的女性形象渐趋细腻丰满，女性的阴柔之美也被淋漓尽致地展现出来。诚如刘畅先生所论：“向内收敛的偏安心态，任情适意的精神自足，与物性的细腻、精巧、富于层次感交相作用，培养出南朝士人特有的精微、细致的审美心性。”[1] 王瑶先生亦指出，宫体诗“题材逐渐转换到宫闱私情”，“是追求一种戏剧式的美”[2]。既然类似戏剧，则要求矛盾的集中与突出，而以如此细腻精巧的心性去集中体察女性的审美矛盾，使得女子特有的容貌特征、行为特征、心理特征更为凸显，其形象更加精致，也更具可区别性。

然而，女性形象在日渐“独特”的同时，似乎又陷入了失去自我形象的陷阱。这表现为两种倾向：一是女性的绝对客体化。在宫体咏物诗所构建的符号系统下，女性作为所指，与构成能指的物象在逻辑上其实并无分别，亦即“在当时诗人的眼里，女性的地位也与宫中器物一样，都是作为被玩味、被欣赏的对象而被题咏”[3]。二是女性形象的单一化。既然是作为玩赏的对象，宫体对女性形象的塑造，不可避免地落入了选题的狭隘与内容轻艳、颓靡的窠臼。文学作品中的女性形象塑造多表现为艳情娇媚，流于形式。诗歌中的女性都是赏心悦目的，即使是对女性心理的体会，也多是同一类型的——流连于男女情感的欢愉或哀婉。民歌中率直热烈、灵动多姿的情感，在宫体诗歌中是极为鲜见的。

2. 宫体余绪与唐初渐露清新的女性形象研究

有唐肇基后，文化发展的惯性导致文学风貌并没有从整体上摆脱齐梁艳体。唐初文学仍受南朝宫体余绪之影响。然而，由于传统的文教观念的影响，经历兴衰之变的王朝在文学理论中开始对齐梁创作风气开始加以批判。唐初文学批评家以史为鉴，将齐梁之风喻为“亡国之音”，如李百药《北齐书·文苑传序》：“江左梁末，弥尚轻险，始自储宫，刑乎流俗。杂粘滞以成音，故虽悲而不雅……原夫两朝叔世，俱肆淫声。而齐氏变风，属于弦管；梁时变雅，在夫篇什。莫非易俗所致，并为亡国之音……雅以正邦，哀以亡国”。在唐人眼中，萧纲、萧绎“启其淫放”，徐陵、庾信则为之张目掮旗，其诗“意浅而繁”“文匿而采”“词尚轻险，情多哀思”，皆属“亡国之音”。

在这样的文化氛围中，诗歌创作一方面延续了六朝风气，仍多绘写女性的妆容风神与多姿体态，显得视野狭窄，格调柔靡；另一方面也出现了微妙的变化，在柔靡的氛围中添加进清新与健康的元素。在女性形象的塑造上，虽以描写妇女的生活和体态为主要内容，却加入了新的风尚，在唐初文学接受前人宫

---

1 刘畅：《史料还原与思辨索源——中国古代思想与文学丛稿》，天津，南开大学出版社，2006，158页。

2 王瑶：《中古文学史论集》，上海，上海古籍出版社，1981，69页。

3 于志鹏：《沈约咏物诗略论》，载《绥化学院学报》，2005（1），73-75页。

体风格之时带来了微妙的变化，一种健康、自信、唯美的审美倾向渐趋生成。如虞世南《怨歌行》：

紫殿秋风冷，雕甍落日沉。裁纨凄断曲，织素别离心。
掖庭羞改画，长门不惜金。宠移恩稍薄，情疏恨转深。
香销翠羽帐，弦断凤凰琴。镜前红粉歇，阶上绿苔侵。
谁言掩歌扇，翻作白头吟。

诗中并未细腻描摹班婕妤、袁宝儿等女子的颜容与风姿，相反极力塑造她们在“宠移恩薄”后的幽怨心态，且符合其处境与身份。诗歌中的女子形象雅而不艳，柔而不靡，已经约略流露出一种清新的感觉。

复如，对宫体诗用了许多批判词汇的李百药，也写了不少描摹女性的诗歌，以《火凤词》为例：

歌声扇后出，妆影镜中轻。未能令掩笑，何处欲障声。
知音自不惑，得念是分明。莫见双嚬敛，疑人含笑情。
佳人靓晚妆，清唱动兰房。影出含风扇，声飞照日梁。
娇嚬眉际敛，逸韵口中香。自有横陈会，应怜秋夜长。

描摹一位佳人在等待情人时娇羞、急切的心态。其中，“娇嚬眉际敛，逸韵口中香”，人物塑造绮丽香艳，即使放在齐梁也毫不逊色。但总体来看，其不再耽于女子外在容颜、体态上的性别特征之美，而是着力展现女性的性情美。值得说明的是，末句用一“应”字，与第三句的精心梳妆形成不甚强烈但极具情致的反差，加入了男性创作者对女性形象塑造的心态描摹，这说明已融入了男性视角的审美体验，更具性别关照。男性作者主动去体察被审视的女性的心理活动，虽然这一想象是先在性的、泛化的，但女性已不再是单纯的赏玩客体了。这或可视为初唐诗歌中女性形象塑造的重大进步。

又，《妾薄命》言：“团扇秋风起，长门夜月明。羞闻拊背入，恨说舞腰轻。太常应已醉，刘君恒带醒。横陈每虚设，吉梦竟何成。”全诗多处用典，用团扇这一具有特殊意义的事物起兴，寄托薄命女子的爱恨情仇。残句“今日持团扇，非是为秋风”（《赋得班去赵姬升见〈诗式〉》），写班婕妤而不见其人，落寞姿容可以想见，人物塑造极具绰约之美。这些诗描摹的是美而不艳的女子，抒写的其情境下女子应然的性情，颓靡之风减弱，清新之感显著。

总体来看，在唐初这一时期，诗歌中女性形容身姿的内容仍然丰富，但作者已开始关注、展示女性的心理情感。此般现象的出现，或得益于当时理论导向与创作习惯之间所形成的张力。

初唐之际虽然被视为南北文化融合时代，但实际上仍是江南风习占了上风。“关陇健儿在政治、军事上是征服者，在文化上却是被征服者。在双向错综交织扭结的征服与被征服的过程中，表现出一代占有者的美学情趣。”[1] 唐代统治者虽是关陇贵族的代表，但却无法清除对南朝文化的欣羡，《新唐书》卷一〇二《虞世南传》载：“帝（唐太宗）尝作宫体诗，使赓和。世南曰：‘圣作诚工，然体非雅正。上之所好，下必有甚者。臣恐此诗一传，天下风靡。不敢奉诏。’”唐太宗曾好尚宫体，虞世南讽谏之；然而虞氏自己也难脱宫体习气，其诗歌文章以婉缛秀丽为基本特征。

我们从魏征的思想中能更清楚地看到这一点，《隋书·经籍志集部序》言：

世有浇淳，时移治乱，文体迁变，邪正或殊。宋玉、屈原激清风于南楚，严、周、枚、马陈盛藻于西京，平子艳发于东都，王粲独步于漳滏。爰逮晋氏，见称潘、陆，并黼藻相辉，宫商间起，清辞润乎金石，精义薄乎云天。永嘉已后，玄风既扇，辞多平淡，文寡风力。降及江东，不胜其弊。宋齐之世，下逮梁初，灵运高致之奇，延年错综之美，谢玄晖之藻丽，沈休文之富溢，辉焕斌蔚，辞义可观。

魏征对文采的态度于此可见一斑。虽然鄙薄江东寡于风力之文，但对潘岳、陆机、谢灵运、颜延年、谢朓、沈约等人藻丽富溢的文学创作，还是颇为欣赏的。

然而，毕竟是南朝败亡了，在传统文教观的逻辑下，其用以化成天下之文的意图显然也是失败了，甚至可以视为导致国家败亡的原因之一。同是魏征，在《隋书·文学传序》又有了另一种看法：

梁自大同之后，雅道沦缺，渐乖典则，争驰新巧，简文、湘东，启其淫放，徐陵、庾信分道扬镳，其意浅而繁，其文匿而彩。词尚轻险，情多哀思，格以延陵之听，盖亦亡国之音乎。

“雅道沦缺”的文学是要排斥的。若再有形同南朝宫体的创作，难免要被扣上“亡国之音”的帽子。但文学创作的惯性需要以时间来扭转，重词采、事描

1 霍然：《唐代美学思潮》，长春：长春出版社，1997，64 页。

摹的风气不会一朝消弭。在这样的悖论中，歌咏女性的诗歌便自然选择了放弃前朝所在意的“肉感”美，转而以细腻、精微的审美意识来深入女性的心理与情感世界，借以消减诗歌中的艳情与绮靡。当然，这无形中为一种性别观照提供了很好地发展契机。

3. 勃兴时代的纷景与女性形象的复归传统

高宗临朝后，“上官体”渐趋流行。而上官体更多反映的是文学创作发展中的惰性与回环性。就描摹女性而言，上官体与南朝宫体并无本质上的区别，皆以玩味的原则来进行女性审美，又同样“畸形”地追求艺术上的形式美。诗歌中的女性在以上官仪为代表的上官体诗人手中，变得更加精致细腻。

上官仪诗歌中出现的女性形象，往往呈现出“绮错婉媚”之态。闻一多先生在《唐诗杂论》中指出，上官仪等所创作的诗，“依然是简文帝时那没筋骨、没心肝的宫体诗。不同的只是现在词藻来得更加细致，声调更流利，整个的外表显得更乖巧、更酥软罢了”[1]。其诗歌中的女性亦是如此。如其《八咏应制二首》，都是对女性外在之美的描摹，所谓“翡翠藻轻花，流苏媚浮影”写妆容之盛，“罗荐已擘鸳鸯被，绮衣复有蒲萄带”摹床帏间之娇态，“送影舞衫前，飘香歌扇里”极力绘饰舞姿之媚人。然而，在这些炫目的辞藻后，女性并未因外在肉体之美而使其灵魂之妙得以彰显。甚至，此类诗歌中的女性形象的内里精妙反被外在的形容之艳丽所掩盖。

许敬宗（或曰李义府诗）的《堂堂词二首》也是如此：

> 镂月成歌扇，裁云作舞衣。自怜回雪影，好取洛川归。
> 懒整鸳鸯被，羞褰玳瑁床。春风别有意，密处也寻香。

两诗皆写艺妓春情，前首“自怜”一词，与歌舞之盛形成对比，引人遐思，后首则直接大胆，用床榻、被褥的特定之景展现为情所困的慵态，并将“春风”拟人化，以传达此刻心情。女子的香艳定能打动不少男性读者的心扉，令他们如痴如醉，与宫体之柔靡别无二致。但女子的内心忧喜如何，却不在诗人的思虑范畴之内。这是上官体诗人狭隘地沉溺于宫廷生活，又多以权高位重之姿态赏玩女性的创作心理使然。

唐初诗歌中的女性形象塑造渐渐走出颓靡的天地，渐露清新健康的色彩。

---

1 闻一多：《唐诗杂论》，上海，上海古籍出版社，1998，32 页。

然而，当旧文学濒将绝迹，富有生命力的新文学尚未问世之时，新旧变革之间尚需痛苦过程的磨砺，“上官体”类诗歌恰是此种情况的反映。

不过，对以“上官体”为代表的龙朔文风持批评的态度的思想也不在少数。如杨炯在《王勃集序》中便指出：“尝以龙朔初载，文场变体，争构纤微，竞为雕琢。……骨气都尽，刚健不闻。思革其蔽，用光志业。”在这样的思想主导下，诗歌中的女性形象又呈现出另一种面貌。如卢照邻的《芳树》诗：

芳树本多奇，年华复在斯。结翠成新幄，开红满旧枝。
风归花历乱，日度影参差。容色朝朝落，思君君不知。

又，《和王奭秋夜有所思》：

寂寂南轩夜，悠然怀所知。长河落雁苑，明月下鲸池。
凤台有清曲，此曲何人吹。丹唇间玉齿，妙响入云涯。
穷巷秋风叶，空庭寒露枝。劳歌欲有和，星鬓已将垂。

这样的诗歌已经跳脱出了藻绘女性的藩篱，而是将女性纳入到比兴的传统诗歌美学体系之下。上述二诗中，女性容妆的铅华渐渐洗去，却着重突出了她们的深情与才艺，只是这种才情不为人知，以致容颜随日月逝去，渐成明日黄花。初唐四杰皆才高而位卑，因此诗歌中这些失时误春的女性形象背后，实际上潜隐着诗人孤寂的落寞心灵，体现着其在现实面前的痛楚感伤。

王勃笔下的女子，也全无脂粉气息。他的几首长诗，如《秋夜长》《采莲曲（乐府作采莲归）》《临高台》，皆极尽铺陈之能事，其中无论是征妇还是少女，皆能表现出一种主动诉说情愫心曲的味道。“调砧乱杵思自伤。……君在天一方，寒衣徒自香”（《秋夜长》），“相思苦，佳期不可驻。塞外征夫犹未还，江南采莲今已暮”（《采莲曲》），描述征妇相思之苦，抒发韶华易逝却无悦己者欣赏的悲哀，其实际上也是隐喻自身才高而无人奖掖的落寞心绪。《临高台》中有言：

娼家少妇不须颦，东园桃李片时春。君看旧日高台处，柏梁铜雀生黄尘。

这里说的是及时行乐的思想，可以视作一种用世之心受挫后的自我宽慰，包含有强烈的生命意识在其中。

女性形象洗尽铅华，并作为比兴体系中的重要组成部分出现于诗歌中，大约是这样一些原因使然：

首先是庶族文人逐渐崛起。武则天临朝后，通过科举、征求等手段，极力动摇关陇贵族集团的统治地位，大量布衣寒士得以进入政治、文化的主导圈层。葛晓音先生《论初唐的女性专政及其对文学的影响》一文对此已有详细阐述。

这些庶族文人对于宫廷奢华是很陌生的，他们更熟悉寻常的生活。如宋之问虽在武后朝显贵一时，但他毕竟是来自民间的文人，其所描绘的女性是上官体中无法见到的。如《牛女》（又曰沈佺期作）：

粉席秋期缓，针楼别怨多。奔龙争渡月，飞鹊乱填河。

失喜先临镜，含羞未解罗。谁能留夜色，来夕倍还梭。

“失喜先临镜，含羞未解罗”的情态与“谁能留夜色，来夕倍还梭”的心态，写得颇有情趣，女子渴慕、留恋爱情的形象于此尽得展现。相比之下，宫体和上官体中描摹贵族女性相似心态的种种，都显得俗套不少。

同时，这些下层的文人更加关心自己的政治命运，故常以美女才女无人欣赏来隐喻自身的仕途坎坷。诗人笔下的女性形象呈现出另一种面貌，成为诗人政治失意的形象代言。如骆宾王的《艳情代郭氏答卢照邻》，诗歌与其说是代答，毋宁说是自况：

……

莫言贫贱无人重，莫言富贵应须种。绿珠犹得石崇怜，飞燕曾经汉皇宠。

……

情知唾井终无理，情知覆水也难收。不复下山能借问，更向卢家字莫愁。

诗中女子形象丰满，个性突出，激烈地控诉自己的不公命运。这里的女子不再是柔弱者，相反从她身上能更多地体会出激昂、慷慨的情怀。无怪乎马茂元先生认为《艳情代郭氏赠卢照邻》等“是具有时代代表意义的作品”[1]。

其次是诗歌创作思潮向汉魏文学的复归。初唐时期反驳上官体的武器是汉魏风骨。陈子昂在《与东方左史虬修竹篇序》中提出：

文章道弊五百年矣。汉魏风骨，晋宋莫传，然而文献有可征者。仆尝暇时观齐梁间诗，彩丽竞繁，而兴寄都绝，每以永叹。思古人常恐逶迤颓靡，风雅不作，以耿耿也。一昨于解三处见明公《咏孤桐篇》，骨气端翔，音情顿挫，光英朗练，有金石声，遂用洗心饰视，发挥幽郁。不图正始之音，复睹于兹；可

1 马茂元：《论骆宾王及其在“四杰”中的地位——为重印〈骆临海集笺注〉作》，见骆宾王著，陈熙晋笺注，《骆临海集笺注》，上海，中华书局上海编辑所，1961。

使建安作者，相视而笑。”

这里批评“齐梁间诗，彩丽竞繁”，转而提倡“骨气端翔，音情顿挫”的建安风力，寓含着以阳刚之美来替换齐梁宫体的绮艳、阴柔之美的要求。这种理论主张在陈子昂的诗歌创作中也是有体现的。其《感遇诗三十八首》就涉及了女性形象的描写，如“宫女多怨旷，层城闭蛾眉”，“可怜瑶台树，灼灼佳人姿。碧华映朱实，攀折青春时。岂不盛光宠，荣君白玉墀。但恨红芳歇，凋伤感所思”，无论是语言还是情志，都极类东汉时期的古诗。诗句在描摹女性外在形象之时，映入诗人自身落寞内心之写照，具有一种象征意义，且此中女性形象更为素朴，不加忸怩之态。

向汉魏的复归的最终旨归，即是重新弘扬“诗言志”的传统。因此，上述卢照邻、王勃、陈子昂等人对女性的描写，其实都并非纯粹的审美，相反他们所塑造的女性形象是服务于某种意图表现的。写女子，是用以比兴的，当然这种比兴中的政治目的相对较弱，因此毋宁说是寄兴。这些女性形象具有某种程度的先验性，她们可能并非客观审美所得，其形象经过了主观思想的改造，并成为个人情感宣泄的一个突破口。

当然，六朝文学的发展，也使得此时诗歌中的女性形象相较于汉魏时期要精致许多，如前述骆宾王《艳情代郭氏答卢照邻》，“从六朝后期小赋变化而来，它吸收了六朝乐府中像《西洲曲》一类辘轳辗转的结构形式以及正在发展中的今体诗的格律；它的特点，在于音节和谐，言词流利，声情并茂，感染力强，易于上口成诵。”

概言之，宫体余绪之下，初唐诗歌中的女性仍不失柔媚纤巧的形象，不过在南北文化融合、主导文学理论转向等的推动下，其日渐清新、健康。而陈子昂、四杰等人已经摈弃了宫体的艺术格调，开始用现实的人生感受面向广阔的时代生活，恢复了诗言志的传统，其笔下的女性形象也因此增加了本性自然的新面貌。

第二节
追求自然意趣之美与盛唐诗歌中的女性形象

盛唐诗歌劲健、浑厚、明朗、质朴，继承建安风骨，涤尽齐梁余风。盛唐的雍容源于诗人既汲取江左诗歌的艺术经验和技巧，又能返璞归真，达到“清水出芙蓉，天然去雕饰”的境界，呈现一派自然意趣之美。这种清新俊逸、自然流丽的文学风貌为女性形象的展示注入了清新之气。

1. 崇尚自然之美与洗尽铅华呈素姿

盛唐诗人追求诗歌的自然之美，所谓“圣代复元古，垂衣贵清真”（李白《古风》），就女性形象塑造而言，已彻底涤除初唐宫体余绪，摒弃雕琢，呈自然、质朴、清新的面貌。女性形象呈现洗尽铅华的素朴之态。

人物形象本是一种多样面貌的呈现，需要通过语言媒介来实现。这种多样的体现受很多因素的影响，最基本的是诗人本身的气质和形成这种气质的知识结构与外在的生活环境、美学趣味等，而诗人本身的多样性又造成了诗歌创作的多样性，所以当人物形象通过语言呈现的时候，便有语言的富丽与凑泊、俚俗与清妙之分。就浓墨重彩的富丽而言，谢榛《四溟诗话》中说诗作最高境界是“意新语工”或“语意两工”。“工”意味着雕琢，雕琢的显出痕迹会堕入造作，吴乔在《围炉诗话》中说“有意无辞，锦袄子上披蓑衣也”。只有不着痕迹才能卓绝千古，在素以沉郁雄浑诗风著称的杜甫的诗作中便有体现。如其《丽人行》，对唐代贵妇“极雍容”形象的描摹不可谓不炫目引人：

三月三日天气新，长安水边多丽人。态浓意远淑且真，肌理细腻骨肉匀。
绣罗衣裳照暮春，蹙金孔雀银麒麟。头上何所有，翠微㔩叶垂鬓唇。
背后何所见，珠压腰衱稳称身。就中云幕椒房亲，赐名大国虢与秦。
紫驼之峰出翠釜，水精之盘行素鳞。犀箸厌饫久未下，鸾刀缕切空纷纶。
黄门飞鞚不动尘，御厨络绎送八珍。箫鼓哀吟感鬼神，宾从杂遝实要津。
后来鞍马何逡巡，当轩下马入锦茵。杨花雪落覆白蘋，青鸟飞去衔红巾。
炙手可热势绝伦，慎莫近前丞相嗔。

诗歌极尽铺陈，镂金错彩、色彩艳丽，声韵协调，带来极为强烈的视觉印象。诗歌虽浓墨重彩，却不繁缛，反之行文若非如此富丽，倒令人觉得单薄，因而此诗实为“语工”之绝。诗人用齐梁以来“歌行体”体裁，甚至用汉大赋的铺张扬厉，用工笔画一般细腻的笔法，以富丽的色调，渲染丽人们娴雅的体态，优美的姿色，显示出皇亲、贵族与众不同的高贵身份。明末王嗣奭《杜臆》评价说：“本是讽刺，而诗中直叙富丽，若深不容口，妙妙。”纪晓岚说此诗：“丽语难于超妙”。（《御选唐宋诗醇》）因此，诗歌描写的场景人物虽然透露出盛唐妇女的雍容奢华、典雅富丽的气质，与画作《虢国夫人游春图》中的唐代贵妇丰满圆润、健康雍容相较，可作为这一时期女性健硕之美的形象佐证，但是对当时杨氏姊妹“可怜光彩生门户”的批判，无疑有特殊意义，诗歌在富丽中添讽喻之辞。

而女性形象呈现洗尽铅华的素朴之态，在初唐渐露清新的旨趣中加入清澹诗国的自然之美的，还是就质朴无华的特质而言。

就雅淡清幽的凑泊而言，人物形象以“平淡”出，并非易事。清末同光体代表诗人陈衍就指出：“诗贵淡荡，然能浓至，则又浓胜矣。”（《石遗室诗话》）意思是，淡雅应从浓至中来，又胜于浓至。所谓“豪华落尽见真淳”，先从刻意精工入手，待浓至时，再陶冶铅华，若一味为平淡而平淡，最终会堕入浅显、枯涩甚至粗鄙的境地。所以，形象到达“平淡”之境需要过程：“大抵欲造平淡，当自组丽中来。落其华芬，然后可造平淡之境”（葛立方《韵语阳秋》）。

唐代追求“平淡”诗境的高手孟浩然笔下的女子形象尤其如此，淡到欲看不现的境界。比如李白《耶溪泛舟》：“落景馀清辉，轻桡弄溪渚。澄明爱水物，临泛何容与。白首垂钓翁，新妆浣纱女。相看似相识，脉脉不得语。”没有繁复的装饰，没有婀娜的身姿，没有巧笑倩兮、美目盼兮，诗中的女子在这种凑泊宁静的留白境界中，兴味全出，给人以清丽雅致之感。又如以下一组诗歌：

纱窗日落渐黄昏，金屋无人见泪痕。寞空庭春欲晚，梨花满地不开门。（刘方平《春怨》）

美人卷珠帘，深坐颦蛾眉。但见泪痕湿，不知心恨谁。（李白《怨情》）

玉面耶溪女，青娥红粉妆。一双金齿屐，两足白如霜。（李白《浣纱石上女》）

秦地罗敷女，采桑绿水边。素手青条上，红妆白日鲜。（李白《子夜吴歌·春歌》）

写落泪伤感，如“梨花满地不开门”；写愁怨凝眉，是“但见泪痕湿，不知心恨谁”；写青春红粉，是“一双金齿屐，两足白如霜”；写少妇美艳是“素手青条上，红妆白日鲜”，皆于澄明清语中写佳人姿态，佳人形象也在素朴之语中更见清纯、自然。

又如王维《山居秋暝》，也是语言简淡秀美的一个典型。诗中虽未直接写女子形象，但女子形象在侧面映衬中呼之欲出，其中的颔、颈两联遣词用语格外雅致清纯，最为动人。这两联皆是寓情于景、以动写静，颔联“明月松间照，清泉石上流”写自然，虽然空寂，但不落寞；颈联“竹喧归浣女，莲动下渔舟”写人事，虽然热闹，但不嘈杂。这种反差，是为了突出隐者的心情，并且诗人精心的设计与构筑，让喧闹与自身保持着相当的距离，若有若无，简淡冲远。此诗虽是山水诗，然而其中的女子形象却是不可或缺的，这种隔空的嬉笑，确实形象玲珑，就如严羽称赞王维的山水诗作，“其妙处透彻玲珑，不可凑泊，如空中之音，相中之色，言已尽而意无穷”[1]。

诗歌创作追求自然之美，反映在女性的姿容仪态上，不单单是在语言上表现得质朴无华，凑泊中见炉火纯青，更重要的是于清澹诗国中体现自然意趣之美，书写女性也由外貌而及心性、情感。

2. 崇尚自然旨趣与向内收敛的女性形象塑造

中唐人李肇提出“大抵天宝之风尚党”[2]。考《广雅·释诂》：“党，美也。”所谓“天宝之风尚党”，就是对美的普遍追求。明代王士祯说：“盛唐诗格极高，调极美。”[3] 这种美到极致的境界，与寻求自然旨趣不可分离。女性形象在盛唐诗人们追寻自然旨趣的指引下，有向内收敛的趋势，不再仅注重外貌、仪容，已经开始侧重心灵挖掘。

如李白的《越女词》五首其二：

耶溪采莲女，见客棹歌回。笑入荷花去，佯羞不出来。

这首诗以最朴素的写作手法入笔，不言采莲女的青春美丽，然其含苞待放的魅力，从她流荡在荷塘上的不加修饰的歌声中荡漾而出。歌如其人，采莲女本身就是水乡最惟妙惟肖的生活小曲。采莲女见到客人而娇羞回棹，这是她真实的情窦初开，且妙在“佯”羞之“佯”，若真羞，女子形象已经定格，正是因为“佯”，才会有猜测，有真假难辨之妙，给人留下太多的追索和回味。淡淡的荷香是自然之象，清纯的面庞是意趣之妙，顺其自然的描述显示出了诗人独具匠心的构思——以自然写意趣。也由此让人联想到来自乡间的纯真、善良和普通的劳动人民的美德，正如法国十九世纪的著名学者狄德罗说，“真善美是些十分相近的品质”[4]。

---

1 严羽：《沧浪诗话校释》，郭绍虞笺注，北京，人民文学出版社，2005，26页。

2 李肇：《唐国史补》，王汝涛主编《全唐小说》，济南，山东文艺出版社，1993，1862页。

3 胡震亨：《唐音癸签》，上海，古典文学出版社，1957，114页。

4 狄德罗：《论绘画》，引自《西方美学家论美和美感》，北京，商务印书馆，1980，35页。

与此异曲同工的诗歌还有“吴儿多白皙，好为荡舟剧”（李白《越女词》），“郎听采菱女，一道夜歌归”（李白《秋浦歌》）中的素洁如月的采菱女；有“采莲去，月没春江曙。翠钿红袖水中央，青荷莲子杂衣香，云起风生归路长。归路长，那得久。各回船，两摇手”（李康成《采莲曲》）的青春欢快的采莲女；有“美人姿态里，春色上罗衣。自爱频开镜，时羞欲掩扉。不知行路客，遥惹五香归”（梁锽《艳女词》）羞怯掩扉的怀春女子等等。这些女性形象是诗人笔下最自然的、最真美的人物，不对外在姿容进行繁复、细密的镂刻，人物灵魂之美却清晰可见：她们是素朴的、欢快的一群。这种顺其自然的描述显示出了诗人以自然写意趣，若“清水出芙蓉”，寻“天然去雕饰”的终极追求。

需要说明的是，自然旨趣当与诗境有关，罗宗强先生认为“盛唐诗人们追求情景交融的诗歌意境，并且在诗歌意境的创作中取得了登峰造极的成就”[1]，他将“情景交融的诗歌意境”与兴象相连，用来解释“兴”与“象”这两种概念的结合。

有必要对“兴象”概念作简要梳理。最早提出“兴象”概念的是唐代的殷璠，他在《河岳英灵集》中批评齐梁的作品“理则不足，言常有馀，都无兴象，但贵轻艳”。他在评论诗人时数次使用这个术语，在理论的阐明方面却未尽透辟。因此，“兴象”之说并未在当时的诗学领域中引起充分重视。直到明代，“兴象”作为诗学概念，在诗评家的笔下焕然新生。其中以高棅为先，他编选《唐诗品汇》，评盛唐、推李杜，并把“兴象”列为品诗评诗的准则之一。其《唐诗品汇·总序》言：“有唐三百年诗，众体备矣。……至于声律、兴象、文词、理致，各有品格高下之不同。”“声律、兴象、文词、理致”是高氏对诗歌美的要求。高棅巨眼卓识，明确地把“兴象”作为诗歌的基本要素来看待，这不仅是发展，更重要的是建设。其后，明清两代的不少诗论家如何良俊、胡应麟、冯班、施闰章、王士慎、纪昀等皆祖法高秉，“兴象”概念成为论诗之共识。胡应麟在继承的基础上，又对“兴象”概念从理论上进行了概括，他认为“作诗大要不过二端：体格声调、兴象风神而已”（《诗薮·内编》），又说“盖作诗大法，不过兴象风神，格律音调”（《诗薮·外编》）；“而已”“不过”指明胡氏对诗歌这一抒情体式的审美特性的把握。

“兴象”说的丰富内涵滋养着后代学人。清代方东树强调诗歌应“兴象高妙”，是在胡应麟学说上提出的审美标准和追求目标。方东树对“兴象”的强

1 罗宗强：《隋唐五代文学思想史》，上海，上海古籍出版社，1986，110页。

调，肯定了“兴象”作为创作要素的地位，而且，还从欣赏的角度，指出品评诗歌要注意对“兴象”的体味：“读古人诗文，……又须赏其兴象逼真处：或疾雷怒涛，或凄风苦雨，或丽日春敷，或秋清皎洁，或玉佩琼琚，或箫参寂寥，凡天地，四时万物之情状，可悲可泣，一涉其笔，如见目前”。[1] 因此，诗歌中具体的、个别的、有限的象，含寓着普遍的、无限的兴（义）。恰如方东树以“象中取义”评杜甫诗“殊方日落玄猿哭，故国霜前白雁来”（《九日》），他认为“三、四兴在象外，卓然名句”；[2] 评刘长卿《将赴岭外留题萧寺远公院》：“竹房遥闭上方幽，苔径苍苍访旧游。内史旧山空日暮，南朝古木向人秋。天香月色同僧室，叶落猿啼傍客舟。此去播迁明主意，白云何事欲相留”，指出所谓“兴在象外”，就是“馀味不尽”，也就是言有尽而意无穷。

概括而言，无论是殷璠的兴象之说，还是何良俊的“兴象俱佳”、胡应麟的“兴象玲珑”、方东树的“象中取义”，都是从内在机制说明“兴象”的作用和地位。陈伯海认为：“‘兴象’说的提出，表明人们对艺术形象的把握，已由注重外形的感知深入到内在精神的探求，或者说是由‘形而下’的外壳上升到‘形而上’的内核。这是诗歌美学史上划时代的转变，它体现出唐诗在自身发展过程中所呈现出来的质的升华”[3]；罗宗强先生则将之描述为“追求情景交融的诗歌意境”[4]。这种由“注重外形的感知到内在精神的探求”，“追求情景交融的诗歌意境”尤其反映在自然意象的选取上。

盛唐崇尚自然旨趣，自然意象使唐人沉醉其中，女性形象借由自然旨趣而生，呈现两种面貌。第一种形式是自然意象为主，情感精神含蓄不露；第二种形式是自然意象与情感精神同一凸显，两种形式都与向内收敛、注重人物精神、内心相合。

在第一种形式中，自然意象占有绝对的优势，作品好似纯写自然意象，没有任何关于感情的表达。然而情感精神却又朦胧地在自然意象的描述中显现。在这种追求下，“女性形象”的审美意趣与自然融为一体，如李白的《清平调》三首：

云想衣裳花想容，春风拂槛露华浓。若非群玉山头见，会向瑶台月下逢。

---

1 方东树：《昭味詹言》，汪绍楹校点，北京，人民文学出版社，1961，96页。

2 方东树：《昭味詹言》，汪绍楹校点，北京，人民文学出版社，1961，101页。

3 陈伯海：《唐诗学引论》，上海，东方出版中心，2007，25-26页。

4 罗宗强：《隋唐五代文学思想史》，上海，上海古籍出版社，1986，110页。

一枝红艳露凝香，云雨巫山枉断肠。借问汉宫谁得似？可怜飞燕倚新妆。

名花倾国两相欢，长得君王带笑看。解释春风无限恨，沉香亭北倚阑干。

三首诗直写名花与美人相映，愈见千娇百媚。沈德潜惊此诗为“风流旖旎，绝世丰神”（《唐诗别裁集》）。诗人没有写杨玉环的形貌之美，只把对象融入自然，无论是云月花雨，还是飞燕新妆，即便只是一个寻常动作“倚”，都有牵动人心的风情。诗歌借自然之象写杨玉环高贵的气质，无与伦比的美丽，绝世的风神，而这一切和自然又融合得那么不着痕迹。诗人通过多种“云裳”“花容”“春风”“瑶台”等多种自然意象将杨玉环的华贵艳丽、如花似仙的神韵表现得活灵活现，虽无一字写雍容却尽显雍容，虽无一字写神韵却处处见精神。再如：

荷叶罗裙一色裁，芙蓉向脸两边开。乱入池中看不见，闻歌始觉有人来。（王昌龄《采莲曲》）

钱塘江畔是谁家？江上女儿全胜花。吴王在时不得出，今日公然来浣纱。（王昌龄《浣纱女》）

日日采莲去，洲长多暮归。弄篙莫溅水，畏湿红莲衣。（王维《莲花坞》）

镜湖水如月，耶溪女中雪。新妆荡新波，光景两斤绝。（李白《浣纱石上女》）

这里的女性形象皆与自然融为一体，息息相谐。自然生命的生生不已，感发着人生的蓬勃不止。这种形式，司空图的“不著一字，尽得风流”（《诗品集解》）是绝佳注脚。“荷叶罗裙一色裁”，“江上女儿全胜花”，“弄篙莫溅水，畏湿红莲衣”，“新妆荡新波”这似乎是永明体咏物诗的变体，但是由于盛唐时期诗人眼界阔大，永明体不能望其项背。

在第二种形式中，自然意象与情感精神有机融合，二者之间互映同显。意象“看上去似乎浸透情感，因为它的形式准确地表达了情感的本质”[1]，因为它“与我们的感觉、理智和情感生活所具有的动态形式是同构的形式”[2]。如杜甫的《月夜》：

今夜鄜州月，闺中只独看。遥怜小儿女，未解忆长安。

香雾云鬟湿，清辉玉臂寒。何时倚虚幌，双照泪痕干。

杜甫被后人尊为“诗圣”，梁启超还赠给老杜一个特殊的徽号——“情圣”。

1 舒珊·朗格：《艺术问题》，北京，中国社会科学出版社，1983，8页。

2 舒珊·朗格：《艺术问题》，北京，中国社会科学出版社，1983，24页。

一位伟大的情圣用他的生花妙笔给世人描摹了一幅凄美绝伦又浪漫至极的画面：皎洁的月光照在美丽的脸上，用清冷去熨干斑斑泪痕。这种相濡以沫、醇美深厚的爱情可窥一斑。梁启超说："杜工部被后人上他徽号叫做'诗圣'，诗怎么样才算'圣'，标准很难确定，我们也不必轻易附和。我认为工部最少可以当得起'情圣'的徽号。因为他的情感内容，是极为丰富的，极为深刻的……中国文学界的写情圣手，没有人比得上他，所以我叫他做情圣。"[1] 当然，梁启超所说的情，不单单指男女之情，而是一种兼济天下苍生的至情。诗歌中的这种至情与月、夜、雾、辉等自然意象相映成趣，将妻子形象刻画得更为动人，可谓自然、意趣联袂登场。

事实上，追求自然意趣之美是中国诗史上自然意象演进的必然结果，尤其是东晋南北朝之山水田园诗发展的直接结果。《周易·系辞》说："天地变化，圣人效之。"又说："古者包羲氏之王天下也，仰则观象于天，俯则观法于地，观鸟兽之纹，与地之宜，近取诸身，远取诸物，于是始作八卦，以通神明之德，以类万物之情。"庄子说："山林欤，皋壤欤，使我欣欣然而乐欤。"皆在自然之中品万物之情。《诗经·周南·桃夭》言："桃之夭夭，灼灼其华。之子于归，宜其室家"，以自然之物——桃花作为意象，借桃花繁盛之貌祝愿主人公婚后生活美好、感情甜蜜。晋南北朝山水田园诗出现后，自然意象进一步发展成为诗歌的主要构成部分，陶渊明、谢灵运、谢朓的诗歌风格，给盛唐诗人以极大影响：盛唐诗人从陶诗那里不同程度地汲取了认同自然、情景交融的意识；又从二谢诗中获得了对自然意趣的感受。同时，盛唐诗人天缘凑巧地生逢那样一个极盛的、近乎无忧无虑的时代，经过自己的努力创造，吸收且扬弃，批判地继承前人的成果，形成优美而又自然地意象描写，自然、意趣相合而生，情景有机地融成一片盛唐诗风。

概言之，盛唐以其丰盈的时代特质展现着大唐明媚的亮色。在追寻自然意趣的自觉中寻求艺术审美的丰富，正所谓气来、神来、情来。诗歌中的女性形象塑造在诗人的理论自觉中呈现清晰的面孔，烙上盛唐的时代印记，于风神骨气中尽显柔情、于兴象玲珑中注传神意蕴、于自然清真中营造清水芙蓉之美。然而，盛唐却以一场大劫难作为终结，社会风尚、文学思潮、创作理论都在这一场劫难过后发生了巨大的变化。盛唐结束，中唐颠沛而来，女性形象的塑造也将随着社会风貌的变化呈现另类风姿。

1　梁启超：《情圣杜甫》，《杜甫研究论文集（一辑）》，北京，中华书局，1962，2页。

第三节
中唐文学思潮与女性形象的关系

李泽厚先生认为中唐诗歌“走进更为细腻的官能感受和情感彩色的捕捉追求中”（《美的历程·韵外之致》）。中唐诗歌中的女性形象较之盛唐有明显不同，主要体现在如下三个方面：其一，纤弱香软；其二，写实符号；其三，卓群绮艳。

1. 注重内心感受与追求纤弱之美

中唐诗歌中的女性形象塑造追求一种纤弱之美，这与诗坛风尚注重抒写幽怨内心、纤细感受，缺少刚健之气和昂扬热烈的情感密不可分。

这种风尚首先体现在“大历十才子”的诗歌中。《新唐书·卢纶传》将卢纶、吉中孚、韩翔、钱起、司空曙、苗发、崔峒、耿讳、夏侯审、李端十人称为“大历十才子”，这是中唐前期最著名的诗人群体，对当时诗坛创作颇有影响。十才子诗歌的基本主题是歌颂升平，吟咏山水，称道隐逸。有此创作倾向与社会风貌相关。安史之乱后，朝野上下暂时忘却种种现实矛盾，置酒高会、笙歌艳舞，营造出繁华盛世的假象。沉浸于“中兴”幻觉之中的文字或可装点升平，但诗人的创作也在长期的应制和台阁唱和中渐渐消尽了本来就不鲜明的艺术特色，朝形式主义的方向发展。《四库全书总目》卷一百五十“钱仲文集提要”说：“大历以还，诗格初变。开、宝浑厚之气，渐远渐漓。风调相高，稍趋浮响，升降之关，十子实为之职志。”这个批评是恰当的。他们诗歌的内容主要是酬唱应和，写日常生活感受。而社会的动荡丧乱，由盛转衰，萧瑟落寞的情绪自然会在他们的作品中有所流露，如司空曙的《云阳馆与韩绅宿别》《江村即事》《听夜雨寄卢纶》等，于“写细碎之事”（《载酒园诗话》）中抒个人情怀。时代命运给大历十子带来的是刚健气骨渐失，昂扬情感缺乏。明胡应麟称“中唐陶洗清空，写送流亮，七言律至是，殆于无可指摘，而体格渐卑，气运日薄，衰态毕露矣”（胡应麟《诗数》）。世事遭际不可选择，因此十才子的诗多使用萧瑟凄清的语汇和意象，“风骨顿衰”“风干衰，边幅狭”（胡震亨《唐音癸签》）。

受此衰颓风潮的影响，文人才子笔下的女性形象多具有既弱且柔的特征。

例如：

采莲溪上女，舟小怯摇风。惊起鸳鸯宿，水云撩乱红。（顾况《溪上》）

虽听采莲曲，讵识采莲心。漾楫爱花远，回船愁浪深。烟生极浦色，日落半江阴。同侣怜波静，看妆堕玉簪。（戎昱《采莲曲二首》）

涔阳女儿花满头，毵毵同泛木兰舟。秋风日暮南湖里，争唱菱歌不肯休。（戎昱《采莲曲二首》）

以上诗歌中的少女形象，或在“舟小怯摇风”的情状下，或在“日落半江阴”的背景中，兼有“乱红”“秋风”“日暮”，更添萧瑟。同时顾况《溪上》诗中还可看出这个时期女性的审美评价标准不再以盛唐的健硕清新为美，一个“怯”字写出的不单是女子的外在形容与内在心态，还有整个社会风尚、文学思潮倾向的嬗变。

女子形象以弱柔示人，还反映在一些赠妓诗中，体现着这一时期文人的审美变化。如戎昱《送零陵妓（一作送妓赴于公召）》写：“宝钿香蛾翡翠裙，装成掩泣欲行云”；窦巩《悼妓东东》有：“芳菲美艳不禁风，未到春残已坠红”；白居易《同诸客嘲雪中马上妓》说：“腰为逆风成弱柳，面因冲冷作凝酥”。以上虽为赠妓、悼妓之作，却彰显着这个时期尚柔尚弱的审美心态，以及已悄悄发生转变的创作思想倾向。罗宗强先生在《论大历至贞元中的文学思想》一文就指出，当时创作思想的主要倾向是避开战乱的现实生活，追求一种宁静闲适、冷落寂寞的生活情调，一种纤弱的美。

同时，中唐时期的女性形象以柔弱显，尚纤弱美，不但体现在诗歌中，画作中的女性形象也有此特征，它们可作为此时期审美观念、创作思想参照互证的有力说明。考之这一时期的唐代仕女画，如周昉的《挥扇仕女图》《杨妃出浴图》，图中的女子形象虽然不至于纤弱，但较之盛唐的《簪花仕女图》《虢国夫人游春图》，无论在色彩还是体态上，都有明显变化。尤其是《挥扇仕女图》，其中的侍女有低垂的眉梢，灰暗的双唇，面部表情愁苦哀伤。《新唐书·五行志》称：“元和末，妇人为圆鬟椎髻，不设鬓饰，不施朱粉，唯以乌膏注唇，状似悲啼者。”元稹曾指出当时的妇人崇尚“晕淡眉目，绾约头鬓、衣服修度之广，及匹配色泽，尤剧怪艳”。白居易还专门作了一首《时世妆》，描述元和年间流行的妆饰，诸如“赭黄涂脸”“乌膏注唇”“眉画八字”“蛮鬟椎髻”之类，与妇人传统妆饰相比可谓黑白不分、妍媸失序、诡异无比。

概言之，中唐之际的唐王朝已经从明亮慢慢转向黯淡，意境选择上更多萧瑟、冷清，女性形象由盛唐的健硕转为中唐的纤弱，由尚清新自然至好柔弱衰颓，可视作此时期创作思潮的外显。

2.“唐诗的极盛时代”与“写实的女性形象”

胡适在《白话文学史》中认为，中唐是“唐诗的极盛时代”[1]。中唐诗歌已由年少美好走向而立成熟，且“与开元天宝盛时的文学有根本上的不同”[2]。这根本不同当与诗坛风尚有关。“尚实”“尚俗”“务尽”是这一诗歌极盛时代的主要标志。而在女性形象塑造方面，盛唐更似兴象玲珑的天真少女，自然而然有一种风雅态度，而中唐更像成熟从容的少妇，书写现实当下。当然，这种变化仍有其发展的过程。

首先，中唐诗歌渐渐走上写实的道路，有“成人的表现”，诗歌境界也由盛唐的天籁转为巧夺天工。询如胡适所言，“（此时期）由浪漫而回到平实，由天上而回到人间，由华丽而回到平淡，都是成人的表现”[3]。

邵祖平《唐诗通论·学衡》云：“唐之初、盛，自然者比较居多”[4]，然“时至中、晚，风尚所至，人人自欲探骊珠，家家自拟抱荆玉，而诗锻炼苦吟日著，故工力派为这绝盛，几欲尽夺当时自然派之席”。这种认识颇有见地。盛唐诗歌创作主流是自然天成，以工力见长者偶见，即使仅以工力见长，那种工力也可为后世称颂；而中唐诗歌的创作主流则以工力称盛，以自然见长者亦有，但色彩已弱。可以说，盛唐诗歌是天籁，而中唐诗歌是人工。王国维在《人间词话》中认为：“有造境，有写境，此理想与写实二派之所由分。然二者颇难分别，因大诗人所造之境，必合乎自然，所写之境，亦必邻于理想故也。”[5] 王国维的这一论断颇具眼力。诗歌境界的构成，是由社会客观环境和人的主观情思与审美心态共同造就的，社会环境决定了人的主观情思，反过来人的主观情思又会促进社会环境的变化。“安史之乱”给中唐社会政治和文化风貌带来巨大影响，中唐诗人并不心甘情愿却又无可奈何进入了一个与盛唐迥异的环境之中，因而他们创造的诗歌境界，与盛唐自然不同。胡适在《白话文学史》中认为“开元天宝是盛世，是太平世；故这个时代的文学只是歌舞升平的文学，内容是

1 胡适：《白话文学史》，上海，上海古籍出版社，1992，223 页。

2 胡适：《白话文学史》，上海，上海古籍出版社，1992，223 页。

3 胡适：《白话文学史》，上海，上海古籍出版社，1992，193 页。

4 邵祖平：《唐诗通论》，载《学衡》，1922（12）。

5 王国维：《人间词话》，北京，中华书局，2009，201 页。

浪漫的，意境是做作的。八世纪中叶以后的社会是个乱离的社会；故这个时代的文学是呼号愁苦的文学，是痛定思痛的文学，内容是写实的，意境是真实的”[1]。因此，他将中唐比作“唐诗的极盛时代”[2]，说“开元天宝的文学只是少年时期，体裁大解放了，而内容颇浅薄，不过是酒徒与自命为隐逸之士的诗而已。以政治上的长期太平而论，人称为‘盛唐’，以文学论，最盛之世其实不在这个时期。天宝末年大乱以后，方才是成人时期。从杜甫中年以后，到白居易之死（846年），其间的诗与散文都走上了写实的大路”[3]，“是成人的表现”[4]。霍然也在《唐代美学思潮》中有同样的看法，他将中唐比作“中年时代的成熟深刻”[5]。

其次，中唐诗歌的“成人表现”在书写女性形象的过程中则以“写实的女性形象”来彰显，诗人以人性化的视角去体会女性，试图更为全面的挖掘女性的心理真实，不过这一过程与中唐诗歌的“通俗化”倾向有关。

关于中唐诗歌的通俗化倾向，林继中的观点值得肯定。他在《由“雅”入“俗”——中晚唐文坛大势》[6]一文中认为，“中唐，是中国文学史前、后分期的一个支点”，而“诗歌通俗化是中唐诗坛一个瞩目的现象”；“浅切与俗绝正合于中唐以后日趋繁盛的世俗地主的审美兴趣”；“俗文学侵入雅文学的路线，首先是以其生动性从心态上征服士大夫，进而成为他们乐于采用的形式，从而形成血缘关系”；故而俗文艺成为一股文艺新潮，“传统文学在它的冲击下偏离原来的轨道，从‘志’的清空的抒情笔调中摆脱出来，转向较为写实的叙事笔调”。文章最后认为，“士族文化”借助了中晚唐文坛由雅入俗这一倾向缓缓地向“世俗地主文化”滑落，这就是中晚唐文坛大势所趋。事实上，中唐俗文学极盛，现存可考的约六十种唐传奇，大部分产生在元和年间，如白行简《李娃传》、元稹《莺莺传》、陈鸿《长恨歌传》等，又如讲经、变文、话本、词文、俗赋等，拥有广泛的受众群体。元稹《酬翰林白学士代书一百韵》里云“光阴听话移”，下有小注：“又尝于新昌宅，说一枝花话，自寅至巳，犹未毕词也。”与其说元、白醉心俗文学，不如说这是文学成熟的表现。

---

1 胡适. 白话文学史. 上海：上海古籍出版社，1992，192

2 胡适：《白话文学史》，上海，上海古籍出版社，1992，223页。

3 胡适：《白话文学史》，上海，上海古籍出版社，1992，223页。

4 胡适：《白话文学史》，上海，上海古籍出版社，1992，223页。

5 霍然：《唐代美学思潮》，长春，长春出版社，1997，2页。

6 林继中：《由“雅”入“俗”——中晚唐文坛大势》，载《人文杂志》，1990（3）。

通俗化的创作使这一时期的诗人都将“寻常事”“俚俗语”作为考验或衡量自己艺术水准的终生追求。在女性形象的塑造上，也尽量将人物蕴于“寻常事”中，通过“俚俗语”彰显，塑就“写实的女性形象”。

王建的《镜听词》，便是在平俗事、凡俗语中写人物内心，关注人性本色，凸显人物魅力的佳作：

重重摩挲嫁时镜，夫婿远行凭镜听。回身不遣别人知，人意叮咛镜神圣。
怀中收拾双锦带，恐畏街头见惊怪。嗟嗟瞭瞭下堂阶，独自灶前来跪拜。
出门愿不闻悲哀，郎在任郎回不回。月明地上人过尽，好语多同皆道来。
卷帷上床喜不定，与郎裁衣失翻正。可中三日得相见，重绣锦囊磨镜面。

此诗极重心理描写和细节描写，作者试图发掘人物的深层意识，将常规的感情忽略甚至漠视，用极端的、不合理的，甚至是反常的感情态度来塑造人物，以便求取更真实、更深刻的人物刻画。如占卜前祈祷“出门愿不闻悲哀”是寻常人心态，但这种寻常是为了给后面的反常蓄势，“身在任郎回不回”，这句不甚吉利的话反而更合乎情理，从中能真切地反映出人物的内心状态、深层意识。而缝衣这一细节引人入胜，喜悦中透着隐隐不安。诗人通过这种微妙的心理活动，侧面烘托夫妻久别给这位女子带来的深重痛苦。通过俗人俗事捕捉复杂心态，不但大大丰富了心理情节，还将人物的“写实”塑造寓于不落痕迹之中，使女子形象更趋真实丰满。

又如张祜的《苏小小歌》（其二）：

新人千里去，故人千里来。剪刀横眼底，方觉泪难裁！

如果不是题为苏小小，任谁也不可能读出她的真实身份，诗的前三句平俗至极，直到最后一句“剪刀裁泪”，才给人横空出世般的奇想效果，这种在“寻常事”中求新奇的创作思路更有“人工”的美丽。诗人试图通过寻常事件表现凡俗崎岖，俚俗语中蕴含深刻哲理，寻求翻空出奇之妙，恰如章燮言，“用土语不见俗，乃是点铁成金手法”（《唐诗三百首注疏》）。蔡絛在《西清诗话》中引用王君玉的话，认为“诗家不妨兼用俗语，尤见功夫”。这个功夫就是化俗出奇之妙。然而带有太多目的性的化腐为神奇也颇难为中唐诗人，他们不得不搜索枯肠，这种痛苦与其说是风尚所致，不如说更像是对时代命运无奈的抗争，因此诗人借此“人工”之力，挖掘人物心理，更趋细腻。

再次，中唐诗歌注重“成人的表现”，除了挖掘人物心理，反映更趋真实的女性形象外，新乐府诗人在女性形象写实的道路上走得更远，“写实”成为一种“目的”。中唐诗歌的“成人表现”在趋向“写实”的过程中，诗歌回归儒家传统，以“言志”为核心，以“务尽”为要义。在“言志”与“务尽”的影响下，诗歌叙事性增强，目的性增强，塑造人物简单明了，说理近乎白话、一望便知，这种对通俗化的畸形追求使“女性形象”的“写实”更多以“性别符号”的方式显现。

元白“新乐府”中的女性形象恰恰成为此类“性别符号”的模板。如元稹的《和李校书新题乐府十二首·西凉伎》，白居易的《胡旋女——戒近习也（天宝末，康居国献之）》《李夫人——鉴嬖惑也》等诗，题目即可看出诗人的创作目的，这里的女性形象不过是为“言志”而雕琢的一个符号罢了。究其原因，在于元白“新乐府”诗歌在于“务尽”，诗歌的审美标准以核实、浅切、质径为最高目标。诗歌创作的目的是恢复和发扬光大“诗教”传统。白居易《新乐府序》云：“为君、为臣、为民、为物、为事而作，不为文而作也。”白氏提倡“删淫辞，削丽藻”“著诚去伪”值得肯定，但强调文学的功利主义，过分要求“美刺比兴”，“不为文而作”的发展方向是扬弃形式、煽扬质野，更多强调通俗易懂，重议论说理，尚说服教育，这在诗歌创作上则走向了另一个极端。因此苏轼讽其轻俗，张戒说他们“专以道得人心事为工，然其词浅近，其气卑弱”（《岁寒堂诗话》）。

需要说明的是，“新乐府”中的女性形象，其“符号”化特征更趋明显，这与“新乐府”叙事详尽的诗创特色有关。“新乐府”叙事诗继承了汉乐府的特点，以生活典型场景片段作为切入角度，以小见大，由具体事件反映某一类社会现象，诗人过于注重细节点染，强调叙事目的，如白居易《井底引银瓶——止淫奔也》直接于标题处点明“止淫奔”，以期将诗歌作为社会问题的教育范本，引起世人关注：

> 忆昔在家为女时，人言举动有殊姿。婵娟两鬓秋蝉翼，宛转双蛾远山色。
> 笑随女伴后园中，此时与君未相识。妾弄青梅凭短墙，君骑白马傍垂杨。
> 墙头马上遥相顾，一见知君即断肠。知君断肠共君语，君指南山松柏树。
> 感君松柏化为心，暗合双鬟逐君去。到君家舍五六年，君家大人频有言。
> 聘则为妻奔是妾，不堪主祀奉蘋蘩。终知君家不可住，其奈出门无去处。
> 岂无父母在高堂，亦有亲情满故乡。潜来更不通消息，今日悲羞归不得。

诗中的一个个镜头，仿佛是诗化的剧本，欣赏性、故事性极强。由于叙事性增强，人物描写达到了相当高的境界。虽然人物形象十分突出，但其目的性更为直接，因为诗人精心雕琢的人物形象，并非为塑造而塑造，其要旨是为“美刺”，这里的女性形象不过作为易于“比兴”的“符号”而存在。

故而，中唐诗歌中的女性形象，借由“人工”之力，“通俗”之法，在写实的道路上由挖掘人物心理，展现趋向真实的社会面貌，走向为“真实”而“真实”的道路。当“女性形象”以性别符号的方式出现在诗歌中的时候，恰恰成为此时诗坛重功利的思想倾向的形象化说明。

3.“重主观、尚怪奇”与卓尔不群的女性形象塑造

中唐诗歌中的女性形象，除了“写实”，还有一类，大多离群索居，于世荦荦不合。罗宗强先生在《论唐贞元中至元和年间尚怪奇、重主观的诗歌思想》中指出，贞元中至元和年间的诗坛上，除了尚实、尚俗、务尽这一诗派的诗人之外，还有另一批非常活跃的诗人，如韩愈、孟郊、贾岛、李贺、卢仝等人，他们在个人风格上明显相异，但在尚怪奇、重主观这一基本倾向上却是一致的。他们所表现的，往往是自己内心的情状，是自己心灵的历程。其笔下的世界，往往是非世俗所常有的，甚至是怪异的、变形的；其所描绘的形象的奇特，着色的浓烈与强烈对比，选辞的怪僻和构辞的异样，都在诗歌思想上开辟了前所未有的领域。故而，他们笔下的女性便展示出独特的面貌，成为卓尔不群的代表。

首先，以韩愈、孟郊为代表的一派诗人，着力于探讨诗歌新的艺术形式，创作上更重主观，诗歌中意象以主观情思的流动为选取重点。在女性形象的塑造上，孟郊笔下的人物更为浓墨重彩。

一者以女性形象写诗人内心，有比兴之妙。由于孟郊早年贫困，屡试不第，一生困顿，性情耿介，借女子之坚贞表达自己内心的操守，如他的《静女吟》与《列女操》，其中《列女操》：

梧桐相待老，鸳鸯会双死。
贞女贵徇夫，舍生亦如此。
波澜誓不起，妾心井中水。

诗歌哪里是在写贞妇，分明是在写自己。一句“妾心井中水”，背后有多少无奈的艰辛。更能显示诗人操守的宣言。

一者将主观情思与巧妙构思结合，人物形象呈现旷世之美，有触目之妙。

如孟郊诗作中的几位女性形象，卓绝千古。一首是《游子吟》：

慈母手中线，游子身上衣。
临行密密缝，意恐迟迟归。
谁言寸草心，报得三春晖。

于生活细节中构思人物，于主观情感中体现客观真实，可谓真挚深沉、感人至深。另外一首是《结爱（一作古结爱）》：

心心复心心，结爱务在深。一度欲离别，千回结衣襟。
结妾独守志，结君早归意。始知结衣裳，不如结心肠。
坐结行亦结，结尽百年月。

写妻子对丈夫的深情，与《列女操》主旨相同，但这里的女子形象虽也仅为符号，但人物书写得缠绵却不绮丽，通篇絮絮谈来，竟有一种荡漾的美。

又《古怨》一首可视作构思巧妙的范本："试妾与君泪，两处滴池水，看取芙蓉花，今年为谁死。"诗中思妇将孤独怨艾之情拿来与所爱之人的情怀相比，具体化为看谁的眼泪多得能把芙蓉花淹灭。构思新奇，感情艰涩。与张祜《苏小小歌》可相颉颃。

简言之，以上诗作中的女性形象无论是为了书写创作者内心还是为了通过巧妙构思完成卓群形象，都离不开以韩、孟为代表的一派诗人重主观诗歌创作的思想倾向。

其次，重怪奇的诗歌创作以李贺为显，绮艳的女性形象塑造蔚成风气。

李贺的创作喜欢用浓重、冷艳，对比非常强烈的色彩，以诡奇的物象刻画外在环境，凸显绮艳的人物形象。如《莫愁曲》《大堤曲》《苏小小墓》《洛姝真珠》《宫娃歌》《恼公》《将进酒》《美人梳头歌》等，皆金粉繁华，冷艳与诡异并存，充满感官刺激。以《莫愁曲》为例：

草生龙坡下，鸦噪城堞头。何人此城里，城角栽石榴。
青丝系五马，黄金络双牛。白鱼驾莲船，夜作十里游。
归来无人识，暗上沈香楼。罗床倚瑶瑟，残月倾帘钩。
今日槿花落，明朝桐树秋。莫负平生意，何名何莫愁。

其中物象杂陈，色彩堆积，缭乱纷繁，女性形象置于这些缤纷繁饰中，渐被弱化。

李贺善于用纤巧的意象来隐藏女子形象，《三月过行宫》有“渠水红繁拥御墙，风娇叶小学娥妆”，一句“风娇叶小”，以“学娥妆”的拟人方式来描写，更添脂粉浓香。

又《汉唐姬饮酒歌》一首，诗人歌颂了幽冥世界，歌颂了死亡，女性形象在“强枭噬母心，奔厉索人魄”的场景中鬼气森森。李贺人生观中空虚幻灭之心态借对幽冥世界的欣赏来反映，似在说明他对现实世界的厌弃。这种诡谲的审美心态以诗歌中的女性形象作为外显，突兀地表现了出来。李贺作品构思奇巧，想象丰富，虚幻是其主要特征。吴融在《禅月集序》中说，“自李长吉以降，皆以刻削峭拔、飞动文采为第一流，下笔不在洞房蛾眉、神仙诡怪之间，则掷之不顾。”杜牧在《李贺集序》中描述李贺诗风是“时花美女，不足为其色也”。

同时，李贺的诗歌意境带有明显的追求人工的痕迹。像《夜来乐》《莫愁曲》《美人梳头歌》《宫娃歌》《河南府试十二月乐词》等诗中的女子形象，重人工雕琢，在冷色调中被弱化，在跳跃的意象间迷离恍惚。诗歌中跳跃的意象之间似无必然联系又拼凑在一起，表现了诗人种种复杂的感情，但在诗歌意境上，仿佛云中之龙，难于捉摸。正如南宋吴正子所说：“盖其触景遇物，随所得句，比次成章，妍媸杂陈，烂斑满目。所谓天吴与紫凤，颠倒在短褐者也。”李商隐《李长吉小传》载：“（长吉）恒从小奚奴，骑距驉，背一古破锦囊，遇有所得，即书投囊中。及暮归……研墨叠纸足成之。”的确，这种创作方法决定了李贺诗歌不是一气呵成，有奇句而无足篇，只能通过拼凑与剪接以达到人工的艺术美。难怪李东阳说：“李长吉诗字字欲传世，顾过于刿锦鉥，无天真自然之趣。”（《怀麓堂诗话》）后人喜爱从李贺的作品中只袭用警言片语便不足为奇。

“重主观”“尚怪奇”的创作风尚使诗歌中的女性形象开始朝着艺术化的方向前行。但此类创作，使人物精髓渐渐淡去、人物心理成为非关注重点，这类诗歌风尚开启了中晚唐诗歌的绮艳作风，使女性形象塑造朝着重艺术、重绮丽的方向发展，而诗歌中的功利主义倾向则渐渐消退。

概言之，作为“唐诗的极盛时代”，历经安史之乱后的唐王朝展现着多元的诗歌思想倾向，中唐诗歌恰如走过青春轻狂的踯躅中年者，在关注内心幽怨感受中以纤弱的女性形象为美；在“尚实、尚俗、务尽”中凸显“写实的女性形象”；在“重主观、尚怪奇”的思潮影响下塑造了一组卓尔不群的女性形象，并在绮艳的余续中开启了晚唐诗歌中女性形象塑造的风尚。

第四节
晚唐文学思潮与唐诗中女性形象之审美观照

“文变染乎世情，兴废系乎时序”，晚唐诗人写有大量描写女性形象的诗歌作品。晚唐诗人在作品中塑造女性形象时，深受当时的时代风气、诗学思潮以及诗人的价值取向、意趣追求、创作心态等多重因素的影响。晚唐诗人塑造女性形象的诗歌作品，与诗坛上所盛行的缘情绮靡、回归齐梁、市民通俗、消闲的诗学思潮应节合拍，与诗人尚奇、尚怪、步趋“长吉”的审美新变同鸣共奏。

晚唐社会衰飒残破、国运衰歇，生活在其中的广大诗人，普遍带有一种末世的凄凉感与患难感。诗人目睹乱世景象、经历苦难人生，其内心世界创痛巨深，创作心境上逐渐变得狭深而凄婉、脆弱又敏感。受时代风气浸染及诗人心绪的演变，晚唐诗学思潮可谓是兴绪多端、多元竞进、各领风骚：有力主缘情不问载道的李商隐的“反道缘情说”；有“上补远非，下剥近失”皮日休、杜荀鹤等人的“文学事功说”；有醉心于“洞房蛾眉、神仙诡怪”之李贺末流的‘尚奇尚怪说’，更有为爱情文学摇旗呐喊、大胆张目的韩偓的“文学香艳说”。晚唐诗学思潮众脉并流、异彩纷呈，此种思潮流风所及，在晚唐人塑造女性形象的诗歌作品中留下了深深的印记。

1.“文学香艳说”与晚唐诗歌女性形象塑造

“缘情说”“香艳说”，在晚唐诗学思潮中占据主导地位。当时的诗人下笔多在“洞房娥眉”之间，诗歌创作上沿着重抒情、重艺术特质的道路走得更远。此时的诗歌创作，由直面人生、改良社会，走向了追欢买笑、游戏娱乐；由江山荒漠、金革铁马，重新回到了醇酒美人、洞房闺阁。可以说，一种类似于重消遣、重娱乐的六朝“宫体”化、世俗化的创作思潮，在晚唐诗坛上不断地潜滋暗长、弥漫浸染，并且开始引领时尚、居于主流。

晚唐诗人步随“齐梁”、崇尚“宫体”，有着向六朝诗风回归的创作实绩和理论自觉。李商隐在诗歌创作上，力主“反道缘情”自称其创作“直挥笔为文，不爱攘取经史，讳忌时世”，李商隐本着“人禀五行之气，备七情之动，必有咏叹，以通性灵。”的创作精神，对六朝诗风尤其是齐梁“宫体”持一种艳羡、欣赏并刻意效仿的态度。李商隐自称“愿把珊瑚，为徐陵架笔”，并直言其诗歌创作深受齐梁诗风的影响“后又两为秘书省房中官，恣展古集，往往咽噱于任、范、徐、庾之间。”任昉、范云、徐陵、庾信均系六朝名流，其中徐、庾二人更是创作“宫体”诗歌的翘楚。李商隐师承此辈之人，其诗歌的创作旨趣不言而喻。李商隐回归齐梁“宫体”诗风的意趣追求，在其描写女性形象的诗歌创作中有着某种不自觉的展现。如李商隐《镜槛》诗云：“镜槛芙蓉人，看台翡翠过。拔弦惊飞鸟，交扇拂天鹅。隐忍阳城笑，喧传郢市歌。仙眉琼作叶，佛髻细为螺……”诗中用大量色彩绚丽的辞藻对美人的居处、服饰、体态及音情笑貌进行了不厌其烦的铺排和渲染，一种“宫体”诗风特有的繁缛场景扑面而来。另外描写女性形象的艳诗，如《为有》《闺情》《宫妓》《闻歌》等亦颇具“宫体”风貌。此外，《效徐陵体赠更衣》一诗，更是以诗题“效徐陵体”非常直白的标明了该诗所写的内容。

李商隐诗学思想和塑造女性形象的诗歌作品，所流露出的追摹“宫体”、回归六朝的创作倾向已如前述，晚唐诗人温庭筠、韩偓与李义山相比，更是有过之而无不及而且路子走得更远。温庭筠写有艳诗《齐宫》《陈宫词》《湘宫人歌》等，内容上均为美人的居处环境、体态服饰、娇媚笑靥的醉人描写，其摹写妙龄女子艳冶情思、粉香脂气、闺阁丽情之处非常细腻逼真。另外，诸如《咏嚬》《太子西池二首》《侠客行》《边笳曲》《春日》《春晓曲》等诗歌，题下均标注为“一作齐梁体”。这些诗歌作品标注‘齐梁体’，正体现了温庭筠对齐梁体诗歌的极为重视和倾心认可。韩偓的艳情诗集《香奁集》，称得上是对齐梁“宫体”余绪的直承、铺张和扬厉，诗人在《香奁集》序言中自称：“遐思宫体，未敢称庾信工文；却诮《玉台》，何必倩徐陵作序。粗得捧心之态，幸无折齿之惭。柳巷青楼，未尝糠秕；金闺秀户，始预风流。咀五色之灵芝，香生九窍；咽三危之瑞露，春动七情。如有责其不经，亦望以功掩过。”可见，诗人韩偓《香奁集》的创作主旨与《玉台新咏》如出一辙，引文中将诗人追摹六朝、效仿“宫体”的诗歌创作心态交待得很清楚。同时，韩偓也创作了大量塑造女性形象的艳情诗篇，如“小雁斜侵眉柳去，媚霞横接眼波来”（《席上有赠》）；“教移兰烛频羞影，自试香汤更怕深。”（《咏浴》）；“往年曾约郁金床，半夜潜身入洞房”（《五更》）；‘腕白肤红玉笱牙，调琴抽线露尖斜’（《咏手》）；“四体著人娇欲泣，自家揉损研缭绫”（《半睡》）等。以上诸诗，对诗人对闺阁美眷采用了类似“雕琼镂玉、裁花剪叶”般的摹写、刻画，其艳冶、直率、毫无顾忌的风流骀荡之处直追六朝徐、庾的《玉台新咏》。清人翁方纲曾在《谈龙录

·石洲诗话》中一针见血地指出："韩致尧香奁之体，溯之玉台"宋人张侃称："偓之诗淫糜，类词家语。"（《拙轩词话》）明人胡震亨亦云："韩致尧冶游情篇，艳夺温李。"（《唐音癸签》）

受"缘情绮靡"诗学思潮的冲击，晚唐诗坛上塑造女性形象的诗歌作品，在为爱情文学大胆张目的旗帜号召下，除了日益流露出回归六朝、步趋齐梁"宫体"的意旨取向外，亦不断彰显出了市民化、通俗化、消闲化、娱乐化的创作倾向。

通俗化、娱乐化、艳情化的诗歌创作倾向，与唐王朝社会转型期的时代背景、社会风气息息相关。自中唐已降，随着两税法及货币地租代替实物地租的实行，由于货币增值，人们公开追逐金钱，导致重利之风盛行一时。诗人唐求称"世人重金玉，无金徒远游"[1]；孟郊亦云"薄俗少直肠，交结须横财"[2]，晚唐时期，尽管从全国来看经济凋敝、民不聊生、一片萧条，可这时江南一带的商品经济却畸形地发达。姚合《庄居野行》诗云："客行野田间，比屋皆闭户。借问屋中人，尽去做商贾"[3]，连庄户人都废弃田园、背井离乡跑到城里经商去了，商品经济发展深入人心的程度可见一斑。伴随着中晚唐商品经济的畸形繁荣，市民阶层开始不断壮大，商人、市民、文人、歌妓共同组成了一个灯红酒绿、烛光摇曳的别一样的城市新天地。所谓"扬州胜地也。每重城向夕，娼楼之上，常有绛纱灯数万，辉罗耀烈空中。九里三十步街中，珠翠填咽，邈若仙境。"（《太平广记》）再加上统治阶级挥霍无度、纵情享乐、醉生梦死般的糜烂生活，无疑为浮薄、艳俗的世态人情起到了推波助澜的作用。整个晚唐社会，被拜金主义、享乐主义的社会风气所牢牢地笼罩着，所谓"有唐已降，率土之滨，家家之香径春风，宁寻越艳？处处之红镂夜月，自锁嫦娥"（《花间集校》）此情此景，诗人韦庄用辛辣的笔触将当时的社会描述为："咸通时代物情奢，欢杀金张许史家。破产竞留天上乐，铸山争买洞中花。诸郎宴罢银灯合，仙子游回璧月斜。人意似知今日事，急催弦管送年华。"[4] 统治阶级仿佛感受到了繁花的消歇，于是在末日到来之前"破产竞留天上乐，铸山争买洞中花"拼命享乐。

"时运交移，质文代变"（《文心雕龙》），晚唐诗人置身于市民化、通俗化、艳丽化的时代洪流中，其诗歌主旨、意趣追求、诗学思想无不受到深刻浸染和

1 林德保、李俊、倪文杰注《详注全唐诗》卷723，大连，大连出版社，1997，2845页。
2 韩泉欣校注，《孟郊集校注》卷10，杭州，浙江古籍出版社，1995，424页。
3 林德保、李俊、倪文杰注《详注全唐诗》卷498，大连，大连出版社，1997，1908页。
4 韦庄：《聂安福笺注》《韦庄集笺注》，上海，上海古籍出版社，2002，76页。

熏陶。晚唐之际，所谓“郑卫之声鼎沸……援雅音而听者懵，语正道而对者睡”（崔致远《莆阳黄御史集》），这时，诗人往往“皆以刻削峭拔、飞动文采为第一流，下笔不在洞房蛾眉，神仙诡怪之间，则掷之不顾。”（德隐贯休《禅月集》）考察温庭筠、韩偓等人描摹刻画女性形象的艳情类诗歌作品，我们很明显地感受到这一特定历史时期的通俗化、市民化的时代气息。

温庭筠狂游狭邪、专主情致，平生所交往者多为歌儿舞女（如周德华、刘采春）和市井无赖（如裴諴、令狐滈）。诗人曾有过不少浮薄放浪的行为，《旧唐书》上说他：“士行尘杂，不修边幅，能逐弦吹之音，为侧艳之词。公卿家无赖子弟裴諴、令狐滈之徒，相与蒱饮，酣醉终日。”温庭筠诗歌中所描写的女性形象多为盛筵酒席上的歌儿舞女，如“长钗坠发双蜻蜓，碧尽山斜开画屏。虬须公子五侯客，一饮千钟如建瓴。鸾咽姹唱圆无节，眉敛湘烟袖回雪”（《夜宴谣》）；“藕肠纤缕抽轻春，烟机漠漠娇娥嚬。金梭淅沥透空薄，剪落交刀吹断云。张家公子夜闻雨，夜向兰堂思楚舞”（《舞衣曲》）；“朔音悲嘒管，瑶踏动芳尘。总袖时增怨，听破复含嚬。凝腰倚风软，花题照锦春。朱弦固凄紧，琼树亦迷人”（《观舞妓》）等，诗中描写了这些歌女们华丽的服饰、曼妙的舞姿、姣好的容颜、迷人的情态，一幕幕歌楼欢宴的喧哗场景浮现在了读者面前。温庭筠的此类的诗词作品，适应着市民商人的欣赏口味，与“绮宴公子，绣幌佳人。递叶叶之花笺，文抽丽锦；举纤纤之玉指，按拍香檀”的特定场景相伴而生。温诗的创作的目的是为了歌女传唱和消遣娱乐的，《云溪友议》卷下《温裴黜》称温庭筠和裴諴“好作歌曲，迄今饮席，多是其词焉……二人又为《新添声杨柳枝》词，饮筵竟唱其词而打令也……温、裴所称歌曲，请德华（即周德华，刘采春之女）一陈音韵，以为浮艳之美，德华终不取焉。二君深有愧色。”上文所引，不仅说明温庭筠艳情作品为“应歌”而作的创作目的，而且说明其创作内容上的狭邪之深、风格上的浮艳之甚、格调上的猥琐之卑，就连当时著名歌妓周德华也羞于歌唱，也无怪乎温、裴二人深有愧色。

诗人韩偓一如温飞卿，亦曾有过不少纵情放浪、冶游狭邪的经历。韩偓科举及第出京时，曾以诗歌一首和红绡一尺与“锦儿”和“蜀妓”相别，诗云：“一尺红绡一首诗，赠君相别两相思。画眉今日空留语，解佩他年更可期。临去莫论交颈意，清歌休著断肠词。出门何事休惆怅，曾梦良人折桂枝。”（《别锦儿》（题注：及第后出京，别锦儿与蜀妓））诗人韩偓《香奁集》也同样适应着“绮筵公子，绣幌佳人”的娱乐传唱之需要，集中收有大量专以描写美女与爱情艳丽作品。韩偓此类诗歌，除了直接刻画描写女子的容颜美、妆饰美与体态美之外，还善于摹拟写当时场景中的各种视觉、听觉，味觉来对诗中的人物形象加以渲染和烘托。如写视觉“呵花贴鬓粘寒发，凝酥光透猩猩血”（《密意》），写听觉“罗帐四垂红烛背，玉钗敲着枕函声”（《闻雨》），写味觉“手香江桔嫩，齿软越梅酸”（《幽窗》），此类诗歌，经过诗人一番艳词丽藻的悉心组合、内心世界的纤细开掘，以及声、光、色各类视听要素的渲染烘托，使人顿时有了一种如身临其境的真实感觉。晚唐时期，塑造女性形象的诗歌作品深受市民化、通俗化、艳情化诗学思潮的熏陶和影响，这一时期的诗人，除了比较出名的温庭筠、韩偓之外，尚有李群玉、崔珏、王涣、罗虬等人。如王涣写有连章艳体诗歌《惆怅诗十二首》，崔珏写有《美人尝茶行》诸篇，罗虬写有《比红儿诗》一百首，李群玉的诗歌《戏赠魏十四》，亦专力采用戏言笔调描摹男女之情，颇露市井化、通俗化的色欲本相。

2.“尚奇、尚怪”的进一步流行与晚唐诗歌女性形象塑造

“尚奇、尚怪”的社会思潮进一步流行，与晚唐时期的社会风气、统治者的“佞仙”行为以及民众的“巫怪”崇拜息息相关。该思潮潜移默化地影响了人们的行为风尚和审美心理，在当时社会上风靡草偃、余泽广披、蔚为壮观。“尚奇、尚怪”的社会思潮，影响到在文学创作上一方面是志怪类、传奇类小说作品的大量涌现；另一方面是晚唐诗坛上效仿“长吉体”诡怪幽艳诗风的创作倾向久盛不衰。同时，该思潮深刻影响到诗人作品中对女性形象的刻画和塑造。

晚唐时期的皇帝“不问苍生问鬼神”，诸如穆宗、武宗、宣宗之类笃信道教、妄图成仙，不仅大量延接道流、崇拜鬼神、屡兴法事，而且不顾生命之忧、长期服食丹药。如唐武宗晚年：“饵方士金丹，性加躁急，喜怒无常……自秋冬以来，觉有疾，而道士以为换骨”（《资治通鉴》）唐武宗由于服食丹药中毒太深，最终酿成了性情大变、数日不语、命殂丧亡的可悲结局。下层民众因长期困处于水深火热之中、精神上百无聊赖，更容易乞灵于神仙鬼怪之事。在整个社会巫怪之风盛行的大环境下，人们的审美趣味、审美风尚呈现出了某种潜移默化的转变。中晚唐时期，“尚奇”“尚怪”成为人们审美的主流，所谓“贞元之风尚荡、元和之风尚怪。”[1] 晚唐时期，崇尚怪诞、刻意创新的时代风尚，更是以无可逆转。大势所趋的强劲势头引领着人们审美的潮流。“尚怪”思潮，深

1 丁如明、李宗为、李学颖等校点《唐五代笔记小说大观》，上海，上海古籍出版社，2000，194页。

刻影响到唐人诗歌作品中的女性形象塑造，诗中的女性形象大多诡异、剧艳，颇具另类之特色。“去眉”“高髻”“险妆”“开额”是晚唐女子的时尚追求。晚唐人牛峤描述当时妇人的发髻、眉样为：“绿云高髻，点翠匀红时世。月如眉，淡笑含双靥，低声唱小词。”（《花间集校》）晚唐诗歌诗中女子的眉样千奇百怪、变化不定，带有一种匪夷所思的怪异之美：如“丛鬓愁眉时势新，初笄绝代北方人”（权德舆《杂兴》），诗中描写的是女子的“啼眉”；“倭堕低梳髻，连娟细扫眉”（温庭筠《南歌子》），诗中描写了女子的“连娟眉”；“长眉画了绣帘开，碧玉行收白玉台”（李商隐《蝶》），诗中描写的是女子的修蛾长眉。这一时期女子的面妆修饰，不仅眉样丰富多彩，而且眉毛的点染颜色也日趋多元化。“小头鞋履窄衣裳，青黛点眉眉细长”（白居易《上阳白发人》），作为天宝末年的时世妆，妇人盛行眉染翠绿。到了晚唐时期，女子的眉毛颜色除了黛染翠绿之外，亦有了墨染熏黑的新色彩。如徐凝《宫中曲》诗云：“身轻入宠尽恩私，腰细偏能舞柘枝。一日新妆抛旧样，六宫争画黑烟眉。”根据诗意描写，墨染黑眉的新花样，仿佛是一夜之间骤然兴起，这时宫女们纷纷抛弃旧“眉妆”争相墨画“黑烟眉”。晚唐时期，女子的面妆发饰还盛行“开额”之怪风气，“开额”指将额头上的发丝剪去、使得发际上移，从而额头显得更为丰满和突出。面对着社会上种种诡奇、险怪的时代风潮，晚唐统治者也曾试图用行政的手段来加以扭转。唐文宗即位后曾下诏，“禁高髻，险妆、去眉、开额”（《新唐书》），但统治者这种行政干预的强制手段应该说是收效甚微。据李商隐《又效江南曲》诗云：“郎船安两桨，侬舸动双桡。扫黛开宫额，裁裙约楚腰。乖期方积思，临酒欲拌娇嫩。莫以采菱唱，欲羡秦台箫。”诗中描写一位江南采莲女子的装饰打扮为“扫黛开宫额”，“扫眉”即为“去眉”“修眉”之意；“开额”亦为当时流行的怪风气。“去眉”“开额”这种奇异的面妆发式，竟然是“宫”样、“内家”妆源自禁廷宫掖之中。不过根据诗意，这种面妆及发饰上的新花样早已走出了宫廷，并开始在市井里巷中广为流行，所以才有了诗中对江南采莲女子面妆之毫发毕现的细腻描写。

晚唐时期，“尚奇”“尚怪”的文学思潮非常流行。这时期文人喜好搜奇志异、附会灵怪，不仅对志怪类、传奇类小说情有独钟，而且诗歌创作中深受李贺“牛鬼蛇神”诗风的不断浸染。受“尚怪”思潮及唐人创作志怪、传奇小说热情的影响，晚唐诗坛上效仿“长吉体”的诗人不断涌现而且渐成流派。这一时期，比较著名的诗人除温庭筠、李商隐之外、尚有刘言史、庄南杰、刘光远、牛峤等人，他们塑造女性形象的诗歌作品亦颇具“李长吉”之冷艳幽深、瑰奇险怪的审美特质。

晚唐文人颇具侠胆与仙趣，创作了大量的志怪、传奇类小说作品。这一时期，唐人的志怪、传奇、杂谈、琐记类的小说往往以结集的形式出现，比较著名的有李冗《独异志》、段成式《酉阳杂俎》、温庭筠《乾𦠆子》、张读《宣室志》、裴铏《传奇》、袁郊《甘泽谣》、康骈《剧谈录》、皇甫氏《原化记》等。其中，温庭筠的小说集《乾𦠆子》里面的小说作品就《太平广记》中所存篇目而言，基本上以刻画人物为中心，不过在志人的同时也兼有志怪和杂记琐事的性质，较为重要的篇目有《孟姬》、《陈义郎》和《华州参军》。

温庭筠的“尚怪”情趣，不仅洋溢在小说中，而且还通融于诗歌作品中。温庭筠笔参造化、步追李贺，写有大量塑造女性形象的诗歌作品。温庭筠的古体乐府深受到李贺的影响，此类作品诗风上惝恍迷离、深情绵邈，在遣词用语、傅彩设色、意象布局、意境深造等方面颇具“长吉体”之情态风味。如温庭筠的诗歌《晓仙谣》，深受李贺之《天上谣》和《梦天》的影响；《醉歌》深受李贺《浩歌》之影响；《觱篥歌》《郭处士击瓯歌》深受李贺《李凭箜篌引》之影响。

除温庭筠外，李商隐描写女性形象的诗歌作品亦有刻意模仿李贺的痕迹，其遣词、设色、布章、造境也指向诡奇、浓艳一格。如李商隐《效长吉》诗云：“长长汉殿眉，窄窄楚宫衣。镜好鸾空舞，帘疏燕误飞。君王不可问，昨夜约黄归。”该诗以“效长吉”为题，内容上镶金缀玉、雕绘满眼。不过该诗在立意命篇、傅章设彩上尚不脱离乐府本色，在效仿李贺诗风时，宗其艳而变其怪、腾驾昌谷之上。李商隐有些效仿“长吉体”塑造女性形象的诗歌作品，除了“尚其艳”又专力“宗其怪”。如《无愁果有愁曲北齐歌》诗云：“东有青龙西白虎，中含福星包世度。玉壶渭水笑清潭，凿天不到牵牛处。骐驎踏云天马狞，牛山撼碎珊瑚声。秋娥点滴不成泪，十二玉楼无故钉。推烟唾月抛千里，十番红桐一行死。白杨别屋鬼迷人，空留暗记如蚕纸。日暮向风牵短丝，血凝血散今谁是。”诗歌大约作于“甘露之变”之后，似为伤悼杨妃赐死一事。该诗寓意深隐、格调悲婉，专以峭涩哀艳见长。读之令人备感凄惨酸楚、光怪陆离，其诡谲阴森、冷艳奇峭之处几类“长吉”风味。又如李商隐《和郑愚赠汝阳王孙家筝妓二十韵》，诗中对歌妓演奏技艺的描写带有李贺《李凭箜篌引》的影子，诗中所塑造的歌妓诡奇幽艳、几类于屈原“楚辞”中“山鬼”形象。清人张采田在《李义山诗辨正》中评价该诗为："此乃长吉体之极派，正以生峭见姿趣，胜人处全在此。"（《玉溪生年谱会笺》）此外，李商隐的诗歌《景阳宫井双桐》意象萧森、造境凄厉，略带鬼气；《燕台诗》四篇拟想对方女子的相思情状，情致深曲、语意密丽，颇类游仙。值得注意的是，李商隐塑造女性形象的诗歌作品，除了深具李贺险怪冷艳的艺术特质外，在模仿学习的过程中不断地扬弃创新、逐渐形成了惝恍迷离、哀感玩艳、深情绵邈的艺术风格。如李商隐大量"羡仙"类及"无题"类诗歌作品，诗中设色冷艳、但不诡怪，用语尖新、但不峭拔，造境幽奇、并不怪诞，再加上大量神话典故的成功运用、高洁俊美仙人形象的细腻刻画，使得此类诗歌中女性形象往往弥漫着浓浓的"仙道"气息。如"紫府仙人号宝灯，云浆未饮结成冰"（《无题》）；"青娥素女俱耐冷，月中霜里斗婵娟"（《霜月》）；"消息期青雀，逢迎异紫姑"（《圣女祠》）；"萼绿华丽来无定所，杜兰向去未移时"（《重过圣女祠》）等，诗中所塑造的女性形象可谓冰雪皎洁、出落凡尘、想落天外，称得上是丽而不艳、清而不浮、绰约多姿。

晚唐诗坛上效仿"长吉体"的诗人渐成流派、蔚为壮观，其塑造女性形象的诗歌作品深受李贺的冷艳诡奇诗风的影响。如晚唐诗人刘言史的《七夕歌》诗云："星寥寥兮月细轮，佳期可想兮不可亲。云衣香薄妆态新，彩軿悠悠度天津。玉幌相逢夜将极，妖红惨黛生愁色。寂寞低容入旧机，歇著金梭思往夕。人间不见因谁知，万家闺艳求此时。碧空露重彩盘湿，花上乞得蜘蛛丝。"该诗在步随李贺幽冷险怪诗风时，又把效仿的源头指向了屈骚楚辞、颇有以传统香草美人托物喻志的"幽艳"意味。晚唐诗人皮日休在《刘枣强碑》文中称其诗歌为"雕金篆玉，牢奇笼怪，百锻为字，千炼成句……美丽恢赡，自贺外，世莫得比。"（《皮子文薮》）又如，晚唐诗人庄南杰，辛文房《唐才子传》谓其"诗体似长吉，气虽壮遒，语过镌凿。"此外，据《唐摭言》记载晚唐诗人赵牧"大中，咸通中，学李长吉为短歌，可谓蹙金结绣，而无痕迹。"刘光远"慕长吉为长短歌，尤能埋没意绪。"晚唐诗坛效仿李贺诗风蔚为风气，后蜀时期韦縠在《才调集》中选有许追摹"长吉体"的无名氏的诗歌作品。对这些无名氏的诗歌作品，清人张采田曾有过独到的论述，张氏云："余阅《才调集》，卷末载无名氏古诗数篇，皆仿长吉派者也。无长吉哀感顽艳，徒掇拾其字面，敷衍成章。"（《玉溪生年谱会笺》）在清人张采田看来，这些无名氏虽然诗学李贺，可他们对"长吉"诗体的学习仅仅满足于拾掇字面、敷衍成章，可谓是得其形而遗其髓，不得要领。

余　论
唐代绮艳题材诗歌中的女性形象对宋词的影响

陆机言“诗缘情而绮靡”（萧统《文选》）。唐代诗歌中的绮艳题材到中晚唐时，在题材、境界、情调上重新走向绮艳。恰如罗宗强先生所言，“隋唐五代的文学思想，从反齐梁绮靡文风、反娱乐说开始，最后却又在某种程度上复归于绮丽、复归于娱乐说”[1]。

刘勰《文心雕龙·情采》曰：“昔诗人什篇，为情而造文”。意即人因为受外物的影响而导致内心激荡，需要通过诗歌而抒发感情。《论语·侍坐章》说“风乎舞雩，咏而归”。《正义》注“讽于舞雩之下，咏归高堂之上”，因为春天来临，所以人们纵声高唱，动情而后有诗，情动于中而形成于言，诗是用来抒发感情的形式，因此刘勰云：“人禀七情，应物斯感。感物吟志，莫非自然。”（《文心雕龙》）魏晋南北朝以来，人性得到极大的发展，以竹林七贤为代表的魏晋风度大行其事，嵇康在陆机的观点上提出更为大胆的言论，他疾呼“六经以抑引为主，人性以从欲为欢”（嵇康《难自然好学论》），这是一个“精神上极自由、极解放、最富于智慧、最浓于热情的一个时代”[2]，倡导情出于自然，崇尚无拘无束的自然状态，这种人禀七情趋向绮丽的诗歌创作，在南朝达到顶峰。南朝宫体诗重视形式美、辞藻美，崇尚感官刺激，倾向于表现女性情色，以绮靡文风呈现奢靡的面貌。

唐诗中绮艳题材的兴盛表现在唐中叶以后。这一点和南朝宫体诗的产生非常相似。艳诗产生的生活基础是日益发展的商品经济。经济的复苏使统治阶级暂时忘记了安史之乱的疮疤，奢靡、娱乐之风从上至下开始蔓延。作为能够表达内心感情的诗歌，在受到经济基础和自身运动规律的双重影响后，一次以表现男女情爱为中心的高潮在中晚唐时期出现了。中晚唐诗人塑造女性形象的绮艳题材诗歌，与诗坛上所盛行的缘情绮靡、回归齐梁、市民通俗、消闲娱乐的诗学思潮应节合拍，与诗人尚奇、尚怪、步趋“长吉”的审美新变同鸣共奏。

---

1 罗宗强：《隋唐五代文学思想史》，上海，上海古籍出版社，1986，10页。

2 宗白华：《艺境》，合肥，安徽教育出版社，2006，67页。

白居易的《长恨歌》，元稹的艳情诗、李商隐的无题诗、韩偓的香奁诗，皆以小小情事动人，广为流播。

初唐诗歌去南朝未远，对南朝艳体倾心继承，盛唐崇尚风骨，艳体鲜见，中唐以后的诗歌则开始“走进更为细腻的官能感受和情感彩色的捕捉追求中”[1]，出现了李贺、温庭筠、李商隐、韩偓等善写艳体诗的作家，他们创作的绮艳题材盛行一时。这类诗歌中所塑造的女性形象按身份有美艳少妇、妓女、歌伎等，她们拥有姣好的外貌，高超的技艺，敏捷的才情和对爱情甚至是欲望的炽烈追求。从文学发展轨迹上进行梳理，唐代绮艳题材诗歌对后世文学，尤其是对词的创作产生了直接的影响。钱钟书说：“据唐宋两代的诗词看来，也许可以说，爱情，尤其是在封建礼教眼开眼闭的监视之下那种公然走私的爱情，从古体诗里差不多全部撤退到近体诗里，又从近体诗里大部分迁移到词里。”[2]

钱钟书先生所说的这种迁移，首先体现在一些有影响的诗人的创作中。

白居易、元稹有许多小碎篇章。这些作品篇幅虽然短小，但风流蕴藉，与词的距离很接近，白居易自称“缘情绮语者，亦往往有之”[3]。如元稹《离思五首》：山泉散漫绕阶流，万树桃花映小楼。闲读道书慵未起，水晶帘下看梳头。绝似一幅居家风情画，在万树桃花中看人梳头，水晶帘和乌发相映衬，宝光璀璨，直言情怀。如白居易《采莲曲》：“菱叶萦波荷飐风，荷花深处小船通。逢郎欲语低头笑，碧玉搔头落水中”，明白如话，然不平淡，作者只撷取一幅美丽的爱情场面，使读者想见叮咚一声后的明艳娇嗔，皇甫松[4]的《采莲子》：“船动湖光滟滟秋，贪看年少信船流。无端隔水抛莲子，遥被人知半日羞”风情宛然，任船随水漂流，贪看玉人，惊觉之后满面含春，媚态可哂，与白氏所作相类。

若说元白已开此端，那么李贺、温庭筠、李商隐的创作对后世词则产生更为深远的影响。李贺的艳诗卓绝一时，垂训后昆。杜牧在《李贺集序》中说“时花美女，不足为其色也”。李贺的作品多用繁复浓重的色彩和纷呈诡奇的物

1 李泽厚：《美的历程》，北京，生活·读书·新知三联书店，2007，146页。
2 钱钟书：《宋诗选注》，北京，生活·读书·新知三联书店，2002，2页。
3 谢思炜：《白居易集综论》，北京，中国社会科学出版社，1997，283页。
4 皇甫松，字子奇，自号檀栾子，睦州新安（今浙江淳安）人。工部侍郎皇甫湜之子，宰相牛僧孺之外甥。《新唐书·艺文志》著录皇甫松《醉乡日月》3卷。其词今存20余首，见于《花间集》《唐五代词》。事迹见《历代诗馀》。今有王国维辑《檀栾子词》1卷。

象，如《美人梳头歌》《苏小小墓》《洛姝真珠》《恼公》《大堤曲》《将进酒》《宫娃歌》等。这些诗金粉奢靡，带有浓重的脂粉气息，充满感官刺激，开启了中晚唐诗歌的绮艳作风。

温庭筠、李商隐的创作直接祖法李贺。温庭筠写有艳诗《陈宫词》《湘宫人歌》《齐宫》等，对美人的居处环境、体态服饰、娇媚笑靥以及艳冶情思、粉香脂气、闺阁丽情等进行了非常细腻逼真的描写。另外，诸如《太子西池二首》《边笳曲》《咏嚬》《春日》《春晓曲》《侠客行》等诗歌，题下均标注为"一作齐梁体"。这种创作态度正体现了温庭筠对齐梁体诗歌的极为重视和倾心认可。作为艳词的一代宗师，温庭筠的贡献是规范了为后世婉约词风服务的语言符号系统，这些前人未曾提供的为词体所用的词汇群成为后代婉约词风遵守的极则，见表 7.1。

表 7.1 温庭筠的婉约词风代表词汇

内容	代表词汇
有关女性容貌、服饰	玉容、蛾眉、黛眉、鬓云、愁黛、憔悴、含羞、罗带、红袖、金缕，等等
有关闺闱陈设	画堂、玉楼、画帘、鸳被、绣衾、纱窗（窗纱）、罗幕、金枕、阑干，等等
有关物与景	翡翠、牡丹、残烛、细雨、柳丝、残月、落花、碧云、春水、鸳鸯、鹦鹉、柳烟、漏残、马嘶，等等
有关人物活动与心理	梦魂、肠断（断肠）、魂消（消魂）、惆怅、离肠，等等
有关人物称谓	王孙、美人、谢家、谢娘，等等
温庭筠作品中所用的单字	腮、腕、钗、蜡、屏、窗、帐、栏、泪、梦、帘、幕、帏、玉、春、柳、烟、镜、香、红、绿、芳、软、眉、鬓、腰、冷、寒、凉、心、肠、枕、衾、被、袖、衫、梁、莺、燕、蝶、雨、风、月、金，等等

这些适宜表现女性的感觉世界和心理世界的词汇，本身就具有一种特殊的魅力，再加以变化组合，使作品愈加朦胧柔美。

李商隐本着"人禀五行之气，备七情之动，必有咏叹，以通性灵"[1] 的创作精神，对六朝诗风尤其是齐梁"宫体"持一种艳羡、欣赏并刻意效仿的态度。李商隐自称"愿把珊瑚，为徐陵架笔"，并直言其诗歌创作深受齐梁诗风的影

1 李商隐：《李商隐全集》，王步高、刘林整理，珠海，珠海出版社，2001。本章引用李商隐诗歌均出自该书，不再逐一标注。

响："后又两为秘书省房中官，恣展古集，往往咽嚎于任、范、徐、庾之间"。任昉、范云、徐陵、庾信均系六朝名流，其中徐、庾二人更是创作"宫体"诗歌的翘楚。李商隐师承此辈之人，其诗歌的创作旨趣不言而喻。李商隐回归齐梁"宫体"诗风的意趣追求，在其描写女性形象的诗歌创作中有着某种不自觉的展现。如《镜槛》诗云："镜槛芙蓉入，看台翡翠过。拔弦惊飞鸟，交扇拂天鹅。隐忍阳城笑，喧传郢市歌。仙眉琼作叶，佛髻细为螺……"诗中用大量色彩绚丽的辞藻对美人的居处、服饰、体态及音情笑貌进行了不厌其烦地铺排和渲染，一种"宫体"诗风特有的繁缛场景扑面而来。另外，描写女性形象的艳诗，如《为有》《闺情》《宫妓》《闻歌》等亦颇具"宫体"风貌。此外，《效徐陵体赠更衣》一诗，更是以诗题"效徐陵体"，非常直白的标明了该诗所写的内容。李商隐最具创造性的作品是无题诗，这些无题诗有些可能有寄托，然而作品整体哀感顽艳，不离风情。由于内容朦胧恍惚，抒情性极高，所以李商隐的作品对于侧重表现内心深曲、情感思绪的一些词人，影响尤深。

另一位艳诗高手韩偓对后世词的影响同样不容小觑。南宋张侃曾说："偓之诗淫靡，类词家语。前辈或取其句，或剪其字，杂于词中。"（《拙轩词话》）韩偓诗歌绮丽，《唐音癸签》卷八云："韩致尧冶游情篇，艳夺温李。"韩偓在《香奁集自序》中言："其间以绮丽得意者，亦数百篇，往往在士大夫之口，或乐工配入声律，粉墙椒壁，斜行小字，窃咏者不可胜计。"《石洲诗话》卷二云："韩致尧香奁之体，溯自玉台"。韩偓的这类作品中运用的意象词汇，为后世词人所沿用（见表7.2），"生活在这种环境中的都市女性，或为富家女子，或为青楼歌妓。亭台楼阁、锦衣玉食的精致环境和富贵条件不仅是现实生活的写照，而且也为营造这些女性怀春、幽怨、相思的气氛提供了物质基础，从而与词体特有的韵致相和谐"[1]。

表7.2　韩偓诗中多用词汇

内容	韩偓诗中多用词汇
社会环境	"酒楼"（《咏灯》）、"秦楼"（《青春》）
室外环境	"鸾桥"、"香径"（《寒食日重游李氏园亭有怀》）、"廊柱"（《绕廊》）、"玉阶"（《夏日》）、"花坞"（《秋千》）、"深院"、"池塘"、"亭台"（《春尽日》）

1 孙克强：《韩偓诗歌对词体的影响》，载《汕头大学学报（人文社会科学版）》，2005（5）。

（续）

内容	韩偓诗中多用词汇
室内的器物	"绣幔"（《咏手》）、"锦褥"（《已凉》）、"绣笼"、"屏山"（《懒起》）、"罗帐"（《闻雨》）
衣饰	"玉钗"（《闻雨》）、"白罗"、"绣屧"（《屐子》）、"锦衣"、"罗袜"（《懒起》）

词因男女艳情而生，"诗庄词媚"，"词为艳科"。可以说，中晚唐绮艳诗中的女性形象高标独立，宋人被她们彻底征服。诗人描写她们以及和她们相关的一切，所以温柔、美丽、纤弱、忧伤成为这些美丽女性的色彩。

在女性形象的塑造上，宋词直接从"宫体诗""艳体诗""花间词"中汲取营养，所以词从产生就和女性有不解之缘，"好写女性生活和女性之美而带来的审美新感受"[1]，具有一种女性化美感。按照词学本体论来分析，宋词最根本的艺术特性是抒情，刻画人物形象只是一种必需的形式。但是，由于词多在花前月下、琼宴羽觞间供奉，有"应歌""言情"的需要，演唱者多是"持红牙板"的"二八女郎"，内容多是男女之情，能代言这种感情的最好的人选就是那些美丽的女子，刻画这些美丽的女子最直接的方法，就是直接描写她们的表情、姿态、行为、动作等，进而借此承载女性的美和感情。郭麐在《词品》中运用大量形象生动的比喻，描绘了这种美丽的新感受：

鲛人织绡，海水不波。珊瑚触网，蛟龙腾梭。明月欲堕，群星皆趋。凄然掩泣，散为明珠。织女下盼，云霞交铺。如将卷舒，贡之太虚。

杂组成锦，万花为春。五酝酒醲，九华帐新。异彩初结，名香始薰。庄严七宝，其中天人。饮芳食菲，摘星抉云。偶然咳唾，明珠如尘。

这种新感受，我们可以定名为"嗜柔尚弱"，这种审美趣尚在有宋一代较为普遍。理学家程颐是这种审美趣尚不啻洪水猛兽，他慨叹道："今人都柔了"（《朱子语类》）。"柔"是女子的普泛化特征，前文第二章亦有论及，而宋代对"柔"的审美追求的原因很多人都作了论述，南宋词人陈人杰云："东南妩媚，雌了男儿。"（《沁园春》）程颐言："盖自祖宗以来，多尚宽仁，不曾用大刚之属，由此人皆柔软"（《朱子语类》）。整个社会对柔弱的偏爱为词以柔为美而奠定了感情基础。宋胡仔曾以"婉美"二字来评论秦观的词风，宋王炎《双溪诗

1 杨海明：《唐宋词美学》，南京，江苏教育出版社，1998，236页。

余自序》云："长短句命名曰曲，取其曲尽人情，惟婉转妩媚为善。"，明何良俊《草堂诗余序》云："周清真、张子野、秦少游、晏叔原诸人之作，柔情曼声，摹写殆尽，正词家所谓当行，所谓本色者也。"又如清纪昀云："词自晚唐五代以来，以清切婉丽为宗"（《四库全书总目》）等等。以上这些说法都无一例外地指出词的艺术特征，即崇尚婉媚，以柔动人。而这种艺术特征所造成的艺术效果，使宋词清丽可人，只可想见柔情，迷离惝恍，有无尽的魅力，无怪乎明人王世祯发出"其婉娈而近情也，足以移情而夺嗜"的感慨。

这种"柔情曼声"的词之本色使宋代词人在创作时必定对中晚唐的绮艳题材认真学习，绮艳题材中的女性形象也被宋人挪到作品中来。这些女性形象影响宋词女性形象的途径有以下几种。

首先是在语言上化用。中晚唐诗歌中有不少绮语，这些绮语丽词是女性形象重要的依托，那些与女性有关的意象包括女性自身（包括体态、服饰等）、生活环境等，是宋代词人学习的最佳范本。中唐诗人中善造绮语的作家如元、白、韩、小李杜等。《旧唐书·元稹传》记载元稹"工为诗，善状咏风态物色"。唐人赵璘《因话录》卷三评述李贺："作乐府，多属意花草蜂蝶之间。"五代高彦休《阙史》说"乐天长于情，无一春无咏花之什"。晚唐小李杜的创作更注意绮艳，更遭到后世人如宋人张戒的批评，张氏在《岁寒堂诗话》中措辞非常严厉："李义山诗只知有金玉龙凤，杜牧之诗只知有绮罗脂粉，李长吉诗只知有花草蜂蝶，而不知一切皆诗也。"中晚唐诗歌的这种追求直接影响了宋词，这种追求对词的抒情性非常有利，更可以把词的幽约之美准确而含蓄地表达出来。

具体而言，为了与艳情化的题材内容相称，宋词的"蹙金结绣"[1]、"熏香掬艳"[2] 的香艳之美体现在对绮语的追求上，"写女性美貌用花鬟、蝉鬓、蛾眉、娇眼、纤手、雪肤；写女性衣饰用芙蓉带、绣罗襦、石榴裙、鹧鸪衫；写居室则用金井、玉楼、画堂、绣户；器物则有金炉、玉盏、锦屏、珠帘、鸾镜、珊瑚枕、翡翠盘等等"[3]。这些错彩镂金之语直接继承温李花间余绪，甚至有过之而无不及。这种吸取前人成句或剪裁丽语的做法前人多用，宋人在作词时袭取唐人诗句亦是学习手段，所以有人认为这种现象合适也合理，比如沈义父在

1 曾慥：《类说校注》，王汝涛校注，福建，福建人民出版社，1996，1022页。

2 张以仁：《花间词论集》，台北，台北研究院中国文哲研究所筹备处，1996，282页。

3 高锋：《花间词研究》，南京，江苏古籍出版社，2001，113页。

《乐府指迷》中指出："要求字面，当看温飞卿、李长吉、李商隐及唐人诸家诗句中字面好而不俗者，采摘用之……炼句下语，最是紧要"。张炎则更加直接，他在《词源》卷下云："贺方回、吴梦窗皆善于炼字面，多于李长吉、温庭筠诗中来。"

比如李贺的《苏小小墓》"风为裳，水为佩"，姜夔《念奴娇》袭用为"三十六陂人未到，水佩风裳无数"，其《宫娃歌》"彩鸾帘额着霜痕"，欧阳修《虞美人》将其变化为"风动金鸾额"；《将进酒》"琉璃钟，琥珀浓，小槽酒滴真珠红"，苏轼《浣溪沙》化用为"小槽春酒冻真珠"，秦观《江城子》化用为"小槽春酒滴珠红，莫匆匆，满金钟"。

李商隐的诗由于意境独特，朦胧幽微，尤被后世词人偏爱，多次被化用。如其《无题》"十五泣春风，背面秋千下"，晏几道直接承袭，不改一字，"无处说相思，背面秋千下"；贺铸则剪裁重组，化为"明月待欢来，久背面、秋千下"。欧阳修《临江仙》："水精双枕，傍有堕钗横"，无论是语言还是意境都直接采用李氏《偶题》（二首其一）："水纹簟上琥珀枕，傍有堕钗双翠翘"；再如贺铸"不待宿酲消，马嘶催早朝"化用李氏"无端嫁得金龟婿，辜负香衾事早朝"；而更著名的秦观《鹊桥仙》中的名句："金风玉露一相逢"是承袭李氏《辛未七夕》："由来碧落银河畔，可要金风玉露时"句，后来居上。

再如，李清照的《点绛唇》："蹴罢秋千，起来慵整纤纤手。露浓花瘦，薄汗轻衣透。见有人来，袜刬金钗溜，和羞走。倚门回首，却把青梅嗅"直接用韩偓《偶见》："秋千打困解罗裙，指点醍醐索一尊。见客入来和笑走，手搓梅子映中门"，其中"袜刬"一词，用语险峻，然易一词而不可达此境，亦化用唐无名氏所作"刬袜下芳阶"句，可以说李清照的这阙词是韩诗的"词化"，所以《皱水轩词话》讥曰"语虽工，终智在人后"。清王士祯《花草蒙拾》中记载欧阳修和柳永对韩诗的化用："欧文忠'拍堤春水四垂天'，柳员外'目断四天垂'，皆本韩句。"至于周邦彦《清真词》中引用、化用韩偓《香奁诗》就有十多处[1]，详见下面注释。

---

1 如：《荔枝香近》中"尽日恻恻轻寒，帘底吹香雾"一句，取自《夜深》诗中的"恻恻轻寒翦翦风，小梅飘雪杏花红"；《法曲献仙音》中的"时闻打窗雨"，取自《效崔国辅体四首》中的"欲明天更寒，东风打窗雨"；《少年游·荆州作》中"南都石黛扫晴山。衣薄奈朝寒。一夕东风，海棠花谢，楼上卷帘看"，其中"衣薄"一词取自"六铢衣薄惹轻寒"，"海棠"两句，化用《懒起》诗"海棠花在否，侧卧卷帘看"；还有《诉衷情·残杏》中"齿软怕尝酸"，取自《幽窗》中的"手香江桔嫩，齿软越梅酸"。

简言之，宋代词人化用唐诗中的绮语丽词，不仅是对语言风格的继承，而且是对男性笔下带有绮艳特性的女性形象的继承。这些意象都与女子有关，男性创作者将她们书写成香艳的范本，且入词仍然香艳，香艳也成为这些女性形象的“本色”特征。

其次是直接继承神采。如上文所述，李贺、温庭筠、李商隐、韩偓等人在作品中直接对美丽女子的居处、服饰、体态及音情笑貌进行了不厌其烦地铺排和渲染，她们的容貌、体态、情态、歌舞伎艺等处处显示着蓬勃青春的活力，宋词中的女性美直接继承了唐代女性的神采。比如：

芳脸匀红，黛眉巧画宫妆残。风流天付与精神，全在娇波眼。（周邦彦《烛影摇红》）

弹到断肠时，春山眉黛低。（晏几道《菩萨蛮》）

琼枝玉树不相饶。薄云衣、细柳腰。眉眼细、好如描。（张先《醉红妆》）

一颗樱桃樊素口。不爱黄金，只爱人长久。（苏东坡《蝶恋花·佳人》）

脸色朝霞红腻，眼色秋波明媚。云度小钗浓鬓，雪透轻绮香臂。（晁补之《斗百花》）

身材儿，早是妖娆，算风措，实难描。一个肌肤浑似玉，更都来，占了千娇。妍歌燕舞，莺惭巧舌，柳妒纤腰。（柳永《合欢带》）

这些词对女子的容貌，身材、体态从多个角度描摹，那些女子流光溢彩，流丽多姿，那是一种青春的美丽，令人只能欣赏，不能亵渎。

除了对女子形貌的描摹，精美华艳的衣装和流光溢彩的饰物，是美丽女子不可缺少的补充，作者描摹这些事物，使女子体态之美与衣饰之美相得益彰。词人之所以对女性服饰的描写不遗余力，是因为女性的身体不能裸露的部分只能通过衣服来展现，而能裸露的部分如手、臂通过一些饰物的映衬会更加迷人，这些衣饰的共同的特征是浓艳、华贵、富丽。如：

天碧罗衣拂地垂，美人初着更相宜。（欧阳修《浣溪沙》）

宫锦袍熏水察香。越纱裙染郁金黄，薄罗依约见明妆。（贺铸《减字浣溪沙》）

揉蓝衫子杏黄裙，独倚玉阑无语点绛唇。（柳永《南歌子》）

蛾儿雪柳黄金缕。（辛弃疾《青玉案》）

铺翠冠儿，捻金雪柳。（李清照《永遇乐》）

那些被罗衣宫锦、越纱吴带、翠冠金缕装扮起来的美人，个个恍惚如姑射神人，风姿绰约。

除了容颜、服饰，曼妙之舞姿、绕梁之清歌也是宋词中的重要组成，它直接受唐代绮艳诗歌中伎女形象的影响。如：

长钗坠发双蜻蜓，碧尽山斜开画屏。虬须公子五侯客，一饮千钟如建瓴。鸾咽姹唱圆无节，眉敛湘烟袖回雪。(温庭筠《夜宴谣》)

朔音悲嘒管，瑶踏动芳尘。总袖时增怨，听破复含嚬。凝腰倚风软，花题照锦春。朱弦固凄紧，琼树亦迷人。(温庭筠《观舞妓》)

平铺一合锦筵开，连击三声画鼓催。红蜡烛移桃叶起，紫罗衫动柘枝来。带垂钿胯花腰重，帽转金铃雪面回。看即曲终留不住，云飘雨送向阳台。(白居易《柘枝妓》)

意气成功日，春风起絮天。楼台新邸第，歌舞小婵娟。急破催摇曳，罗衫半脱肩。(薛能《舞曲歌词》)

藕肠纤缕抽轻春，烟机漠漠娇娥嚬。金梭淅沥透空薄，剪落交刀吹断云。张家公子夜闻雨，夜向兰堂思楚舞。(温庭筠《舞衣曲》)

诗中描写了这些歌女们华丽的服饰、曼妙的舞姿、姣好的容颜、迷人的情态，一幕幕歌楼欢宴的喧哗场景浮现在了读者面前，这些伎女形象直接影响了宋词中置身于亭台楼阁中的女子形象，她们歌声动人，舞姿优美，词人在与她们的流连盘桓中，对她们的歌舞技艺赞叹不已。如：

韵胜仙风缥缈，的皪娇波宜笑。串玉一声歌，占断多情风调。清妙，清妙，留住飞云多少。(辛弃疾《如梦令》)

风流妙舞，樱桃清唱，依约驻行云。(晏殊《少年游》)

美人为我歌新曲，翻声调，韵超出宫商，犀筋细敲，花瓷清响，余韵绕江梁。(杨无咎《一丛花》)

风流妙舞，樱桃清唱，依约驻行云。(晏殊《少年游》)

樱唇玉齿。天上仙音心下事。留往行云，满坐迷魂酒半醺。(欧阳修《减字木兰花》)

笑捧玉觞频劝客，浣溪沙里转新声，花间侧听有流莺。(王灼《浣溪沙》)

爱把歌喉当筵逞，遏天边，乱云凝愁，言语似娇莺，一声声堪听。(柳永《昼夜乐》)

倾国与倾城，袅袅盈盈，歌喉巧作断肠声。(仲并《浪淘沙》)

概括而言，宋词中的这些女性形象，如李泽厚所言，是“时代精神已不在马上，而在闺房，不在世间，而在心境，不是对人世的征服进取，而是心灵的安适享受占据首位”[1] 的社会思想的产物。宋代由于君主尚柔，文人地位很高，没有生活上的压力，他们的心态细腻柔华、内敛退缩，所以优越的生活条件使文人把眼光停留在香闺绣房，用欣赏的眼光去写这些花容月貌、燕语莺声、娇嗔艳冶的女子，既是生理上的满足，更重要的是精神上、心理上的愉悦和慰藉，他们走斝传觞，放浪形骸，按笛弹琴，征歌逐舞。他们在写这些美女色艺双修时，更多的是对她们尊前卖笑、生不逢时、孤独寂寞的心理的描摹，这既是对这些女子的同情和尊重，也是对自己的顾影自怜，表达才士沦落之悲。这一点和中晚唐尤其是晚唐的社会现实惊人的相似。

1 李泽厚:《美的历程》北京，文物出版社，1981，155页。

结　论

诗歌在唐代达到巅峰，唐诗中的女性形象丰富多彩，富于魅力。将唐诗中的女性形象置于性别视角进行考察，用以发现唐诗中的女性形象的类型、特征，考察女性形象塑造所体现出的有性别的创作者的生存状态与心态，进而观照文学思潮与女性形象塑造之间的联系，有利于对唐诗中的女性形象所体现出的文化内涵进行研究。

“性别与文学”这一命题在学理上的意义当“以两性平等的性别观念为导引，在对男性本位的文学史观进行文化批判、给妇女创作以应有的历史地位时，体现两性关怀的文化精神。它意味着：在对轻视中国古代妇女文学的传统观念进行必要的清理和反拨时，亦当自觉地将男性创作活动的性别内涵以及两性之间的文学互动和双向影响纳入研究视野。”[1]

结论一：性别视角下的唐诗中的女性形象塑造承继前代诗歌（至唐）的发展脉络。

以性别视角考察唐诗中的“女性形象”，将文学表现丰富“人性”的要求，具体化为诗歌文本的性别表现，需要厘清诗歌中女性形象的发展脉络，索源探究。

首先，就唐前诗歌中的女性形象总貌来看，女性形象的发展脉络表现为三个趋向：从《诗经》的女性率真展现，到《楚辞》中的非本质塑造；从女性整体面貌的民间歌谣写真，到文人徒歌的案头素材；从建安时期的代妇言声，到两晋六朝的模拟女子口吻创作。三个趋向的共同性体现为女性形象逐渐成为诗歌自觉后，文人徒歌的创作素材，其凸显女性本真面貌的性质逐渐在消逝。

其次，之所以会出现上述情况，其原因有三。第一，就创作者性别本身而言，从《诗经》到《楚辞》，经历两性互歌到男性作为创作主体的变化，由此两性声音化为男性单一声音，使得女性形象趋向于为男性书写服务。第二，就诗歌作品而言，女性整体风貌写真出现在诗、歌、舞一体的歌谣采风当中，《诗经》如此，汉代乐府诗亦如此，只不过乐府更具有戏剧性；当女性形象成为文

1 乔以钢：《近百年中国古代文学的性别研究》，载《学术述评》，2006（3）。

人案头创作的素材，实际上是诗歌由民间到庙堂，由民间文学到纯文学，即诗歌自觉发展的结果。《古诗十九首》恰为这一发展的过渡。被文人加工过后，它由男女互歌向男歌女的方向发展，之后魏晋南北朝中的女性形象都是作为文人徒歌的创作自觉来展现。文人以男性为主，以男性心态揣度女子心情，使女性形象的塑造距离女性本真面貌越来越远。第三，就文人自觉创作的方式而言，建安时期的代妇言情，彰显现实社会人性关怀，到两晋时期的拟古、拟情，甚至六朝时期的女性形象的娱乐化、符号化的发展，变化的根本动因与政治现实不无关系。建安时期儒学地位动摇，是一个思想解放、文学觉醒的特殊时代。士人关注个体生命，女性形象以男性创作者代言的方式表现出来，最见色彩。晋代获得短暂的安定，中国一统，政治控制严格，南朝创作集团以皇室为中心，诗创追求风雅，致使诗歌中的女性形象趋向娱乐、符号化。因此政治环境影响文人创作，反过来，文人的创作也会彰显政治环境作用下的创作心态，体现文人生存状态。但是无论政治空气如何变化，统治者对文学的态度如何，以父权思想统帅的政治统治表现为以男性作为话语核心，在这一语言环境中，女性的话语声音趋向缺失。

再次，诗歌中女性形象面貌的变化反过来又影响诗歌创作。就诗歌创作而言，表现为女性声音渐趋微弱；就诗歌作品而言，表现为女性整体面貌逐渐变为支离破碎；就有性别的创作者的书写而言，女性形象塑造已经由表现女性面貌本身趋向于男性文人的目的性创作。可以说，性别对文学的影响是以一种潜移默化的方式进行的，女性沦为“第二性”的不争事实，通过考察诗歌中的“女性形象”得到索源追溯。

因此，运用性别视角，探寻唐前诗歌中的“女性形象”的发展脉络对研究唐诗中的“女性形象”的面貌、发展是一种必需，唐前诗歌中的“女性形象”的发展脉络的梳理为我们呈现了研究“女性形象”的三个切入点，即通过诗歌作品，关注女性形象所展现的不同风貌；通过诗歌创作，考察男性笔下的女性形象与女性笔下的自我形象塑造的不同动因；通过文人创作的理论自觉，考察文学思潮对女性形象塑造的影响。循此三个方面，对女性形象进行研究，可以发现，唐诗中的“女性形象”的面貌不但是对唐前诗歌中“女性形象”的承继，而且具有唐代诗歌女性形象的独特相。其独特性在以下结论中做具体说明。

结论二：唐诗中的女性形象在有性别的创作者笔下呈现不同的性别内涵。

中国古代性别观念虽然具有阴阳相合的概念，但是性别差异确实存在。虽然性别自然存在，但并不意味着男女两性二元对立，两性在合和中有异，在相异中存在交点。以性别视角考察有性别的创作者笔下的女性形象，探究潜藏在文本中的性别内涵，对客观批评文本是一种必需。正如学者刘思谦指出的："性别对文学并不构成直接的和必然的关系，它是文学作品的一种非结构因素，并不直接构成文学的结构要素如人物情节、环境、语言等。性别与文学的关系通过有性别的（主要是社会性别）作者这个媒介来实现。问题的复杂性在于，这不同的性别内涵，对于有性别的男读者与女读者来说，其意义并不是一种现成的自明的性别姿态，而是潜藏在文本之中，是一个有待发现和分析、阐释、显现的过程"[1]，因此，考察女性形象在有性别的创作者笔下表现的不同面貌、体现不同动因，对发掘文本中的性别内涵是一种必需。

首先，男性笔下的女性形象表现为男性想象的两个极点：具有理想色彩的女性形象与具有现实代言意义的女性形象。但女性形象依然没有摆脱男性对女性的想象传统。

第一，关于具有理想色彩的女性形象。一种来自家庭，属于贤妻良母类型。中国传统文化的一个特点是对人的关注，但中国传统文化对人的肯定，并不像西方人文主义那样肯定个体的生命价值，而是重视人伦关系，将人放在社会伦理秩序中，关注人与人、人与社会的相互关系。这种相互关系又是建立在"天人合一"的哲学观念的基础上，强调"家国同构"，家庭始终作为中国社会构成的细胞，发挥着至关重要的作用。众所周知，家庭是女人活动的主要场所，与家庭有关的女性形象，如妻子、母亲、女儿、姊妹等，凝聚女性以及女性文学形象所具有的传统文化的特点，并彰显家庭伦理观念对女性主体意识的规范。尤其是贤妻良母形象，她们坚贞守节、温柔恭顺、以夫为天，相夫教子，这些代表儒家礼教观念的形象，是父权制男性中心话语制定的中国妇女优良形象的典范，成为被歌颂的对象。不过她们体现的特征具有某种对立性，即贤妻的女从特征与母亲的女圣面貌；同时，她们又有本质上的统一，即无论是情感上还是道德上，都表现为女性对男性的忠诚与纯粹。她们成为男性对女性的理想化书写。

一种属于倩女类型。男性对女性美的欣赏通过塑造女性形象来表达，唐诗中的倩女形象是最独特的一群，体现了唐王朝与众不同的女性审美评判眼光。这一审美评判与唐代女主临朝不无关系。倩女形象的光彩照人实际上是符合社

1 刘思谦：《性别理论与女性文学研究的学科化》，载《文艺理论研究》，2003（1）。

会审美心态的，并随着社会审美心态的变化而变化，表现为初唐时期的秾华之美，鼎盛时期的典雅之美，中晚唐时期的病态之美。究其原因，在于女主临朝给了男性不得不审视女性美、欣赏女性美的一个很高的起点，这是一种雍容之美，然而随着历史的更迭和唐王朝衰落，女性形象之美也趋向于黯淡甚至是病态。这与社会风俗风尚有关，亦离不开男性审美价值观念的影响。当一个王朝由明媚走向沉寂的时候，女性形象可作为一面镜子，映现了历史的变迁，并折射出男性对女性的审美心态变化，这实际上代表了一种形象的历史。可以说，男性书写者以他们眼中、心中的女性影像呈现出某种镜像，而我们看到的只能是某种镜像中的女性形象的虚拟真实，或可说是女性形象历史变迁的虚拟真实。

第二，通过文本创作考察士人心态同样是诗歌研究的必需，男性笔下的征妇形象是研究士人政治心态的一个颇为重要的焦点——她们可以被定义为男性笔下一组具有现实代言意义的符号化形象。

士人心态往往与政治有密切关系，因为政局的变化，往往改变着士人的心态。政治与战争可视作利益共同体，《商君书·战法》说：“凡战法必本于政”，即说明战争的根本目的是赢得政治上的胜利。因为战争在本质上是一种政治工具，战争是实现政治目的的一种手段。因此，诗人强烈的建功立业的理想，以及理想无法实现的困苦，甚至是危难之际的感慨万端，由战乱颓景、民生凋敝引发的思考与同情，实际上都代表了唐代士人理想、观念、生存处境，最终表现在士人心态的变化上。

而当以劳苦征妇为代表的女性形象以符号化的方式参与历史主流叙事时，把女性当作各种社会意义的符号进行填充，从社会视野书写女性，女性形象书写就带有男性观照现实的某种目的性，成为彰显男性心态、具有现实代言意义的编码。具体体现为：“初唐时期，征妇形象代言男性汲汲功名的政治心态；盛唐时期，征妇形象表达男性反思战争的政治理念；中晚唐时期，征妇形象彰显男性补察时政的政治愿望”[1]。

概言之，关于男性笔下的女性形象，作家们虽然赋予她们爱与美的光辉，却仍然摆脱不掉长期儒家文化熏陶、社会性别观念影响所形成的心理定势；虽然通过不同的女性形象，反映了诗人情感世界的不同层面，但它只是反映了男性对女性的感觉、想象与评价。用男性的价值观和性别观来评价人物和事件，

1 肖占鹏、王蕊：《唐代“捣衣”诗及其士人政治心态研究》，载《天津师范大学学报（社会科学版）》，2011（3）。

往往会使男性处于“看”的位置，使女性置于被观照、被审视的位置，张扬的多是男性的感觉、心理和思想，女性的话语权往往被剥夺。因此，男性笔下的女性形象具有某种趋同性，即女性是被男性塑造的，无论是哪种类型的女性形象，其实质上都是符合男性的观念性塑造。女性形象在男性书写中多作为符合男性价值取向的观念性创作。可以说，“女性是被男性文化想象和价值取向所造就出来的”[1]，女性形象塑造是以符合男性审美观念、价值评判为基础而产生的，这不但是对前朝诗歌中的“女性形象”塑造之发展脉络的再呈现，也带有唐代自身的社会风俗、文化风尚、宗教思想、性别观念的特征。

其次，关于女性书写的女性形象。第一，笔者认为一个重要的表现是这类女性形象具有“私”诗歌的倾向。“私”诗歌概念的提出是以女性形象更多以女性自我为模型，以自身情感为核心，以个人生存际遇为素材，书写自我，包括情感、思想、感受、观念等。它主要表现为在狭小的生活范围中书写自我，这恰是女性书写者在创作中寻求“隐秘的背离”的一种表现。需要说明的是，“私”诗歌的概念在论文主体部分并没有提及，考虑到在学理上还有很多待挖掘之处，此处仅在结论中提及此概念构想，为今后进一步研究作方向性指引。

第二，唐代女诗人通过诗歌展现自我观照，其书写的女性形象具有类型化特征。唐代女诗人处在相对开放的时代，她们以呈现自我的方式诠释女性主体意识，以乐观开放的心态融入时代，寻求自我观照，寻求父权制观念统治下的女性社会化人格的体现。但是女性通过创作所体现出的主体意识和自我观照，多表现为自发行为，并没有理论指导与观念梳理，因此这种以抒发内心为主，进行自我观照的创作，笔者称之为“隐秘的背离”。它展现了女性创作者的主体意识和真我形象，并试图在主体书写中表现出在父权制观念羁绊下寻求个性、抗争的社会化人格与精神特质。这种“自我观照”以三种方式，即以深情忧思为内核的悲感情怀，以勇于陈说的方式开展两性对话，以人生体验为前提的哲理沉思来体现女性主体意识，并以自发的方式，“隐秘”寻求背离父权制观念，组成了一幅动人、立体、富于思辨色彩的女性群像图。女性书写的自我形象具有类型化特征，笔者将之概括为深情忧思的言情形象、勇于陈说的立体形象、沉静醒省的思辨形象。诗歌往往是写她们自己，所以这些形象更真实、更饱满、更富有深味。以征妇形象为例，女性书写者笔下的征妇形象就展现出与男性笔下不同的面貌，具体表现为对丈夫博取“功名”的纠结心态，中唐时期杜羔之

1 荒林、王光明：《两性对话——20世纪中国女性与文学》，北京，中国文联出版社，2001，3页。

妻的诗歌可作为性别观念相互参照的有力证据。女性以自身立场去观察和体验生活的真实，其塑造的形象是女性自我形象的主观映现，不同于男性对女性的想象与观念性创作。需要说明的是，本文认为呈现、剖析女性笔下的自我形象与男性笔下的观念性创作更有利于对性别视角下的女性形象的面貌进行研究，探究有性别的创作者笔下的女性形象所反映的创作者心态更有利于在性别观念下分析社会风貌、时人心态甚至是文化心理，单纯的对有性别的创作者笔下各种类型的女性形象进行一一比较，只会带来对“女性形象”研究的碎化认识，只见个体不见共性，因此，单纯比较有性别的创作者笔下各个类型的女性形象并不在本文的探究之内。

第三，关于作者身份的焦虑现象。“作者身份的焦虑”现象由美国女性主义批评家桑德拉·吉尔伯特和苏珊·格巴在《阁楼上的疯女人》一书中提出，她们认为父权制文学传统给女性心理和生理造成病态，如绝望、焦虑、自卑等。笔者认为，西方文学理论并非只适用于西方，只不过这其中还具有唐代社会自身的特色，女性“作者身份的焦虑”现象在唐代社会同样存在，并由“空间的焦虑”引起。“空间的焦虑”一方面体现在女性创作禁锢于父权制体系中，为男权礼法规范所研判；一方面来源于生存空间的束缚，因为女性活动的主要空间是家庭，家庭又以父权制社会细胞的形式出现，因此现实的压抑感使女性在创作的过程中不得不对男性审美心理进行迎合。

女性书写在审美观照上受“创作者身份焦虑”的影响，表现为评判的话语准则掌控在男性手中。这源于女内男外的性别刻板印象。微贱的社会地位置女性创作者于“两难”的处境，长期的性别角色定位进一步固化女性在审美过程中的被动身份和评价附属品这一事实。性别角色形成过程中，性别观念定型起到了框架和模板的作用，约定俗成为性别刻板印象，使女性处于从属地位，将女性陷落于家庭，禁闭在家庭角色中，并作为被观照的客体而存在。因此，女性审美过程的主体身份长期以来被忽略，女性审美意识的基本特点体现为“审美主体”和“被观照的客体”之间的两难就成为不争的事实。

相对于男性，她们多处于被动的位置，依附于男性。在社会舞台中处于配角，在文学创作的审美活动中，她们多成为被观照的对象，女性的人格和个性，逐渐被融合在对男性的依附中，成为被观照的对象，演变为服务于男性审美观念。这就使得女性在审美过程中试图成为主体，又不得不以客体的面貌出现。这种主客体的矛盾双重性潜移默化地渗透在女性审美意识中，直接影响女性诗歌创作活动，使她们处于两难困境。女性主体无论进入哪个审美阶段，永远无法超越“两难”的双重性，就像她们最终无法摆脱“第二性”的命运。事实上，女性生存空间在闺阁，女性社会交往相对封闭，因此女性创作多写自身，多为言情，一般情况下，当女性书写的视角局固在家庭、闺阁、情感、个人生存遭际时，便显得与父权倡导“诗言志”的传统“背道而驰”，这也回到了前文笔者谈及的“私”诗歌的创作倾向。

概言之，唐代社会繁荣富庶、文化多元，唐代女性拥有相对较多的自由，她们以自发的方式，隐秘寻求背离父权制文化传统，通过诗歌展示女性之美，呈现富于色彩、带有规律性特征的女性群像。但父权社会的深层心理积淀，于无形中控制着女性的生存，男尊女卑的现实根深蒂固的存在，女性沦为“第二性”的不争事实，使女性成为被观照的客体，女性创作者试图讴歌“主体”的意识，势必使自身处于两难困境，因此“作者身份的焦虑”成为社会性别属性反映在女性创作中的一种矛盾展现。

结论三：文学思潮与唐诗中的女性形象塑造密不可分。

将唐诗中的女性形象置于文学思潮的语境下审视，会发现女性形象的发展脉络以螺旋式上升的态势，呈复归面貌，由初唐的绮靡，至盛唐的清新，到中唐的写实，晚唐复归于初唐一脉，女性形象由重外在姿容到重内心情感继而又回复到重香艳绮靡。这些变化，带有某种规律性，实际上涉及文学思潮对女性形象塑造的影响，诗歌中女性形象面貌的流变恰好反过来又印证了文学思潮的变化，它不但代表女性形象变化的历史，也成为政局变化、士人心态变化、创作发展趋势、社会性别观念表象的一个镜像，成为一部形象的历史。

首先，关于女性形象发展变化的脉络。有唐肇基，诗歌中的女性形象仍局固于妆容体态，格调柔靡。文学风貌并没有从整体上摆脱齐梁艳体，这与文化发展的惯性相关。六朝遗风、香艳浮靡，甚至是女性“性”方面的兴象都对唐初女性形象的塑造产生影响。不过唐初文学受南朝宫体余绪影响的同时，一种新的面貌渐露头角，微妙变化展现在诗歌虽以描写妇女的生活和体态为主要内容，却加入了新的风尚，健康、自信、唯美的审美倾向渐趋生成。一些诗人已开始关注女性的心理，展示女性的情感。不过，任何新事物的发生发展都是一种螺旋式的上升，上官体的流行，便是这种螺旋式上升期的一种回溯的力量。就描摹女性而言，上官体仍以姿态、形容来呈现，以玩味的原则来彰显，甚至以一种“畸形”的方式追求艺术上的形式美。与宫体无本质差异的上官体给女性形象带来更多的是精致细腻的描绘。尔后，符合潮流的新风尚破茧而出。这主要表现为富有生命力的新风尚代替旧文学的颓靡色彩，渐露清新的女性形象在以四杰为代表的诗人笔下进一步呈现，女性容妆的铅华渐渐被洗去，取而代之的是关注女性的才情、关注女性失时落寞的心灵，特别是王勃笔下的女子，已全无脂粉气息。

盛唐诗歌中的女性形象呈现一派自然意趣，自然、质朴、纯美。女性形象沿着初唐清新风尚发展，已彻底涤除宫体余绪，摒弃雕琢，表现为洗尽铅华的素朴之态。追求自然之美的女性形象塑造，以诗歌语言质朴无华体现，以凑泊中见炉火纯青的自然意趣之美来呈现。同时女性形象塑造有向内收敛的趋势，由外貌而及心性、情感，开始侧重心灵挖掘。

中唐诗歌风貌与盛唐诗歌意境阔大、外展不同，趋向于狭小、内向。诗歌中的女性形象较之盛唐有着不同的变化，主要体现在纤弱香软，写实符号，卓群绮艳三个方面。女性形象审美方面，盛唐更似兴象玲珑的天真少女，而中唐更像写实的少妇。在关注女性形象的过程中诗人以人性化的视角体认女性心理，试图更为全面的展现女性的心理真实。中唐诗歌渐渐走上写实的道路，诗歌回归儒家传统，以“言志”为核心，以“务尽”为要义。在“言志”与“务尽”的影响下，“写实”成为此时期女性形象塑造的主要方向，且“女性形象”更多的是作为“性别符号”出现的。元白“新乐府”中的女性形象成为此类“性别符号”的模板，源于女性形象塑造出于功利主义目的，重在恢复和发扬光大“诗教”传统。

晚唐诗人笔下的女性形象多在“洞房娥眉”之间，以追欢买笑、游戏娱乐示人，以醇酒美人、洞房闺阁为重。女性形象审美复归初唐一脉，不过表现为朝着重抒情、重艺术特质的道路走得更远，一种类似于重消遣、重娱乐的六朝“宫体”化、世俗化的创作思潮，开始引领时尚、居于主流，在女性形象的审美创作上不断地潜滋暗长。同时，晚唐诗人笔下的女性形象步趋“李长吉”冷艳幽深、瑰奇险怪的审美特质，蔚成风气，除温庭筠、李商隐之外，还有刘言史、庄南杰、刘光远、牛峤等人，不过他们笔下的女性形象多是形似神无，不得要领。

其次，唐诗中的女性形象出现一种复归面貌，表现为一种螺旋式的上升态势，这种情况放在文学思潮的语境下审视，便会发现女性形象的变化与文学思潮的变化密不可分，两者相合相应。不过在文学思潮的宏观背景下，同样不能忽视士人心态的变化，事实上，是否推动文学创作的发展，是一种文学思潮是否具有价值的重要依据，同时，思潮与创作之间的相互影响，本身就是一个复杂的问题，这比判断一种文学思潮对创作带来的价值要复杂得多，因为这其中还包括个体（创作者）受政治、文化、风尚等方面的影响所带来的心态变化。

第一，初唐诗歌中的女性形象的面貌之所以出现由宫体余绪到渐露清新的变化，与上升时期的唐王朝政治面貌，当时理论的导向与创作习惯、士人心态之间所形成的张力有关。

女性形象在经历了唐初统治者欣羡南朝文化的宫体余绪之后，以陈子昂为代表的崇尚复归汉魏文学传统的诗歌创作思潮给女性形象塑造带来新的风尚，陈子昂在《与东方左史虬修竹篇序》里批评“齐梁间诗，彩丽竞繁”，提倡“骨气端翔，音情顿挫”的建安风力，寓含以阳刚之美替换齐梁宫体的绮艳、阴柔之美的要求。这种理论主张给诗歌创作思潮带来的影响通过诗歌中的女性形象的变化，可作为相互参照的印证。

女性形象渐趋清新，并在诗歌当中充当了比兴体系中的重要组成部分，考其原因，大约源于以下两个方面：一者来自政治氛围的变化。上官体的流行与上官仪的宫廷背景不可分离，他其实也恰好成为新旧文学更替的一种代表，“上官体”类诗歌恰是此种新旧变革之间痛苦过程磨砺的代表。因此，个体、特殊符合了共性、普遍。但是，武则天临朝后，开科举、纳贤士，使庶族文人逐渐崛起，一方面大量布衣寒士得以进入政治、文化的主导圈层，另一方面是与之相对的关陇贵族集团的统治地位的动摇。庶族文人来自民间，他们将熟悉的寻常生活带入作品，女性形象的塑造便也与上官体式的宫廷奢华渐行渐远。一者来自诗创心态的影响。唐初下层文人笔下多有美女失时、才女失赏之作。诗人笔下的女性形象呈如此面貌，与诗人更加关心自己的政治命运有关。以陈子昂、初唐四杰为例，皆才高位卑，诗歌中以美女才女的失意隐喻自身仕途坎坷，这些典型女性形象毋宁说是诗人自况，实际上映射了诗人孤寂落寞的心灵和面对现实的痛楚感伤。因此，这些女性形象的描写，已然远离纯粹的审美，相反他们所塑造的女性形象是服务于某种意图表现的，客观审美转变为比兴托寄，成为经过主观思想改造，宣泄个人情感的突破口。

第二，盛唐诗人追求诗歌的自然之美，书写女性也由外貌而及心性、情感，有向内收敛的趋势，不再仅注重外貌、仪容，这种自然旨趣与中国诗歌史上自然意象演进的必然结果有关，具体表现为盛唐诗人追求情景交融的诗歌意境。

这种诗意境界以两种面貌呈现。第一种形式是自然意象为主，情感精神含蓄不露，第二种形式是自然意象与情感精神同一凸显。这两种形式都与向内收敛、注重人物精神、内心相合。

此时期女性形象呈现自然之美，其宏大的背景是盛唐诗歌劲健浑厚、质朴明朗的风貌，盛唐诗人以继承建安风骨，涤尽齐梁余风为重，以汲取江左诗歌的艺术经验和技巧，又能返璞归真为宗。更为重要的一点，在于盛唐诗人处在一个极盛的、近乎无忧无虑的时代，时代风尚的昂扬精神能够允许创造、吸收、扬弃、批判与继承，从而融成一片盛唐诗风。因此，诗歌中的女性形象在诗人的理论自觉中以清隽面孔示人，盛唐的时代印记在风神骨气、兴象玲珑中注传神意蕴。女性形象塑造趋向内心精神表述，于自然清真中营造清水芙蓉之美，这与鼎盛时代的文学风尚息息相关。

第三，中唐社会内忧外患频仍，现实的严峻、冷酷使中唐诗人陷入苦闷、彷徨，创作思想的主要倾向是避开战乱的现实生活，追求一种宁静闲适、冷落寂寞的生活情调，追求一种纤弱的美。在“唐诗的极盛时代”，诗歌已经由年少美好走向而立成熟，“尚实”“务尽”“尚俗”是这一极盛时代的诗歌的主要标志。通俗文学与民间风情影响了诗歌在境界上的发展脉络，使诗歌渐渐走上写实的道路，女性形象的塑造亦在这样的大环境中生成。同时，中唐诗歌在趋向“写实”的过程中，回归儒家传统，以“言志”“务尽”为要。“写实”的要求以元白“新乐府”为重镇，“女性形象”作为写实的代言人的形式出现，渐而演变为“性别符号”，具有言志的模板化作用。这与元白“新乐府”诗歌创作出自功利主义目的，重在恢复和发扬光大“诗教”传统紧密相连。然而，女性形象创作的这一趋势随着元白政治失意逐渐失音，取而代之的是以李贺为显的重怪奇的诗歌创作的盛行，在这样的诗创影响下，绮艳的女性形象塑造蔚成风气，女性形象开始朝着反功利的路途前进。

第四，晚唐诗人笔下的女性形象开始回归初唐一脉，重绮艳、尚娱乐，不过这种回归不是简单的重复，而是朝着重抒情、重艺术特质走得更远，这与诗坛上盛行的缘情绮靡、回归齐梁、市民通俗消闲的诗学思潮应节合拍，与步趋“长吉”的审美新变共奏同鸣。与盛唐、中唐相较，女性形象自然清新旨趣荡然，尚功利的倾向不再。此时的诗歌创作不再直面人生、改良社会，更无金革铁马、捐躯为国，取而代之的是游戏娱乐，闺阁香艳，女性形象的审美也由清新自然、务实内敛进一步朝向效仿“长吉体”的诡怪幽艳特质发展。晚唐诗人回归六朝诗风的创作实绩和理论自觉通过诗歌中的女性形象塑造彰显无遗，并透露了时代风气、诗学思潮以及社会风尚影响下的价值取向、意趣追求、创作心态等多重因素的合力影响。一方面反映在文学上，受“缘情绮靡”诗学思潮的冲击，回归六朝、步趋齐梁之风靡盛，同时在为爱情文学大胆张目的旗帜号召下，女性形象塑造日趋市民化、通俗化、消闲化、娱乐化、艳情化。另一方面来自时代背景、社会风气的影响。中唐已降，两税法及货币地租代替实物地租，货币增值，社会重利之风盛行，带来追逐金钱的导向，故而女性形象出现市民通俗，娱乐艳情的风尚，当为社会现实面貌的写照。

再次，关于女性书写的女性形象与文学思潮之间的联系，笔者以为，多作为个案体现。原因在于女性诗人诗作多不具有规模性，生存环境多以家庭为中心，一般为因时因事而作，少有系统。另外，女性处于“第二性”的社会性别本质并没有改变，因此，女性创作一般处于被评判的位置，女性作家一般很难充当文学评判的角色，对文学思潮产生根本性影响。但是，从一些有代表性的女作家身上，也能够寻找到文学思潮给女性创作带来的影响，毕竟环境影响诗创。女性书写的自我形象往往和情感相连，这些女性形象的书写当然不排除自娱的性质，但是更多的还是以书写自我为主，其中的情感、思想、观念往往与女性的生存相关。鱼玄机爱情诗歌中透露出的思想倾向，笔者认为应该是一种文学功利主义倾向的自发模式。虽然还没有上升到文学思想的成熟概念，但俨然已经成为女性书写自我的成熟范本，成为女性某种目的性创作的自发源泉。又如李冶，其创作的《八至》带有诗人个体的孤独感，有思辨世事的个体写照，这种孤独感恰好与唐中叶诗人诗作中普遍存在的孤独况味有相通之处。其与刘长卿、皎然、陆羽、朱放、阎士和等人情逾常礼的交友，诗作中所体现出的狂放不羁的情感，似与贞元“尚荡”之风接近。但是，女性创作多与个人、情感有关，故而这种印记带有创作者浓重的个人色彩，充满主观性与偶然性。

总结而言：笔者认为唐诗中的女性形象目前少有系统研究，以性别视角去观照尚无整体思考。因此有必要从宏观的角度把握唐诗中的女性形象，以书写者性别身份的视角去宏观审视，都是一种有意义的尝试。宏观审视有利于从学理上做面与线的梳理，向更为客观的角度迈进，而并非局限于“身在此山”的只重“点”的狭窄视野的关注。因此，以性别视角为中心对唐诗中的女性形象进行研究，就诗歌创作而言，研究男性笔下的女性形象和女性笔下的自我形象，关注性别视角下女性形象塑造的动因，以及诗歌中的女性形象对诗歌创作的影响。就文学思潮而言，研究唐代各个时期文学思潮影响下的女性形象塑造，由于文学思潮主要是以父权制为话语中心，因此，或可理解为，父权核心下的文学思潮对女性形象塑造的影响；通过分析文本创作、考辨文学思潮，运用性别视角的方法，由现象到理论，审视唐诗中女性形象所呈现出的面貌，剖析造成此面貌的原因，关注女性形象塑造对文学创作倾向带来的影响，给女性诗歌文本以应有的地位和系统化的考察，进而关注两性存在的现实状况，在性别的透镜下，寻求更多新的发现。

就性别与文学的相关性而言，需要看到，“以往的文学史主要是男性的文学史，实质上是站在男性的角度来阐述文学的源流、发展与演变，只反映了人类隶属于男性的那部分情感与艺术。”[1] 因此，运用性别视角考察唐诗中的女性形象，在性别视角下对文本进行解读和审美批评，有利于对性别与文学关系的复杂性进行重新认识和把握，对“重写”中国古代女性文学史有参照价值，将中国古代文论和文学批评融入性别研究，对两性在文学活动中交互影响进行探讨都将有利于性别与文学研究的进一步深入。

鉴于笔者学术视野、研究能力的局限，论文还待大方之家商榷。

1 张明叶：《中国古代妇女文学简史》，沈阳，辽宁教育出版社，1993，34页。

参考文献

国内文献

彭定求，等. 全唐诗. 北京：中华书局，1960.

董诰，等. 全唐文. 北京：中华书局，1983.

十三经注疏. 清嘉庆刊本. 北京：中华书局，2009.

钦定四库全书总目（整理本）. 北京：中华书局，1997.

陈尚君. 全唐诗补编. 北京：中华书局，1992.

王重民，等. 全唐诗外编. 北京：中华书局，1982.

杜甫. 杜诗详注. 仇兆鳌，详注. 北京：中华书局，1979.

杜甫. 读杜心解. 浦起龙，解. 北京：中华书局，1961.

李白. 李太白全集. 王琦，注. 北京：中华书局，1977.

李隆基. 大唐六典. 李林甫，等，注. 北京：中华书局，1992.

刘珏. 隋唐嘉话；李肇. 唐国史补. 杭州：浙江古籍出版社，1986.

牛僧孺. 玄怪录；李复言. 续玄怪录. 北京：中华书局，1982.

李冶，薛涛，鱼玄机. 唐女诗人集三种. 陈文华，校. 上海：上海古籍出版社，1984.

薛涛. 薛涛诗笺. 张篷舟，笺. 成都：四川人民出版社，1982.

高仲武. 中兴间气集. 北京：中华书局，1958.

刘昫，等. 旧唐书. 北京：中华书局，1975.

孙光宪. 北梦琐言. 林艾园，点校. 上海：上海古籍出版社，1981.

王仁裕. 元天宝遗事十种. 丁如明，辑校. 上海：上海古籍出版社，1985.

宋祁，欧阳修，等. 新唐书. 北京：中华书局，1975.

陈振孙. 直斋书录解题. 上海：上海古籍出版社，1987.

郭茂倩. 乐府诗集. 北京：中华书局，1979.

皇甫枚. 三水小牍. 北京：中华书局，1983.

黄升. 唐宋诸贤绝妙词选. 北京：国家图书馆出版社，2011.

计有功. 唐诗纪事. 上海：上海古籍出版社，1965.

李昉，等. 太平广记. 北京：中华书局，1961.

林希逸. 南华真经口义. 昆明：云南人民出版社，2002.

司马光. 资治通鉴. 胡三省，音注. 北京：中华书局，1956.

王溥. 唐会要. 北京：中华书局，1955.

王钦若，等. 册府元龟. 北京：中华书局，1960.
辛文房. 唐才子传. 北京：中华书局，1991.
胡震亨. 唐音癸签. 上海：上海古籍出版社，1981.
王士禛. 居易录. 台北：台湾商务印书馆，1983.
钟惺，谭元春. 唐诗归. 上海：上海古籍出版社，2005.
钟惺. 名媛诗归. 上海图书馆藏善本. 明末刻本，1368.
黄周星. 唐诗快. 康熙二十六年书带草堂刻本，1687.
管世铭. 读雪山房唐诗钞. 光绪十二年湖北官书处刻本，1807.
沈德潜. 古诗源. 北京：中华书局，1963.
王士禛. 唐人万首绝句选. 李永祥，校注，济南：齐鲁书社，2009.
王尧衢. 唐诗合解笺注. 单小青，詹福瑞，点校，保定：河北大学出版社，2004.
吴瑞荣. 唐诗笺要. 乾隆二十三年金陵三乐斋刻本，1758.
陆晶清. 唐代女诗人. 上海：上海三通书局，1939.
傅璇琮. 唐才子传校笺. 北京：中华书局，1987.
胡孚琛. 中华道教大辞典. 北京：中国社会科学出版社，1995.
胡文楷. 历代妇女著作考. 上海：上海古籍出版社，1985.
胡云翼. 宋词选. 北京：中华书局，1962.
吕澄. 中国佛学源流略讲. 北京：中华书局，1979.
上海古籍出版社. 唐宋人选唐宋词. 上海：上海古籍出版社，2004.
唐圭璋. 唐宋词简释. 上海：上海古籍出版社，1981.
万曼. 唐集叙录. 北京：中华书局，1980.
王国维. 唐五代二十一家词辑. 上海：上海六艺书局，1932.
王明. 太平经合校. 北京：中华书局，1979.
魏承思. 中国佛教文化论稿. 上海：上海人民出版社，1991.
夏承焘. 唐宋词选. 北京：中国青年出版社，1981.
夏承焘. 唐宋词人年谱. 上海：上海古籍出版社，1979.
夏承焘. 唐宋词论丛. 杭州：浙江古籍出版社，1956.
夏承焘. 唐宋词欣赏. 杭州：浙江古籍出版社，1997.
俞平伯. 唐宋词选释. 北京：人民文学出版社，1979.
张剑. 敦煌曲子词百首译注. 兰州：敦煌文艺出版社，1991.
周绍良，赵超. 唐代墓志汇编. 上海：上海古籍出版社，1992.
周绍良，赵超. 唐代墓志汇编续集. 上海：上海古籍出版社，2001.

研究论著

鲍晓兰. 西方女性主义研究评价. 北京：生活·读书·新知三联书店，1995.

曹顺庆. 中西比较诗学. 北京：北京出版社，1988.

曹正文. 女性文学与文学女性. 上海：上海书店，1991.

陈东原. 中国妇女生活史. 北京：商务印书馆，1928.

陈东原. 中国古代妇女生活史. 北京：商务印书馆，1937.

陈谷嘉. 儒家伦理哲学. 北京：人民出版社，1996.

陈洪，乔以钢，等. 中国古代文学与文化的性别审视. 天津：南开大学出版社，2009.

陈良运. 中国诗学批评史. 南昌：江西人民出版社，2001.

陈弱水. 唐代文士与中国思想的转型. 桂林：广西师范大学出版社，2009.

陈弱水. 隐蔽的光景：唐代的妇女文化与家庭生活. 桂林：广西师范大学出版社，2009.

陈晓兰. 女性主义批评与文学诠释. 兰州：敦煌文艺出版社，1999.

陈炎，李红春. 儒释道背景下的唐代诗歌. 北京：昆仑出版社，2003.

陈寅恪. 元白诗笺证稿. 北京：生活·读书·新知三联书店，2009.

程千帆. 唐代进士行卷与文学. 武汉：武汉大学出版社，2008.

单艺斌. 女性社会地位评价方法研究. 北京：九州出版社，2004.

邓小楠. 唐宋女性与社会. 上海：上海辞书出版社，2003.

东原. 中国妇女生活史. 北京：商务印书馆，1998.

杜芳琴，王向贤. 妇女与社会性别研究在中国：1987-2003. 天津：天津人民出版社，2003.

杜芳琴，王政. 中国历史中的妇女与性别. 天津：天津人民出版社，2004.

杜芳琴. 中国妇女观念的衍变. 郑州：河南人民出版社，1988.

杜晓勤. 初盛唐诗歌的文化阐释. 北京：东方出版社，1997.

段继红. 清代闺阁文学研究. 天津：南开大学出版社，2007.

段塔丽. 唐代妇女地位研究. 北京：人民出版社，2000.

冯天瑜，何晓明，周积明. 中华文化史. 上海：上海人民出版社，1990.

冯友兰. 中国哲学史. 上海：华东师范大学出版社，2000.

傅璇琮，蒋寅. 中国古代文学通论：隋唐五代卷. 沈阳：辽宁人民出版社，2005.

傅璇琮. 唐才子传校笺. 北京：中华书局，1987.

高锋. 花间词研究. 南京：江苏古籍出版社，2001.

高利华. 唐代文学研究. 南宁：广西师范大学出版社，1996.

高世瑜. 唐代妇女. 西安：三秦出版社，1988.

葛兆光. 想象力的世界：道教与唐代文学. 北京：现代出版社，1990.

葛兆光. 中国思想史. 上海：复旦大学出版社，2001.
辜鸿铭. 中国人的精神. 西安：陕西师范大学出版社，2006.
郭延礼. 中国文学精神：唐代卷. 济南：山东教育出版社，2003.
章培恒，骆玉明. 中国文学史新著. 上海：复旦大学出版社，2007.
荒林，王光明. 两性对话：20世纪中国女性与文学. 北京：中国文联出版社，2001.
荒林. 中国女性主义. 桂林：广西师范大学出版社，2004.
霍然. 唐代美学思潮. 长春：长春出版社，1997.
康正果. 风骚与艳情. 郑州：河南人民出版社，1988.
康正果. 重审风月鉴：性与中国古典文学. 沈阳：辽宁教育出版社，1998.
乐黛云，孟华. 多元之美. 北京：北京大学出版社，2009.
李思纯，陈廷湘. 川大史学：李思纯卷. 成都：四川大学出版社，2006.
李小江，朱虹. 性别与中国. 北京：生活·读书·新知三联出版社，1994.
李小江. 女人：跨文化对话. 南京：江苏人民出版社，2005.
李小江. 女人读书：女性/性别研究代表作导读. 南京：江苏人民出版社，2005.
李小江. 夏娃的探索：妇女研究论稿. 郑州：河南人民出版社，1988.
李小江，等. 文学、艺术与性别. 南京：江苏人民出版社，2002.
李新灿. 女性主义观照下的他者世界. 北京：中国社会科学出版社，2001.
李银河. 福柯与性：解读福柯《性史》. 呼和浩特：内蒙古大学出版社，2009.
李银河. 妇女：最漫长的革命. 北京：中国妇女出版社，2007.
李泽厚，刘纲纪. 中国美学史. 合肥：安徽文艺出版社，2001.
李泽厚. 美的历程. 北京：中国社会科学出版社，1984.
李泽厚. 美学三书. 天津：天津社会科学院出版社，2003.
李泽厚. 新版中国古代思想史论. 天津：天津社会科学院出版社，2008.
李贞德，梁其姿. 妇女与社会. 北京：中国大百科全书出版社，2005.
梁巧娜. 性别意识与女性形象. 北京：中央民族大学出版社，2004.
梁乙真. 中国妇女文学史纲. 上海：上海书店，1990.
林庚. 唐诗综论. 北京：人民文学出版社，1987.
林丹娅. 当代中国女性文学史论. 厦门：厦门大学出版社，2003.
林树明. 多维视野中的女性主义文学批评. 北京：中国社会科学出版社，2004.
刘宁. 唐宋之际诗歌演变研究. 北京：北京师范大学出版社，2002.
刘畅. 史料还原与思辨索源：中国古代思想与文学丛稿. 天津：南开大学出版社，2006.

刘霓. 西方女性学：起源、内涵与发展. 北京：社会科学文献出版社，2001.
刘士圣. 中国古代妇女史. 青岛：青岛出版社，1991.
刘天文. 薛涛诗四家注评说. 成都：巴蜀书社，2004.
刘岩，邱小轻，詹俊峰. 女性身份研究读本. 武汉：武汉大学出版社，2007.
刘岩. 母亲身份研究读本. 武汉：武汉大学出版社，2007.
罗慧兰. 女性学. 北京：中国国际广播出版社，2002.
罗列. 女性形象与女权话语：20世纪初叶中国西方文学女性形象译介研究. 成都：四川辞书出版社，2008.
罗宗强. 隋唐五代文学思想史. 上海：上海古籍出版社，1986.
马元曦，康宏锦. 西方女性主义文学文化译文集. 桂林：广西师范大学出版社，2008.
孟悦，戴锦华. 浮出历史地表. 郑州：河南人民出版社，1989.
彭志宪，张燚. 唐代女诗人鱼玄机诗编年译注. 乌鲁木齐：新疆大学出版社，1994.
钱虹. 文学与性别研究. 上海：同济大学出版社，2008.
钱钟书. 管锥编. 北京：中华书局，1986.
乔以钢. 多彩的旋律：中国女性文学主题研究. 天津：南开大学出版社，2003.
乔以钢. 中国当代女性文学的文化探析. 北京：北京大学出版社，2006.
任继愈. 中国道教史. 上海：上海人民出版社，1997.
尚定. 走向盛唐. 北京：中国社会科学出版社，1994.
邵伏先. 中国的婚姻与家庭. 北京：人民出版社，1989.
沈从文，王孖. 中国服饰史. 西安：陕西师范大学出版社，2004.
沈松勤. 唐宋词社会文化学研究. 杭州：浙江大学出版社，2000.
舒红霞. 女性审美文化：宋代女性文学研究. 北京：人民出版社，2004.
苏者聪. 闺闱的探视：唐代女诗人. 长沙：湖南文艺出版社，1991.
苏者聪. 历代才女. 郑州：河南人民出版社，1986.
孙昌武. 道教与唐代文学. 北京：人民文学出版社，2001.
孙康宜. 文学经典的挑战. 南昌：百花洲文艺出版社，2002.
孙绍先. 女性主义文学. 沈阳：辽宁大学出版社，1987.
谭正璧. 中国女性文学史话. 天津：百花文艺出版社，1991.
汤一介. 中国传统文化中的儒释道. 北京：中国和平出版社，1988.
陶慕宁. 青楼文学与中国文化. 北京：东方出版社，1993.
陶秋英. 中国妇女与文学. 上海：北新书局，1933.
陶毅，明欣. 中国婚姻家庭制度. 北京：东方出版社，1994.

滕守尧．审美心理描述．北京：中国社会科学出版社，1985.
仝华，康沛竹．马克思主义妇女理论发展史．北京：北京大学出版社，2004.
王朝闻．美学概论．北京：人民出版社，1981.
王纯菲，等．火凤冰栖：中国文学女性主义伦理批评．沈阳：辽宁人民出版社，2006.
王尔敏．中国近代思想史论．北京：社会科学文献出版社，2003.
王绯．空前之迹：中国妇女思想与文学发展史论．北京：商务印书馆，2004.
王昆吾．隋唐五代燕乐杂言歌辞研究．北京：中华书局，1996.
王书奴．中国娼妓史．上海：三联书店，1988.
王晓健．中国古代性别结构的文化学分析．北京：社会科学文献出版社，2008.
王晓骊，刘靖渊．解语花：传统男性文学中的女性形象．石家庄：河北人民出版社，2001.
王新勇．空山灵语：意境与中国文学．哈尔滨：北方文艺出版社，1999.
魏国英，王春梅．中国文化与女性．香港：香港万海语言出版社，2003.
魏国英．女性学．北京：北京大学出版社，2000.
文洁华．美学与性别冲突女性主义审美革命的中国境遇．北京：北京大学出版社，2005.
吴秀华．明末清初小说戏曲中的女性形象研究．南京：江苏古籍出版社，2002.
肖占鹏，刘伟．飞动的灵韵：唐代文学中的生命美学精神．天津：天津社会科学出版社，2009.
肖占鹏．韩孟诗派研究．天津：南开大学出版社，1999.
谢无量．中国妇女文学史．郑州：中州古籍出版社，1992.
徐复观．两汉思想史．上海：华东师范大学出版社，2001.
徐复观．中国人性论史．上海：华东师范大学出版社，2005.
徐连达．唐朝文化史．上海：复旦大学出版社，2004.
徐有富．唐代妇女生活与诗．北京：中华书局，2005.
许总．唐诗史．南京：江苏教育出版社，1994.
薛涛研究会．薛涛研究论文集．成都：四川人民出版社，1999.
杨适．中西人论的冲突：文化比较的一种新探求．北京：中国人民大学出版社，1991.
杨海明．唐宋词史．南京：江苏古籍出版社，1987.
姚平．唐代妇女的生命历程．上海：上海古籍出版社，2004.
叶舒宪．高唐女神与维纳斯：中西文学中的爱与美主题．北京：中国社会科学出版社，1997.
叶舒宪．性别诗学．北京：社会科学文献出版社，1999.

叶维廉. 中国诗学. 北京：人民文学出版社，2007.
余英时. 士与中国文化. 上海：上海人民出版社，2003.
禹建湘. 徘徊在边缘的女性主义叙事. 北京：九州出版社，2004.
张国刚. 唐代藩镇研究. 长沙：湖南教育出版社，1987.
张国刚. 中国社会历史评论. 北京：中华书局，2001.
张浩. 书写与重塑：20世纪中国女性文学的精神分析阐释. 北京：北京语言大学出版社，2006.
张宏生，张雁. 古代女诗人研究. 武汉：湖北教育出版社，2002.
张京媛. 当代女性文学批评. 北京：北京大学出版社，1992.
张晓梅. 男子作闺音：中国古典文学中的男扮女装现象研究. 北京：人民出版社，2008.
张岩冰. 女权主义文论. 济南：山东教育出版社，1998.
章义和，陈春雷. 贞节史. 上海：上海文艺出版社，1999.
朱巧云. 跨文化视野中的叶嘉莹诗学研究. 北京：中国社会科学出版社，2008.
朱子彦. 后宫制度研究. 上海：华东师范大学出版社，1998.

国外文献

瓦西列夫. 情爱论. 赵永穆，等，译. 北京：生活·读书·新知三联书店，1984.
黑格尔. 美学. 朱光潜，译. 北京：商务印书馆，1979.
雅斯贝尔斯. 悲剧的超越. 亦春，译. 北京：工人出版社，1988.
丹纳. 艺术哲学. 傅雷，译. 北京：人民文学出版社，1981.
波伏娃. 第二性. 陶铁柱，译. 北京：中国书籍出版社，1997.
高罗佩. 中国古代房内考：中国古代的性与社会. 李零，等，译. 上海：上海人民出版社，1990.
曼素恩. 缀珍录：十八世纪及其前后的中国妇女. 定宜庄，颜宜葳，译. 南京：江苏人民出版社，2004.
贝蒂·弗里丹. 女性的困惑. 陶铁柱，译. 哈尔滨：黑龙江教育出版社，1996.
霍尔，等. 荣格心理学入门. 冯川，译. 北京：生活·读书·新知三联书店，1987.
凯特·米利特. 性的政治. 钟良明，译. 北京：社会科学文献出版社，1999.
克劳福德，昂格尔. 妇女与性别：一本女性主义心理学著作. 许敏敏，宋婧，李岩，译. 北京：中华书局，2009.
梅. 人寻找自己. 冯川，陈刚，译. 贵阳：贵州人民出版社，1991.

宇文所安. 迷楼：诗与欲望的迷宫. 程章灿，译. 北京：生活·读书·新知三联书店，2003.
巴特勒. 性别麻烦：女性主义与身份的颠覆. 宋素凤，译. 上海：上海三联书店，2009.
山川丽. 中国女性史. 高大伦，范勇，译. 西安：三秦出版社，1987.
小野泽精一，等. 气的思想：中国自然观和人的观念发展. 李庆，译. 上海：上海人民出版社，1990.
艾华. 中国的女性与性相：1949 年以来的性别话语. 施施，译. 南京：江苏人民出版社，2008.
洛克. 人类理解论. 关文运，译. 北京：商务印书馆，1959.
弗雷泽. 金枝：巫术与宗教之研究. 徐育新，等，译. 北京：大众文艺出版社，1998.

附录1 《全唐诗》《全唐诗补编》《全唐诗外编》中的征妇类诗歌（以卷次为序）

卷5 上官昭容 《彩书怨》 61

叶下洞庭初，思君万里馀。露浓香被冷，月落锦屏虚。

欲奏江南曲，贪封蓟北书。书中无别意，惟怅久离居。

卷18 卢照邻 《横吹曲辞·折杨柳》 189

倡楼启曙扉，园柳正依依。鸟鸣知岁隔，条变识春归。

露叶疑啼脸，风花乱舞衣。攀折聊将寄，军中书信稀。

卷18 韦承庆 《横吹曲辞·折杨柳》 190

万里边城地，三春杨柳节。叶似镜中眉，花如关外雪。

征人远乡思，倡妇高楼别。不忍掷年华，含情寄攀折。

卷18 张九龄 《横吹曲辞·折杨柳》 191

纤纤折杨柳，持此寄情人。一枝何足贵，怜是故园春。

迟景那能久，流芳不及新。更愁征戍客，鬓老边城尘。

卷18 孟郊 《横吹曲辞·折杨柳》 191

楼上春风过，风前杨柳歌。枝疏缘别苦，曲怨为年多。

花惊燕地雪，叶映楚池波。谁堪别离此，征戍在交河。

卷20 孟郊 《相和歌辞·杂怨三首》（之三） 262

忆人莫至悲，至悲空自衰。寄人莫剪衣，剪衣未必归。

朝为双蒂花，暮为四散飞。花落却绕树，游子不顾期。

卷21 崔国辅 《相和歌辞·子夜冬歌》 263

寂寥抱冬心，裁罗又褧褧。夜久频挑灯，霜寒剪刀冷。

卷21 薛耀 《相和歌辞·子夜冬歌》 263

朔风扣群木，严霜凋百草。借问月中人，安得长不老。

卷25 张籍 《杂曲歌辞·车遥遥》 339

征人遥遥出古城，双轮齐动驷马鸣。山川无处无归路，念君长作万里行。

野田人稀秋草绿，日暮放马车中宿。惊麏游兔在我傍，独唱乡歌对僮仆。

君家大宅凤城隅，年年道上随行车。愿为玉銮系华轼，终日有声在君侧。

门前旧辙久已平，无由复得君消息。

卷 25 张继 《杂曲歌辞·长相思》 341

辽阳望河县，白首无由见。海上珊瑚枝，年年寄春燕。

卷 26 贯休 《杂曲歌辞·夜夜曲》 367

蟪蛄切切风骚骚，芙蓉喷香蟾蜍高。孤灯耿耿征妇劳，更深扑落金错刀。

卷 26 王建 《杂曲歌辞·秋夜曲二首》 368

天清漏长霜泊泊，兰绿收荣桂膏涸。高楼云鬟弄婵娟，古瑟暗断秋风弦。

玉关遥隔万里道，金刀不翦双泪泉。香囊火死香气少，向帷合眼何时晓。

城乌作营啼野月，秦川少妇生离别。秋灯向壁掩洞房，良人此夜直明光。

天河悠悠漏水长，南楼北斗两相当。

卷 27 《杂曲歌辞·太和第三》 382

庭前鹊绕相思树，井上莺歌争刺桐。含情少妇悲春草，多是良人学转蓬。

卷 27 《杂曲歌辞·伊川歌第一》 382

秋风明月独离居，荡子从戎十载馀。征人去日殷勤属，归雁来时数寄书。

卷 27 《杂曲歌辞·石州》 384

自从君去远巡边，终日罗帏独自眠。看花情转切，揽镜泪如泉。

一自离君后，啼多双脸穿。何时狂虏灭，免得更流连。

卷 27 《杂曲歌辞·塞姑》 387

昨日卢梅塞口，整见诸人镇守。都护三年不归，折尽江边杨柳。

卷 27 《杂曲歌辞·回纥》 388

曾闻瀚海使难通，幽闺少妇罢裁缝。缅想边庭征战苦，

谁能对镜治愁容。久戍人将老，须臾变作白头翁。

卷 27 《杂曲歌辞·相府莲》 389

夜闻邻妇泣，切切有馀哀。即问缘何事，征人战未回。

卷 36 虞世南 《中妇织流黄》 472

寒闺织素锦，含怨敛双蛾。综新交缕涩，经脆断丝多。

衣香逐举袖，钏动应鸣梭。还恐裁缝罢，无信达交河。

卷 50 杨炯 《有所思》 612

贱妾留南楚，征夫向北燕。三秋方一日，少别比千年。

不掩嚬红缕，无论数绿钱。相思明月夜，迢递白云天。

卷 50 杨炯 《折杨柳》 612

边地遥无极，征人去不还。秋容凋翠羽，别泪损红颜。

望断流星驿，心弛明月关。藁砧何处在，杨柳自堪攀。

卷54　崔湜　《同李员外春闺》　665

落日啼连夜，孤灯坐彻明。卷帘双燕入，披幌百花惊。

陇上寒应晚，闺中织未成。管弦愁不意，梳洗懒无情。

去岁闻西伐，今年送北征。容颜别离尽，流恨满长城。

卷54　崔湜　《折杨柳》　665

二月风光半，三边戍不还。年华妾自惜，杨柳为君攀。

落絮缘衫袖，垂条拂髻鬟。那堪音信断，流涕望阳关。

卷54　崔液　《代春闺》　667

江南日暖鸿始来，柳条初碧叶半开。玉关遥遥戍未回，金闺日夕生绿苔。

寂寂春花烟色暮，檐燕双双落花度。青楼明镜昼无光，红帐罗衣徒自香。

妾恨十年长独守，君情万里在渔阳。

卷55　王勃　《秋夜长》　671

秋夜长，殊未央，月明白露澄清光，层城绮阁遥相望。

遥相望，川无梁，北风受节南雁翔，崇兰委质时菊芳。

鸣环曳履出长廊，为君秋夜捣衣裳。纤罗对凤凰，丹绮双鸳鸯，调砧乱杵思自伤。

思自伤，征夫万里戍他乡。鹤关音信断，龙门道路长。君在天一方，寒衣徒自香。

卷55　王勃　《采莲曲》　671

采莲归，绿水芙蓉衣。秋风起浪凫雁飞。桂棹兰桡下长浦，罗裙玉腕轻摇橹。

叶屿花潭极望平，江讴越吹相思苦。相思苦，佳期不可驻。塞外征夫犹未还，

江南采莲今已暮。今已暮，采莲花。渠今那必尽娼家。官道城南把桑叶，

何如江上采莲花。莲花复莲花，花叶何稠叠。叶翠本羞眉，花红强如颊。

佳人不在兹，怅望别离时。牵花怜共蒂，折藕爱连丝。故情无处所，新物从华滋。

不惜西津交佩解，还羞北海雁书迟。采莲歌有节，采莲夜未歇。正逢浩荡江上风，

又值裴回江上月。裴回莲浦夜相逢，吴姬越女何丰茸。

共问寒江千里外，征客关山路几重。

卷61　李峤　《倡妇行》　725

十年倡家妇，三秋边地人。红妆楼上歇，白发陇头新。夜夜风霜苦，年年征戍频。

山西长落日，塞北久无春。团扇辞恩宠，回文赠苦辛。胡兵屡攻战，汉使绝和亲。

消息如瓶井，沉浮似路尘。空馀千里月，照妾两眉嚬。

卷62　杜审言　《赠苏绾书记》　739

知君书记本翩翩，为许从戎赴朔边。红粉楼中应计日，燕支山下莫经年。

卷 63　刘允济　《怨情》　746

玉关芳信断，兰闺锦字新。愁来不自抑，念切已含嚬。
虚牖风惊梦，空床月厌人。归期倘可促，勿度柳园春。

卷 71　刘宪　《折杨柳》　781

沙塞三河道，金闺二月春。碧烟杨柳色，红粉绮罗人。
露叶怜啼脸，风花思舞巾。攀持君不见，为听曲中新。

卷 73　苏颋　《鹡鸰词二首》　814

玉关征戍久，空闺人独愁。寒露湿青苔，别来蓬鬓秋。
人坐青楼晚，莺语百花时。愁多人易老，断肠君不知。

卷 76　徐颜伯　《拟古三首》（之一）　820

遥裔烟屿鸿，双影旦夕同。交翰倚沙月，和鸣弄江风。菼若茂芳序，君子从远戎。
云生阴海没，花落春潭空。红泪掩促柱，锦衾罗薰笼。自伤琼草绿，讵惜铅粉红。
裂帛附双燕，为予向辽东。

卷 76　徐颜伯　《闺怨》　824

征客戍金微，愁闺独掩扉。尘埃生半榻，花絮落残机。
褪暖蚕初卧，巢昏燕欲归。春风日向尽，衔涕作征衣。

卷 76　徐颜伯　《春闺》　826

戍客戍清波，幽闺幽思多。暗梁闻语燕，夜烛见飞蛾。宝鸭藏脂粉，金屏缀绮罗。
裁衣卷纹素，织锦度鸣梭。有使通西极，缄书寄北河。年光只空尽，征战莫蹉跎。

卷 81　乔知之《和李侍郎古意》　876

妾家巫山隔汉川，君度南庭向胡苑。高楼迢递想金天，河汉昭回更怆然。
夜如何其夜未央，闲花照月愁洞房。自矜夫婿胜王昌，三十曾作侍中郎。
一从流落戍渔阳，怀哉万恨结中肠。南山幂幂兔丝花，北陵青青女萝树。
由来花叶同一根，今日枝条分两处。三星差池光照灼，北斗西指秋云薄。
茎枯花谢枝憔悴，香销色尽花零落。美人长叹艳容萎，含情收取摧折枝。
调丝独弹声未移，感君行坐星岁迟。闺中宛转今若斯，谁能为报征人知。

卷 82　刘希夷《春女行》　880

春女颜如玉，怨歌阳春曲。巫山春树红，沅湘春草绿。自怜妖艳姿，妆成独见时。
愁心伴杨柳，春尽乱如丝。目极千馀里，悠悠春江水。频想玉关人，愁卧金闺里。
尚言春花落，不知秋风起。娇爱犹未终，悲凉从此始。忆昔楚王宫，玉楼妆粉红。
纤腰弄明月，长袖舞春风。容华委西山，光阴不可还。桑林变东海，富贵今何在。
寄言桃李容，胡为闺阁重。但看楚王墓，唯有数株松。

卷82　刘希夷　《捣衣篇》　885

秋天瑟瑟夜漫漫，夜白风清玉露漙。燕山游子衣裳薄，秦地佳人闺阁寒。
欲向楼中萦楚练，还来机上裂齐纨。揽红袖兮愁徙倚，盼青砧兮怅盘桓。
盘桓徙倚夜已久，萤火双飞入帘牖。西北风来吹细腰，东南月上浮纤手。
此时秋月可怜明，此时秋风别有情。君看月下参差影，为听莎间断续声。
绛河转兮青云晓，飞鸟鸣兮行人少。攒眉缉缕思纷纷，对影穿针魂悄悄。
闻道还家未有期，谁怜登陇不胜悲。梦见形容亦旧日，为许裁缝改昔时。
缄书远寄交河曲，须及明年春草绿。莫言衣上有斑斑，只为思君泪相续。

卷89　张说　《三月闺怨》　980

三月时将尽，空房妾独居。蛾眉愁自结，鬓发没情梳。

卷95　沈佺期　《有所思》　1020

君子事行役，再空芳岁期。美人旷延伫，万里浮云思。
国槿绽红艳，郊桑柔绿滋。坐看长夏晚，秋月照罗纬。

卷96　沈佺期　《春闺》　1032

铁马三军去，金闺二月还。边愁离上国，春梦失阳关。
池水琉璃净，园花玳帽斑。岁华空自掷，忧思不胜颜。

卷96　沈佺期　《梅花落》　1034

铁骑几时回，金闺怨早梅。雪寒花已落，风暖叶应开。
夕逐新春管，香迎小岁杯。盛时何足贵，书里报轮台。

卷96　沈佺期　《杂诗三首》　1035

落叶惊秋妇，高砧促暝机。蜘蛛寻月度，萤火傍人飞。
清镜红埃入，孤灯绿焰微。怨啼能至晓，独自懒缝衣。
妾家临渭北，春梦著辽西。何苦朝鲜郡，年年事鼓鼙。
燕来红壁语，莺向绿窗啼。为许长相忆，阑干玉箸齐。
闻道黄龙戍，频年不解兵。可怜闺里月，长在汉家营。
少妇今春意，良人昨夜情。谁能将旗鼓，一为取龙城。

卷96　沈佺期　《古意》呈补阙乔知之（一作古意，又作独不见）　1043

卢家少妇郁金堂，海燕双栖玳帽梁。九月寒砧催木叶，十年征戍忆辽阳。
白狼河北音书断，丹凤城南秋夜长。谁谓含愁独不见，更教明月照流黄。

卷99　张柬之　《出塞》　1067

侠客重恩光，骢马饰金装。瞥闻传羽檄，驰突救边荒。歙野山川动，嚣天旌旆扬。
吴钩明似月，楚剑利如霜。电断冲胡塞，风飞出洛阳。转战磨笄俗，横行戴斗乡。

手擒郅支长，面缚谷蠡王。将军占太白，小妇怨流黄。騕褭青丝骑，娉婷红粉妆。

三春莺度曲，八月雁成行。谁堪坐愁思，罗袖拂空床。

卷99　王易从　《临高台》　1069

汉主事祁连，良人在高阙。空台寂已暮，愁坐变容发。

泛艳春幌风，裴回秋户月。可怜军书断，空使流芳歇。

卷100　郑遂初　《别离怨》　1074

荡子戍辽东，连年信不通。尘生锦步障，花送玉屏风。

只怨红颜改，宁辞玉箪空。系书春雁足，早晚到云中。

卷100　张纮　《闺怨》　1077

去年离别雁初归，今夜裁缝萤已飞。征客近来音信断，不知何处寄寒衣。

卷106　郑愔　《折杨柳》　1106

青柳映红颜，黄云蔽紫关。忽闻边使出，枝叶为君攀。

舞腰愁欲断，春心望不还。风花滚成雪，罗绮乱斑斑。

卷106　郑愔　《秋闺》　1107

征客向轮台，幽闺寂不开。音书秋雁断，机杼夜恐催。

虚幌风吹叶，闲阶露湿苔。自怜愁思影，常共月裴回。

卷108　李元纮　《绿墀怨》　1114

征马噪金珂，嫖姚向北河。绿苔行迹少，红粉泪痕多。

宝屋粘花絮，银筝覆网罗。别君如昨日，青海雁频过。

卷108　李元纮　《相思怨》　1114

望月思氛氲，朱衾懒更熏。春生翡翠帐，花点石榴裙。

燕语时惊妾，莺啼转忆君。交河一万里，仍隔数重云。

卷111　许景先　《折柳篇》　1134

春色东来度渭桥，青门垂柳百千条。长杨西连建章路，汉家林苑纷无数。

萦花始遍合欢枝，游丝半罥相思树。春楼初日照南隅，柔条垂绿扫金铺。

宝钗新梳倭堕髻，锦带交垂连理襦。自怜柳塞淹戎幕，银烛长啼愁梦著。

芳树朝催玉管新，春风夜染罗衣薄。城头杨柳已如丝，今年花落去年时。

折芳远寄相思曲，为惜容华难再持。

卷111　许景先　《阳春怨》　1135

红树晓莺啼，春风暖翠闺。雕笼熏绣被，珠履踏金堤。

芍药花初吐，菖蒲叶正齐。藁砧当此日，行役向辽西。

卷 111　袁晖　《正月闺情》　1140

正月金闺里，微风绣户间。晓魂怜别梦，春思逼啼颜。

绕砌梅堪折，当轩树未攀。岁华庭北上，何日度阳关。

卷 111　袁晖　《二月闺情》　1140

二月韶光好，春风香气多。园中花巧笑，林里鸟能歌。

有恨离琴瑟，无情著绮罗。更听春燕语，妾亦不如他。

卷 111　袁晖　《三月闺情》　1140

三月春将尽，空房妾独居。蛾眉愁自结，鬓发没情梳。

□□□□□，□□□□□。□□□□□，□□□□□。

卷 111　袁晖　《七月闺情》　1140

七月坐凉宵，金波满丽谯。容华芳意改，枕席怨情饶。

锦字沾愁泪，罗裙缓细腰。不如银汉女，岁岁鹊成桥。

卷 114　沈如筠《闺怨二首》　1164

雁尽书难寄，愁多梦不成。愿随孤月影，流照伏波营。

陇底嗟长别，流襟一动君。何言幽咽所，更作死生分。

卷 114　徐延寿《折杨柳》　1165

大道连国门，东西种杨柳。葳蕤君不见，袅娜垂来久。

缘枝栖暝禽，雄去雌独吟。馀花怨春尽，微月起秋阴。

坐望窗中蝶，起攀枝上叶。好风吹长条，婀娜何如妾。

妾见柳园新，高楼四五春。莫吹胡塞曲，愁杀陇头人。

卷 117　贺朝　《从军行》　1180

……

直为甘心从苦节，陇头流水呜呜咽。边树萧萧不觉春，天山漠漠长飞雪。

鱼丽阵接塞云平，雁翼营通海月明。始看晋幕飞鹅入，旋闻齐垒啼乌声。

自从一戍燕支山，春光几度晋阳关。金河未转青丝骑，玉箸应啼红粉颜。

鸿归燕相续，池边芳草绿。已见氛清细柳营，莫更春歌落梅曲。……

卷 117　张若虚　《代答闺梦还》　1184

关塞年华早，楼台别望违。试衫著暖气，开镜觅春晖。

燕入窥罗幕，蜂来上画衣。情催桃李艳，心寄管弦飞。

妆洗朝相待，风花暝不归。梦魂何处入，寂寂掩重扉。

卷120　崔珪　《孤寝怨》　1206

征戍动经年，含情拂玳筵。花飞织锦处，月落捣衣边。

灯暗愁孤坐，床空怨独眠。自君辽海去，玉匣闭春弦。

卷125　王维　《羽林骑闺人》　1253

秋月临高城，城中管弦思。离人堂上愁，稚子阶前戏。

出门复映户，望望青丝骑。行人过欲尽，狂夫终不至。

左右寂无言，相看共垂泪。

卷141　王昌龄　《乌栖曲》　1436

白马逐朱车，黄昏入狭邪。柳树乌争宿，争枝未得飞上屋。

东房少妇婿从军，每听乌啼知夜分。

卷143　王昌龄　《从军行七首》（之一）　1444

烽火城西百尺楼，黄昏独上海风秋。更吹羌笛关山月，无那金闺万里愁。

卷143　王昌龄　《青楼曲二首》　1445

白马金鞍从武皇，旌旗十万宿长杨。楼头小妇鸣筝坐，遥见飞尘入建章。

驰道杨花满御沟，红妆缦绾上青楼。金章紫绶千馀骑，夫婿朝回初拜侯。

卷143　王昌龄　《青楼怨》　1446

香帏风动花入楼，高调鸣筝缓夜愁。肠断关山不解说，依依残月下帘钩。

卷143　王昌龄　《闺怨》　1446

闺中少妇不曾愁，春日凝妆上翠楼。忽见陌头杨柳色，悔教夫婿觅封侯。

卷143　王昌龄　《春怨》　1452

音书杜绝白狼西，桃李无颜黄鸟啼。寒雁春深归去尽，出门肠断草萋萋。

卷148　刘长卿　《月下听砧》　1524

夜静掩寒城，清砧发何处。声声捣秋月，肠断卢龙戍。

未得寄征人，愁霜复愁露。

卷151　刘长卿　《疲兵篇》　1576

……军前仍欲破重围，闺里犹应愁未归。小妇十年啼夜织，行人九月忆寒衣。……

卷156　王翰　《子夜春歌》　1604

春气满林香，春游不可忘。落花吹欲尽，垂柳折还长。

桑女淮南曲，金鞍塞北装。行行小垂手，日暮渭川阳。

卷158　贺兰进明　《行路难五首》（之三）　1613

君不见芳树枝，春花落尽蜂不窥。君不见梁上泥，秋风始高燕不栖。

荡子从军事征战，蛾眉婵娟守空闺。独宿自然堪下泪，况复时闻乌夜啼。

卷160　孟浩然　《赋得盈盈楼上女》　1656

夫婿久离别，青楼空望归。妆成卷帘坐，愁思懒缝衣。

燕子家家入，杨花处处飞。空床难独守，谁为报金徽。

卷160　孟浩然　《闺情》　1656

一别隔炎凉，君衣忘短长。裁缝无处等，以意忖情量。

畏瘦疑伤窄，防寒更厚装。半啼封裹了，知欲寄谁将。

卷162　李白　《乌夜啼》　1682

黄云城边乌欲栖，归飞哑哑枝上啼。机中织锦秦川女，碧纱如烟隔窗语。

停梭怅然忆远人，独宿空房泪如雨。

卷162　李白　《北风行》　1688

烛龙栖寒门，光曜犹旦开。日月照之何不及此，唯有北风号怒天上来。

燕山雪花大如席，片片吹落轩辕台。幽州思妇十二月，停歌罢笑双蛾摧。

倚门望行人，念君长城苦寒良可哀。别时提剑救边去，遗此虎纹金鞞靫。

中有一双白羽箭，蜘蛛结网生尘埃。箭空在，人今战死不复回。

不忍见此物，焚之已成灰。黄河捧土尚可塞，北风雨雪恨难裁。

卷163　李白　《关山月》　1689

明月出天山，苍茫云海间。长风几万里，吹度玉门关。

汉下白登道，胡窥青海湾。由来征战地，不见有人还。

戍客望边色，思归多苦颜。高楼当此夜，叹息未应闲。

卷163　李白　《独不见》　1696

白马谁家子，黄龙边塞儿。天山三丈雪，岂是远行时。

春蕙忽秋草，莎鸡鸣西池。风摧寒棕响，月入霜闺悲。

忆与君别年，种桃齐蛾眉。桃今百馀尺，花落成枯枝。

终然独不见，流泪空自知。

卷164　李白　《塞下曲六首》（之四 之五）　1700

白马黄金塞，云砂绕梦思。那堪愁苦节，远忆边城儿。

萤飞秋窗满，月度霜闺迟。摧残梧桐叶，萧飒沙棠枝。

无时独不见，流泪空自知。塞虏乘秋下，天兵出汉家。

将军分虎竹，战士卧龙沙。边月随弓影，胡霜拂剑花。

玉关殊未入，少妇莫长嗟。

卷165 李白 《折杨柳》 1708

垂杨拂绿水，摇艳东风年。花明玉关雪，叶暖金窗烟。

美人结长想，对此心凄然。攀条折春色，远寄龙庭前。

卷165 李白 《秋思》 1710

燕支黄叶落，妾望自登台。海上碧云断，单于秋色来。

胡兵沙塞合，汉使玉关回。征客无归日，空悲蕙草摧。

卷165 李白 《子夜吴歌·秋歌》 1711

长安一片月，万户捣衣声。秋风吹不尽，总是玉关情。

何日平胡虏，良人罢远征。

卷165 李白 《子夜吴歌·冬歌》 1711

明朝驿使发，一夜絮征袍。素手抽针冷，那堪把剪刀。

裁缝寄远道，几日到临洮。

卷165 李白 《捣衣篇》 1712

闺里佳人年十馀，颦蛾对影恨离居。忽逢江上春归燕，衔得云中尺素书。

玉手开缄长叹息，狂夫犹戍交河北。万里交河水北流，愿为双燕泛中洲。

君边云拥青丝骑，妾处苔生红粉楼。楼上春风日将歇，谁能揽镜看愁发。

晓吹员管随落花，夜捣戎衣向明月。明月高高刻漏长，真珠帘箔掩兰堂。

横垂宝幄同心结，半拂琼筵苏合香。琼筵宝幄连枝锦，灯烛荧荧照孤寝。

有便凭将金剪刀，为君留下相思枕。摘尽庭兰不见君，红巾拭泪生氤氲。

明年若更征边塞，愿作阳台一段云。

卷184 李白 《春怨》 1880

白马金羁辽海东，罗帷绣被卧春风。落月低轩窥烛尽，飞花入户笑床空。

卷184 李白 《代赠远》 1880

妾本洛阳人，狂夫幽燕客。渴饮易水波，由来多感激。

胡马西北驰，香鬉摇绿丝。鸣鞭从此去，逐虏荡边陲。

昔去有好言，不言久离别。燕支多美女，走马轻风雪。

见此不记人，恩情云雨绝。啼流玉箸尽，坐恨金闺切。

织锦作短书，肠随回文结。相思欲有寄，恐君不见察。

焚之扬其灰，手迹自此灭。

卷184 李白 《闺情》 1880

流水去绝国，浮云辞故关。水或恋前浦，云犹归旧山。

恨君流沙去，弃妾渔阳间。玉箸夜垂流，双双落朱颜。

黄鸟坐相悲，绿杨谁更攀。织锦心草草，挑灯泪斑斑。
窥镜不自识，况乃狂夫还。

卷184　李白　《学古思边》　1882

衔悲上陇首，肠断不见君。流水若有情，幽哀从此分。
苍茫愁边色，惆怅落日曛。山外接远天，天际复有云。
白雁从中来，飞鸣苦难闻。足系一书札，寄言难离群。
离群心断绝，十见花成雪。胡地无春晖，征人行不归。
相思杳如梦，珠泪湿罗衣。

卷184　李白　《思边》(一作春怨)　1882

去年何时君别妾，南园绿草飞蝴蝶。今岁何时妾忆君，
西山白雪暗晴云。玉关去此三千里，欲寄音书那可闻。

卷202　沈宇　《捣衣》　2108

日暮远天青，霜风入后庭。洞房寒未掩，砧杵夜泠泠。

卷202　梁锽　《代征人妻喜夫还》　2116

征夫走马发渔阳，少妇含娇开洞房。千日废台还挂镜，数年尘面再新妆。
春风喜出今朝户，明日虚眠昨夜床。莫道幽闺书信隔，还衣总是旧时香。

卷203　屈同仙　《燕歌行》　2122

君不见渔阳八月塞草腓，征人相对并思归。云和朔气连天黑，蓬杂惊沙散野飞。
是时天地阴埃遍，瀚海龙城皆习战。两军鼓角暗相闻，四面旌旗看不见。
昭君远嫁已年多，戎狄无厌不复和。汉兵候月秋防塞，胡骑乘冰夜渡河。
河塞东西万馀里，地与京华不相似。燕支山下少春晖，黄沙碛里无流水。
金戈玉剑十年征，红粉青楼多怨情。厌向殊乡久离别，秋来愁听捣衣声。

卷207　李嘉佑　《题灵台县东山村主人》　2163

处处征胡人渐稀，山村寥落暮烟微。门临莽苍经年闭，
身逐嫖姚几日归。贫妻白发输残税，馀寇黄河未解围。
天子如今能用武，只应岁晚息兵机。

卷213　高适　《燕歌行》　2217

汉家烟尘在东北，汉将辞家破残贼。男儿本自重横行，天子非常赐颜色。
摐金伐鼓下榆关，旌旆逶迤碣石间。校尉羽书飞瀚海，单于猎火照狼山。
山川萧条极边土，胡骑凭陵杂风雨。战士军前半死生，美人帐下犹歌舞。
大漠穷秋塞草腓，孤城落日斗兵稀。身当恩遇恒轻敌，力尽关山未解围。
铁衣远戍辛勤久，玉箸应啼别离后。少妇城南欲断肠，征人蓟北空回首。

边庭飘飖那可度，绝域苍茫更何有。杀气三时作阵云，寒声一夜传刁斗。
相看白刃血纷纷，死节从来岂顾勋。君不见沙场征战苦，至今犹忆李将军。

卷216　杜甫　《兵车行》　2254

车辚辚，马萧萧，行人弓箭各在腰。耶娘妻子走相送，尘埃不见咸阳桥。
牵衣顿足阑道哭，哭声直上干云霄。道傍过者问行人，行人但云点行频。
或从十五北防河，便至四十西营田。去时里正与裹头，归来头白还戍边。
边亭流血成海水，武皇开边意未已。君不闻汉家山东二百州，千村万落生荆杞。
纵有健妇把锄犁，禾生陇亩无东西。况复秦兵耐苦战，被驱不异犬与鸡。
长者虽有问，役夫敢申恨。且如今年冬，未休关西卒。县官急索租，租税从何出。
信知生男恶，反是生女好。生女犹是嫁比邻，生男埋没随百草。
君不见青海头，古来白骨无人收。新鬼烦冤旧鬼哭，天阴雨湿声啾啾。

卷217　杜甫　《喜晴》　2271

……丈夫则带甲，妇女终在家。力难及黍稷，得种菜与麻。……

卷217　杜甫　《石壕吏》　2283

暮投石壕村，有吏夜捉人。老翁逾墙走，老妇出门看。
吏呼一何怒，妇啼一何苦。听妇前致词，三男邺城戍。
一男附书至，二男新战死。存者且偷生，死者长已矣。
室中更无人，惟有乳下孙。有孙母未去，出入无完裙。
老妪力虽衰，请从吏夜归。急应河阳役，犹得备晨炊。
夜久语声绝，如闻泣幽咽。天明登前途，独与老翁别。

卷217　杜甫　《新婚别》　2284

兔丝附蓬麻，引蔓故不长。嫁女与征夫，不如弃路旁。
结发为妻子，席不暖君床。暮婚晨告别，无乃太匆忙。
君行虽不远，守边赴河阳。妾身未分明，何以拜姑嫜。
父母养我时，日夜令我藏。生女有所归，鸡狗亦得将。
君今往死地，沈痛迫中肠。誓欲随君去，形势反苍黄。
勿为新婚念，努力事戎行。妇人在军中，兵气恐不扬。
自嗟贫家女，久致罗襦裳。罗襦不复施，对君洗红妆。
仰视百鸟飞，大小必双翔。人事多错迕，与君永相望。

卷221　杜甫　《负薪行》　2335

夔州处女发半华，四十五十无夫家。更遭丧乱嫁不售，一生抱恨堪咨嗟。
土风坐男使女立，应当门户女出入。十犹八九负薪归，卖薪得钱应供给。

至老双鬟只垂颈，野花山叶银钗并。筋力登危集市门，死生射利兼盐井。
面妆首饰杂啼痕，地褊衣寒困石根。若道巫山女粗丑，何得此有昭君村。

卷223 杜甫 《遣遇》 2376
……石间采蕨女，鬻菜输官曹。丈夫死百役，暮返空村号。
闻见事略同，刻剥及锥刀。……

卷225 杜甫 《捣衣》 2421
亦知戍不返，秋至拭清砧。已近苦寒月，况经长别心。
宁辞捣熨倦，一寄塞垣深。用尽闺中力，君听空外音。

卷250 皇甫冉《春思》 2834
莺啼燕语报新年，马邑龙堆路几千。家住秦城邻汉苑，心随明月到胡天。
机中锦字论长恨，楼上花枝笑独眠。为问元戎窦车骑，何时反旆勒燕然。

卷251 刘方平 《梅花落》 2837
新岁芳梅树，繁花四面同。春风吹渐落，一夜几枝空。
少妇今如此，长城恨不穷。莫将辽海雪，来比后庭中。

卷255 郑虔 《闺情》 2864
银钥开香阁，金台照夜灯。长征君自惯，独卧妾何曾。

卷257 柳中庸《秋怨》2875
玉树起凉烟，凝情一叶前。别离伤晓镜，摇落思秋弦。
汉垒关山月，胡笳塞北天。不知肠断梦，空绕几山川。

卷269 耿湋《古意》3003
虽言千骑上头居，一世生离恨有馀。叶下绮窗银烛冷，含啼自草锦中书。

卷271 窦叔向 《秋砧送邑大夫》 3029
断续长门下，清冷逆旅秋。征夫应待信，寒女不胜愁。……

卷271 窦巩 《少妇词》 3049
坐惜年光变，辽阳信未通。燕迷新画屋，春识旧花丛。
梦绕天山外，愁翻锦字中。昨来谁是伴，鹦鹉在帘栊。

卷271 窦巩 《从军别家》 3054
自笑儒生著战袍，书斋壁上挂弓刀。如今便是征人妇，好织回文寄窦滔。

卷273 戴叔伦 《女耕田行》 3070
乳燕入巢笋成竹，谁家二女种新谷。无人无牛不及犁，持刀斫地翻作泥。
自言家贫母年老，长兄从军未娶嫂。去年灾疫牛囤空，截绢买刀都市中。
头巾掩面畏人识，以刀代牛谁与同。姊妹相携心正苦，不见路人唯见土。

疏通畦陇防乱苗，整顿沟塍待时雨。日正南冈下饷归，可怜朝雉扰惊飞。
东邻西舍花发尽，共惜馀芳泪满衣。

卷274 戴叔伦 《闺怨》 3104

看花无语泪如倾，多少春风怨别情。不识玉门关外路，梦中昨夜到边城。

卷280 卢纶 《送郭判官赴振武》 3184

黄河九曲流，缭绕古边州。鸣雁飞初夜，羌胡正晚秋。
凄凉金管思，迢递玉人愁。……

卷282 李益 《杂曲》 3203

妾本蚕家女，不识贵门仪。藁砧持玉斧，交结五陵儿。十日或一见，九日在路岐。
人生此夫婿，富贵欲何为。杨柳徒可折，南山不可移。妇人贵结发，宁有再嫁资。
嫁女莫望高，女心愿所宜。宁从贱相守，不愿贵相离。蓝叶郁重重，蓝花若榴色。
少妇归少年，华光自相得。谁言配君子，以奉百年身。有义即夫婿，无义还他人。
爱如寒炉火，弃若秋风扇。山岳起面前，相看不相见。丈夫非小儿，何用强相知。
不见朝生菌，易成还易衰。征客欲临路，居人还出门。北风河梁上，四野愁云繁。
岂不恋我家，夫婿多感恩。前程有日月，勋绩在河源。少妇马前立，请君听一言。
春至草亦生，谁能无别情。殷勤展心素，见新莫忘故。遥望孟门山，殷勤报君子。
既为随阳雁，勿学西流水。尝闻生别离，悲莫悲于此。同器不同荣，堂下即千里。
与君贫贱交，何异萍上水。托身天使然，同生复同死。

卷286 李端 《宿石涧店闻妇人哭》 3281

山店门前一妇人，哀哀夜哭向秋云。自说夫因征战死，朝来逢著旧将军。

卷290 杨凝《花枕》 3300

席上沉香枕，楼中荡子妻。那堪一夜里，长湿两行啼。

卷297 王建 《思远人》 3364

妾思常悬悬，君行复绵绵。征途向何处，碧海与青天。
岁久自有念，谁令长在边。少年若不归，兰室如黄泉。

卷298 王建 《送衣曲》 3388

去秋送衣渡黄河，今秋送衣上陇坂。妇人不知道径处，但问新移军近远。
半年著道经雨湿，开笼见风衣领急。旧来十月初点衣，与郎著向营中集。
絮时厚厚绵纂纂，贵欲征人身上暖。愿身莫著裹尸归，愿妾不死长送衣。

卷298 王建《捣衣曲》 3389

月明中庭捣衣石，掩帷下堂来捣帛。妇姑相对神力生，双揎白腕调杵声。
高楼敲玉节会成，家家不睡皆起听。秋天丁丁复冻冻，玉钗低昂衣带动。

夜深月落冷如刀，湿著一双纤手痛。回编易裂看生熟，鸳鸯纹成水波曲。
重烧熨斗帖两头，与郎裁作迎寒袭。

卷314 李愿《思妇》 3536

良人久不至，惟恨锦屏孤，憔悴衣宽日，空房问女巫。

卷328 权德舆《秋闺月》 3672

三五二八月如练，海上天涯应共见。不知何处玉楼前，乍入深闺玳瑁筵。
露浓香径和愁坐，风动罗帏照独眠。初卷珠帘看不足。斜抱箜篌未成曲。
稍映妆台临绮窗，遥知不语泪双双。此时愁望知何极，万里秋天同一色。
霭霭遥分陌上光，迢迢对此闺中忆。早晚归来欢宴同，可怜歌吹月明中。
此夜不堪肠断绝，愿随流影到辽东。

卷328 权德舆 《薄命篇》(一作妾薄命篇) 3672

昔住邯郸年尚少，只是娇羞弄花鸟。青楼碧纱大道边，绿杨日暮风袅袅。
婵娟玉貌二八馀，自怜颜色花不如。丽质全胜秦氏女，藁砧宁用专城居。
岁去年来年渐长，青春红粉全堪赏。玉楼珠箔但闲居，南陌东城讵来往。
韶光日日看渐迟。摽梅既落行有时。宁知燕赵娉婷子，翻嫁幽并游侠儿。
年年结束青丝骑，出门一去何时至。秋月空悬翡翠帘，春帏懒卧鸳鸯被。
沙塞经时不寄书，深闺愁独意何如。花前拭泪情无限，月下调琴恨有馀。
离别苦多相见少，洞房愁梦何由晓。闲看双燕泪霏霏，静对空床魂悄悄。
镜里红颜不自禁，陌头香骑动春心。为问佳期早晚是，人人总解有黄金。

卷328 权德舆 《玉台体十二首》(之四) 3673

知向辽东去，由来几许愁。破颜君莫怪，娇小不禁羞。

卷334 令狐楚 《闺人赠远二首》 3749

君行登陇上，妾梦在闺中。玉箸千行落，银床一半空。
绮席春眠觉，纱窗晓望迷。朦胧残梦里，犹自在辽西。

卷346 王涯 《春闺思》 3875

雪尽萱抽叶，风轻水变苔。玉关音信断，又见发庭梅。

卷346 王涯 《闺人赠远五首》 3875

花明绮陌春，柳拂御沟新。为报辽阳客，流芳不待人。
远戍功名薄，幽闺年貌伤。妆成对春树，不语泪千行。
形影一朝别，烟波千里分。君看望君处，只是起行云。
啼莺绿树深，语燕雕梁晚。不省出门行，沙场知近远。
洞房今夜月，如练复如霜。为照离人恨，亭亭到晓光。

卷346　王涯　《秋思赠远二首》　3877

当年只自守空帷，梦里关山觉别离。不见乡书传雁足，唯看新月吐蛾眉。

厌攀杨柳临清阁，闲采芙蕖傍碧潭。走马台边人不见，拂云堆畔战初酣。

卷354　刘禹锡　《捣衣曲》　3965

爽砧应秋律，繁杵含凄风。一一远相续，家家音不同。户庭凝露清，伴侣明月中。

长裾委襞积，轻珮垂璁珑。汗馀衫更馥，钿移麝半空。报寒惊边雁，促思闻候虫。

天狼正芒角，虎落定相攻。盈箧寄何处，征人如转蓬。

卷361　刘禹锡　《望夫山》　4080

何代提戈去不还，独留形影白云间。肌肤销尽雪霜色，罗绮点成苔藓斑。

江燕不能传远信，野花空解妒愁颜。近来岂少征人妇，笑采蘼芜上北山。

卷367　张仲素　《春闺思》　4137

袅袅边城柳，青青陌上桑。提笼忘采叶，昨夜梦渔阳。

卷367　张仲素　《春江曲二首》（之一）　4137

家寄征河岸，征人几岁游。不如潮水信，每日到沙头。

卷367　张仲素　《秋夜曲》　4137

丁丁漏水夜何长，漫漫轻云露月光。秋逼暗虫通夕响，征衣未寄莫飞霜。

卷367　张仲素　《秋思二首》　4138

碧窗斜日蔼深晖，愁听寒螀泪湿衣。梦里分明见关塞，不知何路向金微。

秋天一夜静无云，断续鸿声到晓闻。欲寄征衣问消息，居延城外又移军。

卷372　孟郊　《征妇怨》　4184

良人昨日去，明月又不圆。别时各有泪，零落青楼前。

君泪濡罗巾，妾泪满路尘。罗巾长在手，今得随妾身。

路尘如得风，得上君车轮。渔阳千里道，近如中门限。

中门逾有时，渔阳长在眼。生在绿罗下，不识渔阳道。

良人自戍来，夜夜梦中到。

卷373　孟郊　《古意》　4187

荡子守边戍，佳人莫相从。去来年月多，苦愁改形容。

上山复下山，踏草成古踪。徒言采蘼芜，十度一不逢。

鉴独是明月，识志唯寒松。井桃始开花，一见悲万重。

人颜不再春，桃色有再浓。捐气入空房，无憀乍从容。

启贴理针线，非独学裁缝。手持未染彩，绣为白芙蓉。

芙蓉无染污，将以表心素。欲寄未归人，当春无信去。

无信反增愁，愁心缘陇头。愿君如陇水，冰镜水还流。
宛宛青丝线，纤纤白玉钩。玉钩不亏缺，青丝无断绝。
回还胜双手，解尽心中结。

卷382　张籍　《征妇怨》　4279

九月匈奴杀边将，汉军全没辽水上。万里无人收白骨，家家城下招魂葬。
妇人依倚子与夫，同居贫贱心亦舒。夫死战场子在腹，妾身虽存如昼烛。

卷382　张籍　《寄衣曲》　4280

织素缝衣独苦辛，远因回使寄征人。官家亦自寄衣去，贵从妾手著君身。
高堂姑老无侍子，不得自到边城里。殷勤为看初著时，征夫身上宜不宜。

卷382　张籍　《别离曲》　4281

行人结束出门去，几时更踏门前路。忆昔君初纳采时，不言身属辽阳戍。
早知今日当别离，成君家计良为谁。男儿生身自有役，那得误我少年时。
不如逐君征战死，谁能独老空闺里。

卷382　张籍　《妾薄命》　4287

薄命妇，良家子，无事从军去万里。汉家天子平四夷，护羌都尉裹尸归。
念君此行为死别，对君裁缝泉下衣。与君一日为夫妇，千年万岁亦相守。
君爱龙城征战功，妾愿青楼歌乐同。人生各各有所欲，讵得将心入君腹。

卷384　张籍　《思远人》（一作寄远客）　4305

野桥春水清，桥上送君行。去去人应老，年年草自生。
出门看远道，无信向边城。杨柳别离处，秋蝉今复鸣。

卷386　张籍　《邻妇哭征夫》　4354

双鬟初合便分离，万里征夫不得随。今日军回身独段，去时鞍马别人骑。

卷418　元稹　《夫远征》　4606

赵卒四十万，尽为坑中鬼。赵王未信赵母言，犹点新兵更填死。
填死之兵兵气索，秦强赵破括敌起。括虽专命起尚轻，何况牵肘之人牵不已。
坑中之鬼妻在营，髽麻戴绖鹅雁鸣。送夫之妇又行哭，哭声送死非送行。
夫远征，远征不必戍长城，出门便不知死生。

卷418　元稹　《织妇词》　4607

织夫何太忙，蚕经三卧行欲老。蚕神女圣早成丝，今年丝税抽征早。
早征非是官人恶，去岁官家事戎索。征人战苦束刀疮，主将勋高换罗幕。
缫丝织帛犹努力，变缉撩机苦难织。东家头白双女儿，为解挑纹嫁不得。
檐前袅袅游丝上，上有蜘蛛巧来往。羡他虫豸解缘天，能向虚空织罗网。

卷418　元稹　《田家词》　4607

牛吒吒，田确确。旱块敲牛蹄趵趵，种得官仓珠颗谷。六十年来兵蔟蔟，月月食粮车辘辘。一日官军收海服，驱牛驾车食牛肉。归来攸得牛两角，重铸锄犁作斤劚。姑舂妇担去输官，输官不足归卖屋，愿官早胜雠早覆。农死有儿牛有犊，誓不遣官军粮不足。

卷424　白居易　《蜀路石妇》　4660

道傍一石妇，无记复无铭。传是此乡女，为妇孝且贞。
十五嫁邑人，十六夫征行。夫行二十载，妇独守孤茕。
其夫有父母，老病不安宁。其妇执妇道，一一如礼经。
晨昏问起居，恭顺发心诚。药饵自调节，膳羞必甘馨。
夫行竟不归，妇德转光明。后人高其节，刻石像妇形。
俨然整衣巾，若立在闺庭。似见舅姑礼，如闻环珮声。
至今为妇者，见此孝心生。不比山头石，空有望夫名。

卷425　白居易　《续古诗十首》（之一）　4672

戚戚复戚戚，送君远行役。行役非中原，海外黄沙碛。
伶俜独居妾，迢递长征客。君望功名归，妾忧生死隔。
谁家无夫妇，何人不离坼。所恨薄命身，嫁迟别日迫。
妾身有存殁，妾心无改易。生作闺中妇，死作山头石。

卷427　白居易　《母别子——刺新间旧也》　4705

母别子，子别母，白日无光哭声苦。关西骠骑大将军，去年破虏新策勋。敕赐金钱二百万，洛阳迎得如花人。新人迎来旧人弃，掌上莲花眼中刺。迎新弃旧未足悲，悲在君家留两儿。一始扶行一初坐，坐啼行哭牵人衣。以汝夫妇新燕婉，使我母子生别离。不如林中乌与鹊，母不失雏雄伴雌。应似园中桃李树，花落随风子在枝。新人新人听我语，洛阳无限红楼女。但愿将军重立功，更有新人胜于汝。

卷441　白居易　《闺怨词三首》（之三）　4928

关山征戍远，闺阁别离难。苦战应憔悴，寒衣不要宽。

卷442　白居易　《闻夜砧》　4945

谁家思妇秋捣帛，月苦风凄砧杵悲。八月九月正长夜，千声万声无了时。应到天明头尽白，一声添得一茎丝。

卷442　白居易　《空闺怨》　4947

寒月沉沉洞房静，真珠帘外梧桐影，秋霜欲下手先知，灯底裁缝剪刀冷。

卷442　白居易　《闺妇》　4947

斜凭绣床愁不动，红绡带缓绿鬟低。辽阳春尽无消息，夜合花前日又西。

卷468　刘言史　《苦妇词》　5321

地远易骄崇，用刑匪精研。哀哉苦妇身，夫死百殃缠。草草催出门，衣堕发披肩。

独随军吏行，当夕余欲迁。来时已厌生，到此自不全。临江卧黄砂，二子死在边。

气哕不发声，背头血涓涓。有时强为言，只是尤青天。槁葶无一枝，冷气两悬悬。

穷荒夷教卑，骨肉病弃捐。况非本族音，肌露谁为怜。事痛感行宾，住得贪程船。

必当负严法，岂有胎孕篇。游畋复释麛，羔兔尚免鹯。何处摈逐深，一罪三见颠。

校尉勋望重，幕府才且贤。兰裾间珠履，食玉处花筵。但勿轻所暗，莫虑无人焉。

卷474　徐凝　《莫愁曲》　5378

玳瑁床头刺战袍，碧纱窗外叶骚骚。若为教作辽西梦，月冷如丁风似刀。

卷479　李廓　《鸡鸣曲》　5457

星稀月没入五更，胶胶角角鸡初鸣。征人牵马出门立，辞妾欲向安西行。

再鸣引颈檐头下，楼中角声催上马。才分曙色第二鸣，旌旆红尘已出城。

妇人上城乱招手，夫婿不闻遥哭声。长恨鸡鸣别时苦，不遣鸡栖近窗户。

卷486　鲍溶　《九日与友人登高》　5520

云木疏黄秋满川，茱萸风里一尊前。几回为客逢佳节，曾见何人再少年。

霜报征衣冷针指，雁惊幽梦泪婵娟。古来醉乐皆难得，留取穷通付上天。

卷486　鲍溶　《秋思三首》　5524

胡风吹雁翼，远别无人乡。君近雁来处，几回断君肠。昔奉千日书，抚心怨星霜。

无书又千日，世路重茫茫。燕国有佳丽，蛾眉富春光。自然君归晚，花落君空堂。

君其若不然，岁晚双鸳鸯。

顾兔蚀残月，幽光不如星。女儿晚事夫，颜色同秋萤。秋日边马思，武夫不遑宁。

燕歌易水怨，剑舞蛟龙腥。风折连枝树，水翻无蒂萍。立身多门户，何必燕山铭。

生世不如鸟，双双比翼翎。

季秋天地闲，万物生意足。我忧长于生，安得及草木。试从古人愿，致酒歌秉烛。

燕赵皆世人，讵能长似玉。俯怜老期近，仰视日车速。萧飒御风君，魂梦愿相逐。

百年夜销半，端为重缨束。

卷494　施肩吾　《效古兴》　5585

金雀无旧钗，缃绮无旧裾。唯有一寸心，长贮万里夫。

南轩夜虫织已促，北牖飞蛾绕残烛。只言众口铄千金，谁信独愁销片玉。

不知岁晚归不归，又将啼眼缝征衣。

卷494　施肩吾　《古别离二首》　5585

古人谩歌西飞燕，十年不见狂夫面。三更风作切梦刀，万转愁成系肠线。

所嗟不及牛女星，一年一度得相见。

老母别爱子，少妻送征郎。血流既四面，乃一断二肠。

不愁寒无衣，不怕饥无粮。惟恐征战不还乡，母化为鬼妻为孀。

卷494　施肩吾　《代征妇怨》　5586

寒窗羞见影相随，嫁得五陵轻薄儿。长短艳歌君自解，浅深更漏妾偏知。

画裙多泪鸳鸯湿，云鬓慵梳玳瑁垂。何事不看霜雪里，坚贞惟有古松枝。

卷494　施肩吾　《望夫词二首》　5601

看看北雁又南飞，薄幸征夫久不归。蟢子到头无信处，凡经几度上人衣。

何事经年断书信，愁闻远客说风波。西家还有望夫伴，一种泪痕儿最多。

卷509　顾非熊　《关山月》　5791

海上清光发，边营照转凄。深闺此宵梦，带月过辽西。

卷511　张祜　《穆护砂》　5833

玉管朝朝弄，清歌日日新。折花当驿路，寄于陇头人。

卷511　张祜　《金殿乐》　5833

入夜秋砧动，千声起四邻。不缘楼上月，应为陇头人。

卷524　杜牧　《闺情代作》　5998

梧桐叶落雁初归，迢递无因寄远衣。月照石泉金点冷，凤酣箫管玉声微。

佳人刀杵秋风外，荡子从征梦寐希。遥望戍楼天欲晓，满城冬鼓白云飞。

卷525　杜牧　《秋梦》　6011

寒空动高吹，月色满清砧。残梦夜魂断，美人边思深。

孤鸿秋出塞，一叶暗辞林。又寄征衣去，迢迢天外心。

卷526　杜牧　《寄远》　6030

两叶愁眉愁不开，独含惆怅上层台。碧云空断雁行处，红叶已凋人未来。

塞外音书无信息，道傍车马起尘埃。功名待寄凌烟阁，力尽辽城不肯回。

卷538　许浑　《塞下》　6135

夜战桑干北，秦兵半不归。朝来有乡信，犹自寄征衣。

卷538　许浑　《越中》　6143

石城花暖鹧鸪飞，征客春帆秋不归。犹自保郎心似石，绫梭夜夜织寒衣。

卷 539　李商隐《离思》　6155

气尽前溪舞，心酸子夜歌。峡云寻不得，沟水欲如何。

朔雁传书绝，湘篁染泪多。无由见颜色，还自托微波。

卷 541　李商隐《清夜怨》　6255

含泪坐春宵，闻君欲度辽。绿池荷叶嫩，红砌杏花娇。

曙月当窗满，征云出塞遥。画楼终日闭，清管为谁调。

卷 548　薛逢《追昔行》　6320

朝光如飞犹尚可，暮更如箭不容卧。犍为穿城更漏频，一一皆从枕边过。

一夕凡几更，一更凡几声。青春枉向镜中老，白发虚从愁里生。

曾窥帝里东邻女，自比桃花镜中许。一朝嫁得征戍儿，荷戈千里防秋去。

去时只作旦暮期，别后生死俱不知。风惊粉色入蝉鬟，愁送镜花潜堕枝。

前年因出长安陌，见一女人头雪白。日中扶杖憩树阴，仿佛形容认相识。

向予吁嗟还独语，曾与君家邻舍住。当时妾嫁与征人，几向墙头诮夫主。

花开叶落何推迁，屈指数当三十年。眉头薤叶同枯叶，琴上朱弦成断弦。

嫁时宝镜依然在，鹊影菱花满光彩。梦里长嗟离别多，愁中不觉颜容改。

叹息人生能几何，喜君颜貌未蹉跎。因君下马重相顾，请奏青门肠断歌。

卷 549　赵嘏《昔昔盐二十首》（以薛道衡诗每句为题）　6340

【垂柳覆金堤】新年垂柳色，袅袅对空闺。不畏芳菲好，自缘离别啼。

因风飘玉户，向日映金堤。驿使何时度，还将赠陇西。

【蘼芜叶复齐】提筐红叶下，度日采蘼芜。掬翠香盈袖，看花忆故夫。

叶齐谁复见，风暖恨偏孤。一被春光累，容颜与昔殊。

【水溢芙蓉沼】渌沼春光后，青青草色浓。绮罗惊翡翠，暗粉妒芙蓉。

云遍窗前见，荷翻镜里逢。将心托流水，终日渺无从。

【花飞桃李蹊】远期难可托，桃李自依依。花径无容迹，戎裘未下机。

随风开又落，度日扫还飞。欲折枝枝赠，那知归不归。

【采桑秦氏女】南陌采桑出，谁知妾姓秦。独怜倾国貌，不负早莺春。

珠履荡花湿，龙钩折桂新。使君那驻马，自有侍中人。

【织锦窦家妻】当年谁不羡，分作窦家妻。锦字行行苦，罗帏日日啼。

岂知登陇远，只恨下机迷。直候阳关使，殷勤寄海西。

【关山别荡子】那堪闻荡子，迢递涉关山。肠为马嘶断，衣从泪滴斑。

愁看塞上路，讵惜镜中颜。傥见征西雁，应传一字还。

【风月守空闺】良人犹远戍，耿耿夜闺空。绣户流宵月，罗帏坐晚风。

魂飞沙帐北，肠断玉关中。尚自无消息，锦衾那得同。

【恒敛千金笑】玉颜恒自敛，羞出镜台前。早惑阳城客，今悲华锦筵。

从军人更远，投喜鹊空传。夫婿交河北，迢迢路几千。

【长垂双玉啼】双双红泪堕，度日暗中啼。雁出居延北，人犹辽海西。

向灯垂玉枕，对月洒金闺。不惜罗衣湿，惟愁归意迷。

【蟠龙随镜隐】鸾镜无由照，蛾眉岂忍看。不知愁发换，空见隐龙蟠。

那惬红颜改，偏伤白日残。今朝窥玉匣，双泪落阑干。

【彩凤逐帷低】巧绣双飞凤，朝朝伴下帷。春花那见照，暮色已频欺。

欲卷思君处，将啼裛泪时。何年征戍客，传语报佳期。

【惊魂同夜鹊】万里无人见，众情难与论。思君常入梦，同鹊屡惊魂。

孤寝红罗帐，双啼玉箸痕。妾心甘自保，岂复暂忘恩。

【倦寝听晨鸡】去去边城骑，愁眠掩夜闺。披衣窥落月，拭泪待鸣鸡。

不愤连年别，那看长夜啼。功成应自恨，早晚发辽西。

【暗牖悬蛛网】暗中蛛网织，历乱绮窗前。万里终无信，一条徒自悬。

分从珠露滴，愁见隙风牵。妾意何聊赖，看看剧断弦。

【空梁落燕泥】春至今朝燕，花时伴独啼。飞斜珠箔隔，语近画梁低。

帷卷闲窥户，床空暗落泥。谁能长对此，双去复双栖。

【前年过代北】代北几千里，前年又复经。燕山云自合，胡塞草应青。

铁马喧鼙鼓，蛾眉怨锦屏。不知羌笛曲，掩泪若为听。

【今岁往辽西】万里飞书至，闻君已渡辽。只谙新别苦，忘却旧时娇。

烽戍年将老，红颜日向凋。胡沙兼汉苑，相望几迢迢。

【一去无还意】良人征绝域，一去不言还。百战攻胡虏，三冬阻玉关。

萧萧边马思，猎猎戍旗闲。独抱千重恨，连年未解颜。

【那能惜马蹄】云中路杳杳，江畔草凄凄。妾久垂珠泪，君何惜马蹄。

边风悲晓角，营月怨春鼙。未道休征战，愁眉又复低。

卷550　赵嘏　《新月》　6374

玉钩斜傍画檐生，云匣初开一寸明。何事最能悲少妇，夜来依约落边城。

卷551　卢肇　《杨柳枝》　6385

青鸟泉边草木春，黄云塞上是征人。归来若得长条赠，不惮风霜与苦辛。

卷556　马戴　《征妇叹》　6442

稚子在我抱，送君登远道。稚子今已行，念君上边城。蓬根既无定，蓬子焉用生。

但见请防胡，不闻言罢兵。及老能得归，少者还长征。

卷 556　马戴　《离夜二首之一》　6443

东征辽水迥，北近单于台。戎衣挂宝剑，玉箸衔金杯。红烛暗将灭，翠蛾终不开。

卷 568　李群玉　《感兴四首》(之四)　6574

朔雁衔边秋，寒声落燕代。先惊愁人耳，颜发潜消改。

凝云蔽洛浦，梦寐劳光彩。天边无书来，相思泪成海。

卷 575　温庭筠　《遐水谣》　6695

天兵九月渡遐水，马踏沙鸣惊雁起。杀气空高万里情，塞寒如箭伤眸子。

狼烟堡上霜漫漫，枯叶号风天地干。犀带鼠裘无暖色，清光炯冷黄金鞍。

虏尘如雾昏亭障，陇首年年汉飞将。麟阁无名期未归，楼中思妇徒相望。

卷 575　温庭筠　《塞寒行》　6700

燕弓弦劲霜封瓦，朴簌寒雕睇平野，一点黄尘起雁喧，白龙堆下千蹄马。

河源怒浊风如刀，剪断朔云天更高。晚出榆关逐征北，惊沙飞迸冲貂袍。

心许凌烟名不灭，年年锦字伤离别。彩毫一画竟何荣，空使青楼泪成血。

卷 585　刘驾　《寄远》　6779

雪花岂结子，徒满连理枝。嫁作征人妻，不得长相随。去年君点行，贱妾是新姬。

别早见未熟，入梦无定姿。悄悄空闺中，蛩声绕罗帏。得书喜犹甚，况复见君时。

卷 586　刘沧　《寄远》　6797

西园杨柳暗惊秋，宝瑟朱弦结远愁。霜落雁声来紫塞，月明人梦在青楼。

蕙心迢递湘云暮，兰思萦回楚水流。锦字织成添别恨，关河万里路悠悠。

卷 587　李频　《春闺怨》　6808

红妆女儿灯下羞，画眉夫婿陇西头。自怨愁容长照镜，悔教征戍觅封侯。

卷 593　曹邺　《怨歌行》　6875

丈夫好弓剑，行坐说金吾。喜闻有行役，结束不待车。

官田赠倡妇，留妾侍舅姑。舅姑皆已死，庭花半是芜。

中妹寻适人，生女亦嫁夫。何曾寄消息，他处却有书。

严风厉中野，女子心易孤。贫贱又相负，封侯意何如。

卷 598　高骈　《闺怨》　6919

人世悲欢不可知，夫君初破黑山归。如今又献征南策，早晚催缝带号衣。

卷 599　于濆　《辽阳行》　6927

辽阳在何处，妾欲随君去。义合齐死生，本不夸机杼。谁能守空闺，虚问辽阳路。

卷 599　于濆　《恨从军》　6929

不嫁白衫儿，爱君新紫衣。早知速相别，何用假光辉。

已闻都万骑，又道出重围。一轴金装字，致君终不归。

卷599　于濆　《子从军》　6930

男做乡中丁，女做乡男妇。南村与北里，日日见父母。

岂似从军儿，一去便白首。何当铸剑戟，尽得丁男力。

卷599　于濆　《古别离》　6932

入室少情意，出门多路岐。黄鹤有归日，荡子无还时。人谁无分命，妾身何太奇。

君为东南风，妾作西北枝。青楼邻里妇，终年画长眉。自倚对良匹，笑妾空罗帏。

郎本东家儿，妾本西家女。对门中道间，终谓无离阻。岂知中道间，遣作空闺主。

自是爱封侯，非关备胡虏。知子去从军，何处无良人。

卷600　翁绶　《关山月》　6939

裴回汉月满边州，照尽天涯到陇头。影转银河寰海静，光分玉塞古今愁。

笳吹远戍孤烽灭，雁下平沙万里秋。况是故园摇落夜，那堪少妇独登楼。

卷600　翁绶　《折杨柳》　6939

紫陌金堤映绮罗，游人处处动离歌。阴移古戍迷芳草，花带残阳落远波。

台上少年吹白雪，楼中思妇敛青蛾。殷勤攀折赠行客，此去关山雨雪多。

卷608　皮日休　《正乐府十篇·卒妻怨》　7019

河湟戍卒去，一半多不回。家有半菽食，身为一囊灰。官吏按其籍，伍中斥其妻。

处处鲁人髽，家家杞妇哀。少者任所归，老者无所携。况当札瘥年，米粒如琼瑰。

累累作饿殍，见之心若摧。其夫死锋刃，其室委尘埃。其命即用矣，其赏安在哉。

岂无黔敖恩，救此穷饿骸。谁知白屋士，念此翻欸欸。

卷619　陆龟蒙　《鸣雁行》　7133

朔风动地来，吹起沙上声。闺中有边思，玉箸此时横。莫怕儿女恨，主人烹不鸣。

卷627　陆龟蒙　《风人诗四首》　7203

十万全师出，遥知正忆君。一心如瑞麦，长作两岐分。

破檗供朝爨，须怜是苦辛。晓天窥落宿，谁识独醒人。

旦日思双屦，明时愿早谐。丹青传四渎，难写是秋怀。

闻道更新帜，多应发旧旗。征衣无伴捣，独处自然悲。

卷627　陆龟蒙　《乐府杂咏六首·孤烛怨》　7204

前回边使至，闻道交河战。坐想鼓鞞声，寸心攒百箭。

卷627　陆龟蒙　《乐府杂咏六首·金吾子》　7204

嫁得金吾子，常闻轻薄名。君心如不重，妾腰徒自轻。

卷647　胡曾　《独不见》　7417

玉关一自有氛埃，年少从军竟未回。门外尘凝张乐榭，水边香灭按歌台。

窗残夜月人何处，帘卷春风燕复来。万里寂寥音信绝，寸心争忍不成灰。

卷654　罗邺　《征人》　7507

青楼一别戍金微，力尽秋来破虏围。锦字莫辞连夜织，塞鸿长是到春归。

正怜汉月当空照，不奈胡沙满眼飞。唯有梦魂南去日，故乡山水路依稀。

卷654　罗邺　《春闺》　7511

愁坐兰闺日过迟，卷帘巢燕羡双飞。管弦楼上春应在，杨柳桥边人未归。

玉笛岂能留舞态，金河犹自浣戎衣。梨花满院东风急，惆怅无言倚锦机。

卷654　罗邺　《秋怨》　7523

梦断南窗啼晓乌，新霜昨夜下庭梧。不知帘外如珪月，还照边城到晓无。

卷661　罗隐　《莺声》　7586

井上梧桐暗，花间雾露晞。一枝晴复暖，百啭是兼非。

金屋梦初觉，玉关人未归。不堪闲日听，因尔又沾衣。

卷665　罗隐　《遇边使》　7622

累年无的信，每夜望边城。袖掩千行泪，书封一尺金。

卷683　韩偓　《联缀体》　7833

院宇秋明日日长，社前一雁到辽阳。陇头针线年年事，不喜寒砧捣断肠。

卷687　吴融　《新雁》　7896

湘浦波春始北归，玉关摇落又南飞。数声飘去和秋色，一字横来背晚晖。

紫阁高翻云幂幂，灞川低渡雨微微。莫从思妇台边过，未得征人万里衣。

卷688　卢汝弼　《和李秀才边庭四时怨》（之一、之二）　7911

春风昨夜到榆关，故国烟花想已残。少妇不知归不得，朝朝应上望夫山。

卢龙塞外草初肥，雁乳平芜晓不飞。乡国近来音信断，至今犹自著寒衣。

卷690　王驾　《古意》　7918

夫戍萧关妾在吴，西风吹妾妾忧夫。一行书信千行泪，寒到君边衣到无。

卷691　杜荀鹤　《望远》　7936

门前通大道，望远上高台。落日人行尽，穷边信不来。

还闻战得胜，未见敕招回。却入机中坐，新愁织不开。

卷692　杜荀鹤　《山中寡妇》（一作时世行）　7958

夫因兵死守蓬茅，麻苎衣衫鬓发焦。桑柘废来犹纳税，田园荒后尚征苗。

时挑野菜和根煮，旋斫生柴带叶烧。任是深山更深处，也应无计避征徭。

卷694　郑准　《代寄边人》　7993
君去不来久，悠悠昏又明。片心因卜解，残梦过桥惊。
圣泽如垂饵，沙场会息兵。凉风当为我，一一送砧声。
卷700　韦庄　《闺怨》　8051
戚戚彼何人，明眸利于月。啼妆晓不干，素面凝香雪。
良人去淄右，镜破金簪折。空藏兰蕙心，不忍琴中说。
卷700　韦庄　《捣练篇》　8052
月华吐艳明烛烛，青楼妇唱捣衣曲。白袷丝光织鱼目，菱花绶带鸳鸯簇。
临风缥缈叠秋雪，月下丁冬捣寒玉。楼兰欲寄在何乡，凭人与系征鸿足。
卷701　王贞白　《折杨柳三首》（之三）　8065
嫩叶初齐不耐寒，风和时拂玉栏干。征人去日曾攀折，泣雨伤春翠黛残。
卷704　黄滔　《闺怨》　8095
妾家五岭南，君戍三城北。雁来虽有书，衡阳越不得。
别久情易料，岂在窥翰墨。塞上无烟花，宁思妾颜色。
卷705　黄滔　《闺怨》　8108
寸心杳与马蹄随，如蜕形容在锦帷。江上月明船发后，花间日暮信回时。
五陵夜作酬恩计，四塞秋为破虏期。待到乘轺入门处，泪珠流尽玉颜衰。
卷712　钱珝《春恨三首》　8197
负罪将军在北朝，秦淮芳草绿迢迢。高台爱妾魂销尽，始得丘迟为一招。
久戍临洮报未归，箧香销尽别时衣。身轻愿比兰阶蝶，万里还寻塞草飞。
永巷频闻小苑游，旧恩如泪亦难收。君前愿报新颜色，团扇须防白露秋。
卷714　崔道融　《春闺二首》　8202
寒食月明雨，落花香满泥。佳人持锦字，无雁寄辽西。
欲剪宜春字，春寒入剪刀。辽阳在何处，莫望寄征袍。
卷718　苏拯　《思妇吟》　8251
秋风雁又归，边信一何早。揽衣出门望，落叶满长道。
一从秉箕帚，十载孤怀抱。可堪日日醉宠荣，不说思君令人老。
卷720　裴说　《闻砧》（一作寄边衣）　8260
深闺乍冷鉴开箧，玉箸微微湿红颊。一阵霜风杀柳条，浓烟半夜成黄叶。
垂垂白练明如雪，独下闲阶转凄切。只知抱杵捣秋砧，不觉高楼已无月。
时闻寒雁声相唤，纱窗只有灯相伴。几展齐纨又懒裁，离肠恐逐金刀断。
细想仪形执牙尺，回刀剪破澄江色。愁捻银针信手缝，惆怅无人试宽窄。

时时举袖匀红泪，红笺谩有千行字。书中不尽心中事，一片殷勤寄边使。

卷727　张迥　《寄远》　8327

锦字凭谁达，闲庭草又枯。夜长灯影灭，天远雁声孤。

蝉鬓凋将尽，虬髯白也无。几回愁不语，因看朔方图。

卷732　布燮　《思乡作》　8374

泸北行人绝，云南信未还。庭前花不扫，门外柳谁攀。

坐久销银烛，愁多减玉颜。悬心秋夜月，万里照关山。

卷733　刘辟　《登楼望月二首》（之二）　8384

皎洁三秋月，巍峨百丈楼。下分征客路，上有美人愁。

帐卷芙蓉带，帘褰玳瑁钩。倚窗情渺渺，凭槛思悠悠。

未得金波转，俄成玉箸流。不堪三五夕，夫婿在边州。

卷743　沈彬　《塞下三首》（之二）　8456

贵主和亲杀气沉，燕山闲猎鼓鼙音。旗分雪草偷边马，箭入寒云落塞禽。

陇月尽牵乡思动，战衣谁寄泪痕深。金钗谩作封侯别，劈破佳人万里心。

卷743　沈彬　《吊边人》　8458

杀声沉后野风悲，汉月高时望不归。白骨已枯沙上草，家人犹自寄寒衣。

卷745　陈陶　《关山月》　8475

昔年嫖姚护羌月，今照嫖姚双鬓雪。青冢曾无尺寸归，锦书多寄穷荒骨。

百战金疮体沙碛，乡心一片悬秋碧。汉城应期破镜时，胡尘万里婵娟隔。

度碛冲云朔风起，边笳欲晚生青珥。陇上横吹霜色刀，何年断得匈奴臂。

卷746　陈陶　《水调词十首》　8490

黠虏迢迢未肯和，五陵年少重横戈。谁家不结空闺恨，玉箸阑干妾最多。

羽管慵调怨别离，西园新月伴愁眉。容华不分随年去，独有妆楼明镜知。

忆饯良人玉塞行，梨花三见换啼莺。边场岂得胜闺阁，莫逞雕弓过一生。

惆怅江南早雁飞，年年辛苦寄寒衣。征人岂不思乡国，只是皇恩未放归。

水阁莲开燕引雏，朝朝攀折望金吾。闻道碛西春不到，花时还忆故园无。

自从清野戍辽东，舞袖香销罗幌空。几度长安发梅柳，节旄零落不成功。

长夜孤眠倦锦衾，秦楼霜月苦边心。征衣一倍装绵厚，犹虑交河雪冻深。

瀚海长征古别离，华山归马是何时。仍闻万乘尊犹屈，装束千娇嫁郅支。

沙塞依稀落日边，寒宵魂梦怯山川。离居渐觉笙歌懒，君逐嫖姚已十年。

万里轮台音信稀，传闻移帐护金微。会须麟阁留踪迹，不斩天骄莫议归。

卷746 陈陶 《陇西行四首》（之二） 8492

誓扫匈奴不顾身，五千貂锦丧胡尘。可怜无定河边骨，犹是春闺梦里人。

卷748 李中 《春闺辞二首》 8512

卷帘迟日暖，睡起思沈沈。辽海音尘远，春风旅馆深。

疏篁留鸟语，曲砌转花阴。寄语长征客，流年不易禁。

不得辽阳信，春心何以安。鸟啼窗树晓，梦断碧烟残。

绿鉴开还懒，红颜驻且难。相思谁可诉，时取旧书看。

卷748 李中 《春闺辞二首》 8519

尘昏菱鉴懒修容，双脸桃花落尽红。玉塞梦归残烛在，晓莺窗外啭梧桐。

边无音信暗消魂，茜袖香裙积泪痕。海燕归来门半掩，悠悠花落又黄昏。

卷766 刘兼 《征妇怨》 8689

金闺寂寞罢妆台，玉箸阑干界粉腮。花落掩关春欲暮，月圆欹枕梦初回。

鸾胶岂续愁肠断，龙剑难挥别绪开。曾寄锦书无限意，塞鸿何事不归来。

卷766 刘兼 《春怨》 8691

绣林红岸落花钿，故去新来感自然。绝塞杪春悲汉月，长林深夜泣缃弦。

锦书雁断应难寄，菱镜鸾孤貌可怜。独倚画屏人不会，梦魂才别戍楼边。

卷768 金昌绪 《春怨》 8724

打起黄莺儿，莫教枝上啼，啼时惊妾梦，不得到辽西。

卷769 朱琳《开缄怨》 8734

夫婿边庭久，幽闺恨几重。玉琴知别日，金镜识愁容。

懒寄云中服，慵开海上封。年年得衣惯，且试莫裁缝。

卷773 刘元叔《妾薄命》 8765

自从离别守空闺，遥闻征战赴云梯。夜夜思君辽海北，年年弃妾渭桥西。

阳春白日照空暖，紫燕衔花向庭满。彩鸾琴里怨声多，飞鹊镜前妆梳断。

谁家夫婿不从征，应是渔阳别有情。莫道红颜燕地少，家家还似洛阳城。

旦逐新人殊未归，还令秋至夜霜飞。北斗星前横旅雁，南楼月下捣寒衣。

夜深闻雁肠欲绝，独坐缝衣灯又灭。暗啼罗帐空自怜，梦度阳关向谁说。

每怜容貌宛如神，如何薄命不如人。待君朝夕燕山至，好作明年杨柳春。

卷773 常理《古别离》 8766

君御狐白裘，妾居缃绮帱。粟钿金夹膝，花错玉搔头。

离别生庭草，征衣断戍楼。蟏蛸网清曙，菡萏落红秋。

小胆空房怯，长眉满镜愁。为传儿女意，不用远封侯。

卷774 沈祖仙 《秋闺》 8773

白马三军客，青娥十载思。玉庭霜落夜，罗幌月明时。

炉冷蜘蛛喜，灯高熠耀期。愁多不可曙，流涕坐空帏。

卷774 吴大江 《捣衣》 8774

沙塞秋应晚，金闺恨已空。那堪裂纨素，时许出房栊。

杵影弄寒月，砧声调夜风。裁缝双泪尽，万里寄云中。

卷776 欧阳瑾 《折杨柳》 8789

垂柳拂妆台，葳蕤叶半开。年华枝上见，边思曲中来。

嫩色宜新雨，轻花伴落梅。朝朝倦攀折，征戍几时回。

卷785 无名氏《杂诗》(之四、之六) 8862

不洗残妆凭绣床，也同女伴绣鸳鸯。回针刺到双飞处，忆著征夫泪数行。

一去辽阳系梦魂，忽传征骑到中门。纱窗不肯施红粉，徒遣萧郎问泪痕。

卷797 开元宫人《袍中诗》 8966

沙场征戍客，寒苦若为眠。战袍经手作，知落阿谁边。

蓄意多添线，含情更著绵。今生已过也，结取后生缘。

卷797 僖宗宫人 《金锁诗》 8968

玉烛制袍夜，金刀呵手裁。锁寄千里客，锁心终不开。

卷799 赵氏 《杂言寄杜羔》 8988

君从淮海游，再过兰杜秋。归来未须臾，又欲向梁州。

梁州秦岭西，栈道与云齐。羌蛮万馀落，矛戟自高低。

已念寡俦侣，复虑劳攀跻。丈夫重志气，儿女空悲啼。

临邛滞游地，肯顾浊水泥。人生赋命有厚薄，君但遨游我寂寞。

卷799 张氏 《寄夫》 8989

久无音信到罗帏，路远迢迢遣问谁。闻君折得东堂桂，折罢那能不暂归。

驿使今朝过五湖，殷勤为我报狂夫。从来夸有龙泉剑，试割相思得断无。

卷799 陈玉兰 《寄夫》 8990

夫戍边关妾在吴，西风吹妾妾忧夫。一行书信千行泪，寒到君边衣到无。

卷799 侯氏 《绣龟形诗》 8992

暌离已是十秋强，对镜那堪重理妆。闻雁几回修尺素，见霜先为制衣裳。

开箱叠练先垂泪，拂杵调砧更断肠。绣作龟形献天子，愿教征客早还乡。

卷799 程长文 《春闺怨》 8997

绮陌香飘柳如线，时光瞬息如流电。良人何处事功名，十载相思不相见。

卷 801　郎大家宋氏　《长相思》　9008

长相思，久离别。关山阻，风烟绝。台上镜文销，袖中书字灭。

不见君行影，何曾有欢悦。

卷 801　刘云　《有所思》　9010

朝亦有所思，暮亦有所思。登楼望君处，蔼蔼萧关道。

掩泪向浮云，谁知妾怀抱。玉井苍苔春院深，桐花落尽无人扫。

卷 801　崔公远　9012

（句）君今远戍在何处，遣妾秋来长望天。

卷 801　裴羽仙　《哭夫二首》　9013

风卷平沙日欲曛，狼烟遥认犬羊群。李陵一战无归日，望断胡天哭塞云。

良人平昔逐蕃浑，力战轻行出塞门。从此不归成万古，空留贱妾怨黄昏。

卷 801　廉氏《寄征人》　9015

凄凄北风吹鸳被，娟娟西月生蛾眉。谁知独夜相思处，泪滴寒塘蕙草时。

卷 801　长孙佐辅妻　《答外》（佐转戍边不归寄书与妻作诗答之）　9018

征人去年戍边水，夜得边书字盈纸。挥刀就烛裁红绮，结作同心答千里。

君寄边书书莫绝，妾答同心心自结。同心再解不心离，离字频看字愁灭。

结成一衣和泪封，封书只在怀袖中。莫如书故字难久，愿学同心长可同。

卷 802　盛小丛　《突厥三台》　9032

雁门山上雁初飞，马邑阑中马正肥。日旰山西逢释使，殷勤南北送征衣。

卷 803　薛涛　《罚赴边有怀上韦令公二首》（一作陈情上韦令公）　9036

闻道边城苦，今来到始知。羞将门下曲，唱与陇头儿。

黠虏犹违命，烽烟直北愁。却教严谴妾，不敢向松州。

卷 803　薛涛　《赠远二首》　9042

芙蓉新落蜀山秋，锦字开缄到是愁。闺阁不知戎马事，月高还上望夫楼。

扰弱新蒲叶又齐，春深花落塞前溪。知君未转秦关骑，月照千门掩袖啼。

卷 804　鱼玄机　《早秋》　9052

嫩菊含新彩，远山闲夕烟。凉风惊绿树，清韵入朱弦。

思妇机中锦，征人塞外天。雁飞鱼在水，书信若为传。

卷 805　李冶春《闺怨》　9060

百尺井栏上，数株桃已红。念君辽海北，抛妾宋家东。

卷 808　慧偘　《听独杵捣衣》　9113

非是无人助，意欲自鸣砧。向月怜孤影，承风送迴音。

疑捣双丝练，似奏一弦琴。令君闻独杵，知妾有专心。

卷826　贯休　《杞梁妻》　9304

秦之无道兮四海枯，筑长城兮遮北胡。筑人筑土一万里，杞梁贞妇啼呜呜。

上无父兮中无夫，下无子兮孤复孤。一号城崩塞色苦，再号杞梁骨出土。

疲魂饥魄相逐归，陌上少年莫相非。

《全唐诗外编》(补逸卷之五)　杨泰师　《夜听捣衣诗》　114

霜天月照夜河明，客子思归别有情。厌坐长宵愁欲死，忽闻邻女捣衣声。

声来断续因风至，夜久星低无暂止，自从别国不相闻，今在他乡听相似。

不知彩杵重将轻，不悉青砧平不平。遥怜弱体多香汗，预识更深劳玉腕。

为当欲救客衣单，为复先愁闺阁寒。虽忘容仪难可问，不知遥意怨无端。

寄异土兮无新识，想同心兮长叹息。此时独自闺中闻，此夜谁知明眸缩，

忆忆兮心已悬。重闻兮不可穿，即将因梦寻声去，只为愁多不得眠。

《全唐诗外编》(续补遗卷之一)　王勃　《陇西行十首》(之十)　341

少妇经年别，开帘知礼客。门户而能持，归来笑投策。

《全唐诗外编》(续补遗卷一)　董思恭　《春日代情人》　344

昔日管弦调，将人舞细腰。悬知今日恨，谁分昔时娇。

弃妾频登陇，从军几度辽。可怜香草夜，空见落花朝。

泪滴珠难尽，容残玉易销。尝随明月去，莫道梦魂遥。

《全唐诗外编》(续补遗卷之十三)　归处讷　《代村妇咏边将》　544

紫袍将军不须夸，动便经年镇海涯。争似我家田舍婿，朝驱牛去暮还家。

《全唐诗补编》(续拾卷二十九)　顾非熊　《六言玉台体》(之一、之三)　1108

梁间旧燕新归，塞外行人信稀。高树繁花漠漠，青楼细雨霏霏。

妾伴待劝寒食，邻姑竞捣春衣。惟有妾颜憔悴，良时独怨芳菲。

未嫁谓如弄玉，嫁了却似淡容。小姑眠后飡饭，鸦舅鸣时起舂。

对镜休梳堕马，照井暂掠盘龙。那似在家无事，浓妆贤趁游蜂。

少妇未离本家，新夫已行辽水。闺中梦觉一身，枕上泪流双耳。

岁岁长羡鸳鸯，日日需怜蟢子。有女莫嫁将军，可惜蛾眉愁死。

《全唐诗补编》(续拾卷三十一)　张晔　《寄征衣》　1155

开箱整霞绮，欲制万里衣。愁剪鸳鸯破，恐为相背飞。

附录2　唐代女诗人年表[1]

时代			唐代女诗人生平与作品			相关人事
帝名	年号	公元	年龄	该年所作诗文	该年事迹	
高祖	武德元年	618	长孙18岁		长孙皇后册为秦王妃。	公元618年唐高祖武德元年，隋亡。唐王朝建立。唐初四五十年间，诗坛承陈、隋余风，虞世南、李义府等宫廷诗人应制颂圣、艳情唱酬之作流行。王度的传奇《古镜记》约作于武德初，与无名氏的《补江总白猿传》同为早期传奇作品，标志着六朝志怪小说向唐传奇的演变。 六月，李世民为尚书令，寻封秦王。 九月，魏征随李密归唐。 十一月，魏征奉命到黎阳，劝说徐世绩归唐。

1 本文《唐代女诗人年表》参考以下书籍综合完成：
（唐）林宝撰，岑仲勉校记：《元和姓纂》，北京，中华书局，2008。
（唐）骆宾王著，（清）陈熙晋笺注：《骆临海集笺注》，上海，上海古籍出版社，1985。
（宋）记有功辑：《唐诗纪事》，上海，上海古籍出版社，2008。
（宋）司马光撰，（元）胡三省音注：《资治通鉴》，北京，中华书局，2010。
（元）辛文房撰，周绍良笔证：《唐才子传笺证》，北京，中华书局，2010。
彭志宪，张燚：《鱼玄机诗编年译注》，乌鲁木齐，新疆大学出版社，1995。
岑仲勉：《唐人行第录》，北京，中华书局，2004。
方宝观，方毅，等编纂：《中国人名大辞典》，北京，商务印书馆，1998。
翦伯赞主编：《中外历史年表》，北京，中华书局，2008。
刘天文：《薛涛诗四家注评说》，成都，巴蜀书社，2004。
《新中国出土墓志·河南叁-千唐志斋》，北京，文物出版社，2008。
赵君平编：《邙洛碑志三百种》，北京，中华书局，2004。

（续）

时代			唐代女诗人生平与作品			相关人事
帝名	年号	公元	年龄	该年所作诗文	该年事迹	
高祖	武德二年	619	长孙 19 岁			
	武德三年	620	长孙 20 岁			
	武德四年	621	长孙 21 岁			正月，秦王李世民置修文馆于门下省，延杜如晦、房玄龄等，号“十八学士”。
	武德五年	622	长孙 22 岁			公元 622 年唐武德五年，欧阳询等奉敕编纂大型类书《艺文类聚》，武德七年（624 年）成书，共 100 卷。
	武德六年	623	长孙 23 岁			
	武德七年	624	长孙 24 岁 武 1 岁		武则天生（624—705）。	
	武德八年	625	长孙 25 岁 武 2 岁			
	武德九年	626	长孙 26 岁 武 3 岁		长孙皇后册拜皇太子妃。太宗即位，立为皇后。	六月，秦王李世民以皇太子李建成、元吉谋害己，率房玄龄、杜如晦、高士廉等于玄武门诛之。高祖大惊，乃以李世民为皇太子。 八月，高祖传位于李世民，是为太宗。
太宗	贞观元年	627	长孙 27 岁 武 4 岁 徐 1 岁		太宗欲以长孙皇后兄无忌任右仆射之职，后坚决反对，不愿以私亲据权于朝，以汉代诸吕和霍氏等外戚之祸为诫。 徐惠生（627—650）。	上官仪约于是年举进士，召授弘文馆直学士。

（续）

时代			唐代女诗人生平与作品			相关人事
帝名	年号	公元	年龄	该年所作诗文	该年事迹	
太宗	贞观二年	628	长孙 28 岁 武 5 岁 徐 2 岁			太宗立孔子庙堂于国学，以孔子为先圣，颜子为先师，大征天下儒士以为学官，令祭酒博士讲论，大增生员。
	贞观三年	629	长孙 29 岁 武 6 岁 徐 3 岁			二月，魏征奏引学者校定四部书。 是岁，太宗复敕修撰《周书》《梁书》《陈书》《齐书》《隋书》。
	贞观四年	630	长孙 30 岁 武 7 岁 徐 4 岁		徐惠四岁通《论语》《诗经》。	房玄龄代长孙无忌为尚书左仆射，改封魏国公，监修国史。
	贞观五年	631	长孙 31 岁 武 8 岁 徐 5 岁			九月，魏征上《群书治要》，序中对南北朝文学有所批评。
	贞观六年	632	长孙 32 岁 武 9 岁 徐 6 岁		长孙皇后所生长乐公主将出嫁，太宗敕有司办妆奁倍于长公主，魏征以为不妥，上疏劝谏。皇后得知，称赏魏征，并以礼赐之。	
	贞观七年	633	长孙 33 岁 武 10 岁 徐 7 岁			三月，魏征为侍中。 十一月，太宗以经籍文字多讹误，颁行颜师古新考定《五经》。又以儒学多门，章句繁杂，命国子祭酒孔颖达撰定《五经》义疏，名曰《五经正义》，令天下传习。

（续）

时代			唐代女诗人生平与作品			相关人事
帝名	年号	公元	年龄	该年所作诗文	该年事迹	
太宗	贞观八年	634	长孙34岁 武11岁 徐8岁	徐惠作《拟小山篇》。	徐惠八岁善属文，其父徐孝德试使拟《离骚》为《小山篇》。	十月营大明宫。
	贞观九年	635	长孙35岁 武12岁 徐9岁			
	贞观十年	636	长孙36岁 武13岁 徐10岁		长孙皇后卒（601—636），年三十六。	正月，尚书左仆射房玄龄、侍中魏征上梁、陈、齐、周、隋五代史，诏藏于秘阁。
	贞观十一年	637	武14岁 徐11岁		太宗召武则天入宫，立为才人，赐号武媚。	魏征上《谏太宗十思疏》。
	贞观十二年	638	武15岁 徐12岁			
	贞观十三年	639	武16岁 徐13岁			魏征的《十渐不克终疏》作于本年，在其奏疏中已开始表现出由骈入散的倾向。
	贞观十四年	640	武17岁 徐14岁			
	贞观十五年	641	武18岁 徐15岁			
	贞观十六年	642	武19岁 徐16岁			

（续）

时代			唐代女诗人生平与作品			相关人事
帝名	年号	公元	年龄	该年所作诗文	该年事迹	
太宗	贞观十七年	643	武 20 岁 徐 17 岁			正月，魏征卒（580—643），年六十四。 五月，太宗下诏举孝廉茂才异能之士。
	贞观十八年	644	武 21 岁 徐 18 岁			王绩卒（生于 585 年）。王绩所作《野望》为唐初出现的较成熟的五言律诗。贞观时期，上官仪“以绮错婉媚为本”的宫廷诗流行，时号“上官体”。
	贞观十九年	645	武 22 岁 徐 19 岁			玄奘于贞观元年（627 年）赴印度取经，本年返抵长安，次年口述完成《大唐西域记》12 卷，至唐高宗麟德元年（664 年）逝世前共翻译佛经 74 部，1335 卷，1300 多万字。太宗亲征高丽，取辽东城。
	贞观二十年	646	武 23 岁 徐 20 岁			令狐德棻等撰《晋书》成，太宗亲着宣、武二帝及陆机、王羲之四论。
	贞观二十一年	647	武 24 岁 徐 21 岁		金真德嗣位为新罗王。	
	贞观二十二年	648	武 25 岁 徐 22 岁		新罗王金真德遣其弟及其子来朝。	七月，房玄龄卒（578—648），年七十一。李百药卒（565—648），年九十四。
	贞观二十三年	649	武 26 岁 徐 23 岁	徐惠作《上太宗疏》。	武则天入感业寺为尼。	四月，太宗李世民卒（597—649），年五十三。
高宗	永徽元年	650	武 27 岁 徐 24 岁	金真德作《太平诗》。	太宗妃徐惠卒（627—650），年二十四。 新罗王金真德大破百济，乃织锦作五言太平颂，遣其弟之子入唐进献。	杨炯生（650—693?）。

（续）

时代			唐代女诗人生平与作品			相关人事
帝名	年号	公元	年龄	该年所作诗文	该年事迹	
高宗	永徽二年	651	武 28 岁			
	永徽三年	652	武 29 岁			
	永徽四年	653	武 30 岁			
	永徽五年	654	武 31 岁		二月，高宗召武则天入宫为昭仪。 新罗王金真德卒。	
	永徽六年	655	武 32 岁	三月，昭仪武则天著《内训》一篇。	十月，废皇后王氏为庶人，十一月立昭仪武则天为皇后。	
	显庆元年	656	武 33 岁	九月，皇后武则天作《外戚诫》。	武后生皇子李显（中宗）。	李显生（656—710）。 宋之问约生于此年（656—712）。 沈佺期约生于此年（656—714）。
	显庆二年	657	武 34 岁			
	显庆三年	658	武 35 岁			
	显庆四年	659	武 36 岁		七月，许敬宗希武后旨，遣人逼长孙无忌自缢。一时诛贬颇多，自是朝政归武后。	长孙无忌卒。 杨炯十岁，应神童举，待制弘文馆。

（续）

时代			唐代女诗人生平与作品			相关人事
帝名	年号	公元	年龄	该年所作诗文	该年事迹	
高宗	显庆五年	660	武 37 岁		十月，高宗苦于风眩，政事委武后裁决。	
	显庆六年 龙朔元年	661	武 38 岁		五月，武后请禁妇人为俳优之戏，诏从之。	
	龙朔二年	662	武 39 岁			十月，上官仪加银青光禄大夫、西台侍郎、同东西台三品，兼弘文馆学士。仪工五言诗，好以绮错婉媚为本。既贵显，人学其诗，号“上官体”。
	龙朔三年	663	武 40 岁			王勃的《滕王阁序》约作于本年（一说作于 675 年）。
	麟德元年	664	武 41 岁 上官 1 岁		十二月，上官仪因得罪武后，武后使许敬宗告上官仪与废太子忠谋乱，下狱而死（608？—664），年五十七。自是政无大小皆归武后，天下称“二圣”。 是年，上官婉儿始生（664—710），与母配掖庭。	
	麟德二年	665	武 42 岁 上官 2 岁			

（续）

时代			唐代女诗人生平与作品			相关人事
帝名	年号	公元	年龄	该年所作诗文	该年事迹	
高宗	乾封元年	666	武43岁 上官3岁		正月，高宗登泰山封禅，武后率内外命妇奠献。	
	乾封二年	667	武44岁 上官4岁			
	乾封三年 总章元年	668	武45岁 上官5岁			
	总章二年	669	武46岁 上官6岁			
	总章三年 咸亨元年	670	武47岁 上官7岁			
	咸亨二年	671	武48岁 上官8岁			
	咸亨三年	672	武49岁 上官9岁			
	咸亨四年	673	武50岁 上官10岁			
	咸亨五年 上元元年	674	武51岁 上官11岁		八月，皇帝称天皇，武后称天后。	

（续）

时代			唐代女诗人生平与作品			相关人事
帝名	年号	公元	年龄	该年所作诗文	该年事迹	
高宗	上元二年	675	武 52 岁 上官 12 岁		三月，高宗因风疹不能听朝，政事皆决于武后。武后引文学之士撰《列女传》《臣轨》《百僚新戒》《乐书》，凡千余卷，且密令参决疏奏，以分宰相之权，时号“北门学士”。	沈佺期、宋之问登进士第。唐高宗上元二年，王勃卒（生于649或650年）。王勃与杨炯、卢照邻、骆宾王齐名，时称“王杨卢骆”，后人称之为“初唐四杰”。“初唐四杰”的诗歌创作标志着唐代诗风的转变，被视为“唐音”的发端。代表作品有王勃的五律《送杜少府之任蜀川》，杨炯的五律《从军行》，卢照邻的七言歌行《长安古意》，骆宾王的七言歌行《帝京篇》《畴昔篇》等。
	上元三年 仪凤元年	676	武 53 岁 上官 13 岁			刘希夷的七言歌行《白头吟》约作于唐高宗后期。高宗、武后时期，张鷟作有传奇《游仙窟》，为唐传奇早期代表作品之一。是年，杨炯制举登科。
	仪凤二年	677	武 54 岁 上官 14 岁		武后召见上官婉儿，婉儿援笔立成，皆如宿构，武后令掌诏命。	杨炯在长安为校书郎。
	仪凤三年	678	武 55 岁 上官 15 岁		正月，百官及蛮夷酋长朝武后于光顺门。	七月，高宗赋七言诗效柏梁体，侍臣奉和。
	仪凤四年 调露元年	679	武 56 岁 上官 16 岁			十月，杨炯从弟杨去溢归葬华阴。 十二月，杨炯弟杨去盈归葬华阴。 是年，杨炯三十岁，仍在长安。
	调露二年 永隆元年	680	武 57 岁 上官 17 岁	二月，武则天陪高宗游嵩山少林寺，作《从驾幸少林寺》。		

（续）

时代			唐代女诗人生平与作品			相关人事
帝名	年号	公元	年龄	该年所作诗文	该年事迹	
高宗	永隆二年 开耀元年	681	武 58 岁 上官 18 岁			七月，中书侍郎薛元超表荐杨炯为崇文馆学士，旋迁詹事司直。
	开耀二年 永淳元年	682	武 59 岁 上官 19 岁			是年，杨炯为太子李显詹事司直，充崇文馆学士。
	永淳二年 弘道元年	683	武 60 岁 上官 20 岁		高宗遗诏大事取决武后。	十二月，高宗卒。太子李显嗣，是为中宗。
中宗 睿宗 武后	嗣圣元年 文明元年 光宅元年	684	武 61 岁 上官 21 岁		二月，武后废中宗为庐陵王，立豫王李旦，是为睿宗。政事仍一决于武后，皇帝居别殿，不得有所预。	九月，骆宾王与徐敬业等起兵扬州，移檄声讨武后。 十一月，徐敬业兵败被杀，骆宾王即下落不明，或说被杀，或说为僧。
武后	垂拱元年	685	武 62 岁 上官 22 岁			杨炯三十六岁。因坐从父弟神让去年从徐敬业起兵之累，是年秋冬被贬为梓州司法参军。 乔知之随左豹韬卫将军北征同罗、仆固。
	垂拱二年	686	武 63 岁 上官 23 岁		正月，武后下诏，复政于睿宗，寻复临朝称制。 是年，南海七岁女子生。	正月，杨炯在梓州。
	垂拱三年	687	武 64 岁 上官 24 岁			是年，杨炯三十八岁，仍在梓州司法参军任。

（续）

时代			唐代女诗人生平与作品			相关人事
帝名	年号	公元	年龄	该年所作诗文	该年事迹	
武后则天	垂拱四年	688	武 65 岁 上官 25 岁			
	永昌元年 载初元年	689	武 66 岁 上官 26 岁	武则天作《唐大飨拜洛乐章》。	十一月，武后自以“曌”字为名，改诏书为制书。	元万顷卒于岭南。 孟浩然生（689—740?）。
	载初二年 天授元年	690	武 67 岁 上官 27 岁		二月，武后亲策贡士，殿试自此始。 九月，武后改国号为周，改元天授，武后加尊号曰“神圣皇帝”，降睿宗为皇嗣。 杨容华约于高宗永徽至武后载初（650—690）年间在世。	杨炯在洛阳，与宋之问分直于习艺馆。
	天授二年	691	武 68 岁 上官 28 岁	武则天作《腊日宣诏幸上苑》。	四月，武则天以释道二教常互争毁，乃下诏令释教在道法之上，僧尼处道士女冠之前。	
	天授三年 如意元年 长寿元年	692	武 69 岁 上官 29 岁	南海七岁女子赋《送兄》诗。	一月，武则天引见举人，悉加擢用，由试凤阁舍人至试校书郎有差，试官自此始。 武则天召见南海七岁女子，令其赋诗送兄。	杨炯出为盈川令约在此年。

（续）

时代			唐代女诗人生平与作品			相关人事
帝名	年号	公元	年龄	该年所作诗文	该年事迹	
则天	长寿二年	693	武 70 岁 上官 30 岁		二月，薛瑶卒。 九月，武则天加尊号曰“金轮圣神皇帝”。	是年，杨炯四十四岁，仍在盈川令任。此后不久即卒官，卒年无确考（650—693）。
	长寿三年 延载元年	694	武 71 岁 上官 31 岁		五月，武则天加尊号为“越古金轮圣神皇帝”。	
	证圣元年 天册万岁元年	695	武 72 岁 上官 32 岁		正月，武则天加尊号为“慈氏越古金轮圣神皇帝”。 二月，武则天去“慈氏越古”之号。 九月，武则天加尊号“天册金轮圣神皇帝”。	
	天册万岁二年 万岁登封元年 万岁通天元年	696	武 73 岁 上官 33 岁	武则天作《曳鼎歌》。	腊月，武则天封禅嵩岳少室，改元万岁登封。三月，改元万岁通天。 万岁通天元年，铸九鼎成，武则天在蔡州鼎上铭勒《蔡州永昌鼎歌》（或作《曳鼎歌》）。	乔知之随建安王武攸宜击契丹。

（续）

时代			唐代女诗人生平与作品			相关人事
帝名	年号	公元	年龄	该年所作诗文	该年事迹	
则天	万岁通天二年 神功元年	697	武 74 岁 上官 34 岁	武则天作《制袍字赐狄仁杰》。	武则天作诗赠狄仁杰，表彰其守魏州威震契丹之事迹。 乔知之妹乔氏约于高宗、武后（650—704）时在世。	乔知之卒，生年不详。
则天	圣历元年	698	武 75 岁 上官 35 岁			九月，立庐陵王显为皇太子。
则天	圣历二年	699	武 76 岁 上官 36 岁		武则天令宠臣张昌宗与李峤、刘知几、徐坚、宋之问、富嘉谟、沈佺期、吴少微、徐彦伯、张说等二十六人同修《三教珠英》。 武则天体有不适，令阎朝隐往少室山祈祷。	

（续）

时代			唐代女诗人生平与作品			相关人事
帝名	年号	公元	年龄	该年所作诗文	该年事迹	
则天	圣历三年 久视元年	700	武77岁 上官37岁	武则天作《石淙》。		唐武周圣历三年，陈子昂卒（生于659年?）。陈子昂在《与东方左史虬修竹篇序》中明确标举“风骨”“兴寄”，反对六朝以来的绮靡诗风，为唐诗的革新发展奠定了理论基础。其代表作品有《登幽州台歌》（696年）、《蓟丘览古》7首（696年）、《感遇》诗38首等。武周时期，宫廷诗人李峤、苏味道、崔融、杜审言齐名，号“文章四友”。同时稍后沈佺期、宋之问齐名，并称“沈宋”。“沈宋”与“文章四友”实现了五、七言近体诗格律的定型化。代表作品有沈佺期的《杂诗》3首、《独不见》，宋之问的《题大庾岭北驿》《渡汉江》等。武周时期，张若虚继卢照邻、骆宾王之后进一步发展了七言歌行，作有《春江花月夜》等。民间曲子词已产生。今存《敦煌曲子词集》〔苏幕遮〕长短句咏五台山大曲6首约产生于武周时期，〔献忠心〕2首约产生于武周至唐玄宗初年。武则天约于是年召见杜审言，于其子杜并孝烈事甚加叹异。审言蹈舞谢恩，因令作《欢喜诗》，甚见嘉赏，拜著作佐郎，俄迁膳部员外郎。
	大足元年 长安元年	701	武78岁 上官38岁		武则天宫人约于武后光宅至长安（684—704）年间在世。	
	长安二年	702	武79岁 上官39岁			
	长安三年	703	武80岁 上官40岁			九月，武则天以张说忤旨，流钦州。

（续）

时代			唐代女诗人生平与作品			相关人事
帝名	年号	公元	年龄	该年所作诗文	该年事迹	
则天	长安四年	704	武 81 岁 上官 41 岁		正月，武则天作兴泰宫于万安山，左拾遗卢藏用上疏谏止之，不从。 是年，武则天将建大像于白司马板，李峤上疏谏止之，疏奏不纳。	
中宗	神龙元年	705	武 82 岁 上官 42 岁		二月，中宗即位，封上官婉儿为婕妤。 十二月，武则天卒（624—705），年八十二。遗制去帝号，称“则天大圣皇后”。 是年，上官婉儿劝韦后袭则天故事，上表请天下士庶为出母服丧三年，又请百姓年二十三为丁，五十九免役，改易制度以收时望。	正月，武则天病重。宰臣张柬之等杀张易之、张昌宗等，拥太子李显复位，是为中宗。徙武则天于上阳宫，改元神龙。二月，复国号为唐。立妃韦氏为皇后，预闻朝政。 正月，崔融、宋之问、杜审言、沈佺期等，因依附张易之兄弟而被贬流放岭外。
	神龙二年	706	上官 43 岁			春，沈佺期授起居郎，加修文馆直学士。宋之问逃归洛阳，以告密功，擢为鸿胪主簿。杜审言召回长安，寻授国子监主簿。 六月，张柬之为武三思所诬，贬新州司马。七月，流配泷州，忧愤而卒（625—706）。 是年，崔融因作武则天《哀册文》，用思精苦，发病而卒（653—706），年五十四。

（续）

时代			唐代女诗人生平与作品			相关人事
帝名	年号	公元	年龄	该年所作诗文	该年事迹	
中宗	神龙三年 景龙元年	707	上官 44 岁			
	景龙二年	708	上官 45 岁	上官婉儿作《驾幸三会寺应制》。	四月，修文馆增置学士，陪侍游宴，赋诗属和，使上官昭容第其甲乙，优者赐金帛，于是天下靡然，争以文华相尚。 十一月，婕妤上官婉儿封昭容。	四月，修文馆增置大学士四员，直学士八员，学士十二员，选公卿以下善为文者李峤等为之。宋之问、杜审言、沈佺期等为直学士。 中宗游宴赋诗，学士属和。 杜审言约卒于此年（645？—708），年约六十四。
	景龙三年	709	上官 46 岁	上官婉儿作《驾幸新丰温泉宫献诗》三首。	三月，崔湜同中书门下平章事。崔湜通于上官婉儿，故婉儿引以为相。	是年，宋之问贬越州长史。 刘长卿约生于此年（709—786?）。
殇帝 睿宗	景龙四年 唐隆元年 景云元年	710	上官 47 岁 江 1 岁	正月，上官婉儿参与《景龙四年正月五日移仗蓬莱宫御大明殿会吐蕃骑马之戏因重为柏梁体联句》。	六月，中宗遇毒死。太平公主与上官婉儿谋草遗制，立温王，以相王辅政；武、韦改之，相王不得辅政。相王子李隆基举兵讨伐韦后及其党羽，婉儿以制草示刘幽求，幽求为之言，隆基不许。婉儿被杀(664—710)，年四十七。 江采苹约生于是年(710—756?)。	宋之问以尝附张易之、武三思，配徙钦州。

（续）

时代			唐代女诗人生平与作品			相关人事
帝名	年号	公元	年龄	该年所作诗文	该年事迹	
睿宗	景云二年	711	江2岁			
	太极元年 延和元年 先天元年	712	江3岁			宋之问卒（656？—712），年约五十七。
	先天二年 开元元年	713	江4岁			唐玄宗开元年间及天宝前期，国力强盛，政治局面相对稳定，经济、文化获得较大发展，史称“盛唐”。盛唐诗歌创作空前繁荣，诗人辈出，风格流派纷呈，为中国诗歌发展史上的高峰。开元前期，朝廷制诰多出燕国公张说、许国公苏颋之手，时号“燕许大手笔”；其文骈散兼擅，已开唐代散文端绪。
玄宗	开元二年	714	江5岁			沈佺期卒（656？—714），年约五十九。
	开元三年	715	江6岁			
	开元四年	716	江7岁			
	开元五年	717	江8岁			
	开元六年	718	江9岁		江采苹九岁能诵《诗经》之“二南”。	
	开元七年	719	江10岁 杨1岁		杨玉环生（719—756）。	
	开元八年	720	江11岁 杨2岁			皎然约于是年生于湖州长城。

（续）

时代			唐代女诗人生平与作品			相关人事
帝名	年号	公元	年龄	该年所作诗文	该年事迹	
玄宗	开元九年	721	江 12 岁 杨 3 岁			
	开元十年	722	江 13 岁 杨 4 岁			
	开元十一年	723	江 14 岁 杨 5 岁			
	开元十二年	724	江 15 岁 杨 6 岁		江采苹十五岁被选入宫。 王韫秀约生于是年(724—777)。	
	开元十三年	725	江 16 岁 杨 7 岁			顾况约生于此年（725—814?）。
	开元十四年	726	江 17 岁 杨 8 岁		寇坦母赵氏约于玄宗开元（713—741）间在世。	
	开元十五年	727	江 18 岁 杨 9 岁		巨商任宗妻郭绍兰约于玄宗开元（713—741）间在世。	
	开元十六年	728	江 19 岁 杨 10 岁		开元宫人约于玄宗开元（713—741）间在世。	孟浩然入长安，次年应进士不第，与张九龄、王维交游。王维与孟浩然齐名，并称“王孟”，同为盛唐山水田园诗派代表诗人。属于这一诗派的诗人还有储光羲、常建、祖咏、刘昚虚、裴迪等。

（续）

时代			唐代女诗人生平与作品			相关人事
帝名	年号	公元	年龄	该年所作诗文	该年事迹	
玄宗	开元十七年	729	江 20 岁 杨 11 岁			孟浩然在京与张九龄、王维等结交。
	开元十八年	730	江 21 岁 杨 12 岁		薛元暧妻林氏约于中宗神龙至玄宗天宝（705—756）年间在世。	李白初入长安，求仕不成。在此前后的十多年间，漫游长江、黄河中下游一带。作有《上韩荆州书》等。孟浩然漫游吴、越。
	开元十九年	731	江 22 岁 杨 13 岁			薛据与王维同榜登进士第。
	开元二十年	732	江 23 岁 杨 14 岁			
	开元二十一年	733	江 24 岁 杨 15 岁			陆羽生（733—804）。
	开元二十二年	734	江 25 岁 杨 16 岁			
	开元二十三年	735	江 26 岁 杨 17 岁		十二月，杨玉环册为寿王妃	杜甫本年在洛阳应试不第。此前曾南游吴、越，此后东游齐、赵，作有《望岳》等。
	开元二十四年	736	江 27 岁 杨 18 岁			
	开元二十五年	737	江 28 岁 杨 19 岁		韩襄客约于玄宗开元（713—741）间在世。 十二月，玄宗宠妃武惠妃卒。	王维于本年奉使出塞，作有《使至塞上》等。四月，孟浩然被荆州长史张九龄辟为从事。

（续）

时代			唐代女诗人生平与作品			相关人事
帝名	年号	公元	年龄	该年所作诗文	该年事迹	
玄宗	开元二十六年	738	江29岁 杨20岁			高适的《燕歌行》作于本年。高适与岑参齐名，并称“高一岑”，同为盛唐边塞诗派代表诗人。属于这一诗派的诗人还有王昌龄、李颀、王翰、王之涣、崔颢等。
	开元二十七年	739	江30岁 杨21岁			王昌龄贬岭南，过襄阳，会孟浩然。
	开元二十八年	740	江31岁 杨22岁		杨玉环诏度为女道士，号“太真”。	张九龄卒（生于678年）。张九龄为开元时期较早的代表诗人，继陈子昂之后作有《感遇》诗12首以及《杂诗》5首等。孟浩然约于此年患疽背卒（生于689年）。年五十二。孟浩然的诗歌代表作品有《过故人庄》《春晓》《宿建德江》《望洞庭湖赠张丞相》等。王昌龄北归，重游襄阳，访孟浩然，时孟浩然疾疹发背，相见甚欢。
	开元二十九年	741	江32岁 杨23岁		魏求己妹魏氏约于玄宗开元（713—741）间在世。	玄宗崇奉道教，下诏求明庄、老、文、列四子之学者。元载策入高科，授邠州新平尉。
	天宝元年	742	江33岁 杨24岁		王韫秀约于是年至天宝三年（744年）间嫁元载。	王之涣卒（生于688年）。王之涣作有《凉州词》《登鹳雀楼》等。李白本年应诏入京，供奉翰林。李白写于这一时期前后的作品有《蜀道难》《行路难》以及《清平调》3首等。《清平调》3首与相传为李白所作的《菩萨蛮》（平林漠漠烟如织）、《忆秦娥》（箫声咽）等为唐代较早的文人词。开元、天宝时期，民间曲子词流行。今存敦煌曲子词《别仙子》、《菩萨蛮》（枕前发尽千般愿）约作于开元年间，写定于本年。敦煌《云谣集杂曲子》为今存最早的民间曲子词集，其中一部分词及大曲3套约作于安史之乱（755年）前。

（续）

时代			唐代女诗人生平与作品			相关人事
帝名	年号	公元	年龄	该年所作诗文	该年事迹	
玄宗	天宝二年	743	江 34 岁 杨 25 岁			
	天宝三年	744	江 35 岁 杨 26 岁			李白与杜甫本年在洛阳会见，后同游梁、宋及齐、鲁一带。李白天宝时期作有《梦游天姥吟留别》《答王十二寒夜独酌有怀》《远别离》等。前后又作有《古风》59 首等。芮挺章编《国秀集》，为唐人选唐诗的较早选本。
	天宝四年	745	江 36 岁 杨 27 岁	宜芬公主作《虚池驿题屏风》。	八月，杨玉环进册贵妃。是年，宜芬公主配奚霫质子，上遣中使护送。至虚池驿，悲愁而题诗于屏风。后公主至番，其国已另立君主，公主与其夫均遇害。	
	天宝五年	746	江 37 岁 杨 28 岁		七月，杨贵妃初忤旨，送归私第。	杜甫本年入京，次年应试不第（此次试举无一人及第，宰相李林甫遂表贺“野无遗贤”），此后困居长安 10 年，作有“即事名篇，无复依傍”的新题歌行《兵车行》《丽人行》等。
	天宝六年	747	江 38 岁 杨 29 岁			薛据中风雅古调科第一人。
	天宝七年	748	江 39 岁 杨 30 岁		十月，杨贵妃三姊皆封国夫人。	王维约于本年前后营蓝田辋川别墅，与裴迪游咏其间，作有《辋川集》（20 首）等。

（续）

时代			唐代女诗人生平与作品			相关人事
帝名	年号	公元	年龄	该年所作诗文	该年事迹	
玄宗	天宝八年	749	江 40 岁 杨 31 岁			
	天宝九年	750	江 41 岁 杨 32 岁		二月，杨贵妃复忤旨，送归外第。	
	天宝十年	751	江 42 岁 杨 33 岁			
	天宝十一年	752	江 43 岁 杨 34 岁			杜甫、高适、岑参、储光羲等同登长安慈恩寺塔，各有诗作。薛播擢进士第，擢第即归河东。
	天宝十二年	753	江 44 岁 杨 35 岁		程洛宾约于玄宗天宝（742—756）间在世。	元结本年作《系乐府》12 首，为唐代较早的新题乐府组诗。
	天宝十三年	754	江 45 岁 杨 36 岁		薛琼琼约于玄宗天宝（742—756）间在世。	崔颢卒（生年不详）。崔颢的代表作品有七律《黄鹤楼》等。岑参于天宝八至十载首次出塞，本年再度出塞。此后两年间在安西北庭（今新疆吉木萨尔）、轮台（今属新疆）作有《走马川行奉送出师西征》《轮台歌奉送封大夫出师西征》《白雪歌送武判官归京》等。殷璠于本年编成《河岳英灵集》，为唐人选唐诗的较早选本。韩翃擢进士第。
	天宝十四年	755	江 46 岁 杨 37 岁			杜甫作《自京赴奉先县咏怀五百字》。本年底，安史之乱爆发。
肃宗	天宝十五年 至德元年	756	江 47 岁 杨 38 岁		江采苹约卒于是年（710？—756）。 杨玉环卒（719—756），年三十八。 天宝宫人约于玄宗天宝（742—756）间在世。	公元 756 年唐肃宗至德元载 王昌龄卒〔？〕（生年不详）。王昌龄的代表作品有《出塞》（秦时明月汉时关）、《从军行》等。二月，韩翃在长安。 是年，元载避地江左，江东采访使李希言表为副使，擢祠部员外郎，迁洪州刺史。

（续）

时代			唐代女诗人生平与作品			相关人事
帝名	年号	公元	年龄	该年所作诗文	该年事迹	
肃宗	至德二年	757				杜甫于上年被安禄山军俘至长安，作有《月夜》，本年作有《春望》《哀江头》等；后至凤翔任左拾遗，旋赴鄜州探亲，作有《北征》《羌村三首》等。李白于本年入永王璘幕，作《永王东巡歌》，由是获罪，次年流放夜郎，后于途中遇赦东归。是年，顾况登进士第。王建约生于此年（757—830?）。
	至德三年 乾元元年	758				武元衡生（758—815）。 是年，元载为度支郎中。
	乾元二年	759				唐肃宗乾元二年，杜甫上年贬华州司功参军，年底曾赴洛阳，本年春于归途中作“三吏”（《新安吏》《潼关吏》《石壕吏》）、“三别”（《新婚别》《垂老别》《无家别》）等；年底入蜀。薛据授太子司议郎，后改祠部员外郎，仕终水部郎中。
	乾元三年 上元元年	760				唐肃宗上元元年，元结编《箧中集》，收沈千运、孟云卿等七人五言古诗，代表着当时诗坛上提倡五古的一派。
	上元二年	761				王维卒（生年不详）。王维的山水田园诗代表作品还有《终南山》《汉江临泛》《山居秋暝》《渭川田家》《鸟鸣涧》等。杜甫于成都草堂作有《春夜喜雨》《茅屋为秋风所破歌》等。春，刘长卿由岭外南巴尉贬所归来，在吴中及越州一带游览。 是年，元载为户部侍郎，充句当度支、铸钱、盐铁兼江淮转运等使。

（续）

时代			唐代女诗人生平与作品			相关人事
帝名	年号	公元	年龄	该年所作诗文	该年事迹	
肃宗	宝应元年	762			柳氏约于玄宗天宝至代宗大历（742—779）年间在世。	唐肃宗宝应元年，李白卒于当涂（生于 701 年）。李白与杜甫并称“李杜”，代表着唐代诗歌的最高成就。杜甫本年作论诗诗《戏为六绝句》，开后来以绝句论诗的风气。张志和于肃宗年间在世，作有《渔歌子》5 首，为早期文人词的代表作品，曾流传至日本。自唐中期以后，文人填词之风渐盛。三月，元载同中书门下平章事。 五月，韩翃约从本月起，应平卢、淄青等六州节度使侯希逸之辟，在其幕下为检校员外郎。 是年，因安禄山之乱，使尺简不藏，元载为宰相，奏请购求遗籍。
代宗	宝应二年 广德元年	763				唐代宗广德元年，元结在道州刺史任上，作有五古《春陵行》《贼退示官吏》等。顾况、刘长卿、韦应物、戴叔伦为安史之乱后至唐代宗大历前的代表诗人。顾况作有《上古之什补亡训传十三章》，戴叔伦作有《女耕田行》《屯田词》等，开白居易《新乐府》诗先声。刘长卿作有《穆陵关北逢人归渔阳》《逢雪宿芙蓉山主人》等。韦应物作有《观田家》《滁州西涧》等。
	广德二年	764				
	永泰元年	765				唐代宗永泰元年，高适卒（生于 702 年?）。高适的诗歌代表作品还有《蓟门行》5 首、《别董大》2 首以及《封丘作》等。
	永泰二年 大历元年	766			永福令潘某妻王氏约于代宗大历（766—779）间在世。	

（续）

时代			唐代女诗人生平与作品			相关人事
帝名	年号	公元	年龄	该年所作诗文	该年事迹	
代宗	大历二年	767				
	大历三年	768				
	大历四年	769				
	大历五年	770				唐代宗大历五年，杜甫卒于湘江舟中（生于712年）。杜甫晚年作有《咏怀古迹》5首（766年）、《秋兴》8首（766年）、《登高》（767年）、《观公孙大娘舞剑器行》（767年）、《登岳阳楼》（768年）等。岑参卒（生于715年?）。岑参的诗歌代表作品还有《逢入京使》《暮秋山行》等。大历时期，卢纶、吉中孚、韩翃、钱起、司空曙、苗发、崔峒、耿湋、夏侯审、李端号“大历十才子”，其诗风标志着由盛唐至中唐的转变。卢纶作有《塞下曲》等。钱起作有《湘灵鼓瑟》等。天宝以来至大历年间，萧颖士、李华、元结、独孤及、梁肃、柳冕等相继提倡散文，反对骈文，为后来“古文运动”的先驱。
	大历六年	771				
	大历七年	772			晁采约于代宗大历（766—779）年间在世。	正月二十日，白居易生于郑州新郑县东郭宅（772—846）。 顾况在滁州。 刘禹锡生（772—842）。 李翱生（772—841）。
	大历八年	773			红绡妓约于代宗大历（766—779）年间在世。	秋，刘长卿被贬为睦州司马。 段文昌生（773—835）。
	大历九年	774				春，皎然、陆羽、颜真卿等均在湖州，时相聚集，赋诗作文，极一时之盛。

（续）

时代			唐代女诗人生平与作品			相关人事
帝名	年号	公元	年龄	该年所作诗文	该年事迹	
代宗	大历十年	775				王建中进士。 杜元颖约生于此年（775—832）。 薛涛父陨外补来西川眉州为官。
代宗	大历十一年	776				
代宗	大历十二年	777			王韫秀卒（724？—777），年约五十四。	三月，宰相元载因贪污骄横赐自尽，妻子皆死。
代宗	大历十三年	778				
代宗	大历十四年	779				元稹生（779—831）。
德宗	建中元年	780				唐德宗建中元年 高仲武编唐诗选集《中兴间气集》。本年后，李益作有《夜上受降城闻笛》《塞下曲》等，为中唐边塞诗的代表作品。刘长卿任随州刺史。 吉中孚为京兆万年尉。在此之前，约于大历年间，以道士还俗任校书郎。
德宗	建中二年	781	薛 1 岁		薛涛生于眉州（781—832）。	顾况为镇海军节度判官。
德宗	建中三年	782	薛 2 岁			武元衡登进士第。
德宗	建中四年	783	薛 3 岁			陆贽本年作《奉天改元大赦制》。陆贽为中唐时期骈文代表作家，其作品亦表现出由骈到散的发展趋势。 京华哗变，长安大乱，朱泚称帝，德宗幸奉天。
德宗	兴元元年	784	薛 4 岁		七月，李冶卒，生年不详。	六月，吉中孚由司封郎中、知制诰为谏议大夫。

（续）

时代			唐代女诗人生平与作品			相关人事
帝名	年号	公元	年龄	该年所作诗文	该年事迹	
德宗	贞元元年	785	薛5岁		杜羔妻赵氏约于德宗建中贞元（780—805）间在世。	六月，韦皋充剑南西川节度使。 是年，张籍、王建同学诗于魏州。
	贞元二年	786	薛6岁			正月，吉中孚为户部侍郎、判度支两税。 春，朱放由吴中赴长安。 朱放诏举韬晦奇才，诏下聘礼，拜左拾遗，不就，表谢之。 刘长卿约卒于此年至贞元七年（791）之间。年近八十。 顾况仍在韩滉幕任节度判官。
	贞元三年	787	薛7岁		吉中孚妻张夫人约于代宗、德宗（762—805）间在世。	正月至八月间，顾况由江南征入为校书郎。 八月，顾况为著作佐郎。 是年，白居易十六岁，在长安，作五律《赋得古原草送别》一首，送呈长安名士顾况，深得赞赏。 李德裕生。
	贞元四年	788	薛8岁	知音律，续父《井梧吟》：“枝迎南北鸟，叶送往来风。”	德宗召宋氏五女人宫，预宫中唱和，呼为“学士”。	八月，吉中孚以权判吏部侍郎为中书舍人，未几卒。
	贞元五年	789	薛9岁	薛涛作《罚赴边有怀上韦相公二首》(《全唐诗》作《罚赴边有怀上韦令公二首》)、《罚赴边上韦相公二首》(《全唐诗》作《罚赴边上武相公二首》)、《十离诗》十首。	韦皋罚薛涛赴松州，旋即释回。 涛脱乐籍，退隐浣花溪。	韦皋大破吐蕃于嶲州三月，顾况被贬为饶州司户参军。 是年，杜羔登进士第。

（续）

时代			唐代女诗人生平与作品			相关人事
帝名	年号	公元	年龄	该年所作诗文	该年事迹	
德宗	贞元六年	790	薛 10 岁		彭伉妻张氏约于德宗建中贞元（780—805）间在世。	
	贞元七年	791	薛 11 岁			德宗诏宋若莘总领宫中秘禁图籍。彭伉登进士第。
	贞元八年	792	薛 12 岁		太原妓约于德宗贞元（785—805）间在世。	唐德宗贞元八年 韦应物卒于本年或次年（生于 737 年）。韦应物与王维、孟浩然、柳宗元并称“王孟韦柳”。皎然大历至贞元间在世，著有《诗式》。欧阳詹登进士第。
	贞元九年	793	薛 13 岁			元稹明经及第，刘禹锡进士及第，涛父或卒于此年前后
	贞元十年	794	薛 14 岁	《鸳鸯草》《池上双凫》当作于此年前后		
	贞元十一年	795	薛 15 岁	有《送郑眉州》诗，以罗敷自喻，有“独有罗敷望上头”句	眉州刺史郑某离任，涛有赠行诗。涛“以诗闻外”，“又能扫眉涂粉与士族不侔，客有窃与之言语者”，约当在此时期。 德宗宫人凤儿约于德宗贞元（785—805）间在世。	九月韦皋加云南安抚使。表授段文昌为校书郎或在此年。刘禹锡登吏部取士科，授太子校书。
	贞元十二年	796	薛 16 岁		薛涛被召入节镇幕府作乐妓侍酒赋诗，长住成都。	韦皋因功加同平章事始可称相公。

（续）

时代			唐代女诗人生平与作品			相关人事
帝名	年号	公元	年龄	该年所作诗文	该年事迹	
德宗	贞元十三年	797	薛17岁			韦皋大破吐蕃于台登。王建从军，北至幽州，南至荆州。 韦皋进爵南康郡王。
	贞元十四年	798	薛18岁	鲍君徽作《奉和麟德殿宴百僚应制》《惜花吟》《东亭茶宴》。	德宗约于是年召鲍君徽入宫，预宫廷唱和。	崔仁亮于东都购得《研神记》一卷，有昭容列名书缝处，吕温感叹，因赋《上官昭容书楼歌》。 李翱登进士第，授校书郎。
	贞元十五年	799	薛19岁		涛建议为孔雀于使宅开池设笼以栖之。有王建诗“可怜孔雀初来时，美人为尔别开池”可证。	南越向韦皋馈献孔雀一只。白居易、杜元颖进士及第。元稹初仕于河中府（蒲州）。十二月，军人因节度使浑瑊丧而扰乱，大掠蒲人，适有崔氏孀妇携其女莺莺路出于蒲，遇乱，不知所托，元稹保护之。 十二月，顾况到湖州。
	贞元十六年	800	薛20岁	涛有《十离诗》《罚赴边有怀上韦相公》上韦皋。唐人韦庄《又玄集》选有此诗。诗题为《韦相公》而非《韦令公》。崔莺莺作《答张生》（一作明月三五夜）。	薛涛触怒韦皋罚赴松州边地。不久，因上诗陈情，旋被释回。	正月，顾况在宣州。 二月十四日，白居易、杜元颖等同登进士第。 五月，张建封卒。 是年，元稹二十二岁，仕于河中府。与崔莺莺恋爱。赴西京长安，准备明春应试。作《莺莺诗》《赠双文》。
	贞元十七年	801	薛21岁			本年前后，韩愈作有散文《原道》《答李翊书》《师说》《送李愿归盘谷序》《送孟东野序》等。韩愈与柳宗元齐名，并称“韩柳”，同为中唐时期“古文运动”的倡导者。正月，顾况在嘉兴。

（续）

时代			唐代女诗人生平与作品			相关人事
帝名	年号	公元	年龄	该年所作诗文	该年事迹	
德宗	贞元十八年	802	薛 22 岁	涛有《赋凌云寺》诗二首。	薛蕴约于德宗贞元、宪宗元和（785—820）年间在世	韦皋议奏薛涛校书郎，未果。白居易与元稹定交，二人后在诗坛上齐名，并称“元白”，同为中唐时期“新乐府运动”的倡导者。元稹、白居易订交约始于是年或稍前。 刘禹锡三十一岁，调补京兆府渭南县主簿。
	贞元十九年	803	薛 23 岁	涛有《宣上人见示与诸公唱和》诗或作于此年前后。崔莺莺作《寄诗》（一作绝微之）、《告绝诗》。		皎然大历至贞元间在世，著有《诗式》。欧阳詹登进士第。三月，白居易、元稹同以书判拔萃科登第，同授秘省校书郎。 闰十月，刘禹锡入为监察御史。 是年，元稹二十五岁，娶韦夏卿女韦丛为妻。抛弃崔莺莺，作《古决绝词》。 杜牧生（803—852）。
	贞元二十年	804	薛 24 岁			本年九月，元稹作传奇《莺莺传》，李绅作《莺莺歌》。中唐时期，传奇创作繁荣。贞元、元和年间及其前后的传奇代表作品还有沈既济的《任氏传》《枕中记》，白行简的《李娃传》，许尧佐的《柳氏传》，李公佐的《南柯太守传》，李朝威的《柳毅传》，蒋防的《霍小玉传》，沈亚之的《异梦录》《秦梦记》等。中唐以后，通俗说唱文学（佛教俗讲、转唱变文等）在民间流行。日本僧人遍照金刚来中国留学三年，归国后编撰有《文镜秘府论》。春，白居易旅游洛阳、徐州。游徐州时，曾预节度使张愔（张建封子）之宴，有赠关盼盼诗句。 陆羽卒（733—804），年七十二。

（续）

时代			唐代女诗人生平与作品			相关人事
帝名	年号	公元	年龄	该年所作诗文	该年事迹	
顺宗	永贞元年	805	薛25岁		长孙佐辅妻约于德宗（780—805）时在世。德宗宫人凤儿约于德宗贞元（785—805）间在世。 据《醉庐余墨》载：是年有刘辟罚涛再次赴边之说。	唐顺宗永贞元年“永贞革新”失败。参与革新的柳宗元、刘禹锡等八人被贬为远州司马，史称“八司马”。柳宗元贬永州司马，此后在永州9年，作有散文《永州八记》《三戒》《捕蛇者说》《段太尉逸事状》等。刘禹锡贬朗州司马，此后在朗州9年，作有诗《聚蚊谣》《飞鸢操》《百舌吟》等。韩愈于前年（803年）被贬为阳山令，本年改江陵法曹参军，作有诗《八月十五夜赠张功曹》。韩愈诗与孟郊齐名，并称“韩孟”，代表中唐诗坛上奇崛险怪的一派。四月，刘禹锡转屯田员外郎，判度支盐铁案。 九月，刘禹锡贬连州刺史。 十月，刘禹锡再贬朗州司马。 是年，韦皋卒。 十月，袁滋充剑南西川节度使，未到即贬。 十二月，刘辟充剑南西川节度使，得镇即反。
	元和元年	806	薛26岁		薛涛尚在边地	唐宪宗元和元年 白居易作七言歌行《长恨歌》。陈鸿作《长恨歌传》。四月，元稹、白居易同登才识兼茂明于体用科，元稹授左拾遗，白居易调盩厔尉。 九月，元稹因累上书论时事，为执政者所恶，被贬为河南县尉。 是月，高崇文讨平刘辟，充剑南西川节度使。 是年，陆畅登进士科。杜元颖登博学宏词科。 元稹策试第一，授左拾遗，严绶进司空。两人同在长安，可能谈及薛涛事，严始“知微之之欲”。

（续）

时代			唐代女诗人生平与作品			相关人事
帝名	年号	公元	年龄	该年所作诗文	该年事迹	
顺宗	元和二年	807	薛 27 岁	涛有《罚赴边上武相公》诗二首。又《全蜀艺文志》称，其中“萤在荒芜月在天”一首系献高崇义诗，以当时情况看，一诗两献或有可能。又有《赋平后上高相公》诗。	涛上高武诗后被释回成都，曾与高崇文行酒令，后人误为高骈。	武元衡十月充剑南西川节度使，十一月，白居易为翰林学士。 十二月高崇文去职。 韩愈作散文《张中丞传后叙》《毛颖传》等。
	元和三年	808	薛 28 岁	《续嘉驿献武相国》诗和《献川主武元衡》诗二首。	侨居浣花溪，创制薛涛笺，并以造纸为业。	武元衡奏请薛涛为校书郎。 四月，白居易除左拾遗，极言不当贬黜牛僧孺等。
	元和四年	809	薛 29 岁	王建有《寄蜀中薛校书书》诗。涛有《四友赞》。元稹有《好时节》诗，似寓意与薛涛同居事。	涛受严绶遣，与元稹会晤于梓州，为时三月。	三月，元稹受监察御史，出使东川，与涛会晤于梓潼，以松花纸寄诗赠涛，涛则造十色彩笺以寄。 七月移务洛阳，“临行诀别，不敢挈行，微之泣之沾巾”（《云溪友议》）。七月元稹妻韦丛卒。高崇文卒。白居易于唐贞元、元和间作有《秦中吟》10 首，李绅于本年前作有《乐府新题》20 首（已佚），元稹于本年作有《和李校书新题乐府》12 首并序，白居易自本年起又作有《新乐府》50 首并序，元稹于元和十二年（817 年）又作有《乐府古题》19 首并序，同为“新乐府运动”的代表作品。
	元和五年	810	薛 30 岁	涛有《赠远》二首赠元稹。		二月，元稹贬江陵府士曹参军。 五月，白居易改官京兆府户曹参军。

（续）

时代			唐代女诗人生平与作品			相关人事
帝名	年号	公元	年龄	该年所作诗文	该年事迹	
顺宗	元和六年	811	薛31岁			元稹在江陵贬所纳妾安仙嫔。三月严绶为江陵尹荆南节度使，为元上司。 七月，白居易因母丧，退居下邽义津乡金氏村。 是年，杜羔迁户部郎中。
	元和七年	812	薛32岁			元稹妾安仙嫔卒。 温庭筠约生于此年（812—866）。
	元和八年	813	薛33岁		春，涛自成都赴江陵晤元稹。 薛蕴约于德宗贞元、宪宗元和（785—820）年间在世。	李夷简三月充剑南西川节度使。武元衡入朝为相。 王建结束从军生活。
	元和九年	814	薛34岁	冬，涛有《寄卢员外》诗。	春，涛自江陵返成都。	闰八月，元稹徙唐州从事。 孟郊卒（生于751年）。孟郊作有《寒地百姓吟》、《游子吟》等。 冬，白居易授太子左赞善大夫，居长安昭国里。 顾况约卒于此年（725？—814），年约九十。
	元和十年	815	薛35岁	涛有《别李郎中》《寄张元夫》诗。		白居易贬江州司马，作《与元九书》，为“新乐府运动”的诗歌理论著作。柳宗元、刘禹锡返京。刘禹锡作《元和十年自朗州承召至京戏赠看花诸君子》诗，出为连州刺史，后于连州作有《插田歌》等。柳宗元出为柳州刺史，后于柳州作有《登柳州城楼寄漳汀封连四州》等。 正月，元稹奉召由唐州返京。 三月，元稹出为通州司马。 六月，宰相武元衡被李师道派人刺死于靖安坊（758—815），年五十八。

（续）

时代			唐代女诗人生平与作品			相关人事
帝名	年号	公元	年龄	该年所作诗文	该年事迹	
顺宗	元和十一年	816	薛 36 岁	涛有《柳絮咏》诗。		李贺卒（生于 790 年）。李贺诗瑰丽奇特，自成一家，被称为“长吉体”，代表作品有《李凭箜篌引》、《秦王饮酒》、《天上谣》、《雁门太守行》、《南园》13 首等。本年秋，白居易在江州作有七言长篇歌行《琵琶行》等。 春二月，元稹去涪州与裴淑结婚。
	元和十二年	817	薛 37 岁			元稹作《酬乐天〈东南行诗一百韵〉》，为次韵相酬之始。元白次韵相酬长篇排律，及中短篇杂体诗时号“元和体”。“元和体”亦用以泛称元和年间的新体诗文。
	元和十三年	818	薛 38 岁	涛有《上王尚书》《浣花亭陪川主王播相公暨僚同赋早菊》诗。	裴淑约于顺宗永贞至文宗大和（805—835）年间在世。	正月，王播充剑南西川节度使。 冬，元稹为虢州长史。
	元和十四年	819	薛 39 岁			韩愈上《论佛骨表》，贬潮州刺史，作《左迁至蓝关示侄孙湘》诗。柳宗元卒（生于 773 年）。柳宗元还作有长篇政论散文《封建论》等。十月或稍后，元稹为膳部员外郎。 是年，杜羔为振武节度使，旋以工部尚书致仕。
	元和十五年	820	薛 40 岁			韩愈作《祭柳子厚文》、《柳子厚墓志铭》等。正月，元稹为宪宗山陵使判官。 五月，元稹得宰相段文昌推荐，以歌诗见赏于穆宗，转祠部郎中、知制诰。 六月，李翱自考功员外郎、史馆修撰，贬为朗州刺史。 十一月，李翱为华州刺史。 卢渥生于是年（820—905）。

（续）

时代			唐代女诗人生平与作品			相关人事
帝名	年号	公元	年龄	该年所作诗文	该年事迹	
穆宗	长庆元年	821	薛41岁	涛有《段相国游武担寺病不能从题寄》《赠段校书》诗。有《寄旧诗与元微之》诗。		唐穆宗长庆元年，刘禹锡在夔州仿民歌作《竹枝词》《浪淘沙词》等，为文人学习民歌的代表作品。二月，元稹拜中书舍人，充翰林学士。 是月，段文昌为剑南西川节度使。 十月，元稹因结交宦官魏弘简被裴度弹劾倾乱朝政，罢稹翰林学士，为工部侍郎。 是年，王建自太府丞改官秘书郎。是时，其所作《宫词》已传诵人口。 元稹是年作《寄赠薛涛》诗。
	长庆二年	822	薛42岁			二月，元稹以工部侍郎同中书门下平章事。 六月，元稹出为同州刺史。 是年，严绶卒。
	长庆三年	823	薛43岁		刘采春约于此年至大和三年（823—829）间游越州，与浙东观察使元稹相善。	白居易为杭州刺史，在任上作有诗《钱塘湖春行》等。八月，元稹迁越州刺史、浙东观察使。 十月，杜元颖为剑南西川节度使。
	长庆四年	824	薛44岁			韩愈卒（生于768年）。出自韩门的“古文运动”代表作家有皇甫湜、李翱、李汉等。十二月，元稹编白居易长庆二年以前所作诗二千二百五十一首为《白氏长庆集》五十卷，后元稹集亦题《元氏长庆集》。后人遂以“长庆体”指称元白的七言长篇歌行。 是年，白居易作《与薛涛》。

（续）

时代			唐代女诗人生平与作品			相关人事
帝名	年号	公元	年龄	该年所作诗文	该年事迹	
敬宗	宝历元年	825	薛 45 岁		宋若昭卒（？—825），赠梁国夫人，生年不详。 宋若宪代姐若昭掌宫中文籍。	唐敬宗宝历元年，杜牧作《阿房宫赋》，为唐代文赋的代表作品。正月，李翱以前礼部郎中为庐州刺史。
	宝历二年	826	薛 46 岁		宝历宫人约于敬宗宝历（825—827）时在世。	
文宗	宝历三年 大和元年	827	薛 47 岁		涛由浣花溪移居碧鸡坊建吟诗楼，偃息其上。	九月，元稹加检校礼部尚书。
	大和二年	828	薛 48 岁			杜牧进士及第，登贤良方正能直言极谏科，授弘文馆校书郎。同年，应沈传师之辟为江西团练巡官，试大理评事，遂赴洪州。
	大和三年	829	薛 49 岁	涛有《酬雍秀才贻巴峡图》《酬杜舍人诗》。	冬，裴淑生子。	九月，元稹征为尚书左丞。 冬，元稹生子道护（原名道保）。 十二月，剑南东川节度使郭钊，兼领西川。 是年，元稹作《妻满月日相唁》《赠刘采春》诗。 是年，杜牧在洪州江西观察使幕中任职。 王建出任陕州司马约在此年。

（续）

时代			唐代女诗人生平与作品			相关人事
帝名	年号	公元	年龄	该年所作诗文	该年事迹	
文宗	大和四年	830	薛 50 岁	涛有《和刘宾客玉蕣》诗。	杨德麟约生。	唐文宗大和四年 张籍卒〔?〕（生于766年?）。张籍作有《野老歌》《山农词》《贾客乐》等。张籍与王建齐名，同为“新乐府运动”的代表诗人，所作乐府诗被称为“张王乐府”。王建卒〔?〕(生于767年?)。王建作有《田家行》《水夫谣》《羽林行》等；又作有《宫词》百首等。正月，元稹自尚书左丞检校户部尚书，兼鄂州刺史、御史大夫、武昌军节度使。诏下，其妻裴淑不乐，元稹以诗相慰，淑亦以诗答之。 十月，李德裕充剑南西川节度使。 是年，元稹作《赠柔之》。
	大和五年	831	薛 51 岁	涛作《筹边楼》《棠梨花和李太尉》诗。		七月，元稹遇暴疾卒于武昌（779—831），年五十三。 十月，刘禹锡出为苏州刺史。 十二月，李翱自郑州刺史为桂管观察使。
	大和六年	832	薛 52 岁		夏，薛涛卒（781—832），年五十二。 赵氏约于文宗大和（827—835）间在世。	十一月，段文昌自荆南节度使为剑南西川节度使，抵成都后即为薛涛撰墓志。 刘禹锡作《和西川李尚书〈伤孔雀及薛涛〉之什》。白居易十一月覆刘禹锡书，言及十月得刘诗事。 是年，许浑举进士及第。
	大和七年	833				四月，杜牧在扬州，应牛僧孺之辟，为淮南节度推官、监察御史里行，转掌书记。
	大和八年	834				十二月，李翱为刑部侍郎。

（续）

时代			唐代女诗人生平与作品			相关人事
帝名	年号	公元	年龄	该年所作诗文	该年事迹	
文宗	大和九年	835			宋若宪为郑注诬奏赐死（？—835），生年不详。	杜牧上年作有《杜秋娘诗》；本年作有《张好好诗》；又作有《罪言》，为其政论散文代表作品。姚合编唐诗选本《极玄集》。姚合诗工五律，世称“武功体”。二月，段文昌卒（773—835），享年六十三。 是年，杜牧转直监察御史，赴长安供职。 八月，李翱自户部侍郎为检校户部尚书，充山南东道节度使，代王起。
	开成元年	836			鲍家四弦约于文宗开成（836—840）时在世。	唐文宗开成元年，本年后，刘禹锡与白居易在洛阳唱和，号“刘白”。白居易作有《忆江南》词3首，刘禹锡“和乐天春词依《忆江南》曲拍为句”作《忆江南》词，为文学史上依曲填词的最早记录。杜牧为监察御史，分司东都。
	开成二年	837				李商隐本年作有诗《行次西郊作一百韵》。八月，杜牧应宣歙观察使崔郸之辟，至宣州，为团练判官，殿中侍御史，内供奉。
	开成三年	838				裴思谦依仗观军容使宦官仇士良之声势而以状元及第。
	开成四年	839				二月，杜牧就左补阙、史馆修撰职。 秋，温庭筠试京兆，不第，归。
	开成五年	840				
武宗	会昌元年	841			张立本女约于武宗会昌（841—846）时在世。	李翱卒（772—841），年七十。

（续）

时代			唐代女诗人生平与作品			相关人事
帝名	年号	公元	年龄	该年所作诗文	该年事迹	
武宗	会昌二年	842		杨德麟题六韵诗于奉慈寺。 若耶溪女子作《题三乡诗并序》。	杨德麟时年约十三岁。 若耶溪女子出函关归乡。仲春经三乡时，感伤题诗一首，并自序生平遭遇。	刘禹锡卒（生于772年）。刘禹锡还作有《西塞山怀古》《金陵五题》等。春，杜牧出为黄州刺史。
	会昌三年	843			张揆妻侯氏约于武宗会昌（841—846）时在世。	贾岛卒（生于779年）。贾岛与孟郊齐名，并称“郊岛”；又与姚合齐名，并称“贾姚”。其诗歌代表作品有《送无可上人》《剑客》等。
	会昌四年	844	鱼1岁		鱼玄机约于是年生于长安。	九月，杜牧迁池州刺史。
	会昌五年	845	鱼2岁			
	会昌六年	846	鱼3岁			八月，白居易卒于洛阳履道里第（772—846），年七十五。白居易今存诗近3000首，为唐代创作数量最多的诗人。 九月，杜牧移睦州刺史。
宣宗	大中元年	847	鱼4岁		宣宗宫人约于宣宗大中（847—860）时在世。	
	大中二年	848	鱼5岁			唐宣宗大中二年，牛僧孺卒（生于780年）。牛僧孺早年著有传奇集《玄怪录》。唐代中期至唐末五代的传奇集有李复言的《续玄怪录》、张读的《宣室志》、袁郊的《甘泽谣》（收有《红线》传等）、裴鉶的《传奇》（收有《聂隐娘》传、《昆仑奴》等）、康骈的《剧谈录》、皇甫枚的《三水小牍》（收有《飞烟传》等）。八月，杜牧由于宰相周墀援引，得内升为司勋员外郎、史馆修撰新任命。

（续）

时代			唐代女诗人生平与作品			相关人事
帝名	年号	公元	年龄	该年所作诗文	该年事迹	
宣宗	大中三年	849	鱼 6 岁			许浑在世。其代表作品有七律《咸阳城东楼》等。
	大中四年	850	鱼 7 岁			夏，杜牧迁官为吏部员外郎，到职不久，请求外放为湖州刺史，即获允准。
	大中五年	851	鱼 8 岁			八月，杜牧内升为考功郎中、知制诰。 王驾约生于是年。
	大中六年	852	鱼 9 岁			杜牧为中书舍人，卒（803—852），年五十。杜牧的抒情写景小诗代表作品有《泊秦淮》《山行》《江南春绝句》等，咏史绝句代表作品有《赤壁》、《过华清宫绝句》3 首等；其词作《八六子》，双调 90 字，为唐文人词中仅见的长调。李讷任浙江东道观察使。
	大中七年	853	鱼 10 岁	盛小丛作《突厥三台》。	浙东廉使李讷夜登越城楼，闻盛小丛歌声激切，召至，时察院崔侍御元范自府幕而拜，即赴阙，李讷置酒送行，命小丛歌饯，在座各为一绝句赠之。	是年，崔元范佐李讷浙东幕府，将入为监察御史，李讷、杨知至等人赋诗饯送。 韦蟾登进士第。
	大中八年	854	鱼 11 岁			
	大中九年	855	鱼 12 岁			孙樵在世。孙樵继承了韩愈的古文传统，作有《书褒城驿壁》《与王霖秀才书》等。其《读开元杂报》一文，为古代关于新闻报道的最早记载。
	大中十年	856	鱼 13 岁			李郢登进士第。

（续）

时代			唐代女诗人生平与作品			相关人事
帝名	年号	公元	年龄	该年所作诗文	该年事迹	
宣宗	大中十一年	857	鱼14岁			
宣宗	大中十二年	858	鱼15岁		鱼玄机嫁补阙李亿为妾。	李商隐卒（生于813年?）。李商隐与杜牧齐名，世称“小李杜”；又与温庭筠齐名，并称“温李”。其诗歌代表作品有《贾生》《嫦娥》《乐游原》《锦瑟》及《无题》诗多首，开创无题诗传统。李商隐又与温庭筠、段成式同为晚唐骈文代表作家，三人均排行十六，所作骈文时号“三十六体”。
宣宗	大中十三年	859	鱼16岁			
懿宗	大中十四年 咸通元年	860	鱼17岁			是年，温庭筠在襄阳徐商幕为巡官。冬，解幕职，寓居江陵，旅况甚窘。
懿宗	咸通二年	861	鱼18岁	鱼玄机作《酬李学士寄簟》《打球作》《情书寄李子安》。		
懿宗	咸通三年	862	鱼19岁	鱼玄机作《春情寄子安》《过鄂州》《江行二首》《隔汉江寄子安》《光、威、裒姊妹三人少孤而始妍，乃有是作，精粹难俦。虽谢家联雪，何以加之？有客自京师来者示余，因次其韵》《早秋》《江陵愁望寄子安》《寄子安》。	光、威、裒姊妹约于懿宗咸通（860—874）年间在世。	

（续）

时代			唐代女诗人生平与作品			相关人事
帝名	年号	公元	年龄	该年所作诗文	该年事迹	
懿宗	咸通四年	863	鱼 20 岁	鱼玄机作《迎李近仁员外》、《送别》（水柔逐器知难定）、《送别》（秦楼几夜惬心期）、《闻李端公垂钓回寄赠》、《酬李郢夏日钓鱼回见示》、《赋得江边柳》、《闺怨》、《秋怨》、《冬夜寄温飞卿》。		温庭筠路经广陵，时令狐绹方镇淮南，庭筠过府不谒，令狐绹使虞侯折辱之，竟击折其齿。庭筠至长安要求雪冤，再贬为方城尉。与李亿及鱼玄机酬唱往来，约亦在此年前后。
	咸通五年	864	鱼 21 岁	鱼玄机作《寄国香》《寓言》《暮春即事》《暮春有感寄友人》《遣怀》《夏日山居》《题隐雾亭》《秋思》。	鱼玄机入咸宜观为女道士。	
	咸通六年	865	鱼 22 岁	鱼玄机作《访赵师不遇》《寄题炼师》《题任处士创资福寺》《寄飞卿》。		

（续）

时代			唐代女诗人生平与作品			相关人事
帝名	年号	公元	年龄	该年所作诗文	该年事迹	
懿宗	咸通七年	866	鱼 23 岁	鱼玄机作《寄刘尚书》《卖残牡丹》《游崇真观南楼睹新及第题名处》《和新及第悼亡诗二首》《代人悼亡》《重阳阻雨》《期友人阻雨不至》《和人次韵》《和人》《感怀寄人》《浣纱庙》《折杨柳》《左名场自泽州至京使人传语》《和友人次韵》。	步非烟约于懿宗咸通（860—874）年间在世。	唐懿宗咸通七年，温庭筠卒（生于 812 年?）。温庭筠为唐代文人中第一个大量写词的作家，其代表作品有《菩萨蛮》（小山重叠金明灭）等，开创“花间词”传统。
	咸通八年	867	鱼 24 岁	鱼玄机作《次韵西邻新居兼乞酒》《赠邻女》。	鱼玄机因虐杀侍婢绿翘事，为京兆尹温璋处死。	
	咸通九年	868	鱼 25 岁			
	咸通十年	869			王苏苏约于懿宗咸通（860—874）间在世。	皮日休与陆龟蒙在苏州相唱和，并称“皮陆”。皮日休的《鹿门隐书》、陆龟蒙的《登高文》、罗隐的小品集《谗书》等，同为唐末散文小品的代表作品。唐末，皮日休与聂夷中、杜荀鹤的诗作继承了“新乐府运动”的传统。皮日休作有《正乐府》10 首，聂夷中作有《咏田家》，杜荀鹤作有《时世行》、《山中寡妇》等。 韦蟾充翰林学士，加户部郎中，迁中书舍人。

（续）

时代			唐代女诗人生平与作品			相关人事
帝名	年号	公元	年龄	该年所作诗文	该年事迹	
懿宗	咸通十一年	870			颜令宾约于懿宗咸通（860—874）间在世。	
	咸通十二年	871				韦蟾迁工部侍郎。
	咸通十三年	872				韦蟾加承旨学士，旋改御史中丞，兼刑部侍郎。
	咸通十四年	873				
僖宗	咸通十五年 乾符元年	874			楚儿约于僖宗干符（874—879）间在世。	韦蟾出为鄂岳观察使。
	乾符二年	875			杨莱儿约于僖宗时（874—888）在世。	
	乾符三年	876			王福娘约于僖宗时（874—888）在世。	
	乾符四年	877			武昌妓约于僖宗干符（874—879）间在世。	韦蟾廉问鄂州，及罢，宾僚祖饯。
	乾符五年	878				
	乾符六年	879				韦蟾任尚书左丞。
	广明元年	880			僖宗宫人约于僖宗（874—888）时在世。	黄巢起义军攻破长安。韩偓《香奁集》中的诗歌大致作于黄巢起义之前，被称为“香奁体”。卢渥拜礼部侍郎知贡举。
	广明二年 中和元年	881				

（续）

时代			唐代女诗人生平与作品			相关人事
帝名	年号	公元	年龄	该年所作诗文	该年事迹	
僖宗	中和二年	882				
	中和三年	883			蜀太后徐氏约生于此年（883—926）。	韦庄作《秦妇吟》，全诗1666字，为现存最长的一首唐诗。
	中和四年	884				孙棨撰《北里志》。
	中和五年 光启元年	885				
	光启二年	886				
	光启三年	887		王霞卿作《题唐安寺阁壁》。	二月，王霞卿登唐安寺阁，题诗壁间。	
	光启四年 文德元年	888				
昭宗	龙纪元年	889				
	大顺元年	890				
	大顺二年	891				
	景福元年	892		京兆女子作《题兴元明珠亭》诗一首。	京兆女子题诗于兴元城西明珠亭上，以抒遭乱失身牢落之思。	
	景福二年	893				
	乾宁元年	894				
	乾宁二年	895				

（续）

时代			唐代女诗人生平与作品			相关人事
帝名	年号	公元	年龄	该年所作诗文	该年事迹	
昭宗	乾宁三年	896				
	乾宁四年	897				
	乾宁五年 光化元年	898				
	光化二年	899				
	光化三年	900				
	光化四年 天复元年	901				
	天复二年	902				
	天复三年	903				
哀帝	天复四年 天祐元年	904			蜀太妃徐氏约于唐末至后唐间在世（？—926）。	
	天祐二年	905				卢渥卒于洛阳（820—905）。
	天祐三年	906				
	天祐四年	907			李舜弦约于唐末至后唐间在世（？—926?）。	907 年后梁太祖开平元年，唐亡。后梁建立。五代十国时期开始。五代时期，词的创作有较大发展，西蜀和南唐分别成为词坛中心。